WIMMER WILKENLOH
Hätschelkind

DEM HÄWELMANN AUF DER SPUR Ein Fotograf entdeckt eine Frauenleiche im Watt vor St. Peter Ording. Da er den Kontakt mit der Polizei scheut, schickt er der Husumer Kriminalpolizei Fotos, die er am Tatort gemacht hat. Hauptkommissar Jan Swensen erfährt per Handy durch einen Kollegen von diesen Fotos. Er befindet sich gerade mit seiner Freundin auf dem Theodor-Storm-Symposium, wo ein Streit zwischen Experten über einen möglichen Storm-Roman ausgetragen wird. Bei den eingeleiteten Ermittlungen ist vor Ort keine Leiche zu finden, die Flut hat sie ins Meer gespült.

Kurz darauf wird der Vorsitzende der Storm-Gesellschaft mit einem Herzschuss niedergestreckt und auch ein Journalist lebt nicht viel länger.

Swensen, praktizierender Buddhist, tappt mit seinem Team im Dunkeln. Erst als er eines Abends erneut den »Schimmelreiter« liest, kommt er dem Mörder auf die Spur. Mit buddhistischer Weltsicht, psychologischer Unterstützung und Computertechnik gelingt es Jan Swensen Licht ins Dunkel zu bringen ...

Wimmer Wilkenloh, 1948 im schleswig-holsteinischen Itzehoe geboren, studierte an der Hamburger Hochschule für bildende Künste Visuelle Kommunikation und war viele Jahre als Autor beim NDR-Fernsehen tätig. Heute arbeitet er als freier Künstler und Krimiautor in Hamburg.

Bisherige Veröffentlichungen im Gmeiner-Verlag:
Eidernebel (2011)
Poppenspäl (2009)
Feuermal (2006)

WIMMER WILKENLOH
Hätschelkind

Der erste Fall für Jan Swensen

GMEINER *Original*

Personen und Handlung sind frei erfunden.
Ähnlichkeiten mit lebenden oder toten Personen
sind rein zufällig und nicht beabsichtigt.

Website des Autors:
www.wimmer-wilkenloh.de

Besuchen Sie uns im Internet:
www.gmeiner-verlag.de

© 2005 – Gmeiner-Verlag GmbH
Im Ehnried 5, 88605 Meßkirch
Telefon 07575/2095-0
info@gmeiner-verlag.de
Alle Rechte vorbehalten
7. Auflage 2011

Lektorat: Claudia Senghaas, Kirchardt
Umschlaggestaltung: U.O.R.G. Lutz Eberle, Stuttgart
unter Verwendung eines Fotos von © Walter J. Landgraf / PIXELIO
Druck: Bercker Graphischer Betrieb GmbH & Co. KG, Kevelaer
Printed in Germany
ISBN 978-3-89977-623-2

»Das dauert mir zu lange«, sagte Häwelmann; »ich will in den Himmel fahren; alle Sterne sollen mich fahren sehen.«

»Junge«, sagte der gute alte Mond, hast du noch nicht genug?«

»Nein«, schrie Häwelmann, »mehr, mehr! Leuchte, alter Mond, leuchte!« und dann blies er die Backen auf, und der gute alte Mond leuchtete, und so fuhren sie zum Walde hinaus, und dann über die Heide bis ans Ende der Welt, und dann grade in den Himmel hinein. Hier war es lustig; alle Sterne waren wach, und hatten die Augen auf, und funkelten, dass der ganze Himmel blitzte.

»Platz da!« schrie Häwelmann und fuhr dann in den hellen Haufen hinein, dass die Sterne rechts und links vor Angst vom Himmel fielen.

»Junge«, sagte der alte gute Mond, »hast du noch nicht genug?«

»Nein«, schrie Häwelmann, »mehr, mehr!« und hast du nicht gesehen! fuhr er dem alten guten Mond grade über die Nase, dass er ganz dunkelbraun im Gesicht wurde.

Theodor Storm: Der kleine Häwelmann

1

Leichter Nebel schwebt über dem festen Schlickboden und hüllt das Watt in einen milchigen Dunst. Ein Mann stapft auf die Sandbank hinaus, die jedes Mal bei Ebbe hier auftaucht. Der Wind treibt feinen Dünensand von der Küste wie weißen Rauch über die feuchtglänzenden Rippeln und lässt ihn im diesigen Nichts verschwinden.

Da vorn ist die Welt zu Ende, denkt er. Ich brauche nur noch geradeaus weiterzugehen und komme direkt von der Erde in den Himmel.

Er ist der einzige Mensch weit und breit. Die unendliche Weite dehnt sich respekteinflößend vor ihm aus. Er empfindet ein klammes Gefühl im Magen und versucht es mit dem Verstand beiseite zu schieben.

Ein unheimlicher Ort, wenn man sich hier so weit draußen allein herumtreibt. Im Grunde sollte man Ehrfurcht vor dieser rauen Natur verspüren, die einen ohne Vorwarnung verschlingen und dann einfach irgendwo im All wieder ausspeien könnte.

In der Ferne kann er die Silhouette des Leuchtturms von Westerhever erahnen. Er merkt wie die feuchte Luft unter seine Kleidung kriecht, atmet tief durch und blickt hinter sich. St. Peter-Ording ist von hier aus nicht mehr zu erkennen. Dafür faszinieren ihn das unwirkliche Licht und die filigranen Muster, die vom Wellenschlag und der Gezeitenströmung in den silbergrauen Schlick gezeichnet wurden. Ein faszinierendes Motiv. Er greift zum Fotoapparat.

Von rechts dringt kurzes spitzes Kreischen an sein Ohr. In zirka zwanzig Meter Entfernung hat sich eine größere Schar Möwen angesammelt. Mit ihren Schnäbeln hacken die Vögel wütend aufeinander ein. Automatisch nimmt er seine Kamera ans Auge.

Der Fotograf steckt einem einfach in den Knochen, denkt er amüsiert.

Vorsichtig nähert er sich dem Knäuel. Da verstummt das Geschrei. Mit dem zirrenden Geräusch hunderter Flügel hebt sich ein weißer Vorhang in den Himmel. Jetzt ist der Blick frei. Er spürt wie in diesem Augenblick das Blut in seinem Kopf zu pulsieren beginnt. Das Bild im Sucher seiner Kamera verschwimmt vor seinen Augen. Ihm wird schwindelig. Die Knie sacken auf den nassen Schlickboden. Krampfhaft klammert er sich an seine Nikon. Ungläubig hebt er den Kopf und starrt auf die Sandverwehung vor sich, aus der ein blutverschmiertes Gesicht mit zwei leeren Augenhöhlen herausguckt. An den blauen Lippen kleben Reste eines knallroten Lippenstifts. In der Nase steckt ein glitzernder Stein. Er wendet den Blick ab. Sein Atem geht schwer und er friert. Das Meer verharrt bewegungslos, obwohl das Rauschen der Wellen in seinen Ohren dröhnt. Dann erwacht er urplötzlich aus seiner Erstarrung. Angst springt ihn an.

Oh Gott!

Sein Kopf ist nicht mehr leer. Die Gedanken stürzen auf ihn ein.

Eine tote Frau!

Seine Augen tasten das nähere Umfeld ab. In zirka fünf Meter Entfernung zeichnen sich, trotz der Verwehungen, Reifenspuren eines Wendemanövers ab. Von dort zieht sich eine Schleifspur bis hier zum Fundort.

Der Wagen ist also rechts vom Land gekommen, denkt er. Das heißt, er ist bestimmt in St. Peter-Ording auf die Sandbank gefahren.

Der Priel, der hier den geraden Weg zum Festland versperrt, ist ziemlich tief und endet erst an den Pfahlbauten mit den Restaurants, die vor St. Peters Küste im Watt stehen. Dort liegt der von den Umweltschützern umstrittene Autostrand und dort gibt es auch eine Deichüberfahrt. Er wendet seinen Blick ab. Wieder liegt der Leichnam vor ihm. Panik erfasst ihn.

Bloß keine Polizei schießt es ihm durch den Kopf. Was mach' ich nur, was mach' ich nur?

Gleichzeitig bemerkt er, wie silberne Wasserzungen den Schlickboden entlang kriechen, Rippel für Rippel überwinden und unaufhaltsam auf die Frau vor seinen Füßen zueilen. Es ist Flut.

In zwanzig Minuten ist hier Land unter!

Er atmet mehrmals tief durch. Dann greift er seine Kamera, die ihm am Ledergurt um den Hals hängt. Während er die Leiche umkreist, drückt er ununterbrochen auf den Auslöser. Erst als der Transport blockiert, erwacht er aus einer Art Trance. Der Film ist voll.

Scheiße! Das muss ja auch unbedingt mir passieren!

Das Wasser hat den toten Körper erreicht. Ohne darüber nachzudenken, ganz mechanisch, nimmt er den vollen Film aus der Kamera und legt einen neuen ein, den er immer lose in der Hosentasche dabei hat. Dann sucht er nach einer deutlichen Reifenspur und schießt davon noch einige Bilder aus verschiedenen Richtungen. Erneut spürt der Mann eine Gänsehaut in seinem Nacken aufsteigen.

Ruckartig wendet er sich von dem grausigen Ort ab. Der Nebel hat sich aufgelöst. Er will so schnell wie möglich ans Festland und watet auf dem direkten Weg in den Priel. Doch in der Mitte läuft ihm das Wasser oben in die Gummistiefel und, obwohl er auf Zehenspitzen weitergeht, hat er sofort nasse Füße. Am anderen Ufer hetzt er in ausladenden Schritten auf den grauen Strich Küste zu, der in der Ferne die Richtung angibt. Mindestens eine halbe Stunde Fußmarsch liegt vor ihm. Bei jedem Schritt quatscht das Wasser in und der Wattschlick unter seinen Stiefeln. Er zieht sich die Wollmütze ins Gesicht und stemmt sich gegen den scharfen Wind, der ihn jetzt von vorne trifft.

Nur weg von hier.

Die beißende Kälte dringt nicht in sein Bewusstsein. Im Inneren versucht er krampfhaft Ordnung in sein Chaos zu bringen. Wenn Irene ihn nicht angerufen hätte, würde er jetzt, wie Nicola, seine Frau, es natürlich annimmt, bei der Eröffnung seiner Ausstellung im New Yorker Soho anwesend sein. Aber vorgestern hatte er mit seinem Galeristen telefoniert und ihm vorgelogen, dass er mit Grippe im Bett läge. Dann hatte er ein Hotelzimmer in St. Peter gebucht und war wie angekündigt abgereist, aber nicht nach New York, sondern mit dem Geländewagen über Itzehoe nach Husum gebrettert, Irene abgeholt und dann sofort weiter nach St. Peter. Und jetzt das hier! Wie sollte er Nicola das je erklären.

Scheiße! Sie wird mir den Geldhahn abdrehen, das ist sicher. Aber irgendwie muss ich die Polizei informieren. Irene braucht ja davon nichts zu erfahren.

Vom Westen her schieben sich die Wolken zu schwarzen Türmen zusammen. Der Himmel verfinstert sich zusehends. Endlich erreicht er den Holzsteg, der durch die Sanddünen führt. Da erfaßt ihn ein innerer Zwang und er dreht sich noch einmal um. Die Leiche ist von hier aus nicht mehr zu erkennen. Im gleichen Moment reißt die Wolkendecke auf. Durch die Lücke fallen die rötlichen Strahlen der Vormittagssonne wie ein Scheinwerferlicht vom Himmel.

Das ist ja schon fast unheimlich, denkt er.

Das Grauen ist verschwunden, ein Spuk – vom Wasser überflutet. Vor ihm erstrahlt der Küstenstreifen in einem gedämpften Orange. Ein bedrückend schöner Anblick.

Mechanisch nimmt er die Kamera hoch und drückt noch ein paar Mal auf den Auslöser.

Jetzt braucht hier nur noch eine Gestalt mit flatterndem Mantel auf einem hageren Schimmel vorbeizureiten, kommt es ihm in den Sinn, und er muss für einen kurzen Moment lächeln. Dann tanzen die Lichtpunkte auf der Wasseroberfläche ihn wieder in die Wirklichkeit zurück. Er hört, wie sich das blubbernde Geräusch in seinen Stiefeln mit den sandigen Schritten auf den Holzplanken vermischt, bis er die Betontreppe erreicht, die auf den Deich führt. Die Stufen, viel zu niedrig und zu lang, zwingen ihn förmlich dazu, zwei auf einmal zu nehmen. Oben auf der Deichkuppe verschwindet das gespenstische Licht wieder hinter der Wolkendecke. Von unten weht der zarte Ton der Windharfe zu ihm hinauf. Er lauscht kurz ihrer immerwährenden, gleichen Melodie. Unten auf dem Parkplatz steht einsam sein Mitsubishi L2000 Offroader. Außer ihm hat sich niemand hierher verirrt. Der Wagen steht gleich neben dem Kassenhäuschen, das um diese Jahreszeit immer geschlossen ist. Der kleine Glasbau sieht aus wie ein leeres Aquarium. Dahinter steht eine baufällige Scheune, in der Strandkörbe überwintern. Vor dem Deich ist es mit einem Mal wieder friedlich, der Spuk ist verflogen. Durch den zugezogenen Himmel dringt nur noch ein fahles Licht. Wabernder Nebel steigt aus den flachen Wiesen. In der Ferne blöken sich die Schafe an. Mit klammen Fingern braucht es einige Versuche um das Türschloss zu treffen. Kaum sitzt er hinter dem Steuer, beschlägt die Frontscheibe von seinem Atem. Er startet. Das Radio brüllt los.

»Das waren die Nachrichten. Und jetzt das Wetter.«

Ein Druck auf die Taste reduziert die Lautstärke auf ein erträgliches Maß.

»Vom Atlantik her überquert ein Tiefdruckgebiet Norddeutschland. Es ist mit orkanartigen Windböen bis zu Windstärke zehn zu rechnen. Noch heute Nacht wird die Schlechtwetterfront auf die schleswig-holsteinische Westküste treffen. Vor einer Sturmflut wird gewarnt.«

Ich denke, ich breche diesen saublöden Trip hier ab und kurve noch möglichst vor dem Scheißwetter nach Hamburg zurück. Für Irene hat sich bei mir einfach ein wichtiger Termin ergeben und wenn ich die nächsten Tage im Atelier übernachte, merkt Nicola auch nichts von der Sache.

Er dreht die Heizung voll auf und wartet, bis die Sicht durch die Scheibe langsam wiederkehrt.

Es ist Donnerstag, der 16. November 2000.

*

Mit einem Mal wird Anna Diete hektisch. Die graublauen Augen der mittelgroßen schlanken Frau sprühen förmlich vor Eifer. Sie spitzt ihren schmalen Mund, so dass sich zwei tiefe Falten an den Mundwinkeln bilden und stößt dem hochgewachsenen Mann, der auffällig gerade neben ihr sitzt, den Ellenbogen in die Seite. Jan Swensen zuckt zusammen und wendet sich erstaunt herum. Er ist vor zwei Monaten dreiundfünfzig geworden, wirkt aber noch wesentlich jünger, trotz seiner leicht gelichteten und grauen Haare. Anna Diete deutet mit einer Kopfbewegung in Richtung Eingangstür, durch die gerade ein elegant gekleideter Mann in den Saal tritt. Swensen schätzt ihn auf Mitte fünfzig. Die dunklen Haare, die mit Gel nach hinten gekämmt am Kopf kleben, glänzen im Lampenlicht.

»Da! Das ist das schwarze Schaf der gesamten Storm-Experten, die da vorne am Podium rumstehen!«

Der Mann steuert direkt auf die kleine Gruppe von Männern zu und begrüßt jeden mit Handschlag, der von fast allen deutlich unwillig erwidert wird.

»Und wer ist das?«, fragt Jan Swensen etwas konfus und registriert die auffällig feingliedrigen Hände des Mannes und seine aalglatte Art sich zu bewegen.

Seit mehreren Jahren hatte Anna Diete vergeblich versucht ihn zu einem der Theodor-Storm-Symposien, die regelmäßig jeden Winter in Husum stattfinden, mitzuschleifen. Dieses Jahr hatte sich ihre penetrante Werbung endlich ausgezahlt und Swensen war mit von der Partie. Nicht gerade einfach für einen Hauptkommissar mit unberechenbarem Dienst. Es brauchte einige Überredungskunst bei seinen Kollegen um noch so kurzfristig seine freien Tage genau auf diese Storm-Veranstaltung zu legen. Seitdem ist Anna schier aus dem Häuschen. Selbst die frühen Anfangszeiten, wie z.B. am heutigen Samstag um 9:00 Uhr, sind für sie als chronische Langschläferin plötzlich kein Problem mehr.

»Wer das ist? Mein Gott, Jan! Du weißt aber auch schlicht gar nichts! Das ist Ruppert Wraage!«

»Wer?«

Er weiß, dass Anna als grandiose, aber leider noch unentdeckt gebliebene Theodor-Storm-Hobby-Koryphäe, bei dieser Frage völlig auskicken wird. Aber was bleibt ihm übrig, wenn er überhaupt irgendetwas von diesem Fachsimpeln hier begreifen will.

»Ruppert Wraage«, faucht sie gereizt, in dem sie durch ihre glatten, naturroten Haare fährt und flehend gen Himmel blickt, »ist der Typ, der seit geraumer Zeit vehement die Meinung vertritt, dass Theodor Storm in seinen letzten Jahren neben dem Schimmelreiter heimlich einen Roman geschrieben hat.«

»Ja, und?«

»Ja und, ja und!«

Jetzt hat er endgültig Annas Nerv getroffen.

»Mensch, Jan! Theodor Storm hat sein Leben lang nur Novellen geschrieben!«

»Aber der Schimmelreiter ist doch ein Roman!«

»Nein, eine Novelle!«

Jan Swensen ist der Unterschied zwischen Novelle und Roman nicht nur egal, er hat auch keine Ahnung. Aber das kann er bei dem Erregungszustand, in dem sich Anna gerade befindet, unmöglich zugeben. Also versucht er, indem er ihr Fachwissen abfragt, sie wieder auf den Boden zurückzuholen.

»Und was würde das bedeuten, wenn Storm einen Roman geschrieben hätte?«

»Das wäre eine Sensation! Was sage ich, eine Weltsensation!«

Jan Swensen kennt Anna Diete, die auf den Tag genau neun Jahre jünger ist als er, seit acht Jahren. Beide wurden am 2. September geboren, er 1947, sie '56. Während ihrer gemeinsamen Beziehung, die man seit sechs Jahren als fest bezeichnen könnte, hatte ihre Theodor-Storm-Begeisterung nicht einen Hauch nachgelassen.

Er dagegen stand seit seiner Grundschulzeit in Husum mit Theodor Storm auf Kriegsfuß. Im Deutschunterricht wurde der große Sohn der Stadt als die Nummer eins gehandelt. So durfte er den ›Schimmelreiter‹ rauf und runter vorlesen, laut vorlesen. Danach folgten noch ›Carsten Curator‹ und dann ›Hans und Heinz Kirch‹. Wenn er heute an sein Gestotter zurückdenkt, läuft ihm immer noch eine Gänsehaut den Rücken herunter. Die Schulaufführung der ›Regentrude‹ zum 75sten Todestag Storms gab ihm dann den Rest. Wegen seiner hervorragenden Bodenturnleistungen wurde er für die Hauptrolle des ›Feuermanns Eckeneckepenn‹ ausgeguckt. Monatelang hatte er den Text gebüffelt. Am besagten Abend zwängte er sich in sein Kostüm aus roten Stoffstreifen. In der vollbesetzten Turnhalle wirbelte er mit einem Flickflack auf die Bühne, fuchtelte wild herum und dann passierte, was passieren musste, er hatte den Text vergessen. Nach dieser Blamage nahm er nie wieder ein Buch seines Heimatdichters in die Hand.

Mit Annas Storm-Enthusiasmus hat er sich unterdessen, innerlich schmunzelnd, arrangiert, denn sie entwickelt die gleiche Begeisterung auch in ihrem Beruf als Psychologin. Im Laufe der Zeit hatte er so manch guten Tipp für seine Ermittlungen bekommen.

»Meine Damen und Herren! Ich begrüße sie alle recht herzlich zum 18. Theodor-Storm-Symposion.«

Die Mikrofonansage holt Swensen aus seinen Gedanken zurück.

»Das ist Dr. Herbert Kargel, die anerkannteste Storm-Autorität der Storm-Gesellschaft hier in Husum«, flüstert Anna ihm zu.

»Der heutige Abend steht unter einem besonders umstrittenen Thema: Hat Theodor Storm einen Roman geschrieben? Diese These, die fast alle seriösen Storm-Kenner kategorisch ablehnen, wird vertreten von Ruppert Wraage«, sagt Kargel mit unterkühlter Stimme und schaut abschätzig auf Wraage herunter, der rechts neben ihm Platz genommen hat. Seine geballte Abneigung ist bis in die Körperhaltung zu spüren.

»Herr Wraage hat nach eigenen Aussagen schon einige Jahre zum Thema geforscht und versucht nun anhand eines von ihm entdeckten Briefes von Theodor Fontane an Franz Kugler seine These zu untermauern. Herr Wraage hat nun das Wort!«

Im selben Moment, in dem dieser sich von seinen Platz erhebt, summt in Swensens Jackentasche die Melodie: Üb' immer Treu und Redlichkeit. Das Handy ist ein ironisches Geschenk der Kollegen zu seinem letzten Geburtstag gewesen. Sie wollten ihm damit deutlich machen, dass seine Ablehnung gegen diese Technik in der heutigen Zeit lächerlich ist.

Mindestens die Hälfte der zirka achtzig anwesenden Personen im Saal schauen missbilligend. Swensen setzt ein reuiges Gesicht auf und nimmt das Gespräch entgegen.

»Moment, etwas Geduld!«

Der Unmut wird noch größer, als er die Stuhlreihe verlässt und sich an den unwillig Aufstehenden vorbeiquält. Erst vor der Saaltür nimmt er den Hörer wieder ans Ohr.

»So, jetzt geht's. Swensen hier.«

»Mielke! 'Schuldigung dass ich dich störe, aber ich hab grade brisante Post erhalten und bräuchte deinen Rat!«

Stephan Mielke schiebt heute Bereitschaftsdienst. Er ist erst neu bei der Kripo Husum und daher noch etwas unsicher. Zu Jan Swensen hat er sofort Vertrauen gefasst, was sich schon allein durch häufige Anrufe außerhalb der Dienstzeit bemerkbar macht.

»Brisante Post?«

»Ja, ich hab hier 'nen Umschlag mit etlichen Fotos zugeschickt bekommen, auf denen eine Leiche zu sehen ist, die irgendwo an der Küste im Watt 'rumliegen muss. Sieht übel zugerichtet aus. Stinkt verdammt nach Mord.«

»Bleib ruhig, ich komm sofort.«

Leise schleicht Swensen in den Saal zurück. Es hört sich an, als wenn Ruppert Wraage gerade zur Höchstform aufläuft. Seine Stimme klingt fast dämonisch, als er wild gestikulierend ins Mikrofon faucht.

»Schließlich hat selbst seine Tochter Gertrud Storm schon behauptet, dass der Dichter ein groß angelegtes autobiografisches Werk schaffen wollte. Es sollte unter dem Titel ›Aus der grauen Stadt am Meer‹ veröffentlicht werden. Der Plan für dieses Gemisch aus Wahrheit und Dichtung fand sich allerdings erst in seinem Nachlass. Und ich sage es hier noch mal ganz deutlich, auch damit hatte vorher kein Stormexperte gerechnet!«

Mit Handzeichen gelingt es Swensen nach geraumer Zeit die Aufmerksamkeit von Anna Diete zu erringen, die offenbar alle Worte von Ruppert Wraage nur so in sich aufsaugt.

Sie kapiert sofort, dass er weg muss und verleiht ihrem Ärger mit einer Flappe Ausdruck.

Draußen vor der Tür fegt der Sturm den Regen waagerecht vor sich her. Als Swensen das Innere seines Wagens erreicht, hängen ihm seine wenigen Haare in tropfenden Strähnen ins Gesicht. Die Regenjacke ist voller Wasserflecken.

»Die graue Stadt macht ihrem Namen mal wieder alle Ehre«, denkt er und verfolgt einen Moment gebannt, wie ein Haufen Blätter in skurrilen Formationen über die Straße fegen, rechts auf den Bürgersteig abdrehen und wie Geschosse in die Hecke eines Vorgartens einschlagen.

Die Strecke bis zur Polizeiinspektion ist mit dem Auto nur kurz. Keine zehn Minuten später sitzt er bei Stephan Mielke im Büro, zieht sich Latexhandschuhe über und sieht die Fotos durch.

»Kein Absender, kein Anschreiben, nichts«, sagt der.

Swensen nimmt jeden Abzug einzeln in die Hand, indem er sie nur mit den Fingerspitzen am Rand berührt. Das Motiv zeigt eine tote Frau aus mehreren Perspektiven, deren Körper von einer Sandverwehung zum größten Teil verdeckt wird. Einige Bilder zeigen das Gesicht. Es ist in einem schrecklichen Zustand, wird jedoch abgemildert, weil die Abzüge nur in schwarzweiß sind.

»So was Greuliches hab ich noch nie gesehen«, äußert Stephan Mielke und betrachtet angeekelt die abgelichtete Leiche. »Wer kann jemanden nur so brutal zurichten?«

»Wer sagt denn, dass sie ermordet wurde?«, widerspricht Jan Swensen.

»Na, hör mal. Die Augen sticht sich jemand doch nicht selber aus!«

»Das können genauso gut Vögel gewesen sein! Sieht meiner Meinung nach eher nach einer ahnungslosen Touristin aus, die sich zu weit ins Watt hinaus gewagt hat und dann von der Flut überrascht wurde. Vielleicht ist sie nur ganz banal ertrunken.«

Mielke ist mit neunundzwanzig Jahren der Jüngste in der Abteilung. Sein Gesicht mit der schmalen Stirn und den kräftigen Backenknochen wirkt drahtiger als sein Auftreten.

»Meinst du?«, fragt er überrascht und seine graublauen Augen pendeln unruhig hin und her. »Gut, dass du das sagst. Da fühl ich mich gleich besser. Ich bin nämlich etwas verunsichert was zu tun ist. Wollte schon die Kollegen von der Mordkommission Flensburg anrufen. Die wär'n doch schließlich dafür zuständig.«

»Immer langsam mit den jungen Pferden. Erstmal brauchen wir eine richtige Leiche. Es wäre also von Vorteil so schnell wie möglich rauszukriegen, wo sie liegt, wenn sie sich überhaupt noch da befindet, bei dem Sturm da draußen.«

Stephan Mielke blättert den Fotostapel durch und zieht eine Landschaftstotale heraus.

»Hier, damit können wir wahrscheinlich den Fundort bestimmen. Das Foto muss vom Festland aufgenommen worden sein. Da ist im Hintergrund ein Leuchtturm zu sehen.«

»Das ist Westerhever, der Leuchtturm von Westerhever. Das Bild wurde, soweit ich mich nicht irre, von St. Peter-Ording aus aufgenommen.«

»Und was machen wir jetzt?« Stephan Mielke fährt sich mit einer Hand nervös über seinen Bürstenhaarschnitt, mit der anderen trommelt er auf der Stuhllehne und guckt hilfesuchend zu Swensen herüber.

»Am besten, ich informiere erst mal die Einsatzzentrale, damit die einen Streifenwagen vor Ort schicken. Höchste Zeit, dass sich in Ording jemand umschaut. Und du guckst derweil im Computer nach, ob irgendwo eine Frau vermisst wird. Danach müssen Umschlag und Bilder ins Labor.«

Wie auf Kommando springt Stephan Mielke auf und stürzt an seinen PC. Swensen nimmt das Telefon und tritt ans Fenster. Während er dem Beamten in der Einsatzzentrale mit knappen Worten die Situation schildert, sieht er in den schäbigen Hinterhof. Man hört den prasselnden Regen, der auf die Dächer der parkenden Streifenwagen trommelt, bis hier drinnen. Die zerspringenden Wassertropfen legen einen feinen Nebel über den Asphalt. Hinter der Ziegelmauer, die den gesamten Hof eingrenzt, stehen zwei uralte Eichen mit mächtigen Ästen. Die Zweige werden vom Sturm wie Streichhölzer hin und her gepeitscht. Als Stephan Mielke merkt, dass Jan Swensen bereits aufgelegt hat, aber weiterhin aus dem Fenster schaut, dreht er sich ungeduldig um.

»Ist was?«

»Ja, ich frage mich schon die ganze Zeit, warum uns jemand anonym Fotos von einer Leiche zuschickt, anstatt uns gleich telefonisch zu benachrichtigen?«

»Meinst du, das war der Mörder?«

»Mensch Stephan, noch wissen wir gar nicht ob es ein Mord ist. Gibt es einen Poststempel?«

»Ja, der Umschlag ist in Hamburg eingeworfen worden.«

»Hamburg? Wer fotografiert in St. Peter eine Leiche und schickt uns aus Hamburg die Abzüge? Ziemlich merkwürdig, oder?«

*

Hajo Peters merkt, dass ihm das Blut vor Aufregung in den Kopf steigt. Er hat die Statur eines Bodybuilders, breite Schultern, die bedrohlich die Nähte des Sweat-Shirt spannen. Mit seinen klobigen Fingern blättert er die Buchseiten einer Theodor-Storm-Biographie durch, bis er auf die Abbildung eines handgeschriebenen Briefes des Dichters stößt. Er betrachtet die einzelnen Buchstaben ausgiebig und öffnet dann die zerfaserten Bänder, die zwei alte Leinendeckel zusammenhalten. Dazwischen liegt ein Stapel vergilbter Blätter Papier. Wie ein rohes Ei entnimmt der bullige Mann den obersten Bogen und beugt sich darüber. Sein Stiernacken quillt aus dem Kragen. Mit ausgebleichter Tinte steht dort in forscher Handschrift: Detlef Dintefaß. Ein Roman von Theodor Storm und klein am unteren rechten Rand: 23. Oktober 1887.

Akribisch vergleicht Peters die Schriftzüge auf dem Papierbogen mit denen, die der abgebildete Stormbrief im Buch zeigt.

Das ist doch hundertprozentig die gleiche Schrift, murmelt er vor sich hin. In den letzten Tagen hat er diese Prozedur wie unter Zwang, oft mehrmals hintereinander, immer und immer wieder durchgeführt. Nur die Echtheit der Schriftstücke würde sich für ihn auch wirklich auszahlen, darüber ist er sich im Klaren. Nicht auszudenken, wenn er wegen einer Fälschung getötet hätte.

Im Grunde ist die ganze Sache ja einfach nur so passiert, denkt er. So eine Chance konnte ich mir schließlich nicht entgehen lassen. Die Sache war einfach eine unglückliche Verstrickung von Umständen. Da kann man nichts machen. Genau genommen ist es nicht meine Schuld.

In seinem Kopf läuft ein Film ab und zwar einer, den er in- und auswendig kennt, Szene für Szene. Es ist zwar erst ein paar Tage her, aber er hat trotzdem das Gefühl alles läge schon Jahre zurück. Es durchzuckte ihn wie ein feuriger Blitz an dem besagten Abend. Er hatte kurz vor Feierabend noch in seinem Laden vorbeigeschaut. Seine Angestellte Edda Herbst war völlig aufgekratzt gewesen, plapperte ihn mit ihren Geschichten voll. Doch in dem Moment, in dem sie erzählte, sie hätte am Abend zuvor auf ihrem Dachboden eine alte Mappe mit handgeschriebenen Zetteln von Theodor Storm entdeckt, war er wie elektrisiert gewesen. Als sie dann auch noch von einem Roman sprach, wußte er, Edda war auf Gold gestoßen! Er konnte seine Gedanken nicht mehr kontrollieren. Alles drehte sich nur noch um ihren Fund und wie er an ihn herankommen könnte.

Edda, die schon einige Zeit bei ihm in der kleinen Videothek arbeitete, war seiner Meinung nach nicht besonders helle. Aber weil sie so verdammt gut aussah, hatte er sie hauptsächlich wegen der Kunden eingestellt.

Genauso wie er sie schon immer eingeschätzt hatte, stellte sich das Aushorchen ihrer Person als nicht besonders schwierig heraus. Auf die Frage, woher sie denn wüsste, dass es sich um einen Roman von Storm handelt, schaute sie ihn verwundert an und sagte dann einfach nur: »Na, ich kann schließlich lesen! Auf dem ersten Zettel steht klar und deutlich: Ein Roman von Theodor Storm.«

In der Husumer Rundschau hatte er in den letzten Jahren schon öfter Artikel über die Theorie eines gewissen Ruppert Wraage gelesen, der immer wieder seine Meinung von einem unentdeckten Roman des Dichters darlegte. Doch die bissigen Kommentare der hiesigen Experten begleiteten jede seiner Veröffentlichungen im Lokalblatt nur mit Hohn und Spott. Er selber hatte die Vorstellung von einem Roman seines Lieblingsdichters immer spannend gefunden. Und jetzt gab es diesen Roman höchstwahrscheinlich wirklich! Edda hatte offensichtlich keine Ahnung, was ihr da so unverhofft in die Hände gefallen war. Sie hatte zwar mal vor ihm damit geprahlt, dass sie über mehrere Ecken mit Storm verwandt wäre, aber das hatte sie wohl nur getan, weil er öfter während der Arbeit von Storm geschwärmt hatte. Selbst den Laden hatte er aus Vorliebe zum Dichter in einem historischen Haus angemietet. Hier im ehemaligen Schützenhaus in der Süderstraße spielte seinerzeit Storms Novelle ›Pole Poppenspäler‹. Doch diese Tatsache hatte sich in keiner Weise positiv auf das Geschäft ausgewirkt. Seit Jahren war seine Videothek, trotz der rassigen Edda als Galionsfigur, ein Schmuddelladen geblieben, der hauptsächlich durch das Pornogeschäft noch nicht in die Pleite geraten war. Er hatte das finanzielle Gekrebse endgültig dicke. Hätte er diesen Roman in seinem Besitz, da war er sich sicher, wäre seine Geldmisere garantiert für lange Zeit gelöst.

Sein endgültiger Entschluss das Manuskript zu entwenden, fiel genau um 21:30 Uhr. Edda war den ganzen Tag im Laden gewesen. Er ging also fest davon aus, dass sie über ihre Entdeckung noch mit niemand anderem gequatscht hatte. Garantiert war er der Einzige, der bis jetzt davon wusste.

Mit dem Satz: »Du weißt ja genau, wie sehr ich Storm liebe!«, begann er mit seiner Strategie und knuffte Edda dabei leicht gegen den Oberarm. »Wie wär's, wenn ich morgen früh mit frischen Brötchen zum Frühstück komme und du zeigst mir den Roman. Das wäre echt toll von dir!«

Ein feuchter Dunst lagerte auf der Wasseroberfläche im Hafen.

Er vertieft sich in die erste Seite des Romans. Die altdeutsche Schreibweise ist nicht einfach zu entziffern. Sofort ist die Erinnerung an Edda hinter der geschwungenen Tintenschrift verschwunden.

Der wohlgekleidete Mann im dunklen Überrock stand an der Kaimauer und schaute in den Nebel hinaus. Es war so still, dass er weit hinten die kleinen Wellen an die Bordwände der Halligschiffe schwappen hörte. Eigentlich hieß er Detlef Fedder und war Sohn eines Pfennigmeisters aus Friedrichsstadt; doch alle nannten ihn nur Dintefaß (Tintenfass), weil er die Feder so trefflich gebrauchen konnte.

Ja, das ist eindeutig Storms Stil, denkt Peters bei sich. Ihm läuft unwillkürlich eine Gänsehaut über den Rücken. Als er weiterliest, flimmern vor seinen Augen schon die Schlagzeilen der Zeitungen: Roman von Theodor Storm entdeckt!

»Es bedarf wohl äußerlich der Enge, um innerlich ins Weite zu gehen. Es ist an der Zeit den ewigen Novellisten hinter sich zu lassen. Ein Meisterwerk würde ihm, dem alten Detlef Dintefaß, einfach gut zu Gesicht stehen. In seinen ernsten Augen, in welche sich seine ganze verlorene Jugend gerettet zu haben schien, lag ein plötzlicher Entschluß. Er wurde eifrig und stieß den langen Rohrstock mit dem goldenen Knauf kurz auf den Gehstein. Ein bitteres Lächeln umflog seinen Mund, während er mit Andacht auf alles schaute, was im letzten Hauch des Tages ausgebreitet lag. In der Krämergasse, die er zum Rathausmarkt hinaufging, leuchteten die Lichter aus den Fenstern ihm den Weg. Vor den Giebelhäuschen gleich an der Ecke standen granitne Pfeilersteine, die mit schweren eisernen Ketten verbunden waren. Er liebte die einfachen und sittenstrengen Menschen seiner kleinen Stadt, die jetzt sicher vor dampfendem Tee um ihre Tische saßen.«

Peters kann nicht mehr weiterlesen und legt die durch des Dichters Hand geweihten Schriftstücke wieder zwischen die Leinendeckel, verschnürt die Bänder und verstaut die Kostbarkeit – seine Kostbarkeit – wie eine heilige Reliquie wieder in der Schrankschublade. Nun heißt es weiterhin kühlen Kopf bewahren, beruhigt er sich innerlich. Es muss erst mal Gras über die Sache mit Edda wachsen.

Unwillkürlich sieht er vor seinem inneren Auge wieder, wie er heimlich die Schlaftabletten in den Kaffee fallen ließ. Wie er Eddas schlaffen Körper ins Badezimmer zog, direkt neben die Wanne. Wie er beobachtete, ob sie sich noch rührte. Wie er den Wasserhahn aufdrehte. Wie ihm die Idee kam, Edda ans Meer zu schaffen, damit man glauben würde, dass sie ertrunken war. Wie er in der Küche nach Salzpackungen stöberte und den Inhalt im Wasser auflöste. Wie er die Frau am Hosengürtel packte und sie über den viel zu hohen Wannenrand quälte, ihren Kopf dann solange unter Wasser drückte, bis keine Luftblasen mehr aus ihrem Mund aufstiegen.

2

Swensen erwacht wie immer kurz bevor der Wecker klingelt. Fünf vor halb sechs. Er kann sich auf seine innere Uhr verlassen. Vom Sturm und Regen draußen ist heute nichts mehr zu hören.

Vielleicht können wir ja endlich einen Hubschrauber einsetzen, denkt er und lässt die letzten beiden Tage noch einmal Revue passieren.

Am Samstagmittag war der Einsatzwagen im Watt vor St. Peter-Ording gewesen. Doch die Beamten konnten nichts Verdächtiges finden und auch kein Anlieger hatte etwas Ungewöhnliches gesehen. Obwohl das Wetter sich genauso mies wie am Vortag präsentierte, war er am Sonntag selbst noch einmal vor Ort gewesen. Sein Marsch durchs Watt förderte aber genauso wenige Erkenntnisse ans Licht wie der seiner Vorgänger. Trotzdem war er hinterher zufrieden. Er hatte immerhin zwei Fliegen mit einer Klappe geschlagen: Erstens überzeugte er sich, dass wirklich nichts übersehen worden war und zweitens konnte er die Suche nach der Leiche vorschieben, um nicht noch mal auf Annas Theodor-Storm-Symposium erscheinen zu müssen. Seinem schlechten Gewissen hatte er schon vor der Abfahrt zu der Wattermittlung vorgebeugt und sich mit ihr beim gemeinsamen Lieblings-Italiener zum Abendessen verabredet. Und um sie zusätzlich milde zu stimmen, hörte er dann auch geduldig alle ihre Geschichten von dem angeblichen Brief Fontanes an, mit dem Wraage die Existenz des Storm-Romans beweisen wollte. Allerdings war ihr Wunsch, die Nacht nicht mit ihm zu verbringen, eher ein Zeichen dafür, dass sie noch schmollte.

Nach der kalten Dusche am Montagmorgen ist Swensen hellwach. Im Wohnzimmer entzündet er ein Räucherstäbchen, legt eine CD mit Mantras vom Lama Gyurme auf, zieht das Meditationskissen in die Mitte des Raums und versucht darauf den Lotossitz einzunehmen. Die Kissenfüllung aus Buchweizenhülsen knirscht leise unter seinem Hintern. Swensen schließt die Augen. Die feinen Schwingungen des Obertongesangs wollen heute einfach nicht in ihn hineinfließen. Er merkt, wie sich seine Stirn allmählich in Furchen legt.

Alles noch mal zurück auf Los! Störende Gedanken liebevoll zur Seite schieben. Genau! Und jetzt beginnen sie sich langsam in einem orangenen Licht aufzulösen.

Bis auf die Fotos gibt es einfach nicht das geringste Anzeichen für eine Leiche.

Swensen etwas mehr Gelöstheit! Beobachte deine Gefühle!

Außerdem wird schließlich keine Frau im Husumer Umfeld vermisst.

Lass endlich los, Swensen!

Oder ob das Ganze mit den Fotos nur ein übler Scherz ist?

Nach einem kräftigen Fußtritt trudelt das Meditationskissen in die Zimmerecke zurück und der Anlage wird ärgerlich der Saft abgewürgt.

Zwanzig Minuten später steuert der Kommissar über den Flur der Polizeiinspektion auf sein Büro zu. Vor der Frühbesprechung um acht ist noch etwas Zeit. Nachdem er seine Regenjacke in den Schrank verstaut hat, schnappt er sich die Packung mit dem grünen Tee und geht gleich gegenüber in den Gemeinschaftsraum um sich eine Kanne aufzubrühen. Punkt acht sitzt er, die dampfende Tasse Tee vor sich, im Konferenzraum. Das anfängliche Gefeixe seiner Kaffeekollegen, warum er denn unbedingt heißes Wasser trinken muss oder weshalb er Haschisch nicht wie jeder normale Kiffer raucht, ist schon lange verstummt.

»Hat jemand Peter Hollmann gesehen? Warum ist er noch nicht da?«

Heinz Püchel knöpft sein tadellos sitzendes Galliano-Jackett auf und blickt demonstrativ in die Runde.

Wie immer einen Hauch zu dramatisch, denkt Swensen, der seinem zirka fünfzehn Jahre jüngeren, etwas klein geratenen Chef in solchen Situationen etwas mehr Gelassenheit wünscht.

»Hat wahrscheinlich Grippe!«

Susan Biehls Stimme schwebt wie ein gregorianischer Gesang durch den Raum. Die Blondine von der Anmeldung ist gerade einundzwanzig geworden und erst seit drei Monaten in der Inspektion.

»Er geht heute Morgen noch zum Arzt. Hörte sich am Telefon aber schon so an, dass wir ihn erst mal eine Zeitlang nicht sehen werden.«

Ob die allgemeine Heiterkeit, die plötzlich in der Runde herrscht, nun durch Susans Formulierung oder ihre Säuselstimme hervorgerufen wird, kann Swensen nicht entscheiden.

»Okay!«

Püchel schlägt mit dem Kugelschreiber auf den Tisch.

»Was ist mit der Leiche vor St. Peter, Jan?«

»Stephan hatte Dienst, ich bin nur dazugekommen. Erzähl du was passiert ist.«

Swensen guckt zu Mielke rüber.

»Am Samstag wurden uns in einem Umschlag mehrere Fotos einer Frauenleiche zugeschickt.«

Stephan Mielke öffnet eine Mappe und verteilt die Abzüge auf dem Tisch.

»Kein Absender auf dem Umschlag. Abgestempelt am Freitag in Hamburg. Nachforschung am mutmaßlichen Fundort hat bis jetzt nichts ergeben. Keine Leiche. Niemand hat etwas gesehen und gehört. Deshalb haben wir auch Flensburg noch nicht hinzugezogen.«

»Dazu kommt, dass keine Frau in unserem Umfeld vermisst wird«, ergänzt Swensen und Stephan Mielke fährt fort.

»Dann war das Wetter, wie ihr ja alle wisst, hundsmiserabel. Wir konnten noch nicht mal einen Hubschrauber zur Suche raufschicken.«

»Na, heute klappt das bestimmt!«

Heinz Püchel beugt sich mit den anderen über die Fotos und Swensen bemerkt: »Wir gehen erst einmal davon aus, dass die Bilder echt sind. Mit dem bloßen Auge sind zumindest keine Manipulationen zu erkennen, aber ich lasse sie noch einmal von einem Spezialisten überprüfen.«

Rudolf Jacobsen wiegt seinen Kopf hin und her.

Professionelle Abzüge! 20 x 30 in Schwarzweiß! Wer macht denn so was heutzutage noch?«

Stephan Mielke zuckt die Achseln.

»Wahrscheinlich privat abgezogen«, fährt Rudolf Jacobsen fort. »Oder in einem Spezialstudio. Ich bin zwar nicht der begnadete Fotoexperte wie unser kranker Kollege Hollmann, aber wenn jemand Schwarz-Weiß-Bilder hier in Husum in Auftrag gegeben hat, ist das bestimmt aufgefallen.«

»Vielleicht sollten wir sicherheitshalber in allen Fotoläden nachfragen!«

Püchel hebt den Kopf und blickt zu Silvia Haman, die mit ihren einmeterneunzig selbst im Sitzen die Männerrunde deutlich überragt.

»Wäre das nichts für dich, Silvia?«

Die dunkelblonde Beamtin grinst übers ganze Gesicht.

»Aber sicher Heinz! Eine verantwortungsvolle Aufgabe für eine Kommissarin im besten Alter.«

Püchel verzieht genervt seinen Mund und brummelt kaum hörbar.

»Einer muss es ja machen!«

»Du meinst Eine muss es ja machen!«

Püchel blickt flehend nach oben.

»Noch gibt es bei der Kriminalpolizei keine Frauenquote für die Befragungen in Fotogeschäften, liebe Kollegin Haman.«

»Dafür gab es hier schon immer eine Männerquote für dumme Sprüche!«

»Wie wär's, wenn ihr beide einfach wahrnehmt, dass ihr Mann und Frau seid!«

Jan Swensen Stimme hat mit einem Mal eine sanfte Bestimmtheit. Doch als die beiden ihn daraufhin verständnislos ansehen, knurrt er: »Leute, könnt ihr euer Mann-Frau-Gerangel nicht nach Feierabend austragen?«

»Genau meine Rede!«

Heinz Püchel füllt seine Brust hörbar mit Luft.

»Wir müssen die mutmaßliche Leiche finden und dazu dürfen wir noch eine unerledigte Brandstiftung, zwei Körperverletzungen und Einbrüche aufklären! Swensen übernimmt vorerst die Fotoleiche, Mielke und Haman bleiben mit dran. Ich kümmere mich um den Hubschrauber. Der Rest weiß was er zu tun hat. Also, an die Arbeit, Kollegen und liebe Kollegin!«

In dem jetzt einsetzenden Gemurmel und Stühlerücken gibt Swensen per Handzeichen Stephan Mielke zu verstehen, dass er noch warten soll.

»Sag' mal, Stephan, wie heißt noch der junge Neue bei den Streifenkollegen, dieser Computerfreak?«

»Jan-Erik Metz!«

»Gibt es Irgendetwas, wovon ich nichts wissen soll?«
Silvia Haman hat sich von hinten an die beiden Männer herangepirscht. Stephan zuckt erschreckt zusammen und dreht sich ärgerlich um.
»Nein, liebste Silvia!«, zischt er aufbrausend. »Wir arbeiten hier nicht beim Geheimdienst.«
»Und warum dann dieses konspirative Treffen, null null Mielke?«
»Silvia!« Mielkes Augen blitzen zwischen den leicht zusammengekniffenen Lidern. »Ich gebe ja zu, dass vor 6000 Jahren der Ackerbau von den Männern übernommen wurde und die Frauen sich deshalb mucksch hinter den Herd zurückzogen haben. Aber heute ist heute. Frauen dürften in der Zwischenzeit immerhin so qualifiziert sein, dass sie die Stelle einer Kriminalbeamtin auch ohne Komplexe ausfüllen können, oder?«
Silvia Haman starrt Mielke fassungslos an, ringt angestrengt nach einer Antwort, doch ihre sprichwörtliche Schlagfertigkeit scheint wie weggeblasen.
»Und noch eins, Silvia, und das gilt ein für alle Mal. Selbst wenn ich noch nicht lange dabei bin, sehe ich den IQ-Quantensprung ins kriminaltechnische Zeitalter für Frauen als abgeschlossen an.«
»Das versteh' ich nicht.«
Silvia dreht sich Hilfe suchend zu Swensen. Der zuckt nur stumm mit den Achseln und es entsteht ein drückendes Schweigen. Er ist über Mielkes unvermittelten Ausbruch irritiert. Er hatte ihn in der kurzen Zeit ihrer Zusammenarbeit immer als eher unsicher erlebt. Warum plötzlich dieser vehemente Angriff gegen Silvia? Wie ist Mielkes Beziehung zu Frauen eigentlich, hat er überhaupt eine Beziehung? Im Grunde wissen wir nichts voneinander. Obwohl wir so viel Zeit miteinander verbringen, arbeiten wir meistens nur nebeneinander her.

Einsamkeit ist der Wassertropfen im Meer. Der Satz seines Meisters Lama Rhinto Rinpoche fällt Swensen ein und sein Blick verliert sich im Leeren. Er sieht sich, wie er vor über 30 Jahren mitten in einem buddhistischen Tempel eines kleinen Schweizer Dörfchens meditiert. In Hamburg hatte er kurz zuvor ein Philosophiestudium begonnen und war gerade im dritten Semester, als einige Kommilitonen ihn mit dem Spruchband ›Unter den Talaren, der Muff von tausend Jahren‹ aus seinem Studentenschlendrian befreiten. Ab da schaffte er nur noch weitere drei Semester und die 68er hatten ihm seine drohende spießige Karriere ausgeredet. Er schmiss sein Studium, wollte unbedingt seinem bürgerlichen Trott entfliehen um sich dann für drei Jahre in einer noch festeren Norm wieder zu finden. Vor Tagesanbruch aufstehen, waschen, zwei Stunden meditieren, Frühstück, wieder meditieren, Mittagessen und so weiter, Tag für Tag, Woche für Woche.

Bleib achtsam, sagt eine innere Stimme. Intuitiv bemerkt er im Augenwinkel, wie Mielke Luft holt, um zu einer wahrscheinlich neuen Attacke gegen Silvia anzusetzen. Mit ruhiger Stimme kommt Swensen ihm zuvor.

»Ich würde mich freuen, wenn wir in Zukunft bei der Arbeit alle ein wenig mehr in uns ruhen könnten.«

Um die Wirkung seiner Worte zu unterstützen setzt er eine gezielte Pause.

»Momentan haben wir genug andere Dinge zu tun, als die Unterschiede zwischen Frauen und Männern zu ergründen.«

Dann dreht er sich zu Silvia.

»Außerdem können wir uns die abtörnende Klappertour durch die Fotoläden der Provinz ja teilen. Du fährst nach Heide rüber und ich mache Husum.«

»Und was wolltest du jetzt von Metz?« fragte Stephan Mielke sichtlich entspannter.

»Mir ist die Idee gekommen, das Foto von der Leiche im Computer so weit bearbeiten zu lassen, dass wir ein brauchbares Fahndungsfoto veröffentlichen können.«

»Klar, selbst wenn wir die fehlenden Augen nicht 100%ig rekonstruieren, reicht es vielleicht aus, dass jemand die Frau erkennt! Ich schätze, der Metz kriegt das ziemlich schnell hin.«

Mielke stürmt los, Swensen und Silvia Haman hasten hinterher. In der Flurmitte werden sie von Heinz Püchel gestoppt.

»Übrigens, das mit dem Hubschrauber wird auch heute nichts! In Flensburg ist der Hund los, aber das habt ihr sicher schon selber im Fernsehen mitbekommen. Es geht um die kleine Beatrix aus Glücksburg, die seit drei Tagen vermisst wird. Im Moment brauchen die da oben alle Dinger, die sie kriegen können.«

Bei dem Namen Beatrix durchzuckt das Fernsehbild der Eltern Swensens Kopf. Tagesthemen, Sonntagabend 23 Uhr 15. Das Ehepaar steht benommen hinter einem Mikrofonwall.

»Wenn du uns hörst, Beatrix, Bleib stark! Wir suchen so lange, bis wir dich finden!«

Nach dem Essen mit Anna hatte Swensen den Fernseher wegen der Nachrichten angeschaltet. Wie aus dem Nichts sprang ihn das geballte Leid an. Bei dem Fall Beatrix waren seine Augen feucht geworden und er ertappte sich dabei froh zu sein nichts mit dem Fall zu tun zu haben. Zuständigkeitsbereich Flensburg.

»Na, Hauptsache sie finden die Kleine.«

Swensen spürt, wie ihm bei den Gedanken an die Zuständigkeit der Flensburger Kollegen das schlechte Gewissen in den Nacken schleicht.

»Ja, und nun?« fragt Püchel etwas irritiert. »Wir können hier doch nicht einfach abwarten und Tee trinken!«

»Was sollen wir denn machen? Die Kollegen vom Wasserschutz kommen nicht weit genug ins flache Watt. Außerdem kann man eine im Wasser schwimmende Leiche von einem Boot aus sowieso kaum sehen.«

Swensens Ausführungen machen Püchel sichtlich nervös. Er zieht hastig seine Zigaretten aus der Jackentasche und zündet sich eine davon an.

»Dazu kommt, dass es nicht klar ist, wohin sie durch die Gezeitenströmung und bei dem Unwetter am Wochenende getrieben worden ist. Vielleicht müssen wir einfach solange warten, bis die Frau irgendwo angeschwemmt wird. Aber diesbezüglich kennen sich die Kollegen vom Wasserschutz bestimmt aus. Die ›Sylt‹ liegt im Husumer Hafen. Ich ruf da einfach mal an. Es wird sowieso höchste Zeit, dass wir mal langsam die Küstenpolizei informieren!«

»Ja, Jan mach das!« Keine 10 Sekunden und Püchel ist schon von einer großen Wolke umgeben. Swensen weicht automatisch zurück, näher an Silvia Haman und Stephan Mielke heran, die sich auch schon auf Distanz begeben haben.

»Macht das mit dem Foto bitte schon mal allein, ich geh' erst mal telefonieren und komm dann gleich nach.«

»Danke, Jan! Ich sehe, die Sache ist bei dir gut aufgehoben.«

Im selben Moment ist Püchel wieder in seinem Büro verschwunden, nur sein Zigarettenrauch steht noch im Raum und schwebt in feinen Spiralen langsam zur Decke.

*

Es ist zehn Uhr vorbei. Feierabend. Gerade hat er die Eingangstür seiner Videothek verschlossen, die Kasse geöffnet und begonnen, die Einnahmen zu prüfen. In dem Moment, als er das Kassenbuch aus der Schublade nehmen will, dringt ein leises Stöhnen an sein Ohr.

Der Laden besteht aus drei ehemaligen Zimmern, die er durch das Aushängen der großen Durchgangstüren zu einer Gesamtfläche vereint hat.

Das absonderliche Geräusch kommt eindeutig aus dem hintersten Raum. Er merkt, wie die Angst ihn unwillkürlich im Nacken packt und spürt dabei gleichzeitig den zwanghaften Drang nachzusehen. Irgendetwas treibt ihn voran, Schritt für Schritt. Im schummrigen Licht schweben die grellbunten Kassettencover in den Regalen an seinen Augen vorbei, erst die üblichen Hollywoodstars in ihren Heldenposen, dann die unbekannten Mädchen mit den gespreizten Schenkeln. Hier hinten ist das Geräusch mit einem Mal verstummt. Dafür bemerkt er eine Tür in der Wand, die ihm bis heute noch nie aufgefallen war. Mit den Händen fegt er die Pornokassetten vom Regal, die wild durcheinander zu Boden poltern. Ein Griff wird sichtbar. Doch bevor er ihn herunterdrücken kann, springt die Tür auf. Wie besessen reißt er einige Regalbretter aus der Verankerung und zwängt sich mühsam durch die entstandene Lücke. Eine schmale Treppe führt nach oben ins Dunkle. Das Holz knarrt unter seinem Gewicht. Er ertastet ein Loch in der Decke. Vorsichtig hebt er seinen Kopf über die Kante und blickt in einen großen Saal. Ganz am anderen Ende dringt ein schwaches, flackerndes Licht durch die Ritzen eines mächtigen Samtvorhangs.

Ein Kino, durchzuckt es ihn. Nein, ein Marionettentheater, genau, das kann nur das Marionettentheater aus Storms ›Pole Poppenspäler‹ sein.

Langsam gewöhnen sich seine Augen an die Dunkelheit. Er kann die purpurrote Farbe des Stoffes erkennen.

»Komm herbei, Hajo Peters, komm herbei!«, krächzt eine unwirkliche Stimme, die ihm das Blut in den Adern gefrieren lässt. Trotzdem wird er von ihr willenlos angezogen.

»Ja, Peters, hierher! Hierher du erbärmlicher Feigling!«

Schrecken und Neugier kämpfen in ihm. Jetzt steht er direkt vor dem Vorhang, genau in der Mitte, wo sich beide Hälften treffen. Seine Hände dringen durch den Spalt und teilen ihn. Vor ihm, auf Augenhöhe, baumelt an feinen Schnüren aufgehängt eine Holzfigur. Sie trägt einen gelben Nankinganzug und ihr Kopf ist vornüber gesunken. Die Nase, die groß wie eine Wurst ist, liegt auf der Brust.

»Der Kasperl!«, stammelt er. Da hebt sich ruckartig der Kopf der Marionette.

»Freili, der is allimal dabei!«

Die Figur klappt ihren hölzernen Mund auf und zu und das Holz knackt dabei wie eine alte Eule mit ihren Kinnbackenknochen.

»Bist also kommen um auch noch deinen alten Freund zu bestehlen? Peters du elender Dieb!«

In Panik schließt er den Spalt. Sein einziger Gedanke ist Flucht. Doch bevor er sich umdrehen kann, geht ein helles Licht an. Im selben Moment öffnet sich der Vorhang und die Vorstellung beginnt mit einem Gong. Der Kasperle auf der Bühne wirkt auf einmal noch größer und lebendiger. Unter seinem rechten Arm klemmen die Pappdeckel mit den Romanblättern des Theodor Storms.

»Wie kommst du Wicht an mein Eigentum!?«, schreit er zornig und stürzt sich auf die Holzfigur, um ihr die Schriftstücke zu entreißen. Doch Kasperles Arm ist hart wie Eisen. Er zerrt aus Leibeskräften an der Umklammerung. Auf einmal tut es einen leisen Krach im Innern der Figur.

»Mörder!«, kreischt eine Frauenstimme hinter ihm. Entsetzt fährt er herum. Vor ihm steht Edda und hält ihm eine Pistole unter die Nase.

»Woher hast du die Waffe?«

»Aus deiner Schublade, unten im Laden!«

»Edda, so lass dir doch alles erklären!«

»Was willst du noch erklären, Hajo? Einmal Mörder, immer Mörder!«

»Nein, das ist doch alles so nicht wahr! Neiiiin!!!«

Schweißgebadet schießt er im Bett hoch. Seine Augen tasten durch den dunklen Raum. Keine Edda, kein Kasper, kein Theater, nur sein Schlafzimmer. Benommen sieht er auf die Leuchtanzeige des Weckers, drei Uhr fünfzehn. Der Sekundenzeiger scheint zu stehen. Langsam dämmert es ihm, dass er nur einem Albtraum entkommen ist. Die nächste halbe Stunde verbringt er mit dem Versuch, wieder einzuschlafen. Er wirft sich ärgerlich von einer Seite auf die andere. Es nützt nichts, er ist und bleibt hellwach.

Wo ist sie bloß geblieben, die Edda, denkt er und macht für diese Ungewissheit seine Dämonen in der Nacht verantwortlich. Tag für Tag hatte er in der letzten Woche jede Zeitung, die ihm unter die Finger kam, nach einer Nachricht über einen Leichenfund im Watt durchgeforstet, ohne Erfolg. Edda bleibt wie vom Erdboden verschwunden.

Das unerwartete Vakuum verunsichert ihn zutiefst. Manchmal hat er das Gefühl, als fiebere er der Entdeckung förmlich entgegen.

»Höchste Zeit, dass der Trubel endlich losgeht«, murmelt er und steigt aus dem Bett. Nachtwandlerisch tappt er durch die Dunkelheit bis in die Küche, öffnet den Kühlschrank und greift sich eine Flasche ›Flens‹. Mit dem rechten Daumen schnippt er den Bügelverschluss auf und nimmt einen kräftigen Schluck. Der Alkohol wirkt sofort. Er lässt sich rückwärts auf das Sofa fallen. Ohne abzusetzen fließt der Rest der Flasche durch seine Kehle. Eine wohlige Wärme breitet sich im Körper aus und er starrt grübelnd durch das Fenster in die Nacht hinaus. Nur die feine Mondsichel blitzt einmal kurz hinter pechschwarzen Wolken hervor.

Bald ist Neumond, denkt er beiläufig, während eine düstere Ahnung in ihm aufsteigt.

Eins ist sicher, irgendwann werden sie vor der Tür stehen!

In der ersten Zeit war er bei jedem Geräusch zusammengezuckt und dachte, dass die Polizei an seiner Wohnungstür klingeln würde. Doch nichts passierte.

Dabei fühlt er sich bestens präpariert. Er hat sich seine Antworten genau überlegt, ist sie sorgfältig immer wieder durchgegangen.

»Edda, natürlich kenn' ich Edda Herbst! Die arbeitet schließlich bei mir in der Videothek.«

»Wann ich sie das letzte Mal gesehen hab? Lassen Sie mich nachdenken. Das muss vorige Woche Montag gewesen sein. Genau, das war Montag, der 13. November.«

»Woher ich das so genau weiß? Weil sie am nächsten Tag für drei Wochen in Urlaub gehen wollte. Warum fragen Sie denn das alles?«

»Was, sie ist tot? Das ist ja entsetzlich! Ich kann das gar nicht glauben, die arme Edda. Was ist denn passiert?«

»Ertrunken im Watt. Furchtbar. Sie war so ein fröhlicher Mensch. Was für ein schrecklicher Unfall!«

Edda, Edda, Edda! Scheiße, kriege ich dieses dämliche Weibsbild denn überhaupt nicht mehr aus dem Kopf, denkt er. Während er sich eine zweite Flasche holt, fühlt er Zorn auf die tote Frau. Er setzt die Flasche an den Mund und leert auch sie in einem Zug. Doch die quälenden Bilder der Mordnacht wollen einfach nicht verschwinden.

Da liegt sie wieder deutlich vor ihm, in ihren klitschnassen Klamotten auf dem Bauch in der Wanne, nachdem er das Wasser abgelassen hatte. Über eine halbe Stunde saß er regungslos auf dem Wannenrand und sah auf den toten Körper, aus Angst, Edda könne plötzlich doch noch aufstehen. Dann gab er sich einen Ruck, bewegte langsam seine Hände, dann seine Füße. Er schwankte in die Küche und setzte sich bewusst auf den Stuhl, auf dem er schon vor der Tat gesessen hatte. Wie von selbst entwarf etwas in seinem Hirn einen Plan. Eddas Haus war ein kleines, heruntergekommenes Ziegelsteinhaus, das dicht an dicht mit anderen Häusern an einer Durchfahrtsstraße lag. Glücklicherweise gab es auf der rechten Seite einen kleinen kopfsteingepflasterten Innenhof. Da sah er seine Chance. Er räumte sein Besteck und Geschirr vom Tisch, wusch es ab, verstaute alles im Küchenschrank und verließ das Haus durch den Nebeneingang zum Hof um ihn gründlich zu inspizieren. Ein Auto hatte hier bequem Platz. Die Wand vom Nebenhaus hatte keine Fenster. Ein großes Holztor versperrte den Blick zur Straße. Das müsste klappen. Er wusste, dass Edda allein lebte, von ihrem Freund hatte sie sich vor zirka einem halben Jahr getrennt. Ihr Beziehungsstress war häufig Thema am Arbeitsplatz gewesen. Danach hatte sie nie von einer neuen Affäre gesprochen. Ihre Eltern waren schon vor Jahren bei einem Unfall umgekommen, weshalb sie auch dieses Haus besaß. Bis auf ein paar entfernte Bekannte würde sie nach seiner Überzeugung erst mal niemand vermissen.

Beste Voraussetzungen also, dachte er, um sie bis heute Nacht einfach hier liegen zulassen.

Dass Edda durch irgendeinen blöden Zufall gefunden werden könnte, blieb sein Restrisiko, ein Risiko, dass allerdings nicht sehr groß war. Jetzt brauchte er nur noch den Tag wie immer ablaufen zu lassen. Pünktlich öffnete er seine Videothek. Nachdem er den ganzen Tag seinen Job so unauffällig wie möglich durchgezogen hatte, fuhr er nach Hause. Dort wartete er bis es drei Uhr war. Um diese Zeit, das wusste er genau, sind Husums Straßen so gut wie ausgestorben. Nur das Mondlicht verursachte ihm ein mulmiges Gefühl im Magen. Es überzog die ganze Stadt mit einem weißlich hellen Schein.

Wie ein Leichentuch, dachte er und geriet in der Kurve zum Binnenhafen sogar einige Sekunden in Panik, dass man ihn heimlich beobachten könnte. Doch jetzt gab es kein Zurück mehr. Er bog rechts in die Deichstraße, stoppte und schaute sich um. In der gesamten Häuserreihe waren alle Fenster dunkel. Niemand war weit und breit in Sicht. Er stieg aus, öffnete das Holztor und bugsierte seinen alten Bundeswehr-Jeep rückwärts in Eddas Hof.

Er erwacht gegen neun Uhr völlig verdreht auf dem Sofa. Ein stechender Schmerz zieht sich vom Nacken hinauf in seinen Hinterkopf. Benommen schleicht er ins Bad und sieht ein bleigraues Gesicht mit tiefen Rändern unter den Augen, das ihm aus dem Spiegel entgegen blickt. Erst als er seinen Kopf unter den kalten Wasserstrahl hält, kommt er langsam wieder zu sich.

Dreißig Minuten später parkt er seinen Wagen in der Süderstraße, genau gegenüber der Videothek. Als er die Eingangstür öffnet, steckt die ›Husumer Rundschau‹ schon im Briefschlitz. Der beleuchtete Getränkeschrank wirft ein fahles Licht an die gegenüberliegende Wand. Er legt die Zeitung auf den Tresen, dessen Umrisse er im Halbdunkel gerade noch erkennen kann und nimmt sich eine Fanta. Dann knipst er Licht an und erschrickt unwillkürlich. Die Räume haben sich in seinen Traum aus der vergangenen Nacht verwandelt. Mit einem mulmigen Gefühl fingert er seinen Schlüsselbund aus der Jackentasche und schließt die Tresenschublade auf. Sein Herz pocht bis zum Hals. Neben dem Kassenbuch liegt seine ›Walther 7,65 mm‹, wie immer. Auch wenn er eigentlich nichts anderes erwartet hatte, braucht er längere Zeit, bis er sich wieder ganz beruhigt hat. Er ist zutiefst erstaunt, wie schnell ihn so ein Hirngespinst aus der Bahn werfen kann. Irgendwie muss er sich jetzt selbst etwas beweisen. Demonstrativ durchquert er den gesamten Laden bis in den hintersten Raum und zurück.

So, das Thema ist endgültig abgehakt, denkt er, nimmt eine Getränkedose und reißt sie auf. Als er sie gerade an den Mund setzen will, fällt sein Blick auf die Titelseite der Zeitung.

Mädchen bleibt verschwunden. Trotz intensiver Suche der Flensburger Polizei gibt es weiterhin kein Lebenszeichen von der kleinen Beatrix aus Glücksburg.

Ich werde nie begreifen, wer so was fertig bringt! Wie kann man sich nur an einem kleinen Mädchen vergreifen, denkt er, als wenn jemand in seinem Kopf einen Hebel umgelegt hat.

Solche Menschen sind doch krank. Der wusste 100%ig, was er gemacht hat.

Aufgebracht schlägt er die Zeitungsseiten um. Er freut sich über seine Wut, sie erzeugt ein gutes Gefühl im Bauch.

Was ist meine Tat gegen so etwas Abscheuliches. Ich bin da schließlich nur wegen ein paar fehlender Kröten reingeschlittert. Und überhaupt ist das Ganze sowieso nicht zu vergleichen!

Da werden seine Gedanken jäh gestoppt. Gerade hat er den Lokalteil der Zeitung aufgeschlagen. Knallhart springt ihm seine Realität ins Auge. Ein Bild von Edda.

Wer kennt diese Frau? Für sachdienliche Hinweise wenden Sie sich bitte an die Husumer Kriminalpolizei.

Woher haben die ein Bild von Edda, schießt es ihm durch den Kopf. Wieso steht da nichts von einer Leiche? Wenn sie ein Bild haben, müssen sie doch eine Leiche haben!

Fragen, die auf ihn einstürmen, aufdringlich und beklemmend zugleich. Doch so sehr er auch nachdenkt, logische Antworten bleiben ihm verborgen. Hilflos trommelt er mit den Fingern auf der Tischplatte. Seine Schläfen schmerzen. Er fühlt ein zentnerschweres Gewicht auf seinen Schultern. Alles, was er sich zurechtgelegt hatte, kann er ab sofort vergessen. Ihm ist klar: er muss unbedingt handeln. Wenn er nicht in Kürze die Polizei informiert, wird man über kurz oder lang rauskriegen, dass Edda bei ihm angestellt ist. Dann tauchen sie auf und werden ihm sehr unangenehme Fragen stellen.

Also, los! Angriff war noch immer die beste Verteidigung!

Er nimmt sein Handy und wählt die Nummer der Husumer Kriminalpolizei.

*

Kurz hinter der Post kommt erst der Bertelsmann Bücherclub und dann der Fotoladen Adolf Dallmann. Im Vorbeigehen bleibt Swensens Blick am Schaufenster hängen. Die großen gerahmten Hochzeitsbilder waren noch in wärmeren Zeiten entstanden, wahrscheinlich im hiesigen Schlosspark. Swensen muss unwillkürlich grinsen. Auf dem Farbfoto unten rechts hat die Braut sich in ihrem weißen Samt ausladend ins Gras gehockt und der Bräutigam steht in Siegerpose hinter ihr wie ein Großwildjäger, der mit seiner erlegten Trophäe abgelichtet wird.

Das Bild macht ihm ein ungutes Gefühl in der Magengegend. Er merkt, dass seine Abneigung gegen das Heiraten und die Ehe für ihn immer noch ein Thema zu sein scheint. Frauen in Brautkleidern haben für ihn etwas zutiefst bürgerliches, etwas wovon er sich sein Leben lang beharrlich abgrenzen wollte. Doch das Hochzeitsfoto, das ahnt er, ist nicht der Auslöser für sein mulmiges Gefühl. Es erinnert ihn nur an den gestrigen Abend, an dem Anna seine Hand nahm, ihn mit großen Augen ansah und fragte, ob er sich vorstellen könne mit in ihr Haus einzuziehen. Er hatte die Hand fast reflexartig zurückgezogen. Die Frage kam ihm vor wie ein Skalpell, das brutal in seinen gewohnten Alltag eindringen wollte, in seinen morgendlichen Blick aus dem Fenster, in seinen plötzlichen Drang ein Saxofonsolo von Branford Marsalis zu hören, in seinen meditativen Zustand von innerer Leere.

Es geht um meine Freiheit, hatte er gedacht und gleichzeitig flüsterte ihm die Stimme seines Meisters zu: Alles was du festhältst, wird dein Leben verwirren. Und da war es, das kleine Ich, das Ich des Jan Swensen. Es rebellierte, bäumte sich auf. Er saß da, verwirrt und unfähig auf Anna einzugehen. Sie fing an zu weinen. Auch seine beruhigenden Worte halfen nichts mehr, ihr Gesicht versteinerte.

»Typisch männliche Angst vor Nähe!«, sagte sie mit harter Stimme und schmiss ihn raus.

Swensen öffnet die Ladentür und tritt an den Tresen.

»Moin, Moin, ich hab eine Frage. Kann man bei Ihnen noch Schwarz-Weiß-Fotos machen lassen?«

Er grinst die junge Brünette an und merkt sofort, dass seine Frage nicht gerade präzise ausgefallen ist.

»Natürlich! Was brauchen Sie? Passbilder oder soll es ein Porträt sein?«

»Keins von beiden. 'Schuldigung, Jan Swensen von der Kripo Husum. Ich möchte nur wissen, ob jemand in Ihrem Laden vor zirka ein oder zwei Wochen Schwarz-Weiß-Abzüge in Auftrag gegeben hat.«

»Die Leute machen heutzutage nur Farbbilder. Ich kann mich nicht erinnern, dass hier jemals einer Schwarz-Weiß-Abzüge haben wollte.«

»Gilt das nur für Sie oder gibt es noch andere Verkäuferinnen?«

»Ich kann kurz den Chef rufen, der muss das auf alle Fälle wissen. Herr Dallmann, kommen Sie bitte!«

Ein kleiner glatzköpfiger Kopf taucht hinter einem Vorhang auf.

»Ich hab Ihre Frage hier hinten schon mitgehört. Schwarz-Weiß-Abzüge macht in Husum keiner mehr.«

»Danke, das war's schon.«

Als Swensen gerade den Laden verlässt, macht sich sein Handy bemerkbar. Er drückt sich an eine Hauswand und hält sich mit der linken Hand das Ohr zu. Diese verbogene Körperhaltung kommt ihm bei anderen immer albern vor.

Der Mensch in der Digitalen, denkt er und meldet sich gleichzeitig. »Hier Swensen!«

»Mielke! Halt dich fest, Jan. Ich hab gerade mit einem gewissen Hajo Peters gesprochen. Der hat das Bild von unserer Frau in der Husumer Rundschau gesehen, und sie erkannt. Es soll eine Mitarbeiterin von ihm sein, mit Namen Edda Herbst. Sie wohnt in der Deichstraße 22.«

»Schick' sofort das gesamte Team raus!«

»Ist schon veranlasst! Der Typ führt eine Videothek in der Süderstraße, und ist da jetzt auch zu erreichen.«

»Okay! Ich bin in der Nähe. Ich geh' sofort mal rüber und sprech' mit ihm und komm danach gleich in die Deichstraße. Bis dann!«

Swensen drückt die Taste mit dem roten Hörer und nimmt wieder Normalhaltung an. Er überlegt einen Moment und geht dann noch mal zurück in den Fotoladen.

»Ich sehe gerade im Fenster, Sie verkaufen auch Handys. Ist es möglich die Melodie gegen ein normales Klingeln auszutauschen?«

»Klar! Sie gehen einfach ins Menü, und dann …!«

»Menü?«, unterbricht Swensen.

»Geben Sie mal her!«

Die Brünette nimmt ihm das Handy aus der Hand. Ihr rechter Zeigefinger drückt in einem rasanten Tempo auf unzählige Knöpfe. Es piept ein paar Mal und Swensen hat sein Gerät wieder. Er lächelt verlegen.

»Dankeschön!«

*

Von der Süderstraße bis zur Deichstraße sind es zirka 15 Minuten zu Fuß. Auf dem Weg dorthin holt Swensen sich im Fischhaus Loof ein Krabbenbrötchen, die Besten in Husum, sagt man. Er sieht sich zwar als Vegetarier, aber bei Krabben drückt er öfter beide Augen zu. Weil mal wieder eine Touristenschar alle Tische belegt hat, lehnt er sich vor dem Laden an die Hauswand. Hier ist es windstill. Die Sonne wärmt sogar ein wenig. Gegenüber steht das neue Fischrestaurant, das direkt neben das Hafenbecken gesetzt wurde. Der futuristische Glaskasten stört sein ästhetisches Empfinden. Für ihn ist diese gewollt moderne Architektur eher hässlich und banal. Vor der Eingangstür kämpft eine kleine Gruppe Frauen und Kinder mit einem Schwarm Möwen. Eine große Lachmöwe versucht das Fischbrötchen eines kleinen Mädchens im Sturzflug zu erbeuten. Der mächtige signalgelbe Schnabel verfehlt den Leckerbissen nur knapp. Das Kind lässt das Brötchen erschreckt zu Boden fallen und brüllt. Sofort balgt sich die restliche Vogelhorde mit wilden Flügelschlägen darum. Die Lachmöwe kreist im großen Bogen über der Straße und landet unmittelbar neben Swensen auf einer Plastikmülltonne. Er wirft ihr von seinem letzten Happen eine Krabbe hinüber, die sie geschickt auffängt. Schmunzelnd steckt er sich den Rest in den Mund, wischt sich mit der Serviette die Finger und den Mund ab und wirft das zusammengeknüllte Papier in die Mülltonne, nachdem er die Möwe vom Deckel hochgescheucht hat.

Als er nach zirka 30 Metern in die Deichstraße einbiegt, sieht er schon zwei Streifenwagen und Mielkes Twingo auf dem

Parkplatz vor der Gepäckannahme stehen. Der leere Ziegelbau auf dem Gelände des stillgelegten Güterbahnhofs liegt genau gegenüber von Haus 22, ebenfalls ein Ziegelbau und mindestens genauso heruntergekommen. Die neu eingesetzte Aluminiumtür gibt der schäbigen Fassade den Rest. Der Bürgersteig ist auf der gesamten Länge des Hauses und dem angrenzenden Holztor daneben mit rot-weißem Plastikband abgesperrt.

Swensen grüßt den uniformierten Beamten, von dem ihm bloß der Vorname Bernd einfällt. Der tippt ohne Worte an seine Schirmmütze und lässt ihn passieren. Der Teppichboden im Flur ist so abgetreten, dass man die dunkelblaue Farbe nur noch am Rand erkennen kann. Der Flur führt direkt in die Stube. Ein mittelgroßer Raum, mit dem üblichen Mobiliar, Schrankwand, Tisch, Sessel, Sofa, Fernseher. Zwei Personen in weißen Plastikoveralls, Latexhandschuhen und Fußschützern sind auf Spurensuche. Einer kriecht mit einer Lupe über den dunkelblauen Teppichboden. Der andere, der neben dem Sofa kniend die Nase schnaubt, ist Peter Hollmann. Swensen erkennt ihn an seiner rundlichen Gestalt und dem buschigen Schnauzer, der unter der stramm geschnürten Kapuze hervorlugt. Im Raum nebenan, der Küche, unterhält sich Stephan Mielke angeregt mit Paul Richter, einem breitschultrigen Streifenpolizisten.

»Hey, Stephan! Ich denke Peter hat die Grippe?«, platzt Swensen mitten in ihr Gespräch.

»Ich hab ihn angerufen. Wollte nur schnell wissen, was zu tun ist. Er ist immerhin unser bester Kriminaltechniker.«

»Ja, ja, wenn man Peter Hollmann um Rat fragt, ist der immer sofort wieder gesund.«

»Meinst du es war falsch ihn anzurufen?« Mielke sieht Swensen mit fragenden Augen an.

»Zweifel ist nur eine Kette von Worten in deinem Geist!«

»Was?«

»Das war ein Scherz, Stephan! Vergiss es einfach. Wo kann ich Handschuhe bekommen?«

Mielke zieht ein Paar aus der Manteltasche und reicht sie Swensen, der diese geräuschvoll über die Hände zieht.

»Was ist mit dem Videobesitzer?«

»Nichts was uns großartig weiterhelfen könnte«, antwortet Swensen knapp, um endlosen Spekulationen vorzubeugen. »Und hier? Habt ihr schon was gefunden?«

Der Kommissar hat nebenbei damit begonnen, sämtliche Schranktüren in der Küche zu öffnen und wieder zu schließen.

»Bis jetzt nichts!«, antwortet Mielke. »In der ganzen Wohnung gibt es offensichtlich keinen Hinweis auf irgendeine Gewalttat. Die Kollegen fragen im Moment in der Nachbarschaft herum, ob jemand was gesehen oder gehört hat.«

»Gut«, bestätigt Swensen. »Wir sollten uns nachher in der Inspektion noch mal kurz zusammensetzen und die Ergebnisse durchgehen.«

Er beginnt Schubladen zu öffnen und wieder zu schließen. In Mielkes Mimik zeichnet sich eine gewisse Gereiztheit ab.

»Was machst du da eigentlich?«

»Ich suche nach einem Zugang zu Eddas Universum! Ermitteln ist so etwas wie das Begreifen gegenseitiger Abhängigkeiten, die zwischen einem Ganzen und seinen Teilen besteht. Ohne Teile kein Ganzes und ohne Ganzes machen auch unsere Mutmaßungen über die Teile keinen Sinn.«

Mielke murmelt etwas, tippt Paul Richter an und beide suchen überstürzt das Weite. Swensen kennt diese Reaktionen von seinen Kollegen.

Es ist zwar fast schon gar nicht mehr wahr, denkt er, aber die Praxis der Mahayana-Schule hat mich offensichtlich doch mehr verändert, als mir manchmal klar ist. Immer bei solchen Reaktionen steht ihm seine Zeit im buddhistischen Zentrum plastisch vor Augen. Wenn ich richtig drüber nachdenke, hat der Meister uns seine Worte förmlich ins Gedächtnis eingeknetet, auf ewig abrufbar.

An die kleine, hutzlige Gestalt, das menschliche Lächeln unter den buschigen Augenbrauen und an das schleifende Geräusch, das seine orangefarbene Leinenrobe auf dem Steinfußboden erzeugte, erinnert er sich, als wäre es gestern gewesen.

»Es ist wichtig zu erkennen, wie Dinge und Ereignisse entstehen«, sagte Lama Rhinto Rinpoche fast immer, wenn er vor der Gruppe mit seiner wöchentlichen Belehrung begann. »Alle Dinge und Ereignisse stehen in Abhängigkeit von Ursache und Wirkung. Und was bedeutet das für uns? Es bedeutet die Erkenntnis, dass kein Ding oder Ereignis von uns so gedacht werden kann, dass es aus sich selbst eine Existenz gewinnt.«

Swensen hatte sich, das weiß er heute genau, jedes der Worte zu Eigen gemacht. Allerdings brauchte es Jahre, bis er sie auch ab und zu in seinen beruflichen Alltag einbauen konnte. Wie gerade jetzt, wo er eine imaginäre Fährte spürt, die aber nur als eine feine Ahnung existiert. Es ist klar, die Dinge in diesem Raum haben sich aus unzähligen Ursachen und vorausgegangenen Bedingungen so angeordnet, wie sie jetzt vor ihm liegen. Doch was sagt das schon? Achtsam sein! Wenn er sie ansieht, wenn er versucht sie aus seiner verengten Sicht zu beurteilen, kann er damit die Wirklichkeit ihrer Existenz verändern. Und wenn er etwas bewertet und dabei nicht höllisch aufpasst, kann er falsche Schlüsse ziehen.

Der Kriminalist zieht die Schublade unter dem Spülbecken auf. Das war es, was er die ganze Zeit gesucht hatte, dieser unauffällige Ort, wo beim modernen Menschen zumindest der Instinkt des Sammlers überlebt hat. Da liegt neben der Packung Gall-Seife ein Päckchen Gummibänder, ein rotes Plastikherz gefüllt mit einer Sammlung rostiger Schlüssel, eine Rolle Band, Toppitz Alufolie, eine Schere, ein Stoß Taschentücher, Reklame diverser Pizzaschnelldienste, ein Heftchen mit dem Titel ›Ätherische Öle‹ und ein zusammengefaltetes gelbes Flugblatt. Swensen klappt es auf und liest: Das Geld liegt nicht nur auf der Straße! Es kann auch bei Ihnen im Keller oder auf dem Boden liegen. Alte Bücher, handschriftliche Tagebücher, Figuren und Möbel. Wir kaufen alles für einen guten Preis! Schauen Sie nach und rufen Sie uns an. Wohnungsauflösungen, Nachlässe, wir zahlen bar! Ihr Ex und Hopp-Service Ludwig Reifenbaum. Tel. 0172426685.

Swensen überlegt angestrengt.

Warum hat Edda den Zettel aufgehoben, rätselt er. Sie muss sich davon doch etwas versprochen haben. Brauchte sie Geld? Hatte sie irgendwelche wertvollen Sachen, vielleicht Antiquitäten?

Er steckt den Zettel in eine der mit Nummern versehenen Cellophantüten, die Mielke auf den Küchentisch liegengelassen hat.

Und wie hilft uns das jetzt weiter, sinniert er weiter und wiegt seinen Fund in der Hand, als Peter Hollmann mit Mielke im Schlepptau eintritt.

»Dieses Fotoalbum habe ich gerade in der Schrankschublade gefunden«, erklärt Hollmann und legt einen grünen Kunstlederband auf den Küchentisch. Über das Gesicht, das unter der Plastikkapuze hervorlugt, läuft der Schweiß.

»Hinten liegen diese losen Passbilder drin.«

Er drückt Swensen drei Fotos in die Hand und ist schon wieder verschwunden. Der stutzt und reicht sie an Mielke weiter.

»So sieht also Edda Herbst wirklich aus. Merkwürdig, nech?«

»Wieso?«

»Na ja, guck dir das Bild doch mal genau an. Sieht unserem Computerbild nicht gerade besonders ähnlich, oder?«

»Na und?«

»Ich finde das schon eine Leistung von dem Peters, dass er sie auf unserem Bild erkannt hat.«

»Findest du? Aber sie hat doch bei ihm gearbeitet«, wirft Mielke vorsichtig ein. »Zumindest können wir froh sein, dass wir durch den Videofritzen endlich wissen, wer die Frau ist.«

Swensen merkt, dass er bei Stephan Mielke schon wieder zu weit vorgeprescht ist.

»Es ist nicht immer geschickt, spontane Ideen sofort nach draußen zu posaunen«, denkt er und nickt Mielke zu.

»Da hast du recht, Stephan! Priorität im Fall Edda Herbst ist jetzt, dass wir uns schnell ein Bild von ihrem Leben machen.«

*

Swensen lässt gerade seinen Computer runterfahren, als Silvia Haman ihren Kopf in die Tür steckt.

»Ich komm gerade aus Heide zurück. In keinem Fotoladen wurden Schwarz-Weiß-Abzüge in Auftrag gegeben.«

»In Husum dito«, entgegnet Swensen. »Aber wir wissen in der Zwischenzeit, wer die vermeintliche Tote ist. Du kommst also wie gerufen. In fünf Minuten trifft sich unsere Truppe zum Gespräch.«

»Ich komme sofort.«

Sie eilt auf ihr Büro zu, während Swensen sich schon auf den Weg in die Küche macht um sich einen Tee aufzubrühen. Aber die Packung grüner Tee ist leer, er muss also noch mal in sein Büro zurück, denn dort liegt noch eine Schachtel mit Teebeuteln. Als er endlich mit seinem dampfenden Becher in den Konferenzraum kommt, ist er der Letzte.

»Nanu Jan! Seit wann trinkst du denn was völlig normales, so richtig mit Teebeutel?«, frotzelt Rudolf Jacobsen.

»Das ist ein Yogi-Tee mit einer Himalaja-Mischung!«

»Dann ist ja alles in Ordnung!«, grinst Stephan Mielke verschmitzt und hebt seinen Kaffeebecher. »Wir dachten schon du bist krank!«

»Nein, Kollegen, es geht mir sehr gut«, kontert Swensen gelassen und steht auf um die Sitzung zu eröffnen. Doch Peter Hollmann, der sich in die äußerste Ecke zurückgezogen hat, niest lautstark dazwischen.

»Gesundheit Peter!«

Hollmann putzt sich die Nase. Seine glänzenden Augen deutet Swensen als Fieber.

»Wohl doch etwas zu früh im Dienst?«

»Quatsch, es geht schon! Lasst euch durch mich nicht stören«

»Wie du willst«, erwidert Swensen, obwohl er der Meinung ist, Hollmann sollte nach Hause gehen und sich ins Bett legen. Sein Blick wandert um den Tisch. Alle verstummen.

»Also Kollegen, wir haben zwar noch keinen richtigen Fall, aber immerhin hat dieser Nichtfall schon einen Namen: Edda Herbst. Eins ist sicher, die Frau ist verschwunden und treibt wahrscheinlich tot irgendwo vor St. Peter-Ording im Wasser. Unfall, Suizid oder Mord, wir wissen es nicht. Aber gehen wir alles in der richtigen Reihenfolge durch. Was hast du rausgekriegt, Stephan?«

»Edda Herbst, geboren 21. 3. 1957 in Husum. Größe: 168 cm, Augenfarbe: grün. Wohnt, oder vielmehr wohnte, in einem älteren Einzelhaus in der Deichstraße 22, ein Erbstück der Eltern, die vor 10 Jahren bei einem Unfall umgekommen sind. Keine Geschwister. Verwandte sind nicht bekannt. Die Nachbarn kennen sie nur flüchtig, meist nur so vom Sehen. Keiner kann sich daran erinnern, wann er Edda Herbst zuletzt gesehen hat. Sie lebte offensichtlich ziemlich unauffällig.«

»Und am Dienstag, dem 14. November, hat sie in der Videothek von Herrn Hajo Peters gearbeitet.« mischt Swensen sich in Mielkes Ausführungen, in dem er seinen Notizblock zückt und seine Eintragungen überfliegt. »Hajo Peters ist der Mann, der Edda Herbst auf dem Bild in der Husumer Rundschau erkannt hat. Wahrscheinlich ist er auch die letzte Person, die sie lebend gesehen hat. Bei der Vernehmung sagte er, sie habe drei Wochen Urlaub genommen. Es ist ihm auch nichts Ungewöhnliches an ihrem Verhalten aufgefallen.«

Swensen macht eine kurze Pause, um die Aufmerksamkeit der Anwesenden zu schärfen, und fährt mit Bedacht fort.

»Vor einem halben Jahr soll sie eine längere Zeit einen Freund gehabt haben, mit dem sie ziemlich viel Ärger hatte. Hajo Peters hat sie mal vor seinem Laden beobachtet, wie sie sich handfest in den Haaren hatten und sich heftig anbrüllten. Sie hat dann, nach Peters Aussage, das Ganze abrupt beendet. Es wäre gut, wenn wir rauskriegen, wer dieser Freund war.«

»Und Hajo Peters?« fragt Silvia Haman. »Welchen Eindruck hast du von dem?«

»Auf meine Frage, ob er eine intime Beziehung mit Edda Herbst hatte, wurde er ziemlich wütend. Er wäre zwar ein paar Mal bei ihr zuhause gewesen, aber immer nur um berufliche Absprachen zu treffen, wer wann welche Schicht übernimmt, usw. Sie haben sich nämlich in der Videothek immer gegenseitig abgelöst.«

Swensen nimmt einen Schluck Tee. Ein Gefühl sagt ihm, dass mit Hajo Peters etwas nicht stimmt. Doch das verschweigt er.

»Auch meine Nachforschungen in den Fotoläden in Heide, und, wie ich von Jan erfahren hab, auch in denen in Husum, haben nichts ergeben.«

Silvia Haman deutet mit dem Finger zum Reißbrett, auf das sie die gesamte Fotoserie gepinnt haben. »Der Absender der Fotos bleibt bis auf weiteres der große Unbekannte.«

»Hoffentlich finden wir sie bald, unsere Fotoleiche!«, sagt Swensen und von der anderen Seite des Tischs meldet sich Peter Hollmanns verschnupfte Stimme.

»Immerhin haben wir in der Wohnung alte Fotos von Edda Herbst gefunden. Wir wissen jetzt wie sie wirklich aussieht. Ansonsten können wir die Spuren wohl erst richtig auswerten, wenn wir die Leiche haben. Vielleicht müssen wir das Ganze auch noch mal gezielter wiederholen.«

Swensen schaut demonstrativ auf die Uhr. Inzwischen ist es bereits kurz nach sieben. »Ich glaub' das ist wohl alles für heute!«

Alle springen auf. Während sich der Raum leert, ist Peter Hollmann am Reißbrett stehen geblieben und studiert eindringlich eines der Fotos. Er winkt Swensen zu sich und deutet auf die Totale von der Wattlandschaft mit dem Westerhever Leuchtturm im Hintergrund. Swensen sieht ihn neugierig an.

»Schau dir mal das Bild genau an, Jan!«

»Das hab ich mir schon öfter angeschaut.«

»Der Bildausschnitt! Sieh dir mal die Kamerahaltung an, die leichte Schräge.«

»Ja und?«

»Solche Schrägen, die kenn' ich. Das ist eindeutig der Stil eines bekannten Kunstfotografen. Der Name fällt mir jetzt auf Anhieb nicht ein, aber zuhause hab ich bestimmt einen Bildband von dem. Ich müsste mich schon sehr täuschen, wenn dieses Foto nicht von ihm ist, der ist international bekannt.«

3

Die Warnblinkanlage wirft lange rote Streifen auf den nassen Asphalt. Swensen nimmt den Lichtschein schon vor der Kurve wahr, bevor der Bahnübergang überhaupt in seinem Blickfeld auftaucht und steigt behutsam in die Bremsen. Der alte VW-Polo zieht sofort leicht nach rechts.

Mist, ich muss unbedingt die Bremsen richten lassen.

Nach der Besprechung war er in Gedanken an seine Auseinandersetzung mit Anna zuerst in seine Wohnung in der Hinrich-Fehrs-Straße gefahren. Wie schon am Morgen konnte er nicht entspannen und probierte es gar nicht erst mit Meditation. Dieses vertrackte Gefühl, nicht Fisch und nicht Fleisch, war ein Zustand, den er nie lange aushalten konnte. Er musste die Sache mit der gemeinsamen Wohnung noch heute Abend mit ihr klären.

Mit lautem Pfeifen kündigt sich die Regionalbahn nach St. Peter an und rattert quer über die Straße. Die erleuchteten Fenster ziehen einen gelben Lichtstreifen durch die Nacht.

Gähnend leer, denkt Swensen. Wer will auch um diese Zeit mit dem Zug von Husum nach St. Peter. So kutschiert sich die Bahn mit Sicherheit in die roten Zahlen.

Auf der Geraden nach dem Übergang fährt der Triebwagen eine längere Strecke parallel zur Straße, immer auf gleicher Höhe mit Swensens VW. Im Schein der Zugfenster fliegen die flachen Marschwiesen mit den geduckten, windschiefen Weiden und vereinzelten Schafherden vorbei. Vorn sieht Swensen ein grelles Licht auf sich zukommen. Es stammt von der nagelneuen RaMi-Tankstelle, die hier mitten in die Einsamkeit gesetzt wurde. Swensen steuert seinen Wagen an den Zapfsäulen vorbei bis direkt vor die Eingangstür. Obwohl sich einige Häuser im Umfeld befinden, wirkt die ganze Anlage wie ausgestorben. Durch die Fensterfront kann er die Verkäuferin von draußen deutlich erkennen.

Die steht da wie auf dem Präsentierteller, denkt er. Eine riesige Tankstelle, eine Verkäuferin, allein bis spät in die Nacht. Das ist doch nur eine Frage der Zeit, bis wir hier ermitteln dürfen.

Er schnappt sich einen der mickrigen Blumensträuße, die in Plastikeimern vor der Tür stehen, bezahlt und ist schon wieder auf der Straße. Fünf Minuten später sieht er durchs linke Seitenfenster die Witzworter Meierei, die kurz vor dem Ortseingang steht.

Immer wenn er hier vorbeikommt, denkt er unwillkürlich an den sagenhaften ›Eiderstedter Traum‹. Der sahnige Joghurt, der hier produziert wird, ist ein Geheimtipp im Norden.

Kurz vor der angestrahlten Backsteinkirche mit dem winzigen, spitzen Türmchen biegt er nach rechts ab und hält vor Anna Dietes Reetdachhäuschen. Aber trotz seines mehrmaligen Klingelns und Klopfens meldet Anna sich nicht. Verwirrt tritt er die Rückfahrt an.

Gegen 22:18 Uhr lässt er sich daheim auf das Sofa sinken. Sein Körper erscheint ihm wie abgespalten, als bestehe seine Existenz nur in seinem Kopf. Er hat das Gefühl sich mal wieder richtig gehen lassen zu müssen, seine Kontrolle abwerfen zu wollen. Sein Alltag hat etwas Blutarmes angenommen. Diese starren Rituale, morgens Meditieren, abends Meditieren, vegetarisch ernähren, grünen Tee trinken. Wo ist die Lust am Leben geblieben?

Swensen treibt es in die Küche. Er hat eine schwache Erinnerung, dass noch eine Flasche Rotwein da sein muss. Zielsicher öffnet er die rechte Tür des Küchenschranks. Da steht er, ein griechischer Samos. Bye, bye, formlose Leere.

Er dreht vorsichtig den Korkenzieher ein, zieht mit einem sanften Plopp den Korken heraus, riecht an der Unterseite wie an einer alten Erinnerung und schenkt das Glas viertel voll. Dann nippt er kurz daran. Der fast ölige Wein legt ihm eine süße Schwere auf die Zunge. Er geht beschwingt ins Wohnzimmer zurück und hockt sich wieder auf das Sofa.

Sein Blick fällt auf die Uhr, 22:29 Uhr. Er drückt auf die Fernbedienung. Der Bildschirm leuchtet auf. 22:29:57, 22:29:58, 22:29:59. Fanfare, Stimme. Hier ist das Erste mit den Tagesthemen. Ulrich Wickert. Guten Abend meine Damen und Herren. Der erste Beitrag. In Amerika versuchen Wahlhelfer gestanzte Löcher auf Wahlzetteln zu lesen.

Swensen lehnt sich zurück. Teilnahmslos lässt er die Bilderflut an seinem Bewusstsein vorbeiziehen. Erst eine Polizeikette, die einen Wald durchstreift, erregt wieder seine Aufmerksamkeit.

Mehrere Hundertschaften der Polizei durchsuchen die Umgegend des Wohnorts von Beatrix, kommentiert die Sprecherstimme. Die Beamten sind schon seit Tagen im Einsatz.

Ein Kampfjet donnert durchs Bild.

Die Bundeswehr setzt jetzt Tornados mit Wärmekameras ein.

Mit einem Mal sind Weinseligkeit und buddhistische Weisheit wie weggeblasen. Auf dem Sofa sitzt Hauptkommissar Jan Swensen. Er muss über sich lächeln und merkt sofort, dass seine Reaktion nur seine Bestürzung überspielen soll. Ertappt.

Klassischer Fall von Verdrängung, denkt er und spürt einen garstigen Druck im Magen, obwohl er mehrmals tief durchatmet. Das Fahndungsfoto der kleinen Beatrix, das gerade im Beitrag gezeigt wurde, steht ihm weiterhin vor

Augen. Eine unheilvolle Ahnung lähmt ihn. Da ist es wieder, sein altes Trauma. Bis eben war er fest überzeugt, er hätte es ein für alle Mal überwunden. Wie durch einen Nebel sieht er zwei Gestalten, die sich einen Weg durch das Gestrüpp einer Parkanlage bahnen. Die erste Gestalt ist Hauptkommissar Karl Begier und die zweite ist er selbst.

Es sah damals aus wie einer der normalen Einsätze, die er seit acht Dienstjahren bei der Mordkommission Hamburg West abgerissen hatte. Alle verfügbaren Schutz- und Kriminalpolizisten vor Ort. Zwei Leichen im Sternschanzenpark. Begier bog das Buschwerk zur Seite und Swensen trat neben ihn. Da lagen sie, zwei tote Knaben, zwischen neun und zwölf Jahren. Der Anblick traf ihn unerwartet, wie eine Keule. Der eine Leichnam lag mit nacktem Oberkörper, an Händen und Füßen gefesselt, auf dem Rücken. Am Hals klaffte eine breite Wunde. Eine verkrustete Blutspur führte über die linke Halsseite bis zum blutig durchtränkten Erdreich. Der Reißverschluss der Jeanshose war heruntergezogen, der Hosenbund geöffnet. Das jüngere Kind lag zirka fünf Meter entfernt, ebenfalls auf dem Rücken. Die blutverschmierte Windjacke war offen, das T-Shirt darunter nach oben geschoben. Der Brust- und Bauchbereich war mit brutalen Stichwunden übersät. »Das ist ja wie auf dem Schlachthof«, meinte Begier. Swensen wurde speiübel. Er stützte sich an einen Baum und kotzte sich die Seele aus dem Leib.

In weiter Ferne dringt ein schwaches Surren an sein Ohr. Er taucht durch den Nebel. Das Geräusch wird schrill. Sein Telefon klingelt. Swensen drückt mit der Fernbedienung den Ton des Fernsehers leiser und nimmt den Hörer ab.

»Swensen!«

»Hallo Jan!« Swensen erkennt die krächzende Schnupfenstimme von Peter Hollmann am anderen Ende der Leitung.

»Ich hoffe du bist nicht sauer, dass ich so spät anrufe, aber ich hab den Namen des Fotografen rausgekriegt. Du erinnerst dich noch an unser Gespräch von vorhin. Also, der Mann heißt Wiggenheim, Sylvester von Wiggenheim, und lebt wahrscheinlich in Hamburg, jedenfalls nach der Biographie in meinem Buch.«

Swensen sieht auf dem Bildschirm, dass in der Zwischenzeit irgendein Krimi angefangen hat.

»Hallo, Jan! Bis du noch da?«

»Klar, Peter! Prima! Besten Dank! Schätze, die Adresse kriegen wir morgen schon raus.«

»Also, dann bis morgen.«

»Bis morgen!«

Swensen legt auf und das Telefon klingelt gleich wieder.

»Ist noch was, Peter?«

»Hallo Jan, ich bin's, Anna!«

»Du, Anna? Oh, – hast du den Blumenstrauß gefunden?«

»Welchen Blumenstrauß?«

»Den ich dir an die Tür geklemmt habe.«

»An die Tür? Du warst bei mir zuhause?«

»Ja!«

»Wieso das denn? Ich bin in Rendsburg und halte mein Seminar über ›narzisstische Persönlichkeitsstörungen‹.«

Swensen schlägt sich mit der Hand an die Stirn.

»Ach ja, Rendsburg! Hab ich mal wieder total verschwitzt. Dann konntest du ja nicht da sein.«

»Nein, konnte ich nicht!«

»Dann rufst du jetzt einfach nur so an?«

»Das könnte man so sagen. Ich hab allerdings auch ein wenig an unseren ungeklärten Streit gedacht.«

»Ja, stimmt! War ziemlich blöde, oder?«

»Ja!«

»Tut mir leid! Wir sollten morgen unbedingt mal drüber reden.«

»Ich bin erst am Wochenende zurück.«
»Gut dann sehen wir uns dann.«
»Wir werden sehen. Gute Nacht, Jan!«
»Gute Nacht Anna!«
Swensen legt auf und fühlt sich mit einem Mal zutiefst allein. Er wird wohl immer ein Eigenbrötler mit Angst vor Nähe bleiben. In der Zwischenzeit ist der ›Tatort‹ auf dem Bildschirm voll im Gange. Gerade verfolgt eine Person eine andere. Swensen erkennt Kommissar Schimanski, der über die Feuertreppe eines Gasometers rennt, und macht den Ton wieder lauter. Schüsse peitschen. Der mutmaßliche Ganove wird getroffen und stürzt über das Geländer in die Tiefe.

Schwachsinn, denkt er und drückt den Aus-Knopf.

Er muss wieder an den Kindermord im Sternschanzenpark denken. Das Bild hatte sich damals so in sein Gedächtnis eingebrannt, dass die Angst vor dem nächsten Einsatz ihn fast lähmte. Wochenlang träumte er fast jede Nacht von durchgeschnittenen Hälsen und bleichen Knabenoberkörpern. Mit blutigen Wundlöchern vor Augen schreckte er aus dem Schlaf. Im Dienst fühlte er sich wie betäubt, fast stumpfsinnig. Er mied die Gespräche mit den Kollegen, denn der normale Wortschatz in einer Mordkommission erinnerte ihn immer wieder an die Horrornacht. Und dann kamen mit einem Mal noch diese ›Flashbacks‹ dazu. Sie trafen ihn aus heiterem Himmel, in jeder erdenklichen Situation, zum Beispiel beim Nachtisch in der Polizeikantine. Die Leichen der Knaben lagen urplötzlich real vor seinen Füßen. Er brauchte nur die Hand ausstrecken um ihr Blut zu berühren.

Wenn er heute an diese Albtraumzeit zurückdenkt, wird ihm klar, dass er schon damals dieser Eigenbrötler war. Er vereinsamte zusehends in der Gruppe. Sobald seine Kollegen ihn darauf ansprachen, bezeichnete er sich als einen Individualisten. Und als Individualist wollte er die Sache natürlich unbedingt selber in den Griff bekommen.

Eines Morgens kam Karl Begier in sein Büro, legte ihm mit einem Augenzwinkern einen Flyer auf den Schreibtisch und verschwand wortlos wieder. Swensen griff sich das hellblaue Stück Papier und faltete es auf.

Posttraumatische Belastungsstörung nach kriminellen Gewalttaten. Ein Gastvortrag von Prof. Dr. Hermann im ›Psychologischen Institut‹, Saal IV der Uni Hamburg. 23. Januar 1992, 20:00 Uhr.

Erst war er stinksauer gewesen und wollte Karl Begier zur Rede stellen, ihn fragen, was ihn sein Privatleben anginge. Doch seine nächtlichen Traumattacken ließen ihn dann verstummen. Am 23. schlich er nach über zwanzig Jahren wieder auf das Unigelände. Er fühlte sich fast wie ein geprügelter Hund, als er in den Vorlesungssaal trat und das versammelte Jungvolk ihn anstarrte. Sein erster Impuls war sofort wieder umzudrehen. Nur der Anblick einer attraktiven, schon etwas älteren Rothaarigen, die allein, etwas abseits in einer der hinteren Reihen saß, hielt ihn dann doch davon ab. Die beiden Fremdkörper zogen sich an. Er steuerte entschlossen auf sie zu und setzte sich mit einem ›ist hier noch frei?‹ direkt neben sie.

»Jetzt nicht mehr!«, entgegnete sie schnippisch.

»'Schuldigung! Swensen, Jan Swensen. Ich bin das erste Mal hier und brauche solidarische Unterstützung. Sie sind doch auch keine Studentin, oder?«

»Nein, ich bin glücklicherweise schon einige Jahre in Arbeit!«

»Und weshalb sind sie dann hier?«

»Psychologische Fortbildung, Herr Swensen, ein wenig psychologische Fortbildung!«

Das war sein erstes Gespräch mit einer Psychologin. Nach dem Vortrag gelang es ihm sie noch zu einem Wein einzuladen und das soeben Gehörte regte ihn an, innerhalb von einer halben Stunde seinen gesamten Seelenmüll einer völlig wildfremden Frau zu erzählen. Er erfuhr ihren Namen und spürte, Anna Diete war ein Mensch, der wirklich mitfühlend zuhören konnte. Am Ende des Abends hatte er Schmetterlinge im Bauch, eine Telefonnummer aus Witzwort in Schleswig-Holstein und die Adresse einer Kollegin von Anna in Hamburg.

*

Über dem Festland geht die Sonne glutrot auf. Hinnak Hansen hat dafür keinen Blick übrig. Er nimmt die täglichen Kapriolen der Natur nur noch nebenbei wahr. Seit über fünfzehn Jahren fischt er jetzt in der Nordsee nach Krabben und Plattfischen. Ein schöner Tag wie heute verspricht um diese Jahreszeit endlich volle Netze, aber nur wenn man weiß wo man jetzt hin muss.

Der gestrige Tag, oberhalb der Lorenzplatte, war wesentlich unangenehmer gewesen. Peitschender Regen, stark bewegte See bei 5 bis 6 Windstärken. Außerdem lief der Job so mies wie schon lange nicht mehr. Erst waren fast mehr Krebse und Knurrhähne als Krabben im Fang, so dass er und sein Gehilfe Peter Müller ewig rumackern durften dieses lästige, unnütze Zeug auszusortieren. Eine echte Affenarbeit. Und dann kam es noch dicker. Am späten Nachmittag hatten sie mit müden Knochen das Fanggeschirr beiderseits der Bordwände ausgefiert. Gerade konnten sie etwas verschnaufen, da passierte es. Die zwei ›Kurren‹ (Schleppnetze) wurden gerade erst eine halbe Stunde über den Meeresgrund gezogen, als ein mächtiger Ruck den Holzkutter in seinen Fugen erschütterte. Eines der beiden Netze war irgendwo hängen geblieben. Die Fahrt wurde aus heiterem Himmel gestoppt. Der Ausleger, ein stählerner Balken, der quer zur Fahrtrichtung über Bord hängt, zog den Kutter um 90 Grad zur Seite, wobei er unaufhaltsam nach backbord abdrehte. Gleichzeitig kippte er in eine bedrohliche Schlagseite. Hinnak Hansen schoss das Adrenalin ins Blut und mit einem blitzschnellen Griff stoppte er die Maschine. So eine Situation hatte er schon ein paar Mal erlebt und wusste daher, dass das Netz wahrscheinlich an einem alten Wrack fest hing.

Er und Peter Müller sind ein eingespieltes Team und das kam ihnen jetzt mal wieder zu gute. Kein unnützes Wort fiel. Während sein Kollege dafür sorgte, dass der Baum nicht überschlug und beide Netze den Kahn noch mehr in Schieflage gezogen hätten, hievte er das freie Netz über die Wasseroberfläche. Das Fanggewicht am Baum wirkte wie ein Hebearm und drückte den Kahn wieder in eine annehmbare Normallage. Dann befestigten die Männer das nur halbvolle Netz an der Bordwand, damit es nicht in die Schrauben geraten konnte. Jetzt ließen sie mit der Winde den Draht aus dem Mast fallen und die Bäume knallten an Deck. Die Gefahr umzukippen war gebannt. Der Rest war schon fast wieder Routine gewesen. Hinnak Hansen manövrierte das Fischerboot gegen den Strom zurück und dann volle Kante über das festgehakte Netz. Das Ergebnis durften die beiden noch bis spät in den Abend flicken. Nach dem Chaostag beschlossen sie einen weiteren Tag dranzuhängen und blieben über Nacht draußen.

Ein neuer Tag, ein neues Glück, denkt Hinnak Hansen. Wir sollten heute die Dooven Tide (erste Tageshälfte) voll ausnutzen.

Er steht unrasiert im Ruderhaus und steuert seine alte ›Trude‹ seit einer Stunde Kurs Südost, Richtung Rochelsand vor Westerhever. Der siebenhundertsechziger Deutzmotor tuckert vor sich hin. Das Log zeigt, dass er kontinuierlich neun Knoten macht. Im ganzen Raum riecht es nach Dieselöl.

»Ist Kaffee da?«

Peter Müller tappt verschlafen durch die Tür. Hinnak Hansen deutet ohne ein Wort auf die Kaffeemaschine, zündet sich eine Zigarette an und hält die fast leere Packung in Peter Müllers Richtung. Der schüttelt verschlafen den Kopf, schnappt sich eine am Rand leicht lädierte Porzellantasse und gießt sie halbvoll.

»Wohin geht's?«

»Rochelsand!«

»Und du meinst, da wird es besser?«

»Merk dir eins. Ein guter Krabbenfischer braucht nur zwei Dinge damit er Krabben fängt. Erstens Intuition und zweitens noch mehr Intuition.«

Peter Müller grinst kurz.

»Wie lange brauchen wir noch?«

»Schätze noch 15 bis 20 Minuten.«

Mit dem heißen Kaffee in der Hand stiefelt er nach draußen und lehnt sich pfeifend an die Reling. Ein leichter Wind brist auf. Hinnak Hansen hat die beiden stählernen Ausleger schon abgeschwenkt. Die zwei armdicken runden Balken liegen jetzt waagerecht quer zur Fahrtrichtung über Bord. Ihre Spitzen tauchen ab und zu in die Gischt.

Hier draußen gibt es einfach keine Langeweile, denkt Peter Müller.

Er liebt das Meer, die gute alte Haut. Heute spiegelt sich der offene Himmel auf ihrer gekräuselten Oberfläche und färbt sie azurblau, fast kitschig, wie das so häufig besungene Bild vom blauen Meer. Ein paar hartnäckige Möwen segeln beharrlich, unterbrochen von kurzen Flügelschlägen, am Heck des Kutters. Peter Müller nimmt einen Schluck Kaffee, doch der ist bereits lauwarm. Er kippt ihn angeekelt ins Meer, steckt den Becher in die Seitentasche der gelben Latzhose aus Ölzeug und macht sich dann daran, die Netze für den Fang klar zu machen.

Das Ende, der ›Hievsteert‹, wird mit einem Tau zusammengelascht.

Bald hat die Sonne den höchsten Stand erreicht. In der Ferne, Steuerbord voraus, kommt der Leuchtturm von Westerhever in Sicht. Das gleichmäßige Dröhnen des Dieselmotors bricht abrupt ab. Hinnak Hansen verlangsamt die Fahrt und dreht den Kutter gegen das ablaufende Wasser.

»Man too, Man too, Peter! Wir mock dat ob Enkel (machen das zusammen)«, ruft er überdreht und stürzt aus dem Ruderhaus. »Dat warrt de gröttste Fang in de Geschicht de Krabbenfischeree.«

Die beiden stellen sich in ihre eingefleischten Positionen und schon wird das erste Netz im rechten Winkel zum Rumpf über die Bordwand gehievt. Dann gleitet es auf der Wasseroberfläche achteraus, das zweite folgt kurze Zeit später. Die Ausleger halten die Netze beiderseits des Kutters. Die Stahltrossen rucken und die beiden schlittenartigen Gestelle an der Öffnung ziehen die Netze unter Wasser. Der Schleppvorgang über den Meeresgrund hat begonnen.

»Ik scheer mi in de Tiet um de Putt.« (Ich kümmere mich in der Zeit um den Topf.)

Peter Müller schnappt sich einen Spachtel und macht sich über die verkrusteten Wände des Kochkessels her. Hinnak Hansen schaut auf die Uhr, geht ins Ruderhaus zurück und dreht das Radio an um den Wetterbericht zu hören. Mit zirka vier Knoten schneidet sich der Kutter jetzt mindestens einenhalb Stunden durch die ruhige See.

Kurz bevor das Fanggeschirr aufgebracht wird, hat Peter Müller stets ein Kitzeln im Bauch.

»Es ist einfach jedes Mal wieder spannend, wenn der Steert hochkommt«, denkt er, während sich die Stahltrossen mit Krachen auf die Winde wickeln. Beide Netze tauchen gleichzeitig auf und werden hochgehievt. Sie sind berstend voll. Die Krabben rutschen in den Netzbeutel und baumeln in der Sonne. Das tausendfache Kribbeln, Krabbeln und Zappeln erzeugt das typisch knisternde Geräusch. Peter Müller jubelt mit erhobenen Daumen zum Fenster des Ruderhauses hinüber. Er bugsiert das prallvolle Netz über den eisernen Auffangtrichter, löst das Tau am ›Steert‹ und die Krabbenflut rauscht hinein. Mit einem Schlag ist Peter Müllers Hochstimmung auf null. Entgeistert starrt er auf einen bleichen Arm, der aus den quirligen Schalentieren herausragt.

»Schitt! Hinnak! Verdammichter Schitt!«, brüllt er.

»Wat is?«

»Ene Leik! Wi heff ne Leik an Boord!« (Eine Leiche, wir haben eine Leiche an Bord!)

»Wat!!!«

Hinnak Hansen stürzt aus dem Ruderhaus wie von einer Tarantel gestochen. Peter Müller trabt mit rudernden Armen auf und ab und schimpft jetzt auf Hochdeutsch vor sich hin.

»Das darf doch nicht wahr sein, so was! Das hat vor uns noch keiner geschafft. Ne' Leiche mit dem Netz auffischen, das ist doch gar nicht möglich!«

»Ich würde sagen, eins zu einer Million. Ja, Glück muss der Mensch haben«, ergänzt Hinnak Hansen sarkastisch und schimpft wütend hinterher, »das hat uns jetzt gerade noch gefehlt! Und? Was machen wir?«

»Wieso, was machen wir?«

»Na ja, über Bord damit!«

»Bist du völlig durchgedreht, Hinnak?«

»Weißt du was passiert, wenn wir den Mist hier melden? Wir dürfen unseren gesamten, beschissenen Fang wegschmeißen!«

»Hinnak, jetzt bleib mal ganz ruhig. Willst du die Leiche etwa da rausziehen, wieder über Bord werfen und dann einfach weitermachen?«

Hinnak Hansen steht da wie versteinert, dann dreht er sich abrupt um und geht langsam auf das Ruderhaus zu.

»Schon gut, Peter, schon gut!«, murmelt er.

Eine halbe Stunde später legt sich das Polizeiboot ›Sylt‹ längsschiffs. Es ist dreimal größer als die ›Trude‹. Über eine Trittleiter kommen mehrere Beamte an Bord. Es ist Mittwoch, der 22. November 2000.

*

Dunkelbrauner Qualm steigt in einer pulsierenden Schlange vor ihm in den wolkenlosen Himmel. Swensen kann sich wieder an die Müllverbrennungsanlage erinnern, als er seinen rechten Blinker einschaltet. Abfahrt Volkspark, das ist richtig. Er wechselt mit seinem Wagen von der Autobahn auf die Abbiegerspur um in der folgenden Kurve mit dem Motor abzubremsen. Im Vorbeifahren sieht er ein riesiges Wandgemälde an dem grauen Betonkasten. Eine Müllkralle hält die Weltkugel in ihren Fängen. Daneben prangt die Schrift: Wir lassen sie nicht fallen.

Das ist doch wirklich der Zynismus pur, schießt es ihm durch den Kopf, während er beim Abbremsen sachte gegensteuert. Die Ampel steht auf Rot.

Ja der Verstand wertet eben alles was er sieht, sagt im selben Moment seine buddhistische Überzeugung und gleichzeitig hält eine Stimme in guter alter 68er Manier dagegen, aber so ist das eben. Was ist denn eine Müllverbrennungsanlage? Sie versucht Müll zu beseitigen und verteilt ihn dabei nur in der Luft. Der Müll hat sich zwar in Luft aufgelöst, ist aber immer noch da! Der Buddhist bleibt gelassen. Der Müll wandelt wie alle Materie nur seine Form! So funktioniert sie eben, die ewige Verkettung von Ursache und Bedingung. Ursachen ziehen Folgen nach sich und der Mensch steckt da mitten drin. Er hat sich in der Tat für diese Müllverbrennung entschieden und Taten bringen nicht nur Glück, sondern auch Leid hervor, Herr Hauptkommissar.

In Hamburg kennt er sich aus wie in seiner Westentasche, obwohl seine Dienstzeit bereits sieben Jahre zurückliegt. Jetzt links, dann immer geradeaus bis zur Kreuzung Bornkampsweg, dann links in die Stresemannstraße und an der liegt schon die Polizeidirektion Hamburg West. Kaum ist er allerdings einige hundert Meter stadteinwärts gefahren, ist wieder Schluss. Nichts geht mehr. Stau.

Swensen lehnt sich zurück und beginnt, wie immer in so einer Lage, sofort mit einer Atemübung. Er lässt die Luft konzentriert ein und aus fließen. Das Klingeln seines Handys beendet die Entspannung, bevor sie noch richtig begonnen hat. Da sich auf der Straße sowieso nichts bewegt, drückt er auf Empfang.

»Swensen!«

»Sind Sie es, Herr Swensen? Ich kann Sie schlecht verstehen!« Susan Biehls Klostergesang klingt wie ein Anruf aus dem Vatikan.

»Ja ich bin's! Ich versteh' Sie gut! Können Sie mich hören?«

Swensen dreht sich um hundertachtzig Grad und schmunzelt über die immer absurdere Kommunikation.

»Gerade so. Aber es geht! Wo sind Sie denn bloß?«

»Ich bin in Hamburg. Hollmann hat mich gestern Abend noch angerufen. Er war sich ziemlich sicher, dass dieser Fotograf, der uns die Bilder der Leiche geschickt hat, aus Hamburg kommt. Da hab ich mich heute Morgen gleich auf die Socken gemacht, zumal meine alte Abteilung hier mir Hilfe zugesagt hat. Und was ist bei euch los?«

»Wichtige Neuigkeiten! Frau Haman hat den alten Freund der Herbst ausfindig gemacht und ist zur Vernehmung hin. Und Herr Mielke ist im Hafen. Ein Krabbenkutter hat eine Leiche rausgezogen.«

»Eine Frauenleiche?«

»Ja.«

»Mensch Susan, nun lassen Sie sich doch nicht alles aus der Nase ziehen! Ist es Edda Herbst?«

»Weiß man noch nicht. Herr Mielke ist gerade erst los. Der Chef hat Staatsanwalt Dr. Rebinger benachrichtigt und will um halb sechs eine Pressekonferenz abhalten. Er wünscht, dass Sie dabei sind.«

»I do my very best! Ich beeil' mich! Bis dann!«

»Bis dann!«

Die Autos stehen weiterhin wie festgeschraubt. Swensen lehnt sich zurück, entspannt sich und besinnt sich auf seine Atemübung.

»Ich atme ein und fühle mich ruhig. Ich atme aus und fühle mich friedlich, und ruhig – friedlich, ruhig – friedlich.«

Polizeidirektion West. Eineinhalb Stunden für fünf Kilometer, eine reife Leistung, denkt Swensen, als er mit gemischten Gefühlen die Eingangstreppe zur Mordkommission hinaufsteigt. Bis auf einen Satz neuester Computer scheint hier die Zeit stehen geblieben zu sein.

Heinrich Karlsen steuert mit dem bekannten federnden Gang direkt auf ihn zu und drückt ihm gelangweilt die Hand.

»Swensen, lange nicht gesehen! Wie geht's?«

Sein alter Chef scheint, bis auf ein paar Falten, null gealtert. Sein durchtrainierter Körper und sein kantiges Gesicht mit der leicht geknickten Nase gaben ihm schon immer das Aussehen eines Preisboxers.

»Sehr gut, Heinrich. Was macht Hauptkommissar Begier?«

»Der Karl, der ist seit zwei Jahren in Rente, mein Lieber!«

»Oh, war er denn schon so alt?«

Karlsen ignoriert die Frage, packt Swensen unsanft am Arm und zieht ihn in Richtung eines Schreibtischs in der äußersten Ecke des Bürogroßraums.

»Ich stell' dir Murat Hassanzadeh zur Seite. Übrigens, du weißt, dass dein Wunsch nach eigener Ermittlung von uns nicht gern gesehen wird. Warum schickt ihr uns nicht die Akte zu, wir erledigen den Job und schicken euch die Akte zurück?«

»Genau aus dem Grund, wegen der Schickerei! Wir haben heute eine Leiche aus der Nordsee gezogen und heute Abend ist Pressekonferenz. Wäre gut, wenn ich dann ein paar Neuigkeiten hätte.«

»Ich dachte, nur wir in Hamburg kennen Stress!« witzelt Karlsen und tritt an den Schreibtisch eines mittelgroßen Mannes im adretten Anzug mit knallbunter Seidenkrawatte. Er hat dunkelbraune Augen, kurze schwarze Haare und einen penibel gepflegten Schnurrbart. Mitte dreißig schätzt Swensen und tippt auf einen gebürtigen Iraner, Iraker oder Ägypter.

»Das ist Murat Hassanzadeh. Murats Eltern sind damals während des Schahregimes nach Deutschland immigriert. Und das ist Jan Swensen aus Husum. Du weißt schon Murat, die Sache mit dem Fotografen.«

Karlsen klopft mit den Fingerkuppen auf die Tischplatte und verschwindet. Die beiden Männer geben sich die Hand.

»Ich hab schon nachgeforscht. Sylvester von Wiggenheim wohnt in der vornehmsten Gegend von Blankenese, an der Elbchaussee.«

Swensen ist amüsiert über das perfekte Deutsch mit deutlichem Hamburger Akzent. Murat Hassanzadeh registriert das, fährt jedoch unbeirrt mit seinen Ausführungen fort.

»Eigentlich gehört Blankenese nicht zu unserem Ermittlungsgebiet, aber ich habe schon mit dem Chef dort gesprochen. Sie drücken beide Augen zu.«

Die weiße Villa der Wiggenheims gleicht mit ihrem Säulenvorbau einer etwas gewollten Nachbildung des Weißen

Hauses in Washington. Im Schatten dieses Anwesens merken Swensen und Hassanzadeh wie sie auf das Format von zwei lästigen Schnüfflern zusammenschrumpfen, was durch den Gesichtsausdruck des Hausmädchens noch bestätigt wird, als sie sich als Kripobeamte vorstellen.

»Bitte warten Sie hier, meine Herren. Ich werde Frau von Wiggenheim benachrichtigen.«

Hassanzadeh schielt den davoneilenden Beinen hinterher, während Swensen entzückt den flachen, rechteckigen Holzkopf an der Wand betrachtet. Über dem waagerechten Mund glotzen zwei eng stehende Löcher als Augen. Aus der Stirn ragt ein langschnäbliger Vogelkopf.

Wahrscheinlich eine afrikanische Schamanenmaske, denkt Swensen beeindruckt. Während die Beine, diesmal von vorn, wieder in Hassanzadehs Blickfeld schreiten, fragt er sich, welcher exklusive Innenausstatter wohl diese Ritualskulptur zweckentfremdet an diese Wand verbannt hat.

»Meine Herren, würden Sie mir bitte folgen!«

Die Dame des Hauses sitzt in einem engen rosa Kostüm auf einem grauen Kanapee und bittet Swensen und Hassanzadeh mit einer Handbewegung Platz zu nehmen.

»Was kann ich für Sie tun?«

»Wir hätten gerne Sylvester von Wiggenheim gesprochen?«

»Mein Mann ist in seinem Atelier. Kann ich Ihnen weiterhelfen?«

»Nein, Frau Wiggenheim! Wir müssen schon ...«

»Von Wiggenheim, bitte!«

»Frau von Wiggenheim, wir müssen ihren Mann schon persönlich sprechen.«

»Fräulein Else, bringen Sie die Herren bitte zur Tür und geben Sie ihnen die Adresse vom Atelier meines Mannes. Auf Wiedersehen meine Herren!«

Swensen bemerkt den wütenden Ausdruck auf Murat Hassanzadehs Gesicht und stoppt ihn mit einem beruhigenden Augenkontakt. Dann beugt er kurz seinen Kopf in Richtung der Dame des Hauses.

»Moin, Moin, Frau von Wiggenheim«, verabschiedet er sich demonstrativ.

Ein vernichtender Blick verfolgt die Beamten.

*

Ein pfeifendes Geräusch erfüllt den abgedunkelten Raum. Es kommt vom Rotor einer großen Windanlage. Weißer Nebel quillt aus einem Behälter mit Flüssigeis und wabert knöchelhoch über den Boden. Mehrere Scheinwerfer färben die filigranen Wirbel goldgelb. Aus einem Lautsprecher hämmert Trommelmusik. Mittendrin verändert eine blutjunge Frau mit ruckartigen Bewegungen unentwegt ihre Körperhaltung. Sie trägt eine weinrote, rundausgeschnittene Samtbluse und einen schwarzen Superminirock. Der makellose Körper wirkt auf Swensen wie eine Fata Morgana. Neben der Frau hält ein Afghane seine Schnauze stoisch in Richtung Windanlage. Sein langes Fell flattert im künstlichen Luftstrom. Davor fuchtelt ein Mann mit dem linken Arm besessen in der Luft herum, während seine rechte Hand ununterbrochen den Auslöser einer Kamera betätigt. Dazu stößt er unverständliche archaische Laute aus, die sich ab und zu in grunzende Wortbrocken verwandeln.

»Yeah, Woman, look at me! Yeah! Look here! Yeah!«

Swensen und Hassanzadeh, dessen Blick sich nach dem Eintreten sofort an die ellenlangen Gazellenbeine des Modells geheftet hat, stehen etwas abseits im Raum. Ein Mann mit feminin tänzelndem Gang hatte sie hierher geführt und ihnen zugeflüstert, hier bitte so lange mucksmäuschenstill zu warten bis der Meister, wie er es ausdrückte, seinen kreativen Schub hinter sich gebracht hätte. Swensen starrt beeindruckt auf das surrealistische Schauspiel vor sich. Er fühlt sich wie ein Auserwählter, der exklusiv in den Kulissen stehen darf und hautnah dem Trubel einer Inszenierung zusehen kann.

Irgendwie hat der Job eines Kripobeamten etwas für sich, denkt er. In welchem Beruf bekommt man schon einen Einblick in alles, was unsere Welt so antreibt? Und immer, wenn Swensen sich im Sinnieren verloren hat, lösen sich über kurz oder lang alle Grenzen um ihn herum auf. Es ist wie ein Blick hinter die Wirklichkeit. Das ins Licht getauchte Modell und ihr dunkler Gegenpart verschwimmen zu einem pulsierenden Organismus. Jede Zelle wirkt in ihrer Tätigkeit mit jeder anderen Zelle zusammen, als wenn sich all ihre Bemühungen nur so im Gleichgewicht halten können.

Ja, genauso ist es! Jede meiner Handlungen, jede Aktion, jeder Gedanke, jedes Wort, schießt es ihm wie eine plötzliche Erkenntnis durch den Kopf, hat nicht allein Auswirkungen auf mich persönlich, sondern hält auch das gesamte Zusammenspiel im Gange.

Da stoppt abrupt die wilde Aktion auf der Bühne vor ihm. Sylvester von Wiggenheim schnippt mit den Fingern und einer der Gehilfen stürmt zu ihm hin, nimmt die benutzte Kamera entgegen und drückt ihm eine neue in die Hand. Der große, massive Mann mit dem sauber geschnittenen Dreitagebart bleibt bewegungslos stehen und legt zwei Finger auf seine geschlossenen Augenlider, als sei er jäh in Trance gefallen. Sein schlichter Rollkragenpullover und die Bügelfaltenhose im gleichen dunkelgrau sehen ziemlich teuer aus. Swensen merkt, dass er das Alter des Fotografen schlecht einschätzen kann. Irgendwo zwischen Mitte dreißig und Mitte vierzig.

Genauso unerwartet, wie die Stille eingetreten war, kommt mit einem Mal wieder Leben in die Szenerie.

»Fucking Bullshit! My inspiration is past!«, schimpft Sylvester von Wiggenheim los, zieht eine Filmschachtel aus der Hosentasche und wirft sie quer durch den Raum. Das Team um ihn herum weicht aufgeschreckt zurück.

»Stop, we stop now! Intermission!!«

Während Swensen und Hassanzadeh entschlossen auf ihn zugehen, fragt Swensen sich, wer sich nun eigentlich mehr in Szene setzt, Modell oder Fotograf.

»Who are you?«

»Sorry, Mr. von Wiggenheim! My name is Jan Swensen, criminalpolice husum and this is Murat Hassanzadeh from hamburg!«

Sylvester von Wiggenheim starrt die beiden Männer so entgeistert an, als hätte Luzifer sich mit einem Betriebsausflug in seine Räume verirrt.

»Kriminalpolizei?«

»Oh, Sie sprechen auch Deutsch?«, lächelt Swensen.

»Was soll das? Natürlich spreche ich Deutsch!«

»Wir ermitteln im Fall Edda Herbst und haben ein paar Fragen.«

»Ich kenne keine Edda Herbst.«

»Da wäre ich mir nicht so sicher. Waren Sie zwischen dem 14. und dem 18. November zufällig in St. Peter-Ording?«

Swensen registriert ein kurzes Zögern bei von Wiggenheim.

»Was soll ich in St. Peter-Ording?«

»Nun, zum Beispiel Fotos im Watt machen!«

»Im Watt? Was soll ich im Watt fotografieren?«

»Vielleicht eine dort herumliegende Leiche!«

»Ich verstehe nicht!«, antwortet von Wiggenheim barsch. »Wie kommen Sie auf mich?«

»Nun, durch eine bestimmte leichte Schräge in einer Totalen vom Westerhever Leuchtturm. Eine leichte Schräge ist doch Ihr künstlerisches Markenzeichen, oder irre ich mich?«

»Ich glaube da werde ich mit jemand verwechselt. Sie sehen, ich bin beschäftigt. So eine Performance hier kostet mich über 1.000 DM die Stunde. Also, würden Sie mich jetzt entschuldigen?«

Auf Murat Hassanzadehs Gesicht bilden sich Zornfalten. Swensen tritt etwas zur Seite und überlässt mit einem Augenzwinkern seinem Kollegen das Feld. Gespannt lauert er auf eine neue Variante in der Verhörtechnik, die sein Großstadtkollege ihm präsentieren könnte um dann enttäuscht feststellen zu müssen, dass er nur wieder die alte Leier vom bösen Bullen kultiviert.

»Herr von Wiggenheim, wir verdienen zwar keine 1.000 DM die Stunde, aber unsere Zeit haben wir auch nicht gestohlen. Hören Sie also genau zu, ich sage das jetzt nur einmal. Sie haben genau zwei Möglichkeiten. Erstens, Sie sagen uns sofort die Wahrheit, oder wir brechen Ihre Arbeit hier ab und Sie begleiten uns augenblicklich zur Befragung mit aufs Revier. Dann besorgen wir einen Durchsuchungsbefehl und stellen nebenbei Ihre Bude so auf den Kopf, dass Sie hier anschließend nichts mehr wieder finden.«

Swensen bläst die Backen auf und lässt unüberhörbar Luft entweichen. Von Wiggenheim steht unentschlossen vor ihnen.

»Welche der Möglichkeiten ist Ihnen lieber, Herr von Wiggenheim?«, zischt Hassanzadeh hinterher.

»Ihr Benehmen wird Konsequenten haben, meine Herren!«, antwortet Wiggenheim in einem scharfen Ton. Hassanzadeh tritt übergreifend nah neben ihn und führt seinen Mund dicht an sein Ohr.

»Glauben Sie mir, das mit dem Beschweren haben schon ganz andere versucht. Ich garantiere Ihnen, es klappt nicht. Denken Sie lieber an die vielen 1.000 DM, die Ihnen durch diese sture Haltung verloren gehen.«

Auf Wiggenheims Stirn bilden sich kleine Schweißperlen. Dann dreht er sich ruckartig um die eigene Achse und eilt er auf eine Tür zu.

»Bitte folgen Sie mir!«, ruft er von dort, winkt die beiden Kriminalisten in einen Nebenraum und schließt die Tür.

»Ich möchte, dass meine Aussage unbedingt vertraulich behandelt wird, auch meine Frau darf vom Inhalt unseres Gesprächs nichts erfahren.«

»Ihre Frau?« Swensen spielt den Erstaunten.

»Wird alles vertraulich behandelt, oder nicht?«

»Natürlich.«

»Also gut! Ich war am 16. November in St. Peter-Ording. Ich habe die Leiche im Watt entdeckt, die Fotos gemacht und sie dann an die Kripo Husum geschickt. Ich wollte da einfach nicht mit rein gezogen werden.«

»Nicht rein gezogen werden?« Swensen setzt eine nachdenkliche Mine auf. »Ich verstehe nicht ganz, Herr von Wiggenheim. Sie haben eine Leiche gefunden und das nicht sofort den Behörden gemeldet? Da besteht aber schon Erklärungsbedarf.«

»Meine Frau weiß nichts von meinem Aufenthalt in St. Peter-Ording.«

»Ja, und? Dann erfährt sie das eben jetzt.«

»Sie haben mir volle Vertraulichkeit zugesichert.«

»Was ist daran so überaus vertraulich, Herr von Wiggenheim?«

Von Wiggenheims Blut weicht aus seinem Gesicht. Seine Augen treten hervor und die Stimme scheint mit einem Mal belegt zu sein.

»Ich hab mich mit einer Geliebten in St. Peter getroffen.«

»Wie rührend!«, zischt Hassanzadeh. Swensen bringt seinen Kollegen mit einem unmissverständlichen Blick zum Schweigen.

»Ich hätte jetzt gern die ganze Wahrheit.«

»Das ist die ganze Wahrheit. Ich war mit meiner Geliebten in St. Peter. Am 16. bin ich allein zum Fotografieren ins Watt raus. Dort hab ich die Leiche gefunden, die Fotos gemacht und sie Ihnen geschickt. Was hätte ich denn machen sollen? Ich bin da ohne mein Zutun in eine ziemlich missliche Lage hineingeraten. Wenn ich gleich zur Polizei gegangen wäre, hätte meine Frau mit Sicherheit von meinen Verhältnis erfahren. Das musste ja nicht sein.«

»Und Ihre Geliebte, haben Sie ihr etwas davon gesagt?«

»Natürlich nicht!«

»Gibt es sonst noch etwas, was wir nicht wissen?«

»Nein!«, sagt von Wiggenheim schroff.

»Waren das alle Bilder, die wir bekommen haben?«

»Nein! Ich hab die Besten ausgewählt. In meinem Layoutschrank liegen noch einige.«

»Worauf warten Sie? Die Bilder bitte!«

Von Wiggenheim öffnet eine Schublade, nimmt einige Fotos heraus und legt sie auf einen Arbeitstisch.

Schon auf den ersten Blick erkennt Swensen, dass seine persönliche Anreise sich gelohnt hat. Da liegen Fotos, auf denen deutliche Reifenabdrücke im Sand zu erkennen sind.

Geländewagen, denkt Swensen und fragt: »Warum haben Sie uns diese Aufnahmen denn nicht mitgeschickt?«

»Ehrlich gesagt, der Briefumschlag war einfach zu schmal. Ich hätte die da sonst so richtig reinquälen müssen. Ich hab die Besten ausgewählt.«

»Diese Beurteilung sollten Sie lieber uns überlassen!« knurrt Hassanzadeh, und im Wort ›Sie‹ klingt ein drohender Unterton mit. Swensens Worte wirken dagegen eher loyal.

»Herr von Wiggenheim, ich hätte gerne sämtliche Negative, die Sie in St. Peter-Ording gemacht haben. Und hinterher verraten sie mir noch den Namen und die Adresse ihrer Geliebten.«

»Muss das sein?«

»Ja, das muss sein.«

*

Die kalten Neonleuchten werden von den Fliesenwänden in hunderten von grellen Lichtpunkten widergespiegelt. Die beiden Gerichtsmediziner, Dr. Helmut Markgraf und Dr. Jürgen Riemschneider, binden ihre grünen Schutzkittel zu und streifen sich Mundschutz und Latex-Handschuhe über. Sie sind am Nachmittag, mit dem Auftrag eine Wasserleiche in Husum zu obduzieren, aus Kiel angereist. Auf dem Sektionstisch aus blankem Edelstahl liegt ein Frauenkörper. Der penetrante Geruch von Fäulnisgas liegt in der Luft, doch der hochgewachsene Markgraf nimmt ihn, wie immer nach einer gewissen Zeit, nicht mehr wahr. Ein Gerichtsmediziner entwickelt bei seiner Tätigkeit auf die Dauer eine gesunde Immunität gegen alles Verweste, Verbrannte und Blutige. Wegen seiner schlaksigen Körpermotorik hat sich Markgraf von seinen Kollegen den Spitznamen Pinocchio eingehandelt. Doch im selben Moment, in dem er das Skalpell ansetzt, widerlegt er diesen Anschein sofort. Mit ruhiger Hand schneidet er ein sauberes Y in die bleiche Haut, ungefähr fünf Zentimeter vom Halsansatz entfernt bis hinunter zum Nabel.

Weich wie Marzipan, denkt Markgraf und setzt zwei weitere Schnitte vom Nabel jeweils zum linken und rechten Hüftansatz. Danach faltet er die Hautlappen auseinander. Das Innere des Rumpfs wird freigelegt. Markgraf schaltet die elektrische Knochensäge ein. Das runde Sägeblatt beginnt mit einem sirrenden Geräusch zu rotieren. Der Gerichtsmediziner setzt es am Brustbein an und lässt es von oben nach unten durch die Knochen fräsen. Das kreischende Geräusch erwischt Swensen, als er den Raum betritt. Er merkt, wie sich seine Nackenhaare aufstellen und bleibt erst mal in der Tür stehen um noch einmal tief durchzuatmen. Das Ekelgefühl hat sich aber bereits im Magen festgekrallt.

Wer ein Leben voller Weisheit führt, muss auch den Tod nicht fürchten.

Ein Satz, der ihm verblüffender Weise jedes Mal in den Kopf kommt, wenn ihn seine Arbeit in eine Pathologie führt. Glücklicherweise kommt das, seit er seinen Dienst in Husum angetreten hat, wesentlich seltener vor als zu seiner Zeit in Hamburg. Auf der anderen Seite hatte ihn der Aufenthalt in diesen Räumen auch immer wieder fasziniert. Da war jedes Mal so ein zwingendes und unausweichliches Gefühl, das ihn am Anfang völlig verunsicherte. Erst viel später erkannte er, dass der Schrecken des Todes seine eigene Todesangst mobilisierte, eine Angst, die offensichtlich in uns allen steckt und immer erst dann ins Bewusstsein tritt, wenn der Tod zum Greifen nah vor einem liegt.

Als Dr. Jürgen Riemschneider, der gerade das Herz gereicht bekommen hat, Swensen in der Tür nach Luft schnappen sieht, gibt er ihm ein Zeichen doch draußen zu warten. Doch der schüttelt den Kopf und tritt entschlossen an den Sektionstisch. Mit einem kurzen Blick überzeugt er sich von den leeren Augenhöhlen. Es ist die Tote von den Fotos. Die beiden Gerichtsmediziner unterbrechen ihre Arbeit, ziehen sich den Mundschutz herunter und streifen sich die blutigen Handschuhe ab.

»Na, Jan! Musst du dir das mal wieder antun?«, sagt Riemschneider und deutet dann mit einer Kopfbewegung zu seinem Kollegen. »Dr. Markgraf kennst du noch nicht, ist erst seit kurzem bei uns.«

»Hallo, Hauptkommissar Jan Swensen, Kripo Husum!«
Markgraf schüttelt Swensen die Hand.

»Dr. Helmut Markgraf!«, sagt er und sieht Swensen bedeutungsvoll an. »Das Übliche, denk' ich? Zeitpunkt des Todes. Natürlicher oder nicht natürlicher Tod. Anhaltspunkte für Fremdeinwirkung.«

»Das auch. Aber als Erstes würde mich interessieren, ob die Tote Edda Herbst ist.«

»Es scheint Edda Herbst zu sein!« antwortet Riemschneider bevor Markgraf den Mund aufmacht. »Wir haben gehört, dass heute Vormittag ein Kollege von dir mit einem Videothekbesitzer hier war, der die Leiche identifizieren konnte.«

Riemschneider deutet auf den unteren Halsansatz der Leiche.

»Hier das Muttermal.«

Dann nimmt er die rechte Hand der Toten und hebt sie etwas in die Höhe. An den Fingernägeln sind Reste roten Nagellacks zu sehen.

»Und hier eine kleine, zirka 2 cm lange Narbe auf dem Handrücken.«

Nachdem Swensen sich die Merkmale angeschaut hat, wendet er sich erleichtert von dem Gruselszenario ab. Sofort glaubt Dr. Markgraf, dass jetzt seine Stunde gekommen wäre. Wie für einen Bühnenauftritt bringt er sich vor ihm in Stellung.

»Trotz der avitalen Beschädigungen ist eine Fremdeinwirkung auf den ersten Blick nicht festzustellen. Alles deutet auf Ertrinken hin. Die genaue Bestimmung der Todeszeit ist nach so langer Zeit im Wasser durch die starke Wärmeableitung kaum noch möglich. Das gilt auch für eine Bestimmung über supravitale Reaktionen, die sind genauso temperaturabhängig.«

Swensen kneift die Augen zusammen und Riemschneider übersetzt darauf das Fachchinesisch mit knappen Worten.

»Es gibt nur Verletzungen, die erst nach dem Tod durch Tierfraß, in diesem Fall Vögel, verursacht wurden. Zur Todeszeit können wir noch nichts sagen. Aber eins scheint sicher, wenn die Frau ertrunken ist, dann ist sie nicht vor Ort ertrunken. Auf der Vorderseite der Toten haben sich sehr starke Totenflecken gebildet.«

»Ja, und?« Swensen schaut die Gerichtsmediziner fragend an.

»Nun«, erklärt Markgraf mit Genugtuung, »Leichenflecken bilden sich nach dem Tod durch das Absinken des Blutes in tiefer liegende Gewebezonen.«

»Schwerkraft, alles fällt zu Boden«, erklärt Riemschneider. »Die Leiche muss also ziemlich lange auf dem Bauch gelegen haben. Wer nach dem Ertrinken im Wasser treibt, bildet keine Totenflecken.«

»Und was heißt das?«, fragt Swensen.

»Nun, die Frau ist mit Sicherheit nicht im Meer ertrunken. Sie muss gleich nach dem Tod längere Zeit auf festem Boden gelegen haben und erst viel später ins Wasser geraten sein. Das würde bedeuten, sie ist vorher ermordet worden!«

»Wann wissen Sie das genau?«

»Wir schauen uns als nächstes die Lungen näher an.«

»Ich gebe Ihnen meine Handynummer. Rufen Sie mich bitte sofort an.«

*

Susan raunt in ihrem typischen Singsang gerade ein »ich dich auch« ins Telefon und küsst geräuschvoll die Sprechmuschel, als sie Swensen neben sich wahrnimmt. Sie errötet bis unter die Haarwurzeln. Hastig legt sie auf und spielt nervös mit dem Kugelschreiber. Swensen zieht eine Folie mit Negativen aus einem Umschlag.

»Susan, können sie dafür sorgen, dass von diesen Negativen 40x50 cm Vergrößerungen gemacht werden, jeweils drei Abzüge?«

»Klar Herr Swensen, schon erledigt.«

Über den Flur gehen Heinz Püchel und Silvia Haman, die ihren Chef um eineinhalb Kopf überragt, auf den Raum zu, in dem die Pressekonferenz stattfinden soll. Doch vor der Tür müssen sie warten, eine kleine Gruppe Presseleute blockiert gestikulierend den Eingang. Fred Petermann vom Lokalradio und Rüdiger Poth von der Husumer Rundschau sind Swensen bekannt. Als Püchel ihn sieht, winkt er hektisch zu ihm hinüber. Bevor Swensen reagieren kann, klingelt sein Handy.

»Swensen!«

»Oh, wo ist denn Ihre schöne Melodie geblieben?«, säuselt Susan.

Swensen legt einen Finger an seinen Mund. »Jürgen, was gibt's Neues? Wasser in der Lunge? ... Aha, also eindeutig ertrunken? Okay, ... gut ... du bist also absolut sicher. Gut ... wenn ihr die Laborwerte habt, bekomme ich sie sofort ... prima, danke Jürgen, Moin, Moin!«

Swensen schreibt auf einen Zettel ›Edda Herbst ist ermordet worden‹ und eilt zur Pressekonferenz, die bereits begonnen hat. Auf einem Podium am Kopfende des Raums sitzen sein Chef Püchel, Staatsanwalt Dr. Ulrich Rebinger und Stephan Mielke hinter einem Tisch. Vor ihnen stehen einige Mikrofone. Der Staatsanwalt ist ein stämmiger Mann mit Hängeschultern, mittelgroß mit grauen Haaren, Seitenscheitel und leichtem Doppelkinn. Er hat das Wort ergriffen und referiert dabei so umständlich über den Ermittlungsstand im Fall Edda Herbst, dass selbst bei der Darstellung des Leichenfundes auf dem Krabbenkutter die gesamte Presse schläfrig auf den Stühlen hängt. Swensen pirscht sich an Püchel heran und legt ihm den Zettel vor die Nase. Der zuckt zusammen, stößt Rebinger in die Seite und schiebt ihm den Zettel hin. Rebinger verstummt und räumt den Platz hinter den Mikrofonen für Swensen. Der setzt sich und spricht mit klarer, lauter Stimme: »Meine Damen und Herren, es gibt neueste Erkenntnisse über die Tote aus der Nordsee. Es besteht jetzt der dringende Verdacht, dass diese Frau ermordet wurde. Die genaue Tatzeit ist allerdings noch nicht bekannt, liegt aber höchstwahrscheinlich zwischen dem 13. und 17. November. Unsere bisherigen Ermittlungen haben ergeben, dass die Ermordete vermutlich bei St. Peter-Ording ins Watt gebracht wurde. Wir bitten die Bevölkerung deshalb um sachdienliche Hinweise. Dabei interessiert uns besonders, ob jemand in der fraglichen Zeit einen Geländewagen beobachtet hat, der auf den Strand vor St. Peter-Ording gefahren ist. Wenn Sie noch weitere Fragen haben, dann fragen Sie bitte!«

»Woher wissen Sie, dass die Frau ermordet wurde?«

Püchel versucht mit einer kurzen Handbewegung Swensen vermeintliche Auskunftsfreudigkeit zu stoppen.

»Genau auf diese Frage können wir zum jetzigen Zeitpunkt keine weiteren Auskünfte geben. Die laufenden Ermittlungen dürfen nicht gefährdet werden.«

Den Unmutsbekenntnissen der Journalisten begegnet Heinz Püchel, indem er seine Brust aufbläht und mit ausgebreiteten Armen beschwichtigende Gesten in den Raum schickt.

»Meine Damen und Herren, ich bitte Sie. Lassen Sie uns doch in Ruhe unsere Arbeit machen. Sie werden von uns weiter auf dem Laufenden gehalten.«

Während die Presseleute murrend den Raum verlassen, beugt Rebinger sich zu Swensen herüber. Sein rechtes Augenlid zuckt in regelmäßigen Abständen nervös herab.

»Herr Swensen, ich würde Sie bitten, mir Ihren Bericht schnellstmöglich zukommen zu lassen.«

Der scharfe Unterton stößt Swensen unangenehm auf. Er empfindet ihn als persönlichen Angriff. Seine alte Aversion gegen Rebinger aktiviert sich, aber er bemüht sich um Gelassenheit.

In seiner Antwort ist eine gewisse Süffisanz unüberhörbar.

»Spätestens morgen Mittag liegt er auf Ihrem Schreibtisch. Versprochen Herr Dr. Rebinger.«

Rebinger nickt, er nickt kurz zurück und sieht gerade noch, wie Stephan Mielke den Raum verlässt. Er beeilt sich ihn einzuholen und erwischt ihn kurz vor seinem Büro.

»Heh, Stephan. Ich hab gehört, du warst mit Hajo Peters bei der Identifizierung von Edda Herbst.«

»Es war ja sonst niemand da, der das gemacht hätte.«

»Ist ja gut! Du brauchst dich nicht zu rechtfertigen! Ist dir was an ihm aufgefallen? Hat er sich irgendwie auffällig verhalten?«

»Nee, eigentlich nicht!«

Swensen sieht Mielke fragend an.

»Denk' bitte genau nach, Stephan!!«

»Ach ja, zuerst wollte er auf Teufel komm raus nicht da mit hin. Ich musste ziemlichen Druck ausüben. Merkwürdig oder?«

»Wieso?«

»Dort war er dann mit einem Mal völlig cool!«

4

Der kahlköpfige Jugendliche trägt eine braungrün-gesprenkelte Militärhose. Am Gürtel hängt eine Metallkette, die in einem Bogen bis zum rechten Knie hinunterreicht. Unter dem Kragen der schwarzen Bomberjacke lugt ein Spinnweben-Tattoo auf dem Nacken hervor. Mit den weinroten Springerstiefeln schreitet er die Videowand ab, greift sich eine Kassettenhülle heraus und liest den Covertext laut vor.

»Eeeh, Torte! Was meinst du?«

Vom Verkaufstresen kommt ein Kopfschütteln. Ein spindeldürres Mädchen mit knallrot gefärbten Haaren sitzt dort auf einer Art Barhocker. Der Glatzkopf stellt die Hülle zurück. Hajo Peters mag diese Art Kunden zwar nicht besonders, aber meistens leihen sie bis zu drei Filme pro Tag aus und er kann auf diese Einnahmen nicht verzichten. Um das Pärchen möglichst schnell wieder los zu werden, deutet er auf die Neuerscheinungen.

»Den Film ganz links solltet Ihr nehmen. Sleepy Hollow mit Johnny Depp. Der ist echt toll.«

Der Glatzkopf schnappt sich die Kassettenhülle und mustert sie.

»Ein kopfloser Reiter. Das ist ja 'n Horrorfilm. Auf so was steht die Torte nun überhaupt nicht.«

Er greift sich zwei andere Hüllen von den Neuerscheinungen und wirft sie nacheinander zu seiner Freundin hinüber, die sie jeweils mit einer Hand auffängt. Nachdem sie die Inhaltsangabe durchgelesen hat, nickt sie.

»Die nehmen wir.«

Hajo Peters atmet erleichtert durch, lässt sich die Nummern reichen und holt eilig die dazugehörigen Kassetten. Derweil rattert schon der Nadeldrucker und spuckt den Verleihzettel aus. Eine Unterschrift und gut. Er zündet sich eine Zigarette an und nimmt einen tiefen Zug. Gerade heute Vormittag ist er nicht besonders erfreut über die übliche Kleckerkundschaft.

Beim Zeitung lesen heute Morgen wurde ihm angesichts der Schlagzeile: »Husumerin ermordet« ganz schlecht und ihm geht das Wort Mord seitdem nicht mehr aus dem Kopf. Er kann nicht begreifen, wie die Bullen so schnell darauf gekommen sind.

Mit einem Mal merkt er, wie sehr ihm der gestrige Tag noch immer in den Knochen steckt. Dieser grausliche Kellerraum. Der aufgebahrte Leichnam. Das Tuch, das heruntergezogen wurde. Der aufgeblähte Körper, die weiße Haut mit den blauen Adern. Die beiden Pappstücke, die man über die Augen gelegt hatte. Dieser grüne Junge von der Polizei, der ihn so fragend ansah. Am Anfang, als dieser Typ ihn hier in der Videothek abholen wollte, hatte er sich dagegen gewehrt mitzukommen, um die Identifizierung vorzunehmen. Auf alle Situationen hatte er sich vorbereitet, nur auf diese nicht. Eine undefinierbare Angst durchzudrehen, setzte sich in ihm fest. Angst vor der Leiche und dass man ihm auf die Schliche käme. Aber dann war alles halb so schlimm gewesen. Der Körper lag getrennt von ihm hinter einer großen Glasscheibe und hatte einfach nichts mit ihm zu tun, da er mit Edda keine Ähnlichkeit mehr aufwies. Er schaute einfach durch sie hindurch. Ihm kamen Bilder von ertrunkenen Schafen in den Sinn, die mit prallen Bäuchen auf dem Rücken liegend ihre Beine in die Höhe streckten. Edda existierte nicht mehr. Dort lag ein totes Schaf. Er merkte, dass es in seinem Herzen eiskalt wurde. Mit knappen Worten identifizierte er Edda an dem Muttermal im Nacken und an ihrer kleinen Narbe an der Hand. Jetzt, dachte er, war er der Polizei sogar wieder überlegen. Er fühlte sich nicht schuldig, weil der Mordabend in weiter Ferne lag und gar nicht wirklich passiert war.

Als er am selben Abend die Wohnungstür aufschloss, war er sich sicher, dass das Thema Edda für ihn ein für allemal erledigt sein würde. Schon fast rituell zog er erst einmal die Schublade auf, in der er das Storm-Manuskript aufbewahrte, um sich zu vergewissern, dass es noch am Platz lag. Dann ließ er sich auf einen Stuhl plumpsen und dachte noch einmal über seinen Plan nach. Zuerst wollte er Kontakt mit diesem Wraage aufnehmen, der in der Zeitung immer über den Storm-Roman geschrieben hatte. Die Adresse konnte er ja bei der Husumer Rundschau erfragen. Der Reporter von der Zeitung gab ihm auch gleich die Telefonnummer des Experten, hakte aber so lange nach, bis er sich verplapperte und ihm von dem Roman erzählte. Er wollte dann unbedingt sofort einen Termin haben. Hajo Peters versuchte ihn abzuwimmeln, war der Rhetorik des Zeitungsmannes aber nicht gewachsen. Rüdiger Poth ließ nicht locker und klingelte zwanzig Minuten später an der Tür, um das Manuskript anzusehen. Der Journalist war sofort wie elektrisiert und bot ihm 8.000 DM bar auf die Hand für eine Veröffentlichung in der Husumer Rundschau. Auch einen entsprechenden Vertrag hatte er blitzschnell formuliert. Sie verabredeten sich für den nächsten Tag in der Videothek. Bis dahin hätte er den endgültigen Vertrag dabei. Peters blieb mit einem ungutem Gefühl zurück. Obwohl es schon spät war, rief er doch noch bei Ruppert Wraage an. »Sie sind ja mehr als ein Glückspilz, Herr Peters!« hatte der Experte ausgerufen, ihn nach dem Zeitungsmann ausgehorcht und ihm gleichzeitig jede Unterstützung zugesichert. »Ich hoffe, Sie haben noch nichts unterschrieben!«, insistierte er und war hörbar erleichtert, als Peters verneinte. Hajo Peters schlägt das Herz bis zum Hals, als er die Szene noch einmal im Geiste durchlebt. Er sieht sich schon als reichen und berühmten Mann.

Wo bleiben die nur, denkt er und sieht auf die Uhr, es ist 11:17 Uhr.

Die robuste Gestalt, die in diesem Moment in die Tür tritt, zeichnet sich im Gegenlicht nur als Umriss ab. Sie bleibt jählings stehen, um die Augen an das Dunkel zu gewöhnen. Hajo Peters registriert daran, wie der Mann den Raum mustert, dass er wohl noch nie eine Videothek von innen gesehen hat. Außerdem trägt seine Kundschaft gewöhnlich nicht solche picobello Anzüge.

»Ruppert Wraage! Sind Sie Herr Peters, der mich gestern angerufen hat?«

»Ja, der bin ich!«

Der Mann tritt an den Tresen heran und reicht Hajo Peters die Hand, wobei sein Blick ihn unmerklich von oben bis unten abtastet.

»Der Herr von der Zeitung ist noch nicht da?«

»Nein, aber der kommt sicher bald. Ich hatte ihn auf 11:30 Uhr bestellt.«

»Das ist gut so! Fangen wir doch einfach schon mal an! Ich würde natürlich gerne als erstes das Corpus delicti sehen!«

»Das was?«

»Na, den Roman von Theodor Storm«, sagt Wraage mit einem etwas mitleidigen Blick. »Sie haben ihn doch hoffentlich da, oder?«

»Selbstverständlich!«, entgegnet Peters und denkt im Stillen, alter Lackaffe!

Die arrogante Art seines Gegenübers ist ihm nicht entgangen.

›Du musst vorsichtig sein‹, denkt er bei sich und fragt: »Aber wollen wir nicht lieber noch auf den anderen Herrn warten?«

»Nur einen kurzen Blick, Herr Peters! Ich bin sehr gespannt, wie Sie sicher verstehen.«

Die mondäne Überlegenheit des Mannes erstickt Peters aufkeimende Abwehr. Er öffnet die Schublade, schiebt die Pistole mit einem raschen Griff nach hinten, greift die Leinendeckel, in denen das Storm-Manuskript steckt und legt sie vorsichtig neben die Computerkasse. Kaum sind sie für Wraage sichtbar, saust der wie von allen guten Geistern verlassen um den Tresen herum direkt an Peters Seite, wartet ungeduldig, bis der die Stoffbänder aufgezogen hat und den oberen Leinendeckel abhebt. Er schaut Wraage fragend an.

»Das ist doch die Schrift von Theodor Storm?«

»Hallo, guten Morgen Herr Peters!«

Erschreckt blicken die beiden Männer hoch. Rüdiger Poth steht direkt vor ihnen.

»Herr Wraage, wir kennen uns ja schon von einigen dieser Storm-Symposien.«

»Ich erinnere mich nur schwach. Doch ja, Rüdiger Poth. Stimmt's?«

»Genau!«

»Ach, Sie sind also der nette Journalist, der sich nicht gerade reizend über meine These eines existierenden Storm-Romans geäußert hat. Sind die alten Vorurteile so schnell verflogen?«

»Lassen wir doch die ollen Kamellen, lieber Herr Wraage. Jeder Mensch kann sich mal irren. Oder sind das keine Originale?«

»Ja, ja, die Pressegeier, die ahnen anscheinend immer den großen Knüller!«

»Heißt das, der Roman ist echt?«, bricht es aus Hajo Peters heraus. Er stiert gebannt auf Ruppert Wraages Lippen. Der stellt sich in Pose und versinkt in bedeutungsvollem Schweigen. Hajo Peters Stimme nimmt einen aggressiven Unterton an.

»Nun sagen Sie doch endlich was!«

»Das ist natürlich nur ein erster Eindruck, aber eine innere Stimme sagt mir, dass dieser Fund eine wahre Sensation ist, besonders wenn sich die Schriftstücke als ein zusammenhängender Roman herausstellen sollten. Das ist eindeutig Storms Handschrift.«

Hajo Peters reißt die Arme hoch wie ein Fußballer, der gerade das entscheidende Tor verwandelt hat. Rüdiger Poth verfolgt überlegen grinsend den Jubelausbruch. Dann geht er auf ihn zu und klopft ihm auf die Schulter.

»Meinen Glückwunsch zu Ihrer Entdeckung, Herr Peters.«

Während der angebliche Finder über das ganze Gesicht strahlt, zieht Rüdiger Poth einen Umschlag aus seiner Ledermappe.

»Hier ist er, der Vertrag, wie wir ihn gestern besprochen haben!«

Der Angesprochene weicht jedoch argwöhnisch zurück.

»Ich versteh' da nicht viel von. Geben Sie ihn doch bitte Herrn Wraage.«

»Wie bitte?«

»Ja, Herr Poth, Sie hören richtig!«, meldet sich der Experte zu Wort.

»Wir sind übereingekommen, uns gemeinsam um den Roman zu kümmern. Wir sind in der Zwischenzeit sozusagen Partner geworden, nicht wahr, Herr Peters!«

»Genau, wir sind Partner, Herr Poth!«

»Geschickt, geschickt, Herr Wraage!«, meint Poth ironisch.

»Dann zeigen Sie doch mal Ihren Vertrag, Herr Poth!«

Ruppert Wraage nimmt den Umschlag, zieht den Papierbogen heraus und liest ihn durch. Seine Augenbrauen ziehen sich zusammen.

»Oh! Alle Rechte bei der Zeitung? Das würde ich schon mal nicht unterschreiben, Herr Peters.«

Der Journalist gibt sich zwar gelassen, aber sein Gesicht nimmt vor Zorn eine puterrote Farbe an.

»Passen Sie auf, Herr Poth. Ihr Vertrag beschränkt sich zwar richtiggehend auf eine einmalige Veröffentlichung und die gebotene Summe ist, na ja, in Ordnung, aber es muss da schon noch eine Kleinigkeit geändert werden.«

Wraage schaut Peters fragend an und der nickt heftig.

»Also, alle Rechte an dem Roman bleiben natürlich auch weiterhin bei Herrn Peters. Das sollte auf jeden Fall mit im Vertrag stehen.«

»In Ordnung. Aber wir müssen erst von einem unabhängigen Sachverständigen prüfen lassen, ob Ihre Einschätzung von der Echtheit auch wirklich stimmt.«

»Selbstverständlich! Die Kosten müssen aber von der Zeitung übernommen werden.«

»Sie denken an alles!«

»Sie wollen doch eine Erstveröffentlichung, oder?«

»Gut, gut! Dann kann ich das Manuskript sofort mitnehmen?«

»Was meinen Sie, Herr Wraage?«, fragt Hajo Peters unschlüssig. Der nickt bestätigend und rät: »Sie wissen, wie wertvoll dieses Schriftstück ist. Herr Peters, drucken Sie bitte eine Quittung aus, die einen Passus enthält, dass die ›Husumer Rundschau‹ bei Verlust und Beschädigung die volle Haftung übernimmt. Herr Poth kann sie dann ja gleich unterschreiben.«

Hajo Peters geht an seinen Geschäftscomputer und tippt umständlich auf der Tastatur. Ruppert Wraage beugt sich an sein Ohr und flüstert: »Herr Peters, wir zwei beiden sollten ebenfalls einen Vertrag machen. Ich kenn' mich bestimmt besser aus im Umgang mit Verlagen und Medien, das kann Ihnen ziemlich nützlich sein. Sie werden den Roman mit meiner Hilfe nicht unter Preis vermarkten.«

Während die eingegebene Quittung unten ratternd aus dem Nadeldrucker fährt, mustert Hajo Peters seinen unverhofften Geschäftspartner eindringlich von der Seite. Dieses ausgeprägte Gesicht mit dem leichten Haken in der Nase, den stechenden Augen und den fast schwarzen, zurückgekämmten Haaren, so hatte er sich immer die dunkle Figur des Deichgrafen Hauke Haien aus Storms Schimmelreiter vorgestellt. Unheimlich und unnahbar.

Der Mann ist mir ganz und gar nicht geheuer, denkt er. Auf der anderen Seite wäre ich ohne ihn jetzt wahrscheinlich schon von diesem Zeitungsheini übers Ohr gehauen worden. Es ist vielleicht gar nicht so schlecht, sich mit jemanden zusammen zu tun, der Erfahrung in solchen Verkaufssachen hat.

Trotzdem wird es Hajo Peters mulmig in der Magengegend. Augen aufhalten, sagt seine innere Stimme und er erinnert sich dabei an den Satz aus dem Schimmelreiter: Zwei Augen hat man nur, und mit hundert soll man sehen.

*

Swensen betritt verstört die Husumer Polizeiinspektion. Mit leerem Blick, ohne einen Gruß, marschiert er an der Rezeption vorbei. Susan Biehl und Rudolf Jacobsen sehen ihm erstaunt hinterher.

»Vollkommen weggetreten!«, säuselt Susan und Rudolf Jacobsen ergänzt ihren Spruch trällernd mit: »Völlig losgelöst!«

Swensen schließt nach dem Betreten seines Büros die Tür und tritt an das Fenster. Gerade fahren mehrere Streifenwagen vom Hof. Kurz danach hört er, wie ihre Martinshörner aufjaulen. Das goldene Licht der Herbstsonne gleitet über den ramponierten Asphalt, erreicht die brüchige Mauer, die den gesamten Hinterhof umfasst und legt einen übernatürlichen Glanz auf die Blätter des Efeus, der den größten Teil des Gemäuers überwuchert.

Ein wenig Sonne und sogar das Morbide hat seinen Charme, denkt er. Jahrelang guckt man hier hinaus und plötzlich ist alles Hässliche für einen Moment schön. Da fragt man sich, ob die Physiker mit ihrer These von der Thermodynamik der Zeit wirklich richtig liegen. Wie war der noch? Ach ja, ein geschlossenes System zeichnet sich in der Zeit durch zunehmende Unordnung aus, was dazu führt, dass jedes System seine Vergangenheit vergisst. Da ist natürlich schon irgendwie was dran.

Parallel zu seinen Gedanken hat er die eisernen Zähne einer Planierraupe vor Augen, die in die Ziegelfront seines Elternhauses stoßen. Das berstende Geräusch stürzt durch seinen Körper. Er fühlt tief im Inneren, wie vor ihm seine Kinderzeit zerbricht, ein Teil seiner Geschichte, endgültig und unwiederbringlich.

Swensen war auf seinem Weg zur Arbeit wie immer durch den Jebensweg gekommen, in dem sein Elternhaus steht.

Als seine Mutter 1997, zwei Jahre nach seinem Vater gestorben war, hatte er das Häuschen mit den völlig verwinkelten Räumen schweren Herzens an einen älteren Eisenbahner, einen langjährigen Kollegen seines Vaters, verkauft. Er selbst konnte sich nicht vorstellen dort einzuziehen und die ständige Instandhaltung des Gebäudes wollte er auch nicht leisten.

Normalerweise registrierte er diese morgendliche Vorbeifahrt nur noch in seinem Unterbewusstsein. Doch heute war die Hälfte der Fahrbahn gesperrt. Der Zaun war niedergewalzt und schweres Gerät stand im Vorgarten. Swensen bremste und starrte fassungslos durchs Seitenfenster. Der alte Herr schien gestorben zu sein und der neue Eigentümer machte jetzt kurzen Prozess. Swensen traf das makabere Schauspiel aus heiterem Himmel. Tränen kullerten ihm die Wange hinab. Dieses Haus war, obwohl er es bereits vor einer Ewigkeit verlassen hatte, immer so etwas wie sein geschlossenes System gewesen. Jetzt hatte der thermodynamische Zeitpfeil dieses heile System erreicht und durchbohrt. In diesen Mauern hatte sich das entwickelt, was er heute war. Nun waren dort nur noch Trümmer, Unordnung, der Vergessenheit preisgegeben.

Das Telefon klingelt. Der Kommissar schreckt auf und greift nach dem Hörer.

»Püchel hier! Moin, Moin Jan, wir haben die Frühbesprechung um zwei Stunden verschoben. Randale in einer Kneipe am Hafen. Nur dass du Bescheid weißt, bis dann!«

»In Ordnung, bis später!«

Swensen lässt seinen Computer hochfahren, lädt sich das Programm mit den polizeilichen Suchsystemen auf den Bildschirm, gibt dann den Namen ›Irene Hering‹ ein und klickt auf ›Suchen‹. Es klopft an der Tür, die schon im selben Moment aufgerissen wird. Silvia Hamans massive Gestalt steuert auf Swensens Schreibtisch zu.

»Moin, Moin Jan! Seit wann hältst du denn deine Tür geschlossen?«

»Weiß ich auch nicht! War wohl in Gedanken. Was gibt's?«

»Der Freund von der Herbst, du erinnerst dich, heißt Peter Stange, wohnt draußen in Wobbenbüllfeld und ist 45 Jahre. Ich hab ihn ausfindig gemacht und war gleich da um ihm auf den Zahn zu fühlen. Ist aber seit drei Monaten verheiratet und hat Edda Herbst nach eigener Aussage schon über sechs Monate nicht mehr gesehen. Wenn du mich fragst scheint das wahr zu sein. Ich glaube wir können ihn als Verdächtigen streichen.«

»Wäre ja wohl zu einfach gewesen«, kommentiert Swensen und verfolgt gleichzeitig mit einem Auge seine Sucheingabe. Gerade baut sich das Bild einer jungen Frau auf, die selbst als digitale Abbildung aufgedonnert wirkt.

»Bingo, Treffer!«, jubelt er los. Silvia macht ein verwundertes Gesicht, worauf Swensen sofort seine Stimme dämpft. »Sorry Silvia, einen Moment!«

Er dreht sich zum Bildschirm und liest murmelnd vor:

»Irene Hering, geboren am 20. Mai 1973 in Bredstedt, 1.79 m, Augenfarbe blau, wohnhaft in Husum, Nordbahnhofstr. 24. Wurde am 17. Juni 1998 wegen offensichtlicher Straßen-Prostitution polizeidienstlich erfasst. Führt auch den Namen Lola Lalou und arbeitet im Club 69.«

»Wer ist das denn?«, fragt Silvia.

»Irene Hering, alias Lola Lalou, ist die vermeintliche Geliebte dieses Künstlers Sylvester von Wiggenheim. Das ist der Mann, der uns heimlich die Fotos von der toten Edda Herbst zugeschickt hat. Den Namen hab ich gestern in Hamburg erfahren. Ich gehe mal davon aus, dass er nichts über ihren Broterwerb hier in Husum weiß.«

»Wer weiß, wer weiß? Künstler sind doch in solchen Fragen eher liberal oder finden so was gerade schick.«

»Wie dem auch sei. Ich befürchte die Dame bekommt bald Besuch von uns. Ich hätte dich gern dabei Silvia!«

Er zieht seinen Notizblock heraus und überlegt widerwillig, wie er den Bericht formulieren soll, den er Rebinger versprochen hat. Swensen weiß, dass er ihn vor der Konferenz fertig haben muss, weil danach wahrscheinlich keine Zeit mehr bleibt. Doch es ist wie verhext. Wenn von außen etwas verlangt wird, fühlt er sich fast immer blockiert. Sein Vater kommt ihm in den Sinn der, ähnlich wie Rebinger, immer absolute Disziplin und Pünktlichkeit forderte. Swensen ist der Überzeugung, dass ihm die Unterordnung gegenüber der Obrigkeit im Elternhaus gründlich eingetrichtert worden war. Er erinnert sich noch an eine Situation, als er mal wieder den Satz ›Man kann ja doch nichts ändern‹ von seinem Vater hören musste. Er hatte ihn daraufhin angebrüllt: »Dich haben die da oben doch schon damals beschissen. Du bist sogar freiwillig für das braune Pack in den Krieg gezogen, obwohl du als Beamter vom Militärdienst befreit warst.« Da war der alte Mann aufgesprungen und wollte seine Wohnung verlassen. Nur seine Mutter war in der Lage gewesen, ihn zurückzuhalten. Später tat Swensen seine Äußerung leid. Er hatte die Nazi-Zeit schließlich nicht mitgemacht. Was konnte er schon wissen.

So ist das, wenn ich was schreiben muss, denkt Swensen. Erst kurz vor dem Konferenztermin gelingt es ihm endlich seine Gedanken in Worte zu fassen. Er druckt den Bericht aus und faxt ihn an Rebinger. Fünf Minuten später eröffnet Püchel die Besprechung.

»Kollegen, bevor wir beginnen, die neueste Entwicklung im Fall der kleinen Beatrix. Vor gut einer Stunde wurde das Mädchen in einem Waldstück bei Glücksburg tot aufgefunden. Wahrscheinlich ein Sexualdelikt. Das bedeutet für uns, dass wir unseren Mordfall sehr wahrscheinlich allein bis zum Ende durchziehen müssen. Ich installiere hiermit ab sofort die ›SOKO Watt‹. Swensen übernimmt die Leitung und hat das Wort.«

In der gesamten Runde herrscht betroffenes Schweigen. Püchel lässt die lähmende Situation allerdings nur einen kurzen Moment zu. Danach schaut er eindringlich auf Swensen. Als der sich nicht rührt, trommelt Püchel so lange penetrant auf die Tischplatte bis der sich erhebt und mit belegter Stimme beginnt.

»Ich kann natürlich verstehen, dass jetzt keinem nach Arbeit zumute ist.«

»Alles richtig, Kollegen!«, fährt ihm Püchel dazwischen. »Der Mord an einem Kind schockt sicher jeden von uns, aber wir arbeiten hier nicht bei der Heilsarmee. Noch haben wir selber einen Mord in unserem Ermittlungsgebiet an der

Hacke. Also bitte Jan, fasse unsere bisherigen Erkenntnisse für alle noch einmal zusammen!«

Swensen nimmt einen Schluck Tee und lässt seine innere Stimme rezitieren, ich atme ein und fühle mich ruhig. Ich atme aus und fühle mich friedlich. Es wirkt, das Bild des toten Mädchens verschwindet. Er ist konzentriert.

»Am Dienstag, dem 14. November, wird Edda Herbst zum letzten Mal lebend vom Videothekbesitzer Hajo Peters an ihrem Arbeitsplatz gesehen. Wir bekommen am Samstag, dem 18., anonym Fotos von ihrer Leiche zugeschickt. Diese Fotos stammen von einem gewissen Sylvester von Wiggenheim, einem international bekannten Fotokünstler aus Hamburg, den Peter anhand seines Aufnahmestils erkannt hat. Dieser Fotograf schickt uns die Bilder, weil er mit seiner Geliebten in St. Peter abgestiegen ist und Angst hat, dass ihn seine vermögende Ehefrau vor die Tür setzt. Der Name der Geliebten ist Irene Hering, ist bei uns wegen Straßenprostitution aufgefallen und erhält demnächst einen Besuch von uns.«

Swensen klappt seine Mappe auf und zieht drei Fotos hervor, die er in die Runde reicht.

»Diese Fotos hat der Fotokünstler unterschlagen, diese und die gesamten Negative habe ich bei ihm in Hamburg sichergestellt. Was machen übrigens die Abzüge, Susan?«

»Noch nicht fertig, Herr Swensen. Das Labor ist überlastet!«, singt Susan Biehl. Die aufkommende Heiterkeit bringt Swensen aus dem Konzept. Mit einer Handbewegung versucht er die Konzentration wieder herzustellen. Als das nicht wirkt, klopft er mit dem Löffel an den Teebecher.

»Wie Ihr erkennen könnt sind auf den Fotos Reifenspuren abgelichtet, die eindeutig von einem Geländewagen stammen. Herr von Wiggenheim hat sie in unmittelbarer Nähe der Leiche aufgenommen. Wir wissen in der Zwischenzeit, dass vieles im Todesfall Edda Herbst für Mord spricht. Die

Fotos bezeugen, dass die Leiche wahrscheinlich mit einem Geländewagen ins Watt geschafft wurde. Das hilft uns allerdings auch nicht viel weiter, denn solche Autos gibt es mittlerweile hier an der Nordsee wie Sand am Meer. Außerdem können wir vom Reifentyp nicht automatisch auf den Fahrzeugtyp schließen.«

Swensen lässt seinen Blick über die Gesichter gleiten. Er spürt, was alle denken. Sie stecken fest. Es gibt nicht einen verwertbaren Schritt nach vorn. Kein Motiv, keinen Verdächtigen. Nur die Frage, warum wurde Edda Herbst ermordet?

»Edda Herbst führte ein unscheinbares Leben«, setzt Swensen seine Überlegungen laut fort. »Sie ist in der Nachbarschaft kaum bekannt, wird nicht vermisst. Als wir ihr Haus durchsuchen wollten, war die Haustür abgesperrt. Nur die Tür zum Hof war bloß zugezogen. Schlüssel wurden bei der Leiche nicht gefunden. Ihren früheren Freund Peter Stange hat Silvia in Wobbenbüllfeld aufgespürt. Er fällt als Verdächtiger aber wahrscheinlich aus, denn er ist seit drei Monaten verheiratet. Seine Frau hat eine sichtbare Kugel. Nach eigener Aussage hat er Edda Herbst schon über sechs Monate nicht mehr gesehen.«

»Eine Frage!«, meldet sich Rudolf Jacobsen. »Ich hab noch nicht kapiert, warum wir bei Edda Herbst mit einem Mal von Mord ausgehen?«

»Kannst du auch noch nicht wissen Rudolf. Das haben wir selbst erst gestern Abend von den Kieler Kriminalmedizinern erfahren«, trägt Swensen vor. »Eins ist sicher bestätigt, die Frau ist ertrunken, aber nicht in der Nordsee. Sie hatte ausgeprägte Leichenflecken auf ihrer Vorderseite. Die bilden sich, wenn jemand nach dem Tod lange Zeit in derselben Stellung liegt. Wer im Wasser treibt, kann keine Leichenflecken ausbilden. Daraus schließen die Mediziner, dass die Leiche nachträglich bewegt wurde. Die Tote ist vermutlich ins Watt gebracht worden und dann ist sie mit der nächsten Flut dem Krabbenkutter ins Netz geraten. Der Täter wollte bestimmt einen Unfall im Meer vortäuschen.«

»Gibt es Hinweise auf eine Sexualtat?«, fragt Peter Hollmann.

»Die genauen Ergebnisse bekommen wir in den nächsten Tagen.«

Die entstehende Pause nutzt Silvia Haman um das allgemeine Gefühl laut auszusprechen.

»Ich schätze wir hängen fest!«

»Das sehe ich genauso!«, bestätigt Swensen. »Aber das ist nicht ungewöhnlich, zu einem so frühen Zeitpunkt. Außerdem sind viele Tage verstrichen, bevor wir die Leiche gefunden haben. So schnell gelingt es unter solch komplizierten Bedingungen kaum einen Zugang zu einem Fall herzustellen. Das Wichtigste ist, dass wir uns nicht zu früh auf etwas fixieren und die Ermittlungen weiterhin offen halten. Doch, was wir tun können, sollten wir auch tun. Peter, du schnappst dein Team und kämmst noch einmal das Haus von Edda Herbst durch. Lass keinen Raum aus, stell' alles auf den Kopf!«

Sie beenden die Sitzung. Doch der allgemeine Aufbruch kommt bereits im Flur wieder zum Stocken.

»Bin ich froh, dass wir im Moment nicht in Flensburg ermitteln müssen!«, wirft Silvia Haman in die Runde.

Das Gesicht von Jacobsen versteinert sich. Sein Blick streift mit unübersehbarer Verachtung die Kollegen. Dann murmelt er kaum hörbar: »Wenn die das Schwein da oben kriegen, sage ich nur: Rübe runter!«

Silvia schlägt sich fassungslos mit der Hand an die Stirn.

»Oh, Gott, Rudolf! Verschone uns bloß mit diesem wüsten Gedankengut!«

»Du musst dich ja gerade melden!«, zischt Jacobsen zurück. »Gerade du, als Frau. Denk' doch mal nach! Da hat jemand ein kleines, unschuldiges Mädchen abgeschlachtet!«

»Unschuldig, das ist doch romantischer Quatsch! Der Mensch wird gut geboren und nur die Gesellschaft macht ihn böse!«, mischt Hollmann sich in das Gespräch. »Das ist das Märchen von den unschuldigen Kindern. Ich bin der Meinung, dass der Mensch schon als Bestie geboren wird.«

»Ich hab im Fernsehen mal diesen Klassiker ›Bestie Mensch‹ gesehen. Da ging es eindeutig um Erwachsene und nicht um Kinder, lieber Peter. Als Bestie geboren, so ein Schwachsinn!«, faucht Jacobsen dazwischen.

»Und wo kommt das Böse her? Das liegt hier nach unserer Geburt wohl irgendwo rum. Lass doch mal alle diese unschuldigen Menschen hier nur drei Monate frei entscheiden und sie werden mit ihren Gesinnungsgenossen in kürzester Zeit unsere gesamte Zivilisation dahinmeucheln. Nur die Gesetze unserer Gesellschaft halten alle diese geborenen Unschuldslämmer im Bann, und wir, die Polizei, die diese Gesetze durchsetzen. Schaut euch doch um womit wir es täglich zu tun haben.«

Silvias Augen funkeln bedrohlich.

»Ja, ja! Wir sind alle kleine Bösewichter und wollen die Welt vernichten, oder?«

»Zumindest sind wir nicht automatisch gut, liebe Silvia!«, entgegnet Stephan Mielke. »Peter hat schon recht. Der Mensch ist von Natur aus egoistisch. Er braucht Anleitung und Erziehung, um aus ihm auch einen guten Mitbürger zu machen. Moral ist eine Errungenschaft unserer Zivilisation.«

»Jan, nun sag' du doch mal was!«, Silvias Stimme klingt schrill.

»Was denn? Braucht Ihr einen Schiedsrichter, der für Euch entscheidet, ob der Mensch von Natur aus gut oder böse ist?«

»Nein, deine Meinung würde mir genügen!« stichelt Silvia.

Swensen merkt, wie sich die Blicke auf ihn richten. Er fühlt sich mit einmal zutiefst unwohl.

»Ich glaube in Eurer Diskussion prallen einfach nur liberale und konservative Meinungen aufeinander.«

»Ja und? Vertrittst du nun liberales oder konservatives Gedankengut?«, legt Peter Hollann nach.

Jetzt war es passiert. Er hätte lieber die Klappe halten sollen. Die Nachricht über das tote Mädchen aus Glücksburg machte ihm schon genügend zu schaffen. Während der Sitzung hatte er wieder die alten Bilder vom Mord im Sternschanzenpark gesehen. Und jetzt stehen die Kollegen vor ihm und wollen kluge Sprüche.

»Ich finde beide Meinungen haben ihre Stärken und ihre Schwächen«, beginnt er um Zeit zu gewinnen. »Die Lösung liegt auf einer übergeordneten Ebene. Die Trennung zwischen Gut und Böse ist nämlich eine Täuschung. Das Gute und das Böse ist nichts, was unabhängig von uns selbst existiert.«

Als ihn alle mit großen Augen anschauen spürt er, dass seine Äußerungen für die Kollegen wohl etwas zu abgehoben geraten sind. Er ahnt, dass er nur keine Schwäche zeigen wollte. Wenn er vor sich hin philosophieren kann, sieht er zumindest keine Bilder von toten Kindern.

Ich muss das hier irgendwie beenden, denkt er. Ein kleiner Scherz und dann nichts wie weg.

»Mit anderen Worten«, sagt er mit einem Grinsen, »machen wir doch einfach unsere Arbeit gut und alles wird gut!«

Mit einem befreienden Gelächter geht die Gruppe auseinander.

Wahrscheinlich ist der Mensch immer dann wirklich gut, wenn er lacht, denkt Swensen. Doch das behält er für sich.

*

Als Swensen in seinem Büro sitzt, geht er die Szene auf dem Flur noch einmal durch. Die Rolle, die er vor den Kollegen spielen musste, ist ihm unangenehm. Ihm wird klar, er wollte allen nur weismachen, dass er über den Dingen steht. Swensen der alte Hase mit buddhistischem Anstrich ist ungerührt von allem, was ihn ängstigt, verwirrt und quält. Er hat sein altes Trauma überwunden. Er kann den Tod eines kleinen Mädchens nüchtern und emotionslos betrachten.

Swensen, Swensen, denkt er. Anstatt mit selbstlosen Weisheiten deinen Nächsten zu bekehren, wolltest du doch nur deinem eigenen Ego schmeicheln.

Und immer wenn ihm seine egoistische Haltung bitter aufstößt, ist er davon überzeugt, dass er diesen Widerspruch von seinem Vater übernommen hat.

So schließt sich der Kreis. Papa ist schuld!

Er erinnert sich, mal in einem Buch gelesen zu haben, dass die meisten Menschen nicht bereit sind, ihre gegenwärtigen Meinungen um nur 5 % zu ändern.

Manchmal könnte man zu dem Schluss kommen, dass das ganze Leben nur in alten Mustern dahinplätschert. Du wolltest alles anders machen als deine Eltern und machst doch nur dasselbe. Du bist zu einem buddhistischen Meister gegangen um Weisheit zu finden. Doch deine alten Muster sind stärker. Sie sind eben über Generationen an dich weitergegeben worden, vom Großvater, vom Vater. Und wenn du am Ende einmal zurückschaust, wirst du in deinem Umfeld nicht mal 5 % bewegt haben.

Auch dieses Muster kennt er genau. Wenn eine Ermittlung nicht richtig läuft, sieht er die gesamte Welt negativ. Er weiß, in so einem Zustand klafft bei ihm eine dicke Lücke zwischen Wirklichkeit und Wahrnehmung.

»Das ist der Zeitpunkt den großen Irrtum zu erkennen!«, sagte Lama Rhinto Rinpoche ihm damals immer, wenn er ihn mit dieser negativen Ausstrahlung erwischte.«Würden sich die Dinge immer gemäß unserer Erwartungen darstellen, dann wüssten wir niemals, was wir unter einer Illusion verstehen sollten.«

Parallel zu seinen Gedanken sieht Swensen nochmals die Vorderfront seines Elternhauses zusammenbrechen. Verlangsamt, wie in Zeitlupe, stürzen die Ziegelsteine in eine sich auftürmende Staubwolke. Er taucht ein in den Nebel. In der Ferne hört er ein rhythmisches Piepen. Da liegt sein Vater vor ihm im grünen Krankenkittel mit Schnüren und Schläuchen. Er ist ohne Bewusstsein. Sein Gesicht aschfahl, seine Haut wie zerbrechliches Pergament. Swensen steht hilflos im Raum. Durch seinen Beruf glaubte er schon fast nicht mehr daran, dass der Tod auch etwas Natürliches haben könnte. Er setzt sich auf einen Stuhl neben das Bett und will hier so lange warten, bis sein Vater sich rührt, sowie er seine ganze Jugend auf ein Zeichen seines Vaters gewartet hat.

Irgendwie ist er für mich nie erreichbar gewesen, denkt Swensen. Immer gab' es eine Mauer zwischen ihm und mir.

Solange er seinen Vater kannte, ging der jeden Morgen pünktlich zum Husumer Bahnhof zur Arbeit. Er redete nie über etwas, was ihn bewegte oder gar über seine Gefühle. Er war nur immer da, unnahbar, ein Mann ohne Worte und Vergangenheit, wenn da nicht dieses Fotoalbum gewesen wäre. In der unteren Schublade im Stubenschrank lag es mit schwarzem Deckel, darauf rechts unten, eingeprägt in silberner Schrift ›Infanterie-Regiment 76‹. In der Mitte der Reichsadler mit dem Hakenkreuz in den Krallen. Dieses Fotoalbum hatte Swensen die gesamte Kindheit magisch angezogen. Da standen Männer in Uniformen. Sein Vater mit Verdienstkreuz an der Brust neben seiner Mutter im Brautkleid. Das Brandenburger Tor. Der Führer Adolf Hitler stehend mit erhobenem Arm in einem offenen Mercedes. Und weiter hinten Soldaten mit Helmen auf Lastwagen, zerstörte Häuser, zwei Tote am Straßenrand, ein zerschossenes Flugzeug. Das Kind ahnte, dass da etwas Schreckliches passiert sein musste, so schrecklich, dass darüber nie gesprochen wurde.

Wahrscheinlich, denkt Swensen neben dem Krankenbett, wurde zu diesem Zeitpunkt tief in mir verborgen der Wunsch geboren, etwas gut zu machen in dieser Welt, etwas abzutragen von der unausgesprochenen Schuld des Vaters, die gleichzeitig eine deutsche Schuld war und jetzt meine ist.

Vor ihm läuft der Lichtpunkt mit gleichmäßigen Sprüngen über den Monitor. Sein Schweif zieht ein zackiges Muster hinter sich her.

»Das Muster des Lebens!«, schießt es ihm durch den Kopf und Rinpoches Worte über die Illusion der Wirklichkeit füllen sich urplötzlich mit Erkenntnis.

Vielleicht hat mein Vater mir gar keine Schuld vererbt und ich hab die ganze Zeit nur eine eingebildete Schuld übernommen, eine Illusion. Vielleicht muss ich gar nichts wiedergutmachen und einfach nur Polizist sein, weil ich es sein will.

Das Muster verwandelt sich in einen Schlussstrich. Der stete Piepton geht in einen Dauerton über. Swensen schreckt hoch. Der Ton wird immer lauter, verändert sich in ein gellendes Klingeln.

Er greift zum Hörer.
»Swensen!«
»Riemschneider hier!«
»Jürgen! Hallo! Was macht der Fall Edda Herbst?«
»Ich fax dir gerade den Autopsiebericht rüber. Also, ums kurz zu machen, fass ich das Ergebnis schon mal grob zusammen. Wir haben Salzwasser in den Lungen gefunden.«
»Salzwasser! Dann ist sie ja doch da draußen ertrunken!«

»Halt stopp! Es handelt sich dabei um gechlortes Leitungswasser, dem Kochsalz hinzugefügt worden sein muss. Edda Herbst ist also mit Sicherheit nicht im Meer ertrunken, sondern höchstwahrscheinlich in einem Wasserbehälter. Ich tippe auf eine Wanne. Es gibt am ganzen Körper keine Anzeichen von Gewalteinwirkung. Aber das besagt nichts, denn wir haben außerdem in ihrem Blut Rückstände von Barbituraten gefunden, die in starken Schlafmitteln vorkommen. Edda Herbst ist vor dem Tod betäubt worden. Das spricht zwar im ersten Moment für Selbstmord, aber ein Selbstmörder fährt nach seiner Tat nicht mehr spazieren.«

»Wisst ihr, wann sie gestorben ist?«

»Die genaue Todeszeit lässt sich leider nicht bestimmen. Wir haben uns auf den 14. November geeinigt, plus minus 2 Tage.«

»Gibt es irgendwelche Anzeichen für eine Vergewaltigung?«

»Nein! Eine sexuelle Straftat kann definitiv ausgeschlossen werden!«

»Danke Jürgen, ich les' mir euren Bericht durch.«

»Okay, Jan! Wenn ihr noch Fragen habt ruft an. Bis dann!«

»Moin, Moin!«

Swensen legt auf und nimmt den Hörer sofort wieder ab. Er wählt die Handynummer von Peter Hollmann. Es klingelt ellenlang bis jemand abnimmt.

»Hollmann!«

»Hier Swensen! Hallo Peter, Ihr seid doch gerade im Haus von Edda Herbst. Ich hab eben den Obduktionsbericht aus Kiel erhalten. In Edda Herbst's Lungen hat sich Salzwasser befunden. Nehmt euch bitte mal die Badewanne vor, ob ihr da Rückstände von Kochsalz findet. Außerdem könnten sich in Tassen oder Gläsern Spuren eines Schlafmittels befinden.«

»Schon in Arbeit! Sonst noch was?«

»Nein!«
»Okay!«
Es ist 15:23 Uhr. Den weiteren Nachmittag sitzt Swensen in seinem Büro, starrt abwechselnd die Wand an, blättert wieder in seinem Notizblock und geht die Fakten im Kopf noch mal durch. Er kommt kein Stück voran. Edda bleibt für ihn ein unbeschriebenes Blatt. Kurz vor sechs Uhr ordnet er seinen Schreibtisch, fährt den Computer runter und geht rüber zu Silvias Büro. Die ist nicht am Platz. Swensen zückt seinen Kugelschreiber und schreibt ihr auf einen Zettel: 19:30 Uhr vor dem Club 69.

*

Der Kommissar hebt erstaunt seinen Kopf. Flockige Schneekristalle schweben aus einem schwarzen Himmelsdach, von der Straßenlampe gelblich angestrahlt, auf ihn herab. Er zieht seinen Schal fester zusammen und schlägt seinen Mantelkragen hoch. Es ist plötzlich bitterkalt geworden. Er ist zehn Minuten zu früh und flüchtet sich in einen Hauseingang. Gegenüber liegt der Club 69. Das alte Ziegelhaus gleicht den Häusern in der gesamten Straße. Die Fenster sind verdunkelt, kein Licht dringt nach draußen. Nur über der Tür leuchtet eine viereckige Lampe, auf der mit schwarzen Klebebuchstaben die Ziffern 69 angebracht sind. Langsam legt sich eine weiße Decke über den Asphalt. Knatternd fährt ein Moped vorbei, zeichnet einen schwarzen Strich in den jungfräulichen Schnee, der aber in kurzer Zeit wieder verschwindet. Von links, am Ende der Straße, sieht Swensen eine weibliche Gestalt herankommen. Gegenüber im Club öffnet sich die Haustür. Ein roter Lichtschein wirft ein Rechteck auf Bürgersteig und Straße. Swensen drückt sich intuitiv in den Schatten des Hauseingangs. Ein dürrer Mann tritt aus der Tür, sichert sich mit einem kurzen Blick nach links und rechts ab, ordnet sein weißes Haar unter einem Hut, drückt diesen tief ins Gesicht und klappt den Mantelkragen hoch. Dann wendet er sich nach rechts und hastet davon. Die Tür vom Club 69 fällt wie von Geisterhand ins Schloss. Die Dunkelheit kehrt zurück. Swensen weiß sofort, dass er den Mann von irgendwoher kennt. Der Name liegt ihm förmlich auf der Zunge, doch sein Gehirn scheint vorübergehend blockiert.

Silvia Haman ist nur noch wenige Schritte vom Hauseingang entfernt. Swensen tritt hervor und hebt die Hand, damit sie über sein plötzliches Auftauchen nicht erschreckt.

»Eiskaltes Outfit, Kollegin!«, sagt er grinsend, weil seine Kollegin von einer leichten Schneedecke überzogen ist.

»Tscha«, sagt sie, »je heißer das Pflaster, umso cooler die Ermittlungen!« Nach einem kurzen Zögern, wer von beiden klingeln soll, ergreift er die Initiative. Von drinnen hört man Schritte, dann öffnet sich die Tür. Vor ihnen steht eine korpulente, dunkelhaarige Frau, die selbst Silvia Haman um einige Zentimeter überragt. Unter dem bodenlangen, schwarzen Ledermantel trägt sie eine nietenbesetzte Lederhose und ein trägerloses Ledertop aus dem die Brüste hervorquellen. Sie blickt Swensen ärgerlich mitten ins Gesicht.

»Bullen!«

»Nicht ganz«, verbessert der Kommissar, »ein Bulle und eine Bullin!«

»Das Geschäft geht auch ohne euch schon schlecht!«

»Wir sind gleich wieder weg!«, beruhigt Swensen und zeigt seinen Ausweis. »Ich bin Hauptkommissar Jan Swensen und das ist meine Kollegin Hauptkommissarin Silvia Haman. Wir möchten gerne mit Irene Hering sprechen!«

»Hier ist keine Hafenbar. Hering gibt's hier nicht!«

»Und wie wär's mit einem Fisch namens Lola Lalou?«

»LOLA! Sagt das doch gleich! Lola kann gerade nicht!«

»Dürfen wir vielleicht drinnen warten?«, fragt Swensen freundlich und deutet auf den fallenden Schnee.

»Nur wenn Sie sich mit unserem Aufenthaltsraum zufrieden geben, unsere gute Stube ist besetzt. Außerdem möchte ich vorher von Ihnen eine Versicherung, dass unsere Kundschaft anonym bleibt!«

»Wir sind nicht an Ihrer Kundschaft interessiert!«

Mit einer Handbewegung bittet sie die Lederfrau herein. Der Flur ist in rotes Licht getaucht. An den Wänden hängen ovale Spiegel in verzierten Goldrahmen. Die markante Erscheinung verschwindet hinter einem roten Samtvorhang. Die beiden folgen in einen kleinen, schmucklosen Raum mit mehreren Plüschsesseln. Swensen blickt sich verwundert um. Auf einem gut erhaltenen Nierentisch aus den 50ziger Jahren steht ein bis zum Rand gefüllter Aschenbecher, daneben liegt eine Reitpeitsche. Es riecht nach kaltem Rauch. Silvia Haman lässt sich in einen Sessel fallen, während Swensen sich bei einem anderen auf die Lehne setzt. Die Lederfrau bleibt stehen. Sie wirkt nervös und mustert die Beiden mit heimlichem Blick. Nach längerem Schweigen stürzt sie aus dem Raum.

»Ich schau' mal, ob ich Lola rauseisen kann!«

Man hört Türen klappen. Wenig später tritt eine junge, feminine Frau durch den Vorhang. Das makellose Gesicht ist dick mit Make-up belegt. Die Augen sind wie die der ägyptischen Nofretete schwarz umrandet. Auch sie ist von oben bis unten in Leder gekleidet, trägt aber lange Stiefel und einen Brustgurt, aus dem die festen Brüste herausschauen.

»Lola?«

»Sie wünschen?«

»Jan Swensen, meine Kollegin Silvia Haman. Wir haben eine kurze Frage«, übernimmt Swensen die Wortführung. »Wo waren sie am 15. und 16. November?«

»Das ist alles, was Sie wissen wollen?«

»Das ist genug!«

»Am 15. und 16. November? Weiß ich nicht mehr!«

»Kennen Sie einen gewissen Sylvester von Wiggenheim?«

»Nie gehört!«

»Frau Hering!«, braust Silvia Haman auf.

»Ich wäre Ihnen verbunden, wenn Sie mich Lola nennen.«

»Lola? Wie Sie wollen, meine Liebe. Also überlegen Sie genau Lola, was Sie uns sagen. Es geht bei unserer Befragung um Mord. Also!?«

»Ich will keinen Ärger!«

»Sie sind auf dem besten Wege reichlich davon zu bekommen!«, zischt Silvia Haman und steht demonstrativ auf. Sie überragt die junge Frau um einiges.

»Wir überprüfen nur die Aussage von Herrn von Wiggenheim«, beruhigt Swensen die angespannte Lage.

»Ich möchte nicht, dass Sylvester das hier von mir erfährt.«

»Das bleibt unter uns! Nun reden Sie schon.«

»Also gut, Sylvester und ich lieben uns. Er will mich heiraten.«

Silvia Haman pfeift durch die Zähne.

»Ehrlich! Er will sich scheiden lassen.«

»Ihre Liebe interessiert uns weniger, Lola«, sagt Swensen. »Wir wollen wissen, ob Sie gemeinsam am 15. und 16. in St. Peter waren.«

Lola nickt mit dem Kopf.

»Wissen Sie etwas von einer Leiche im Watt?«

»Eine Leiche?«

»Ja, eine gewisse Edda Herbst.«

»Sie meinen die Frau, die man aus der Nordsee gefischt hat?«

»Ja, genau die.«

»Und was hat die mit einer Leiche im Watt zu tun?«

»Sie lag wahrscheinlich vorher im Watt. Herr von Wiggenheim hat nichts davon erwähnt, eine Leiche gefunden zu haben?«

»Sylvester soll eine Leiche gefunden haben?«

»Ja!«

»Deswegen war er mit einmal so durch den Wind, als er vom Fotografieren zurückkam. Er ist dann mit so fadenscheinigen Ausreden Halsüberkopf abgereist. Wir haben uns noch ziemlich gestritten.«

»Und Sie waren die ganze Zeit vorher mit ihm zusammen?«

»Ja, nur am 16. ist er morgens allein zum Fotografieren ins Watt gefahren. War dann gegen Mittag wieder zurück und ist, wie gesagt, überstürzt abgereist.«

»Können Sie uns sagen, mit was für einem Wagen Herr von Wiggenheim hier war?«

»So ein silberner Geländewagen.«

»Marke?«

»Keine Ahnung!«

»Das war's schon, Frau Hering!«

»Lola!«

Silvia Haman verlässt den Raum, während Swensen stehen bleibt und sich verlegen die Hände reibt.

»Ich hab da noch eine Frage Lola, eine private Frage. Gibt es in diesem verträumten Husum überhaupt genügend Bedürfnis nach einer Domina?«

»Fragen Sie das im Ernst?«

»Reine Neugier!«

»Wo leben Sie denn? Meinen Sie etwa, in Husum lebt man hinter dem Mond? Es gibt überall überforderte Führungskräfte, die auch mal so richtig schwach sein wollen.«

»Schwach sein?« Swensen sieht die Frau verwundert an.

»Genau, diese scheinbar starken Männer, die bei uns nach Schlägen betteln. Masochisten! Die der Schmerz erst so richtig antörnt.«

Mit einem Mal fällt es Swensen wie Schuppen von den Augen. Er erinnert sich wieder, wer vorhin dieses Etablissement verlassen hat. Das war eindeutig Dr. Kargel von der Stormgesellschaft gewesen.

»Danke für die Auskunft und auf Wiedersehn!«
»Hoffentlich nicht!«

Lola hat wohl recht, denkt Swensen, als er seine Kollegin eingeholt hat. Auch in Husum leidet die ehrenwerte Gesellschaft an zunehmender Doppelmoral!

Es schneit nicht mehr, dafür nieselt es. Die weiße Pracht hat sich in wässerigen Matsch verwandelt. Im Nu sind Swensens Schuhe durchgeweicht und seine Füße werden eiskalt.

5

Nun lag der kleine Häwelmann eines Nachts in seinem Rollenbett und konnte nicht einschlafen; die Mutter aber schlief schon lange neben ihm in ihrer großen Bettstelle; die hatte aber vier ganz steife Beine und auch gar keine Rollen, denn es war eine Himmelbettstelle. »Mutter«, rief der kleine Häwelmann, »ich will fahren!« und die Mutter langte im Schlaf den Arm aus dem Bett und rollte die kleine Bettstelle hin und her, immer hin und her; und wenn ihr Arm müde werden wollte, so rief der kleine Häwelmann: »Mehr, mehr!«

In diesem Abschnitt ist es Storm gelungen, die symbiotische Periode eines Kleinkindes zu beschreiben. Der Häwelmann, dessen Name der Dichter von dem Wort Hätschelkind abgeleitet hat, genießt hier noch die Illusion von Herrschaft, weil das Kind glaubt, an der Allmacht seiner Mutter teilhaben zu können, diese sogar förmlich zu beherrschen. Wenn es der Mutter in dieser symbiotischen Phase und der folgenden Ablösungsphase nicht gelingt sich ausreichend auf ihn einzustellen, wird der kleine Häwelmann zwangsläufig charakterliche Muster entwickeln, die von den Charaktertheoretikern als schizoid und oral bezeichnet werden.

Aufstöhnend lässt Swensen das Manuskript auf die Bettdecke sinken. Er greift zum Fremdwörter-Duden, den er extra auf das Nachtschränkchen gestellt hat, blättert nach dem Wort schizoid und findet:

schizo… (scitso, griech.): spalt…, gespalten …

schizo-id, ein der Schizophrenie ähnlicher Zustand, eine Krankheit, die sich durch ein gespaltenes Seelenleben auszeichnet. In schweren Fällen mit Wahn und Bewusstseinstäuschungen.

Da hab ich Anna ja was versprochen, denkt er, legt Duden und Manuskript neben sich und streckt sich mit lautem Gestöhn. Anna hatte ihm das Essay, das sie letzte Woche auf ihrem Seminar ›Narzisstische Persönlichkeitsstörungen‹ vorgetragen hatte zum Lesen mitgegeben.

Normalerweise findet er ihre psychologischen Erläuterungen nicht nur spannend, sondern auch sehr hilfreich für seine Arbeit, doch im Moment kommt er mit der Lektüre nicht so recht voran. Heute ist der erste Tag, an dem er sich wieder etwas besser fühlt. Die Kopfschmerzen sind weg und auch die Nase ist fast frei. Am Montagmittag nach der Frühbesprechung war seine Erkältung nicht mehr zu unterdrücken gewesen. Er hatte Silvia die Leitung der SOKO übergeben und sich ins Bett gelegt. Es folgten zwei Tage fasten, nur heißes Wasser trinken, mehrmals täglich Kamille inhalieren, viel schlafen und unter der Bettdecke schwitzen.

Es hat sich gelohnt. Er fühlt sich besser, duscht ausgiebig, geht zum Bäcker und kocht sich ausnahmsweise mal einen starken Kaffee. Nach dem ersten Schluck fühlt er sich so richtig gepuscht, deckt liebevoll den Frühstückstisch und belegt sich zwei Brötchen mit Mozzarella, Tomaten und Basilikum. Er frühstückt in aller Ruhe, übt Achtsamkeit, indem er sich auf jeden Bissen konzentriert. Erst als er fertig ist, nimmt er sich die Zeitung, die er wegen der Schlagzeile ›Sieht so der Mörder von Beatrix aus?‹ vom Bäcker mitgebracht hat. Eine Zeichnung darunter zeigt ein Allerweltsgesicht.

›Passant sah Beatrix in einen silbergrauen VW-Passat einsteigen‹, liest er weiter und erfährt, dass die Polizei jetzt verstärkt nach dem Auto fahndet und den Fundort der Leiche großflächig nach Spuren absucht. Swensen kann sich gut vorstellen, was bei den Kollegen in Flensburg los ist.

Am letzten Sonntag horchte Anna ihn gleich, nachdem sie sich bei ihrem Lieblingsitaliener getroffen hatten, nach seinen Gefühlen im Fall der kleinen Beatrix aus. Swensen empfand das als lästig und war sofort im Widerstand.

»Meinst du etwa, immer wenn irgendwo ein Kind umgebracht wird, haut mich das automatisch um?«, hatte er sie barsch gefragt. Anna erwiderte nichts, sondern schaute ihm nur ganz ruhig in die Augen. Während er nach Annas Händen griff, hörte er den Satz seines Meisters: »Solange du deine Emotionen für etwas ausschließlich zerstörerisches hältst, hast du dich nicht wirklich mit ihnen auseinander gesetzt!«

»Es ist schon verdammt schwer, seine Ängste vor sich selbst zu benennen!«, sagte er leise.

Sie lächelte und erwiderte seinen sanften Händedruck. Das Eis war gebrochen. Er versuchte ihr seine diffusen Ängste zu erklären, die ihr Wunsch nach einem gemeinsamen Zusammenleben bei ihm hervorgerufen hatte. Es erstaunte ihn, dass auch sie sich durchaus nicht sicher war. Sie redeten offen miteinander und betraten nach Mitternacht in euphorischer Stimmung seine dunkle Wohnung. Die Dunkelheit entfachte ihr Verlangen. Sie schmiegte sich mit dem Rücken an Swensens Brust und spürte seine Lippen in ihrem Nacken, kurz unter dem Haaransatz. Seine Hände drangen unter ihren Mantel, ertasteten ihre weichen Rundungen und umkreisten den Hintern. Der Gedanke es gleich hier im Flur zu treiben, erregte Anna ungemein. Sie ließ ihren Körper an seinem kreisen. Die Hände suchten nach seinem Schwanz und registrierten, dass er hart war. Sie drückte seinen Körper nach hinten, so dass er sich auf die Flurkommode setzen musste, öffnete ihm die Hose, zog sich das Höschen unter dem Rock herunter und ließ sich mit gespreizten Beinen auf seinen Schoß sinken. Sie stöhnte laut auf, als er in sie eindrang. Swensen keuchte vor Erregung, während sie ihren Hintern rhythmisch immer heftiger auf und ab bewegte. Er riss seine Augen auf, doch im wollüstigen Schwarz um ihn herum ließ sich sein Ich nicht mehr finden, der Verstand hatte sich schon vorher verabschiedet. Ihm war, als würden sie beide zu einem einzigen Körper verschmelzen, der sie mit einer unbeherrschten Kraft vorantrieb. ›Ihr Glied‹ richtete sich pulsierend noch weiter auf. ›Seine Vulva‹ stand in Flammen. Sie explodierten gleichzeitig und Anna schrie hemmungslos, bis Swensen ihr verlegen eine Hand auf den Mund legte.

Am nächsten Morgen war Swensen nach dem Erwachen, obwohl sein Hals bereits kratzte, so frei und leer im Kopf wie schon lange nicht mehr. Es war sechs Uhr. Anna schlief fest. Er stand geräuschlos auf, rückte sich im Wohnzimmer das Meditationskissen zurecht, setzte sich und kreuzte die Beine. Er konzentrierte sich auf seinen Atem, der klar und leicht kam. In ihm wurde es sehr still. Von Zeit zu Zeit stiegen Gedanken in ihm auf, konnten sich aber nicht in sein Bewusstsein drängen. Er fühlte sich gleichzeitig in einem überraschend wachen Geisteszustand, wie er ihn beim Meditieren noch nie zuvor erreicht hatte. Sein Körper schrumpfte vor dem All zu einem Nichts, bis er selbst zu diesem All wurde. Dabei merkte er, dass sich das eigene Sein in Wirklichkeit nie verändert hatte, dass es um ihn herum im Grunde überhaupt kein Werden und Vergehen gab. Er war das Nichts und zugleich alles. Und dann war da plötzlich eine Furcht sich aufzulösen, für immer aus dieser Welt zu verschwinden, nicht mehr Swensen zu sein. Eine unbändige Angst zuckte durch seinen Körper. Mit Herzklopfen öffnete er die Augen und sah erleichtert die Morgendämmerung durch das Fenster.

Das war wohl ein spiritueller Moment, erinnert Swensen sich an diesen kurzen Erleuchtungszustand vor ein paar Tagen.

Es verwirrt ihn noch immer, wenn er daran denkt. Während der Erkältung hatte er die tägliche Meditation eingestellt. Das Erlebte verblasste darauf schneller, als ihm lieb war. Das Leben ging einfach genauso weiter wie zuvor.

Wahrscheinlich ist so ein Zustand eben nur ein Anfang, nur eine Etappe, beruhigt ihn eine innere Stimme. Meditative Praxis ist das, was man im Augenblick erfährt. Der Alltag ist dann wieder randvoll mit Vergangenheit und Zukunft, alles andere ist bloße Einbildung.

Er sucht sein Handy, findet es nach geraumer Zeit in seiner Jackentasche und wählt die Nummer der Inspektion.

»Polizeiinspektion Husum, Susan Biehl, Guten Tag!«, singt es aus dem Hörer.

»Hallo, Swensen hier. Susan, ist Silvia im Haus?«

»Nein, die ist zur Sparkasse. Ich glaube, Frau Haman will die Konten von Edda Herbst überprüfen. Übrigens, Sie hatten Herrn Mielke doch darum gebeten, Ihr Auto in die Reparatur zu fahren. Ich wollte Sie deswegen sowieso noch anrufen, denn der Wagen ist fertig. Kostenpunkt, halten Sie sich fest: 1.500 DM.«

»Oh, nein! Muss das sein? Ging´s denn nicht billiger!«

»Da hab ich keinen Einfluss drauf!«

»Und sonst, wie geht's euch ohne mich?«

»Na ja, na ja! Wäre schon gut, wenn Sie bald wieder erscheinen würden. Herr Mielke und Frau Haman sind mal wieder aneinander geraten, wegen Frau als Führungskraft und so.«

»Ich bin morgen wieder da. Bitten Sie Frau Haman mich anzurufen, wenn sie zurück ist.«

»Geht in Ordnung, Tschüss!«

»Bis morgen, Susan!«

Swensen geht wieder der Fall Edda Herbst durch den Kopf, während er beiläufig den Rest der Zeitung durchblättert. Am liebsten würde er jetzt gleich wieder an die Arbeit gehen. Untätig zuhause herumsitzen, fällt ihm immer besonders schwer. Da springt ihm die Schlagzeile des Lokalteils ins Auge.

Ist der Storm-Roman wirklich echt?
Neugierig beginnt er den Artikel zu lesen.

Das handschriftliche Manuskript des Storm-Romans ist aller Wahrscheinlichkeit nach echt! Nach einer Analyse eines Kieler Labors wird die Herkunft des Papiers, auf dem der Roman geschrieben wurde, auf das 19. Jahrhundert datiert. Während der Vorsitzende der Stormgesellschaft, Dr. Herbert Kargel, sich über den sensationellen Fund weiterhin skeptisch äußert, ist sein Stellvertreter Dr. Karsten Bonsteed von der Echtheit jetzt überzeugt. In einem Gespräch mit der ›Husumer Rundschau‹ weist er auf den enormen Schub für Husum und die Stormgesellschaft hin. Die Entdeckung wird internationale Aufmerksamkeit erregen. Das wird Husum in der Welt bekannt machen und nicht ohne Auswirkung auf den Fremdenverkehr bleiben.

Swensen muss sofort an den Montagmorgen denken.

Anna betrat mit Brötchen und einer Zeitung die Küche, während er noch völlig benommen von seiner Meditationserfahrung Kaffee machte. Sie wedelte mit dem Lokalteil der ›Husumer Rundschau‹ vor seinen Augen herum.

»Der Wraage hatte doch recht! Der Roman ist gefunden!«
»Wraage? Roman? Welcher Wraage, welcher Roman?«
»Jan denk' doch mal nach! Wraage, Ruppert Wraage vom Storm-Symposium, auf dem wir vor drei Wochen waren. Du weißt doch, der behauptet, dass Storm einen Roman geschrieben hat.«

Anna breitete die Zeitung auf dem Küchentisch aus und las laut vor: Sensation! Roman von Theodor Storm entdeckt. Der Husumer Hajo Peters, der eine Videothek im ›Pole Poppenspäler-Haus‹ betreibt, hat ein altes Manuskript auf dem Boden des Hauses gefunden, dass sich als unbekannter Roman von Theodor Storm herausgestellt hat.

»Hajo Peters? Sagtest du eben Hajo Peters?«

»Ja, der Name steht hier!«

Swensen griff nach der Zeitung, doch Anna hielt sie demonstrativ fest und las weiter. Wenn das Werk nach der Überprüfung durch Experten als echt eingestuft wird, kann der Leser der Husumer Rundschau es hier in Kürze abgedruckt finden. Einem Reporter unserer Zeitung ist es gelungen, die Rechte für einen Abdruck des sensationellen Fundes für die ›Husumer Rundschau‹ zu erwerben.

Als Anna sich umdrehte, stand Swensen regungslos hinter ihr. Sie sah ihn fragend an, doch sein Blick verlor sich in der Ferne.

»Jan, was ist? Hallo!«

Sie schwenkte ihre Hand dicht vor seinen Augen.

»Hajo Peters«, sagte Swensen, indem er aus seiner kurzen Absenz erwachte und Anna konzentriert anblickte. »Hajo Peters ist der Arbeitgeber von Edda Herbst gewesen, wegen deren Ermordung wir gerade ermitteln.«

»Mensch, das ist ja ein Zufall!«, bemerkte Anna. »Na ja, die Welt ist halt klein!«

Zufall, denkt Swensen, in dem er sich an den Zeitungsartikel über den Romanfund von Peters erinnert. Peters sieht die ermordete Edda Herbst wahrscheinlich das letzte Mal lebend. Eine Woche später findet derselbe Peters einen unbekannten Roman von Theodor Storm. Für meinen Geschmack ist das ein wenig zu viel Zufall! Doch der Roman ist offensichtlich echt!

Er nimmt einen Kugelschreiber und notiert, ohne dass er sagen kann warum, den Namen Dr. Herbert Kargel am Zeitungsrand. Der Vorsitzende der Stormgesellschaft war ihm vor kurzem gerade erst bei der Ermittlung im Club 69 über den Weg gelaufen, in der eine Zeugin arbeitet, die wiederum die Geliebte eines anderen Zeugen ist, der eine Leiche im Watt findet, die bei einem Mann gearbeitet hat, der einen unbekannten Roman von Theodor Storm auf seinem Boden findet.

Seltsam das, grübelt Swensen. Doch warum nicht! Wenn etwas aus unserer gewohnten Empfindung herausfällt, neigen wir ziemlich schnell dazu, etwas zu vermuten, was vielleicht nicht vorhanden ist. Wie sagte es mein Meister einmal: »Siehst du in der Dämmerung ein zusammengerolltes Seil und verwechselst es mit einer Schlange, dann hast du vergessen, was es in Wirklichkeit ist.«

Swensen faltet die Zeitung zusammen und steckt sie in die Tasche, in der er sein Altpapier sammelt. Er holt seinen Staubsauger aus der Abseite und beginnt mit dem Wohnzimmer. Die Arbeit strengt ihn über die Maßen an. In Kürze ist seine Stirn schweißnass. Er ahnt, dass die Erkältung ihm noch in den Knochen steckt. Als er gerade auf den Knien mit dem Saugkopf unter seinen Schreibtisch herumfährt, dringt durch den Heulton ein feines Geräusch an sein Ohr. Mit einem Knopfdruck lässt er den Staubsauger verstummen und das Geräusch entpuppt sich als das Summen seiner Haustürklingel. Vor der Tür steht Silvia Haman mit einem Blumenstrauß.

»Hallo Jan! Gute Besserung von den Kollegen!«
Sie drückt ihm die Blumen in die Hand.
»Wir haben ein paar Mark zusammengelegt.«
»Oh, danke! Ich wollte morgen aber schon wieder erscheinen. Komm rein.«

Im selben Augenblick, in dem Swensen es ausspricht, wird ihm bewusst, dass noch keiner von den Kollegen aus der Inspektion in seiner Wohnung gewesen ist. Er hat seine Privatsphäre immer vehement gegen alles Berufliche abgeschottet. Doch jetzt ist es zu spät für Bedenken. Prompt bleibt Silvias Blick an seinem großen Messingbuddha hängen, der im Wohnzimmer auf einem Holzschrein steht. Er bemerkt ihren irritierten Gesichtsausdruck und kommt ihrer Frage zuvor.

»Dich interessiert die Figur?«

»Ein Buddha, nicht wahr?«

»Ja, ein Amoghasiddhi. In der linken Hand hält er einen Lotus und seine segnende Rechte ist eine Geste der Furchtlosigkeit.«

»Ich bin beeindruckt! Wieso weißt du das alles?«

»Ganz einfach, weil ich dem Buddhismus anhänge!«

»Ehrlich? Mensch Jan, das klingt ja spannend!«

Swensen Augen beginnen zu glänzen. Mit der Reaktion hat er nicht gerechnet. Motiviert erzählt er von seiner Zeit im Tempel, von seinem Meister Lama Rhinto Rinpoche und seiner meditativen Praxis. Am Ende wirkt Silvia so aufgeschlossen, dass Swensen ihr das Buch ›Der Buddha ist in dir‹ seines ehemaligen Meisters in die Hand drückt. Dann besorgt Swensen eine Vase für den Blumenstrauß und serviert einen Orangensaft. Silvia leert das Glas in einem Zug.

»Ich hab gehört, du hast Ärger mit Stephan?«, bringt Swensen das Gespräch auf die Arbeit.

»Nun ja, halb so schlimm. Sein übliches Generve gegen Frauen.«

»Soll' ich mal mit ihm sprechen?«

»Ach, Quatsch! Dann könntest du auch gleich mit Rudolf über seine rechtsangehauchten Ansichten sprechen. Was soll das bringen?«

»Wie du meinst. Und wie kommt ihr voran?«

»Schleppend. Ich denke, unser Hauptproblem ist nach wie vor das fehlende Motiv!«

»Die Kontoüberprüfung von Edda Herbst hat nichts gebracht?«

»Nein, keine spektakulären Kontobewegungen, außerdem beträgt der Kontostand nur 300 DM.«

»Hat Hollmann im Haus noch was entdeckt?«

»Ach ja, das Wichtigste hätte ich glatt vergessen. Also, zu den Fingerabdrücken, die Hollmann schon beim ersten Mal sichergestellt hat, sind zwei neue hinzugekommen. Einer wurde auf dem Boden gefunden und einer an der Haustür. Die Überprüfung hat nichts ergeben, bis auf Edda Herbst konnten wir sie keiner Person zuordnen. Gleichzeitig wurden verschiedene Haare in Eddas Haus gefunden. Das kriminaltechnische Labor in Kiel hat an Hand der DNA-Analyse festgestellt, dass sie von sieben verschiedenen Personen stammen, Edda Herbst ausgenommen. Doch solange wir keinen Verdächtigen haben, sind die Ergebnisse wohl wertlos!«

»Wir könnten zumindest einen Speicheltest von Hajo Peters und dem Ex-Freund Peter Stange nehmen lassen. Die sind zwar nicht verdächtig, aber beide waren nach eigener Aussage im Haus. Wenn ihre DNA dabei ist, kennen wir immerhin schon mal zwei der sieben Unbekannten.«

Nachdem Silvia sich verabschiedet hat, versucht Swensen die neuen Ergebnisse in seine bisherigen Überlegungen einzubauen. Doch alle Bemühungen scheitern, aus der gedanklichen Puzzle-Arbeit will einfach kein Bild entstehen. Nach einer Stunde gibt er entnervt mit Kopfschmerzen auf. Er zieht sich warm an, holt seinen Wagen aus der Werkstatt und fährt an die Küste. Nach einem zweistündigen Spaziergang im Watt fühlt er sich klar. Wieder zuhause kocht er sich einen grünen Tee, schnappt sich Annas Manuskript und liest weiter: Der kleine Häwelmann will, dass seine Mutter ununterbrochen sein Bettchen rollt. Doch als die Mutter einschläft, funktioniert seine vermeintliche Allmächtigkeit nicht mehr. Storm hat hier, wahrscheinlich eher unbewusst, ein Symbol eines traumatisierten Säuglings geschaffen, der den Unterschied zwischen seinem Selbst und der Welt nicht wahrhaben will. Heute würde die Psychologie diesem Kind vielleicht eine narzisstische Persönlichkeitsstörung diagnostizieren. Das Kind glaubt, von allem Besitz ergreifen zu können was die Welt zu bieten hat. Es hebt sein Beinchen wie einen Mastbaum in die Höhe, es hängt sein kleines Hemd wie ein Segel an seinen kleinen Zeh, es bläst mit beiden Backen in das Hemdzipfelchen und bringt sein Rollbettchen so in Bewegung. Im Himmel fährt Häwelmann in den hellen Sternenhaufen, so dass sie rechts und links vor Angst vom Himmel fallen. Als der Mond ihm endlich Einhalt gebietet, reagiert er mit hemmungsloser Wut auf diese Frustration. »Mehr, mehr!«

Häwelmann, der sich mit der Welt verschmolzen fühlt, fährt dem Mond brutal ins Gesicht. In einem plötzlichen Anfall narzisstischer Wut reagiert er mit Gewalt auf die Einschränkung seiner Persönlichkeitsentfaltung. Es ist nicht auszuschließen, dass sich so eine frühkindliche Entwicklungsstörung im Erwachsenenalter bis zur Anwendung von Gewalt steigern kann, ihr extremes Krankheitsbild ist der narzisstische Psychopath. Jede Einschränkung seiner irrtümlich angenommenen Omnipotenz wird von ihm als narzisstische Kränkung wahrgenommen und kann ohne Vorwarnung in kriminelle Gewalt münden. Ein Psychopath ist nicht selten eine tickende Zeitbombe, der auf eine Kränkung seiner eingebildeten Allmacht sogar mit Mord antworten kann.

*

Die Nacht ist rabenschwarz. Er biegt von der Schiffsbrücke in die Hohle Gasse. Etwas weiter oben rechts liegt das Elternhaus von Storm. Er biegt vorher links in die Wasserreihe. Das enge Sträßchen ist uneben und das Kopfsteinpflaster fällt an den Rändern schräg ab. Die verwinkelten Häuser haben schon bessere Zeiten gesehen. Jetzt kann er schon das alte Bürgerhaus mit dem hohen spitzen Giebel sehen, in dem sich das Stormmuseum befindet. Die schmale Fassade liegt zur Straße hin. Ansonsten ist das Gebäude eher unscheinbar. Bis auf einige Lilienanker, Gesimse und Backsteinmuster im Mauerwerk gibt es keine Verzierungen. Er öffnet das Gartentor und eilt über den mit Gehwegplatten gepflasterten kleinen Vorhof bis vor die doppelflügelige Eingangstür. Trotz der schrägen Butzenscheiben darin erinnert ihn die Form an den Eingang eines Westernsalons. Aus der Laterne links an der Hauswand fällt nur ein schwaches Licht auf den Eingangsbereich. Bevor er klingelt, schaut er auf die Uhr. Es ist 23:27 Uhr.

Eine hagere, ausgezehrte Gestalt mit wirrem, weißem Haar und abgeschabtem Jackett öffnet. Er erkennt in ihr Dr. Kargel von der Stormgesellschaft, der mit seiner Nickelbrille einer Karikatur aus einem Carl-Spitzweg-Gemälde gleicht.

»Kommen Sie doch rein!«, sagt Kargel mit einem leicht schroffen Unterton in der Stimme. »Ich dachte mir schon, dass Sie auf meinen Anruf hin noch so spät kommen würden.«

Er nickt nur kurz und tritt ein.

»Folgen Sie mir bitte nach oben ins Archiv«, sagt Kargel und steigt vor ihm stocksteif die mit Holzornamenten verzierte Treppe hinauf. Der breitbohlige Holzfußboden im ersten Stock knarrt bei jedem Schritt. Kargel führt ihn an einem der Ausstellungszimmer vorbei zu einer niedrigen Tür, die ebenfalls mit Paneelen bedeckt ist.

»Vorsicht, passen Sie auf ihren Kopf auf!«, warnt Kargel. »Die Tür ist nur 1.60 Meter hoch.«

Er zieht den Kopf ein und tritt in einen kleinen, büromäßig ausgestatteten Raum. Das Holzregal links an der Wand ist mit Leitzordnern vollgestellt. Kargel setzt sich mit einem schwülstigen Ausdruck von Überlegenheit hinter den Schreibtisch, während er sich ihm gegenüber auf dem Sofa platziert.

»Das hier ist das Original des angeblichen Storm-Romans«, beginnt Kargel und deutet auf den Papierstapel auf seinem Schreibtisch.

»Sie wissen ja, dass die ›Husumer Rundschau‹ mir das Manuskript für ein Gutachten überlassen hat. Die Fragestellung an mich lautet: Echt oder Fälschung? Die Beschaffenheit des Papiers wurde in der Zwischenzeit von einem Kieler Labor chemisch analysiert und als echt eingestuft. Aber das hat mich nicht besonders beeindruckt. Für einen raffinierten Fälscher ist es nicht gerade schwierig an altes Papier heranzukommen. Auf Auktionen werden heute nicht selten ganze Konvolute ungebrauchter Papiere des 18. und 19. Jahrhunderts angeboten.«

Kargel setzt eine gezielte Pause und lehnt sich selbstzufrieden zurück. Der andere Mann dreht mit provozierender Geste seinen Kopf zur Seite und schweigt.

»Das Papier ist nicht das entscheidende Thema! Ich sollte mich ja auch ausschließlich auf die Handschrift und den Inhalt konzentrieren und das habe ich auftragsgemäß ausgeführt. Der erste Eindruck hat mich dann schier überwältigt. Die Handschrift ist eindeutig Storm, zumindest konnte ich keinen gravierenden Unterschied erkennen. Auch Ausdruckweise, Stil und Schreibrhythmus sprechen grundsätzlich für die Echtheit des Dokuments. Ein Roman von Theodor Storm, ich konnte es einfach nicht glauben und ich wollte es auch nicht. Also bin ich noch mal jede Seite akribisch genau durchgegangen. Und siehe da, fast am Ende des Romans bin ich doch noch fündig geworden.«

Kargel blättert den Stapel der Schriftstücke durch und zieht vorsichtig einen Bogen hervor.

»Ich zitiere eine Passage aus dem vorliegenden Stormtext.«

Er rückt sich linkisch seine Brille zurecht, erhebt sich wie ein Schmierenschauspieler, der sich mit seiner überschätzten Dramatik eher der Lächerlichkeit preisgibt und dabei noch mit auffällig falscher Betonung rezitiert:

»Wie der Arzt es vorhergesagt hatte, so geschah es. Detlef Dintefaß konnte das Bett nicht mehr verlassen. Von seiner früheren Kraft schien nur noch eine weinerliche Ungeduld zurückgeblieben zu sein. Sein unfertiger Roman lag unerreichbar fern auf dem aus Eichenholz geschnitzten Schreibtisch. Er konnte ihn nicht mehr erreichen. Immer wenn die Krankheit ihn überkam, sein Körper erschöpft zusammenbrach, brach auch seine letzte Hoffnung zusammen.
›Ei du mein lieber Herrgott! Das Schicksal treibt mich ohne Erbarmen in die Schwermut. Ich werde wohl doch nur der Novellist bleiben, der ich immer war!‹
Er betrachtete vom Bett aus die vier Eulen, die seinen kunstreich verzierten Schreibtisch schmückten. Mit tiefsinnigem Blick, die Köpfchen leicht nach vorn gebeugt, schauen sie auf sein beschriebenes Papier herab. Ihre Häupter tragen dabei geduldig den mächtigen Holzaufsatz, wie er jetzt die Last seines Sterbens tragen muss.
Er hatte das wahrhaft fürstliche Möbel seinerzeit beim Holzbildhauer Heinrich Sauermann in Auftrag gegeben. Die Eulen aber ließ nur ein zufällig Geschick auf seinen Schreibtisch kommen. Beim Besuch des Meisters fiel ihm nämlich ein pfiffig junger Lehrling auf, mit Namen Emil Nolde, der konnte das Schnitzmesser führen, dass es sein Gemüt erquickte.«

Kargel legt das Blatt auf den Schreibtisch zurück und blickt gespannt zu dem Mann auf dem Sofa hinüber. Der verzieht nur geringschätzig den Mund und zuckt mit den Schultern. Nachdem er einen kurzen Moment gewartet hat, lächelt Kargel triumphierend.

»Ihnen ist natürlich nichts aufgefallen?« fragt er arrogant und tritt wieder hinter seinen Schreibtisch. Sein bis dahin verdorrter Habitus wirkt mit einem Mal wesentlich lebendiger.

»Na ja, das hab ich mir schon gedacht.«

Keine Antwort vom Sofa. Kargel hat sich in der Zwischenzeit vor seinen Laptop gesetzt und eine Datei auf den Bildschirm geladen.

»Passen Sie gut auf! Ich lese Ihnen den entscheidenden Abschnitt aus meinen Gutachten vor.

Zitat: Beim Besuch des Meisters fiel ihm nämlich ein pfiffig junger Lehrling auf, mit Namen Emil Nolde, der konnte das Schnitzmesser führen, dass es sein Gemüt erquickte. Hinter diesem Ausschnitt verbirgt sich der eindeutige Beweis für die Fälschung des vorliegenden Storm-Textes. Es ist zwar wahr, dass der 17-jährige Emil Nolde von 1884 bis 1888 als Bildhauerlehrling beim Möbelfabrikanten Heinrich Sauermann arbeitete. Doch der junge Nolde führt zu der Zeit noch seinen Geburtsnamen Emil Hansen. Er veränderte diesen Namen erst 1902, 14 Jahre nach Storms Tod. Erst ab da nannte Emil Hansen sich Emil Nolde, nach seinem Geburtsort Nolde um dadurch der starken Identifikation mit seiner nordfriesischen Heimat Ausdruck zu verleihen. Storm war zum Zeitpunkt dieser Namensänderung bereits lange tot und konnte daher unmöglich den Namen Nolde kennen, geschweige denn in seinem Roman verwenden. Es handelt sich bei dem vorliegenden Manuskript des Romans ›Detlef Dintefaß‹, zwar um eine handwerklich hervorragend gemachte, täuschend echte, nichtsdestotrotz um eine eindeutige Fälschung.«

Kargel hebt seinen Kopf und bewegt ihn ruckartig nach vorn. Der Mann auf dem Sofa fühlt sich an einen Raubvogel erinnert, der neben der Bundesstraße darauf lauert, dass einer der rasenden Pkws einen Hasen erwischt. Er kann seine teilnahmslose Körperhaltung nicht mehr aufrecht erhalten. Abrupt rutscht er nervös auf dem Sofa hin und her. Auf seiner Stirn haben sich dicke Schweißperlen gebildet. Seine Hand tastet vorsichtig über seine Manteltasche.

»Haben Sie, – haben Sie das Gutachten etwa schon veröffentlicht?«, stammelt er und in seiner Stimme klingt echte Beklommenheit durch.

»Nein, mein Wertester! Ich kann es mir doch nicht nehmen lassen, Sie in so einem Fall als Ersten zu unterrichten. In fünf Tagen ist von der Zeitung eine Pressekonferenz anberaumt, bis dahin werde ich das Gutachten in allen Feinheiten ausgearbeitet haben!«

Kargel strahlt über das ganze Gesicht, während beim anderen Mann sämtliche Farbe aus dem Antlitz verschwunden ist.

»Sollte man sich das mit der Fälschung nicht noch einmal überlegen?«

»Überlegen?«, fragt Kargel erstaunt. »Überlegen? Ich verstehe nicht?«

»Na ja, mit einem Roman von Storm ist schließlich eine Menge Geld zu verdienen! Das könnte sich sogar als ein Segen für die Stadt Husum herausstellen.«

»Ich bin hier in Husum ein angesehener Historiker und Storm-Kenner. Ich lass' mich doch nicht auf irgendwelche Machenschaften ein. Was haben Sie eigentlich für ein verzerrtes Bild von mir?«

Kargel schüttelt fassungslos den Kopf und starrt den Mann auf dem Sofa ungläubig an. Der greift das Kissen neben sich, springt auf und steht, nach drei, vier hastigen Schritten, direkt vor Kargels Schreibtisch. Urplötzlich hält er eine Pistole in der Hand, presst das Kissen darüber und zielt. Kargel versucht sich im letzten Augenblick wegzudrehen. Da löst sich ein dumpfer Schuss.

Das Projektil dreht sich durch den Schusskanal und bohrt sich in das Kissen. Der Leinenstoff zerplatzt in der

Mitte. Daunenfedern explodieren in die Luft. Die Reibungshitze des Metalls versengt den dunkelblauen Anzugstoff am oberen Rand der rechten Brusttasche, hinterlässt ein verkohltes Loch, sprengt die Haut auf, zerschmettert rechts neben dem Brustbein die vierte Rippe, wobei die Knochensplitter der Patrone feine Schrammen in den Messingmantel ritzen. Dann zerreißt sie die Lungenarterie, zieht eine tödliche Spur durch das Lungengewebe, streift eine der hinteren Rippen, lässt die Haut beim Austritt bersten und bohrt sich in die Ziegelwand. Kargel stürzt mit dem Stuhl nach hinten. Der Kopf knallt auf den Boden, der Körper fällt zur Seite und bleibt regungslos liegen. Blut strömt aus der Wunde und versickert im Teppichboden. Als der Mann mit der Pistole näher tritt, hört er das schwache Röcheln des Opfers. Blutblasen quellen ihm aus dem Mund. Er dreht dessen Körper auf den Rücken und setzt die Mündung der Waffe genau auf Herzhöhe an. Er presst wieder das Kissen darüber. Der zweite Schuss schallt hohl durch den Raum. Ein Schlag zuckt durch Kargels Körper. Das Röcheln verstummt.

»Scheiße, Scheiße, Scheiße!«, murmelt der Täter, der schweißgebadet, wie betäubt, mit der Waffe am Herzen über seinem Opfer hockt.

»Da ist gerade eine verdammte Riesenscheiße passiert!«

Als er das Kissen hebt, ist es blutgetränkt. Rote Spritzer ziehen sich über die Pistole, seine Hand und den Ärmel seines Mantels. Er stiert mit leerem Blick auf die Waffe und taumelt, nach Halt suchend, aus dem Raum. Unten im Eingangsbereich ist die Toilette. Wie in Trance steuert er darauf zu, hält die Waffe und seine Hände unter den Wasserstrahl, trocknet sich mit Papier aus dem Spender ab und stopft es zusammen mit der Pistole in die Manteltasche. Er sitzt mindestens eine halbe Stunde zitternd auf einer Treppenstufe, dann fühlt er sich langsam ruhiger.

Wenig später aktiviert er den Bildschirm des Laptops, schließt die noch immer aufgerufene Datei. Gutachten doc. Die aktuelle Uhrzeit: 0:03. Er fährt mit dem Cursor auf die Uhrzeit am unteren rechten Bildschirmrand. Zweimal anklicken. Das Fenster für Datum/Uhrzeit klappt auf. Er datiert die aktuelle Uhrzeit auf 18:00 zurück. Dann öffnet er die Gutachtendatei wieder. Hektisch überfliegt er den gesamten Text. Was muss er ändern? Er fühlt sich unter Zeitdruck. Nach längerer Überlegung sausen seine Finger über die Tastatur. Passagen werden markiert und verschwinden auf Knopfdruck im Papierkorb. Blitzschnell reihen sich die angetippten Buchstaben zu Wörtern, Sätzen, Textabschnitten. Keine zwei Stunden später hätte selbst Dr. Herbert Kargel sein Gutachten nicht mehr wieder erkannt. Aus der von ihm entlarvten Fälschung ist eine literarische Weltsensation geworden. Am Ende ist die geschlossene Datei unter: Gutachten doc. 30. 11. 2000 19:52 abgespeichert. Den Papierkorb entleeren und fertig. Er schaut auf die Uhr und gibt die aktuelle Uhrzeit von jetzt 01:55 wieder ein.

*

»Hallo Jan! Schon wieder gesund?«

Swensen dreht sich erstaunt um. Er ist extra besonders früh in die Inspektion gekommen um noch einmal ungestört den Fall Edda Herbst durchzugehen. Da steht Heinz Püchel mit einer brennenden Zigarette in seiner Bürotür, als wenn er ihm förmlich aufgelauert hat.

»Heinz, du hier? Es ist sechs Uhr!«

Swensens legt seine Hand an den Hals, denn die Stimme krächzt leicht. Püchel tritt ungewohnt dicht an ihn heran und legt ihm loyal eine Hand auf die Schulter.

»Hast du einen Moment Zeit?«

Swensen nickt kurz. Püchel wartet, bis er eingetreten ist und schließt dann die Tür. Als Swensen ihn darauf irritiert anguckt, lächelt er gequält, inhaliert hastig den Rauch seiner Zigarette und zieht sich hinter den Schreibtisch zurück.

»Was kann ich für dich tun?«, fragt Swensen trocken und versucht mit einem neutralen Gesichtsausdruck die angespannte Atmosphäre aufzulockern.

»Versteh' das jetzt bitte nicht falsch, Jan, aber ich als dein Vorgesetzter muss das ansprechen. Ich hab gehört, dass du dich als Buddhisten bezeichnest.«

Swensen schaut Püchel ungläubig an, der verschämt sein offenes Galliano-Jackett zuknöpft. Am liebsten hätte er laut losgelacht, entscheidet sich aber ernst zu bleiben.

»Ja und?«, antwortet er knapp.

»Du streitest das also nicht ab?«

»Warum sollte ich?«

»Nun, ich muss mich als dein Vorgesetzter schon fragen, ob jemand, der sich offen zu einer Sekte bekennt, unbedingt eine Ermittlung leiten sollte?«

»Wie kommst du denn auf eine Sekte?«

»Also, ein bisschen kenn' ich mich da auch aus! Glatzköpfige in orangefarbigen Gewändern. Wann sollte man denn wohl sonst von einer Sekte sprechen?«

»Meinst du nicht, dass du da einiges durcheinander wirfst?«

»Dann hilf mir doch einfach auf die Sprünge, Jan! Was macht denn so ein Buddhist?«

»Ich meditiere und richte meinen Alltag nach buddhistischen Theorien aus.«

»Das ist alles?«

»Das ist alles!«

»Und als Buddhist ist man in keiner Sekte?«

»Dann wäre eher der Vatikan in Rom eine Sekte. Du bist doch auch in der Kirche, oder?«

»Das ist ja wohl etwas anderes!«
»Wieso?«
»Weil das keine Auswirkung auf meine Arbeit hat.«
»Du kannst sicher sein, dass auch mein Buddhist-Sein keine Auswirkungen auf meine Arbeit hat. Und jetzt, Heinz, betrachte ich das Thema für erledigt!«
»Du musst das verstehen Jan! Als dein Vorgesetzter muss ich so etwas überprüfen. Die Unterredung kann doch einfach unter uns bleiben!«
»Das überleg' ich mir dann noch, Herr Vorgesetzter!«
Heinz Püchel springt auf und reicht Swensen seine Hand über den Schreibtisch.
»Vergessen wir also das Ganze!«
Entweder er hat ›den Vorgesetzen‹ einfach ignoriert oder er merkt überhaupt nichts, denkt Swensen, greift lustlos nach der Hand seines Chefs und verlässt das Zimmer.
In seinem Büro findet er unter einigen Briefen einen großen Umschlag, in dem sich die Vergrößerungen vom Leichenfund im Watt befinden.
Die hat mit Sicherheit Susan hier hingelegt und niemanden informiert, ärgert sich Swensen und blättert die Hochglanz-Abzüge flüchtig durch. Er macht sich auf den Weg in den Konferenzraum um die neuen Bilder gegen die wesentlich kleineren dort auszutauschen. Als er gerade die Türklinke heruntergedrückt, sieht er wie Silvia Haman den Flur heraufkommt. Er hebt den Arm zum Gruß und wartet bis sie auf seiner Höhe ist.
»Hallo Jan!«
»Hallo Silvia! Musste das sein, dass du Püchel gleich das mit dem Buddhisten steckst?«
»'Schuldigung! Das war wirklich nicht meine Absicht, Jan, das kannst du mir glauben. Aber Püchel hat prompt dein Buch bei mir entdeckt, als ich nach dem Besuch bei dir in die Inspektion kam. Manchmal glaube ich er hat übersinnliche Kräfte.«

»Püchel und Spockenkram? Daran glaube ich weniger! Sonst hätte er mich wegen dem Buddhisten nicht gleich so angemacht!«

»Das tut mir leid. Aber mir ist das einfach so rausgerutscht.«

»Na ja, Schwamm drüber, ist ja schließlich kein Beinbruch. Die haben hier alle sowieso schon geahnt, dass bei mir etwas anders tickt. Jetzt ist die Sache endlich offiziell.«

»Sozusagen ein buddhistisches Coming-Out«, sagt Silvia und zwinkert mit dem rechten Auge.

»Dank deiner Hilfe«, ergänzt Swensen. »Stehe ich jetzt in deiner Schuld?«

Am anderen Ende des Flurs wird eine Bürotür aufgerissen und Rudolf Jacobsen, der Nacht-Bereitschaftsdienst hatte, stürzt heraus.

»Ein Mord!«, ruft er zu ihnen herüber und eilt auf Püchels Büro zu, der aber schon aus der Tür stürzt, bevor Jacobsen sie erreicht hat. Auch Swensen und Silvia Haman haben sich sofort in Bewegung gesetzt und sind schon fast bei den beiden angekommen, als es aus Jacobsen nur so heraussprudelt.

»Ein Mord im Stormmuseum. Die Putzfrau hat gerade angerufen. Sie hat einen toten Mann im ersten Stock gefunden. Sie hörte sich zwar ziemlich hysterisch an, aber soweit ich es verstanden habe, handelt es sich um Dr. Herbert Kargel, den Vorsitzenden der Stormgesellschaft. Alles ist voll Blut hat sie gesagt.«

»Das ist mal wieder typisch! Frauen sind immer gleich hysterisch!«

Alle drei Männer richten ihren Blick wie auf Kommando auf Silvia Haman. Heinz Püchel ringt nach Luft und zischt, als wenn ihm ein Korken aus dem Hals schießt.

»Bitte nicht jetzt! Wir haben im Moment wahrlich andere Sorgen!«, brüllt Püchel. »Ich klemm mich hinters Telefon und ruf unsere Truppe zusammen. Ihr fahrt gleich mit dem nächsten Streifenwagen rüber zum Tatort!«

Swensen merkt, dass er noch immer die Fotos in der Hand hält. Er bittet Silvia, die sich gerade dem davoneilenden Rudolf an die Fersen heften will, dass sie unten auf ihn warten sollen und eilt rüber zum Konferenzraum. Er entfernt blitzschnell die dort hängenden Fotos um sie durch die neuen Vergrößerungen zu ersetzen. Dann sprintet er zur Eingangstür der Inspektion und springt die Treppe hinunter. Auf der Straße steht ein Streifenwagen mit offener Tür. Swensen klemmt sich dicht neben Silvia, die mit Rudolf auf der Rückbank sitzt. Mit Blaulicht geht es in Richtung Hafen, dort in kurzen Sätzen über das Kopfsteinpflaster, dann rechts in die Fußgängerzone, abbremsen auf Schritttempo, und links in die Wasserreihe. Eine kleine, kugelrunde Frau in einem geblümten Kittel steht wild fuchtelnd vor dem Gartentor des Stormmuseums.

*

Eine halbe Stunde später herrscht in dem historischen Haus in der Wasserreihe 31 so viel Betrieb, wie nicht mal zu den besten Besuchszeiten. Fast die gesamte Kripomannschaft der Inspektion ist vor Ort. Die enge Gasse ist in der gesamten Länge von der Streifenpolizei abgesperrt. Swensen ist nach der ersten Hektik gerade einen Moment zur Ruhe gekommen. Er steht im Eingangsbereich vor dem Kassentresen und studiert die Postkarten, Hefte und Bücher, die hier zum Verkauf auslegen. Peter Hollmann und sein Spurenteam haben sich das Tatzimmer im ersten Stock vorgenommen. Durch die offene Tür dringt zuckendes Blitzlicht bis nach unten. Swensen greift nach einem weißen Büchlein mit dem Konterfei von Theodor Storm. Über dem Titel ›Die großen Novellen‹ liest er den Namen des Autors: Herbert Kargel. Da ist es wieder, das eigenartige Gefühl.

Ist doch merkwürdig, denkt Swensen. Dauernd Namen, die auch im Fall Edda Herbst rumschwirren. Vor einer Woche hab ich den Kargel noch aus dem Club 69 schleichen sehn und jetzt liegt er mausetot da oben.

Mit einem feinen Quietschen öffnet sich die Eingangstür. Dr. Michael Lade, der meistens bei Todesfällen von der Husumer Kripo zum Tatort gerufen wird, tritt mit einem Schutzpolizisten im Schlepptau ein. Der korpulente Mediziner hebt im Vorbeigehen den Arm zum Gruß.

»Hallo Michael!«, grüßt Swensen zurück, der mit Lade schon längere Zeit per Du ist.

»Der Tote liegt oben im ersten Stock. Erschossen.«

Lade nickt und steigt schwerfällig die Treppe nach oben.

»Ich würde gerne danach noch mit dir sprechen, bevor du gehst!« ruft Swensen ihm hinterher. »Und Vorsicht, pass' auf deinen Kopf auf! Die Tür ist extrem niedrig!«

»Alles klar!«, ruft Lade von oben zurück. Im schummerigen Licht sieht er aus wie ein pralles Gespenst, das hinter dem Holzgeländer entlang schwebt. Vor dem Tatzimmer steht ein Schutzpolizist. Lade stößt trotz seiner Warnung beim Eintreten beinah gegen den oberen Türbalken. Erst im letzten Moment gelingt es ihm, seinen Kopf einzuziehen. Swensen wendet sich mit einer auffordernden Kopfbewegung dem Schutzpolizisten zu, der neben ihm ausgeharrt hat.

»Vor der Absperrung stehen einige Mitarbeiter aus dem Büro hier. Sollen wir sie schon durchlassen?«

»Wie viele sind es?«

»Zwei Sekretärinnen und Dr. Karsten Bonsteed. Er gibt sich als Stellvertreter des Toten aus.«

»Jan! Kannst du bitte sofort kommen? Das musst du dir unbedingt ansehen!«

»Moment bitte, Silvia!«, stoppt Swensen rigoros ihre Unterbrechung und wendet sich wieder dem Schutzpolizisten zu.

»Solange die Spurensicherung nicht abgeschlossen ist, können wir hier im Haus niemand brauchen. Hinten im Garten steht ein Gebäude, ich glaub' das ehemalige Waschhaus. Bring alle Mitarbeiter erst mal dort hin. Kollege Mielke ist dort schon mit der Putzfrau. Er möchte bitte alle verhören. So, und jetzt entschuldigen Sie mich bitte!«

Swensen wendet sich Silvia zu, deren Stirnfalten darauf schließen lassen, dass sie mächtig unter Druck steht.

»Nun, was gibt's so Dringendes!«

»Entschuldigung!« Sagt er dann sofort. »Ich hab mich da wohl etwas in der Formulierung vergriffen!«

»Na ja! Zumindest bist du jemand, der das noch merkt!«

»Also, was ist los?«

»Gleich im Vortragsraum, da hinten links, in dem die ganzen Stühle rumstehen, ist eine Scheibe eingeschlagen und das Fenster zum Hof steht offen.«

Swensen folgt Silva Haman. Zielstrebig steuert sie im Raum auf das linke Fenster zu und deutet auf die Glassplitter, die über den Fußboden verstreut herumliegen. Beim kurzen Blick in den Hof, kann Swensen nichts Besonderes entdecken. Dann zieht er das Fenster zu sich heran, indem er seinen Kugelschreiber vorsichtig hinter den Fensterrahmen hackt, und untersucht es.

»Die Scheibe wurde mit Sicherheit vom Hof aus eingeschlagen. Dann hat der Einbrecher, wahrscheinlich unser Mörder, den Fenstergriff von außen geöffnet und ist eingestiegen.«

»Das Haus hat doch eine Alarmanlage. Die müsste doch angesprungen sein«, sagt Silvia Haman.

»Da hört doch heutzutage kein Mensch mehr hin!«, bemerkt Swensen. »Wir sollten trotzdem in der Nachbarschaft fragen, ob jemand etwas gehört hat!«

»Aber dann müsste sie jemand nach dem Einbruch ausgeschaltet haben, – oder sie war gar nicht eingeschaltet, weil Kargel im Haus war.«

»Stimmt!«, bestätigt Swensen. »Das heißt, entweder hat der Täter den richtigen Moment erwischt oder er war eiskalt.«

»Bleibt die Frage, warum wurde Kargel erschossen?«

»Das frage ich mich auch! Alles spricht dafür, dass die Alarmanlage ausgeschaltet war. Doch wenn Kargel den Einbrecher nicht gehört hat, warum wurde er oben im ersten Stock erschossen?«

»Vielleicht wusste der Täter, dass er sich dort oben aufhält und ist gezielt eingebrochen um ihn zu ermorden.«

»Das bringt uns nicht weiter!«, rekapituliert Swensen. »Wahrscheinlich gibt es noch tausend andere Möglichkeiten, was sich hier wirklich zugetragen hat. Warten wir die Fakten der Spurensicherung ab.«

Er zieht sein Handy und tippt Stephan Mielkes Nummer ein.

»Hallo Stephan, eine Frage, kannst du bitte Dr. Bonsteed zu uns rüber schicken? ... Okay, danke!«

Silvia Haman sieht Swensen neugierig an.

»Bevor wir hier noch weiter rätseln, fragen wir einfach jemanden, der sich hier auskennt!«

Wie auf Stichwort öffnet sich mit dem unüberhörbaren Quietschen die Eingangstür und ein Hüne von einem Mann, der selbst Silvia Haman noch um einen halben Kopf überragt, tritt ein. Das ovale Gesicht ist für die Jahreszeit auffallend gebräunt. Das volle, dunkelbraune Haar ist leicht gekräuselt. Der gepflegte Schnauzer erinnert Swensen an den Schönling Omar Sharif in seiner Filmrolle als Dr. Schiwago. Unter dem geöffneten Kaschmirmantel trägt der Mann einen dezenten grauen Anzug, der richtig teuer aussieht, genauso wie das schwarze Seidenhemd mit der dazu passenden roten Krawatte. Mit entschlossenem Schritt geht er auf Silvia Haman zu und reicht ihr mit einem klaren Blickkontakt die Hand.

»Bonsteed, Karsten Bonsteed!«

»Hauptkommissarin Silvia Haman!«

Bonsteed hält ihre Hand eine Idee zu lange. Swensen bemerkt irritiert, dass Silvia zum ersten Mal verlegen auf einen Mann reagiert.

»Und das ist Hauptkommissar Swensen, der leitende Beamte!«, unterbricht Silvia ihre vermeintlich unangenehme Lage. Swensen reicht Bonsteed die Hand.

»Herr Hauptkommissar, was kann ich für Sie tun?«

»Können Sie uns sagen, wo die Alarmanlage eingeschaltet wird?«

»Die Anlage wird beim Abschließen aktiviert. Aber sie war ausgeschaltet. Das hat zumindest die Putzfrau mir vorhin erzählt. Als sie heute Morgen gekommen ist, war die Eingangstür nicht abgeschlossen.«

»Wie kann das sein?«

»Nun, bei den Mitarbeitern des Museums gilt, wer zuletzt geht, verschließt die Tür.«

»Und Dr. Kargel war gestern der Letzte?«

»Heike Malek, eine unserer Sekretärinnen, ist gestern um sieben Uhr gegangen. Da war Dr. Kargel noch im Archivzimmer.«

»Hat sie ihn gesehen?«

»Nein! Sie sagte mir, sie hätte ihn nur gehört. Er wollte ja schon seit Tagen nicht gestört werden, weil er an dem Gutachten zu dem entdeckten Storm-Roman arbeitete. Sie haben vielleicht davon gehört?«

»Ja! Aber in der Zeitung stand, dass der Roman vielleicht gar nicht echt ist.«

»Da bin ich entschieden anderer Meinung!« ereifert sich Bonsteed.

»Dr. Kargel hat sich skeptisch geäußert, soweit ich weiß.«

»Vor zwei Tagen hab ich noch mit ihm gesprochen. Da hatte er, so war mein Eindruck, seine Meinung schon korrigiert.«

Irritiert registriert Swensen, mit welcher Vehemenz Bonsteed sich für die Echtheit des Storm-Romans einsetzt. Er wartet einen kurzen Moment, bis Bonsteeds Erregung abgeklungen zu sein scheint, und gibt dem Verhör dann eine neue Richtung.

»Wir haben entdeckt, dass hier gestern eingebrochen wurde. Können Sie sich bitte einmal in den Räumen umschauen, ob irgendetwas fehlt? Aber berühren Sie dabei bitte nichts, unter keinen Umständen!«

»Ein Einbruch!« Karsten Bonsteed guckt Swensen ungläubig an. »Nein, nicht auch das noch!«

Einen kurzen Moment steht er unentschlossen da, dann stürzt er los, so dass Swensen und Silvia Haman sich kaum an seine Seite heften können und kontrolliert zügig einen Raum nach dem anderen. Doch erst im Ausstellungsraum acht, dem kleinen Wohnzimmer im ersten Stock, stockt der Mann von der Storm-Gesellschaft. Er deutet erbost mit dem Finger auf mehrere weiße Rechtecke, die sich auf der Tapete abzeichnen.

»Da fehlen die kolorierten Kupferstiche. Alle sechs!«

»Kupferstiche?«, fragt Swensen, der darauf achtet, dass Bonsteed im gehörigen Abstand zu seiner Entdeckung bleibt. »Sind die sehr wertvoll?«

»Der Wert liegt bei zirka 50.000 DM. Also kein Jahrhundertraub, wohl eher etwas für Liebhaber. Die Bilder sind vom französischen Kupferstecher Descourtis und hatten eine große Bedeutung für mehrere Novellen von Storm.«

»Können Sie sich vorstellen, wer so etwas mitgehen lässt?«

»Ehrlich gesagt, nein! Auf dem normalen Kunstmarkt sind die kaum von Bedeutung. Vielleicht ein Storm-Fan? Verkaufen kann der Dieb sie allerdings schlecht, dafür sind sie in Insiderkreisen viel zu bekannt!«

Der Dieb muss sich im Museum gut auskennen, überlegt Swensen. Der bricht ein, stiehlt sechs Kupferstiche und geht dann in einen Arbeitsraum, um einen Mitarbeiter zu erschießen? Da stimmt doch was nicht!

Er spürt eine Anspannung in seinem Körper und mustert Bonsteed unauffällig.

»Hatte Dr. Kargel irgendwelche Feinde?«

»Feinde?«, schreckt Bonsteed aus seinen Gedanken, als wenn man ihm gerade einen Tritt versetzt hat. »Wie kommen Sie denn auf so einen Blödsinn? Dr. Kargel ist …«, er stutzt einen Moment, »… war doch nur der Vorsitzende der Husumer Stormgesellschaft. Wer sollte dem denn etwas Böses antun wollen?«

»Einer wollte es!«, erwidert Swensen trocken. »Ich brauche Sie erst mal nicht mehr, Herr Bonsteed, vielen Dank!«

Swensen geht zur Tür, dreht sich dann aber noch einmal um und fixiert Bonsteeds Augen.

»Übrigens, wo waren Sie gestern Abend, nach dem Sie hier Feierabend gemacht haben?«

Bonsteed schaut Swensen ungläubig an. Erst nach einer längeren Pause fragt er. »Meinen Sie das wirklich im Ernst?«

»Reine Routine, Herr Bonsteed.«

»Ich war den ganzen Abend zuhause.«

»Haben sie Zeugen?«

»Natürlich nicht!«

»Gut, das war's schon!«

Vom Flur hört man ein kurzes Scheppern und Swensen verlässt den Raum um nachzuschauen, was dort los ist. Mehrere Männer versuchen einen Zinksarg aus der Tür und weiter über das Geländer zu bugsieren. Nur mit Mühe gelingt es ihnen den Metallbehälter auf engstem Raum in der Luft zu drehen um ihn dann erst einmal abzusetzen. Durch die verbleibende Lücke zwängt Dr. Lade sich baucheinziehend vorbei. Swensen winkt ihn zu sich.

»Meine Untersuchung ist abgeschlossen!«, sagt Dr. Lade, während er auf Swensen zugeht. »Wir lassen die Leiche jetzt in die Gerichtsmedizin überstellen!«

»Und?«

»Ein Lungenschuss aus nächster Nähe und ein aufgesetzter Herzschuss, der ihn sofort getötet haben muss. Todeszeitpunkt: Ich schätze gestern zwischen 22:00 und 0:00 Uhr. Genaueres wird die Obduktion herausfinden.«

»Warten wir den Bericht ab!«

»Vielleicht sehen wir uns das nächste Mal unter freundlicheren Umständen!«, meint Dr. Lade, gibt Swensen die Hand und stapft die Treppe hinab. Swensens Blick sucht seine Kollegin und bemerkt verwundert, dass sie sich noch immer mit Karsten Bonsteed unterhält. Obwohl er sich bemüht, die Situation nicht voreilig zu bewerten, wirkt die Szene auf ihn eigenartig intim. Bonsteed scheint seinen Blick zu spüren, denn er hebt den Kopf und macht Silvia Haman auf ihn aufmerksam. Die löst sich sofort von ihrem Gesprächspartner und eilt auf Swensen zu.

»Ich verständige Hollmann und sein Team, dass sie sich den Raum mit den verschwundenen Bildern besonders sorgfältig vornehmen sollen!«, informiert sie ihn und verschwindet im Tatraum. Swensen begleitet Bonsteed die Treppe hinab. Die Männer balancieren den Zinksarg gerade durch die Eingangstür. Als sie in den Garten treten, sieht Swensen grelle Blitzlichter aufleuchten. Innerlich aufgebracht sprintet er nach draußen, wird von einem grellen Flash geblendet und reißt seine Hände schützend nach oben.

»Herr Swensen, ist es richtig, dass Dr. Herbert Kargel erschossen wurde?«

Swensen öffnet vorsichtig wieder die Augen. Langsam nimmt die Stimme eine Gestalt an. Eine schlanke, mittelgroße Brünette mit struppigem Kurzhaarschnitt steht vor ihm. Sie trägt ausgeblichene Jeans und eine rote Lederjacke. Dahinter ein durchtrainierter Mann mit verschlagenem Gesicht, der angespannt eine Kamera in den Händen hält und mit unruhigem Blick alles zu beobachten scheint.

»Was fällt Ihnen ein?«, fragt Swensen mit gedrückter Stimme und starrt die beiden Personen drohend an, während die Männer mit dem Zinksarg in Richtung Gartenpforte davonziehen und Karsten Bonsteed zum Waschhaus hinübergeht.

»Maria Teske, Husumer Rundschau!«

»Sie brauchen sich mir nicht vorzustellen, Frau Teske! Ich kenne Sie!«

Nur mühsam kann er seine aufkommende schlechte Laune verbergen.

»Darf ich fragen, wie Sie durch die Absperrung gekommen sind?«

»Wir haben da so unsere Tricks!«

»Frau Teske, bitte verlassen Sie sofort den Tatort, sonst lasse ich Sie festnehmen!«

»Herr Swensen, nur eine Information für unsere Leser!«

»Ich sage das jetzt nicht noch mal. Verschwinden Sie hier, aber plötzlich. Morgen gibt es eine Pressekonferenz!«

6

Kurz vor der Absperrung, Ecke Wasserreihe Hohle Gasse, ist der kleine Treppeneingang zum Chinesischen Restaurant Mandarin. Zwei mit Drachen umschlungene Säulen tragen ein kleines Dach mit grünen Ziegeln. Swensen schaut auf die Uhr, es ist 19:55 Uhr. Er ist wieder mal knappe 20 Minuten später losgekommen als beabsichtigt. Anna würde bestimmt schon warten. Er hatte ihr am Nachmittag auf den Anrufbeantworter gesprochen, dass ihr obligatorisches Essen am Freitagabend wegen eines Mordes im Stormhaus etwas später stattfinden müsste, nämlich 19:30 Uhr und dass es von Vorteil wäre, sich ausnahmsweise beim Chinesen in der Nähe des Tatorts zu treffen. Der Geschäftsführer Herr Tsang Hu, ein kleiner asketischer Mann mit kantigem Kopf, erkennt Swensen von früheren Besuchen wieder und eilt ihm entgegen um ihm den Mantel abzunehmen. Mit überschwänglicher Geste führt er ihn, an den spärlich besetzten Tischen vorbei, zu einer Nische am anderen Ende des Restaurants. Anna studiert dort schon die Speisekarte.

»'Schuldigung, aber ich bin nicht gleich losgekommen!«
»Macht nichts! Ich bin auch gerade erst gekommen! Bin sicherheitshalber gleich etwas später losgefahren.«

Swensen empfindet ihren Satz zwar als einen gezielten Seitenhieb, aber Anna hat schließlich vollkommen recht. Er kommt nun mal meistens zu spät. Anna reicht ihm die Speisekarte herüber und bestellt sich Ente mit acht Köstlichkeiten und ein Glas Merlot. Tsang Hu wartet geduldig auf Swensens Bestellung. Bratreis auf vegetarische Art und eine Kanne grünen Tee. Kaum hat Tsang Hu sich vom Tisch entfernt, schaut Anna ihn begierig an.

»Mord im Storm-Haus? Erzähl! Wer ist denn ermordet worden?«

Swensen gibt ihr eindeutig zu erkennen, dass sie ihre Stimme etwas dämpfen soll.

»Kein Wort an andere, Anna! Ist das klar?«

»Nun mach doch nicht immer so'n Drama draus, Jan! Das steht doch morgen sowieso alles in der Zeitung.«

»Trotzdem!«

»Ehrenwort! Und wer ist nun ermordet worden?«

»Du wirst es nicht glauben! Kargel!«

»Dr. Kargel von der Storm-Gesellschaft? Ehrlich? Seid ihr sicher?«

»Welche Frage!«

»Ich meine nur, ob ihr sicher seid, dass der ermordet wurde? Vielleicht ist es Selbstmord?«

»Nein, es war Mord. Zwei tödliche Schüsse und weit und breit keine Tatwaffe in Sicht. Wir lassen gerade die Mülltonnen und Kleingärten in der Umgebung absuchen.«

»Das ist ja ein Ding! Was ist denn bloß mit einem Mal in diesem verschlafenen Husum los? Wisst ihr, warum er ermordet wurde? Das Motiv?«

»So schnell geht das nicht, Anna! Wir sind noch mitten in den Ermittlungen. Im Moment geht es mehr darum, wie das Ganze abgelaufen ist.«

»Soll ich dir mal sagen, was ich vermute, Jan!«, ereifert sich Anna Diete, ohne auf seine Antwort zu warten. »Gerade wird ein Storm-Roman entdeckt, die totale Sensation, und im selben Moment ermordet jemand den Vorsitzenden der Storm-Gesellschaft. Ich glaube, Mord und Entdeckung des Storm-Romans stehen im Zusammenhang, bestimmt!«

»Danke Frau Kommissarin«, sagt Swensen grinsend, zuckt dann aber nachdenklich mit den Schultern. »Bis jetzt taucht Storm nur in beiden Mordfällen auf. Das heißt noch gar nichts! Wie schnell macht sich unser Verstand eine Illusion zu Eigen.«

Ein Kellner bringt das Essen und ihr Gespräch verstummt. Swensen hatte vor geraumer Zeit durchgesetzt, während des Speisens, wie er es ausdrückte, nicht zu sprechen. Alle Sinne sollen sich allein auf den Geschmack konzentrieren. Anna fand das am Anfang ziemlich albern, lernte Swensens buddhistischen Spleen, wie sie es nannte, dann aber selbst zu schätzen, so dass sie sich ein Gespräch bei Tisch heute selber nicht mehr vorstellen kann.

Liebevoll betrachtet sie, wie Swensen das köstliche Mahl genießt.

»Übrigens«, nimmt er dann das Gespräch wieder auf, »ich habe deinen Text über die ›Narzisstische Persönlichkeitsstörung‹ gelesen. Die Verquickung mit dieser Kindergeschichte von Storm finde ich ziemlich spannend. Ich kann daran die Entstehung so einer Störung ganz gut nachvollziehen, aber für mich fehlt der praktische Bezug.«

»Versteh' ich nicht!«

»Ganz einfach. Wie erkenne ich als ›Otto-Normal-Kommissar‹ einen Menschen mit einer solchen Störung? Wie gibt der sich? Wie verhält der sich?«

»Ach so, jetzt versteh' ich, aber das war nicht meine Intention bei dem Vortrag.«

»Ist aber meine! Ich, Jan Swensen, würde das gerne wissen.«

»Du meinst, falls dir mal zufällig ein narzisstisch gestörter Mörder über den Weg laufen sollte?«

»Genau! Bei der Kripo interessiert man sich nicht nur für das ›WIE‹, sondern auch für das ›WARUM‹!«

»Häääh?«

»Fakten, Anna, Ermittlungsfakten. Warum hat der Mörder es gemacht und nicht nur wie hat er es gemacht!«

»Nun, das ›WARUM‹ einer narzisstischen Persönlichkeitsstörung ist nicht unbedingt auffällig. Ein Mensch mit so einer Störung ist meistens überdurchschnittlich leistungsbereit und belastbar. Er muss sich ständig seinen eigenen Wert beweisen oder vielmehr seine Wertlosigkeit widerlegen um sich als nützliches Mitglied unserer Gesellschaft zu empfinden.«

»Gibt es nicht eindeutige Merkmale, eher etwas holzschnitt-artig, die ein Psycho-Laie wie ich auf Anhieb kapiert?«

»Nun ja, so ein Mensch neigt zu Egozentrik und Selbstüberschätzung. Er prahlt oft mit seinem Wissen und Können und versucht andere für seine Interessen zu manipulieren.«

Trifft das nicht ein wenig auf uns alle zu, denkt Swensen, führt die Teeschale an die Lippen und schmeckt das rauchige Bouquet der Teesorte. Plötzlich schiebt sich der Fall Edda Herbst in seinen Kopf. Ein unangenehmes Gefühl drängt sich in den Vordergrund: was ist, wenn alle Fakten ermittelt sind und keine verwertbaren Ergebnisse auf dem Tisch liegen? Dann bleibt eigentlich nur noch die Fragestellung nach dem ›WARUM‹. Warum wurde Edda ermordet? Warum hat der Täter zugeschlagen?

»Woran denkst du?«, fragt Anna.

»Dass wir alle von Ursache und Wirkung abhängig sind.«

»Sind wir das?«

»Im Buddhismus ist das wie ein Lehrsatz. Man bezeichnet dieses Prinzip als Karma, als universelles Gesetz. Unsere heutige Erfahrung ist das Resultat unserer früheren Handlungen, die Zukunft folglich beeinflusst vom jetzigen Handeln. Alles ist Geist und hängt mit allen Taten zusammen.«

»Du meinst, ich und du sind ein und derselbe Geist?«

»Ja, davon bin ich überzeugt. Das ist mein Glaube. Ich bin Kommissar, aber ich bin auch gleichzeitig der Mörder, die Psychologin, der Restaurantbesitzer. Alle unsere Taten zusammen sind das Eine und Einzige, das Unendliche, Alleinige.«

»Irgendwie krank, findest du nicht? So einen Menschen würde die Psychologie als eine ›Multiple Persönlichkeit‹ bezeichnen. Für mich hört sich das an, als wenn Gott der Besitzer einer Theaterbühne ist und wir spielen alle nur unsere Rolle auf den Brettern dieses Alleinigen«, erwidert Anna mit provokanter Stimme.

»Das ist der Unterschied zwischen östlichem und westlichem Denken!«

»Und warum sollte sich dieses Alleinige aufteilen und sich in dir und mir verwirklichen, ohne dass wir beide etwas davon wissen?«

Swensen lehnt sich zurück und deutet auf die leeren Teller.

»Weil es eben keinen Spaß macht allein zu essen!«

»Klingt ziemlich durchgeknallt!«

»Ist doch ein tolles Spiel. Das ›Eine‹ tut einfach so, als ob es nicht es selbst ist!«

»Jan, du spinnst!«

»Wieso? Hast du schon mal versucht gegen dich selbst Schach zu spielen?«

»Das hat doch jeder schon mal probiert!«

»Und wie war's?«

»Nicht gerade umwerfend! Ich wusste halt immer, was mein Gegner als nächsten Zug plante.«

»Genau, deshalb braucht man zum Spielen einen anderen. Und damit es Spaß bringt, muss das ›Eine‹ in die Rolle des anderen schlüpfen und einfach vergessen, dass es auf beiden Seiten spielt. Ich spiele den Kommissar und der andere den Mörder. Wir wissen nichts voneinander. So bleibt das Spiel interessant. Ich glaube, das ist es, was wir alle hier machen.«

»Aber so ein Spiel ist doch nicht lustig!«

»Jedes Spiel bringt neues Leiden in die Welt. Es gibt aber auch gleichzeitig eine Erlösung. Ich, der Spieler, erkenne, dass alle Gegensätze, die uns trennen, nur eine Illusion sind. Das ›Du‹ und ›Ich‹ existiert nicht. Das Gut und Böse existiert nicht. Es gibt keinen Kommissar und keinen Mörder. Der allumfassende Geist ist ein ewiger Spieler, der das alles hervorbringt. Es macht eben keinen Spaß allein zu essen.«

Swensens braune Augen glänzen, schauen Anna Diete mit Überzeugung an. Sie schaut verschmitzt zurück.

»Vielleicht hat dein Geist auch einfach nur eine narzisstische Persönlichlichkeitsstörung.«

Sie zieht ihre schmalen Lippen zu einem breiten Grinsen auseinander. Swensen sieht sie einen Moment fassungslos an, lacht dann aber so herzhaft los, dass Anna nach kurzer Zeit mit einstimmen muss. Es dauert mehrere Minuten, bis sie sich wieder einkriegen. Tsang Hu tritt lächelnd an ihren Tisch, fragt mit schrillen Obertonlauten, ob es geschmeckt hat. Sie bejahen und lassen sich die Rechnung bringen. Am Eingang wartet schon ein Kellner mit den Mänteln und zwei Glückskeksen. Anna bricht ihren sofort auf und liest Swensen ihren Spruch vor: »Wenn der Adler hungrig ist, werden kleine Vögel sein Futter. Wohl eher eine Weisheit für spielsüchtige Kommissare.« feixt sie und reicht ihm den kleinen Papierstreifen. Swensen nimmt ihn grinsend, kann die kleine Schrift aber nicht entziffern. Während er seine Lesebrille aus der Manteltasche fingert, wird er auf eine Stimme aufmerksam, die er kennt, aber nicht sofort zuordnen kann. Sie kommt von einem Tisch in seinem Rücken.

»… beträgt über 1400 Mitglieder in 20 Ländern. Ogiwara Kojima ist z. B. der Professor für Sprachwissenschaft an der

Universität Tokio, übrigens ein überaus sympathischer und hochintelligenter Mann. Er hat mich gerade persönlich eingeladen, einen Vortrag vor japanischen Storm-Fans zu halten, wo es speziell um das Bonnixsche Epitaph in der Drelsdorfer Kirche gehen soll, die bei Storm den Anstoß für seine Novelle ›Aquis submersus‹ gegeben hat.«

Schon während er seinen Körper leicht wendet, wird ihm klar, dass es sich um die Stimme von Karsten Bonsteed handelt. Und er behält recht. An dem Tisch gleich hinter ihm sitzt der Mann, den er gerade noch im Storm-Museum vernommen hat. Ihm gegenüber sitzt Silvia Haman, die Swensen im selben Moment wahrnimmt, wie er sie. Sie wirkt erschrocken, nickt aber kurz mit dem Kopf. Jetzt entdeckt auch Bonsteed Swensen und winkt zu ihm rüber.

»Hallo! Die Welt ist klein, Herr Kommissar!«

»Besonders in Husum!«, blockt Swensen die aufdringliche Art ab.

»Sie sind doch hoffentlich nicht verärgert, dass ich Ihre reizende Kollegin für einen Abend entführt habe?«

Swensen versucht seine Verlegenheit zu verbergen. Er bemerkt, dass auch Silvia Haman diese Begegnung sichtlich unangenehm ist. Das Schweigen zieht sich unerträglich in die Länge.

»Ja, dann noch einen schönen Abend!«, wünscht er und weiß sofort, dass sein Satz die Situation nicht gerade auflockert. Als er sich wieder Anna zuwendet, kann er den Unmut über die merkwürdige Szene förmlich auf ihrem Gesicht ablesen. Vor der Tür im Treppenerker werden beide von einem eiskalten Dunst empfangen, der vom Hafen heraufzieht. Die Stufen sind mit Rauhreif überzogen. Sie setzen vorsichtig ihre Schritte. Anna rutscht und stützt sich auf ihren Begleiter, obwohl ihr Ärger auf ihn nicht zu übersehen ist.

»Was war denn das da drinnen gerade?«

»Das war Silvia Haman, eine Kollegin.«

»Und du lässt mich da einfach dumm rumstehen, ohne mich vorzustellen?«

»Sorry, aber das war eine etwas pikante Situation für mich. Sie saß da mit Karsten Bonsteed, Kargels Stellvertreter von der Stormgesellschaft.«

»Und was stört dich daran?«

»Dieser Bekannte ist nun mal ein Zeuge in einem Mordfall. Den kann sie zwar auf der Inspektion vernehmen, mit Protokoll und Unterschrift, aber den kann sie nicht einfach privat treffen. Wenn der Chef das erfährt, geht der hoch wie eine Rakete!«

»Aber der braucht das doch nicht zu erfahren!«

Swensen hat mit einem Mal ein trockenes Gefühl im Hals.

»Wenn es einmalig bleibt, dann nicht! Ich werde sicherheitshalber mit Silvia darüber reden. So etwas ist eigentlich überhaupt nicht ihre Art!«

*

Maria Teske schaltet ihre Kaffeemaschine an. Beim Blick aus dem Fenster sieht sie durch ihr transparentes Abbild in der Scheibe. Über Nacht ist draußen alles erstarrt. Die Zweige der Wacholderbüsche sind von filigranen Eiskristallen umschlossen, die im rosa Morgenlicht wie diffuse Neonlampen leuchten. Maria Teske verharrt einige Zeit bewegungslos, weil sie einen stechenden Schmerz zwischen den Augen spürt. Sie ist mal wieder spät ins Bett gekommen. Außerdem hatte sie den ganzen gestrigen Tag lang ein unangenehmes Gefühl mit sich herumgetragen, als ahne sie etwas Bedrohliches, Gefährliches. Während der Arbeit konnte sie die Ahnung noch gut verdrängen. Dann hatte der Schlaf sie erlöst. Beim Aufstehen war dieses rätselhafte Gefühl immer noch da gewesen und auch jetzt hält es sich mitleidlos. Irgendetwas stimmt nicht. Später einmal wird sie die nächsten beiden Tage als die schrecklichsten in ihrem Leben bezeichnen.

Sie nimmt einen Schluck Kaffee und geht mit der Tasse ins Bad, wo sie ihr Gesicht in ihre mit kaltem Wasser gefüllten Hände taucht. Sie putzt sorgfältig die Zähne, stellt sich unter die Dusche, dreht das Wasser auf heiß und lässt es unter hohem Druck auf ihre Haut prasseln. Sie merkt sofort, wie ihre Energie zurückkehrt.

Kurz nach neun tritt die junge Journalistin aus dem Haus um beim Bäcker am Hafen zu frühstücken und sich dort mit Heike Malek zu treffen, einer alten Schulfreundin, die schon längere Zeit als Sekretärin in der Stormgesellschaft arbeitet. Sie hatte ihr gestern noch spät abends auf den Anrufbeantworter gesprochen und sie dringend um einen Termin für heute früh gebeten. Obwohl sie bis jetzt von Heike noch keine Bestätigung bekommen hat und auch heute Morgen das Telefon nicht abgenommen wurde, ist Maria Teske trotzdem fest davon überzeugt, dass ihre Freundin sie nicht hängen lassen wird. Kaum hat sie die Haustür abgeschlossen, kriecht ihr die Kälte unter die Kleidung. Ihr Atem sprüht weißen Dampf zwischen den Lippen hervor. Bei jedem Schritt brechen ihre Lederstiefel knackend durch die Eiskruste, die sich auf der weichen Schneedecke gebildet hat. Die Fußwege sind größtenteils noch nicht geräumt. Der plötzliche Wintereinbruch ist bei den meisten Hausbesitzern noch nicht angekommen. Im Zigarettenladen kauft sie die ›Husumer Rundschau‹ und stapft dann weiter die Süderstraße hinunter. Kurz vor dem Marktplatz beginnt der Weihnachtsmarkt. Die ersten Buden öffnen gerade. Aus einer Auslage glotzen ihr gebrochene Fischaugen entgegen. Daneben liegen Karpfenhälften, von denen feuerrotes Blut herabtrieft. Die Tiere müssen gerade geschlachtet worden sein. Der Anblick hat etwas Grausames. Maria Teske bekommt eine Gänsehaut.

Kaum berichtest du einmal über Mord und Totschlag, und schon kannst du dir nicht mal mehr einen toten Karpfen angucken, denkt sie, geht zügig weiter, an der Marienkirche vorbei die Krämerstraße hinunter und betritt den Bäckerladen am Hafen. Am Tresen sucht sie sich ein Ei- und ein Käsebrötchen aus und bestellt einen Becher Kaffee.

Am Tisch schlägt sie hastig den Lokalteil der Zeitung auf. Da ist er, ihr erster Aufmacher: Mord im Storm-Museum? Darunter das Foto mit dem Zinksarg, der gerade aus der Eingangstür des Storm-Hauses getragen wird. Auf das Fragezeichen in der Schlagzeile hatte der Chefredakteur bestanden, und auch darauf, dass der inoffiziell gehandelte Name des Toten nicht genannt wurde. Bis Redaktionsschluss war es Maria Teske nicht gelungen, an eine brauchbare Bestätigung heranzukommen, dass es sich bei dem Toten um Dr. Herbert Kargel von der Storm-Gesellschaft handelte.

»Keine Gerüchte«, hatte ›Think Big‹ ihr gesagt, wie der Chef Theodor Bigdowski von allen heimlich genannt wird, »bitte nur die Fakten, Maria. Und keine von diesen spektakulären Aktionen mehr, die ihr Beide da heute Morgen abgezogen habt. Der Chef der Polizeiinspektion hat sich persönlich bei mir beschwert. Ich will in Zukunft keinen Ärger mehr mit unserer Kripo hier vor Ort. Morgen ist auch noch ein Tag, an dem unsere Zeitung neue Storys braucht. Also bitte in Zukunft etwas mehr Fingerspitzengefühl, meine Liebe, und bleib dran an der Story.«

Maria Teske beißt ins Eibrötchen und denkt an Ernst Meyer, der sie gestern in diese missliche Situation manövriert hatte. Dabei hatte der Tag so vielversprechend begonnen.

Das ist die Chance deines Lebens, hatte sie gedacht, nachdem ›Think Big‹ sie morgens angerufen hatte.

»Maria, wo steckst du gerade?«

Seine Stimme war wie immer mehrere Oktaven zu hoch.

»Ich bin hier im Nissen-Haus, wegen der Ausstellung über den Wrackfund vor Üelvesbüll.«

»Vergiss die Ausstellung! Es geistert ein Gerücht durch die Stadt, dass im Storm-Haus ein Toter gefunden wurde, erschossen! Man munkelt, dass es Dr. Kargel von der Stormgesellschaft sein soll! Ich will so schnell wie möglich wissen, was da los ist!! Außerdem sieh zu, dass du etwas über unser Gutachten rausbrätst. Kargel ist der Mann, der für dieses Gutachten zuständig ist und das Original-Manuskript müsste auch noch bei ihm sein. Sieh zu, dass du etwas Brauchbares rausbringst. Schnapp dir einen Fotografen von den Freiberuflichen, am besten den Meyer, und schwirr ab in die Wasserreihe. Wir brauchen Fotos und Fakten!«

»Und Poth? Das macht doch normaler Weise Rüdiger Poth, oder?«

»Der hat sich bis jetzt noch nicht in der Redaktion blicken lassen und das Telefon nimmt er auch nicht ab. Ich hab ihm bereits den gesamten Anrufbeantworter vollgequatscht, Fehlanzeige! Ich weiß auch nicht, was mit ihm los ist! Es bleibt keine Zeit mehr uns darum zu kümmern. Du hast sofort diesen Auftrag. Enttäusch' mich nicht und schaff' eine druckreife Story für die morgige Ausgabe ran.«

Sie hatte Meyer sofort am Handy und verabredete sich mit ihm vor dem Hofeingang zum ›Mischmasch‹, einem kleinen Nippesladen, der originellen Firlefanz verkauft, etwas oberhalb der Wasserreihe. Von dort aus sahen sie gleich, dass die Gasse von der Polizei abgesperrt worden war.

»Das war's dann wohl!«, hatte sie zu Meyer gesagt, doch der schaute sie nur konsterniert an.

»Du bist vermutlich noch nicht lange im Geschäft, Mädel, wa?«

»Doch!«, hatte sie sich gewehrt. »Ich hab meistens Feuilleton gemacht.«

»Okay! Dann klemm' dich mal an meine Hacken!«

Meyer ging runter zum Hafen und bog links in die Hafenstraße. Maria Teske musste kräftig ausholen um mitzuhalten. Selbst neben dem Szenetreff ›Speicher‹ langweilte sich ein Polizist und versperrte den kleinen Pfad, der zur Wasserreihe hinaufführt. Meyer ging ohne zu zögern an ihm vorbei und biegt nach zirka zwanzig Metern rechts in einen Hinterhof. Er schritt durch einen kleinen Vorgarten bis vor eine Holztür an der kaum noch Farbspuren sichtbar waren und klopfte. Nachdem er ein zweites Mal etwas kräftiger gegen das Holz geschlagen hatte, hörte man Geräusche von innen. Eine hutzlige Frau öffnete. Nach vorn über ihren Stock gebeugt lugte sie argwöhnisch durch den Türspalt, den die Kette freigab. Meyer schätzte sie auf weit über achtzig.

»Grenzt die andere Seite Ihres Hauses an die Wasserreihe?« fragte er.

»Da ist meine Haustür«, sagte sie mit einer Quäkstimme, wobei sie jedes Wort mühsam ausformte, und musterte Meyer von oben bis unten. »Wer sind Sie überhaupt!«

»Oh, Entschuldigung!« sagte er und hielt ihr seinen Presseausweis unter die Nase. »Wir arbeiten für die Zeitung! Ernst Meyer und meine Kollegin Maria Teske. Wir haben eine Bitte. Die Dame und ich würden gerne durch Ihr Haus in die Wasserreihe rübergehen!«

»Und warum gehen Sie nicht die Straße entlang?«

»Die Straße ist abgesperrt. Und wir müssen unbedingt ins Storm-Haus. Wir werden da dringend erwartet!«

Im faltigen Gesicht der Frau bildeten sich noch mehr Falten. Man konnte sehen, wie sie nachdachte.

»Sie würden uns einen großen Gefallen tun, gnädige Frau!«, zirpte Meyer mit süßlichem Tonfall. »Sie können sich darauf verlassen, dass wir auch äußerst vorsichtig sind!«

»Na gut!«, stieß sie mit einem froschähnlichen Laut hervor, hakte die Kette aus und deutete mit dem Stock nach innen. »Sie müssen sich aber die Schuhe ausziehen. Ich will nicht, dass Sie mir den ganzen Dreck durchs Haus schleppen.«

Innen brannte kein Licht. Kaum ein Lichtstrahl drang durch die kleinen Fenster. Im Dämmerschein humpelte der Umriss der Frau schwerfällig durch mehrere Räume. Als sie endlich die Haustür auf der anderen Seite des Hauses erreicht und geöffnet hatte, sicherte Meyer mit einem Blick nach draußen die Lage. Die Gasse war menschenleer. Weiter hinten, vor der Absperrung, stand ein Polizist mit dem Rücken zu ihnen. Das Haus der alten Frau lag schräg gegenüber vom Stormmuseum und auch dort war bis auf einige geparkte Fahrzeuge niemand zu sehen. Geduckt sprinteten sie über die Straße, durch das Gartentor bis zur Hauswand, wo sie sich zwischen Fenster und Eingangstür mit den Rücken andrückten. Wie auf Bestellung öffnete sich im selben Moment quietschend die Tür neben ihnen. Zwei Männer traten rückwärts, vorsichtig mit den Füßen nach hinten tastend, nach draußen. In den Händen balancierten sie einen Zinksarg. Meyer reagierte wie eine gespannte Feder. Ruckartig sprang er nach vorn und drückte auf den Auslöser seiner Kamera. Blitzlichter zuckten, schleuderten für Bruchteile von Sekunden die riesige Schatten der abgelichteten Personen an die Ziegelwand. Hinter den Sargträgern drängte sich ein Mann nach vorn. Doch bevor er den Mund aufmachen konnte, wurden seine Augen von einem grellen Flash getroffen. Er schlug die Hände vor sein Gesicht. Maria Teske kannte ihn flüchtig von einer Pressekonferenz zu der Rüdiger Poth sie einmal während ihrer Volontärszeit mitgenommen hatte. Es war Hauptkommissar Jan Swensen. Sie zögerte nicht.

»Herr Swensen, ist es richtig, dass Dr. Herbert Kargel erschossen wurde?«

Der Mann vor ihr öffnete vorsichtig seine Augen. Langsam schien er seine Sehkraft zurückzugewinnen.

»Was fällt Ihnen ein?«, fragte er mit gedrückter Stimme und starrte sie und Meyer drohend an, während die Männer mit dem Zinksarg an ihnen vorbeizogen und sich ein anderer Mann in entgegengesetzte Richtung entfernte.

»Maria Teske, Husumer Rundschau!«

»Sie brauchen sich mir nicht vorzustellen, Frau Teske! Ich kenne Sie!«

Jan Swensen war seine Erregung nicht unmittelbar anzusehen, aber Maria ahnte, dass der Kripomann seine schlechte Laune nur mühsam verbergen konnte.

»Darf ich fragen, wie Sie durch die Absperrung gekommen sind?«

»Wir haben da so unsere Tricks!«

»Frau Teske, bitte verlassen Sie sofort den Tatort, sonst lasse ich Sie festnehmen!«

»Herr Swensen, nur eine Information für unsere Leser!«

»Ich sage das jetzt nicht noch mal. Verschwinden Sie hier, aber plötzlich. Morgen gibt es eine Pressekonferenz.«

Er schaute Maria gelassen an, schob seinen Kopf durch die offene Eingangstür und rief hinein: »Paul, kannst du mal kurz deinen Posten verlassen und diese Herrschaften hinter die Absperrung begleiten!«

Kurze Zeit später kam ein Streifenpolizist aus dem Haus und schaute Maria Teske und Ernst Meyer auffordernd an. Ernst Meyer bewegte sich in Richtung Gartentor. Maria Teske blieb stehen. Der Streifenpolizist stellte sich mit seinen breiten Schultern demonstrativ neben sie.

»Wann beginnt die Pressekonferenz?«

»Morgen gegen eins!«

»Geht das nicht genauer?«

»Morgen um fünf vor eins! Und jetzt auf Wiedersehn, Frau Teske!«

Ohne ein Wort eskortierte der Streifenpolizist Maria Teske und Ernst Meyer, den er wartend am Gartentor eingesammelt hatte, die Wasserreihe entlang bis an das rotweiß gestreifte Plastikband, das am Anfang der Gasse quer gespannt im Wind flatterte. Auf der anderen Seite standen einige Journalistenkollegen vom Radio und anderer Zeitungen, die Maria flüchtig kannte. Mit triumphierendem Blick kroch sie gebückt unter der Absperrung hindurch, während Ernst Meyer das Plastikband wie ein Sieger in die Höhe hob.

Maria Teske grinst amüsiert in sich hinein, als sie sich die neidischen Gesichter ihrer Kollegen noch einmal vor Augen führt, die sie gestern mit ihrem Fotografen direkt vom Tatort kommen sahen, während sie sich zur Untätigkeit verdonnert nur vor der Polizeisperre aufbauen konnten.

Dichtes Schneetreiben hat eingesetzt. Die Flocken klatschen fast horizontal gegen die Glasfront der Bäckerei und laufen getaut in dünnen Streifen die Scheibe hinunter. Maria Teske steckt sich den Rest ihres Käsebrötchens in den Mund. Ungeduldig schaut sie auf die Uhr. Auf der Kopfsteinstraße, die in einer scharfen Linkskurve am Hafenbecken entlang führt, kommen immer wieder Autos ins Schlingern.

Ob ich Heike noch mal anrufe, denkt sie und sieht gleichzeitig eine Frau aus der Twiete kommen, einem Fußgängerdurchgang, der den Hafen mit der Innenstadt verbindet. Eine Böe erfasst ihren Schirm, klappt den Stoff mit dem Gestänge nach oben, so dass sie sich gegen den Wind drehen muss, damit der Schirm seine vertraute Form zurückgewinnt. Mit mehren Sätzen erreicht sie danach die Ladentür, wobei sie auf dem glatten Pflaster beinahe strauchelt. Maria Teske winkt der Frau zu, als sie eintritt und sich den Schnee aus den Haaren schüttelt.

»Hallo Heike! Hier hinten bin ich!«

Sie bestellt noch zwei Kaffee. Heike Malek zieht ihren Mantel aus, legt ihn über die Stuhllehne und setzt sich auf den freien Stuhl neben Maria Teske.

»Mensch, ist das ein Sauwetter!«, sagt sie und wischt sich Wassertropfen aus dem Gesicht. Maria Teske reicht ihr ein Taschentuch.

»Toll, dass du gekommen bist, Heike!«

»Was gibt es denn so Dringendes?«

»Ich recherchiere zu dem Toten bei euch im Storm-Haus!«

»Nein!! Bloß das nicht, Maria! Der gestrige Tag steckt mir noch immer in den Knochen. Ich hab die ganze Nacht wie Espenlaub gezittert, das kannst du mir glauben.«

»Komm Heike! Für mich ist das jetzt extrem wichtig. Ich hab meine erste echte Story. So eine Chance bekomm ich so schnell nicht wieder!«

»Was willst du wissen?«

»Zum Beispiel ob der Tote wirklich Kargel ist?«

»Du versprichst mir aber, dass mein Name aus allem rausgehalten wird!«

»Das ist doch selbstverständlich, großes Freundinnen-Ehrenwort.«

»Also gut! Der Tote ist Kargel.«

»Hast du ihn persönlich gesehen?«

»Nein, natürlich nicht. Den hat unsere Putzfrau gefunden. Es soll alles voll Blut gewesen sein, erzählte sie uns. Jemand hat auf ihn geschossen, haben die Kripobeamten beim Verhör gesagt, zweimal.«

»Wer ist uns?«

»Nun, meine Kollegin Rita Olaritza und Dr. Karsten Boonsteed, unser stellvertretender Vorsitzender.«

»Und was wollten die von Euch wissen?«

»Von mir! Wir wurden alle einzeln befragt!«

»Ja, und?«

»Na ja, die haben mich gefragt, wann ich Kargel zum letzten Mal gesehen habe und so'n Zeug.«

»Weißt du etwas von dem Gutachten, das Kargel für unsere Zeitung machen sollte?«

»Das Gutachten für den Storm-Roman?«

»Hat er vielleicht etwas darüber ausgeplaudert?«

»Nein, davon weiß ich nichts. Der hielt sich die letzte Zeit immer nur im Archivzimmer auf, wo man ihn auch getötet hat. Er wollte dort unter keinen Umständen gestört werden, von niemandem. Nicht mal der Bonsteed durfte den Raum betreten, obwohl er immer um Kargel rumschleimte, wenn der sich mal blicken ließ.«

»Höre ich da etwa eine leichte Antipathie?«

»Da hörst du richtig, meine Liebe! Dieser alte Protzsack! Der gibt doch bei jeder Kleinigkeit an wie zehn nackte Neger!«

»Auf mich macht der immer einen sympathischen Eindruck, wenn sich unsere Wege kreuzen. Außerdem sieht er einfach blendend aus!«

»Ja, ja! Da kann man mal sehen! Frauen fallen reihenweise auf den rein! Wenn du wüsstest, was alles über den geredet wird!«

»Man redet über Bonsteed? Das hört sich interessant an! Wird er etwa als Nachfolger von Kargel gehandelt?«

»Das weiß ich nicht! Würde mich aber nicht wundern!«

»Was redet man denn sonst?«

»Nee, darüber kann ich dir nun wirklich nichts sagen!«

»Heike! Ich bin verschwiegen wie ein Grab!«

»Grab! Musst du selbst in solcher Situation blöde Sprüche machen? Ich kannte den Kargel schließlich ziemlich lange.«

»Sei doch nicht so empfindlich. Ich hab das doch nicht so gemeint. Komm, rück raus, was wird über den Bonsteed geredet!«

»Das hast du nicht von mir, ist klar! In der Storm-Gesellschaft munkelt man schon länger, das Bonsteed ein Verhältnis mit Kargels Frau hat.«

»Ehrlich, der Bonsteed und die schöne Frederike. Das ist ein Ding! Obwohl, so ganz verwunderlich ist das ja nicht, die ist doch sowieso viel zu jung für den alten Kargel gewesen.«

Heike Malek schaut Maria Teske empört an.

»Ich finde, ich hab dir schon viel zu viel erzählt. Außerdem will die Kripo noch mal mit mir sprechen. Ich muss los!«

Sie hebt den Arm um sich die Rechnung kommen zu lassen.

»Du, lass mal, ich zahle! Das geht sowieso auf Spesen!«

*

Der Konferenzraum der Kripo ist brechend voll. So einen Presseauflauf hat Maria Teske noch nicht gesehen. Neben Kollegen und Kolleginnen von Zeitungen und Radiosendern sind auch mehrere TV-Teams anwesend. Vor den zusammen geschobenen Tischen spielen sich schon vor Beginn tumultartige Szenen ab. Fotografen und Kameramänner drängeln sich um die besten Plätze und es kommt fast zu einer Balgerei, als ein hoch gewachsener Fotograf den Platz vor einer TV-Kamera nicht räumen will. Hinter dem Turm von Mikrofonen wirkt Heinz Püchel noch kleiner, als er in Wirklichkeit ist. Maria Teske hat Mühe sich auf seine Leierstimme zu konzentrieren. Dazu kommt, dass die Ermittlungsergebnisse nichts bieten, was sie bis jetzt nicht ohnehin schon wusste. Immer wieder verliert sie sich in Gedanken. Mal spielt sie durch, wie sie nach der Veranstaltung am besten an Hauptkommissar Swensen herankommen könnte. Mal überlegt sie, was sie von ihren Recherchen Swensen für ein paar Insider-Informationen anbieten könnte. Erst Püchels Frage: »Noch

Fragen!«, holt sie in den Raum zurück. Ein Stimmengewirr bricht los. Püchel blickt erschreckt auf Swensen, der ruhig neben ihm sitzt.

»Meine Damen und Herren!«

Swensen beugt sich zum Mikrofon hinüber. Doch seine Worte gehen im Lärm der Fragen unter, die wie ein Sperrfeuer auf die Kripobeamten einprasseln. Swensen erhöht seine Lautstärke.

»Meine Damen und Herren!! Ich bitte Sie!! Eine Frage nach der anderen!«

»Gibt es schon einen Verdächtigen?«

»Was ist mit der Waffe?«

»Um welches Kaliber handelt es sich?«

»Gibt es irgendwelche Spuren?«

»Hat der Mord etwas mit dem entdeckten Storm-Roman zu tun?«

»Gibt es einen Zusammenhang mit der Toten aus der Nordsee?«

Swensen schmettert jede Frage wie ein Pingpongball in den Raum zurück.

»Nein!«

»Wir haben am Tatort keine Waffe gefunden!«

»Da müssen wir die ballistischen Untersuchungen abwarten!«

»Dazu möchten wir uns an dieser Stelle noch nicht äußern!«

»Dazu können wir noch nichts sagen!«

»Es gibt keinen Hinweis darauf!«

Maria Teske wartet so lange, bis der erste Ansturm der Fragen vorbei ist. Dann hebt sie den Arm, bis Swensen mit der Hand auf sie deutet.

»Ich bin von der ›Husumer Rundschau‹. Der Tote hatte von unserer Zeitung den Auftrag erhalten, ein Gutachten über die Echtheit des entdeckten Storm-Romans zu erstellen. Wie

Sie sich denken können, hat unsere Zeitung größtes Interesse daran, ob dieses Schreiben am Tatort gefunden wurde?«

»Verzeihung!«, sagt Swensen und bricht gleich wieder ab. Er nimmt Maria Teske ins Visier. Sie kann erkennen, wie sein Gehirn rattert, bis er sie einordnen kann.

»Frau Teske, nicht wahr? Meinen Sie nicht, dass Ihre Frage etwas zu speziell ist?«

»Wieso das denn!«, motzt ein Mann vorn in der ersten Reihe. »Das kann doch ein Motiv für den Mord sein!«

»Wir arbeiten mit Hochdruck an diesem Fall. Aber aus Ermittlungsgründen können wir nicht jedes Detail sofort an die Öffentlichkeit weitergeben!«

»Dr. Kargel war für die Zeit des Gutachtens im Besitz des Original-Roman-Manuskripts«, hakt Maria Teske nach. »Ist denn zumindest das gefunden worden?«

»Auch dieses Detail gehört nicht hier her, Frau Teske! Kann ich Sie nach der Konferenz bitte kurz sprechen?«

Maria Teske nickt Swensen äußerlich gelassen zu, muss aber gleichzeitig innerlich jubeln. Sie hat ohne viel dafür zu tun, genau das erreicht, was sie wollte. Vielleicht gelingt es ihr ja doch, das Gutachten für ›Think Big‹ und die Zeitung loszueisen. Der Plan dafür war ihr während der Konferenz gekommen. Mit diesem Kommissar würde das allerdings kein leichtes Unterfangen werden. Der ist eine harte Nuss, nicht einfach zu knacken. Ihr wird klar, dass sie ihren ganzen Charme ausspielen muss. Die Information über Bonsteeds Verhältnis im Tausch gegen das, was Kargel im Gutachten geschrieben hatte. Eine Hand wäscht die andere, das funktioniert doch meistens.

*

»Haben Sie schon gewählt?«

»Ja, ich nehme den Broccoli-Auflauf und ein Weizen! Und können Sie mir bitte Streichhölzer bringen?«

Die junge Frau in weißer Bluse und kurzem schwarzem Rock kritzelt die Bestellung auf ihren Block, steckt sich den Kugelschreiber hinter das rechte Ohr, klemmt sich die Speisekarte unter den Arm und saust zum nächsten Tisch. Obwohl es schon einundzwanzig Uhr ist, sind die Plätze im ›Historischen Braukeller‹ fast alle besetzt. Das runde Deckengewölbe, Überbleibsel einer ehemaligen Bierbrauerei, gibt den alten Kellerräumen die legere Atmosphäre, die Maria Teske an einem Restaurant so mag. Die gerahmten Drucke an den Wänden zeigen sogar Gemälde ihrer Lieblingsimpressionisten. Hier fühlt sie sich einfach wohl, hier ist für sie der richtige Ort um klare Gedanken zu fassen und an ihrem Artikel zu basteln. Sie geht den heutigen Tag noch einmal durch. Im Großen und Ganzen hat sie die Story über Kargel bereits fertig im Kopf. Aber ein richtiger Knüller ist das noch nicht, zumal sie die Liaison zwischen Bonsteed und Kargels Frau nicht verwenden kann. Maria Teske zieht ihr kleines rotes Notizbuch aus der Handtasche und blättert ihre Aufzeichnungen durch. Das Gespräch mit Hauptkommissar Swensen lief schlechter, als sie es sich in ihren negativsten Fantasien ausgemalt hatte. Ihr Vorschlag, Informationen für ein gewisses Entgegenkommen preiszugeben, stieß bei Swensen gegen Beton.

»Frau Teske«, hatte er mit bedrohlicher Ruhe gesagt, »Sie werden mir leider immer unsympathischer. Sie glauben doch nicht wirklich, dass Sie mit der Polizei Kuhhandel treiben können. Wenn Sie etwas wissen, haben Sie die Pflicht hier und jetzt eine dementsprechende Aussage zu machen.«

»Es geht hier keinesfalls um Kuhhandel! Unsere Zeitung hat ziemlich viel Geld in dieses Gutachten von Dr. Kargel investiert. Nächste Woche ist bereits eine Pressekonferenz anberaumt. Sie können uns das Ergebnis eines solch bedeutenden Gutachtens doch nicht aus Ermittlungsgründen vorenthalten. Es ist nicht nur für die Zeitung, sondern auch für die Stadt von großer Bedeutung. Wir brauchen unter allen Umständen eine Kopie. Ich bin der Meinung, dass Sie da auskunftspflichtig sind. Wir könnten sonst vielleicht auf Schadenersatz klagen.«

»Sie sollten wissen, dass Druck nur Gegendruck erzeugt, Frau Teske!«

»Unsere Zeitung steht aber unter Druck. Wir haben zum Beispiel die Verantwortung für das Storm-Manuskript übernommen. Warum sagen Sie uns nicht einfach, ob Sie es gefunden haben?«

»Weil wir es nicht gefunden haben!«

»Was? Das Manuskript ist verschwunden?«

»Wir haben es zumindest nicht am Tatort entdeckt! Aber vielleicht war es ja gar nicht da!«

»Es muss da gewesen sein!«

»Mit Worten können wir keine Tatsachen erschaffen!«

Mit einem harten Klack stellt die Bedienung das Weizenbier mit der rechten Hand ab. Dabei rutscht ihr der Teller mit der Auflaufform kurz vor dem Aufsetzen auf die Tischplatte aus den Fingern der linken Hand und scheppert unsanft auf. Maria Teske schreckt aus ihren Gedanken.

»Oh Gott! Entschuldigung!«, stammelt die Frau. Kopflos versucht sie das verrutschte Geschirr wieder geradezurücken. Doch das Porzellan ist heiß. Reflexartig versucht sie ihre verbrannten Finger im Mund zu kühlen.

»Macht nichts, ist ja nichts passiert!«, tröstet Maria Teske sie. »Aber bringen Sie mir bitte noch ein Besteck und die Streichhölzer!«

Die Frau stürzt mit hochrotem Kopf davon um sofort mit dem Gewünschten wieder herbeizueilen.

Wahrscheinlich neu hier, denkt Maria Teske und legt ihr rotes Büchlein zur Seite. Schon beim ersten Bissen merkt sie, wie hungrig sie eigentlich ist. Mal wieder hat sie nach dem Frühstück den ganzen Tag lang nichts gegessen und spürt heftigen Heißhunger. In Rekordzeit schaufelt sie den mit Käse überbackenen Broccoli in sich hinein. Ein kräftiger Schluck Weißbier gibt ihr den Rest. Mit aufgeblähten Magen lässt sie sich rückwärts gegen die Lehne der Sitzbank fallen.

Wahrscheinlich haben Journalisten deshalb so eine niedrige Lebenserwartung, weil sie einfach keine Esskultur entwickeln können, denkt sie. Völlerei ist schließlich eine der Todsünden!

Sie nimmt ihr Zigarettenetui aus der Handtasche, zündet sich ein Zigarillo an und spürt, wie sich ihr innerer Druck vom Kopf in die Magengegend verlagert hat. Es fühlt sich ähnlich an, wie nach der Unterredung mit Hauptkommissar Swensen, als sie sich eingestehen musste, dass ihre schöne Strategie auf ganzer Linie gescheitert war. Die Information über Bonsteeds angebliche Liebschaft war ohne Regung von Swensen abgeprallt. Sie wusste nur zu gut, wie begrenzt ihr Repertoire jetzt noch war, denn neben der Powerfrau beherrschte sie nur noch die Rolle des Weibchens einigermaßen glaubwürdig. Ihr letzter Versuch. Sie hatte ihre Stimme daraufhin auf samtweich umgestellt.

»Herr Swensen, Sie wissen doch mit Sicherheit eine Möglichkeit, wie ich einen klitzekleinen Einblick in dieses Gutachten bekommen kann!«

»Wir behindern Ihren Wissensdurst ja nicht aus Jux und Tollerei, das können Sie mir schon glauben, Frau Teske!«

»Und Sie können sicher sein, dass wir Ihre Ermittlung ernst nehmen. Ich möchte doch nur einen gangbaren Kompromiss finden.«

»Also passen Sie auf! Vertraulich, Frau Teske! Wir haben einen Laptop gefunden. Dr. Bonsteed ist davon überzeugt, dass Dr. Kargel das Gutachten darauf geschrieben hat. Der Laptop muss aber erst kriminaltechnisch untersucht werden, bevor wir eine Datei öffnen können. Sie verstehen unser Problem?«

»Ich verstehe, aber das kann doch nicht so lange dauern, oder?«

»Der Tote ist gestern Morgen entdeckt worden, was verstehen Sie unter lange?«

»Darf ich mich setzen?«

Ohne eine Anwort abzuwarten, lässt sich ein Mann neben Maria Teske auf der Sitzbank nieder. Seine blonden Haare sind straff zu einem Pferdeschwanz zusammengebunden. Das runde Gesicht ziert ein Dreitagebart, der im Gegensatz zum stahlgrauen Anzug und dem weißen Hemd mit Schlips steht.

»Christian Forchhammer!«, stellt er sich mit breitem Grinsen vor. »Ich arbeite in einer PR-Agentur in Hamburg und mache hier oben über Weihnachten Urlaub. Wenn's mir gefällt, bleibe ich bis Silvester!«

»Nett für Sie«, zischt Maria Teske und rückt weiter von ihm ab. »Schade nur, dass es mich nicht interessiert!«

»Oh, ich sehe Sie arbeiten. Ich wollte nicht stören. Vielleicht haben Sie ja später etwas Zeit?«

»Habe ich nicht!«

»Und wie sieht es morgen aus?«

»Schlecht!«, sagt Maria Teske entnervt, steckt Büchlein und Schreiber in die Handtasche und rutscht aus der Sitzbank.

»Und jetzt entschuldigen Sie mich!«

Der Yuppie-Typ aus Hamburg bleibt mit langem Gesicht zurück. Sie holt ihre Lederjacke von der Garderobe. An der Kasse begleicht sie ihre Rechnung, steigt über mehrere Treppen zum Ausgang und tritt nichts ahnend vor die Tür des Kellerrestaurants. Draußen wird sie von einem Schneegestöber empfangen. Ärgerlich presst sie sich an die Hauswand und wartet. Schnell wird ihr klar, dass es nicht nach einem kurzen Schauer aussieht. Der Schlossgang liegt bereits unter einer hohen Schneedecke. Maria Teske beschließt, sich bis zum Redaktionsgebäude durchzuschlagen um ihren Artikel dort in Ruhe auf dem Computer zu schreiben. Sie klappt den Kragen hoch, zieht den Schal enger und sprintet los. Als sie nach hundert Metern unter dem Torbogen des alten Rathauses ankommt, hat sich schon reichlich Schnee auf ihrer Lederjacke angehäuft. Schmelzwasser läuft ihr in den Nacken und dann den Rücken hinunter. Hier kann sie sich einen Moment unterstellen und erst mal den Schnee abschütteln. Von hier aus läuft sie im Schutz der Häuserwände weiter. Neben dem Hauptgebäude der ›Husumer Rundschau‹ führt ein Weg an einem viereckigen, grauen Betonpoller vorbei und unter einer glasüberdachten Passage hindurch in den Hinterhof. Etwas oberhalb liegt der Redaktionsanbau. Klatschnass erreicht die Journalistin das Vordach. In der Scheibe der Eingangstür spiegelt sich eine Jammergestalt. Es ist dunkel. Der Schnee hat die Außenlampe verhüllt. Auch im Redaktionsraum brennt kein Licht. Sie schaut auf ihre Uhr. Es ist 22:52.

Kein Wunder, dass keiner mehr arbeitet, denkt sie, schließlich ist Samstag!

Sie stochert mit dem Schlüssel um das Schlüsselloch herum, bis sie es endlich trifft. Im Flur stellt sie ihre Handtasche ab, zieht sich die Lederjacke aus und schüttelt den Schnee ab. Die Haare hängen in Strähnen herunter. Sie versucht ihre Haarbürste aus der Handtasche zu kramen.

Vielleicht sollte ich erst mal Licht anmachen, denkt sie, lässt die Handtasche stehen und tastet sich an die Wand um den Lichtschalter zu finden. Da wird sie stutzig. Durch das Milchglas der Redaktionstür schimmert ein mattes, pulsierendes Licht. Argwöhnisch läuten bei ihr sofort alle Alarmglocken. Eine Befürchtung sagt ihr, dass nicht nur irgendein

Kollege vergessen hat seinen Computer auszuschalten. Im Schutz der Dunkelheit pirscht sie zur Tür, drückt vorsichtig die Klinke herunter und peilt durch den geöffneten Spalt. Sie kann nichts erkennen. Das Licht kommt aus einer Ecke, die sie nicht einsehen kann. Sie stößt die Tür ganz auf und tritt entschlossen in den Raum.

Was dann passiert, trifft sie so urplötzlich, dass sie nicht mehr reagieren kann. Ein harter Gegenstand trifft ohne jede Vorwarnung ihren Hinterkopf.

Da muss jemand neben der Tür gelauert haben, kann sie noch denken. Ihr Körper fällt vornüber. Im Fallen sieht sie den erleuchteten Bildschirm eines Computers. Der Kopf schlägt hart auf dem Boden auf, dann umschließt sie Dunkel und saugt ihr Bewusstsein ins Nichts.

*

Dicke Rauchschwaden vernebeln den Flur der Polizeiinspektion Husum. Bei Heinz Püchels Zigarettenpausen finden sich zwar immer weniger Raucher zusammen, dafür qualmen die letzten vier Verbliebenen umso heftiger. Swensen ist gleich im Konferenzraum sitzen geblieben. Er fühlt sich saumüde. Nur mit Mühe kann er ein Gähnen unterdrücken. Ein Blick auf die Uhr sagt warum. Es ist bereits 23:13. Gestern war er erst gegen zwei Uhr ins Bett gekommen und morgens schon wieder um fünf aufgestanden.

In meinem Alter ist dieser Marathondienst einfach nicht mehr so leicht wegzustecken wie früher, denkt er und merkt, dass sein Ärger auf Püchel immer noch da ist.

Der hatte während der Sitzung aus heiterem Himmel festgestellt, dass die ›SOKO Watt‹ mit dem weiteren Mord ja eigentlich nichts zu tun hat. Außerdem sei Swensen mit dem ersten Mord bereits völlig überlastet.

»Wäre es nicht besser, wenn wir uns jetzt Hilfe aus Flensburg kommen lassen?«

Swensen verlor das erste Mal in seiner Dienstzeit die Fassung. Mit lauter Stimme hatte er Püchel direkt angegriffen, die Arbeit der Kollegen nicht grundlos herabzuwürdigen.

»Die gesamte ›SOKO Watt‹ reißt sich hier den Arsch auf!«, donnerte er in die Runde. »Beim Mordfall im Storm-Haus werden das die Kollegen genauso kompromisslos machen. Uns mitten in den Ermittlungen einen Wildfremden aus Flensburg vor die Nase zu setzen, hat hier nun wirklich keiner verdient!«

Im gleichen Moment war er über seine massive Reaktion erschrocken gewesen und hatte sich entschuldigt. Selbst im Nachhinein, wenn er mit Abstand darüber nachdenkt, kann er diese Entgleisung nicht begreifen. Der Ärger, der sich nicht legen will, passt einfach nicht in das Bild, was er von sich selber hat.

Ja, der banale Alltag hat auf dem Weg eines Buddhas eben nichts verloren, denkt er.

»Gibt es einen berechtigten Zorn?«, hatte er einmal seinen Meister Lama Rhinto Rinpoche gefragt.

»Erzähle!«, sagte der nur und schloss die Augen.

Swensen saß sprachlos vor ihm. Er zermarterte sich verbissen den Kopf, was der Meister wohl von ihm hören wollte, doch es fiel ihm beim besten Willen nichts ein.

»Was siehst du?«, fragte der Lama nach langem Schweigen.

Swensen schaute in sich hinein. Da tauchte eine verschwommene Horde von Menschen auf, die eingehakt über die Straße stürmte. Swensen war mitten unter ihnen. Vor ihm explodierte eine Gasgranate. Weißer Nebel quoll wie eine zischende Schlange daraus hervor. Im Hintergrund hörte man die Sirenen der Ambulanzen. Wie ein bedrohliches

Insekt bog ein gepanzertes Polizeifahrzeug um die Hausecke. Wenige Momente später wurde Swensen von einem mächtigen Wasserstrahl nach hinten geschleudert. Gleichzeitig stürmte ein Trupp Polizisten von der Seite in seine Gruppe hinein. Schlagstöcke trafen mit dumpfem Geräusch auf Körper. Swensen lag am Boden. Er kroch auf allen Vieren weiter. Dann spürte er nur noch einen brennenden Schmerz in seinem Unterarm. Vor Nässe triefend rappelte er sich auf und flüchtete mit einer größeren Gruppe in die nächste Seitenstraße. Und dann passierte etwas Merkwürdiges. Ein einzelner Polizist stürmte mit erhobenem Schlagstock hinter ihnen her, während sein gesamter Trupp geradeaus weiter lief. Swensen konnte die entsetzten Augen des jungen Beamten sehen, als dieser bemerkte, dass er allein einer Überzahl von Demonstranten gegenüberstand. Er erstarrte. Aber auch keiner der Demonstranten bewegte sich. Dann schrie von hinten jemand: Enteignet Axel Springer. Sofort stimmte die ganze Gruppe lauthals in den Sprechgesang mit ein. Der jugendliche Beamte drehte sich um und rannte, als würde ihm der Teufel im Nacken sitzen. Ihm folgte ein dämonisches Gelächter. Diese entsetzen Augen des Polizisten hatten Swensen lange Zeit nicht mehr losgelassen. Der Mann schien annähernd in seinem Alter zu sein und er fragte sich damals oft: was unterscheidet uns denn überhaupt? Unter anderen Lebensumständen hätte er auch auf seiner Seite stehen können. Das war der Auslöser, sich für Buddhismus zu interessieren.

Verstört schilderte Swensen Lama Rhinto Rinpoche die Bilder, die ihm da gerade gekommen waren. Der schaute ihn durchdringend an.

»Was ist der Zorn, und was ist ein gerechter Zorn?«, fragte er und machte eine lange Pause. »Wie leicht lassen wir uns durch Begriffe verführen, die nur abstrakt sind und die uns zum abstrakten Denken und Fühlen verleiten. Es heißt, du sollst Mitleid gegenüber allen Wesen empfinden. Aber ist es nicht natürlich, Mitleid nur für das Opfer zu empfinden und Zorn gegen den Täter zu richten, dessen Tat wir verachten? Wie leicht reden wir davon, dass alle Wesen glücklich sein sollen. Aber ist uns das wirklich ein ernstes Anliegen, oder bleibt es in unserem Handeln nicht nur ein abstrakter Begriff, wie der, dass alle Wesen gleich geboren sind?«

Swensen spürt eine Berührung an seiner Schulter und dreht sich zur Seite. Da steht Silvia Haman und schaut auf ihn herab.

»Zieh dir diese Bemerkungen von Püchel bloß nicht rein. Du weißt, welche Angst er immer vor einem möglichen Druck von außen bekommt.«

»Ach, das hab ich schon abgehakt. Ich dachte nur gerade darüber nach, wie der Weg durch die Instanzen bei unserem Außenminister und mir so verlaufen ist!«

»Joschka Fischer und du? Versteh' ich nicht!«

»Kannst du auch nicht. Mir kam da so eine Erinnerung aus meiner Studentenzeit, als ich noch auf der anderen Seite einer Polizeisperre stand.«

»Wie? Richtig mit Randale und so?«

»Na, sagen wir eher mit Gerangel und so!«

»Pass' bloß auf, dass Püchel davon nicht erfährt. Sonst kriegt der noch rote Pickel!« neckt Silvia Haman ihn und zeigt beim Lächeln ihre beeindruckenden weißen Zähne.

»Und du pass' bloß auf, dass er die Nummer mit Bonsteed nicht rauskriegt«, kontert Swensen scherzhaft.

Ihr Lächeln gefriert augenblicklich. Sie setzt sich auf den Stuhl neben Swensen und rückt dicht an ihn heran.

»Versprichst du mir, dass die Sache beim Chinesen unter uns bleibt?«

»Versprochen! Aber überleg' dir bitte sehr sorgfältig, wie du in Zukunft mit einem Zeugen umgehst, Silvia!!«

»Aber, Herr Bonsteed hat mich nach unserem gemeinsamen Gespräch doch nur zum Chinesen eingeladen, um mich über seine Arbeit bei der Stormgesellschaft zu informieren. Und dann verging die Zeit wie im Flug. Er ist einfach ein charmanter Erzähler und so zuvorkommend, dass ich mir nichts Großartiges dabei gedacht habe, Jan.«

»Ich sag' nur Vorsicht. Du solltest unter allen Umständen neutral bleiben. Ich hab zum Beispiel gesteckt bekommen, dass dein so charmanter Bonsteed ein Verhältnis mit der Frau von Kargel hat, oder gehabt haben soll!«

Silvia Hamans Mimik versteinert.

»Wer hat dir das denn gesteckt?«

»Eine Journalistin!«

»Na ja, na ja!!«

»Selbst wenn es nicht stimmen sollte, denk' mal darüber nach, wie es für dich wäre, wenn du Bonsteed nach so was ...!« Swensen bricht seinen Satz ab, denn Silvia Haman macht den Eindruck, als würde sie ihn gar nicht wahrnehmen. Im Inneren ihres Kopfes scheint es zu rattern. Doch ihre Abwesenheit dauert nur einen Moment, dann wirkt sie schlagartig so abgeklärt wie immer.

»Auch wenn die Sache mit Bonsteed nicht ganz astrein war, ich hab trotzdem was ziemlich Wichtiges rausgekriegt. Kargel war bei Edda Herbst in der Wohnung.«

»Was!!!«

Swensen sitzt da, wie vom Blitz getroffen.

»Ja, nichts Dramatisches, aber immerhin.«

»Nichts Dramatisches?«, braust Swensen auf.

»Ruhig Blut, Jan! Es geht nur darum, dass unsere Edda Herbst um mehrere Ecken mit dem alten Theodor Storm verwandt sein soll. Kargel und Bonsteed waren dann nacheinander routinemäßig bei ihr, um ...«

»Bonsteed auch?«

»Ja, die haben nachgefragt, ob sich bei ihr im Haus noch irgendwelche alten Briefe oder Schriften befinden.«

»Und?«

»Nichts und. Sie sagte ihnen, sie hätte nichts.«

»Siehst du, so fängt der ganze Mauschelkram an. Wie sollen wir diese Aussage für unsere Ermittlung verwenden, ohne dass unangenehme Fragen gestellt werden könnten? Wir brauchen unbedingt eine offizielle Aussage, Silvia! Also, pass' auf! Deine Information bleibt erst mal unter uns. Sieh dich vor, dass Püchel und die Kollegen davon nichts erfahren. Ich vernehm' Bonsteed dann einfach noch mal offiziell.«

»Okay, Jan! Danke!«

Silvia Haman setzt zu einer Berührung in Richtung Swensens Hand an, erstarrt aber in einer unbeholfenen Anfangsbewegung, als ob sie vor so viel Intimität plötzlich erschreckt.

»Schon gut, Silvia!! Warte mit Bonsteed einfach so lange, bis der Fall abgeschlossen ist!«

Silvia Haman Gesicht bekommt tiefe Furchen auf der Stirn. Ihn trifft ein stechender Blick.

»Ich finde, jetzt gehst du entschieden zu weit, Jan!«

»'Schuldigung! Das ist mir nur so rausgerutscht. Ich wollte dir nicht zu nahe treten.«

Swensen merkt, dass er Mist gebaut hat und stellt sich innerlich schon auf eine längere Auseinandersetzung ein. Doch Püchels Stimme rettet ihn aus der misslichen Lage.

»Jan, kann ich dich, bevor wir weitermachen, noch kurz sprechen?«

Mit den Worten: »Nichts für ungut!«, versucht er Silvia noch mal zu beschwichtigen und geht auf Püchel zu, der in der Konferenztür auf ihn wartet.

»Ich hatte ganz vergessen dir zu sagen, dass Bigdowski, der Chefredakteur der ›Husumer Rundschau‹, mich kurz nach der Pressekonferenz heute Mittag angerufen hat. Er hatte offensichtlich von dem Gespräch zwischen dir und der Teske erfahren und mich noch mal persönlich gebeten mich doch für die Herausgabe einer Kopie des Kargel-Gutachtens stark zu machen.«

»Und?«

»Du weißt doch, wir sind im selben Schützenverein.«

»Und?«

»Nun sei doch nicht so stur, Jan! Klemm' dich einfach mit etwas mehr Nachdruck hinter die Sache. Die Zeitung hat da einen wichtigen Pressetermin laufen. Wir brauchen die Hilfe dieser Zeitungsfredys doch auch öfters mal. Eine Hand wäscht nun mal die andere, oder?«

7

Der Schädel brummt und ihr ist speiübel. Sie liegt flach auf dem Boden. Die rechte Wange, mit der sie den Boden berührt, fühlt sich eiskalt an. Trotzdem kann sie sich nicht entschließen ihre Augen zu öffnen oder sich zu bewegen. Nur langsam beginnen sich die Gedanken im Kopf zu ordnen.

Ich bin in der Redaktion. Da hat etwas meinen Kopf getroffen. Ein Einbrecher hat mich niedergeschlagen. Ich muss die Polizei rufen. Was ist das für ein Geräusch?

Maria Teske reißt in Todespanik die Lider hoch und rollt sich zur Seite. Doch nichts passiert. Sie versucht sich im Dunkeln zu orientieren. Das Geräusch kommt aus einer Ecke rechts von ihr. Da brummt ein Computer. Der Bildschirmschoner hat sich eingeschaltet, Fische im Aquarium schwimmen gemächlich hin und her. Sie setzt sich langsam auf. Ihr schmerzen alle Knochen.

Das ist Poths Computer, durchzuckt es sie, während sie aufsteht und mit wackligen Beinen auf den Schreibtisch zusteuert. Da muss jemand an Poths Computer rumgemacht haben.

Mit einem Blick bemerkt sie, dass der gesamte Arbeitsplatz durchwühlt wurde. Die verschließbaren Schubladen scheinen allerdings unberührt. Maria Teske bewegt kurz die Maus. Das Windows Symbol klappt auf. Darüber das leere Kästchen für das Codewort.

Wahrscheinlich hab ich ihn gestört. Zumindest ist er da nicht reingekommen, denkt sie. Ihre Augen haben sich jetzt an die Dunkelheit gewöhnt. Zielsicher erreicht sie den Lichtschalter. Die Neonlampen zucken mehrmals auf, bevor sie nacheinander anspringen und den Raum hell erleuchten. In einem Anfall von Schwindel greift sie sich den erst besten Drehstuhl, lässt sich darauf sacken und schaut auf die Uhr. 23:33. Angespannt wandern ihre Augen durch den Raum, entdecken aber nichts. Die Fenster sind alle unversehrt und geschlossen. Sie greift sich eines der Telefone, wählt die 110 und tappt zur Eingangstür. Draußen schneit es noch genauso heftig. Sie muss nicht lange warten, bis sie die Sirene eines Streifenwagens näherkommen hört. Wenig später sieht sie, wie das blaue Licht von der Straße am Marktplatz rhythmisch durch die kurze Fußgängerpassage zu ihr hinaufzuckt. Dann schlängeln sich zwei Streifenpolizisten durch die Slalombarriere aus Eisenrohr am Ende des Weges und kommen, vom blinkenden Blau im Rücken umrandet, seelenruhig auf sie zu. Maria Teske erkennt einen als den Mann, der sie gestern hinter die Absperrung beim Storm-Haus begleitet hatte.

»So schnell sieht man sich wieder!«, redet der sie lakonisch an.

In knappen Worten berichtet sie den Ablauf der letzten halben Stunde. Als die Beamten darauf sofort einen Krankenwagen rufen wollen, wehrt sie sich vehement dagegen.

Bloß nicht ins Krankenhaus, denkt sie. Da komm ich erst in ein paar Tagen wieder raus und dann ist meine Story futsch.

Sie gibt sich körperlich locker und führt die Beamten durch alle Redaktionsräume, die sie bis in die kleinsten Ecken inspizieren. Bis auf den eingeschalteten Computer gibt es nichts Ungewöhnliches zu entdecken. Keine Einbruchspuren. Der breitschultrige Beamte von gestern zuckt darauf mit den Schultern.

»Wenn hier wirklich jemand drin war, dann ...«

»Was soll das heißen?« unterbricht sie ihn. »Meinen Sie etwa, dass ich spinne?«

»Kann ein Kollege nicht einfach den Computer angelassen haben?«

»Der Schreibtisch ist durchgewühlt!«

»Ist das bei euch Journalisten nicht eher normal? Mein Schreibtisch sieht auch nicht viel ordentlicher aus!«

»Oh ich merke, Sie verfügen über Allgemeinbildung!«, zischt Maria Teske.

»Nun mal langsam liebe Frau, es gibt keine ...«

»Maria Teske ist mein Name!«

»Liebe Frau Teske, es gibt nicht den geringsten Hinweis auf ein gewaltsames Eindringen. Wenn, dann müsste der Täter einen Schlüssel gehabt haben. Wie viele Schlüssel gibt es denn?«

»Na ja, fast jeder Redaktionsmitarbeiter hat einen Schlüssel, dass wären also zirka sechs bis zwölf im Umlauf, genau weiß ich das nicht!«

Die beiden Polizisten flüstern miteinander. Dann baut sich der Breitschultrige vor Maria Teske auf und schaut auf sie herab.

Der typisch arrogante Blick der Macht, denkt sie.

»Also, wir schreiben ein Protokoll und melden den Vorfall der Kripo. Es wäre gut, wenn Sie ihren Kopf so schnell wie möglich von einem Arzt untersuchen lassen. Das ist immerhin ein Beweis für den Vorgang hier. Mehr können wir nicht tun.«

Er nickt zum Gruß und stolziert mit seinem Kollegen aus dem Raum. Maria Teske bleibt mit unterschwelliger Wut im Bauch zurück. Besonders ärgerlich findet sie, dass es diesen Uniformen mal wieder gelungen war, dass sie sich ziemlich dämlich fühlt.

Die haben doch wirklich geglaubt, ich hab mir alles nur eingebildet, denkt sie, schlägt die Zähne aufeinander und beißt sich dabei auf die Zunge. Der höllische Schmerz macht sie noch wütender. Erst als sie sich auf der Toilette kaltes Wasser ins Gesicht schüttet, kommt sie wieder zur Besinnung. Mit dem Handy ruft sie beim Notdienst an und fragt nach dem Bereitschaftsarzt für die heutige Nacht.

Zehn Minuten später verlässt sie das Gebäude. Es schneit nicht mehr. Die Schneedecke reflektiert das helle Mondlicht. Maria Teske stapft in den Fußspuren der Streifenbeamten zum Marktplatz hinunter. Als sie durch den Torbogen tritt, schleicht gerade ein Taxi vorbei. Mit einer Armbewegung kann sie es stoppen.

»In den Hauke Haien Ring 17, bitte!«, sagt sie und klettert langsam auf den Rücksitz. Der Überfall spukt ihr immer noch im Kopf herum. Sie zieht ihr Handy aus der Jackentasche und wählt die Nummer ihres Kollegen Rüdiger Poth. Nach sechs Klingelzeichen schaltet sich der Anrufbeantworter an. Da ist es wieder, das unangenehme Gefühl vom Freitagmorgen. Sie legt auf und versucht mit einem Blick durch die Scheibe herauszufinden, wo sich das Taxi gerade befindet. Südfriedhof Friedrichstraße, es ist nicht mehr weit. Der Mercedes kämpft sich durch den hohen Schnee, kommt stellenweise aber nur im Schritttempo voran. Als sie endlich auf den Klingelknopf der Arztpraxis drücken kann, hat die Fahrt über 20 Minuten gedauert. Maria Teske muss noch zweimal mehr klingeln, bevor eine verschlafene Frau die Tür öffnet und, nachdem sie von ihrem Schlag auf den Kopf berichtet hat, sie in einen Behandlungsraum führt. Dort muss sie der kleinen, rundlichen Grauhaarigen, die sich bedächtig einen weißen Kittel überzieht, erst einmal ellenlange Fragen beantworten, bevor die Untersuchung beginnt.

»Sie haben da eine mächtige Beule!«, sagt sie wie nebenbei, während Maria Teske fühlt, wie ihre Finger über die schmerzende Kopfhaut gleiten. »Ist Ihnen übel, haben Sie Kopfschmerzen?«

»Nur ein wenig!«, lügt sie, damit die Ärztin nicht doch noch auf die Idee kommt sie in ein Krankenhaus einzuweisen.

»Mit Kopfverletzungen ist nicht zu spaßen. Es könnte sich dabei schon um eine Gehirnerschütterung handeln. Falls Ihnen doch noch übel wird, sollten Sie sofort ein Krankenhaus aufsuchen.«

»Ich denke es geht schon wieder«, wiegelt sie ab.

»Auf Ihre eigene Verantwortung. Ich geb Ihnen eine Packung Schmerztabletten mit. Und dann äußerste Ruhe, legen Sie sich ein paar Tage ins Bett.«

»Mach' ich!«

Innerlich ist Maria Teske froh, dass die lästige Untersuchung vorbei ist und es eine schriftliche Bestätigung für ihre Verletzung gibt. In Gedanken ist sie allerdings bereits bei dem Entschluss, jetzt gleich noch bei Rüdiger Poth vorbeizufahren.

Der gesamte Hauke Haien Ring sieht aus wie eine verwunschene Winterlandschaft. Die parkenden Autos sind unter der Schneedecke kaum noch zu erkennen. Der Himmel ist sternenklar und es friert Stein und Bein. Sie greift zu ihrem Handy. Doch als sie die Nummer einer Taxizentrale eingeben will, stockt sie, schaut auf die Uhr, überlegt und wählt dann entschlossen den Anschluss von Ernst Meyer. Mit zunehmend schlechtem Gewissen hört sie auf die Klingelzeichen, achtmal, neunmal, zehnmal, elfmal.

»Meyer!«, meldet sich eine Stimme aus dem Jenseits.

»Maria Teske! 'Schuldigung dass ich noch anrufe, aber es ist überaus wichtig!«

Einen Moment herrscht Stille. Dann gibt es ein Gekruschel.

»Weißt du wie spät es ist? Es ist gleich halb zwei!«

»Ich weiß, aber du hast mir selber erzählt, dass du Profi bist! Also, raus aus den Federn! Schnapp dir deine Kamera und hol' mich hier ab, aber schnell. Ich steh' hier am Hauke Haien Ring 17 und frier' mir den Arsch ab!«

*

Er drückt den Gewehrschaft an die Schulter, presst die Wange fest ans blanke Holz und versucht Kimme und Korn mit der Mitte der Zielscheibe in Übereinstimmung zu bringen. Doch trotz aller Konzentration merkt er, wie der Lauf in seiner Hand sachte hin und her pendelt. Neben ihm erhebt sich ein Geschrei. Sechs Männer in olivgrünen Hosen und Tarnjacken klatschen rhythmisch im Takt.
»Hajo! Hajo! Hajo! Hajo!«
Er hält den Atem an und zieht den Abzug mit kurzen Pausen mehrmals durch. Die Kugeln schlagen nacheinander durch die Pappkarte und hinterlassen einen klickenden Metallton in dem Blechkasten dahinter. Dann saust die Zielscheibe an einem Seilzug bis vor den Standpunkt des Schützen. Der nimmt sie heraus und hält sie triumphierend über seinen Kopf.
»Dreimal die Zwölf, eine Elf und eine Acht! Wer überbietet?«
»Hajo! Hajo! Hajo! Hajo!«, tönt es von neuem.
»Wie man mit sechs Halben noch so trifft, alle Achtung mein Lieber!«
»Ja, Hajo war schon immer unser bester Schütze!«
Er greift sich das hingehaltene Bier und leert das Glas in einem Zug. Seit langer Zeit fühlt er sich mal wieder richtig gut. Dieser ganze Polizeimist in den vergangenen Wochen, diese nervigen Verhöre, besonders das von diesem Swensen, der ihn vollquatschte und etwas zu ahnen schien, hatten ihn so runtergezogen, dass er erst gar nicht zum diesjährigen Adventsschießen kommen wollte. Doch Fred Nielsen, sein Kumpel aus der alten Reservistentruppe, redete am Telefon

so lange auf ihn ein, bis er endlich zusagte. Und es hat sich gelohnt, locker ist er zum Sieger des Abends avanciert. Nach dem zehnten Durchgang führt er mit 485 Punkten unaufholbar vor den anderen.

Ehe er sich auf den Barhocker setzt, merkt er den Druck auf seiner Blase. Er geht um den Tresen herum über den schäbigen Flur bis zur Toilette. Schon vor der Tür riecht es nach Urin. Drinnen sind die Wände schmutzig grau und mit Schwänzen, Mösen und dreckigen Sprüchen vollgeschmiert. Zwischen den ganzen Kritzeleien entdeckt er über dem rechten Pissoir die krickelige Kugelschreiberzeichnung einer Hummel, die eine Biene bumst. Darunter steht in Blockbuchstaben: Bei uns, da gib es kein Gefummel, wir sind die Truppe mit der Hummel. Er muss unwillkürlich grinsen, denn er selber hatte diesen Slogan mitsamt der Zeichnung hier vor Jahren hinterlassen.

Die Hummel ist das Wappentier des Lufttransportgeschwaders 63 in Krummenort. Dort, in der Nähe von Rendsburg, hatte er bei der Wachstaffel seine achtzehn Monate Wehrdienst abgerissen.

Durch das geöffnete Klofenster wehen vereinzelte Schneeflocken herein. Er zieht den Reißverschluss der Hose herunter. Ein farbloser Wasserstrahl trifft das weiße Porzellanbecken. Er spürt ein lustvolles Prickeln in seinem Genitalbereich. Genussvoll schließt er seine Augen. Es ist kalt.

Genauso kalt wie damals, in der Nacht, als seine sechs Kumpel und er echte Freunde wurden. Es war eine jener sternenklaren Nächte, in denen man nur einen Hund vor die Tür schickt, oder eben einen Wachsoldaten. Er sah sich wieder da stehen, mit den Stiefeln auf der Stelle trampelnd. Trotz Handschuhen froren ihm die Finger. Es waren bestimmt zehn Grad unter null. Er hatte sich dicht an die Flugzeugwand unter die Tragfläche geflüchtet. Hier war er sicher vor den eisigen Windböen. Die Transportmaschine vom Typ

›Transall‹ hatte vor drei Tagen eine satte Notlandung hingelegt. Die Piloten hatten mehr Glück als Verstand gehabt, denn das Ganze passierte noch vor dem Wintereinbruch. Der Boden war vom Regen durchweicht gewesen. Das Flugzeug war deshalb nur wie ein Schlitten hundert Meter über einen Acker geschlittert und hatte sich dann mit der Schnauze in den Schlammboden gebohrt. Das Absturzgebiet wurde weiträumig zum militärischen Sperrgebiet erklärt. Aus seiner Staffel kommandierte man sieben Mann zur Bewachung ab. Drei Mann blieben wach, zwei Wachen draußen und ein Wachhabender im Flugzeug. Die anderen durften im Frachtraum pennen. Alle zwei Stunden wurde abgelöst.

In der Ferne tuckerte der Motor des Notstromaggregats, der den Strom für das Bordlicht und die vier Außenlampen lieferte, die an vier Holzstangen rund um den Rumpf der Absturzmaschine angebracht waren. Das gesamte Gelände sicherten rasierklingenscharfe Natodrahtrollen.

Mit dem Licht ist unser Lager für jeden potentiellen Feind ohne Mühe einsehbar, scherzten sie immer. Aber es war etwas Wahres daran. Er zog die Kapuze des Parkers tief ins Gesicht und wollte gerade gegen die Kälte noch eine Runde drehen, als Fred Nielsen, der in dieser Nacht den Wachhabenden machte, die Treppe zur Eingangstür hinter dem Cockpit herunterkam.

»Achtung! Das Feldtelefon meldet Alarmstufe Rot! Oberfeldwebel Glasner im Anmarsch!!«

Mit einem Schlag war er wieder hellwach. Die Situation, auf die sich einige Mann in der Wachstaffel seit Wochen heimlich vorbereitet hatten, war da.

Sie wollten dem Oberfeldwebel schon lange einen Denkzettel verpassen. Oberfeldwebel Glasner, diesem scharfen Hund, der sich einen Spaß daraus machte sie zu schikanieren wo er nur konnte. Besonders wenn sie nach einer Woche Knochenjob, mit 24 Stunden Wachdienst rund um die Uhr, in die ersehnte Freiwoche gehen wollten. Dann zelebrierte Glasner jedes Mal einen Appell der Extraklasse. Selbst wenn sie ihre Betten 1a gemacht hatten, riss er mit der Begründung: »saumäßig gebaut« die Bettwäsche samt der Matratzen von den Bettgestellen, ließ ihre Seifendosen öffnen um zu kontrollieren ob sie innen auch trocken waren oder schlug die Knobelbecher solange mit den Hacken in der Luft zusammen, bis der unvermeidliche Staub aus dem Inneren herausrieselte. Das Ergebnis: Die meisten erreichten ihren Zug nach Hause nicht mehr rechtzeitig und mussten stundenlang auf den nächsten warten.

Schon bei der Begrüßung war ihm Zugführer Glasner unangenehm aufgefallen, damals, als er nach der Grundausbildung zur ULS-Staffel (Unteroffizier-Lehr- und Sicherungsstaffel) nach Krummenort versetzt wurde. Glasner hatte seinen Zug in der prallen Sonne antreten lassen, hatte seinen übergewichtigen Körper in grobschlächtiger Pose davor aufgebaut und wie eine Bulldogge gebellt.

»Passen Sie jetzt gut auf, meine Herren! Ich sage das hier nur einmal, danach werden Sie es nur noch am eigenen Leib spüren. Der Mensch fängt erst ab Unteroffizier an, merken Sie sich das! Bis dahin ist er Soldat und ein Soldat handelt nur auf Befehl. Die Ausführung des Befehls ist niemals anzuzweifeln. Ein Befehl ist ein Befehl! Die siegreichen Kämpfe unserer Armee leben in unseren Befehlen weiter. In jedem befolgten Befehl wird ein alter Sieg erneuert. Wenn ich befehle, Sie sollen stundenlang regungslos auf ihrem Posten stehen, dann ist das ab sofort ihr Dienst am Vaterland. Sie dürfen sich nicht bewegen, Sie dürfen nicht einschlafen, Sie dürfen sich nicht von der Stelle rühren, solange mein Befehl gilt. Jede Handlung Ihrerseits wird immer nur durch mich sanktioniert, durch meinen Befehl. Ein guter Soldat ist immer in einem Zustand bewusster Befehlserwartung. Merken Sie sich das genau! Ab jetzt ist Ihre wichtigste Aufgabe, in größter

Spannung und Aufnahmebereitschaft vor mir, Ihrem Vorgesetzten zu stehen, wenn ich Sie rufe. Und wenn Sie auf meine Anweisung ›Zu Befehl‹ antworten, dann ist das genau das, worauf es ankommt.«

Doch der Auslöser für ihre gemeinsame Verschwörung war die neueste Bosheit des Oberfeldwebels. In den letzten Monaten schlich er sich mitten in der Nacht heimlich an schlafende Wachposten heran, stieg sogar über Zäune um sie auf frischer Tat zu ertappen. Dann setzte es jedes Mal ein sattes Disziplinarverfahren. Die Wut unter den Mannschaftsdienstgraden stieg zunehmend, bis ihre kleine Gruppe endlich konspirativen Widerstand organisierte. Danach gab es einen funktionierenden Telefonwarndienst, der Glasner, wenn er mit dem Jeep den Standort verließ um die Wachen auf ihren Außenposten aufzumischen, rechtzeitig ankündigte.

Heute Nacht wollte sich die Gruppe hier draußen noch einen Schritt weiter vorwagen. Adolf Glasner sollte so eine Lektion erhalten, dass er sich danach nie wieder an einen ahnungslosen Wachposten heranschleichen würde.

»Ich hab die anderen geweckt. In fünf Minuten sind alle auf ihren besprochenen Posten. Hajo, du übernimmst die rechte Flanke am Grashügel,«, sagte Fred Nielsen und verschwand wieder im Flugzeug. Er eilte nach links zu einem kleinen Grashügel, hinter dem er schon während seiner ersten Wache eine Gummimatte ausgelegt hatte. Dort legte er sich in Stellung. Die anderen würden es ihm gleich tun und sich jetzt auf dem gesamten Gelände auf die Lauer legen.

Die Zeit verging. Die Kälte drang durch die Matte und zuletzt auch durch die Klamotten. Doch die Anspannung nahm von Minute zu Minute zu. Dann sah er von weitem zwei matte Lichter.

Der Typ fährt doch glatt mit Abblendlicht, dachte er.

Und richtig, wie zwei Glühwürmchen schwebten die Lichter durch die Nacht auf ihn zu. Jetzt konnte er schon die Umrisse des Fahrzeugs erkennen. Es kam genau auf ihn zu.

Er merkte, wie ihm das Adrenalin ins Blut schoss. Der Jeep wurde direkt neben die Natodrahtrolle gesteuert. Eine Gestalt kletterte aus der Beifahrertür auf das Dach und sprang mit einem gewaltigen Satz über den Draht, wobei sie nach vorn fiel und sich mit den Händen abstützen musste. In geduckter Haltung schlich sie behutsam in Richtung Flugzeug weiter. Jetzt kam der Mann dicht an seiner Stellung vorbei. Es war Oberfeldwebel Adolf Glasner, dem er nun im Rücken lag. Seine Hände pressten sich um das G3- Sturmgewehr. Er erhob sich vorsichtig. Dann lud er die Waffe durch und brüllte: »Halt, wer da!«

Das metallische Klicken des Ladehebels schallte unheilvoll durch die Nacht und es verfehlte seine Wirkung nicht. Wie ein gefällter Baum ließ sich der massige Körper zu Boden stürzen, schneller als man es ihm zugetraut hätte.

»Halt! Nicht schießen! Sind Sie verrückt geworden? Nicht schießen!«, kreischte Glasner auf und rollte in Todesangst zur Seite, um sich in Deckung zu bringen.

Die Aktion war ein voller Erfolg, ab da hieß der Oberfeldwebel in der ganzen Staffel nur noch ›der winselnde Fleischkloß‹ und wurde beinah lammfromm. Der Höhepunkt kam dann noch einen Monat später, die gesamte Wachstaffel wurde von Glasner persönlich für eine Belobigung vorgeschlagen.

Sein ganzer Körper bebt vor Genugtuung, als ihm die alte Geschichte durch den Kopf geht. Nach dem vermeintlichen Vollstreckungskommando Glasner waren die ›Sieben glorreichen Transaller‹, wie sie ab dieser Nacht von allen genannt wurden, die heimlichen Helden der Staffel. Ab da waren sie lange Zeit unzertrennlich, gingen gemeinsam in die Disco oder in die Kneipe. Nach der Entlassung aus dem

Wehrdienst verloren sich ihre Wege über die Jahre. Erst als er Fretraumd Nielsen durch Zufall in einem Puff in Kiel wieder traf, trommelten sie die alte Klicke noch mal zusammen und am ersten Advent 1996 fand dann ihr erstes Adventsschiessen statt.

Grinsend kommt er von der Toilette in den Clubraum zurück.

»Eine Runde Apfelkorn!«, ruft er dem Wirt zu. »Auf die alten Zeiten und unseren geliebten Oberfeldwebel Adolf Glasner!«

Der Wirt stellt die Gläser in einer Reihe auf den Tresen und fährt einmal mit der Apfelkornflasche darüber.

»Auf Oberfeldwebel Adolf Glasner!«, ertönt es aus sieben Kehlen. »Er lebe hoch, hoch, hoch!«

Die Männer schlagen die Hacken geräuschvoll zusammen und gleich darauf sind die Gläser leer.

»Mach' noch mal die Luft raus, Rudi!«, sagt er im Befehlston.

»Mensch Hajo, ist bei dir der Wohlstand ausgebrochen?«, johlt die Gruppe durcheinander.

»Du hast doch hoffentlich keinen Bankraub abgezogen!« tönt Fred Nielsen mit einem Augenzwinkern. »Obwohl, das richtige ›Baby‹ dafür hast du ja von mir. Reimt sich sogar! Na, immer noch zufrieden mit dem Ding, Hajo?«

Sofort grölen alle Männer los und umringen ihn.

»Heh Hajo! Erzähl alter ›Transaller‹!«

Auf sein Gesicht legt sich ein gereizter Ausdruck.

»Leute! Geht das nicht etwas leiser, Fred?«, sagt er mit gedämpfter Stimme und deutet mit dem Kopf zum Wirt. »Das ist doch nichts für falsche Ohren!«

Manchmal geht ihm dieses Kiezgetöse von Fred Nielsen gewaltig auf den Sack. Nachdem der vor zwei Jahren im Kieler Rotlichtmilieu Karriere gemacht hatte, war ihre enge Freundschaft deutlich abgekühlt.

»Vergiss es«, sagte Nielsen mit betont lauter Stimme, »das weiß hier im Laden eh jeder, dass man bei mir günstig 'n Ballermann kaufen kann. Ich hab übrigens gerade wieder frische Ware aus Riga, russische Militärpistolen, 9 mm.«

Fred Nielsen guckt alle trotzig an, zückt ein Notizbuch und baut sich demonstrativ vor den Männern auf.

»Gibt's Bestellungen?«

*

Ernst Meyer bremst seinen BMW 1802 vorsichtig herunter. Trotzdem rutscht das Heck der weinroten Rostbeule in der scharfen Linkskurve in eine Schneewehe. Die Reifen drehen kurz durch, bevor sie wieder fassen und das Heck zur anderen Seite rutscht. Maria Teske hält sich zwar am Türgriff fest, aber ihr Oberkörper wird trotz Gurt hin und her geworfen. Etwas weiter oben, am Storm-Hotel, zuckt blinkendes gelbes Licht an den Häuserwänden entlang. Einen Moment später biegt ein Streufahrzeug aus der Schlossstraße nach rechts in die Neustadt. Sand wird auf die Fahrbahn gewirbelt und spritzt klickernd gegen das Bodenblech des BMWs. Sofort haben die Reifen wieder genügend Grip. Mit einigem Abstand fahren sie hinter dem Streufahrzeug her, biegen aber hinter dem Wasserturm nach rechts in die Parkstraße. Hier wurde noch nicht geräumt. Ernst Meyer sucht in den Schneeverwehungen nach einer Parklücke und rangiert seinen Wagen mit Mühe hinein. Maria Teske zeigt auf das kleine Einfamilienhaus schräg gegenüber.

»In der mickrigen Hütte wohnt Rüdiger Poth?«

Maria Teske nickt. Ernst Meyer angelt sich seine Kamera vom Rücksitz, steigt aus und stapft behände wie ein Eskimo auf der Pirsch quer über die Straße. Maria Teske geht dicht hinter ihm. Der Schnee liegt so hoch, dass sich die kleine Gartentür nicht mehr öffnen lässt. Der Fotograf klettert ohne zu zögern drüber, arbeitet sich bis vor die Haustür und wartet mit dem Klingeln, bis seine Kollegin neben ihm steht. Das Klingelgeräusch ist deutlich zu hören, doch drinnen rührt sich nichts. Nach mehreren Versuchen probiert er es mit einem Dauerklingeln. Wieder nichts. Darauf knallt Maria Teske mehrmals mit der Faust gegen das Holz. Dann drückt sie die Klinke herunter, doch die Tür ist verschlossen. Ernst Meyer zieht eine kleine Stabtaschenlampe aus seiner Jackentasche und schlägt sich seitwärts durch den hohen Schnee auf die Rückseite des Hauses. Maria Teske folgt ihm indem sie geschickt in seine Fußstapfen steigt. Ihr Atem geht stoßweise. Ihr Gefühl lässt das Schlimmste befürchten. Ernst Meyer steht vor einem verglasten Wintergarten und leuchtet mit der Taschenlampe in das dahinterliegende Wohnzimmer. Ein kleiner runder Lichtkegel schwebt durch den Raum, die Schrankwand entlang, über den Kamin, den Glastisch, den Ohrensessel. Hier stoppt er. Über der Armlehne hängt eine verdrehte Hand. Ernst Meyer fährt erschreckt herum und packt Maria Teskes Arm, dass sie vor Schmerz aufstöhnt.

»Da sitzt jemand!«, sagt er mit zitternder Stimme. »Im Sessel sitzt jemand!«

Maria Teske dreht ihren Arm mit einem Ruck aus Meyers Hand.

»Los leuchte noch mal rein!«, sagt sie, drückt das Gesicht zwischen den Händen an die Scheibe, fährt aber sofort wieder entsetzt zurück.

»Da muss was passiert sein! Der sitzt doch nicht im Dunkeln mitten in der Nacht im Sessel rum!«

»Was machen wir?«

»Polizei anrufen!«

»Quatsch, wir leisten erste Hilfe!«, sagt Ernst Meyer. »Warte hier und rühr dich nicht von der Stelle!«

Er verschwindet um die Hausecke. Maria Teske merkt, wie sie in Panik gerät. Sie weiß, dass sie hier nicht einfach untätig rumstehen kann. Sie knipst die Taschenlampe an. Trotz Heidenangst leuchtet sie noch mal im Wohnzimmer den Sessel ab. Als der Lichtkegel auf den Teppich hinuntergleitet, entdeckt sie einen größeren Fleck.

Blut, schießt es ihr durch den Kopf. Im selben Moment biegt Ernst Meyer wieder um die Hausecke und sie zuckt zusammen, obwohl sie ihn sofort erkennt. Er hält ein Brecheisen in der Hand.

»Du willst da doch nicht etwa einbrechen? Wir sollten lieber die Polizei rufen!«

»Komm geh' zur Seite!«

Er setzt das Brecheisen an und stemmt die Tür zum Wintergarten auf. Sie verharren einen Moment, ihre Blicke treffen sich kurz, dann treten sie gemeinsam ein und durchqueren den Wintergarten. Sie hält die Taschenlampe, er kann die Glastür zum Wohnzimmer mühelos aufschieben. Sie leuchtet hinein, sucht die Wand nach einem Lichtschalter ab und fixiert ihn im Lichtkegel. Er geht darauf zu, strauchelt fast, fängt sich aber wieder. Irgendetwas liegt da am Boden. Dann geht das Licht an, gefolgt von einem markerschütternden Schrei. Maria Teske reißt die Hände vor das Gesicht. Ihr Körper zittert haltlos, während sie sich mit dem Rücken an die Wand presst. Doch gar nichts zu sehen ist ihr noch unheimlicher. Sie nimmt die Hände wieder runter. Vor ihr auf dem Boden liegt ein blutgetränktes Kissen. Im Sessel sitzt Rüdiger Poth, die Augen weit aufgerissen, vom Tod gebrochen. Der Oberkörper ist leicht verdreht zur Seite gekippt. Auf Herzhöhe sind zwei Löcher im Jackett zu erkennen. Unmengen Blut sind bis auf die Hose geflossen und dort schwarz verkrustet.

Maria Teske fühlt ihr pochendes Herz. Sie steht regungslos da, nimmt den Schrecken erschüttert in sich auf. Ernst Meyer wirkt dagegen wie aufgedreht und stakst neugierig durch den Raum. Dann nimmt er die umgehängte Kamera von der Schulter.

»Du willst das doch jetzt nicht fotografieren?«, donnert Maria Teske los.

»Wieso nicht? Das ist sensationell!«

»Ich fass' das nicht! Du glaubst doch nicht, dass unsere Zeitung solche Bilder veröffentlicht. Die ›Husumer Rundschau‹ ist nicht die Bild-Zeitung!«

»Ich nehm' das schon nicht direkt von vorn auf. Wenn ich die Bilder so'n bisschen von der Seite schieße, geht das schon. Denk' an Barschel!«

»Meinst du nicht, dass es Ärger mit der Polizei gibt?«

»Ist mir egal!«

»Okay, mach' was du nicht lassen kannst. Aber ich bin da raus, das geht allein auf deine Kappe.«

»So wirst du nie 'ne wirkliche Reporterin. Dann bleibst du eben bis in die Puppen bei diesem Käseblatt!«

»Hauptsache ich kann mich morgens noch im Spiegel angucken!«, sagt sie trotzig, zieht ihr Handy aus der Tasche und tippt 110 ein.

*

Ein dumpfer Schlag gegen die Haustür lässt ihn herumfahren. Er tritt leise heran und späht durch den Spion. Doch der Flur da draußen ist verwaist, niemand ist zu sehen. Swensen drückt ohne ein Geräusch zu verursachen die Klinke herunter. Er öffnet die Tür einen Spalt und blickt hinaus. An der Außenseite klebt ein auseinander gespritzter Fleck. Am Boden liegen zerbrochene Eierschalen. Swensen stiert auf die glitschige Masse an der Tür. Er hat keine Idee. Sein Kopf ist leer. Die Gedanken scheinen genauso zerborsten zu sein, wie der gelbe Schleim, der zäh am Holz hinabläuft. Er schließt die Tür wieder um in die Küche zu gehen und einen Lappen zu holen. Doch er hat gerade drei Schritte getan, da trifft ein zweiter Schlag die Tür. Mit einem Satz springt er hin und reißt sie auf. In der Haustür gegenüber steht seine Nachbarin, eine zierliche alte Dame mit schneeweißen Haaren. In der Hand hält sie eine Eierschachtel, in der zwei Eier fehlen. Swensen spürt eine unbändige Wut in sich aufsteigen.

»Sind Sie völlig verrückt?«, brüllt er los.

»Ja, bin ich!«, sagt die Dame. »In dieser Welt sind doch alle verrückt. Ich bin verrückt. Du bist verrückt!«

»Woher wissen Sie denn, dass ich verrückt bin?«, fragt Swensen erstaunt über die rätselhafte Antwort.

»Musst du ja sein«, sagt die Dame und grinst über das ganze Gesicht, »sonst wärst du doch gar nicht hier.«

Die Umrisse der Dame lösen sich ganz allmählich auf, bis nur noch ihre grinsenden Zähne in der Luft schweben. Ein aberwitziger Anblick. Swensen lacht schallend auf und geht in seine Wohnung zurück. Er verspürt den Drang sich umzudrehen. Nein, denkt er, du darfst dich auf keinen Fall umdrehen!

Doch Swensen gelingt es nicht, sich gegen sein Verlangen zu wehren. Willenlos dreht eine höhere Macht seinen Kopf. Die schwebenden Zähne sind ihm in die Wohnung gefolgt. Er erkennt an der Goldkrone des oberen, linken Schneidezahns, dass er das Gebiss seiner Mutter vor sich hat. Er erstarrt augenblicklich zu einem Eisblock.

Swensen erwacht frierend, liegt nackt auf dem durchgewühlten Laken. Die Federdecke ist verschwunden. Er streckt seinen rechten Arm über die Bettkante, tastet mit der Hand im Dunkeln über den Fußboden bis er die Decke fühlt und zieht sie zu sich hinauf. Der Stoff legt sich kalt über seine Haut. Trotzdem schmiegt er sich an ihn. Nur langsam wird ihm wieder warm.

Doch er kann nicht wieder einschlafen, der Traum geistert in seinen Gedanken herum.

Swensen im Mutterland, das würde Anna jetzt bestimmt zu mir sagen, denkt er und sieht sein Elternhaus vor sich. Sein Hals wird trocken. Er muss husten, ein kurzes kläffendes Geräusch. Plötzlich fühlt er eine Trauer, die tief unten in seiner Brust festsitzt. Wie von selbst purzeln Bilder aus der letzten Zeit mit seiner Mutter in sein Bewusstsein.

Das erste Mal, dass er etwas Ungewöhnliches an ihr bemerkte, war knapp ein Jahr nach dem Tod seines Vaters. Bei einem Besuch erzählte sie ihm, jemand hätte den Schuppen im Garten aufgebrochen. Als er die Schuppentür untersuchte, konnte er keine Spuren eines Einbruchs entdecken. Dennoch blieb seine Mutter auch in den nächsten Wochen vehement dabei, dass jemand den Schuppen heimsuche und Werkzeug, Eingemachtes und Gartenstühle entwende. Dann fehlten Tassen und Lebensmittel im Haus, Personen schlichen nachts durch den Garten oder gingen durchs Haus, wenn sie gerade beim Einkaufen war. Aus der korpulenten Frau wurde ein hageres Mütterchen. Bald war sie nicht mehr in der Lage für sich selbst zu sorgen. Swensen plagte sich mit seinem schlechten Gewissen, organisierte einen Pflegedienst und brachte seine Mutter zu einem Neurologen. Sie bekam Tropfen. Für kurze Zeit besserte sich ihr Zustand. Sein schlechtes Gewissen blieb. Ein gutes halbes Jahr später riefen ihn die Kollegen von der Streife zum ersten Mal während seiner Dienstzeit an. Sie hätten seine Mutter am Hafen verwirrt herumirrend angetroffen. Als er sie nach Hause brachte, versuchte sie mit einem Markstück die Tür zu öffnen. Da war ihm klar, er musste ihr einen Heimplatz besorgen. Es dauerte weitere drei Monate, die er in seiner Freizeit auf Ämtern und in Altenheimen zubrachte, bis er ihr einen Platz ergattern konnte. Diesen Platz sollte Liesbett Swensen jedoch nicht mehr nutzen. Am Montag, dem zwölften Mai 1997, zwei Tage vor dem großen Umzug, lag sie bei seinem Besuch vormittags tot im Bett. Herzversagen, bescheinigte der Hausarzt. Swensen ging es hundeelend. Gleichzeitig war er erleichtert, gepaart mit dem altbewährten schlechten Gewissen. Mit seinen Eltern war auch das kleine Kind in ihm gestorben, Jan Swensen war endgültig erwachsen und musste seinen Halt in sich finden.

Mit Erschrecken stellte er in der Zeit danach fest, wie ihn seine Erinnerung schleichend im Stich ließ. Plötzlich wusste er nicht mehr wie das Gesicht seiner Mutter aussah, dann war ihre Gestalt wie ausgelöscht. Er kramte in alten Kästen nach Fotos um festzustellen, dass ihm jetzt ihr Geruch fehlte. Die Vorstellung von seiner Mutter löste sich auf.

Wie die Nachbarin in meinem Traum, denkt er. Vielleicht ist die Botschaft des Traums ganz banal?

Er sieht wieder das Grinsen vor sich und das zerplatzte Ei an seiner Tür.

Das Leben zerschellt am Tod und die Erinnerung zerschellt am Leben.

Swensen versucht erneut das Gesicht seiner Mutter zu visualisieren. Vergeblich. Vor kurzem hatte er in einem Artikel über Forschungsergebnisse im Zusammenhang mit dem Gedächtnis gelesen, dass der Mensch sich besonders gut an Gesichter erinnern kann.

Dabei spricht meine eigene Erfahrung mit Zeugen eine andere Sprache, denkt er.

Wie oft hatte er bei Zeugenaussagen von fünf Personen auch fünf verschiedene Beschreibungen vom Täter erhalten.

Swensen knipst die Nachttischlampe an, sucht in der Schublade nach Zettel und Schreiber um seinen Satz vom Tod und Leben aufzuschreiben. Da läutet im Wohnzimmer sein Handy. Er schaut auf seinen Wecker, es ist 3:11 Uhr, und tappt hinüber. Mielke ist dran.

»Tut mir leid, dass ich dich geweckt habe«, sagt Mielke und macht eine Pause.

»Ich war sowieso gerade wach!«

»Du wirst es nicht glauben, aber wir haben schon wieder einen Mord!«

Swensen stöhnt auf.

Das Leben zerschellt am Tod, fällt ihm sofort sein Gedanke wieder ein, doch er behält ihn für sich.

»Püchel meinte, dass ich dich informieren soll!«

Mielkes Stimme wirkt bekannt unsicher.

»Ist schon richtig, Stephan! Wo muss ich hin?«

»Parkstraße, gleich hinter dem Wasserturm!«

»Und wer ist ermordet worden?«

»Ein gewisser Rüdiger Poth, ein Journalist von der ›Husumer Rundschau‹.«

»Ich bin schon da!«

Swensen legt auf und geht benommen ins Bad. Der Anruf erscheint ihm völlig irreal.

Mittlerweile sterben die hier ja wie die Fliegen, denkt er und überlegt, ob es eine solche Serie von Morden in Husum schon mal gegeben hat. Er kann sich nicht erinnern, hat Vergleichbares auch nie von seinen Kollegen gehört.

Zwanzig Minuten später verlässt er das Haus. Auf seinem Wagen liegt eine zwanzig Zentimeter hohe Schneedecke. Er macht an der Haustür kehrt, geht zurück in seine Wohnung und kommt mit einem Handbesen wieder heraus. Nachdem er den Schnee notdürftig abgefegt hat, sind seine Finger klamm. Er versucht sie mit dem Hauch seines Atems zu wärmen, aber es bringt nicht viel. Beim Anfahren drehen die Räder des VW-Polos durch. Trotz mehrerer Versuche bewegt sich der Wagen nicht vom Fleck. Swensen schaut auf die Uhr und überlegt ob er Mielke anrufen soll um sich abholen zu lassen. Im selben Moment fassen die Reifen endlich. Er steuert den Wagen vorsichtig durch die Hinrich-Fehrs-Straße. Ab der Adolf-Brütt-Straße ist geräumt. Swensen fährt einen kleinen Umweg um die verschneiten Nebenstraßen zu meiden. Als er seinen VW auf dem Parkplatz am Wasserturm abstellen will, bleibt er in einer Schneewehe stecken. Also geht er den Rest zu Fuß.

Das Haus ist schon von weitem als Tatort zu erkennen. Im Garten und an der Haustür stehen Scheinwerfer. Blitzlichter zucken. Im taghellen Licht gehen geduckte Männer in weißen Overalls und suchen den verschneiten Boden ab. Swensen steigt über die Gartenpforte. In der offenen Haustür steht Heinz Püchel. Rauchschwaden schweben um seinen Kopf. Als er Swensen bemerkt, stürzt er ihm entgegen.

»Jan, jetzt muss endlich was passieren!«

»Ich denke, es ist gerade was passiert?«

»Was soll das? Die Lage ist verdammt ernst. 3 Morde in 2 Wochen. Wir schaffen das nicht mehr allein!«

»Nein, nicht das wieder! Ich bin noch gar nicht ganz hier und du kommst jetzt bestimmt mit dieser Flensburg-Nummer.«

»Genau!«

»Heinz, vielleicht kann ich mir erst einen Eindruck machen. Alles andere ist mir zu verfrüht. Wir sollten alles morgen in Ruhe besprechen.«

»Ich möchte, dass du mich unbedingt auf dem Laufenden hältst.«

»Heinz, wie lange kennen wir uns schon?«

»Ich will das ja nur noch mal betonen.«

Swensen schaut Heinz Püchel direkt in die Augen. Der geht sofort aus dem Blickkontakt, nimmt einen tiefen Zug aus der Zigarette und bläst den Rauch in die Nachtluft.

»Bis morgen dann!«, sagt er und stelzt in Richtung Gartenpforte.

Swensen geht zur Haustür. Gleich hinter dem Rahmen steht Paul Richter, breitbeinig wie ein Bodyguard.

Wahrscheinlich hat der alles mitgehört, denkt er und merkt, dass es ihm nicht gerade angenehm ist.

»Weißt du, wer als Erster hier war?«, fragt er den Streifenpolizisten, um kein Schweigen aufkommen zu lassen.

»Ich und mein Kollege Herbert Seibel.«

»Und?«

»Der Einsatzbefehl kam über die Zentrale. Als wir hier ankamen, waren da diese Zeitungs-Tussi und ihr Fotograf. Die kennst du auch, die beiden, die sich am Freitag hinter unsere Absperrung am Storm-Haus geschlichen hatten.«

»Was!? Die Teske von der ›Husumer Rundschau‹?«

»Ja, genauso heißt die! Und das Merkwürdige an der ganzen Sache ist, vor zirka fünf Stunden hatten wir schon einen Einsatz, wo wir auf dieselbe Dame getroffen sind!«

»Was für einen Einsatz denn?«

»Nun, wir wurden von dieser Teske zur ›Husumer Rundschau‹ gerufen. Sie war in den Redaktionsräumen angeblich von einem Einbrecher niedergeschlagen worden.«

»Angeblich?«

»Ja, das war unsere Meinung! Wir konnten vor Ort beim besten Willen nichts von einem Einbruch entdecken, nur ein einzelner Computer lief, der angeblich nicht laufen sollte. Ansonsten gab es keine Einbruchsspuren. Aber die Teske blieb hartnäckig bei ihrer Behauptung, dass sie niedergeschlagen worden sei. Wir fanden das ziemlich unglaubwürdig, sie sah putzmunter aus. Doch jetzt ist gerade dieser Kollege, dem der eingeschaltete Computer gehörte, hier tot aufgefunden worden. Da wird man halt nachdenklich.«

»Und wo sind Maria Teske und ihr Fotograf jetzt?«

»Soweit ich weiß, ist Mielke mit den beiden zum Verhör in die Inspektion gefahren.«

»Und wo liegt der Tote?«

»Geradeaus im Wohnzimmer.«

Swensen steckt seinen Kopf noch einmal durch die Haustür nach draußen und atmet die kalte Winterluft ein. Jedes

Mal, wenn er einen Tatort mit einer Leiche betreten muss, spürt er einen inneren Widerstand.

Selbst nach über zwanzig Dienstjahren ist ein Mordfall für ihn nicht zur Routine geworden. Wenn er nüchtern darüber nachdenkt, bleibt es für ihn weiterhin ein unerkläriches Phänomen, dass Menschen sich gegenseitig umbringen.

Gewalt ist der Preis der menschlichen Freiheit, denkt er. Mord ist eben eine mögliche Entscheidung des Menschen, schließlich entscheidet jeder frei zu töten oder es zu lassen.

Swensen spürt sofort, dass er mit seinen Gedanken nur das kommende Grauen von sich fernhalten möchte. Vor seinen Augen laufen die Bilder von unzähligen Verhören ab. Ganoven, und selbst Mörder, die er fast nie als die Ausgeburt des Bösen erfahren hat. Selbstverständlich hat er sie auch als zerstörerisch erlebt und manchmal sind sie es auch wieder und wieder geworden, aber ihre Taten hatten kaum etwas Durchdachtes. Vor Gericht hatten sie die Verantwortung dafür fast immer weit von sich gewiesen. Einer sagte mal, er wäre sowieso nur geschnappt worden, weil er halt ein ›ehrlicher Verbrecher‹ sei. Die eigentlichen Gangster kämen ja doch nie in den Knast. Er hielt sich für einen durch und durch normalen Menschen und er hatte nicht ganz unrecht. So wirklich ins Auge springende Defekte, Mörder, denen man ihre Morde deutlich ansieht, waren ihm so gut wie nie begegnet. Selbst in den schrecklichsten Verbrechen steckte für Swensen eine verborgene Offenheit, die entdeckt werden wollte. Etwas, das tief im Inneren jedes Täters schlummerte, was er offensichtlich nicht verbal, sondern nur durch die Tat ausdrücken konnte.

Swensen streift sich Plastikschützer über seine Schuhe und betritt das Wohnzimmer. Ein unangenehmer Schwefelwasserstoffgeruch liegt in der Luft. Faulgas, das von der Leiche stammen musste. Peter Hollmann, der ohne ihn zu bemerken mit noch zwei Kollegen im Raum arbeitet, hat gerade etwas entdeckt, hebt es mit der Pinzette auf und tütet es ein. Auch der Polizeiarzt ist schon da. Er dreht Swensen den Rücken zu und beugt sich über den Toten, der auf die Seite gedreht am Boden liegt. An den Speckrollen, die sich unter dem engen Hemd abzeichnen, erkennt er sofort Michael Lade. Swensen stellt sich schräg hinter ihn und macht sich einen Eindruck vom Tatort. Die Leiche ist schon bewegt worden. Swensen zieht diese Feststellung aus ihrer Totenstarre, die eine skurrile Haltung erzeugt hat. Lade hat ihr die Hose heruntergezogen und misst rektal die Mastdarmtemperatur für eine Todeszeitbestimmung. Bei diesem Anblick kann Swensen eine gewisse Kuriosität nicht von der Hand weisen, zumal die offenen Augen der Leiche ihr den Ausdruck von Erstaunen verleihen.

Ob er seinen Mörder gekannt hat, denkt Swensen und verdrängt mit der Frage seinen Anflug von Humor. Quatsch, beantwortet er sie sich selber, der Gesichtsausdruck eines Toten ist und bleibt nur meine subjektive Interpretation.

Ohne sichtbaren Grund dreht Michael Lade sich plötzlich um. Er muss gespürt haben, dass ihn jemand von hinten beobachtet hat.

»Ach du bist das, Jan!«

»Hallo Michael, kannst du schon was sagen?«

»Na ja, der Mann ist zirka 43 bis 44 Stunden tot. Zwei Herzschüsse, beide tödlich. Ich schätze, das ist der gleiche Täter, der auch schon im Storm-Haus zugeschlagen hat.«

»Wie kommst du darauf?«

»Fast haargenau der gleiche Ablauf. Erster Schuss ins Herz aus nächster Nähe, der zweite ein aufgesetzter Herzschuss, wieder mit einem Kissen um das Geräusch zu dämpfen. Außerdem befindet sich wieder keine Waffe am Tatort.«

»Du sagst, die Todeszeit liegt nicht ganz zwei Tage zurück?«

»Ziemlich genau, Körpertemperatur und diese bläulich roten Totenflecken, wie diese hier am Hintern, sind klare Indizien für meine Einschätzung.«

»Das heißt, der Mann ist Freitagmorgen, lass mich rechnen ..., zirka zwölf Stunden später als Kargel ermordet worden.«

»Exakt! Ich bin jetzt fertig, die Leiche kann in die Gerichtsmedizin transportiert werden.«

»Okay! Wenn ich noch Fragen hab, ruf ich dich an!«

Swensen klopft Lade auf die Schulter und geht dann schnurstracks auf Hollmann zu. Der sucht gerade die aufgebrochene Türfüllung im Wintergarten mit einer Lupe ab.

»Kann ich mich schon ein wenig im Wohnzimmer umsehen oder seid ihr mit dem Raum noch nicht durch?«

Peter Hollmann zieht ein Paar Latex-Handschuhe aus der Tasche und reicht sie ihm.

»Das Innere der Schränke und alle Schubladen sind von uns noch nicht untersucht, also Vorsicht!«

Typisch Hollmann, denkt Swensen, und registriert das Verhalten seines Kollegen mit einem Lächeln.

In der ersten Zeit war er über dessen wortkarge Kommunikation immer ziemlich pikiert gewesen, doch im Laufe der Zeit erkannte er, dass Hollmann während der Spurensuche in eine Art meditative Konzentration versank, in der er keine große Ablenkung zuließ.

Die Spurensicherung erledigt die spirituelle Feinarbeit, denkt er in einem Anflug von Selbstmitleid und öffnet die erste Schranktür. Und die Ermittler sind die Männer für das archaisch Grobe!

Seine Finger schwitzen im Latex. Systematisch durchforstet Swensen alle Möbel. Als er die Schreibtischschublade aufzieht, liegen dort zwei zusammengeschnürte Leinenpappen. Er packt die Schnurenden mit den Fingerkuppen, zieht sie auf, drückt seine Zeigefinger diagonal an die obere und untere Pappenecke und hebt die Pappe hoch. Darunter liegt ein Stapel vergilbten Papiers. Auf dem obersten Bogen steht: Detlef Dintefaß. Ein Roman von Theodor Storm.

*

»Okay, Rüdiger Poth!«, sagt Swensen mit lauter Stimme in die Runde und deutet mit dem Finger auf ein Foto, das er an die Pinnwand geheftet hat. »Rüdiger Poth wurde heute Nacht in seiner Wohnung tot aufgefunden. Zwei Herzschüsse, einer aus unmittelbarer Nähe, einer aufgesetzt. Schon der erste war tödlich. Vermutlich Kaliber 7,65.«

»Dasselbe wie bei Kargel?«, fragt Silvia Haman.

»Ja!«, bestätigt Swensen.

»Und die Waffe, auch dieselbe?«

»Wir müssen erst die ballistische Untersuchung abwarten. Aber zu den Parallelen in beiden Fällen kommen wir später. Erstmal zur Person des Rüdiger Poths. Er ist Journalist der ›Husumer Rundschau‹. Nach vorläufiger Untersuchung durch den Polizeiarzt ist der Tod am Freitagmorgen zwischen 8:00 und 9:00 Uhr eingetreten. Es fand kein Kampf statt. Offensichtlich ist auch vor dem Tod niemand in die Wohnung eingedrungen. Eine klare Aussage können wir dazu allerdings noch nicht machen. Die beiden Personen, welche die Leiche fanden, haben die Tür zum Wintergarten aufgebrochen. Sie soll nach ihren Aussagen aber vorher völlig intakt gewesen sein. Wenn dem so ist, muss Rüdiger Poth seinen Mörder persönlich hereingelassen haben.«

»Und wer sind die beiden Personen und was wollten die da vor Ort?«, fragt Rudolf Jacobsen dazwischen.

»Zwei Mitarbeiter der ›Husumer Rundschau‹, eine gewisse Maria Teske und ein gewisser Ernst Meyer, Journalistin und Fotograf. Das Vernehmungsprotokoll vom Kollegen Mielke liegt vor.«

»Und was wollten die da?«, wiederholt Rudolf Jacobsen.

»Mit dieser Frage kommen wir zu den Parallelen zwischen unseren zwei Fällen.«

Swensen heftet ein zweites Bild an die Pinnwand.

»Dr. Herbert Kargel, er wurde sechs bis sieben Stunden früher fast auf dieselbe Weise erschossen. Lungenschuss aus nächster Nähe und ein aufgesetzter Herzschuss, Kaliber 7,65 mm das steht fest. Die Vorgehensweise weist dasselbe Muster wie bei Poth auf. Kargel ist Vorsitzender der Stormgesellschaft. Er arbeitete kurz vor seinem Tod an einem Gutachten, das die Echtheit eines Manuskripts von Theodor Storm prüfen sollte, das Hajo Peters, der Arbeitgeber unserer Leiche aus dem Watt, auf seinem Boden gefunden hat.«

»Hat der Mordfall Edda Herbst denn auch was mit der Sache zu tun?«, fragt Rudolf Jacobsen.

»Erst einmal nicht. Die Verbindung kann natürlich auch ein Zufall sein. Es gibt zumindest keine Hinweise auf einen Zusammenhang.«

»Trotzdem merkwürdig, oder?«, zwitschert Susan Biehl dazwischen.

»Lassen wir das bitte erst einmal so stehen!«, sagt Swensen mit Nachdruck. »Dieses Gutachten wurde jedenfalls von der ›Husumer Rundschau‹ bei Dr. Kargel in Auftrag gegeben und Rüdiger Poth war für die Geschichte mit dem Roman-Fund verantwortlich. Also, wir haben eine alte Handschrift von Theodor Storm, ein sicher wertvolles Manuskript. Dr. Kargel soll bestätigen, dass es echt ist und wird ermordet. Rüdiger Poth bearbeitet die Geschichte für die Zeitung und wird auf dieselbe Weise ermordet. Gefunden wird der Tote von seiner Kollegin, Maria Teske, die nach eigener Aussage wenige Stunden vorher in den Redaktionsräumen der Zeitung niedergeschlagen wurde. Dort soll sich jemand an dem Computer des Toten zu schaffen gemacht haben. Die beiden

Streifenbeamten, die den Fall vor Ort aufgenommen haben, geben an, keinerlei Spuren für ein gewaltsames Eindringen gefunden zu haben. Doch nach der ersten Auswertung unserer Spurensuche wird ein Schuh daraus. Beim ermordeten Rüdiger Poth wurden zum Beispiel keine Wohnungsschlüssel gefunden. Das Schlüsselbund, an dem auch die Schlüssel für die Redaktionsräume gewesen sein sollen, ist verschwunden. Der Mörder könnte nach dem Mord versucht haben, den Computer des Ermordeten zu durchsuchen.«

»Ich weiß immer noch nicht, warum diese Teske in die Wohnung ihres Kollegen eingebrochen ist«, nörgelt Rudolf Jacobsen, indem er seine Augen zusammenkneift. Swensen greift zu seiner Tasse und nimmt einen Schluck grünen Tee. Es entsteht eine Pause, die Stephan Mielke nutzt um Jacobsen ein zusammengeheftetes Papier zuzuwerfen.

»Hier das Vernehmungsprotokoll! Da steht alles drin.«

»'Schuldigung, dass ich mir noch nicht die Zeit nehmen konnte, es zu lesen«, zischt Rudolf Jacobsen.

Swensen schaut ihm daraufhin direkt in die Augen. Jacobsen wendet seinen Blick sofort ab und kaut verlegen am Zeigefingernagel seiner rechten Hand.

»Ich bin auch noch nicht dazu gekommen das Protokoll zu lesen!«, meldet sich daraufhin auch Silvia Haman.

Stephan Mielke verzieht sichtbar seinen Mund.

»Ist was, Stephan?«, fragt Silvia Haman, die Mielkes Gemütslage sofort wahrnimmt. »Nur weil du deine erste Vernehmung erfolgreich hinter dich gebracht hast, müssen wir uns ja nicht gleich alle wie wild auf dein Protokoll stürzen! Es ist schließlich erst kurz nach acht!«

Stephan Mielke wird puterrot. Doch bevor er den Mund öffnen kann, schlägt Swensen mit dem Löffel an seine Tasse.

»Kollegen, ich bitte Euch. Wir sind hier nicht im Kindergarten!«

Seine Stimme klingt bedrohlich kühl. Er wartet in Ruhe die Wirkung ab und fährt fort.

»Also, Rüdiger Poth war am Freitagmorgen nicht am Arbeitplatz erschienen und auch telefonisch nicht erreichbar. Dazu kam für Maria Teske noch der Vorfall in den Redaktionsräumen. Daraufhin überlegte sie, dass mit Poth vielleicht etwas nicht stimmen könnte. Sie rief Ernst Meyer zur Unterstützung. Nachdem niemand öffnete, leuchteten sie mit der Taschenlampe ins Wohnzimmer und entdeckten dort Poth regungslos in einem Sessel sitzend. Nach ihrer Aussage wollten sie ›Erste Hilfe‹ leisten. Wir können ihnen nicht das Gegenteil beweisen. Danach riefen Sie den Notruf an.«

»Wir haben jetzt drei ungeklärte Mordfälle«, lamentiert Heinz Püchel in Swensens Ausführungen hinein und dreht nervös seine Zigarettenschachtel in der linken Hand. Neben ihm sitzt, wie von einem anderen Stern, Staatsanwalt Dr. Ulrich Rebinger und lässt wie gewohnt seine Schultern hängen.

Püchels Anstandswauwau, denkt Swensen, der sehr genau registriert, dass Rebinger seit Beginn der Sitzung jeglichen Blickkontakt mit ihm vermeidet. Wahrscheinlich will Püchel mit seiner Rückendeckung endlich die Amtshilfe aus Flensburg durchsetzen.

»Drei Morde in vierzehn Tagen«, blubbert es noch mal aus Püchels Mund. »Das ist etwas, was es in Husum noch nie gegeben hat. Die Bevölkerung verlangt nach zügiger Aufklärung! Wir müssen jetzt, so gut es geht, unsere Kräfte bündeln. Wir sollten also neben der ›SOKO WATT‹ eine zusätzliche SOKO einrichten. Dr. Rebinger schlägt ›SOKO STORM‹ vor. Ich finde wir sollten das übernehmen. Die beiden werden eng zusammenarbeiten. Alles, was nicht unbedingt erledigt werden muss, wird bis auf weiteres hinten angestellt. Die drei Mordfälle haben oberste Priorität.«

»Und wer übernimmt die ›SOKO STORM‹?«, fragt Stephan Mielke und schaut erwartungsvoll auf den Chef.

»Swensen, einer muss den Überblick und die Koordinierung haben«, sagt Püchel, während Stephan Mielke provokativ zu Silvia Haman hinübergrinst.

»Ich möchte, dass in den nächsten Tagen brauchbare Ergebnisse auf den Tisch kommen!«

Swensen ist so verblüfft, dass es offensichtlich auf seinem Gesicht abzulesen ist.

»Ist dir das nicht recht, Jan?«, hakt Püchel nach, nimmt eine Zigarette aus der Schachtel und steckt sie unangezündet in den Mund. Swensen stockt einen kurzen Moment.

Kein Flensburg, denkt er und rügt sich im selben Moment dafür. Flensburg wird allmählich zur fixen Idee.

Er stützt seine Hände auf die Tischplatte, nimmt einen tiefen Atemzug durch die Nase und findet sofort seine alte Gelassenheit wieder.

»Doch, natürlich Heinz!«, sagt er und blickt in die Runde. »Also, Leute Ihr habt gehört was Sache ist. Das heißt, heute ist erst mal der große Tag des Klinkenputzens. Ich will wissen, wer in den letzten drei Tagen in der Parkstraße und drumherum irgendetwas gesehen, gehört und wenn es sein muss, auch geahnt hat.«

»Was ist mit dem Fall Edda Herbst?«, fragt Stephan Mielke. »Sollen wir den erstmal beiseite legen?«

Swensen runzelt die Stirn. Er weiß, dass alle eine Entscheidung von ihm verlangen.

»Edda Herbst wird vorerst hinten angestellt. Nächste Woche sehen wir weiter.«

Sie fassen noch mal alle Fakten zusammen und verteilen die Aufgaben auf einzelne Personen. Es ist 9:11 Uhr. Swensen braut sich in der Küche eine neue Kanne grünen Tee, geht direkt in sein Büro und schließt die Tür um sich zu konzentrieren. Doch seine Gedanken schweifen ab.

Wieso sagt Püchel nichts mehr über die Unterstützung aus Flensburg, geistert es durch seinen Kopf, während er sich eine Tasse Tee einschenkt. Innerlich aufgewühlt tritt er ans Fenster. Auf der Ziegelmauer und den knorrigen Ästen der Eichen liegt zentimeterhoher Schnee. Die weggefahrenen Streifenwagen haben rechteckige schwarze Flächen hinterlassen und lang gezogene Streifenmuster in die weiße Fläche gezeichnet. Swensen spürt die warme Heizungsluft aufsteigen. Als er sich ans Kinn fasst, merkt er, dass er sich heute Morgen nicht rasiert hat. Er geht entschlossen zum Schreibtisch, nimmt einen Schluck Tee, wählt die Nummer vom LKA Kiel und lässt sich mit der Computerabteilung verbinden.

»Elisabeth Karl!«, meldet sich eine raue Stimme.

»Swensen hier, Kripo Husum. Wir haben Ihnen im Mordfall Kargel einen Laptop zur Spurensicherung zugeschickt. Kann ich bitte mit dem Verantwortlichen sprechen?«

»Sie sind bei mir richtig!«

»Oh!« Swensen kann seine Verwunderung nicht unterdrücken.

»Ja, ja, Frauen und Computer nech?«, sagt die raue Stimme mit einem fröhlichen Kicksen.

»So war das nicht gem…, na ja, für jemand der selbst kaum Ahnung hat, ist es eben doch ungewohnt.«

»Dafür bin ich es umso mehr gewohnt. Was kann ich für Sie tun, Herr Swensen?«

»Ich wüsste gern, wie weit der Stand Ihrer Untersuchungen ist.«

»Nun, wir sind drin', wie Boris so schön sagt.«

»Sie konnten die Dateien öffnen?«

»Genau! Das Passwort war nicht gerade originell. STORM rückwärts und zack!«

»Und sonstige Spuren?«

»Wir haben den Laptop in die daktyloskopische Abteilung gegeben. Die haben das Teil mit Cyanacrylat bedampft.«

»Mit was?«

»Cyanacrylat! Das kennen Sie bestimmt, ist auch als Sekundenkleber bekannt. Das Zeug ist ideal um Fingerabdrücke auf Kunststoff, Metall und Leder sichtbar zu machen.«

»Und?«

»Nichts, keine Fingerabdrücke. Gerät und Tastatur wurden sorgfältig abgewischt.«

»Haben Sie so etwas wie ein Roman-Gutachten gefunden?«

»Haben wir. Es gibt die Datei: Gutachten.«

»Ist es möglich, einen Ausdruck davon zu bekommen?«

»Nun ja, aber nur, weil Sie so viel Verständnis für Frauen in technischen Berufen haben, Herr Swensen!«

»Ich stehe tief in Ihrer Schuld, Frau Karl«, scherzt Swensen. »Schicken Sie Ihre vollständigen Ergebnisse bitte so schnell wie möglich an mich.«

Swensen nennt ihr seine Faxnummer für den Ausdruck. Fünf Minuten später rattert sein Faxgerät. Er liest sich den fünfseitigen Text durch, macht sich auf dem Flur mehrere Kopien und klopft bei Püchel an die Tür, obwohl sie offen steht. Der zündet sich gerade eine Zigarette an als er eintritt. Swensen sieht, dass im Aschenbecher noch der Rest einer anderen brennt.

»Was gibt's Jan?«

»Eine Frage vorab Heinz! Was ist mit Flensburg?«

»Flensburg?«

»Du warst doch dafür, dass wir uns von dort Verstärkung holen.«

»Hast du noch keine Nachrichten gehört?«

Swensen schüttelt den Kopf. »Wann sollte ich?«

»In der Nähe von Glücksburg ist ein zweites Kind verschwunden!«

Swensen spürt einen Stich in seiner Brust und starrt auf den Rauch, der von der glimmenden Kippe im Aschenbecher aufsteigt. Püchel zieht nervös an seiner Zigarette, tritt auf Swensen zu und legt ihm die Hand auf die Schulter.

»Es bleibt erstmal alles beim Alten, mein Lieber. Wir haben gar keine Wahl. Aber deshalb bist du nicht hier, oder?«

»Nein, hier ist das Gutachten von dem Storm-Roman von Kargel. Kiel hat es mir gerade zugefaxt. Ich möchte, dass du es persönlich auf deine Kappe nimmst, wenn es an deinen Kumpel bei der Zeitung weitergegeben wird.«

Heinz Püchel sieht Jan Swensen einen kurzen Augenblick eingeschnappt an. Dann nimmt er die Seiten mit zu seinem Schreibtisch.

»Danke, Jan! War das alles?«

»Das war alles!«

8

Husum, 5. 12. 2000

Zeugenvernehmung von Dr. Karsten Bonsteed
(weitere Personalien bekannt)
Herr Dr. Bonsteed wurde am 5.12.2000 von Hauptkommissar Jan Swensen in die Husumer Polizeiinspektion gebracht. Herr Dr. Bonsteed wurde in das Dienstzimmer 217 geführt. Gemeinsam mit Herrn Dr. Bonsteed wurde anschließend der ›Personalbogen der Zeugen‹ ausgefüllt. Herr Dr. Bonsteed erklärte sich hier zu einer Tonbandvernehmung bereit. Er gibt folgendes zu Protokoll.

Frage: Herr Dr. Bonsteed, gibt es im Storm-Museum in der Zwischenzeit mehr Erkenntnisse darüber, ob in der Mordnacht noch mehr verschwunden ist als diese Kupferstiche?

Antwort: Bis auf die sechs Kupferstiche von Descourtis ist definitiv nichts abhanden gekommen.

Frage: Haben Sie auch jetzt mit Abstand noch immer keine Idee, wer Dr. Kargel ermordet haben könnte?

Antwort: Nein.

Frage: Wie war Ihr Verhältnis zu Dr. Kargel?

Antwort: Ich hatte großen Respekt vor seiner Kompetenz. Er war ein wirklich großer Storm-Kenner mit exquisitem Fachwissen. Er besaß fast ein enzyklopädisches Gedächtnis, kannte das Gesamtwerk aus dem ›ff‹. Nur das Detailwissen in der Sekundärliteratur ließ zu wünschen übrig.

Frage: Was meinen Sie damit?

Antwort: In der Auslegung von Storm waren wir öfter unterschiedlicher Meinung. Da hatte er antiquierte Ansichten. Er persönlich hätte das natürlich abgestritten.

Frage: Gilt das auch für den gerade entdeckten Storm-Roman?

Antwort: Ja, für den ganz besonders. Für Dr. Kargel schien diese Roman-Entdeckung irgendwie eine Bedrohung darzustellen. Wahrscheinlich wollte er sein altes Storm-System, das er ja über Jahrzehnte vertreten hat, um keinen Preis verändern.

Frage: Hatten Sie deswegen auch Streit?

Antwort: Ja, aber das war nichts Bedeutendes. Nicht dass Sie sich gleich was Großartiges daraus zusammenreimen.

Frage: Wir dichten nicht, Dr. Bonsteed. Wir halten uns nur an die Fakten. Welchen Inhalt hatte ihr Streit?

Antwort: Nun, für mich war die Entdeckung eine Riesenchance. Dieser Roman würde einen Neubeginn im Stormverständnis bedeuten. Er wäre der Aufbruch in eine fortschrittliche Ära der Storm-Gesellschaft. Eine Chance für Husum und für unser aller Karriere. Das hat uns Ruppert Wraage schon immer prophezeit. Ich hatte vor kurzem Gelegenheit mit ihm unter vier Augen zu sprechen. Ein wirklich zuvorkommender

Mann, mit echten Visionen. Der hat schon von diesem verschollenen Roman geredet, als wir alle noch skeptisch in unseren Schneckenhäusern saßen. Wraage hat mir bei meiner Pro-Roman-Haltung volle Unterstützung zugesagt.

Frage: Und Dr. Kargel war dagegen?

Antwort: Was heißt dagegen. Er konnte sich den Fakten ja nicht verschließen. Der Roman ist nun mal da.

Frage: Vielleicht hielt er ihn für eine Fälschung?

Antwort: Das hat er nie öffentlich behauptet!!

Frage: Hat er auch keine Andeutungen gemacht?

Antwort: Zumindest nicht verbal. In seiner Mimik deutete einiges auf Ablehnung, aber er hat mit niemandem auch nur ein einziges Wort über den Inhalt des Gutachtens verloren.

Frage: Was würden Sie sagen, wenn er die Echtheit bestätigt hätte?

Antwort: Wenn Kargel die Echtheit bestätigt hat, kann man davon ausgehen, dass der Roman 100%ig echt ist. Dann musste er sich wohl der Realität beugen und seinen inneren Widerstand aufgeben.

Frage: Zu etwas anderem. Haben Sie schon mal von einer gewissen Edda Herbst gehört?

Antwort: Wenn Sie damit die Tote meinen, die Fischer aus der Nordsee gezogen haben, die kennt doch bestimmt ganz Husum?

Frage: Nach unseren Erkenntnissen wurde Frau Herbst in ihrem Haus ermordet. Wir haben am Tatort eine große Anzahl von Haaren gefunden. Eine DNS-Analyse bestätigt, dass eines dieser Haare von Dr. Kargel stammt.

	Haben Sie eine Idee, wie das sein kann?
Antwort:	Ganz einfach, Dr. Kargel hat Frau Herbst zuhause besucht.
Frage:	Wissen Sie das genau?
Antwort:	Dr. Kargel hat es mir selber erzählt.
Frage:	Wissen Sie auch was er bei Frau Herbst wollte?
Antwort:	Ja, das war eine rein berufliche Begegnung. Frau Herbst war eine entfernte Verwandte von Theodor Storm, mütterlicherseits. Dr. Kargel hatte das im Rahmen seiner historischen Recherchen herausgekriegt und sie deshalb besucht. Öfter als man denkt, liegen noch immer unentdeckte Skizzen, Schriften und Briefe von Storm in Rumpelkammern und auf Dachböden herum. Storm ist mehrfach in Husum umgezogen und hat am Ende in Hademarschen gelebt.
Frage:	Und hat er etwas entdeckt?
Antwort:	Nein, Frau Herbst soll sehr abweisend gewesen sein. Deshalb war ich ein paar Wochen später selbst noch mal bei ihr. Ich hab nicht so schroffe Umgangsformen wie Dr. Kargel.
Frage:	Verstehe ich richtig, Sie waren ebenfalls bei Frau Herbst im Haus?
Antwort:	Ja.
Frage:	Und?
Antwort:	Frau Herbst war sehr zuvorkommend. Völlig anders, als Dr. Kargel sie mir beschrieben hatte. Ich durfte sogar kurz ihren Boden und den Keller inspizieren, leider nur oberflächlich. Deshalb hab ich auch nichts entdeckt.
Frage:	Wann hat dieser Besuch stattgefunden?

Antwort: Also, genau weiß ich das nicht mehr.
Frage: Vor einigen Wochen, Monaten, Jahren?
Antwort: So ungefähr vor einem dreiviertel Jahr, würde ich sagen, schätzungsweise.
Frage: Wusste Dr. Kargel von Ihrem Besuch?
Antwort: Nein, ich hab ihn für mich behalten.
Frage: Warum?
Antwort: Er hätte mein Verhalten als eigenmächtig empfunden und ich verspürte keine Lust auf eine so alberne Diskussion.
Frage: Ich möchte Sie bitten, dass wir im Anschluss an Ihre Vernehmung einen Speicheltest nehmen dürfen. Jedes Haar, das wir einer unverdächtigen Person zuordnen können, reduziert den Täterkreis. Der Test ist natürlich freiwillig. Haben Sie etwas dagegen?
Antwort: Nein.
Frage: Wie ist Ihr Verhältnis zu Dr. Kargel's Frau?
Antwort: Was soll denn jetzt diese Frage?
Frage: Bitte beantworten Sie einfach nur die Frage. Wie stehen Sie zu Dr. Kargel's Frau?
Antwort: Wir sind befreundet.
Frage: Wie eng sind Sie befreundet?
Antwort: Muss ich das hier beantworten?
Frage: Sie müssen hier gar nichts beantworten, aber wir bekommen es auch ohne Sie heraus. Sie ersparen uns also eine Menge Zeit, wenn Sie die Frage gleich beantworten.
Antwort: Wir sind eng befreundet.
Frage: Ich wiederhole, wie eng?
Antwort: Ziemlich eng.
Frage: Haben Sie ein intimes Verhältnis?
Antwort: Das geht Sie gar nichts an.
Frage: Wir werden dieselbe Frage auch Frau Kargel

	stellen.
Antwort:	Bin ich jetzt etwa verdächtig oder warum fragen Sie nach solchen Sachen?
Frage:	Noch ist niemand oder jeder verdächtig. Das sind reine Routinefragen. Also, gibt es ein intimes Verhältnis?
Antwort:	Ich mache dazu keine Aussage.
Frage:	Gibt es schon eine Vorstellung, wer den Vorsitz von Dr. Kargel übernimmt?
Antwort:	Ich mache keine Aussage mehr, nicht ohne einen Anwalt. Ich möchte, dass Sie sofort das Tonbandgerät ausstellen.

Geschlossen: 9.00 Uhr
Gez. J. Swensen
Gelesen, genehmigt
und unterschrieben
Dr. Karsten Bonsteed

Swensen legt das Protokoll mit grübelndem Blick auf den Schreibtisch. Dr. Karsten Bonsteed ist einfach nicht sein Fall. Gleich vom ersten Augenblick an, schon damals im Storm-Haus, war er ihm nicht ganz koscher erschienen. Und die Vernehmung gestern Morgen hatte Swensen in seiner Abneigung nur bestätigt.

Wahrscheinlich spiegelt Bonsteed mir nur meine gesammelten Schattenseiten, denkt er, und zählt innerlich alle Eigenschaften auf, die Bonsteed besitzt und die er gleichzeitig an sich selber nicht ausstehen kann. Arroganz, Eitelkeit, Egozentrik, übertriebener Geltungsdrang.

Wie gut, dass es Menschen gibt, die einem die eigenen Geheimnisse offenbaren!

Seit er jeden Morgen vor der Arbeit regelmäßig meditiert, bemerkt Swensen, dass er mit seinem Ich viel härter ins

Gericht geht. Früher war er immer blind gegen alles angerannt, was von außen kam. Er fühlte sich von Feinden umzingelt, die nur darauf warteten, sein jämmerliches Ich zu vernichten. Anna hatte ihn damals öfter auf seine merkwürdige Weltsicht hingewiesen, doch nun scheint die Meditation langsam Früchte zu tragen. Er beginnt zu verstehen, was sein Meister ihm sagen wollte, als er 1974 den Tempel Hals über Kopf wieder verließ, weil er Schiss um seine berufliche Zukunft bekam: Das Ich ist eine Illusion!

Ich glaube unser Ich watet stetig durch ein Dickicht von Vorurteilen, denkt er. Der Mensch ist gut, der ist böse, der ist sympathisch, den kann ich nicht ausstehen. Ich will eine schön geordnete Welt und ich entscheide, wie das gemacht wird. Die guten Menschen kommen in den Himmel und die Bösen in die Hölle. Ich erwarte, dass ein Mörder an der Last seiner Taten möglichst qualvoll zugrunde geht, an Krebs vielleicht oder zumindest an einem Herzschlag. Doch wie viele Nazi-Schergen erfreuen sich bis ins hohe Alter bester Gesundheit an Leib und Seele. Das Leben kennt meine Aufteilung anscheinend nicht. Strafe ist und bleibt nur eine Erfindung des Menschen und der Mensch kann irren.

Das Telefon klingelt. Mechanisch streckt Swensen seinen Arm zur Seite, fasst den Hörer und hält ihn ans Ohr.

»Swensen, Kripo Husum!«

»Landeskriminalamt Kiel, Gerd Schrott, Fachgruppe Schussspuren und Ballistik. Guten Morgen Herr Swensen.«

»Guten Morgen, Herr Schrott.«

»Ich habe gerade die Untersuchungsergebnisse in den Mordfällen Kargel und Poth vorliegen. Die Vergleichsanalyse der Projektile ergibt, dass sie aus derselben Waffe abgefeuert wurden.«

»Wir haben also nur einen Mörder?«

»Sie haben eine Waffe, Herr Swensen. Es ist Ihre Aufgabe rauszufinden, ob Sie auch nur einen Mörder haben.«

»Sie haben recht, auch wenn alles danach aussieht, keine voreiligen Schlüsse. Schicken Sie den Bericht bitte zu meinen Händen. Vielen Dank für die schnelle Arbeit.«

»Nichts zu danken, das ist unser Job.«

Swensen legt den Hörer auf, nimmt seinen Mantel aus dem Schrank und verlässt sein Büro. Auf dem Flur sind alle Türen geschlossen. Die Fahndung läuft auf Hochtouren.

*

Als sich die Haustür öffnet, stockt Swensen fast der Atem. Im Türrahmen steht eine bildschöne Frau und strahlt ihn mit einem offenen Lächeln an.

Die fröhliche Witwe, denkt er und schaut sie fasziniert an.

Ihr ovales Gesicht ist makellos glatt, eine hübsche, gerade Nase, aus den dunkelbraunen Augen sprüht das Feuer einer Südländerin. Das fast schwarze Haar ist schulterlang. Er schätzt sie auf einen Meter siebzig. Ihr Alter müsste bei Anfang dreißig liegen. Der üppige Körperbau erinnert ihn an die Sexbomben der Fünfziger Jahre. Swensen grüßt mit einem Kopfnicken und zeigt seinen Ausweis.

»Jan Swensen, Kripo Husum. Sprfeche ich mit Frederike Kargel?«

Keine Antwort. Das Lächeln erstarrt.

»Ich hab Ihrem Kollegen Mielke schon alles erzählt.«

»Ich weiß, Frau Kargel. Aber es ergeben sich im Laufe der Ermittlung natürlich ständig neue Fragen, die wir dann überprüfen müssen. Darf ich reinkommen?«

»Bitte«, sagt Frederike Kargel und deutet kokett ins Innere des Hauses. Swensen geht hinein und zögert, ob er seinen Mantel an die antike Garderobe hängen soll.

»Hängen Sie ihn ruhig daran, hier unten steht nur so'n altes Zeug.«

Als er sich umsieht, breitet sich um ihn herum die Atmosphäre der Biedermeierzeit aus. Es ist wie der Gang durch die Räume des Storm-Museums. Alle Möbel sind ausgesuchte Antiquitäten aus feinstem Mahagoni.

Schön anzusehen, denkt Swensen, indem er seinen Blick über die Kostbarkeiten schweifen lässt. Aber darin wohnen?

Frederike Kargel scheint seine Gedanken gelesen zu haben.

»Ich glaube hier unten ist es etwas zu verstaubt für ein Gespräch. Wir gehen am besten nach oben in eines meiner Zimmer.«

Mit wiegenden Bewegungen tänzelt sie an Swensen vorbei. Er folgt ihr nach. Sie steigen eine geschwungene Treppe in den ersten Stock hinauf. Frederike Kargel öffnet eine Tür und verschwindet in einen großen, lichten Raum. Für Swensen ist es der Eintritt in eine völlig andere Welt, als wenn er gerade das Haus gewechselt hätte. Die asketische Einrichtung, ein schlichter Tisch, ein moderner Glasvitrinenschrank und zwei Regiestühle aus blankem Aluminium werden von einer ausladenden schrillrosa Plüschcouch contrakariert. Während sich Frau Kargel demonstrativ auf dieser Couch drapiert, lässt sich Swensen auf einen der Stühle nieder und fühlt sich darauf ein wenig wie Will Smith, der in dem Film ›Men in Black‹ gerade als Geheimagent verpflichtet wird.

»Was möchten Sie wissen«, fragt Frederike Kargel und schnippt mit dem Finger. »Herr …?«

»Swensen, Jan Swensen.«

»Genau, Herr Swensen.«

»Sie haben meinem Kollegen gesagt, Ihre Ehe war respektvoll. Was meinen Sie damit?«

»Herr Swensen, ich nehme an Sie haben Augen im Kopf. Ich bin fünfundzwanzig Jahre jünger als mein Mann. Was erwarten Sie da für eine Ehe?«

»Ich weiß es nicht. Sagen Sie's mir.«

»Ich war für meinen Mann das Prestigeweibchen, das er bei offiziellen Anlässen in der Öffentlichkeit vorzeigen konnte. Unsere Ehe war von Anfang an auf meine Präsentation ausgerichtet.«

»Wussten Sie, dass Ihr Mann Prostituierte aufsuchte?«

Frederike Kargel schloss kurz die Augen und öffnete sie wieder.

»Nein!«

»Wussten Sie auch nicht, dass Ihr Mann ungewöhnliche sexuelle Praktiken ausübte?«

»Ungewöhnlich? Was zählen Sie zu ungewöhnlichen sexuellen Praktiken?«

»Sadomasochistische Praktiken!«

»Nein, auch das wusste ich nicht!«

Swensen verkneift sich gleich die nächste Frage zu stellen und wartet auf eine Regung von Frau Kargel. Doch die bleibt gelassen.

»Aber so etwas wundert mich natürlich nicht«, fährt sie fort. »Wir haben nie viel über unsere privaten Sachen miteinander gesprochen.«

»Private Sachen?«

»Ja, privat. Wir führten eine offene Ehe, schon allein wegen des Altersunterschieds. Jeder konnte das tun, was er wollte.«

»Das heißt, Ihr Mann wusste auch von Ihrem Verhältnis zu Dr. Karsten Bonsteed?«

»Ich sagte doch, wir redeten nie viel über unsere privaten Sachen.«

»Hatten Sie denn nun ein Verhältnis zu Dr. Bonsteed?«

»Ich wusste, dass Sie mich das fragen würden.«

»Wieso wussten Sie das?«

»Karsten hat mich gestern Mittag angerufen und mir von seinem Verhör erzählt.«

Frederike Kargel sieht ihn triumphierend an. Swensen zieht die Augenbrauen hoch und runzelt die Stirn.

»Sie haben mir noch immer nicht gesagt ob Sie und Dr. Bonsteed ein intimes Verhältnis hatten.«

»Hatten wir, wobei die Betonung auf hatten liegt.«

»Sie haben also keins mehr.«

»Nein.«

»Darf ich fragen warum?«

»Das dürfen Sie«, sagt sie schnippisch. »Aber ich sage es Ihnen nicht.«

»Geht es dabei vielleicht um Dr. Bonsteeds Stellung in der Storm-Gesellschaft?«

»Vielleicht.«

»Wie war das Verhältnis zwischen Dr. Bonsteed und ihrem Mann?«

»Es ging so.«

Langsam beginnt Swensen das Katz und Maus Spiel zu nerven, in das er von der jungen Frau getrieben wird.

»Geht es auch etwas genauer?« sagt er mit lauter Stimme.

Sie zuckt kurz zusammen.

»Karsten wollte neuen Wind in die Storm-Gesellschaft bringen, mein Mann wollte möglichst alles so lassen, wie es ist. Da gab es schon mal unterschiedliche Meinungen. Aber Karsten hat mir versichert, dass mein Mann sich bei anstehenden Entscheidungen immer mit ihm abgesprochen hat.«

»Wie eng war die Beziehung der Männer? Waren Sie per Du oder per Sie?«

»Wo denken Sie hin. Mein Mann legte viel Wert auf Distanz. Er war mit allen Menschen per Sie, die ich kenne.«

»Noch eine Frage. Könnte es sein, dass Dr. Bonsteed die Beziehung zu Ihnen nicht nur als Karrieresprungbrett benutzt hat?«

Frederike Kargel wirkt plötzlich wie ausgewechselt. Sie schaut apathisch an die Decke. Auf ihren Lippen liegt ein bitteres Lächeln, das Lächeln einer verschmähten Frau, der es nicht gelingt, ihre Rachegedanken zu unterdrücken.

»Karsten ist ein Riesenarschloch!«, bricht es mit unerwarteter Heftigkeit aus ihr heraus. »Jetzt, wo er mich nicht mehr gebrauchen kann, möchte er, dass wir unser Verhältnis auf Eis legen, nur vorübergehend natürlich. Aber nicht mit mir. Für mich ist jetzt Schluss. Das habe ich ihm auch schon gesagt.«

Eine Träne kullert aus ihrem rechten Auge.

Nicht schlecht, denkt Swensen, echt gekonnt. An der Frau ist eine große Schauspielerin verloren gegangen.

Er dreht unauffällig seinen Kopf zu Seite, zieht seinen Notizblock heraus und blättert ihn durch.

»Hat Ihr Mann mit Ihnen über diesen neu entdeckten Storm-Roman gesprochen?«

»Nicht direkt.«

»Was heißt das?«

»Er war sehr empört über die Entdeckung. Ich hab ihn vorher noch nie so wütend erlebt. Er hat auf Gott und die Welt geschimpft, auf Bonsteed, diesen Storm-Experten Wraage, den Journalisten von der Husumer Rundschau.«

»Rüdiger Poth?«

»Ja, genau. Rüdiger Poth heißt der. Und besonders auf den Entdecker hat er geschimpft, diesen Peters.«

»Hajo Peters?«

»Ja. Einen nichtsnutzigen, dummen Videoheini hat er ihn genannt. So jemand findet doch nicht mal im Traum einen Storm-Roman. Der kann nicht echt sein. Und diesen Peters würde er schon so richtig auflaufen lassen. Und er wünschte sich, er könnte sein Gesicht sehen, wenn endlich rauskommt, dass der Roman gefälscht ist.«

»Hat Ihr Mann Peters mal persönlich getroffen?«

»Getroffen? Das kann ich nicht sagen! Glaub' ich aber nicht! Peters war ein rotes Tuch für ihn. Es dürfe keinen

Roman von Storm geben, weil nichts davon in seinen gesamten Schriften und Briefen steht. Ein Roman wäre von ihm doch irgendwo erwähnt worden, er hat immer alles Autobiographische akribisch genau aufgezeichnet.

Storm hat zeitlebens nur Novellen geschrieben, hörte ich ihn einmal nachts auf dem Flur brüllen. Ich dachte schon, jetzt ist er wahnsinnig.«

»Aber er hat trotzdem das Gutachten für die ›Husumer Rundschau‹ übernommen?«

»Davon weiß ich nichts.«

»Können Sie sich vorstellen, dass Ihr Mann aus persönlichen Gründen ein falsches Gutachten schreiben würde?«

»Nein, mit Sicherheit nicht. Selbst wenn etwas nicht in seinen Kram passte, hat er immer redlich gehandelt. Dazu war er viel zu gewissenhaft.«

»Wie sind Ihre finanziellen Verhältnisse nach dem Tod Ihres Mannes, Frau Kargel?«

»Meinen Sie etwa, ich hätte meinen Mann wegen seines Geldes umgebracht?«, zischt sie mit einer Stimme, die vor Erregung schrill klingt. »Warum sollte ich? Ich bekam doch sowieso alles, was ich wollte.«

»Wo waren Sie am Abend des 30. November?«

»Ich habe ihn nicht umgebracht!«

»Wo waren Sie am Abend des 30. November?«

»Na, hier im Haus, wo denn sonst?«

»Haben Sie Zeugen?«

»Mich!«

»Ich muss das fragen. Ich finde das auch nicht immer schön, aber es muss sein. Hatte Ihr Mann eine Waffe?«

»Ich glaube, ich hab mal eine im Nachtschrank seines Schlafzimmers gesehen.«

»Sie haben kein gemeinsames Schlafzimmer?«

»Nein, natürlich nicht. Wir hatten schließlich keine intime Beziehung.«

»Sie waren verheiratet.«
»Aber das habe ich Ihnen doch schon alles erklärt.«
»Dann habe ich das missverstanden. Können Sie mir die Waffe zeigen?«
Frederike Kargel erhebt sich ohne zu zögern vom Sofa, eilt die Treppe hinunter, so dass Swensen ihr kaum folgen kann. Auch die Schlafzimmereinrichtung von Herbert Kargel stammt vorwiegend aus der Anfangszeit des 20. Jahrhunderts, nur das Bett passt überhaupt nicht in diesen Raum, das könnte er bei ›Ikea‹ gekauft haben.

Beim Schlaf hört jeglicher Stil auf, denkt Swensen und folgt Frederike Kargel bis zum antiken Nachtschrank. Doch als sie die Schublade aufzieht, ist sie bis auf ein paar Bücher leer. Die Frau blickt Swensen sichtlich erstaunt an.

»Sie ist weg!«
»Sind Sie sicher, dass es der richtige Platz ist?«
»Natürlich, ich habe sie hier gesehen.«
»Wissen Sie wie lange das her ist?«
»Nein, nicht mehr genau. Das muss mindestens ein Jahr her sein. Ich bin hier nur sehr selten.«

*

Die schwarz-weiß-gescheckten Kühe glotzen mit weit aufgerissenen Augen von der Mattscheibe des Fernsehers, während sie von mehreren Männern mit Stöcken auf einen Lastwagen getrieben werden. Schnitt. Ein Landwirt, dem man mit einem gelben Schaumstoffball vor dem Gesicht herumfummelt, antwortet mit stockenden Worten auf die Frage, wie er sich denn nun so fühle. Schnitt. Der Lastwagen fährt in einem weiten Bogen vom Hof. Eine Sprecherstimme kommentiert: Das ist jetzt der vierte BSE-Fall in Deutschland. Schnitt. Der Verkaufstresen eines Supermarks. Der Verbraucher reagiert zunehmend verunsichert.

Der Verkauf von Rindfleisch erlebt einen dramatischen Einbruch.

Swensen hat den Fernseher nur beiläufig angeschaltet, weil er schon mehrere Tage keine Nachrichten mehr gesehen hatte. Doch jetzt ist er schon wenige Minuten nach Beginn der Tagesthemen genervt und spürt einen unterschwelligen Kopfdruck. Die Bilder wirken auf ihn plötzlich wie ein surrealistischer Albtraum. Widerwille schnürt ihm den Hals zu. Was passiert hier eigentlich täglich, denkt er. Und was ist eigentlich schlimmer? Mein Job? Eine Welt, in der Leichen mit Herzschüssen herumliegen, die ihnen von ihren Artgenossen beigebracht wurden oder diese Kühe, die in ein Schlachthaus transportiert werden müssen, weil sie vorher ihre Artgenossen gefressen haben?

Swensen wendet seinen Blick einem goldgerahmten Foto zu, das er nach dem Tod seiner Eltern in einem Schuhkarton gefunden hatte. Auf dem braun kolorierten Bild hat sich sein Großvater Friedrich Swensen in seiner Bahnuniform stolz auf dem Bahnsteig des alten Husumer Güterbahnhofs in Pose gestellt. Im Hintergrund ein großer Viehtransport. Sein Vater hatte ihm in seiner Jugend von seinem Großvater erzählt, dem Bahnhofsvorsteher bei der Deutschen Reichsbahn. Da war Husum wegen der Viehmärkte jahrzehntelang der größte Eisenbahnknotenpunkt Europas gewesen. Da wurde sogar erwogen eine Fluglinie einzurichten um Viehhändler aus ganz Deutschland schneller nach Husum bringen zu können.

Und jetzt, ein Jahrhundert später, wird das Vieh schon vor dem Verzehr vernichtet. Bald lassen die Stadtväter die letzten Reste dieses Güterbahnhofs abreißen. Dann ist Husum endgültig wieder zur tiefsten Provinz abgesunken, denkt Swensen. Und ich, ich bin glücklicherweise schon länger Vegetarier, wenn auch keiner dieser strengen ›Veganer‹, die noch nicht einmal Milch, Eier und Honig essen.

Er greift sich die Fernbedienung und will gerade den Fernseher ausstellen, als der Sprecher etwas über das erneute Verschwinden eines Kindes im Raum Glücksburg ankündigt.

Auf der Mattscheibe erscheint das Bild eines Mädchens. Im Fall der zwölfjährigen Janina Eggers aus Wees bei Glücksburg hat die Polizei eine erste heiße Spur. Schwenk über eine Straße. Ein Auto. Ein Zeuge hat das Mädchen am letzten Freitag in einen silbergrauen Opel Omega steigen sehen. Ein Phantombild mit einem bärtigen Gesicht. Nach Aussage dieses Zeugen handelt es sich bei dem Fahrer um einen zirka dreißigjährigen Mann, mittelgroß, glatte braune Haare. Der Mann trug eine braune Lederjacke und schwarze Jeans. Für sachdienliche Mitteilungen wenden Sie sich bitte an Ihre nächste Polizeistation.

Swensen blickt in die Augen des Phantoms. Er drückt auf den Ausknopf der Fernbedienung. Das Bild fällt ins Schwarze, doch die Augen des Phantoms schauen ihn weiter an. Augen aus einem Gesicht ohne Körper, ein flaches Gesicht, eckig, verzerrt, feindselig. Swensen fühlt, wie sich sein Inneres vom Außen abtrennt. Er kennt das von sich. Das erste Mal war ihm das vor Jahren während seiner Therapie aufgefallen. Immer wenn er auf diese eine Form von Gewalt trifft, auf diese, die alles Menschliche leugnet, unberechenbar und unheimlich, entsteht in ihm eine innere Leere. Es ist, als wenn seine Gefühlswelt sich im Nichts auflöst und er nur noch zum funktionierenden Bullen wird. Ein Zustand, in den er manchmal völlig unerwartet hineingerät, so wie heute Nachmittag, als er nach dem Verhör bei Frederike Kargel noch beim Chefredakteur der ›Husumer Rundschau‹ vorbeischaute.

Kaum hatte er das Gebäude betreten, da trug er die Buchstaben des Gesetzes förmlich vor sich her um damit alles niederzuwalzen, was in seinen Ermittlungsradius geraten würde. Mit Entschlossenheit platzte er dann auch in den Redaktionsraum und registrierte im Augenwinkel, wie sich Maria Teske durch eine Hintertür absetzte. Er steuerte direkt auf den erstbesten Schreibtisch zu.

»Swensen, Kripo Husum, wo finde ich den Herrn Bigdowski?«

Der Mann deutete ohne von seinem Computer aufzublicken in Richtung eines verglasten Kastens. Im selben Moment öffnete sich da schon die Tür und ein mittelgroßer, fülliger Mann mit rundem Kopf, breiter Nase und vorstehendem Kinn stürmte auf ihn zu. Er hatte einen fast militärisch kurzen Haarschnitt und strahlte über das ganze Gesicht, das vom Bluthochdruck rötlich schimmerte.

»Herr Swensen, ich freue mich Sie zu sehen!«

»Kennen wir uns?«

Swensen schaute den Mann verwundert an.

»Aber sicher. Kommen Sie doch bitte in mein Büro.«

Er schob Swensen förmlich durch die Tür und schloss sie mit einem Augenzwinkern.

»Vielleicht erinnern Sie sich nur nicht mehr an mich. Vor einigen Jahren war ich noch selber auf Ihren Pressekonferenzen. Aber da war ich wohl noch etwas schmaler um die Hüfte, ha, ha! Heute reibt der Stress mich auf, dazu das gute Essen und das Trinken, Sie verstehen, man wird halt älter.«

Swensen versuchte sich an den Mann zu erinnern, als dieser seine Hand packte und hemmungslos schüttelte.

»Herr Swensen, ich möchte mich bei Ihnen noch einmal recht herzlich bedanken, dass es mit dem Gutachten so komplikationslos geklappt hat.«

»Danken Sie nicht mir«, erwiderte der Kriminalist mit distanzierter Stimme, »danken Sie Ihren guten Beziehungen zur Husumer Kripo.«

»Nicht so bescheiden, Herr Swensen«, erwiderte Theodor Bigdowski ohne auch nur im Geringsten auf die Anspielung von Swensen zu reagieren. »Sie sind schließlich der ermittelnde Kommissar.«

Swensen merkte, wie unangenehm ihm die aufgedrängte Nähe wurde. Püchel hatte das Gutachten offensichtlich sehr geschickt übergeben. Zumindest wollte er wohl, dass sein Schützenvereinskumpel Bigdowski den Eindruck gewänne, dass Swensen voll hinter dieser Gefälligkeit stünde.

»Übrigens«, fuhr Bigdowski fort, indem er dicht an Swensen herantrat, »ich habe gehört, dass Sie auch das Storm-Manuskript gefunden haben. Wir würden das Original natürlich gern auf unserer Pressekonferenz präsentieren, Herr Swensen. Aber das ist nur ein indirektes Interesse.«

»Und wie direkt ist Ihr Interesse am Tod ihres Kollegen Poth?«

Theodor Bigdowskis strahlendes Gesicht brach schlagartig in sich zusammen. Zurück blieb eine faltenbedeckte Stirn.

»Ich denke jeden Tag betroffen an unseren hervorragenden Kollegen. Sein Tod hat uns alle geschockt, ehrlich. Ohne ihn hätten wir jetzt nicht diese sensationelle Storm-Story. Aber ich kann auch nicht in Trauer versinken. Die Storm-Veröffentlichung wird ein internationales Kulturereignis. Bedenken Sie, als Zeitungsmacher muss ich zuerst an die Zukunft meiner Mitarbeiter denken. Deswegen hab ich dafür gekämpft, dass der Roman zuerst hier in Husum abgedruckt wird. Wenn ich nicht sofort die Husumer Politik und die Geschäftsleute zusammengetrommelt hätte, wäre der Rummel mit Sicherheit an der Stadt vorbeigegangen.«

»Aber Storm gehört doch so oder so zu Husum.«

»Herr Swensen, entschuldigen Sie. Aber davon verstehen Sie nichts. Um die Erstrechte hätten sich alle Medien geprügelt. Wenn wir nicht ein außerordentliches Angebot gemacht hätten, wären die Herren Wraage und Peters bestimmt stur geblieben.«

»Wraage und Peters? Von welchem Wraage sprechen Sie?«

»Wraage und Peters sind die Entdecker des Storm-Manuskripts.«

»Ruppert Wraage?«

»Ruppert Wraage, ist ein Historiker der schon lange behauptete …«

»Ich weiß wer Ruppert Wraage ist«, unterbrach Swensen den Chefredakteur. »Ich hab ihn selbst auf dem letzten Storm-Symposium gesehen. Aber was hat Herr Wraage mit der Entdeckung des Manuskripts zu tun? Ich denke Hajo Peters hat es auf seinem Boden entdeckt.«

»Hat er ja auch. Aber die Herren haben irgendwie zusammengefunden. Fragen Sie mich nicht wie. Ruppert Wraage führt zumindest die finanziellen Verhandlungen um den Storm-Roman. Die beiden Herren haben einen Vertrag, in dem Wraage aktiv die Vermarktung übernommen hat, sehr zum Leidwesen der Stadt und unserer Zeitung.«

»Wieso?«

»Nun, Herr Swensen, es geht um Geld, viel Geld!«

»Merkwürdig!«

»Was?«

»Ich denke es geht hier um ein internationales Kulturereignis, Herr Bigdowski?«

»Ja, und?«

»Sie sind sicher, dass die Zeitung das viele Geld auch bezahlen kann? Husum ist keine Weltstadt. Ihre Zeitung kann mit den großen, überregionalen Zeitungen und Illustrierten wetteifern? Alle Achtung! So ein Medien-Knüller wird meistens doch viel lieber in so was wie der Bild-Zeitung vermarktet.«

»Gewusst wie, Herr Swensen!«

»Das hört sich interessant an. Können Sie das Geheimnis auch lüften?«

»Könnte ich schon, möchte ich aber lieber nicht!«

»Herr Bigdowski, Herr Bigdowski«, sagt Swensen mit auffällig sanfter Stimme. »Wer nimmt, sollte auch geben! Aber jetzt mal im Klartext. Ich ermittle hier in mehreren Mordfällen und falls Sie sich erinnern, unter anderem in dem einer Ihrer Mitarbeiter. Da muss ich jedem Hinweis nachgehen, auch wenn er für Sie unwichtig aussieht. Ich würde Sie daher bitten, Ihr kleines Geheimnis doch mit mir zu teilen.«

»Wenn Sie soviel Druck ausüben, werde ich das wohl müssen. Das erfordert allerdings größte Diskretion.«

»Das versteht sich doch von selbst, Herr Bigdowski.«

»Also gut! Rüdiger Poth hatte bei seinem ersten Treffen mit Herrn Peters schon so eine Art Vorvertrag vorbereitet gehabt. Doch es gab' dann Änderungswünsche. Wir mussten mit Herrn Wraage noch mal alleine nachverhandeln. Der wollte den Preis in eine unbezahlbare Höhe treiben. Erst als ich ihn auf meinen Einfluss in der Storm-Gesellschaft hinwies, insbesondere auf eine eventuelle Postenvergabe für die freigewordene Stelle des Vorsitzenden oder zumindest des Stellvertreters, wurde er etwas zugänglicher. Er bot uns dann ein Paket an, Erstveröffentlichung in der ›Husumer Rundschau‹, eine Woche später Titelstory bei einer großen Illustrierten. Den Namen muss ich allerdings wirklich für mich behalten. Das wurde vertraglich so vereinbart.«

Swensen sog die Fakten erregt in sich auf. Für einen Moment hatte er Angst, dass man sein Gehirn arbeiten hören könnte.

»Und Herr Peters war mit Wraages Ergebnis einverstanden?«

»Er hat den Vertrag anstandslos mit unterschrieben. Aber wenn Sie meine Meinung hören wollen, Herr Peters ist auch nicht gerade eine Intelligenzbestie. Ich glaube er macht alles, was Wraage so aushecket.«

»Was bedeutet denn der entdeckte Roman für Sie persönlich?«

»Ich versteh' nicht was Sie meinen«, stammelt der Chefredakteur verlegen.

»Mich interessiert, was Sie sagen würden, wenn der Roman falsch wäre«, fragte Swensen mit nachhaltig bohrender Stimme.

»Was soll diese hypothetische Frage? Der Roman ist eine Sensation. Das Gutachten sagt, dass er echt ist. Ein Glücksgriff für unsere Zeitung. Ich würde deshalb noch mal an unser indirektes Interesse erinnern, das Storm-Original auf der morgigen Pressekonferenz präsentieren zu dürfen. Wie sieht es damit aus, Herr Swensen?«

»Das wird mit Sicherheit nichts werden, Herr Bigdowski. Das Manuskript liegt bei der Spurensicherung im Landeskriminalamt Kiel. Und da bleibt es liegen, bis die Untersuchungen abgeschlossen sind.«

»Schade! Da ist nichts zu machen?«

»Nein!«, sagte Swensen scharf. »Haben Sie eine Idee wer Rüdiger Poth ermordet haben könnte? Hatte er irgendwelche Feinde?«

»Jeder gute Journalist hat Feinde!«

»Haben Sie Namen?«

»Nein, natürlich nicht. Ich hab das eher als Scherz gemeint!«

»Ernste Aussagen sind mir zurzeit lieber, Herr Bigdowski. Also denken Sie bitte noch einmal scharf nach.«

»Unser Blatt macht keinen investigativen Journalismus. Wir sind eine kleine Regionalzeitung. Fragen Sie doch mal beim Spiegel nach.«

»Sie glauben also nicht, dass Ihr Kollege aus beruflichen Gründen ermordet wurde?«

»Ich glaube an gar nichts. Ich halte mich an Fakten, wie man so schön sagt.«

»Wo waren Sie am 30. November und 1. Dezember?«
Die Frage schlug auf Theodor Bigdowskis Gesicht ein wie eine Bombe. Er starrte Swensen fassungslos an. Sein Kopf nahm eine dunkelrote Färbung an. Es war nicht zu übersehen, dass er mächtig unter Druck stand, Bluthochdruck.

Swensen trat gelassen an die Glasscheiben, die das Büro von dem Redaktionsraum abtrennten und schaute auf die Redakteure hinter ihren Computern. Ohne sich umzudrehen fragte er mit klarer Stimme.

»Haben Sie eine Waffe?«

Theodor Bigdowski explodierte, als wenn Swensen mit seiner Frage eine Ladung gezündet hätte.

»Sind Sie jetzt völlig durchgedreht? Was glauben Sie eigentlich, wen Sie hier vor sich haben?«

Swensen sieht die Szene wieder deutlich vor seinen Augen. Bigdowski rennt wie ein aufgescheuchtes Huhn in seinem Kabuff hin und her.

Er weiß schon jetzt, dass sein Auftritt bei der ›Husumer Rundschau‹ ein Nachspiel haben wird. Püchel wird das nicht so stehen lassen, obwohl der Chefredakteur sogar den Besitz einer Walther 7,65 mm einräumen musste. Swensen erhebt sich aus dem Sessel, holt sein Meditierkissen aus der Ecke und nimmt den Lotussitz ein. Er konzentriert sich auf seinen Atem, wie er in die Nasenlöcher hineinfließt, wie er vibrierend wieder hinausströmt.

Einatmen.

Ausatmen

»Ich werde mich bei Ihrem Vorgesetzten beschweren!«

Einatmen.

Ausatmen.

»Ihr Verhalten ist eine ungeheuerliche Unverschämtheit!«

Einatmen.

Ausatmen.
Einatmen.
Ausatmen.

Mit einem Mal wird es in ihm klar. Die Stimmen seiner Gedanken verlieren sich in einem Raum, der sich langsam in alle Richtungen ausdehnt. Sie klingen zunehmend leiser, als wenn sie aus einer immer größeren Entfernung kommen, hoch oben von einem Berggipfel gesprochen werden. Worte, die aus einem unendlichen Nichts in sein Bewusstsein rieseln. Swensen fühlt sich hellwach, jenseits aller Einschränkungen. Sein Körper wirkt wie eine zarte, durchsichtige, zerbrechliche Hülle. Er ist nur noch ein Teil, durch den das Ganze hindurchfließt. Etwas öffnet sich. Er ist eins, eins mit dem zeitlosen, grenzenlosen Raum. Aus der Ferne weht ein schriller Ton durch die Stille und erlischt wieder. Setzt erneut ein, dann ein drittes und viertes Mal. Mit einem kurzen Knacken schaltet sich der Anrufbeantworter ein.

Mist, denkt Swensen. Ich hab den Anrufbeantworter nicht leise gestellt.

Er versucht sich weiter zu konzentrieren. Doch als er Annas Stimme erkennt, drängen sich ihre Worte in den Vordergrund.

»Hallo Jan, hier ist Anna. Ich höre gerade deine Nachricht auf meinem Anrufbeantworter und rufe gleich zurück. Aber wie ich feststelle, können wir bald unsere Anrufbeantworter beauftragen, sich dreimal die Woche gegenseitig anzurufen. Morgen ist Donnerstag. Ich würde unseren obligatorischen Essenabend gerne um einen Tag vorverlegen. Wenn ich nichts mehr von dir höre, sehen wir uns um halb acht beim Italiener. Ich liebe dich.«

Und da ist auch wieder die Stimme seiner Gedanken, und redet ununterbrochen auf ihn ein.

*

Den heutigen Tag wird Jan Swensen in seiner gesamten Laufbahn nicht vergessen. Später wird er ihn einmal als einen Wendepunkt in der Ermittlung bezeichnen.

Es ist kurz nach sieben Uhr als er die Tür der Husumer Polizeiinspektion aufzieht und fast mit Paul Richter zusammenstößt, der geistesabwesend an ihm vorbeistürzt. Dahinter folgt sein Streifenkollege Herbert Seibel mit kreideweißem Gesicht. Auf dem grünen Hemd unter der offenen Lederjacke prangt ein riesiger Blutfleck. Swensen tritt intuitiv zur Seite und folgt den Männern mit seinem Blick, bis die Tür hinter ihnen ins Schloss fällt. Für einen kurzen Moment ist es unheimlich still, als wenn die Zeit aussetzt. Swensens Nacken verspannt sich.

Er merkt, wie er unentschlossen im Eingangsbereich steht, orientierungslos, und während er das merkt, kehren auch schon die Geräusche zurück. Mit einem Ruck steuert er auf Susan Biehl zu, die hinter dem Empfangstresen steht.

»Die sind hier heute alle völlig fertig!«, flötet sie, ohne dass er zur Frage ansetzten muss. Sie unterstreicht ihren Satz mit einer Kopfbewegung auf die Gruppe Streifenpolizisten, die am Ende des Flurs mit müden Gesichtern aufeinander einreden.

»Die halbe Wache hatte heute Nacht die reinste Hölle. Sie haben noch keine Nachrichten gehört?«

Swensen schüttelt den Kopf. Um Susan Biehls Gesicht ziehen dunkle Wolken auf. Dahinter klingt ihre Stimme wie zarter Engelgesang.

»Der letzte Zug von St. Peter nach Husum hat bei Harbleck einen Personenwagen erwischt. Völlig tragisch. Ein Wagen fährt da seelenruhig auf einen unbeschrankten Bahnübergang, nur weil die Blinkanlage vom Schneegestöber zugeweht ist. Und dann Bäng!«

Susan Biehl zieht die Luft geräuschvoll durch die Nase ein.

»Muss das pure Grauen gewesen sein«, fährt sie fort. »Herr Richter und Herr Seibel waren als Erste vor Ort. Der ganze Wagen nur noch ein Klumpen Blech. Der Zugführer total unter Schock. Die drei Jugendlichen eingeklemmt. Einer schreit über eine halbe Stunde wie am Spieß, die anderen sind gleich bewusstlos. Bis heute morgen haben die Rettungskräfte gebraucht um sie da rauszuschneiden.«

Der tragische Inhalt, gepaart mit Susan Biehls gesungenem Tonfall, wirkt unfreiwillig grotesk. Doch Swensen sieht auch, wie sich das Leid der Worte auf ihrem Gesicht widerspiegelt.

»Vergeblich!«, flüstert ihre Säuselstimme und macht eine Pause. »Alle tot! Herr Seibel und Herr Richter haben mitgeholfen, sie aus dem Wrack rauszuziehen.«

Sie stützt die Ellenbogen auf den Holztresen, schlägt die Hände vors Gesicht und Swensen sieht am Zucken ihres Halses, dass sie schluchzt.

»Gestern Morgen waren die noch quicklebendig. Und dann haben wir hier so ein elendes Scheißwetter, dass die Blinkanlage einschneit! Das ist doch so was von aberwitzig.«

Swensen legt der Kollegin vorsichtig die Hand auf die Schulter, doch die dreht sich zur Seite, so dass er die Hand wieder zurückzieht.

»Das ist doch total sinnlos das Ganze!«

Susan Biehls Satz legt sich wie eine Last auf Swensens Schulter. Er sucht nach Worten, die nicht als Platitüde daherkommen.

»Leid ist einfach etwas unvermeidliches, Susan«, spricht seine betont gelassene Stimme, während er am liebsten im Erdboden versinken möchte. »Es gehört einfach zum Leben dazu.«

»Aber das hier sind doch keine von den Toten, mit denen Sie ständig zu tun haben. Das sind unschuldige Jugendliche, die ihr Leben noch vor sich hatten! So was ist doch nur ungerecht.«

»Unschuld und Schuld sind ein weiter Begriff, Susan. Sie sollten nicht Todesursachen miteinander vergleichen. Unfallopfer sind nicht automatisch die besseren Toten. Die meisten Toten, die ich habe, werden fast immer aus Habgier ermordet, sind also mindestens genauso unschuldig. Es ist ein hartnäckiges Vorurteil, dass Ermordete ihre Mörder unbewusst zur Tat provozieren. Ich finde Mitgefühl gilt für alle, sollte bedingungslos sein, keine Unterschiede machen, einfach ...« Er stockt. Geht's nicht etwas weniger pathetisch, alter Buddhist!

»Ich bin schon vor drei Jahren aus der Kirche ausgetreten«, kontert Susan Biehl trotzig.

»Ich schon vor dreißig Jahren«, antwortet Swensen, findet ihre Reaktion aber trotzdem angebracht. Das war mal wieder etwas zu heftig, Jan Swensen! Er will sich gerade abwenden, als sein Blick auf eine gefaltete Zeitung fällt, die hinter dem Tresen neben Susan liegt. Da prangt der obere Teil eines Fotos, das den ermordeten Rüdiger Poth zeigt. Darüber reihen sich riesige Buchstaben:

WIEDER MORD IN HUSUM! Eine Stadt in Angst! Geht es um den Storm-Roman?

»Was ist denn das?« stöhnt Swensen auf und starrt fassungslos auf die offenen Augen, die ihn aus grobem Zeitungsraster anblicken. Susan Biehl blickt erstaunt auf Swensen, der mit einer blitzschnellen Handbewegung die Zeitung an sich reißt und aufklappt. Das Foto füllt fast die ganze Seite. Da sitzt Rüdiger Poth blutüberströmt im Sessel.

Meyer, schießt es Swensen durch den Kopf. Das war garantiert Meyer, dieser elende ... – alle Menschen sind Teil von allem – Reporter des Teufels!

»Man sollte das gesamte Pack in einen Sack stecken und mit dem Knüppel draufhauen!«

Swensen hebt den Kopf, als gerade die Gruppe Streifenpolizisten an ihm vorbeigeht.

»Genau, da trifft man immer den Richtigen!«, ergänzt ein Beamter, bleibt stehen und tritt neben Swensen.

»Ich finde diese Zeitungsschreiberlinge langsam unerträglich«, sagt er bedeutungsvoll und zeigt mit dem Finger auf das Zeitungsfoto. Swensen sieht ihn über den Zeitungsrand verwundert an, sagt aber nichts.

»Es muss hier zur Zeit irgendwo ein Nest geben«, plappert der junge Streifenbeamte unbeeindruckt drauflos. »Die haben uns heute Nacht doch glatt am Unfallort mit drei Kamerateams überfallen. Irgendwelche Heinis von RTL, SAT 1 oder so. Während das Technische Hilfswerk die Insassen mit dem Schneidbrenner rausgeschnitten hat, stiefelten die mittenmang und stellten sich mit Aufsagern vor ihren Kameras in Pose.«

»Und was habt ihr gemacht?«

»Nichts! Dazu hatten wir gar keine Luft. Die Unfallstelle musste gesichert werden. Richter und Seibel haben dann die Männer rausgezogen. Kein schöner Anblick! Alles voller Blut. Mir war ganz schön mulmig.«

»Ich würde solche Eindrücke nicht auf die leichte Schulter nehmen. So was kann ganz schön lange hängen bleiben.«

»Wie meinen Sie das?«

»In der Psyche. Ich weiß das aus eigener Erfahrung. Wenn das in den nächsten Tagen nicht nachlässt, hol dir lieber professionelle Hilfe beim Psychologen.«

»Ich bin doch nicht verrückt!«

»Das sagt niemand!«

»Außerdem, so schlimm war das nun auch wieder nicht.«

»Damit ist nicht zu spaßen, ehrlich. Übrigens, woher wusste die Presse eigentlich Bescheid?«

»Weiß der Geier, wie die das so schnell spitz gekriegt haben. Liegt vielleicht daran, dass ganz Husum randvoll davon ist, wegen dieser Storm-Roman-Session heute Nachmittag.«

»Ach ja!«, stöhnt Swensen auf. »Das heißt unsere heutige Pressekonferenz wird mal wieder brechend voll. Dieser Zeitungsartikel bringt die ganze Meute garantiert auf den Mord-Trip.«

»Swensen!«

Am Ende des Flurs ist Heinz Püchel aus seinem Büro getreten und kommt, wild mit der gleichen Zeitung fuchtelnd, auf Swensen zugestürmt. Der junge Streifenbeamte verdrückt sich auf die Toilette.

»Schau dir diese Scheiße an!«, zetert Püchel lauthals, indem er Swensen das Foto von Rüdiger Poth unter die Nase hält. Der hebt seine Zeitung wie ein Echo hoch. Püchel zieht eine Zigarettenschachtel aus seinem Galliano-Jackett und fingert umständlich eine Zigarette heraus. Schweißperlen treten auf seine Stirn.

»Und«, knurrt er Swensen an, »wie kommt diese Scheiße in diese Scheißzeitung?«

»Weiß ich doch nicht!«

»Wieso nicht? Du bist der verantwortliche Beamte!«

Püchel steckt sich die Zigarette verkehrt herum in den Mund. Er zündet den Filter an, noch bevor Swensen etwas sagen kann und spukt angeekelt auf den Boden. Im selben Moment kommt Staatsanwalt Ulrich Rebinger durch die Eingangstür. In seiner rechten Hand hält er eine Zeitung.

»Jetzt haben wir schon drei«, sagt Swensen leicht süffisant.

»Das ist überhaupt nicht lustig!«, knurrt Püchel wie ein lauernder Wachhund zurück.

»Wenn es um das unsägliche Bild von Poth geht, kann ich Heinz nur zustimmen«, sagt Rebinger mit bedrohlicher Stimme, wobei sein Doppelkinn rhythmisch zuckt. »Ich hab heute Morgen schon einen Anruf aus der Justizbehörde in Kiel bekommen, vom Chef persönlich, und den hatte vorher schon der Justizminister angerufen. Die fragen sich alle, was bei uns los ist. Und ich frage mich das allmählich auch. Drei Morde, nicht mal ein Hauch von Fahndungserfolg und dann noch diese Sauerei in der Zeitung. Was sagen Sie dazu Swensen?«

»Was soll ich dazu sagen? Ich war es nicht! Ich hab nicht mal einen Fotoapparat.«

»Jan! Ich bitte dich!«, lamentiert Püchel. »Ich steh' hier schließlich unter dem Druck der Öffentlichkeit. Wir brauchen jetzt vor allen Dingen besonnenes Handeln und eine sensible Ermittlung. Zu allem Überfluss hat mich gestern Abend auch noch Bigdowski von der ›Husumer Rundschau‹ angerufen.«

»Na und? Hat er gestanden von dem Foto gewusst zu haben?«

»Mir scheint Ihnen fehlt der nötige Ernst an der Sache«, zischt Rebinger während sein rechtes Augenlid zuckt.

Vorsicht Swensen, denkt Swensen, der Mann steht kurz vor einem cholerischen Anfall.

»Finde ich auch. Musstest du Bigdowski denn unbedingt nach einer Waffe fragen?«

»Was soll das denn nun schon wieder heißen? Bekomme ich jetzt von dir etwa Order wie ich zu ermitteln habe?«

»Nein, natürlich nicht! Ich finde nur, wir sollten den Ball möglichst flach halten.«

»Was erwartet ihr denn von mir?«, fragt Swensen mit kalter Stimme. »Ihr seht anscheinend Unprofessionalität und Verantwortlichkeiten in meiner Arbeit und bei meiner Person, wo es keine gibt.«

»Da hat immerhin jemand ein Foto am Tatort geschossen und veröffentlicht, ohne dass einer das bei uns merkt!«, setzt Püchel nach.

»Na und? Es sieht ganz danach aus, dass dieses Bild gemacht wurde, bevor wir am Tatort waren. Ich tippe mal auf Meyer. Der war vor uns da und ist dazu noch Fotograf im Dienst deines geliebten Bigdowskis.«

»Der Mann ist freiberuflich. Damit hat Bigdowski nichts zu tun. Aber wir hätten ihm ja vielleicht seine Filme abnehmen können!«

»Vielleicht hat der Herr seine Kamera einfach versteckt, bevor er uns gerufen hat. Außerdem, mit welchem Grund sollten wir seine Filme beschlagnahmen? Und zu meiner Verantwortung Heinz, du warst sogar eher am Tatort als ich.«

»Aber trotzdem hätte dieser Mist nicht passieren dürfen! Das nächste Mal sollten wir besser aufpassen«, versucht Rebinger die aufgebrachte Situation zu entschärfen.

»Es gibt Dinge, die geschehen einfach!«, erwidert Swensen, ohne in seiner Mimik Entgegenkommen zu signalisieren. »Meine Mitarbeiter haben keine Fehler gemacht. Gegen solche miesen Methoden sind wir einfach machtlos. Und ich möchte dafür auch nicht angepinkelt werden.«

»Niemand will dich hier anpinkeln, Jan!« lenkt Püchel ein.

»Das sehe ich anders. Wir ermitteln hier so gut wir können. Ich kann verstehen, dass manche Herren schnellere Ergebnisse möchten. Das will ich auch. Manchmal gelingt das trotz aller Anstrengungen eben nicht. So, und jetzt möchte ich mich auf unsere Besprechung vorbereiten.«

Swensen lässt Püchel und Rebinger stehen ohne sie noch eines Blicks zu würdigen und geht schnurstracks in den Küchenraum um sich eine Kanne grünen Tee aufzubrühen. Der Ärger steht ihm bis zum Hals. Mit gewohnter Atemtechnik und der Visualisierung, lass die Wolken alle Gedanken forttragen, versucht er ihn aufzulösen, was ihm auch nach einer kurzen Anlaufzeit gelingt. In seinem Büro schlürft er in kleinen Schlucken seinen Tee. Die glitzernden Wassertropfen an seinem Bürofenster locken ihn an. Er löscht seine Schreibtischlampe und tritt im Schutz der Dunkelheit an die Scheibe. Aus den Büroräumen neben ihm legen sich lange

Lichtrechtecke auf die Schneedecke im Hof. Anscheinend hat ein leichter Nieselregen eingesetzt. Tauwetter.

Er nimmt drei große Papierbögen aus der Schublade und beschriftet sie jeweils mit einem Namen: Herbst, Kargel, Poth. Dann legt er den Bogen mit dem Namen Herbst in die Mitte und beginnt zu schreiben.

Edda Herbst, ermordet zwischen dem 14. und 16. November. Am Abend des 14. wird sie zuletzt von ihrem Arbeitgeber Hajo Peters bei der Arbeit in dessen Videothek gesehen. Am 16. wird sie vormittags tot vom Fotografen Sylvester von Wiggenheim im Watt vor St. Peter-Ording fotografiert. Dieser Herr hat ein Verhältnis mit einer polizeibekannten Prostituierten, einer Prostituierten mit SM-Praktiken, bei der auch Kargel verkehrt, der 14 Tage später ermordet wird.

Die Spurensuche im Haus von Edda Herbst ergibt, dass sie in ihrer Badewanne ertränkt und erst danach in einem Geländewagen ins Watt geschafft wurde. Wahrscheinlich sollte ein Unfall vorgetäuscht werden. Edda Herbst wurde nicht sexuell missbraucht. Sie führte ein scheinbar unauffälliges Leben. Niemand kann etwas zu ihrem Lebenswandel aussagen. Ihr Exfreund Peter Stange gibt an, sie seit sechs Monaten nicht mehr gesehen zu haben. Der ist in der Zwischenzeit verheiratet, seine Frau ist schwanger. Feststellen in welchem Monat.

Swensen unterstreicht den letzten Satz mit einem roten Filzmarker und schreibt weiter.

Edda Herbst ist in fünfter Generation mit Theodor Storm verwandt. Der ermordete Kargel und sein Stellvertreter Bonsteed haben sie aus diesem Grund zu Hause besucht. Nach Aussage von Bonsteed ohne Ergebnis. Ihr Arbeitgeber Hajo Peters machte zirka eineinhalb Wochen nach der Ermordung seiner Mitarbeiterin einen sensationellen Fund.

Der sollte mal richtig durch die Mangel gedreht werden, denkt Swensen, ich werde ihn nächste Woche zum Verhör hierher bestellen.

Dr. Herbert Kargel, ermordet am 30. November im Storm-Museum. Tatzeit zwischen 22:30 und 23:00 Uhr. Den Tod verursacht ein aufgesetzter Herzschuss. Die ballistischen Untersuchungen der Projektile am Tatort ergeben, dass sie höchstwahrscheinlich aus einer Walther, Kaliber 7,65, abgegeben wurden. Mit derselben Waffe wird zirka 9 bis 10 Stunden später der Journalist Rüdiger Poth getötet. Die Waffe wird nicht gefunden.

Parallel zum Mord an Kargel wird in das Storm-Museum eingebrochen und es werden sechs kolorierte Kupferstiche des französischen Kupferstechers Descourtis gestohlen. Der Wert der Bilder liegt bei zirka 50.000 DM. Ein Zusammenhang zwischen Einbruch und Mord ist auf den ersten Blick nicht zu erkennen. Mit dem Ermordeten findet kein Kampf statt. Warum ermordet der Einbrecher Kargel, obwohl der sich in einem Raum aufhält, der weitab von der Einbruchstelle liegt? Offensichtlich hatte Kargel den Einbruch nicht bemerkt, denn er hatte seinen Raum nicht verlassen. Wusste der Mörder, dass er da war? Kannte der Ermordete den Mörder?

Kargel arbeitet an einem Gutachten über den entdeckten Storm-Roman. Auftraggeber ist der Chefredakteur der ›Husumer Rundschau‹ Theodor Bigdowski. Bigdowski besitzt eine Walther, Kaliber 7,65. Sein Mitarbeiter Rüdiger Poth hat die Rechte an dem Roman von Hajo Peters besorgt.

Karsten Bonsteed, der Stellvertreter des Ermordeten, und Frederike Kargel, die Frau des Ermordeten, hatten eine Beziehung, die beendet sein soll. Stimmt das wirklich? Beide besitzen zur Tatzeit kein Alibi! Kennt Karsten Boonsteed den Entdecker des Romans? Hat er Hajo Peters vielleicht sogar schon mal persönlich getroffen?

Frau Kargel gibt an, dass ihr Mann eine Waffe besaß. Diese ist aber verschwunden. Der Waffentyp ist nicht bekannt. Es gibt keinen Waffenschein.

Swensen schiebt den Bogen zur Seite und nimmt den Letzten mit dem Namen Poth in die Mitte.

Rüdiger Poth. Ermordet am Morgen des 1. Dezembers zwischen 8:00 und 8:30. Zwei tödliche Herzschüsse. Selbe Waffe und gleicher Tatablauf wie bei Kargel. Auch hier wurde ein Kissen als Schalldämpfer benutzt. Es findet kein Kampf statt. Der Täter ist nicht gewaltsam eingebrochen. Der Haustürschlüssel ist verschwunden. Die Tür, die seine Kollegen Teske und Meyer mit dem Brecheisen in der Nacht des 2. Dezember öffnen, soll vorher unversehrt gewesen sein. Maria Teske recherchiert im Auftrag von Theodor Bigdowski den Mordfall Kargel. Als Poth am Freitagmorgen nicht zur Arbeit erscheint, übernimmt sie dessen Arbeit. Bevor sie mit Meyer die Wintergartentür des Ermordeten öffnen, wird gegen 23:00 Uhr in die Redaktion der ›Husumer Rundschau‹ eingebrochen und jemand versucht, in den Computer des Ermordeten einzudringen. Teske stört den Einbrecher. Der schlägt sie nieder und flieht.

In der Wohnung des Ermordeten befindet sich das Original des Storm-Romans, das eigentlich beim ermordeten Kargel sein sollte. Hat Poth den ermordeten Kargel vorher noch getroffen und den Roman mitgenommen? Wollte der Mörder das Original in seinen Besitz bringen? Warum hat er es dann nicht gefunden, es lag offen in einer Schublade? Warum hat der Täter Poths Wohnung nicht durchsucht? Warum wurde er überhaupt ermordet?

Swensen legt alle drei Bögen nebeneinander und unterstreicht alle Namen. Hajo Peters und Herbert Kargel findet sich auf allen dreien, Karsten Bonsteed, Theodor Bigdowski und Rüdiger Poth jeweils auf zweien und alle anderen sind nur auf einem Zettel vorhanden.

Sagt das etwas aus, denkt Swensen, während er seine Zettel nimmt und zum Konferenzraum rübergeht. Oder sind die Namen nur wie Kreuze auf einem Lottoschein?

9

»Scusi, Commissario Swensen, ich nicht sehen Sie reinkommen!«

Swensen hebt den Kopf. Vor seinem Tisch steht Bruno, der Chef vom Dante, in einem blütenweißen Hemd und roter Schürze, strahlt seinen Stammgast mit einem breiten Lachen an und reicht ihm zwei Speisekarten.

»Signora Diete noch kommen?«

Swensen nickt und stutzt. Brunos gewohnter Wortschwall bleibt aus, stattdessen beugt er sich mit großen Augen zu ihm herunter.

»Sie den Mörder kriegen, Commissario?«

Swensen winkt Bruno bedeutungsvoll mit seinem Ohr dicht an seinen Mund.

»Vielleicht ist es ja nicht nur ein Mörder, sondern drei.«

Er zwinkert Bruno mit dem Auge zu.

»Aber pssst! Sie wissen ja, ich darf keine Ermittlungsergebnisse ausplaudern.«

»Tre assassini (3 Mörder)«, wiederholt Bruno mit verstörtem Blick. »Non capisco, das ist Sizilien!«

»Sie sagen es! So ist das organisierte Verbrechen. Es ist eben schon bis Husum vorgedrungen.«

Swensen schaut Bruno mit todernster Miene an und kann dann doch ein Grinsen nicht verkneifen.

»Sie mich nehmen hoch, Commissario! Non mi piace!«

»Nichts für ungut, Bruno! Es ist nur ein Scherz! Aber im Ernst, bei den Mordfällen tappen wir immer noch im Dunkeln.«

»Che cosa desidera da bere, was trinken?«

»Eine Apfelschorle«, sagt Swensen und kneift darauf die Augen zusammen. »Ach Quatsch! Bring' heute einfach eine gute Flasche Chianti. Man gönnt sich ja sonst nichts!«

»Commissario, ich haben etwas speciale! Eine Flasche Rosso di Montalcino. Sehr günstig. Semplicemente fantastico!«

Er zieht seine Finger demonstrativ mit einem schmatzenden Geräusch von den angespitzten Lippen nach vorn.

»Wenn ich Brunos Handbewegung richtig deute, geht es hier um exquisite Gaumenfreuden?«

Anna Diete ist unbemerkt an den Tisch getreten. Als Bruno sie entdeckt, kommt sein ganzer Körper in Bewegung. Er schießt beherzt an ihre Seite. Doch Anna ist schneller. Er kann ihren Mantel nur noch in Empfang nehmen.

»Signora Diete, Sie das blendende Leben.«

Während Bruno mit dem Mantel wie mit einer Beute abzieht, lässt Anna sich auf den Stuhl nieder.

»Gibt es etwas zu feiern, Jan?«

»Nein, eher im Gegenteil. Ich versuche ein klein wenig meinen Frust zu betäuben.«

»Ah! Das klassische Gourmet-Syndrom.«

»Gab' es irgendwelchen Ärger?«

Risotto all' Amarone.

Gefüllte Entenbrust mit Radicchio.

»Das kann man wohl sagen!«

Tagliolini mit ›nero di seppia‹ (Tintenfischschwänze).

Polentaklößchen.

»Nun lass' dir nicht alles aus der Nase ziehen!«

Crêpes mit Ricotta-Speck-Füllung.

Nudelpastete mit Taubenragout.

»Nun, ich kann mich nicht erinnern, dass mein Verhältnis zum Chef jemals getrübt war. Aber seitdem wir bei den Morden auf der Stelle treten, ist die Stimmung immer öfter gereizt.«

»Und wie erklärst du dir das?«

»Na ja, vielleicht hält Heinz dem Druck von oben nicht stand, dem politischen aus Kiel, vielleicht ist es auch die Öffentlichkeit. Ich glaube aber, dass Staatsanwalt Dr. Rebinger die Hand im Spiel hat.«

»Das hört sich ziemlich vage an.«

»Nein, erst heute Morgen hat Heinz mir indirekt meine Professionalität abgesprochen, nur weil ich den Chefredakteur der ›Husumer Rundschau‹ gefragt habe, ob er eine Waffe besitzt und wo er zur Tatzeit war.«

»Musste das denn sein? Oder glaubst du wirklich, dass der was mit den Morden zu tun hat?«

»Jetzt fang du auch noch an. Warum sollte er nicht verdächtig sein? Potentiell ist nun mal jeder verdächtig. Noch sind vor dem Gesetz alle gleich, auch wenn für Heinz Püchel scheinbar einige etwas gleicher daherkommen. Außerdem hat der feine Pressepinkel schon im Kultusministerium in Kiel angerufen, damit die beim Landeskriminalamt intervenieren. Bigdowski hat denen doch tatsächlich gesagt: den Mitarbeitern im LKA sollte eingeschärft werden, dass bei der Spurensicherung am Storm-Roman mit der nötigen Sorgfalt vorgegangen wird. Das Original wäre von unersetzlichem Wert.«

»Das ist ja erst mal nicht falsch, oder? Es ist unbezahlbar.«

»Wem sagst du das! Ich hab schon lange vorher mit den Leuten dort gesprochen und ihnen gesagt, Sie sollen sich so viel Zeit wie nötig lassen, damit die Dokumente unter keinen Umständen beschädigt werden. Dass Heinz von der Intervention aus dem Kultusministerium schon lange wusste, ist erst bei der Pressekonferenz heute Mittag herausgekommen. Ich kam mir ziemlich blöd vor, kann ich dir sagen.«

Bruno kommt mit dem Wein. Er sendet einen verheißungsvollen Blick zum Himmel, während er den granatroten Tropfen behutsam in Swensens Glas einschenkt. Der nippt kurz. Ein weiches, saftig-fruchtiges Buket mit einem angenehm bitteren Abgang. Der Kommissar nickt Bruno zu. Der platzt fast vor Stolz, schenkt die Gläser voll und zückt seinen Block.

»Einmal gefüllte Entenbrust mit Radicchio«, sagt Anna Diete.

»Sehr gut gewählt, Signora Diete! Una volta! Einmal Entenbrust!«

»Für mich bitte Tagliatelle in Grappasahne, Bruno!«

»Magnifico, Commissario! Molto bene!«

Er eilt davon. Als er weit genug vom Tisch entfernt ist, flammt Swensens Ärger erneut auf.

»Ich kam mir also ziemlich blöd vor«, wiederholt er den letzten Satz vor der Unterbrechung, »und die Pressekonferenz ist dann auch in eine völlig falsche Richtung abgedriftet. Die Pressetypen gerieten immer mehr auf so eine Art Sensationstrip. Kaum einer interessierte sich noch für die Ermittlungsergebnisse in den Mordfällen, sondern sie konstruierten lieber einen Zusammenhang mit dem Storm-Roman. Offensichtlich ist der entdeckte Roman mit einer Prise Mord und Totschlag einfach besser zu verkaufen. Und Heinz Püchel und der Staatsanwalt merkten nicht einmal, wie sie von den Pressefuzzis vor diesen Karren gespannt wurden. Am Ende wollten die doch glatt noch Fotos von allen Morden haben, im Namen der Pressefreiheit versteht sich. Wir hätten ja schließlich auch schon anderen Zeitungen welche zugesteckt.«

Anna Diete sieht Swensen eindringlich an. Das wirkt. Er atmet tief durch. Es braucht etwas Zeit, bis sich seine Gesichtszüge entspannen.

»Ich komme übrigens direkt von der Pressekonferenz der ›Husumer Rundschau‹ aus dem ›Theodor-Storm-Hotel‹.«

Anna Diete nimmt eine Einladungskarte aus ihrer Handtasche und hält sie Jan Swensen unter die Nase. Der schnappt sie sich blitzschnell.

»Wie kommst du zu dieser Ehre?«, fragt er, während er die dünne Pappe zwischen Daumen und Zeigefinger reibt.

»Ich bin Mitglied der Storm-Gesellschaft, schon vergessen mein Lieber? Da bekommt man so was. Das ist schließlich ein Husumer Kulturereignis.«

»Du und dein Theodor Storm. Schätze da waren sowieso nur dieselben Presseleute wie bei uns heute Mittag.«

»Ja, aber für mich ist so was nicht alltäglich. Immerhin waren da reichlich Promis vom Fernsehen, Radio und Zeitung, die in Deutschland Rang und Namen haben. Außerdem war das Ganze bestimmt wesentlich pompöser als auf euren Pressekonferenzen. Zumindest musste ich mich ganz schön zusammenreißen um beim kalten Büfett nicht unser gemeinsames Abendessen aufs Spiel zu setzen.«

»Na, na! Wir befinden uns hier mitten in der norddeutschen Provinz!«

»Du kannst es mir glauben, das war ein bombastischer Auflauf! Da wurde nicht gekleckert, sondern richtig geklotzt. Empfang in der Pianobar. Ansprache vom Chefredakteur Theodor Bigdowski neben einer dekorativen Bronzebüste des Dichters. Einführende Worte von Dr. Karsten Bonsteed, und dann, ›Von der Novelle zum Roman‹, ein Vortrag von Ruppert Wraage.«

»Dann hat die Presse Bigdowski ja sicher aus der Hand gefressen?«

»Nicht ganz, das fehlende Original des Romans sorgte für reichlich Verstimmung. Bigdowski machte dafür einen übereifrigen Kripobeamten verantwortlich.«

»Was? Der meint klar mich!«

»Er hat deinen Namen aber nicht genannt!«

»Ich werde es mir jedenfalls merken. Übrigens, was war mit dem Entdecker? Kam dieser Hajo Peters in dem Festakt etwa nicht vor?«

»Doch, der war auch da.«

»Was. Los, erzähl schon!!«

»Nanu, warum dieser Eifer? Interessiert du dich etwa beruflich für den?«

»In einem Ermittlungsverfahren dürfen wir keine Auskünfte geben«, scherzt Swensen, wird dann aber wieder ernst. »Er interessiert mich wirklich.«

»Hajo Peters war anscheinend auf der falschen Veranstaltung. Der lief da eher 'rum wie Falschgeld. Bei der Ansprache hat ihn dieser Bigdowski zwar lobend erwähnt, aber ansonsten ging er in dem Trubel unter. Was ich so mitbekommen hab, wurden die Interviews zu dem Storm-Roman hauptsächlich von Bigdowski selbst, Bonsteed von der Storm-Gesellschaft und diesem Wraage, du erinnerst dich doch noch an den, der auf dem Storm-Symposium ...«

»... von dem Storm-Roman gefaselt hat. Ich kann den Namen langsam nicht mehr hören. Das ist der, der immer schon ... usw. usw«, ergänzt Swensen. »Und Peters, wie hat er sich verhalten?«

»Der wirkte ziemlich angespannt, vielleicht war er auch sauer. Ich sah ihn kurz in einem heftigen Wortgefecht mit Wraage, konnte aber nichts verstehen.«

Bruno bringt das Essen. Schon während er die Teller hinstellt, steigt der zarte Duft von Rosmarin auf.

»Das sieht ja phantastisch aus!«, lobt Swensen und schenkt Anna und sich selbst nach.

»Ja, einfach phantastisch!«, wiederholt Anna Diete, indem sie Bruno zunickt. Während sie zum Besteck greifen, verstummt ihr Gespräch. Die knusprige Entenbrust auf Annas Teller ist rautenförmig eingeritzt. In der Mitte wurde das

Fleisch aufgeschlitzt und mit Radicchio gefüllt. Swensen spießt einige Bandnudeln auf seine Gabel. Seine Zunge ertastet den Geschmack der würzigen Grappasauce. Die Steinpilze, der frische Parmesan, ein Hauch von Knoblauch, köstlich. Er kaut langsam in rhythmischen Kieferbewegungen. Doch das brillante Essen zieht ihn nicht in seinen Bann. Die verquere Frühkonferenz spukt beharrlich in seinen Gedanken herum. Püchels Angriff auf seine Autorität macht ihm mehr zu schaffen, als er sich eingestehen will.

Gelassenheit, Swensen! Du weißt, was zu machen ist. Die Ermittlungsmaschine läuft, was kannst du dafür, dass sie keine brauchbaren Ergebnisse produziert.

Nach der Konferenz hatte er Mielke beiseite genommen und ihn gebeten sämtliche Daten und Fakten aus Hajo Peters' Leben durchzuchecken.

»Prüf' alles von dem, was irgendwo gespeichert ist«, hatte er ihm gesagt. »Alles, was du findest, rauf und runter. Ich will alles über den Mann wissen, jeden Schnupfen, jede Auffälligkeit. Aber ›top-secret‹! Ich möchte auf keinen Fall, dass der Typ Wind davon bekommt!«

Danach war er allein im Raum geblieben, hatte dagesessen und über seinen Zetteln gegrübelt um die Zeit bis zur Pressekonferenz zu überbrücken. Dann waren ihm die neuen Vergrößerungen von Eddas Leiche im Watt wieder eingefallen. Er hatte sie in der Unruhe der letzten zwei Wochen noch gar nicht genau angesehen. Mit einem Stuhl setzte er sich direkt vor die Pinnwand, ließ die Abzüge auf sich wirken. Eddas schrecklich zugerichtetes Gesicht aus mehreren Perspektiven. Ganz rechts hingen die neuen Bilder, die er persönlich bei von Wiggenheim besorgt hatte. Eine Hand, die aus einer Sandverwehung herausragt. Mehrere Fotos mit Reifenspuren. Was war das? Hatte er da was gesehen?

Anna hebt ihr Glas. Das Glitzern überlagert Swensens Blick in die Ferne. Vor seinen Augen dreht sich der reale

Wein dunkelrot im Kelch. Er nimmt sein Glas und lässt es an Annas erklingen. Ein feiner Ton schwebt an sein Ohr. Auf seiner Zunge breitet sich das Bukett des kräftigen Weins aus. Swensen ist wieder da. Er speist. Seine Laune bessert sich merklich. Als sie beide ihr Besteck schräg auf den Teller legen, fühlt er sich rundum wohl. Anna tupft mit der Serviette ihre Lippen ab und lächelt ihm zu.

»Einen schönen Gruß soll ich dir noch bestellen.«

»Von wem denn?«

»Nach deinen anfänglichen Ausführungen wollte ich ihn dir erst nach dem Essen ausrichten. Ich hab deinen Chef beim Empfang getroffen.«

Swensen aufkommender Frohsinn fällt schlagartig in sich zusammen.

»Was ist denn? Es ist nur ein Gruß von deinem Chef.«

»Na, hör mal ...!«

»Nein, jetzt hörst du mal, mein geliebter Buddhist! Auch Heinz Püchel ist nur Teil des Ganzen, wie du immer so schön behauptest. Musst du ihn nicht so akzeptieren wie er ist, anstatt an ihm herum zu kritisieren?«

»Mir scheint, du möchtest mit mir die zentrale Frage meiner Weltanschauung diskutieren, nicht wahr?«, antwortet Swensen und lächelt so verschmitzt wie seine Heiligkeit der Dalai Lama persönlich. Sie stutzt. Seine ernste Stimme steht eindeutig im Widerspruch zum Gesichtsausdruck.

»Die zentrale Frage?«, wiederholt Anna Diete mit ernster Stimme. »Das hört sich ja richtig existentiell an. Jetzt werde ich echt neugierig!«

»Also gut, es geht um die These: Heinz Püchel ist Teil des Ganzen oder, alles was existiert, ist ein untrennbarer Teil dieses Ganzen.«

»Genau! Du sagst, alles ist untrennbar. Wenn dem so ist, bleibt die Frage: müssen wir dann nicht auch den Parolen der Neo-Nazis ohne Protest zustimmen? Sie sind Teil des

Ganzen! Müssen wir nicht die Taten jedes Mörders zum Teil des untrennbaren Ganzen machen?«

»Nein!«, sagt Swensen scharf. »Bei der Beantwortung dieser Fragen sollten wir nicht zwei Sichtweisen durcheinander würfeln. Die Neo-Nazis sind nicht in einer absoluten Sichtweise zu beurteilen, sondern bei ihnen geht es um unsere kleine, relative Welt, auf die wir das untrennbar Ganze anwenden müssen. Verstehst du?«

»Nein, wenn alles auf unserer Welt gleichermaßen Teil des Ganzen ist, wieso plötzlich eine Ausnahme machen?«

»Weil es keine ist! Alles ist zwar Teil des Ganzen, aber nicht alle Teile sind gleich. Es gibt sozusagen eine Abstufung von Graden der Ganzheit.«

»Was? Jetzt wird das ja noch verworrener! Alles ist gleich, nur einiges ist gleicher? Hast du nicht gerade vorhin das Gegenteil behauptet?

»Das ist eben nur ein Widerspruch, wenn die zwei Sichtweisen durcheinander gewürfelt werden! Die Feststellung ›vor dem Gesetz sind alle gleich, nur einige sind gleicher‹ bleibt nur eine Teilansicht der absoluten Sichtweise. Hier können die Teile des Ganzen definitiv nicht gleich gesetzt werden. So bilden zum Beispiel die Teile eines Atoms eine faszinierende Ganzheit, aber ein Atom ist nur Teil eines Moleküls. Das wiederum enthält alle Teile dieses Atoms und zusätzlich noch seine eigenen höheren Teile, die dann wieder eine Ganzheit bilden.«

»Und was hat das jetzt mit den Neo-Nazis oder deinen Mördern zu tun?«

»Na ja, auch die sind Teile des Ganzen, Teile der menschlichen Entwicklung. Sie agieren aber, und da sind wir sicherlich einig, nicht gerade auf der höchsten Stufe dieser Entwicklung. Ihre Teile nehmen meiner Meinung nach nur einen unteren Platz in der Ganzheit ein, sie haben einfach keine tiefe moralische Haltung dem Kosmos gegenüber. Ich würde sagen, sie haben einen schweren Fall von Entwicklungsstillstand. Und weil ich das glaube, bin ich auch Polizist geworden. Ich finde, man muss gegen solche Menschen vorgehen, ihr pathologisches Verhalten gegenüber der Gesellschaft stoppen.«

»Ich wusste es schon immer, Jan Swensen, der kosmische Superkommissar aus Husum!«

»Mach du dich nur lustig, schließlich wolltest du eine Diskussion über Weltanschauung!«

»Darum geht es nicht, Jan! Ich finde nur, du diskutierst zu wenig, du referierst meistens. Das klingt manchmal schon so'n bißchen überheblich!«

»Aber nur ein ganz klitzeklein wenig, oder?«, raunt Swensen, während er den Beleidigten schauspielert und seine Mundwinkel nach unten zieht. Anna Diete muss lachen.

»Weiß' du was, Jan?«

»Nein!«

»Ich liebe dich!«

Swensen grinst verlegen. Dann nimmt er spontan Annas Hand, zieht sie liebevoll über den Tisch zu sich heran und drückt ihr einen Kuss auf. Doch als sie ihn leidenschaftlich erwidern will, schreckt er verschämt zurück.

»Anna!«

»Nicht hier in aller Öffentlichkeit, nicht wahr?«

»Nein, … nein … ja … na ja!«

»Jan Swensen! Ich dachte, es treibt uns jetzt mit wehenden Fahnen nach Hause.«

»Tut mir leid, das geht sowieso nicht.«

»Wieso das denn!?«

»Ich muss noch mal ins Büro.«

»Jan, es ist schon nach neun Uhr!«

»Ich weiß, ich weiß. Aber mir ist da was in den Sinn gekommen. Ich muss das unbedingt überprüfen.«

»In den Sinn gekommen!?«

»Ja, auf einem der Fotos mit dieser Leiche im Watt hab ich etwas entdeckt.«

»Was denn?«

»Das weiß ich eben nicht. Irgendetwas. Ich hab so eine Ahnung was gesehen zu haben, aber nicht bewusst, verstehst du?«

»Die Psychologie setzt sich hauptsächlich mit dem Unbewussten auseinander.«

»Gut, ich wusste, dass du mich verstehst.«

*

Es ist kurz vor Mitternacht, als Swensen auf der Deichkrone entlangmarschiert. Ein starkes Unwetter fegt ihm ins Gesicht. Zur Linken zieht sich seit über einer Stunde die öde, bereits von allem Vieh geleerte Marsch entlang, zur Rechten kann man normaler Weise das Wattenmeer der Nordsee sehen. Es ist Sturmflut. Swensen kann gerade noch die gelbgrauen Wellen erkennen, die unaufhörlich wie mit Wutgebrüll den Deich hinaufschlagen. Dahinter wüste Dunkelheit, die Himmel und Erde nicht unterscheiden lässt. Selbst der Vollmond, der heute in der Höhe steht, ist meist von treibenden Wolken überzogen. Es ist schneidend kalt. Swensen zieht sich den Kragen des Mantels über die Ohren. Plötzlich merkt er, wie sich in seinem Nacken eine Gänsehaut bildet. Irgendetwas kommt ihm auf dem Deich entgegen. Er kann es nur spüren, sieht aber nichts. Immer dann, wenn das Licht des Mondes für Sekunden durch die Wolken fällt, glaubt er in der Ferne einen dunklen Punkt zu erkennen, der sich unwirklich langsam auf ihn zu bewegt. Der Sturm reißt das Kreischen einer einsamen Möwe an ihm vorbei. Unheimlich, denkt Swensen. Eine Möwe mitten in der Nacht. Eine Warnung? Die Erscheinung taucht wieder im Mondlicht auf. Bald sind die Umrisse auszumachen. Es ist ein Auto. Und schon ist es ganz nah. Swensen wird steif vor Angst. Es ist ein Ungetüm von einem Auto, ein weißer Geländewagen. Seine matte Lackierung schimmert wie bleiche Knochen. In den verchromten Spoilern spiegelt sich Swensens erstarrte Gestalt. Der Wagen rollt, nein gleitet im Schritt-Tempo an ihm vorbei. Durch die verschmierten Scheiben sehen ihn zwei Augen an, rot wie brennende Kohlen. Das Leinendach flattert im Wind. Dann ist der Spuk vorbei. Der Sturm legt sich, die Wolken reißen auf. Der Vollmond überzieht die Landschaft mit hellem, nebligem Schein, weiß wie ein Leichentuch. Aus dem Kirchturm im nächsten Dorf schlägt die Glocke einmal.

Erschreckt fällt ihm auf, dass er keinen Laut gehört hatte, kein Motorgeräusch, nichts, obwohl der Wagen ihn beinahe haarscharf streifte.

Hajo Peters, kommt es Swensen in den Sinn und er sieht wieder die glühenden Augen vor sich. Der Fahrer war Hajo Peters!

Im Gras der Deichkrone haben sich tiefe Reifenspuren abgezeichnet. Swensen dreht um und folgt ihnen. Da sieht er etwas direkt vor sich liegen, ein kleines, glitzerndes Ding. Er beugt sich herab, seine Finger wollen es gerade greifen, doch im selben Moment ist es verschwunden. Es ist, als ob es sich in Luft aufgelöst hat. Plötzlich bricht das Unwetter wieder mit voller Macht los. Swensen kniet nieder, wühlt verzweifelt im nassen Gras. Die Zeit verlangsamt sich. Er sieht, wie Regentropfen prall und rund durch die Luft nach unten fallen, seine Hände treffen, sich beim Aufprall in eine Wasserkrone umformen und ins Nichts zerstäuben.

Swensens Lider klappen auf. Er ist sofort hellwach. Regen knallt wie Maschinengewehrfeuer gegen die Fensterscheibe. Er hat das Fenster offen gelassen. Ein eiskalter Wind weht herein. Mit einem Ruck schlägt Swensen die Bettdecke zur

Seite, sprintet zum Fenster und schließt es. Sein Blick fällt in die Nacht. Ein leuchtender Kreis ist gerade hinter schwarzen Wolken aufgetaucht. Sein weißes Licht verwandelt die Regenstreifen an der Scheibe in eine funkelnde Perlenkette. Swensen sprintet zurück, krabbelt wieder unter die Decke und knipst die Lampe auf dem Nachttisch an. Die Uhr zeigt 4.17 Uhr.

Scheiße, denkt er, ich hab nur eine lausige Stunde geschlafen.

Oben auf dem Bücherstapel neben der Uhr liegt der Schimmelreiter von Theodor Storm. Nach über dreißig Jahren hat er ihn gestern Abend, als er ins Bett ging, in einem Rutsch erneut gelesen. Am Anfang hatte ihn der alte Sprachstil zwar etwas genervt, dann packte ihn die knappe und präzise Erzählweise Storms aber immer mehr. Am Ende war es schon nach 3.00 Uhr, als er das Buch zuklappte.

Anna Diete hatte es ihm gestern Abend, sichtlich ungehalten, vor dem Italiener in die Hand gedrückt.

»Es gibt auch noch etwas anderes als Arbeit!«, hatte sie mit genervter Stimme gesagt.

»Das musste ich schon in der Schule lesen.«

»Eben! Dann wird es Zeit es freiwillig zu lesen.«

Der Ärger über seinen Wunsch, jetzt noch bei der Polizeiinspektion vorbeigehen zu wollen, war unverkennbar gewesen. Aber in Swensens Blick hatte sich eine gewisse Besessenheit breit gemacht. Anna kannte das schon. Sie wusste genau, dass sie ihn in so einem Zustand unmöglich hätte bremsen können. Er hatte das Buch in die Manteltasche gesteckt und Anna zum Auto gebracht.

»Wo steht dein Auto?«, hatte sie gefragt.

»Vor der Inspektion. Ich bin zu Fuß hier!«

»Steig ein!«, hatte sie gesagt. »Ich fahr dich 'rum.«

Bevor er ausgestiegen war, hatte er sie kurz geküsst. Es war ihm nur mühsam gelungen, sein schlechtes Gewissen zu verbergen. Doch sie hatte ihn durchschaut.

»Sieh zu das du wegkommst!«, hatte sie ihm zugeraunt. Er war auch zielstrebig auf den Konferenzraum zugegangen, hatte im Raum das Licht angeknipst, sich einen Stuhl genommen und ihn wieder, wie am Vormittag, vor die Pinnwand gestellt. Unten rechts hingen die Fotos mit den Reifenspuren. Da, auf dem einen war etwas zu sehen. Er hatte es sich nicht eingebildet. Dicht am Bildrand schien ein winziges Teilchen im Sand zu liegen. Man musste schon ziemlich genau hinschauen, denn Teilchen und Sand auf dem Schwarz-Weiß-Abzug hatten fast identische Grautöne. Swensen ging in sein Büro und holte sich von dort eine Lupe. Es brachte nichts. So sehr er sich bemühte, er konnte nicht erkennen, was dort lag.

Swensen starrt an die Decke und denkt über seinen Traum nach. Der weiße Jeep erinnert ihn an die Anfangspassage im Schimmelreiter. Hatte die Lektüre des Buchs da vielleicht etwas nachgeholfen? Und dieses glitzernde Ding im Traum, das neben den Reifenspuren verschwunden war, scheint wohl etwas mit dem Foto vom Tatort zu tun zu haben, das er gestern Abend mit nach Haus genommen hatte. Aber wie kommt Hajo Peters in seinen Traum? Swensen steht auf, zieht den Bademantel an, der neben seinem Bett liegt und geht ins Wohnzimmer. Als er das Licht anknipst, muss er einen Moment die Augen zusammenkneifen. Er geht zum Tisch und beugt sich über das Foto mit den Reifenspuren. Da ist das merkwürdige Ding wieder.

Was kann das nur sein, zermartert Swensen sein Hirn. Er hatte das Foto gestern Abend sogar in seinen Heimcomputer eingescannt. Doch sein Vergrößerungsversuch produzierte nur einen grobkörnigen Brei, der mehr wie eine Aufnahme von der Milchstraße aussah, als dass er das Geheimnis des Teilchens preisgab.

Geh' zu Bett und schlaf dich aus, ruft eine innere Stimme Swensen zur Vernunft, doch sein Hirn erzeugt unentwegt neue Hypothesen. Er hat sich verbissen, kann nicht mehr loslassen. Er kennt das von sich und weiß, dass nur Warten hilft, bis der Körper nicht mehr mitmacht. Es dauert über eine Stunde, bis er wieder so müde wird, dass er gereizt ins Schlafzimmer zurückgeht, sich unter die Decke verzieht und endlich wieder einschläft.

Als der Kommissar die Augen öffnet, flutet milchiges Tageslicht durchs Fenster. Vom Regen ist nichts mehr zu hören. Entsetzt schaut er auf die Uhr. Es ist 9.13 Uhr. Mit einem Satz springt er aus dem Bett, nötigt sich aber gleich zur Achtsamkeit.

Verschlafen ist verschlafen, denkt er, jetzt ist sowieso nichts mehr zu retten.

Gelassener geht er ins Bad und duscht ausgiebig, hat aber keine Lust sich zu rasieren. Nachdem er sich ohne Hetze angekleidet hat, zündet er im Wohnzimmer eines der neuen Öko-Räucherstäbchen an, die er sich im Internet bestellt hatte. Ein grazilier Duft von Safran, Beifuss und Sandelholz breitet sich im Raum aus. Dann legt er sein Meditationskissen in die Mitte, setzt sich in den Lotussitz und schließt die Augen.

Es gibt nur Geist. Es gibt nur Sein. Es gibt nur Gott. Es gibt nur Atem.

Nach zirka zwanzig Minuten stellt er fest, dass es ihm nur sekundenlang gelungen war, sich aus dem Film des Lebens zu lösen. Ein kleines, glitzerndes Teilchen flimmerte kontinuierlich in seinen Gedanken und ist auch jetzt da. Swensen spürt sich von einer Ahnung getrieben. Er nimmt seinen Notizblock vom Schreibtisch, sucht die Nummer vom LKA Kiel heraus und tippt sie in sein Handy. Dann lässt er sich mit der Computerexpertin Elisabeth Karl verbinden.

»Karl!«, meldet sie sich mit ihrer spröden Reibeisenstimme.

»Swensen hier! Jan Swensen aus Husum. Sie erinnern sich noch an mich?«

»Ja, natürlich! Der Mord um den Storm-Roman.«

»Genau! Ich habe eine Frage. Wir haben hier ein Schwarz-Weiß-Foto, auf dem ist irgendein winziger Gegenstand zu sehen. Ich kann beim besten Willen nicht rauskriegen, was das ist. Haben Sie ein spezielles Vergrößerungsgerät um das Teil zu identifizieren?«

»Da müsste ich das Foto schon sehen. Aber normalerweise können wir schon mittlere Wunder vollbringen.«

»Ist es möglich, dass ich heute noch mit dem Foto bei Ihnen vorbeikomme? Vielleicht kommen wir endlich in dem Mordfall weiter.«

»Packen Sie das Bild oder am besten das Negativ davon, ein und kommen Sie vorbei. Ich stopf Sie irgendwo zwischen meine Arbeit.«

»Oh, vielen Dank Frau Karl. Bis nachher!«

»Nichts zu danken, Herr Swensen, dafür sind wir ja da!«

Swensen legt auf und wählt die Nummer der Polizeiinspektion.

»Polizeiinspektion Husum, Biehl!«, säuselt die unverkennbare Stimme von Susan aus seinem Handy.

»Swensen!«, meldet er sich und amüsiert sich innerlich über den abrupten Stimmwechsel. »Passen Sie auf Susan, ich bin bereits auf dem Weg zum LKA Kiel, zu einem unvorhergesehenen Termin. Ich melde mich sofort, wenn ich wieder zurück bin. Können Sie bitte dem Chef Bescheid sagen.«

Swensen merkt, dass er einer Auseinandersetzung mit Heinz Püchel ausweichen will.

Nicht gerade professionell, denkt er. Einmal verpennt und schon gehst du auf Dienstreise.

»Übrigens, Herr Mielke sucht Sie schon die ganze Zeit«, säuselt es in Swensens Ohr. »Soll ich Sie durchstellen?«

»Ja, machen Sie!«

Es knackt in der Verbindung und Stephan Mielke meldet sich.

»Ich hab mir den Lebenslauf von Hajo Peters gründlich vorgenommen. Soll ich loslegen?«

»Du, können wir uns nicht irgendwo in der Stadt treffen und das in Ruhe bereden?«

»Ich hab gehört du bist schon auf dem Weg nach Kiel?«

»Psst! So gut wie auf dem Weg. Treffen wir uns im Café am Hafen.«

Zwanzig Minuten später sitzen Mielke und Swensen bei einem Kaffee und gucken durch die Panoramascheibe auf den Hafen. Es nieselt noch immer. Das Pflaster ist schmierig vom getauten Schnee. Mielke blättert angespannt in seinen Notizen.

»Also«, beginnt er ohne seinen Blick zu heben, »ich hab gestern noch den gesamten Tag recherchiert. Schätze, mehr gibt es über Hajo Peters nicht rauszubraten.«

»Dann schieß los!«, ermuntert ihn Swensen.

»Also geboren wurde unser Freund am 17. Juni 1959 in Flensburg. Drei Jahre Grundschule, Umzug nach Heide, hier weitere sechs Jahre. Ab 1975 Hilfsarbeiter in einer Spedition. Wurde 1977 zum Bund eingezogen. Nach drei Monaten Grundausbildung in Goslar kam er dann zum Lufttransportgeschwader 63 in Krummenort bei Rendsburg. Dort hat er einen Führerschein Klasse II gemacht. Nach seinen 15 Monaten Wehrdienst ist er als Lastwagenfahrer für Gefahrengut für seine alte Spedition in der Weltgeschichte rumgekurvt. Ist sogar mehrere Male bis nach Teheran gefahren. Damals hat der Iran ja so ziemlich alles aus dem Westen importiert, was er kriegen konnte. Ich hab nämlich bei der Spedition in Heide angerufen, Spedition Burmeister. Der Chef konnte sich noch an Peters erinnern. War mit ihm immer zufrieden. 1993 hat er den Job ohne Grund geschmissen. Gleich danach machte er die Videothek hier in Husum auf. Hat wohl sein ganzes gespartes Geld in den Laden gesteckt. Nach meinen Ermittlungen läuft die Videothek aber bis heute mehr schlecht als recht. Mit anderen Worten, der Laden kratzt schon seit längerem ziemlich dicht am Bankrott entlang.«

»Da war sein Fund ja mehr als ein Glücksfall.«

»Wie meinst du das?«

»Nun der Storm-Roman wird ihn vielleicht finanziell sanieren.«

»Hast du eigentlich einen konkreten Verdacht gegen Peters?«

»Ehrlich gesagt, nein! Noch nicht.«

»Dann dürften dir meine Fakten wohl nicht reichen, oder?«

»Da hast du recht. Geh' noch mal ins Detail, Stephan. Hat der Kerl einen Waffenschein? Welchen Wagen fährt er? Was hat er bei der Bundeswehr gemacht, hatte er was mit Waffen zu tun?«

»Peters fährt übrigens einen Mercedes.«

»Mercedes? Ich denk' sein Laden geht schlecht.«

»Das ist nur so'n altes Teil, mehr Rost als Lack! Damals, bei der Identifizierung von Edda Herbst, ist er damit angerollt.«

»Hast du überprüft, wie lange er den schon fährt?«

»Nee, wir suchen doch einen Geländewagen.«

»Eben Stephan! Vertrauen ist gut, Kontrolle ist ...«

»... besser. Lenin, ich weiß.«

Swensen sieht seinen jungen Kollegen verblüfft an. In den kühnsten Träumen hatte er nicht damit gerechnet, dass so ein junger Spund, jemand der die 68er höchstens vom Hörensagen kennen konnte, dieses Zitat wie selbstverständlich ergänzt.

»Dann weißt du ja auch, was zu tun ist, Genosse Kommissar!«

»Klar! Kfz-Zulassungsstelle löchern. Ich klemm' mich gleich dahinter.«

»Ruf mich bitte unbedingt an, wenn du heute etwas Neues rauskriegst. Ich werde mein Handy den ganzen Tag eingeschaltet lassen.«

*

Ein grauer Schatten schießt von rechts hinter einer Hecke aus den Haselnusssträuchern hervor. In einem Atemzug rast er heran. Ehe Swensen in dem Umriss des Schattens eine Gestalt erkennen kann, knallt dieser schon gegen den rechten Kotflügel, fliegt schräg nach oben und saust am rechten Seitenfenster vorbei. Swensen tritt voll in die Bremsen. Die Räder blockieren. Der alte VW-Polo schlittert zur Seite weg, gerät auf den Grünstreifen. Intuitiv nimmt er den Fuß kurz von der Bremse. Die Räder fassen wieder, reißen den Wagen herum. Er schleudert quer über die Fahrbahn und kommt auf der anderen Straßenseite direkt vor einem Graben zum Stehen. Swensen hängt bewegungslos im Sicherheitsgurt. Sein Kopf ist leer. Er starrt durch die Frontscheibe auf die Marschwiese. In der Ferne dreht sich ein Windrad langsam wie in Zeitlupe. Die Rotorblätter streifen über die Augäpfel. Die Zeit steht still. Swensen schließt die Augen, sieht den Schatten heranrasen, hört den dumpfen Knall, das Quietschen der Räder. Er reißt die Augen wieder auf, drückt den Hebel der Fahrertür herunter, stößt die Tür auf, löst den Gurt und zieht sich am Karosseriedach nach draußen. Er zittert, merkt wie seine Knie schlottern. Ihm ist kalt. Von der anderen Straßenseite klingt ein feines Fiepen herüber. Swensen erwacht wie aus einem Traum. Panik steigt in ihm auf. Er fixiert die Richtung des Geräuschs und läuft darauf zu. Im Graben liegt ein junger Rehbock auf der Seite. Er hat eine klaffende Fleischwunde am Hals, Blut läuft aus der Nase. In den riesigen braunen Augen steht Todesangst. Mit rudernden Beinbewegungen versucht das Tier sich mühevoll aufzurichten, sinkt aber immer wieder kraftlos zurück. Das Fiepen hat sich in ein Bellen gewandelt. Swensen steht da, sieht wie sich der grazile Körper vor ihm windet. Gedanken schwirren ihm durch den Kopf: Handeln! Verwundet! Sterben! Erlösen! Pistole! Mitgefühl! Er kann aber keinen fassen. Er greift sich an die Brust. Natürlich ist da kein Schulterhalfter. Er trägt es schon seit Jahren kaum noch, höchstens mal bei Festnahmen. Meistens schleppt er die Dienstwaffe nur von seiner Schrankschublade zuhause in seine Schreibtischschublade im Büro und zurück. Jetzt liegt sie in einer Tasche im Kofferraum. Swensen erwacht wie aus einer Trance, die Geräusche sind wieder da. Autos zischen vorbei, Kühe brüllen irgendwo, eine Elster kreischt ihr lautes ›Schack, Schack, Schack‹ im Baum neben ihm. Swensen wundert sich, dass keiner der Fahrer anhält. Er wartet, bis die Straße frei ist, geht zu seinem Wagen hinüber, öffnet den Kofferraum, zieht den Reißverschluss der Tasche auf, wühlt die Waffe heraus und geht zurück zu dem angefahrenen Reh. Er wartet bis in beiden Richtungen kein Fahrzeug zu sehen ist. Dann entsichert er die Waffe. Als er sich dem Tier nähert, will es aufspringen, kann aber nur den Kopf heben. Swensen blickt ihm direkt in die Augen. Er hebt die Waffe, zielt aus drei Meter Entfernung auf die Stirn und drückt ab. Ein Knall. Seine Hand wird nach oben gerissen. Er zuckt erschreckt zusammen. Ein dicker Blutstrahl spritzt in die Luft. Mit einem rollenden ›Schackerack‹ flattert die Elster davon. Der Kopf des Rehs fällt lautlos zur Seite. Er hört, wie die Kuhherde mit donnernden Hufen flüchtet, dann eine Polizeisirene. Swensen sichert die Waffe und steckt sie in die Manteltasche. Am Horizont taucht ein Blaulicht auf. Er sieht, wie ein Streifenwagen durch die flache Landschaft näher kommt und wenig später am Straßenrand vor seinem Wagen stoppt. Die beiden Polizisten steigen bedächtig aus.

»Jemand hat uns hier einen Unfall gemeldet!«, ruft einer herüber. »Sind Sie Okay?«

»Alles in Ordnung!«, antwortet Swensen und geht auf die Beamten zu.

»Ein Reh ist mir vor den Wagen gelaufen. Mir ist aber nichts passiert. Wollte Sie gerade anrufen. Ich bin sozusagen Kollege, Jan Swensen von der Kripo Husum.«

Swensen zieht seinen Ausweis aus der Manteltasche und hält ihn hoch.

»Holger Dittmer und das ist Fritz Piepenbrink, Polizeistation Hohn«, sagt der größere von beiden. »Und was ist mit dem Reh?«

»Das hab ich erschossen.«

Dittmer pfeift durch die Zähne und guckt Piepenbrink bedeutungsvoll an. Dann gehen beide zu dem verendeten Tier.

»Tot! Da beißt die Maus keinen Faden ab!«, sagt Dittmer.

»Mein lieber Scholly, Kollege! Gehen in Husum alle gleich so zur Sache?«, fragt Piepenbrink.

»Das Tier hat sich fürchterlich gequält«, erwidert Swensen. »Was sollte ich denn machen?«

»Normalerweise einen Forstbeamten benachrichtigen«, sagt Dittmer trocken. »Aber das hat sich erledigt.«

Zu Dritt überqueren sie die Straße und sehen sich Swensens Wagen an. Am rechten Kotflügel ist eine große Beule.

»Ich bin auf dem Weg zum Landeskriminalamt in Kiel. Hab da einen dringenden Termin. Ein Mordfall. Wie geht das hier weiter? Dauert es noch lange?«

»Das läuft seinen bürokratischen Gang. Ich schreibe ein Protokoll und schicke das an die Staatsanwaltschaft in Husum. Die entscheiden, wie es weitergeht.«

»Und das mit dem Reh, muss das da so drinstehen?«

»Wie meinen Sie das, Herr Swensen. Wollen Sie, dass wir irgendwas manipulieren?«

»Natürlich nicht!«, beschwichtigt Swensen. »Das ist schon alles in Ordnung so. Kann ich jetzt weiterfahren?«

»Sind Sie sicher, dass Sie schon wieder fahren können?«

»Es wird schon gehen.«

»Na gut, dann sehen Sie zu, dass Sie loskommen. Wir sorgen dafür, dass das Tier weggeschafft wird.«

»Danke, Kollegen!«, sagt Swensen, drückt Dittmer seine Visitenkarte in die Hand, steigt in seinen Polo, setzt vorsichtig zurück und fährt davon. Nach 10 Minuten steuert er seinen Wagen bereits durch den Kanaltunnel von Rendsburg. Gleich danach biegt er auf die Autobahn Richtung Kiel. Swensen drückt aufs Gaspedal. Der Wagen beschleunigt. 110, 120, 130. Obwohl das Lenkrad zu vibrieren beginnt, ist es für ihn wie die Fahrt in einem Vakuum. Der Asphalt rast lautlos unter seinem Wagen hindurch. Autofahrer sind Raubtiere, denkt er. Kilometerfresser!

Plötzlich wird ihm übel. Er steuert den erstbesten Rastplatz an, stürzt, ohne den Motor auszuschalten, ins nächste Gebüsch und kotzt gleich mehrmals. Danach ist ihm etwas besser. Es nieselt wieder. Mit dem sauren Geschmack von Erbrochenem im Mund schleppt er sich zur Toilette und gurgelt mit Leitungswasser. Swensen fühlt sich wie durch den Fleischwolf gedreht. Als er zum Auto zurückkommt, läuft der Motor noch. Er zwängt sich auf den Rücksitz und legt sich mit angewinkelten Beinen auf den Rücken. Die warme Luft aus dem Gebläse macht ihn müde.

Als Swensen erwacht, beginnt es zu dämmern. Er schaut erschreckt auf die Uhr. 16:07 Uhr. Er hat über eine Stunde geschlafen. Mit schmerzenden Gliedern klettert er nach draußen, atmet die kalte Luft tief ein. Das Handy klingelt. Er fingert es umständlich aus der Manteltasche.

»Ja?« spricht er mit gequälter Stimme, nachdem er die Taste gedrückt hat.

»Jan, bist du das? Hier ist Stephan!«

»Ja, Stephan, was gibt's?«

»Stell dir vor, Peters hat einen Zweitwagen!« Mielkes Worte prasseln auf ihn ein. »Und nun halt dich fest. Dieser Zweitwagen ist ein alter Militärjeep. Der ist zwar gerade abgemeldet, aber das sagt ja nichts. Sollen wir den gleich untersuchen lassen?«

»Stephan, komm mal runter«, sagt Swensen gequält und hält das Handy etwas weiter vom Ohr weg. »Ein bisschen leiser bitte. Ich höre noch ganz gut. Und erstmal nichts unternehmen in Richtung Peters, bis ich zurück bin. Der darf unter keinen Umständen was merken, klar!«

»Klar. Ich hab übrigens auch noch beim Lufttransportgeschwader in Krummenort angerufen und mich nach Peters erkundigt. Das war ein Akt, kann ich dir sagen. Die haben mich ans Kreiswehrersatzamt verwiesen. Über mehrere Ämter bin ich dann wieder in Krummenort gelandet. Aber bis dahin wusste ich, dass Peters bei einem gewissen Glasner, Hauptfeldwebel Adolf Glasner, im Zug war, der zu Peters' Zeit noch Oberfeldwebel gewesen sein muss. Hauptfeldwebel Glasner war nicht zu sprechen. Kommt erst heute Abend von einer Dienstreise zurück. Soll ich dranbleiben?«

»Bleib dran, Stephan. Melde dich, wenn du was Neues weißt!«

Swensen unterbricht die Verbindung, setzt sich wie gerädert hinters Steuer und fährt weiter. 25 Minuten später parkt er seinen Polo auf dem Parkplatz des Landeskriminalamts in der Mühlenstraße. Nachdem er sich an der Rezeption angemeldet hat, muss er über eine halbe Stunde auf einer unbequemen Holzbank warten. Erst dann kommt eine schlanke Frau die Treppe herunter und geht zielstrebig auf ihn zu. Swensen erhebt sich.

»Herr Swensen?«, fragt sie. Er erkennt ihre raue Stimme sofort aus ihrem gemeinsamen Telefonat. Aus dem schmalen, faltenfreien Gesicht gucken ihn zwei lebendige blaue Augen an. In ihren blonden Haaren prangt eine breite rote

Strähne. Die ausgeprägte Oberweite dominiert ihre jugendliche Ausstrahlung.

So eine Stimme und so ein Körper, denkt Swensen und schätzt sie auf höchstens achtundzwanzig.

»Elisabeth Karl?«, fragt Swensen mit ungläubigem Blick zurück.

»Haben Sie jemand anderen erwartet?«

»Nein, das nicht …«

»Aber doch wohl älter, oder?«

»Na ja, manchmal denkt man eben, die Welt ist immer so alt wie man selbst.«

»Ich bin trotzdem ganz gut in meinem Job!«

»Das wollte ich damit nicht anzweifeln. Übrigens, ich hatte Sie mir auch viel älter vorgestellt!«

»Oh, Sie können ja richtig austeilen.«

»Kein Wunder, mein Alter gehört mit zu den Hauptthemen bei den Männern.«

Der Weg führt kreuz und quer über ellenlange Flure, durch Sicherheitstüren und Treppenhäuser. Nach kurzer Zeit hat Swensen jegliche Orientierung verloren. Dann betreten sie einen Raum mit verdunkelten Fenstern, der einem Fotolabor gleicht.

»Dann zeigen Sie mal her, was Sie Schönes haben!«

Swensen öffnet seine Tasche und zieht den Umschlag mit dem Foto heraus. Er nimmt es heraus, legt es auf den Tisch und deutet mit dem Finger auf den unteren Rand.

»Dort liegt etwas im Sand. Ist es möglich rauszukriegen, was das ist?«

Elisabeth Karl sieht sich die Stelle mit der Lupe an.

»Kann ich das Negativ haben?«

»Klar, sofort!«

Swensen holt eine Klarsichthülle mit Negativen aus seiner Tasche.

»Das betreffende Bild ist angekreuzt.«

Elisabeth Karl zieht das Negativ vorsichtig aus der Hülle und hält es zwischen zwei Fingern gegen ein Licht.

»Wunderbar, ein feinkörniger Film. Allerbeste Voraussetzung. Ich denke, das müsste gehen. Schätze, wir werden dem Rätsel auf die Spur kommen.«

Sie legt das Negativ in einen Spezial-Scanner. Ein kurzes Surren und auf dem Computerbildschirm erscheint das negative Abbild. Ohne auf ihre Finger zu achten, bearbeitet Elisabeth Karl zielsicher ihre Tastatur. Der Cursor klickt auf ein Symbol der Menüleiste und aus dem Negativ wird ein Positiv. Noch ein Klick. Der Ausschnitt mit dem geheimnisvollen Objekt erscheint vergrößert. Wieder ein Klick. Schärfe und Kontrast verbessern sich wie von Geisterhand. Swensen kann den schnellen Abläufen auf dem Schirm kaum folgen.

»Ich mach jetzt einen Phasenshift«, erklärt sie.

»Ich versteh nur Bahnhof!«, erwidert Swensen.

»Das Programm erstellt dabei mehrere Bilder, die in der Phase geringfügig verschoben werden. Bei jedem Scann wird ein anderer Referenzstrahl verwendet. Die berechnete Phasenverschiebung wird dann in ein neues Graustufenbild umgesetzt.«

»Machen Sie einfach, Frau Karl! Ich glaube, Sie können sich die Erklärungen sparen.«

Der vergrößerte Ausschnitt legt sich mehrmals übereinander, wobei sich jedes Bild leicht überlappt über das jeweils untere legt. Am Ende verschmelzen alle wieder zu einem einzigen Bild. Das Teilchen zeichnet sich jetzt vom Untergrund ab, mutiert in mehreren abgehakten ›Blow up‹-Sprüngen zu einer Wappenform, aus der etwas Langes, Spitzes herausragt.

»Eine Anstecknadel!«, jubelt Swensen im Tonfall einer überraschenden Erkenntnis.

Mit der Maus markiert Elisabeth Karl mehrere Bildpunkte. Das Objekt hebt sich dreidimensional aus dem Untergrund.

Noch einmal verstärken sich Schärfe und Kontrast. Swensen beugt sich über den Bildschirm.

»Da ist was drauf.«

»Scheint so'ne Art Comicfigur zu sein. Ich tippe auf eine Biene. Vielleicht die Biene Maja?«

»Eine Biene? Eine Anstecknadel mit einer Biene. Wer trägt denn so was?«

»Das müssen Sie rauskriegen.«

*

Der Blick in den Hinterhof ist ernüchternd. Es ist stockdunkel dort, kaum etwas zu erkennen, nur der Schein einiger Neonlichter aus dem nahen Rotlichtviertel dringt mit einem bunten flackernden Lichtspiel durch die Toreinfahrt. Swensen tritt vom Fenster zurück und zieht die Vorhänge vor. Die Nachttischlampe neben dem Standardbett leuchtet schwach. Er öffnet die Minibar und nimmt sich ein Mineralwasser heraus. Doch der nötige Flaschenöffner dazu ist nicht zu entdecken. Swensen zieht alle Schubladen auf. Ergebnislos. Er greift zum Telefonhörer und wählt die Nummer der Rezeption.

»Bringen Sie mir bitte einen Flaschenöffner!«

Swensen setzt sich in einen der unbequemen Sessel und wartet. Als er vorhin von Elisabeth Karl erfuhr, dass die Abteilung Spurensicherung morgen plant das Storm-Manuskript zu untersuchen, beschloss er spontan in Kiel zu übernachten und dabei zu sein. Nachdem er das Landeskriminalamt verlassen hatte, kaufte er im erstbesten Kaufhaus ein T-Shirt und ein Oberhemd für den nächsten Tag. Er entschied sich für ein teures Signum, in dezentem Grau mit eleganten Knöpfen. Dann fuhr er direkt in die Innenstadt. Doch bei der Suche nach einem kleinen Zimmer verfranste er sich im Hafengebiet. Rechts am Schwedenkai lag ein monströses Fährschiff, hoch wie ein Dreifamilienhaus. Im Flutlicht konnte Swensen die offene Heckklappe sehen, die gierig Auto für Auto verschlang. Als er kurz darauf am Ostseekai links abbog, geriet er in ein Wirrwarr von kleinen Straßen. Ein freies Parkhaus rettete ihn im letzten Augenblick. Er stellte den Wagen ab und ging zu Fuß weiter. An der nächsten Ecke entdeckte er das kleine Hotel ›Kieler Sprotte‹ und checkte ein. 90 DM. Das war günstig.

Dafür gibt es hier keinen Flaschenöffner, denkt er, als ihm der Preis durch den Kopf geht. Es klopft. Der Zimmerservice bringt das begehrte Werkzeug. Er bedankt sich, kickt den Kronenkorken von der Flasche in den Papierkorb und trinkt sie ohne abzusetzen leer. Dann greift er sich ein Kissen, knetet es zusammen, doch es bleibt trotz aller Anstrengungen zu weich. Der Lotussitz fällt dementsprechend unbequem aus. Schon nach einer Minute schlafen ihm die Beine ein. Das feine Pieksen in den Fußsohlen martert seine Konzentration. Er muss unwillkürlich an seine erste Meditationssitzung im Schweizer Tempel seines Meisters denken.

Es war ein heißer Sommer, über dreißig Grad im Schatten. Er war gerade erst vor drei Stunden angekommen, als ein tiefer Glockenschlag die Schüler zur Sitzung rief. Swensen versuchte sich an ihnen zu orientieren, schaute sich bei ihnen ab, wie man offenbar zu sitzen hatte. Doch seine Beine schliefen nach kurzer Zeit ein. Dazu kamen ganze Schwärme von Mücken durch die geöffneten Fenster. Ihr fieses Summen nahm ihn völlig gefangen. Als die Ersten sich auf seinen Armen niederließen, schlug er mehrfach zu. Meister Rinpoche rügte ihn mit einer eindeutigen Handbewegung. Danach holte er ihn zum Gespräch.

»Rechtes Handeln bedeutet heilsames Handeln«, sagte Rhinto Rinpoche in gebrochenem Englisch. »Es geht darum Liebe und Gewaltlosigkeit zu entwickeln und niemandem Schaden zuzufügen.«

»Es war nur eine Mücke!«, hatte Swensen geantwortet.

Der Meister drehte sich zum Fenster. Im grellen Sonnenlicht, das von draußen in den Raum flutete, bekam seine Silhouette etwas Zerbrechliches.

»Ich für mich habe beschlossen, nicht zu töten«, sagte er mit sanfter Stimme, die keinen Widerspruch duldete. »Und ich werde es hier nicht zulassen, dass andere töten.«

Und da sind sie wieder, die ängstlichen Augen des Rehbocks. Swensen versucht ihnen zu entgehen, indem er sich auf seinen Atem konzentriert. Es gelingt ihm nicht. Der Blick bleibt. Die braune Iris bohrt sich tief in sein Inneres. Er spürt eine archaische Schuld. Seine Gedanken stürzen heillos ineinander: Kain, was hast du getan? Ich hatte Mitleid. Alles ist Ursache und Wirkung. Es war sein Karma, in meinen Wagen zu laufen. Du hast getötet. Es wäre auch so gestorben. Du hättest warten können. Bloß keine Mücke zum Elefanten machen. Der Förster hätte es nur für mich erledigt. Ich wollte zu meinen Taten stehen.

Das Handy klingelt. Swensens Gedanken driften erleichtert zum Geräusch: Das ist Stephan. Es könnte auch Anna sein. Nein, das ist Stephan. Er ist endgültig raus. Seine Augen öffnen sich ohne Gegenwehr. Das Handy klingelt zum zweiten Mal. Die linke Hand tastet in die Richtung, aus der das Geräusch kam. Sie verharrt kurz, dann klingelt es zum dritten Mal. Sie greift zu.

»Swensen!«

»Stephan!«

»Was gibt's Neues, Stephan?«

»Ich hab gerade mit diesem Hauptfeldwebel Glasner gesprochen und, kaum zu glauben, der konnte sich sogar noch ziemlich gut an Peters erinnern. War allerdings nicht gerade begeistert. Peters gehörte zu so einer Clique, die regelmäßig über die Stränge geschlagen hat, Zapfenstreich überschritten, Frauen in die Kaserne geschmuggelt und all solche Sachen. Außerdem soll er ein exquisiter Schütze gewesen sein. Besonders beim Pistolenschießen traf er wohl fast immer ins Schwarze. Und dann erwähnte Glasner noch etwas Interessantes. Peters hing damals auffällig oft mit einem gewissen Fred Nielsen zusammen. Das Interessante daran, Peters' Kumpel wurde einmal von einem Wachhabenden bei Glasner wegen Waffenhandel angeschwärzt.«

»Wegen Waffenhandel?«

»Ja, der Wachhabende wollte gesehen haben, wie dieser Nielsen Pistolen an Soldaten verscheuert haben soll. Hauptfeldwebel Glasner hat daraufhin den Fall selbst untersucht, mit Nielsen gesprochen, seinen Spind kontrolliert. Man konnte ihm nichts nachweisen. Das hat mich natürlich erst recht neugierig gemacht. Ich hab unser Ganovenregister nach Nielsen durchgewühlt.«

»Und?«

»Bingo! 1984 zwei Jahre Knast wegen illegalem Waffenbesitz. Wurde bei einer Razzia im Kieler Rotlichtmilieu mit einer Mauser WTP2, 6,35 mm, einer Walther P 38, 9 mm und einer Walther P 48, 7,65 mm erwischt. Die wollte er irgendwo gefunden haben.«

»Nicht übel, Stephan! Gute Arbeit!«

»Ich hab weiter rumgeforscht. Nielsen hängt jetzt fest in der Kieler Szene herum. Ist heute Inhaber einer Striptease-Bar in der Hafengegend, die sich ›Venusmuschel‹ schimpft.«

»Hört sich ja erstmal nicht schlecht an.«

»Wieso nur nicht schlecht?«

»Na ja, dass Nielsens Gaunerkarriere irgendwas mit Peters zu tun hat, scheint eher unwahrscheinlich. Peters ist 1979 beim Bund entlassen worden. Jetzt schreiben wir das Jahr 2000.«

»Ich hab schon Pferde vor der Apotheke kotzen sehen!«

»Gibt es was Konkretes zu Peters und Nielsen?«

»Nein, aber das ist nur eine Frage der Zeit!«

»Bleib ruhig, Stephan. Du musst niemandem was beweisen. Das ist auch so schon eine verdammt gute Arbeit, die du geleistet hast. Ich bleib übrigens bis morgen in Kiel. Da soll das Storm-Manuskript untersucht werden. Außerdem hab ich auch schon was Wichtiges rausgekriegt. Wir haben hier das Reifenspurenfoto mit einem speziellen Computerprogramm vergrößert. Du erinnerst dich an das Foto, das ich bei Wiggenheim sichergestellt hab? Ich hatte darauf so ein kleines Teilchen entdeckt, dass kaum zu erkennen war. Jetzt wissen wir, was das ist. Eine Anstecknadel. Der Mörder könnte beim Abladen der Leiche im Watt eine Anstecknadel verloren haben. So eine in Wappenform. Und auf diesem Wappen scheint so was Ähnliches wie eine Biene abgebildet zu sein.«

»Eine Biene? Bis du sicher?«

»Nein, nicht ganz. Wieso fragst du?«

»Könnte es eine Hummel sein? Dann würde zumindest ein Schuh daraus.«

»Eine Hummel? Muss ich das jetzt verstehen, Stephan?«

»Die Hummel ist das Wappentier des Lufttransportgeschwaders in Krummenort, in dem Peters seinen Wehrdienst abgerissen hat.«

»Eine Hummel? Und woher weißt du das?«

»Aus dem Internet!«

»Was?«

»Ja, wegen Peters hab ich die Internetseite des Lufttransportgeschwaders angeklickt. Und was sehe ich da? Eine Hummel auf blauem Grund. Glasner hat mir das auch bestätigt. Die Hummel ist das Wappentier des Geschwaders.«

»Heeeh, die Biene ist eine Hummel!! Mensch Stephan, ich werd' nicht mehr. Ich hab das Gefühl wir sind ganz schön dicht dran!«

»Ich glaube die Schlinge um Peters' Hals wird enger, oder?«

»Dafür spricht jetzt einiges!«

»Und nun, Jan? Was soll ich machen? Püchel Bescheid geben?«

»Nein noch nicht! Wir warten ab, was ich hier morgen noch rauskriege. Außerdem läuft uns der Typ nicht weg.«

»Und wenn der noch einen Mord plant?«

»Wenn, dann sprechen die Indizien höchstens für den Mord an Edda Herbst. Noch spricht nichts dafür, dass Peters auch die anderen Morde begangen hat. Halt also deine kotzenden Pferde ein wenig im Zaum. Und bitte kein Wort, zu niemandem Stephan, versprochen?«

»Okay, Jan! Melde dich!«

»Bis dann, Stephan.«

Swensen steht auf, tappt mit ausgestreckten Armen im Dunkeln durch den Raum und sucht an der Wand nach dem Lichtschalter. Nachdem er sich an das Licht gewöhnt hat, nimmt er seinen Mantel aus dem Wandschrank. Er verspürt mit einem Mal den Wunsch das öde Zimmer zu verlassen um noch ein wenig frische Luft zu schnappen. Auf dem Flur nimmt er den Fahrstuhl, fährt ins Erdgeschoss und geht an dem Mann, der hinter der Rezeption auf einem Stuhl vor sich hindöst, vorbei ins Freie. Es ist herrlich kalt. Er versinkt in seinem Mantel und stürmt enthusiastisch mit ausholenden Schritten die Straße hinunter um warm zu werden. Links, rechts, links. Plötzlich liegen vor ihm die Lichter des Hafens. Die Fähre von vorhin hat gerade abgelegt und gleitet hellerleuchtet in Richtung Schweden davon. Rechts liegt das Gebäude des NDR Kiel.

Hier arbeiten die also, denkt Swensen und sieht die Gesichter einiger Journalisten vor sich, die ab und zu auf seinen Pressekonferenzen erscheinen. Gleich dahinter beginnt das Rotlichtviertel. Hier reiht sich Bar an Bar. Swensen schlendert direkt in das blinkende Lichtermeer, vorbei an Wandflächen mit gemalten Nackten, die unnatürlich große Brüste präsentieren. Als er in die nächste kleine Gasse nach links abbiegt, liest er in gelben Neonbuchstaben: ›Venusmuschel‹ und bleibt unwillkürlich stehen.

Mach jetzt keinen Fehler, Swensen, denkt er. Ohne Amtshilfe hast du da drin' nichts verloren. Geh' also brav in dein Hotel zurück und schlaf dich aus.

Er dreht sich um und geht. Keine fünfzig Meter zurück, zieht es ihn magisch in die alte Richtung.

Ich kann in meiner Freizeit schließlich immer noch machen was ich will, beruhigt er sich und macht kehrt. Wäre schon ein reichlich dummer Zufall, wenn ich hier gleich auf einen Kieler Kollegen treffen würde. Außerdem ermittele ich gar nicht.

Swensen erreicht die ›Venusmuschel‹. Er zögert einen Moment, dann zieht er die schwere Tür auf und steht in einem schlauchartigen Raum, der rundherum magentarot gestrichen ist. Gleich rechts hinter einem Tresen steht ein Mann, der seinen Mantel fordert und ihn an eine überladene Garderobe hängt. Er bekommt einen Coupon mit einer Nummer und muss dafür zwei Mark bezahlen. Weiche Gitarrenklänge vibrieren aus einem Nebenraum. Swensen steuert darauf zu und erkennt in dem Song ›Black Fox‹ des Bluesgitarristen Freddy Robinson. Mitte der 70er gehörte Robinson lange Zeit zu seinen Lieblingsmusikern, als er noch bei John Mayall spielte. Am Ende des Raumschlauchs steht ein breitschultriger Gorilla. Swensen geht ohne einen Blick an ihm vorbei in einen größeren Saal. Vor der angestrahlten Bühne stehen kleine runde Tische, die fast nur mit Männern besetzt sind, denen man die Gier von ihren Hinterköpfen ablesen kann. Die Gesichter starren gebannt nach vorn, wo eine proper ausgestattete Frau ihren schwabbligen Körper im Takt hin und her wiegt. Das filigrane Gitarrenspiel steht im krassen Widerspruch zu der eher dilettantischen Tanzdarbietung. Gerade öffnet das Rubensweib theatralisch ihren BH und lässt ihre üppigen Brüste herausfallen. Dann wirbelt sie den Stofffetzen über ihren Kopf und wirft ihn etwas zu schwungvoll hinter sich. Swensen geht nach links zur Bar, setzt sich auf einen Hocker und bestellt einen Gin Tonic. Der Barkeeper mustert ihn einen Bruchteil zu lange, bevor er sich ein Glas greift. Swensen sieht zur Bühne, hört wie Eiswürfel hineinfallen, dann das Geräusch, als der Drink neben ihm abgestellt wird. Er dreht sich wieder zum Barkeeper.

»Ist Herr Nielsen im Haus?«

»Wer möchte das wissen?«

»Jan Swensen!«

»Ich frage nach, ob Herr Nielsen mit Ihnen reden möchte.«

Der Barkeeper greift zum Telefon und drückt eine Nummer. Er spricht so laut, dass Swensen seine Stimme deutlich hören soll.

»Fred, hier sitzt ein Bulle, der dich sprechen will.«

Swensen nippt an seinem Glas. Die Stripshow hat ihren Höhepunkt erreicht. Die mollige Tänzerin schiebt den Hals einer Colaflasche langsam zwischen ihre gespreizten Schenkel und geht damit demonstrativ auf der Bühne hin und her. Einige Männer johlen und pfeifen lauthals.

»Sie wollen mich sprechen?«

Ein schlaksiger Mann mit verschlagenem Gesicht und flinken grauen Augen hat sich neben Swensen gestellt.

»Ja«, sagt dieser und reicht dem Mann seine Hand, der sie beflissentlich ignoriert. »Mein Name ist Swensen. Ich bin zwar nicht dienstlich hier, habe aber trotzdem eine Frage. Kennen Sie einen gewissen Hajo Peters?«

»Warum soll ich Ihnen antworten, wenn Sie nicht dienstlich hier sind?«

»Weil Sie ein kluger Mann sind.«

Swensen hebt sein Glas und nimmt einen kräftigen Schluck.

»Also, kennen Sie Peters?«, wiederholt er die Frage.

»Könnte schon sein!«

»Könnte es auch sein, dass Herr Peters, rein zufällig versteht sich, bei Ihnen eine Waffe gekauft hat?«

Das kurze Liderzucken entgeht Swensens Achtsamkeit nicht. Er sucht daraufhin den direkten Augenkontakt mit Nielsen und bohrt sich fest in seinen Blick.

»Was wollen Sie von mir? Meine Geschichten mit Waffen sind doch schon lange kalter Kaffee«, sagt Nielsen und deutet den Barkeeper mit einer Handbewegung an, dass er verschwinden soll.

»Ich will nichts von Ihnen persönlich, Herr Nielsen. Besonders, wenn Sie sich mir gegenüber aufgeschlossen verhalten. Ich möchte nur wissen ob Peters eine illegale Waffe besitzt. Das ist alles, also, überlegen Sie genau, was Sie jetzt sagen.«

»Wir kennen uns kaum. Ich treffe ihn höchstens einmal im Jahr, wenn es gelingt, unsere alte Bundeswehrclique zusammenzutrommeln.«

»Und, was wollen Sie mir damit sagen?«

»Wenn ich auspacke, bleibt das unter uns!«, flüstert der Mann.

»Ich bin verschwiegen und privat hier«, beruhigt Swensen.

»Also, unsere alte Clique trifft sich einmal im Jahr zum Schießen. Während so eines Treffens hat mir Peters mal eine Waffe gezeigt. Die hatte er nicht von mir, Ehrenwort.«

»Das mit dem Ehrenwort überlassen Sie lieber den Politikern, besonders hier in Kiel«, scherzt Swensen. Aber sein Gegenüber bleibt unbeteiligt. »Was war das für eine Waffe?«

»Eine Walther P 48, 7,65 mm«, antwortet Nielsen wie aus der Pistole geschossen.

»Aha! Sie kennen sich aus!«

»Ich bin sauber!«, sagt Nielsen mit einer abwehrenden Handbewegung.

»Entspannen Sie sich, Herr Nielsen. Mehr wollte ich gar nicht wissen. Das Gespräch bleibt unter uns.«

»Von mir erfährt niemand etwas.«

»Das ist sehr klug, Herr Nielsen. Wirklich sehr klug!«

10

»In Schweden ist es in den Neunzigern gelungen verwendbare Fingerabdrücke auf hundert Jahre alten Dokumenten mit Ninhydrin sichtbar zu machen«, erklärt Robert Bulemann, einer der wirklich guten Daktyloskopen im Landeskriminalamt, wobei er das Storm-Manuskript wie ein rohes Ei aus einem Leinentuch auswickelt. »Da werden wir bestimmt locker mit unseren Storm-Papieren fertig werden. Wer weiß, vielleicht finden wir sogar welche vom großen Dichter persönlich.«

Neben Swensen und Bulemann stehen noch zwei weitere Männer, die sich offensichtlich in der Ausbildung befinden, und Elisabeth Karl mit im Raum. »Besten Dank übrigens, dass Sie mich benachrichtigten ließen«, sagt Swensen und nickt ihr zu.

»Nichts zu danken, Herr Swensen«, erwidert Bulemann, der nicht mitbekommen hatte, dass der Dank nicht ihm galt. »Es hat immerhin genügend Wirbel um unser wertvolles Stück gegeben. Irgendjemand muss da was losgetreten haben. Das Kultusministerium intervenierte beim Justizministerium und das wiederum bei unserem Chef. Ja, es ist schon eine brisante Arbeit, die wir hier auf dem Tisch liegen haben. Deswegen hat sich der ganze Kram ein wenig verzögert und ich hab extra einen Sonnabendtermin eingeschoben, weil Sie gerade in Kiel sind, Herr Swensen.«

»Nochmals vielen Dank«.

Mit der Zungenspitze zwischen den Lippen nimmt Robert Bulemann den oberen Leinendeckel mit den handschuhgeschützten Fingerspitzen von den beschriebenen Papieren.

»Wir werden erst einmal das hier untersuchen. Vielleicht kommen wir damit schon so weit, dass wir uns die Untersuchung der historischen Papiere sparen können. Es muss ja nichts unnötig mit Chemie behandelt werden.«

Er legt den Leinendeckel auf einen etwas entfernten Labortisch. Die Gruppe folgt ihm. Bulemann greift zu einer Spritzflasche.

»Als ich vor 25 Jahren bei der Spurensicherung anfing, da sind wir noch mit Fehhaar-Pinsel, Ruß- und Lumineszenzpulver durch die Gegend getigert«, sagt er und nimmt die dozierende Haltung eines Uniprofessors ein. »Wir haben damals einfach drauflos gemacht. Was dabei herauskam, das kam eben dabei heraus. Die meisten Fingerabdrücke konntest du dabei von vornherein vergessen. So'n Zeug verwenden wir heute nur noch auf nichtsaugenden Oberflächen, wenn die Abdrücke höchstens zwei Tage alt sind.«

»Für unseren Buchdeckel verwenden wir eine 1%ige Ninhydrin-Lösung. Ninhydrin erzeugt mit den Aminosäuren und Peptiden im menschlichen Schweiß eine purpur-blaue Farbreaktion, das so genannte ›Ruhemannsche Purpur‹«, sagt er und blickt zu den beiden jungen Männern hinüber, die nicht gerade vor Aufmerksamkeit sprühen, »... nach Siegfried Ruhemann, der das schon 1911 entdeckte. Diese Farbreaktion ist so empfindlich, dass sich mit ihr selbst die kleinste Menge Aminosäure nachweisen lässt.«

Swensen muss sich eingestehen, dass er trotz seiner langen Dienstzeit nicht viel Ahnung von den Details der Spurensicherung hat. Bulemann besprüht den leicht porösen Leinendeckel vorsichtig mit dem Lösungsmittel. Danach legt er ihn in einen Trockenschrank und schaltet darin ein UV-Licht an. Als Swensen durch die Glasscheibe ins Innere guckt, zeichnen sich mehrere kleine violette Verfärbungen auf dem Deckel ab.

»Die chemische Reaktion ist ganz einfach. Die Aminosäure wird decarboxyliert, das heißt CO^2 wird abgespalten und die Aminogruppe auf Ninhydrin übertragen. Aus der Aminosäure entsteht ein Aldehyd. Mit einem zweiten Ninhydrin-Molekül wird dann der Farbstoff gebildet, den wir hier sehen.«

Bulemann nimmt den Leinendeckel wieder aus dem Trockenschrank und legt ihn auf den Labortisch zurück. Dann nimmt er eine Kamera und umkreist damit das Beweisstück. Das Blitzlicht, das synchron von lautem Klicken begleitet wird, bildet eine fast magische Allianz im Raum, bis der Kameramotor mit leisem Surren den Film zurückspult. Bulemann öffnet die Kamera, nimmt den Film heraus und drückt ihm einen der jungen Männer in die Hand.

»Bringen Sie den bitte ins Labor und machen Sie ordentlich Druck. Und wir sehen uns nach dem Mittag in zirka eineinhalb Stunden wieder. Schauen wir mal, was unser Identifizierungssystem AFIS dann ausspukt. Wir haben landesweit immerhin an die 46.000 Fingerabdrücke digital gespeichert.«

Bulemann hebt den Arm und eilt aus dem Raum. Die beiden jungen Männer folgen ihm. Swensen wendet sich an Elisabeth Karl.

»Ich würde gern irgendwo 'was essen gehen. Darf ich Sie einladen?«

»Ein anderes Mal gerne, aber ich mach' jetzt Feierabend.«

»Schade, können Sie mir etwas empfehlen?«

»Ja, wenn Sie rauskommen, die erste Straße rechts gibt es einen kleinen schnuckeligen Inder. Klein aber fein, wenn Sie scharfes Essen mögen?«

»Sogar sehr gern! Danke für den Tipp!«

Swensen folgt der Beschreibung und findet ohne Probleme den indischen Snackladen. Ein gutgelaunter Inder strahlt ihn mit schneeweißen Zähnen an. Er trägt einen blauen Turban und hat einen mächtigen Vollbart. Aus dem Lautsprecher tönen flirrende Tabla-Klänge. Swensen ordert vier Samosas, stellt sich damit an einen der Stehtische und beißt hungrig in die erste der goldgelben Kartoffelteigtaschen. Das feine Aroma der Currymischung bringt ihn in unerwartete Gourmetstimmung. Er wippt mit den Füßen zur Musik, genießt jeden Bissen und bestellt sich sofort noch eine weitere Portion, dazu einen grünen Tee. Da klingelt sein Handy. Er nimmt es aus seiner Manteltasche und drückt die Abnehmtaste.

»Swensen!«

»Anna hier! Ich steh vor deiner Haustür. Wo bist du?«

»Oh, Mist! Ich hab völlig vergessen dich anzurufen!«

»Was heißt das? Wo steckst du?«

»In Kiel!«

»In Kiel? Ach nein, Jan! Das ist mein erster freier Tag seit langem.«

»Tut mir leid, aber hier hat sich alles überschlagen.«

»Ist doch immer so!«

»Sei bitte nicht sauer. Wir haben im Moment eine so heiße Spur, dass mein Kopf keine Minute frei war.«

»Ich hasse deine dämlichen Entschuldigungen.«

»Anna, bitte. Ich mach das wieder gut, versprochen.«

»Und was soll ich jetzt den ganzen Tag machen?«

»Komm doch nach Kiel. Mein Job dauert hier höchstens noch drei Stunden. Wir treffen uns, sagen wir um vier, am Hafen vor dem Schwedenkai. Was hältst du davon? Wir gehen bummeln, schön essen, ins Kino.«

»Überredet!«

»Heh, Anna!«, bricht es aus Swensen heraus, wobei er im selben Moment über sich selbst erstaunt ist, ob seiner massiven Gefühlsäußerung. Aber er hatte nicht damit gerechnet, dass sie so prompt zusagt.

»Das finde ich richtig toll«, ergänzt er etwas verlegen. Es entsteht eine ungewollte Pause. Anna scheint ihn bewusst hängen zu lassen.

»Sag mal, wie kommt das überhaupt, dass du in Kiel bist?«, fragt sie dann doch.

»Ich musste hier unbedingt ein Foto überprüfen lassen. Im Landeskriminalamt haben die einfach ganz andere Möglichkeiten. Dann hat sich noch das mit dem Storm-Manuskript ergeben! Heute Morgen wurde es gerade auf Fingerabdrücke untersucht und wir können uns gleich das Ergebnis ansehen.«

»Übrigens, heute ist die erste Folge des Romans in der ›Husumer Rundschau‹ erschienen.«

»Na, dann hat Bigdowski ja sein Ziel erreicht, obwohl ein gewisser Polizist, der natürlich ungenannt bleiben möchte, das mit aller Macht verhindern wollte«, sagt Swensen. Der Groll in seiner Stimme ist unüberhörbar.

»Du sollst deinen Nächsten …«

»Ein Buddhist ist auch nur ein Mensch. Apropos Storm-Roman. Wie findest du es, dieses Weltereignis?«

»Nun ja, so auf den ersten Blick ganz interessant. Hat schon was Biografisches das Ganze. Ein alternder Dichter, der sein Leben lang nur Novellen geschrieben hat, versucht in seinen letzten Jahren heimlich einen Roman zu schreiben. Er verschweigt es allen seinen Freunden, weil er Angst hat, er könne ihm nicht gelingen. Das ist zumindest das, was sich bist jetzt aus dem ersten Abdruck ersehen lässt. Aber wenn du mich fragst, wirken Form und Sprache etwas zu gestelzt. Storms sparsamer Stil, bei dem er ja eher mit Worten geizte, scheint in seinem Roman wie aufgehoben. Alles etwas zu überladen, ja manchmal fast kitschig. Allerdings bin ich keine Storm-Expertin.«

»So genau wollte ich das gar nicht wissen. Mich interessiert nur, ob du ihn für echt hältst, rein intuitiv.«

»Also das weiß ich beim besten Willen nicht, nicht mal intuitiv. Außerdem haben die Fachleute das doch schon lange entschieden.«

»War ja auch nur so eine Idee. Also du kommst? Ich freue mich!«

»Bis gleich, ich freu mich auch!«

Swensen steckt das Handy wieder in seine Manteltasche zurück, isst seine Samosas, bezahlt bei dem freundlichen Inder und macht sich auf den Weg zurück ins Landeskriminalamt. Das Wetter ist nieselig grau. Fast alle Fußgänger, die ihm begegnen, haben ihre Mantelkrägen hochgezogen und einige von ihnen machen mit ihren roten verschnupften Nasen dazu noch ein mürrisches Gesicht. Auf der Straße brandet ein gnadenloser Autoverkehr. Die Auspuffrohre dampfen in der Kälte.

Ein Bus schreckt Swensen aus seinen Grübeleien. Er hat direkt neben ihm gehalten und die Türen geöffnet. Er steht wieder mitten im Leben. Zwanzig Minuten später zeigt ihm Robert Bulemann die Fotos von den Fingerabdrücken.

»Wir unterscheiden drei Kategorien von Fingerabdrücken. 60 % der Bevölkerung besitzt ein Schleifenmuster«, sagt Bulemann und deutet auf ein Foto. »Wie hier. Ein deutliches Schleifenmuster. Die meisten der gefundenen Abdrücke haben deshalb dieses Muster.«

Dann nimmt Bulemann ein Foto und legt es direkt vor Swensen.

»Hier haben wir ein typisches Bogenmuster. Das gibt's nur bei 5 %. Wirbelmuster haben wir keins gefunden. Um einen Abdruck 100%ig zu identifizieren, sind 12 Übereinstimmungen notwendig. Nur wenn das Grundmuster klar zu erkennen ist, reichen auch acht unabhängige Merkmale aus.«

Swensen nickt zwar, aber er hat es nur theoretisch verstanden. In der Praxis ist er noch nie dabei gewesen. Er erinnert sich nur daran, dass Fingerabdrücke aus unzähligen Papillarlinien bestehen, die schon beim Embryo vom vierten Monat an nachgewiesen werden können. Sie bleiben bis zur Auflösung der Haut nach dem Tod. Solange erzeugen diese Linien einen einmaligen Abdruck.

»Fingerabdrücke sind selbst bei eineiigen Zwillingen nicht identisch«, referiert Bulemann an die jungen Männer gerichtet, die sich auch wieder eingefunden haben. »Übrigens bestehen wir auf 12 Übereinstimmungspunkten, weil vom FBI einmal Abdrücke von zwei verschiedenen Personen gefunden wurden, die in sieben Punkten identisch waren.«

»Bei zwei Menschen?«, fragt einer der jungen Männer.

»Ja!«, bestätigt Bulemann. »Noch nie zuvor hat man bei zwei Menschen so viele gemeinsame Punkte gefunden. Und die Typen vom FBI haben immerhin etliche Millionen Fingerabdrücke in ihren Dateien.«

Bulemann nimmt die Fotos und scannt sie eins nach dem anderen ins AFIS-Identifizierungssystem ein. Dann lädt er den Abdruck mit dem selteneren Bogenmuster auf den Bildschirm.

»In der Kartei des Bundeskriminalamts sind so an die drei Millionen Abdrücke gespeichert. Also gucken wir erstmal landesweit, was wir da geboten kriegen.«

Bulemann fährt den Cursor auf ›Suchen‹ und klickt die linke Maustaste. In unvorstellbarer Geschwindigkeit rasen unzählige Linienmuster über die Mattscheibe.

»Es gibt schon moderne Computer, die vergleichen 400 000 Prints pro Sekunde. Bei uns dauert das leider ein paar Minuten«, prophezeit Bulemann. »Gibt es noch Fragen?«

Niemand antwortet. Die Gruppe verlässt den Raum. Auf dem Flur öffnet Swensen ein Fenster und atmet gierig die frische Luft ein.

»AFIS wird jetzt bis zu hundert Vorschläge machen«, sagt Bulemann, »die darf ich dann noch auswerten.«

»Oh!«, erwidert Swensen sichtlich enttäuscht und schaut auf die Uhr – 12:43. »Ich dachte wir bekommen gleich ein fertiges Ergebnis.«

»Schön wär's! Aber trotz Computer steht am Schluss immer noch der Mensch. Zum endgültigen Nachweis der Übereinstimmung von Karteiabdruck und Tatortspur ist schon exakte Feinarbeit nötig. Handarbeit sozusagen. Die einzelnen Minuzien müssen in Lage und Erscheinungsform in Übereinstimmung gebracht werden. Aber warten wir doch erst mal in Ruhe ab, wie viel unser System so ausspuckt.«

Als sie nach fünf Minuten wieder in den Raum kommen, liegen sechsundzwanzig Treffer aus der Kartei vor.

»Können wir uns vielleicht zuerst die dazugehörigen Namen vornehmen?«, bittet Swensen.

Bulemann setzt sich an die Tastatur und nach einer eleganten Fingerbewegung erscheint eine Namensliste auf dem Computerschirm. Swensens Augen hasten über die unbekannten Namen, die alphabetisch untereinander geordnet sind. Plötzlich erfasst ihn ein Energiestrom, der den Rücken hinaufrast. Sein Kopf wird kochend heiß. Auf dem Bildschirm prangt der Name Edda Herbst. Er starrt benommen auf die zehn Buchstaben. Seine Gedanken verknoten sich. Edda Herbst klickert es immer wieder. Sie muss das Storm-Manuskript in der Hand gehabt haben. Wie kann das sein?

Swensens Überlegungen reißen ab. Leere. Dann ist ihm, als wenn in seinem Hirn ein Schalter umgelegt wird. Alles wird klar.

Edda Herbst hatte das Manuskript gefunden und Peters hat es ihr geraubt.

»Peters, wir haben dich«, brüllt Swensen lauthals in den Raum. »Jetzt bist du fällig.«

Vier Augenpaare schauen ihn erstaunt an.

*

Es friert Stein und Bein, die Luft ist glasklar. Der Himmel ist übersät mit funkelnden Sternen. Ein unwirkliches Licht strahlt über den Dächern. Morgen Abend ist Vollmond. Fast in jedem Fenster auf der gegenüberstehenden Straßenseite brennen die gleichen dreieckigen Weihnachts-Lichtständer.

»Wahrscheinlich gab es irgendwo ein Sonderangebot«, denkt Swensen. Er steht im Schatten eines Hauseingangs, atmet durch die Nase und beißt sich nervös auf die Unterlippe. Seine linke Hand fasst sich vergewissernd an die rechte Brust, spürt das harte Metall der Dienstwaffe unter dem Stoff. Er blickt auf die Uhr. Fünfzehn Minuten vor Mitternacht.

Wo bleiben die nur, denkt er und starrt angespannt die Straße hinunter. Dabei gibt es keinen Grund ungeduldig zu sein, schließlich hatten sie beschlossen, dass der Zugriff erst nach Mitternacht stattfinden soll. Dann würde Peters wahrscheinlich fest schlafen und die ganze Sache wäre ein Kinderspiel.

Im Dienst hast du bestimmt die Hälfte der Zeit irgendwo gewartet, denkt er, und unwillkürlich kommt ihm Anna in den Sinn. Manchmal kann er es gar nicht fassen, dass sie immer noch zusammen sind. Es gibt Situationen, da zeigt Anna eine Gelassenheit, als wäre sie die wahre Buddhistin. Er kann es kaum ertragen, sich die Szene vom heutigen Nachmittag wieder vor Augen zu führen. Annas Gestalt vor dem trüben Zwielicht der Hafenkulisse.

Er erkannte sie sofort, zögerte aber auf sie zuzugehen. Sie hob ihren rechten Arm und winkte. Er winkte zurück, eilte auf sie zu und nahm sie in die Arme. Doch seine Umarmung musste sich für Anna merkwürdig hölzern angefühlt haben. Sie ahnte nichts Gutes und hatte ihm tief in die Augen geschaut. Er war verlegen geworden, das schlechte Gewissen hatte ihm die Sprache verschlagen.

»Was ist?«

»Ähhh«, würgte er heraus. »Es tut mir leid, aber ich muss sofort zurück nach Husum.«

»Neee nech! Das meinst du jetzt nicht ernst, Jan Swensen!«, erwiderte Anna. Seinen vollen Namen benutzte sie nur, wenn etwas im Busch war. Resigniert stupste sie ihn mit der Faust in die Rippen.

»Was ist passiert, Jan Swensen?«

»Hajo Peters ist dringend tatverdächtig Edda Herbst ermordet zu haben. Ich hab schon Rebinger angerufen, damit er einen Haftbefehl vom Richter besorgt. Püchel ist auch informiert. Der war völlig aus dem Häuschen, hat mich gelobt wie in guten alten Tagen und mich sofort nach Husum zurückbeordert.«

Er machte eine kurze Pause und sah Anna in die Augen.

»Ich will die Entscheidung aber nicht auf Püchel schieben. Ich hätte mich selbst auch so entschieden. Du verstehst, dass ich gern dabei bin, wenn wir uns Peters greifen.«

Und Anna verstand es, wenn auch mit spielerisch heruntergezogenen Mundwinkeln. Sie küsste ihn intensiv und stieß ihn von sich.

»Ich geh noch ein wenig in die Innenstadt und bummle über den Weihnachtsmarkt, bevor ich zurückfahre. Vielleicht sehen wir uns ja morgen?«

»Eher nicht, du kannst dir ja denken, was bei uns los sein wird.«

»Na ja, dann eben nächstes Wochenende, oder das darauf, wir werden sehen.«

»Nächstes Wochenende werde ich freihalten, versprochen!«

»Du sollst deinem Nächsten nichts versprechen!«

»Warum bist du heute denn so christlich drauf?«

»Weil Buddhisten mir etwas erzählen wollen!«

»Also, gut. Ich werde versuchen mir das nächste Wochenende freizuhalten, wenn mein Karma das zulässt.«

»Schon gut, Jan Swensen, sieh zu, dass du nach Husum kommst.«

Sie küsste ihn noch mal und ging. Nach drei Schritten drehte sie sich um.

»Sei vorsichtig, Jan! Geh' bitte kein Risiko ein, ja!«

Er hatte seinen Wagen aus dem Parkhaus geholt und sich durch einen Stau auf die Autobahn gequält. Als er an der Stelle, an dem er das Reh erschossen hatte, vorbeikam, hatte er angehalten und einen kurzen Moment an der Stelle verweilt, die Augen geschlossen, die aufgerissenen Augen des Tiers gesehen, den Blutschwall, das ›Schackern‹ der Elster gehört. Dann war er in einem Rutsch durchgefahren. Zuhause geduscht, in der Inspektion angerufen und sich nach dem Stand erkundigt. Der Zugriff sollte kurz nach zwölf in der Wohnung von Peters erfolgen. Gegen elf Uhr hatte ihn nichts mehr daheim gehalten und er war zu Fuß zum Treffpunkt gegangen. Jetzt wartete er schon zwanzig Minuten hier.

Er blickt auf die Uhr. 23:47. Es sind erst zwei Minuten vergangen. Er hört ein Fahrzeug kommen und in einiger Entfernung halten, dann das Trappeln von unzähligen Stiefeln. Er lugt aus dem Hauseingang hervor. Sechs Mann einer mobilen Einsatztruppe stürmen auf ihn zu. Er sieht wie die Läufe der Schnellfeuergewehre in ihren Händen auf und ab wippen.

Jeder ist in voller Montur: Schutzweste, Helm, Gesichtsmütze. Dahinter erkennt Swensen Heinz Püchel und Silvia Haman. Er hebt den Arm und tritt hervor.

»Hauptkommissar Swensen«, ruft er den Männern entgegen. »Der Mann wohnt drei Häuser weiter, auf dieser Straßenseite. Die Nummer 17, ein älterer Klinkerbau, dritter Stock, Hajo Peters. Vorsicht, er hat eine Waffe.«

Der Einsatzleiter nickt nur. Der Trupp stürmt, auf seine Handbewegung hin, weiter. Swensen begrüßt Püchel und Silvia mit kurzem Handschlag und eilt mit ihnen gemeinsam dem Trupp hinterher. Die Haustür ist verschlossen.

»Todsen, Neumann, ihr sichert die hintere Seite des Gebäudes«, zischt der Einsatzleiter. »Wir gehen vorn rein.«

Während die beiden durch einen Hofeingang verschwinden, zieht er ein Bündel Dietriche aus der Hosentasche und stochert mit einigen im Schloss herum, bis die Tür aufspringt. Der Einsatzleiter geht hinein. Das Flurlicht geht an. Einer nach dem anderen verschwindet im Hausflur. Es geht die knarrenden Holztreppen hinauf. Swensen zieht seine Dienstwaffe aus dem Schulterhalfter. Als er zurückblickt, sieht er wie Silvia es ihm nachmacht. Püchel zieht keine Waffe, dafür bleibt er auffällig weit zurück.

»Ich sage, wenn wir reingehen!«, flüstert der Einsatzleiter als sie den dritten Stock erreichen. Zwei Wohnungstüren liegen sich gegenüber. Sie müssen aus den Anfängen des Jahrhunderts stammen, mit schön geschwungenen Holzverzierungen. Die Schlösser an beiden Türen sind ›Asbachuralt‹. Ein Blick auf die Türschilder und zwei Beamte postieren sich links und rechts am Türrahmen der linken Tür. Einer kniet mit dem Gewehr im Anschlag in der Mitte. Daneben der Einsatzleiter. Swensen und Silvia drücken sich auf der Treppe an die Wand. Püchel steht auf der untersten Treppenstufe. Swensen schielt auf die Uhr. Es ist 0:06. Dann läuft alles rasend schnell.

»Los geht's!!«, bellt der Befehl des Einsatzleiters durch die Stille, während er mit einem mächtigen Fußtritt gegen das Schloss tritt und sofort zur Seite springt. Die Tür prallt innen scheppernd an die Wand. Die Lampen auf den Gewehren flammen auf, richten einen gebündelten Lichtstrahl in Schussrichtung. Der kniende Beamte zieht sein Gewehr an die Brust, rollt dann geschmeidig wie eine Katze über den rechten Arm in den Flur der Wohnung. Mit einem Ausfallschritt folgen die zwei am Türrahmen.

»Links hocharbeiten!«, ruft eine Stimme.

Der Einsatzleiter hechtet hinterher. Man hört wie sich der Trupp den Flur hinaufarbeitet. Drinnen werden Türen aufgestoßen, jeweils unterbrochen von dem Wort: leer. Swensen und Silvia haben sich in der Zwischenzeit links und rechts neben der offenen Wohnungstür in Stellung gebracht. Da reißt jemand die Wohnungstür in ihrem Rücken auf.

»Was zum Teufel ist denn hier los!«, keift eine schrille Frauenstimme.

Jetzt hört Swensen, wie weitere Türen unter und über ihnen aufgehen.

»Polizeieinsatz!«, brüllt Püchel durchs Treppenhaus. »Gehen Sie sofort in Ihre Wohnung zurück, schließen Sie die Türen und treten Sie dahinter weg.«

Ein stärker werdendes Gemurmel hallt 'rauf und 'runter.

»Haben Sie nicht gehört!«, brüllt Swensen hinterher. »Sehen Sie zu, dass Sie alle sofort in Ihre Wohnungen kommen. Das dient Ihrer eigenen Sicherheit!«

»Sie können jetzt rein!«

Der Einsatzleiter erscheint in der Tür, während im Treppenhaus die alte Stille zurückkehrt. Ihm folgen die drei anderen.

»Der Vogel ist ausgeflogen! Was machen wir jetzt?«

»Scheiße!«, flucht Püchel, der die Treppe hinaufgesprintet kommt. »Dieser verdammte Scheißkerl muss gewarnt worden sein!«

»Wer soll ihn denn gewarnt haben?«, ereifert sich Silvia Haman.

»Ich bin doch nicht Jesus!«, erwidert Püchel trotzig.

»Vielleicht ist er ganz einfach nicht zuhause«, beruhigt Swensen.

»Scheiße, der ist bestimmt getürmt!«, jammert Püchel. »Ich hab da so'n unangenehmes Gefühl! Vielleicht hat er uns kommen sehen?«

»Blödsinn! Der steckt irgendwo in einer Kneipe!«, entgegnet Silvia Haman.

»Er könnte auch in seiner Videothek stecken«, beschwichtigt Swensen und hofft gleichzeitig, dass sein Kieler Ganove wirklich dichtgehalten hat.

»Es ist bereits nach Mitternacht, Jan! Der Laden ist schon lange geschlossen!«

»Hast du einen besseren Vorschlag? Wir sollten zuerst da nachschauen!«

»Okay!«, sagt Püchel und wirkt wie ausgewechselt. Seine Augen sprühen vor Tatendrang. »Ich halte die Stellung, trommle die gesamte SOKO hierher und genügend Beamte, die das Haus observieren. Ihr checkt derweil Peters Videothek ab. Wenn es etwas Neues gibt, informieren wir uns gegenseitig.«

Püchel nimmt sein Handy aus der Manteltasche und überlegt, wen er jetzt am besten zuerst anruft.

»Also gut! Ich weiß wie wir am schnellsten zum Laden kommen. Ist nicht weit von hier«, sagt Swensen.

»Abmarsch!«, knurrt der Einsatzleiter seine Leute an. Die Truppe trappelt ohne ein Wort hinter ihm die Treppen hinab. Swensen und Silvia Haman kleben ihnen an den Fersen. Auf der Straße pfeift der Einsatzleiter mit einer kurz-lang Tonfolge auf einer Signalflöte seine beiden Männer aus dem Hinterhof zurück. Hundert Meter entfernt steht das Mercedes-Einsatzfahrzeug. Vom Einsteigen bis zur Abfahrt vergehen keine zwei Minuten. Swensen sitzt neben dem Fahrer und dirigiert: »Rechts – links – links – rechts.«

Sie biegen in die Adolf-Brütt-Straße, kommen geradeaus in die Brinkmannstraße und weiter auf den Kuhsteig. Dann geht's nach links in die Norderstraße.

»Da, die Videothek!«, ruft der Einsatzleiter hinter ihm.

»Das ist die Falsche!«, sagt Swensen. »Hinter dieser Videothek links und die nächste gleich wieder links in die Süderstraße. Zirka 200 Meter rechts steht die Videothek von Peters.«

Sie biegen in die Süderstraße und stoppen in 20 Meter Entfernung vor dem Laden.

»Da brennt noch die volle Beleuchtung!«, sagt Swensen.

»Absitzen!«, lautet der knappe Befehl des Einsatzleiters.

Die Wagentür wird aufgezogen, die Männer springen heraus und eilen im Laufschritt auf die Videothek zu. Über der von Lichterketten umrandeten Tür hängt ein angestrahltes Schild: Hajo's Hollywood. Mit verschiedenen Handbewegungen verteilt der Einsatzleiter seine Männer nach bewährtem Muster. Die Tür ist aus Stahl und hat ein Sicherheitsschloss mit Klinkenknauf.

»Ich weiß nicht, ob wir die Tür einfach auftreten können«, raunt der Einsatzleiter Swensen zu. Der zuckt mit den Achseln.

»Hinten gibt es keinen zweiten Ausgang!«, meldet im selben Moment einer der Männer.

»Holt den Rammklotz aus dem Wagen!«, befiehlt der Einsatzleiter und deutet mit dem Finger auf zwei Männer.

»Man kann nirgends reingucken, aber auch von Innen nicht raus«, sagt Silvia Haman. »Alle Fenster sind dicht, kein

Spalt offen. Die sind alle mit Holzplatten vernagelt, auf denen Filmplakate kleben.«

»Vielleicht sollten wir einfach nur klingeln«, sagt Swensen und zeigt auf den weißen Klingelknopf am Türrahmen. »Wenn er aufmacht, können wir ihn ohne Mühe überrumpeln.«

Der Einsatzleiter guckt Swensen an, als wenn er vom anderen Stern kommt. Dann kratzt er sich am Kopf, legt seine Stirn in Falten und nickt bedächtig.

»Okay! Probieren wir es!«

Die zwei Männer schleppen gerade ein rundes Eisenteil mit zwei Handgriffen an jeder Seite heran und legen es neben der Tür ab. Der Einsatzleiter erklärt allen in wenigen Worten die Lage und lässt vier Mann sich zu zweit links und rechts von der Tür aufstellen. Swensen drückt den Klingelknopf und tritt beiseite. Mit angespannten Gesichtern starren alle auf die geschlossene Tür. Swensen spürt seinen Herzschlag. Nichts passiert. Er will gerade noch mal klingeln, als in einiger Entfernung eine Gestalt herantorkelt. Er hört sie selbst von hier aus schon, laaaasst uns froooh und glüüücklich seinnn, grölen, musikalisch mehr als daneben. Silvia Haman sprintet dem Mann entgegen und stoppt ihn in Höhe des Einsatzwagens. Es gibt ein kurzes Gerangel. Silvia schubst ihn gegen den Wagen. Pöbelnde Wortfetzen schallen durch die Nacht. Ein Fenster öffnet sich und jemand brüllt: »Ruhe, oder ich hole die Polizei!« Dann klappt das Fenster wieder zu. Silvia packt den Kerl im Nacken, dreht ihm einen Arm auf den Rücken und zieht mit ihm davon. Swensen konzentriert sich wieder auf die Situation vor der Tür und drückt ein zweites Mal auf den Klingelknopf, diesmal jedoch wesentlich länger. Die gleiche Anspannung und wieder passiert nichts. Auf dem Gesicht des Einsatzleiters zeichnet sich Ungeduld ab.

»Das reicht!«, stößt er zwischen den Zähnen hervor und lauter: »Platz da, wir gehen rein!!«

Vier Mann packen den Eisenklotz und lassen ihn mit voller Wucht gegen das Türschloss knallen. Die Tür fliegt sofort auf. Mit derselben Taktik wie vorher stürmt die Einsatztruppe ins Innere. Sie kommen in einen kleinen, dunklen Vorraum. Eine offene Tür führt in den Laden. Es brennt Licht.

»Polizei«, brüllt der Einsatzleiter hinein. »Legen Sie ihre Arme hinter den Nacken und kommen Sie raus!«

Nichts. Nur so etwas wie ein Kühlgeräusch. Er lugt vorsichtig in den Raum. Ein Verkaufstresen, davor an der rechten Wand ein erleuchteter Getränkeschrank, Regale. Keine Person. Rechts um eine Ecke geht der Raum weiter, aber der ist von hier nicht einzusehen.

»Ich geh rein!«, sagt der Einsatzleiter. »Ihr gebt Feuerschutz!«

Er legt sein Gewehr ab, zieht seine Dienstwaffe, springt hinein und geht hinter dem Getränkeschrank in Deckung. Die anderen Männer stürmen in kurzen Abständen hinterher.

»Jetzt ist es gleich vorbei«, denkt Swensen, umklammert mit feuchten Fingern seine Dienstwaffe und horcht angespannt ins Innere.

»Ach du heilige Scheiße!!, hört er von dort die Stimme des Einsatzleiters und dann: »Herr Swensen, Hauptkommissar Swensen, kommen Sie her, bitte! Schauen Sie sich das hier an.«

*

»Sind Sie Herr Ludwig Rohde?«

Er schaute die beiden Personen vor der Tür fragend an und antwortete mit ruhiger Stimme: »Ja, mein Name ist Ludwig Rohde. Was kann ich für Sie tun, meine Herren?«

»Ist noch jemand in der Wohnung?«

»Was wünschen Sie? Heeh, das geht aber nicht ...«

Er versuchte die beiden Personen aufzuhalten, die sich ohne eine Antwort an ihm vorbeischoben und getrennt in seinen Räumen verschwanden.

»Was soll das hier?«

Er eilte der Person, die ins Wohnzimmer gegangen war, hinterher. Die drehte sich zu ihm um.

»Sie stehen unter dem dringenden Verdacht der Geldfälschung, Herr Rohde. Wir müssen uns in Ihren Räumen umsehen.«

Er blieb völlig ruhig, ließ sich nicht einschüchtern.

»Haben Sie einen Durchsuchungsbefehl.«

»Den reichen wir nach. Dafür war keine Zeit mehr.«

»Sie verstoßen eindeutig gegen Gesetze!«

»Nicht bei begründetem Tatverdacht, Herr Rohde. Und der liegt bei Ihnen vor. Wir haben Sie dabei beobachtet, wie Sie in einem Laden mit Blüten bezahlt haben.«

»Ich?« Er lachte laut auf. »Das ist ja wohl der größte Blödsinn, den ich seit langem gehört habe. Hören Sie, ich bin Künstler, ich hab eine Assistentenstelle an der Kunsthochschule. Meine Graphiken verkaufen sich bestens. Ich brauche mir meinen Lebensunterhalt nicht auf solche primitive Weise zu verdienen.«

»Wir werden ja sehen«, entgegnete der Mann unbeirrt. »Um das zu überprüfen sind wir hier und jetzt lassen Sie uns bitte unsere Arbeit machen.«

»Suchen Sie doch, wenn Sie nicht anders können, aber Sie werden nichts finden!«, sagte er wie die Unschuld in Person. »Hier ist nichts! Das kann ich Ihnen jetzt schon versprechen!«

Die beiden Männer achteten nicht weiter auf ihn, durchsuchten jedes Zimmer, Schrank um Schrank, leuchteten in jede Ecke, wühlten sich durch die Garderobe. Dann hatten sie Erfolg. In einer Abstellkammer entdeckte einer unter

Wolldecken einen kleinen Tresor. Als er das sah, wich das Blut aus seinem Gesicht. Sonst merkte man ihm äußerlich nichts an, selbst in seiner Stimme gab es nicht den Hauch eines Zitterns.

»Ich protestiere! Sie haben kein Recht sich an meinen Sachen zu vergreifen!«

»Machen Sie das Ding auf!« befahl einer der Männer.

»Das ist Nötigung!«, fauchte er. »Was Sie hier machen ist Hausfriedensbruch. Ich werde mich an höchster Stelle über Sie beschweren.«

»Ersparen Sie uns ihr Gelaber, es nervt. Machen Sie einfach das Ding auf oder wir lassen es abholen und aufbrechen.«

»Sie werden nichts darin finden!«

»Das ist unser kleinstes Problem!«

Die beiden Männer hatten sich breitbeinig vor ihm aufgebaut. Er wusste jetzt, es gab keinen Ausweg mehr und resignierte, holte den Schlüssel und öffnete die Stahltür. Dort lagen Stapel von 50er Banknoten im Wert von zirka 20.000 DM.

»Das ist nicht so, wie Sie jetzt denken. Das sind keine Blüten! Das Geld ist echt.«

Er sieht den offenen Safe deutlich vor sich, sieht wie die Typen von der Kripo hineingreifen und mit den Fingern über die Scheine tasten. Er muss unwillkürlich grinsen, als er sich seine damalige Unverfrorenheit wieder vor Augen führt.

Dieser Kommissar, wie hieß der noch gleich? Wein …, Weinbauer, genau. Dieser Weinbauer war schon wie eine Klette, denkt er und sieht sich das Bild an, auf dem er in Handschellen von genau dem Kommissar abgeführt wird. Der hat förmlich an meinen Hacken geklebt. Trotzdem brauchte die Pfeife ganze zwei Jahre um mich aufzuspüren.

Als er vor einer Stunde die Wohnungstür hinter sich geschlossen hatte, war er noch ziemlich aufgewühlt gewesen. Doch in seinen vier Wänden fühlte er sich gleich viel sicherer. Alles, was er geplant hatte, war wie am Schnürchen abgelaufen. Er müsste jetzt nur so weiterleben wie bisher, damit Gras über die Sache wachsen kann. Dann hätte er es endlich geschafft, ein für alle mal. Er ließ sich Badewasser einlaufen, versuchte sich im heißen Wasser zu entspannen, fühlte sich aber immer noch ein wenig flau. Er war dann im Bademantel ins Wohnzimmer gegangen und hatte im Schrank nach einer Flasche Magenbitter gekramt. Da war ihm der alte Aktenordner in die Finger gefallen und sofort war ihm seine Verhaftung wieder eingefallen.

Jetzt liegt der Ordner aufgeschlagen vor ihm auf dem Tisch. Er blättert in den dünnen Pappkarton-Seiten, auf die er feinsäuberlich vergilbte Zeitungsausschnitte aufgeklebt hatte, damals, kurz nachdem er aus der Haft entlassen worden war.

Damals hatte er alle Zeit der Welt gehabt und wollte unbedingt alles von dem haben, was die Presse nach seiner Verhaftung der Öffentlichkeit präsentiert hatte. Er brauchte Wochen dafür, trug alles mühevoll aus mehreren Zeitungsarchiven zusammen. Nicht gerade wenig. Es war eine ganz schöne Menge Schlagzeilen zusammengekommen. Der ›falsche Fünfziger‹ wurde er von der Presse genannt. Er war berühmt gewesen, wenigstens eine Zeit lang.

Auf den Namen ist er heute noch stolz und besonders, dass einer der Journalisten ihn damals als genial bezeichnet hatte. Das wollte er immer sein, ein Genie. Er erinnert sich, dass er schon in seiner Jugend diese Sucht nach Anerkennung hatte.

Im Gegensatz zu anderen Kindern, die immer draußen herumtobten, saß er lieber in der Ecke und zeichnete. Einmal hatte er mühevoll einen Zwanzigmarkschein mit seinen Buntstiften abgezeichnet und wollte sich anschließend beim Krämer dafür Sahnebonbons kaufen. Der sprach mit seinem Vater und der legte ihn übers Knie und zog ihm einige Schläge mit dem Rohrstock 'rüber. Doch abends im Bett hörte er deutlich, wie Vater zusammen mit der Mutter über seine Idee herzhaft gelacht und sogar seine Geschicklichkeit gelobt hatte. Da wäre er bald geplatzt vor Stolz. Das war ein einschneidendes Erlebnis für ihn gewesen. Mit neunzehn Jahren begann er davon zu träumen ›Der Meisterfälscher‹ zu werden, jemand, den die Leute wegen seines Könnens bewundern sollten. Ab da hatte er sich akribisch auf eine Tätigkeit als bester Geldfälscher vorbereitet. Er arbeitete sich durch eine Unmenge von Fachbüchern: Typographie, Reproduktionstechnik, Drucktechnik, Chemiegraphie, Papierherstellung. Später begann er ein Studium an der Kunsthochschule, an der er danach auch eine Assistentenstelle in der Druckwerkstatt bekam.

Er steht auf und tritt ans Fenster. Das helle Mondlicht liegt über der Stadt. Eine schwarze Katze saust über die Straße und verschwindet in der Hecke eines Vorgartens. Seine Stirn legt sich in Falten.

Eine schwarze Katze von links nach rechts, denkt er und verwirft seinen Gedanken als blöden Aberglauben sofort wieder. Er geht zum Tisch zurück und blättert langsam weiter im Ordner. Ab und zu schmunzelt er, dann stoppt er abrupt, als er auf einen längeren Artikel stößt. Die Überschrift lautet: ›Mit Bidet und Plattenspieler.‹

Ach ja, denkt er. Der ist von dem Journalisten, der mich im Knast interviewt hat. Uwe Büttner hieß der, wenn ich mich nicht irre. Kein dummer Mensch. Zumindest merkte der ziemlich schnell, mit welch' messerscharfem Verstand er es bei mir zu tun hatte.

Er erinnert sich an die Gesprächszelle. Der Tisch zwischen ihnen. Das Ganze war für ihn nicht nur eine interessante Abwechslung gewesen, er konnte dabei mit seinem Wissen brillieren. Das war der eigentliche Grund für seine Einwilligung in das Gespräch und außerdem hatte er sich jahrelang Gedanken gemacht, welche Fehler er wohl gemacht hatte, warum man ihn überhaupt hatte erwischen können. Nachdem der Artikel erschienen war und er von der Zeitung ein Exemplar in seine Zelle zugeschickt bekommen hatte, erfuhr er dann alles schwarz auf weiß.

Er öffnet den Bügel und nimmt die Seite mit dem Zeitungsbericht heraus, liest noch mal die Überschrift und kann nicht anders, er muss einfach den ganzen Artikel lesen.

Er beginnt mit den Worten: Es ist ein sonniger Tag, dieser 28. Juli 1974. Eindeutig zu theatralisch, denkt er.

In der Wilhelmstraße in Kiel stehen die Häuser dicht aneinander gedrängt. Sie sind klein, aber gepflegt. Gegenüber von Nummer 27 stehen schon geraume Zeit zwei Männer. Einer ist Hauptkommissar Peter Weinbauer, der andere Hauptkommissar Jochen Holst. Sie beobachten das Haus schon eine Weile. In Nummer 27 wohnt Ludwig Rohde – der wie sich bald herausstellen wird – wohl genialste Geldfälscher, den die norddeutsche Kriminalgeschichte bis dahin kannte. Die beiden Männer sehen sich an, gehen über die Straße zur Haustür und klingeln.

Ach sieh an, Büttner war das mit dem ›genialsten‹, denkt er und liest weiter.

Bis zu diesem Zeitpunkt sind zwei Jahre Ermittlungsarbeit ins Land gegangen. Innerhalb dieser zwei Jahre werden ab und zu von erfahrenen Kassierern falsche 50er-Scheine aufgespürt, die bei längerem Hinsehen leichte Abweichungen im Wasserzeichen aufweisen. Dazu kommt, dass die Ziffer

50 sechs Zehntelmillimeter zu nahe an den Rand gerutscht ist. Die Polizei tappt im Dunkeln. Alle Hinweise verlaufen im Sand. Ende Mai endlich die erste heiße Spur. In einer Filiale der Kieler Sparkasse entdeckt ein aufmerksamer Kollege unter einer UV-Lampe zwei falsche Scheine, die aus dem Kassenbestand des Tages stammen. Die Polizei wird alarmiert, die Angestellten angewiesen, jeden 50er sofort zur Überprüfung abzuliefern. Der erhöhte Aufwand lohnt sich. Eine Frau mit einem kleinen Lottoladen wird bei der Einzahlung einer Blüte gestellt. Die Polizei verhört sie, nimmt über die Namen auf den Lottoscheinen die Spur des Geldes auf. Unzählige Personenüberprüfungen folgen. Dann gerät Ludwig Rohde in das Blickfeld der Fahnder. Seine Lebensumstände sind mehr als verdächtig. Die Polizei observiert ihn rund um die Uhr. Die Falle schnappt zu. Sie beobachten, wie er im selben Lottoladen mit einer Blüte bezahlt. Bei der Hausdurchsuchung am 28. Juli 1974 werden in einem versteckten Tresor Blüten im Wert von 20.000 DM gefunden.

Das Geld war perfekt gemacht. Die Bullen hatten nur verdammtes Schwein. Blöderweise findet jedes blinde Huhn mal ein Korn, selbst diese schielende Zicke aus dem Lottoladen. Wenn die den Schein nicht so schräg von der Seite angeglotzt hätte, nie hätten die mich gekriegt.

Als ich Ludwig Rohde im Gefängnis gegenübersitze wirkt er, selbst nach acht Jahren Haft, nicht wie jemand, der sich seiner Taten schämt. Ganz im Gegenteil, er spricht eher schwärmerisch über den, wie er wörtlich sagt, grandiosen Werdegang zum Meisterfälscher. Schon in früher Kindheit hat er sein zeichnerisches Talent für kleine Betrügereien eingesetzt, sagt er hintersinnig. Er konnte zum Beispiel die Unterschrift seines Vaters so hervorragend fälschen, dass seine Lehrer nie Verdacht schöpften.

Das ›hintersinnig‹ hättest du dir sparen können, mein lieber Büttner.

Auch berichtet er davon, wie er in stundenlanger Handarbeit mit einfachen Zeichenstiften Geldscheine kopierte. Ein dummer Jungenstreich? Nein!

Doch!!

Rohde schlitterte unaufhaltsam in seine Gaunerkarriere. Bevor er eine Künstlerlaufbahn einschlug, sich an der Kunsthochschule in Kiel einschrieb, verfügte er bereits über umfangreiches theoretisches Wissen in Sachen Geldfälscherei. Im Druckbereich der Kunsthochschule lernte er nun das praktische Wissen dazu. Nach seinem Abschluss leitete er lange Zeit die Repro-Abteilung. Er begann damit, mit der Reprokamera heimlich hochwertige Reproduktionen von Geldscheinen anzufertigen. Zielstrebig verfolgte er sein Vorhaben weiter. Er mietete sich in einem Gewerbegebiet eine Garage und richtete sich nach und nach eine Fälscherwerkstatt ein. Dann machte er sich Gedanken, woher er das nötige Papier bekommen konnte, fand dafür aber keine befriedigende Lösung. Er entschloss sich, es selbst in Handarbeit zu produzieren und erklärte die Papierherstellung für sich zum wichtigsten Punkt. Auf einem Flohmarkt entdeckte Ludwig Rohde ein altes französisches Bidet und kaufte es. Mit Hilfe eines Plattenspielermotors bastelte er ein Rührwerk dafür, vermengte damit, unter Zusatz von Wasser und Chemikalien, verschiedenste Papiere mit Stofffasern und Leinenresten. Er machte unzählige Versuche, änderte immer wieder die Zusammensetzung, variierte ständig den Knetvorgang, bis der Brei im getrockneten Zustand einem Papier entsprach, das er als tauglich einstufte. Er prüfte sein Ergebnis unter verschiedenen Lichtquellen. Aber seine Arbeit war trotz seiner Zufriedenheit nicht perfekt.

Was weißt denn du, Büttner, denkt er ärgerlich. Schreiberling bleib bei deinen Leisten.

Bei einer späteren Analyse im Polizeilabor stellte sich heraus, das Rohdes Papier sich von dem, welches bei der

Herstellung von staatlichen Banknoten verwendet wurde, doch unterscheidet.

Im Februar 1972 war es soweit. Ludwig Rohde, damals 24 Jahre alt, gab seinen ersten gefälschten 50er für ein Geburtstagsgeschenk seiner Mutter aus.

Ich Idiot, was hat mich denn da geritten, dass dem Typen zu erzählen?

Von da an riss der Geldstrom nicht mehr ab – und zwar echtes Geld. Für seine Blüten kaufte er grundsätzlich nur Kleinigkeiten um eine hohe Summe Wechselgeld zu bekommen. Zwei Jahre klappte dieses Ganovenleben, bis die Polizei zuschlug. Bis auf die Blüten wurde bei Rohde kein Bargeld gefunden. Er schwieg hartnäckig, wo er das viele Wechselgeld versteckt hatte.

Ich bin ja auch nicht auf den Kopf gefallen. Sonst würde ich heute schließlich nicht so gut leben.

Rohde war wohl schon immer ein Einzelgänger gewesen, ist es sogar im Knast geblieben. Keiner seiner Mithäftlinge war bereit mir etwas über ihn zu erzählen. In seiner Art lebte er ein fast klassisches Künstlerleben. Einsam und verkannt.

Seine genialsten Stunden verbrachte er wohl allein in seiner Fälscherwerkstatt. Dort war er besessen von seinen Fähigkeiten, dort war er der fanatische Perfektionist.

Doch mein Gespräch mit ihm zeigt mir auch: im Knast ist Rohdes Lack ab, hier nützt ihm seine Überheblichkeit und Arroganz gar nichts, hier ist er nur ein gewöhnlicher Krimineller …

Büttner, du falsche Schlange!

… der während des Interviews ungeniert mit seinen Talenten prahlt. Er will vor der Welt die Rolle des Meisterfälschers spielen. Ein Held, der die Polizei ohne Mühe an der Nase herumführen kann. Aber er ist nur ein trauriger Held, ein Mensch der seine Talente nicht zum Nutzen, sondern zum Schaden der Gesellschaft eingesetzt hat. Er selbst wird das wohl nie so sehen. Zum Abschied erzählt er mir von seiner Theorie, dass gezieltes Einschleusen von neuen Geldscheinen eine positive Auswirkung auf den wirtschaftlichen Geldfluss hat. Ludwig Rohde muss noch sieben Jahre seiner Strafe im Zuchthaus absitzen.

Ein Druck auf den Augen veranlasst ihn die Augenbrauen zusammenzuziehen. Er merkt, wie er sich erregt hat. Mit einem Ruck steht er auf, greift sich an die Nasenwurzel.

Erst schmeicheln, dann verleumden, denkt er grollend. Du bist eine miese Schreibratte, Büttner. Was du vorne aufbaust, reißt du am Ende mit deinem Arsch wieder um.

So negativ hatte er den Artikel gar nicht in Erinnerung gehabt. Er greift den Ordner und schubst ihn mit Schwung seitwärts vom Tisch. Der klatscht auf den Boden, schlittert über das glatte Parkett und prallt gegen die Wand. Er läuft aufgebracht im Raum hin und her wie ein Tiger im Käfig, ist tief verletzt, fühlt sich in seine Kindheit zurückversetzt, wenn er nicht sofort das bekam, was er gerade haben wollte. Seine Mutter hatte ihn dann immer ›mein kleiner Häwelmann‹ genannt. Darüber wurde er dann immer noch wütender. Und jetzt ist er genauso wütend. Er findet, dass seine Leistungen in diesem Artikel heimtückisch verzerrt beschrieben wurden. Es war ihm schließlich gelungen, aus dem Nichts, mit eigener Kraft Geld zu drucken, das kaum einer von echtem Geld unterscheiden konnte.

Sechsundzwanzig Jahre ist das Ganze jetzt her, denkt er, und schon weiß kein Mensch mehr, wie großartig ich mal war, ich der ›Falsche Fünfziger‹. Das wird sich ändern, das verspreche ich euch allen.

Er schaut zum Ordner, der aufgeklappt vor der Wand liegt.

»Das wird sich ändern!«, sagt er zu ihm.

*

Während die mobile Einsatztruppe gerade in ihren Mannschaftswagen krabbelt und abfährt, trifft das Team der Spurensicherung ein, Hollmann mit vier Männern und einer Frau. In der Videothek wird es eng. Wer einen kurzen Blick auf die Leiche hinter dem Tresen werfen will, muss sich einreihen. Aber ein Blick reicht um zu sehen, dass der Tod gründliche Arbeit geleistet hat. Der Mann liegt ausgestreckt, quer zum Tresen auf dem Rücken. Er scheint einfach nach hinten gefallen zu sein. Der Tote trägt einen ausgefransten, aber sauberen Bundeswehrparka mit der deutschen Flagge an beiden Oberarmen. Beide Hände stecken in nagelneuen, dunkelbraunen Fingerhandschuhen. Die rechte Hand umklammert den Griff einer Waffe. Das rechte Ohr ist verbrannt und blutig.

»Das ist Hajo Peters!«, sagt Swensen zu Hollmann, während sich sein Team auf die übrigen Räume verteilt und fast lautlos mit seiner Arbeit beginnt.

»Wir wollten ihn verhaften und jetzt liegt er da!«

Hollmann hört aus Swensens Stimme etwas wie Ärger heraus.

»Sieht verdammt nach Selbstmord aus«, meint Swensen nach einer Pause an Hollmann gerichtet.

»Das soll der Polizeiarzt entscheiden!«, erwidert Hollmann. »Da misch ich mich nicht ein.«

»Aber da liegt etwas für dich!« sagt Swensen und deutet auf einen kleinen karierten Zettel. »Er hat anscheinend eine Nachricht hinterlassen.«

Hollmann verbiegt seinen Hals um die Schrift zu lesen.

»Da steht nur: ich halt das ›Ganze‹ nicht mehr aus«, kommt ihm Swensen zuvor. »Ganze kleingeschrieben. Mit Bleistift. Merkwürdig nicht?«

»Was ist daran merkwürdig? Dass jemand kein Deutsch kann?«

»Weniger, aber wer schreibt heute noch mit Bleistift?«

»Einige Dinge sind so wie sie sind!«, kommentiert Hollmann die Frage, streift sich Latexhandschuhe über und geht. Swensen guckt ihm verdutzt hinterher und verbucht seine Antwort als fatalistische Haltung.

Wahrscheinlich gewöhnen sich die Spurensicherer bei ihrer Arbeit so sehr daran, nur auf ihre Fakten zu achten, dass Interpretation für sie zu einem Fremdwort wird, denkt er und tastet die Leiche von Hajo Peters mit seinen Augen ab. Er glaubt nicht an Fatalismus. Alles hat einen Sinn, man muss ihn nur entdecken, ist sein Lebensmotto. Die Handschuhe sind aber schon merkwürdig, denkt er. Jemand will sich umbringen und zieht sich vorher Handschuhe an? Warum? Will er keine Fingerabdrücke hinterlassen? War ihm kalt? Wollte er die Hände schützen? Klingt alles bescheuert, wenn man mich fragt.

Er steht vor den Füßen der Leiche, macht einen Schritt zur Seite um sich die Schusswunde an der rechten Kopfseite noch einmal anzusehen. Das Ohr, eine Mischung aus verkrustetem Blut und rohem, verbranntem Fleisch, ist kaum zu erkennen. Ein Blutstrahl ist über den Tresen gespritzt. Überall feine Blutspritzer, selbst auf dem vermeintlichen Abschiedszettel.

Der scheint noch nicht all zu lange tot zu sein. Warum hat er nur nicht solange gewartet, bis wir ihn verhaftet haben, denkt Swensen und missbilligt im gleichen Moment seine hässlichen Gedanken.

Denken ist die Sprache unseres Geistes, predigt seine innere Stimme. Und weil Denken zum Handeln führt, müssen wir ›recht denken‹.

Er starrt auf den großen Blutfleck auf dem schmuddeligen Teppichboden.

Die Gedanken sind frei, setzt eine andere Stimme trotzig dagegen. Manchmal ist Swensen heilfroh, dass niemand seine

Gedanken hören kann. Sein Blick schweift über die Wand hinter der Leiche. Auf einem Plakat erstürmt Milla Jovovich im Kettenhemd eine mittelalterliche Burg. Johanna von Orleans. Er hatte die zigfache Wiederverfilmung der besessenen Jungfrau vor nicht all zu langer Zeit gesehen. Großes Kino. Die schöne Milla wühlte sich puppenhaft durch ein glamouröses Gemetzel. Schöne Bilder, aber sonst nichts Neues. Am Ende stirbt sie wie immer, historisch vorgegeben, ihren Filmtod auf dem Scheiterhaufen. Jetzt liegt Hajo Peters ihr zu Füßen.

Ein Geräusch am Eingang lässt ihn aufschrecken. Neben Heinz Püchel kommt ein Mann mit einer Kamera in der Hand in den Raum, den Swensen vorher noch nie gesehen hat. Dahinter folgt der rundliche Polizeiarzt Michael Lade.

»Wo liegt er?!«, ruft Püchel und stürmt auf Swensen zu.

Püchel tritt neben ihn, schaut zögerlich hinter den Tresen und dreht sich gleich wieder weg.

»Grauslich! Muss das immer so aussehen?«, fragt er mit angewidertem Gesicht.

»Der Tod ist kein Schönheitswettbewerb, mein Lieber!« grinst Michel Lade und klopft Püchel auf die Schulter.

»Was für 'ne Waffe ist das?«, fragt Püchel Swensen.

»'ne Walther!«

»7,65?«

»Ich geh davon aus, wenn ich sie mir so anschau'.«

»Können Sie vielleicht jetzt zur Seite treten, damit ich die Fotos machen kann?«, sagt der Fotograf und streckt Swensen die Hand hin. »Richard Gerber! Wir kennen uns noch nicht.«

Swensen stellt sich vor und weist Gerber ein, von welchen Details er auf alle Fälle Bilder haben möchte.

»Ich mach lieber immer mehr Bilder, als zu wenig«, beruhigt ihn Gerber.

»Wo ist Silvia?« fragt Püchel.

»Klinkenputzen! Vielleicht haben Nachbarn was gehört«, antwortet Swensen, während grelle Lichtblitze durch den Raum zucken. Lade wartet auf seinen Auftritt, wackelt nervös mit dem Arztkoffer.

»Übrigens haben wir in Peters Wohnung einen Mietvertrag für eine Garage gefunden. Mielke ist mit Jacobsen auf dem Weg dorthin. Ich hoffe, der Jeep findet sich dort an«, sagt Püchel.

»Der wird da schon stehen. Und sonst finden wir ihn woanders. Jetzt ist das alles nicht mehr so dringend.«

»Wenn das Peters war, der den Schlamassel angerichtet hat, würde ich das so schnell wie möglich wissen wollen.«

»Ich bin davon überzeugt, dass er Edda Herbst auf dem Gewissen hat!«

»Und Kargel und Poth?«

»Welches Motiv sollte er haben?«, fragt Swensen.

Püchel zuckt mit den Schultern. Er zieht eine Zigarettenschachtel aus der Manteltasche, schlägt mit dem Mittelfinger auf den Boden und zieht eine Zigarette heraus. Mit einer Handbewegung deutet er an, dass er sie draußen rauchen geht. Der Fotograf ist mit seiner Arbeit fertig und Lade nimmt seinen Platz ein. Swensen stellt sich, so dicht er kann, neben ihn.

»Scheint noch nicht lange tot zu sein«, sagt Lade mehr zu sich selbst.

»Wie lange, schätzungsweise?«, fragt Swensen nach.

Er deutet auf die Augen- und Kieferpartie.

»In den Augenlidern und der Kaumuskulatur beginnt die Totenstarre zuerst. Siehst du!«, sagt Lade und drückt an Peters Kiefer.

»Zwei Stunden, höchstens drei.«

Er zieht Peters den rechten Schuh und seine Socke aus, und hebt seinen Fuß etwas an. Dann drückt er mit dem Finger auf den bläulich-roten Fleck, der sich an der Ferse gebildet hat. Der Fleck verblasst und kehrt wieder, als er den Druck wieder löst.

»Zwischen zwei und drei Stunden!«, wiederholt Lade. »Genauer kann ich dir das beim besten Willen nicht sagen.«

»Selbstmord oder Mord?«

»Das kann ich so nicht beantworten, das klär lieber mit den Typen aus Kiel. Wenn du mich privat fragst, sieht das hier sehr nach Selbstmord aus. Der hat sich in Höhe des Ohrs in den Kopf geschossen. Ein klar aufgesetzter Schuss. Spricht dafür. Fast alle Selbstmörder setzten die Waffe direkt an den Kopf. Die Pulverspuren bestätigen das auch.«

»Kann aber auch jemand anderer aufgesetzt haben, oder?«

»Alles kann sein! Aber ich denk, er soll der Mörder sein? Immerhin kein schlechtes Motiv für einen Selbstmord. Soll, glaube ich, schon öfter vorgekommen sein. Hast du irgendwelche Zweifel?«

»Von Natur aus, Michael.«

»Manchmal glaube ich, du bist froh, wenn der Fall bloß nicht abgeschlossen wird.«

»Quatsch!«, sagt Swensen eine Idee zu laut, verschweigt aber seinen bleibenden Zweifel.

Das sieht mir alles viel zu perfekt nach Selbstmord aus, denkt er, nickt Lade zu und geht nach draußen frische Luft schnappen. Der Videoladen ist weiträumig abgesperrt. Hinter den Plastikschnüren hat sich, trotz der Nachtzeit, eine Handvoll Neugieriger angesammelt. Die kleine Gruppe steht einige Meter vor der Absperrung und palavert gestenreich miteinander. Neben der Tür steht Püchel mit einem Streifenpolizisten zusammen und qualmt mit ihm um die Wette. An der Anzahl der Kippen, die am Boden liegen, lässt sich ablesen, dass beide die ganze Zeit Kette geraucht haben müssen. Gerade kommt Silvia Haman zurück, duckt sich unter der Plastikschnur hindurch, die ihr ein anderer Streifenpolizist hochhält.

»In den meisten Wohnungen macht niemand auf. Wir müssen morgen früh hier noch mal alles durchkämmen«, sagt sie, während Püchel und Swensen ihr entgegengehen. »Bis jetzt hab ich erst von dreien eine Aussage, zwei Frauen und ein Mann. Die beiden Frauen wohnen gleich hier nebenan und der Mann genau gegenüber. Die haben alle ein Geräusch gehört, so was wie einen dumpfen Knall, haben sich aber nichts weiter dabei gedacht. Alle haben fast denselben Zeitpunkt angegeben, so zwischen halb und viertel vor elf.«

»Der Laden macht um zehn Uhr zu, steht auf dem Schild an der Tür.«

»Das passt ja gut!«, sagt Püchel trocken. »Der macht den Laden zu und überlegt alles noch mal in Ruhe.«

»Würdest du zur Arbeit gehen, normal arbeiten und dich dann nach Feierabend erschießen?«

»Vielleicht ein spontaner Entschluss!«, kontert Püchel. »Was weiß ich, wann jemand Gelüste auf Selbstmord verspürt!«

»Wenn ich mich erschießen wollte, würde ich jedenfalls nicht mehr arbeiten gehen«, sagt Swensen.

»Soll ich darauf jetzt was sagen, Jan?«

»Lass es lieber, Heinz, lass es lieber!«

Püchels Handy klingelt. Er nimmt das Gespräch an. Wenig später verformt sich sein Gesicht so heftig, als wenn darauf eine Bombe eingeschlagen wäre. Mit großen Augen sprudeln immer wieder dieselben Worte aus seinem Mund:

»Was, was, was!« und »Nicht zu glauben!« und »Das ist ja Wahnsinn!« Swensen und Silvia Haman kleben gebannt an seinen Lippen bis er das Telefonat beendet hat.

»Haltet euch fest, meine Lieben!«, triumphiert er lauthals. »Mielke und Jacobsen haben gerade in Peters Garage die gestohlenen Kupferstiche aus dem Storm-Museum sichergestellt.«

11

»Ich glaube du brauchst hier in Husum bald ein Abonnement für uns!«, hatte Dr. Jürgen Riemschneider gesagt und mit dem rechten Auge gezwinkert. »Jetzt sind wir in so kurzer Zeit schon das dritte Mal angereist. Glücklicherweise gibt es diesmal nicht, wie beim letzten Mal, zwei Leichen auf einmal.«

Swensen hatte den Gerichtsmediziner direkt vom Seziertisch weg vor die Tür gewunken. Er verspürte keine große Lust, sich die Obduktion aus der Nähe anzusehen. Nein, das muss nicht wieder sein, hatte er gedacht, als er sich daran erinnerte wie er einmal bei einem Kopfschussopfer dabei gewesen war, damals, in seiner Anfangszeit bei der Hamburger Kripo. Es war ein Leichtes, sich das Bild erneut vor seine Augen zu holen und das freigelegte Gehirn wieder vor sich zu sehen.

»Du willst bestimmt schon Ergebnisse hören, Jan, oder?«, fragte Riemschneider. »Du hast Glück, wir sind gerade fertig.«

»Das was uns hier im Moment am meisten interessiert ist, war es Selbstmord oder Mord?«

»Das ist gar nicht so leicht zu beantworten.«

Swensen sah Riemschneider mit fragenden Augen an. Der gab ihm mit einer Handbewegung zu verstehen, ob er nicht mit reinkommen möge, was Swensen mit heftigem Kopfschütteln verneinte.

»Nun«, fuhr Riemschneider fort, »wir haben den Leichnam nach Verfärbungen, Schwielen, Hämatomen abge-

sucht und nichts gefunden. Keine Anzeichen irgendwelcher Gewalteinwirkungen von außen. Es deutet erst mal alles auf Selbstmord hin, sollte aber noch nicht als abschließendes Ergebnis gewertet werden. Die Kleidung muss noch in unserem Speziallabor in Kiel untersucht werden. Blutspritzer und die gesamte Palette. Oberflächlich ist auch da nichts Verdächtiges zu entdecken.«
»Todeszeit?«
»Zwischen 22:00 und 23:00 Uhr!«

Swensen steht vor dem ratternden Faxgerät und versucht über Kopf schon einige Wortfetzen im Voraus zu ergattern. Riemschneider hatte Wort gehalten. Er versprach ihm, den Sektionsbericht so schnell wie möglich zuzufaxen. Jetzt ist es 16:17 Uhr. Mit einem Ratsch schneidet das Gerät den ersten Bogen ab. Swensen greift zu und fliegt mit den Augen über die Zeilen.

Sektionsbericht
 Angaben zur Sektion
 Die Sektion wurde am 10. 12. 2000 zwischen 1000 und 1500 im Obduktionssaal des Kreiskrankenhauses Husum, Erichsenweg 16, 25813 Husum, durchgeführt. Anwesend Dr. Helmut Markgraf, Schwester Dorothee Helwig. Der Bericht wurde von Dr. Jürgen Riemschneider ausgegeben.

Sekti.-Nr. 127/00
 Zur Vorgeschichte ist bekannt, dass der Mann am 10. 12. 2000 gegen 1:00 Uhr vom mobilen Einsatzkommando bei einem Festnahmeversuch in seiner Videothek entdeckt worden sei. Es habe sich um Herrn Hajo Peters gehandelt. Die Leiche sei auf dem Rücken liegend vorgefunden worden. Der linke Arm sei ausgestreckt gewesen, die Hand habe auf dem rechten Oberschenkel gelegen. Der

rechte Arm sei leicht angewinkelt gewesen. Die rechte Hand steckte in einem Handschuh und habe eine Waffe gehalten. Aus dieser vermutlichen Tatwaffe ist nur ein Schuss gefeuert worden. Das rechte Ohr sei verbrannt und blutig gewesen und es sei nur ein Einschusskanal festgestellt worden. Diese, uns aus den Ermittlungsakten bekannt gewordenen Daten, werden zum Ausgangspunkt der Untersuchung gemacht.

Äußere Besichtigung
Auf dem Sektionstisch liegt die Leiche des bekannten, 167 cm langen, 68,9 kg schweren, 41jährigen Mannes. Körperbau massiv, füllig. Ernährungszustand, sehr gut genährt.

Swensen legt das Blatt gelangweilt auf seinen Schreibtisch und wartet ungeduldig auf die restlichen Blätter. Endlich gleitet das Letzte in die Ablage. Er nimmt sie heraus, blättert sie alle hastig durch und greift nach dem Blatt mit der Beschreibung der Kopfwunde.

Innere Besichtigung
Kopfhöhle:
Die Kopfschwarte wird in üblicher Weise abpräpariert. Die rechten Schläfenlappen weisen zahlreiche, punktförmige, z.T. ineinanderfließende, schwarzrote Verfärbungen auf. In den Hirnkammern findet sich blutige Flüssigkeit. Der Kopfschwarte entströmt ein auffällig aromatischer Geruch.

Medizinerkauderwelsch, denkt Swensen und blättert bis nach hinten durch.

Vorläufiges Gutachten
Bei der Sektion fanden sich Verletzungen wie nach Schusswaffeneinwirkung:

Im Bereich des rechten Ohres findet sich eine kreisrunde Stanzmarke. Die Maße stimmen mit den Abmessungen der von der Polizei als mögliche Tatwaffe vorgelegten Pistole überein. Anhand der Rußpartikelablagerung auf der Haut, wird der Vorgang wie folgt erklärt: Der Mann hat die Waffe an sein rechtes Ohr gesetzt und abgefeuert. Das Projektil ist durch den äußeren Gehörgang eingetreten, hat eine Fraktur der Schädelbasis erzeugt, durchschlägt den Schädelknochen und bleibt auf der linken Seite der Calvaria im Schläfenlappen der Hirnrinde stecken. Das deformierte Projektil wurde entfernt und wird einer weiteren polizeilichen Ermittlung zugeführt. An Körper und Kleidung konnte keine Fremdeinwirkung festgestellt werden.

Im Prinzip kann man auch ohne den Bericht leben, denkt Swensen, legt die Papiere auf den Schreibtisch und nimmt auf dem Stuhl Platz. Das Wesentliche wurde schon alles heute Morgen zwischen Tür und Angel besprochen.

Er guckt auf den Bericht, wippt unentschlossen mit dem Bürostuhl nach hinten. Aufgewühlt versucht er die veränderte Situation zu begreifen. Statt einer Verhaftung muss er sich nun mit dem Selbstmord auseinandersetzen. Irgendetwas in ihm sträubt sich jedoch vehement dagegen. In der Morgenbesprechung waren alle wie ausgewechselt gewesen, besonders Püchel hatte ausgelassen über beide Ohren gegrinst.

»Das war Ermittlung vom Feinsten, Jan, Hut ab!« hatte er die Runde eröffnet. »Ich wusste doch immer schon, du bist unser Bester. Das soll unter keinen Umständen die Arbeit aller anderen schmälern. Meinen Glückwunsch an alle hier. Die Husumer Kripo steht in der Öffentlichkeit da wie eine Eins!«

Silvia Haman hing geschafft vom Vortag auf ihrem Stuhl. Jacobsen dagegen saß aufrecht, als wenn er gleich einen

Orden erhalten würde. Selbst Mielke strahlte mit dem Chef um die Wette. Der ruderte theatralisch mit den Armen.

»Ich bin stolz auf euch! Wir haben einen gefährlichen Killer aufgespürt, der für sich keinen Ausweg mehr sah. Grund genug, Kollegen, uns nach Feierabend zu einem kleinen Umtrunk zu treffen!«

»Könnte es nicht sein, dass dein Enthusiasmus etwas verfrüht ist?«, so der Gelobte.

Du bist nachtragend, mein Lieber – Bin ich nicht!

»Kannst du deinen Erfolg nicht einfach genießen? Oder trägst du mir etwa meine etwas schärferen Worte noch nach?«

»Quatsch!« Genau!

»Wenn das so ist, entschuldige ich mich persönlich bei dir, Jan. So was kommt in den besten Familien vor. Nichts für ungut!«

»Darum geht es doch gar nicht.«

Doch, genau darum geht es, lieber Jan. »Ich finde, wir sollten lieber erst die Untersuchungsergebnisse abwarten, bevor wir ins Schwärmen geraten.«

Die Kollegen guckten pikiert vor sich auf die Tischplatte. Püchel stöhnte hörbar auf.

»Fakt ist«, eiferte er sich, »Peters entdeckt ein altes Manuskript, auf dem sich die Fingerabdrücke von Edda Herbst befinden. Peters hat einen Jeep, mit dem ihre Leiche höchstwahrscheinlich ins Watt transportiert wurde. Hollmann und sein Team untersuchen die Karre gerade. Was dabei rauskommt, weiß ich jetzt schon. Fakt ist auch, dass Peters für seinen Selbstmord eine Walther 7,65 mm benutzt hat. Die zwei weiteren Morde wurden ebenfalls mit dieser Waffe begangen. In Peters Garage finden sich die gestohlenen Kupferstiche, die in der Mordnacht im Storm-Museum verschwanden. Was willst du noch mehr Jan?«

»Woher weißt du, dass Peters Selbstmord begangen hat?«

»Eins und eins macht zwei, Jan! Peters liegt mausetot hinter seinem Verkaufstresen. Die Tür war zu, ihr musstet sie aufbrechen. Wer soll ihn da erschossen haben?«

»Die Eingangstür hat einen Kugelknauf. Vielleicht hat ihn jemand erschossen, die Tür von außen zugeschlagen und fertig«, sprang Silvia Haman Swensen unerwartet zur Seite.

»Und warum sollte sich Peters Handschuhe anziehen, um sich zu erschießen?«, legte dieser nach.

Püchel biss genervt auf die Unterlippe.

»Der hatte Feierabend!«, verteidigte der sich. »Es war kalt. Er zieht Parka und Handschuhe an und merkt plötzlich, dass er die Schuld nicht mehr aushält.«

»Er schreibt also einen Abschiedsbrief, zieht sich warm an und erschießt sich?«

»Menschen treffen die merkwürdigsten Entscheidungen! Er schrieb auf dem Zettel ja auch, er hält das GANZE nicht mehr aus. Das deutet auf mehr hin, als nur auf Edda Herbst.«

»Meinst du die geklauten Kupferstiche?«

»Zum Beispiel! Das spricht dafür, dass Peters auch Kargel ermordet hat?«

»Und das Motiv?«

»Er wollte die Bilder klauen, zerschlägt ein Fenster im Hof, steigt ein und ...«

Püchel kniff die Augen zusammen, grübelte und wusste nicht mehr weiter.

»Ich wette mit dir, an den Bildern finden sich keine Fingerabdrücke!«, sagte Swensen gelassen.

»Was willst du damit sagen, Jan!«, brauste Püchel auf.

»Wie habt ihr die Bilder vorgefunden?«, wendete sich Swensen an Mielke und Jacobsen.

»Wie vorgefunden? Die standen normal in einer Ecke rum«, erwiderte Mielke und Jacobsen nickte dazu.

»Sie waren nicht verpackt?«, fragte Swensen.

Die beiden schüttelten den Kopf.

»Gab es sonst noch was Auffälliges? War die Tür verschlossen?«

»Das Fenster war kaputt, dürfte aber schon länger in diesem Zustand gewesen sein.«

»Jan, worauf willst du hinaus?«, unterbrach Püchel.

»Ich denke laut darüber nach, welchen Grund es geben sollte, dass Peters Kargel oder Poth erschießt!«

»Da wird sich schon noch was finden«, zischte Püchel. »Das finden wir raus.«

Ja, mein Lieber, denkt Swensen als ihm Püchels Rechtfertigungsversuche wieder in den Ohren klingen. Das Gutachten spricht vorläufig eine andere Sprache.

Er überlegt, ob er aufstehen soll um Püchel die Ergebnisse auf den Schreibtisch zu knallen. Verwirft den Impuls aber gleich wieder, um die aufgekeimte Versöhnung nicht zu gefährden und brütet vor sich hin.

Wenn es kein Selbstmord war, denkt er, wer hat Peters dann erschossen?

Swensen merkt, dass die Frage genauso in eine Sackgasse voller Ungereimtheiten führt, wie die Widersprüche, die sich bei einem Selbstmord von Peters ergeben. Was hatten sie in der Hand? Der Bleistift war zum Beispiel in der Schublade des Verkaufstresens gefunden worden. Selbst wenn keine Fingerabdrücke daran festgestellt werden können, gibt es sofort die Erklärung, dass die Abschiedszeile mit dem Handschuh geschrieben wurde.

Es klopft an die Tür und auf Swensens »Herein« tritt Silvia Haman ein.

»Der Sektionsbericht legt sich vorläufig auf Suizid fest!«, sagt Swensen, als wenn es das ist, was seine Kollegin gerade wissen will. »Wie man es dreht und wendet, Mord oder Selbstmord, es bleiben Fragen offen.«

»Ich hab in einer Studie der Gesellschaft für Rechtsmedizin gelesen, dass bei 38 rechtsmedizinischen Instituten Fehlleistungen bei der Obduktion nachgewiesen wurden«, sagt Silvia Haman. »Zirka 18.000 nicht natürliche Todesfälle werden jährlich in Deutschland bei der ärztlichen Leichenschau übersehen. Das steht ein wenig im Gegensatz zu unserer angeblichen Erfolgsrate von 94,5 % bei Mord und Totschlag, oder?«

»Das hätte ich jetzt nicht gedacht!«

»Viele Ärzte sind einfach heillos überfordert. Keine Erfahrungen mit Toten, oberflächliche Untersuchungen, Hemmungen in Gegenwart der Angehörigen. Da kann locker ein Mord mit einem Selbstmord verwechselt werden.«

»Das mag ja sein«, unterbricht Swensen, »aber in unserem Fall trifft das bestimmt nicht zu. Riemschneider ist eine anerkannte Kapazität.«

»Ich hab dir heute Morgen in der Besprechung bereits an deinem Gesicht angesehen, dass du am Selbstmord von Peters zweifelst.«

»Zumindest ist das kein normaler Selbstmord, oder?«

»Da geb ich dir recht!«

Swensen denkt nach.

»Sag' mal, was wolltest du überhaupt?«, fragt er plötzlich.

»Ich hab nachgeforscht, wer sich um Peters Nachlass kümmert, irgendwelche Erben und so. Also, seine Eltern sind tot, früh gestorben, sind beide Alkoholiker gewesen. Er hat einen jüngeren Bruder, der aber nicht zu ermitteln ist. Er muss vor zirka 15 Jahren nach Australien ausgewandert sein. Ich hab keine Anschrift gefunden, keine Briefe, keinen Hinweis auf irgendeinen Kontakt. In einem gefundenen Adressbuch gibt es keine Namen, die auf Verwandtschaft hindeuten. Den Rest müssen wir langsam abarbeiten. Es gibt noch etwas Bemerkenswertes; Hollmanns Truppe hat im Schrank von Peters Wohnzimmer einen Beratervertrag gefunden.«

»Einen Beratervertrag?«

Silvia zieht ein maschinengeschriebenes Blatt Papier aus der Mappe, die sie schon die ganze Zeit in der linken Hand hält.

»Ja, in Bezug auf das Storm-Manuskript gibt es einen Beratungsvertrag zwischen Peters und einem gewissen Ruppert Wraage. Das ist ein ...«

»... Ich weiß, wer das ist!«, fällt Swensen ihr ins Wort.

»Du kennst den?«

»Nicht persönlich. Ich war auf einem Storm-Symposium, auf dem dieser Herr aufgetreten ist.«

Swensen versucht sich die Veranstaltung wieder vor Augen zu führen, ein Bild von Wraage zu bekommen. Er sieht ihn aber nur schemenhaft am Podium stehen, eine robuste Gestalt, elegant gekleidet, etwas älter als er selbst.

»Und von dem Vertrag wusste ich auch schon!«

»Du wusstest davon?«

»Ja, von Bigdowski, dem Chefredakteur der ›Husumer Rundschau‹, aber ich hab keine Ahnung was drinsteht.«

»Der Vertrag beinhaltet hauptsächlich, wie die Vermarktung des gefundenen Storm-Manuskripts geregelt werden soll. Von allen Kontakten, die Wraage einfädelt, stehen ihm 48 % der Einnahmen zu. Und dann noch das hier«, Silvia schiebt ihm das Blatt über den Schreibtisch und deutet mit dem Finger auf den unteren Teil. »Im Kleingedruckten gibt es einen Passus, wo beim Tod eines der Vertragspartner die bis dahin erzielten Einnahmen dem jeweils anderen Vertragspartner zufallen. Und der übernimmt dann auch die Rechte an der weiteren Vermarktung.«

Swensen hält den Vertrag unter seine Schreibtischlampe und liest das Kleingedruckte.

»Wenn ich das so lese, ist dieser Wraage anscheinend ein richtiges Schlitzohr. Bigdowski hat bei seinem Verhör schon so was angedeutet. Schätze, der hat Peters seinerzeit ganz schön über den Tisch gezogen. Wenn es sich allerdings erhärten sollte, dass Peters den Roman von Edda Herbst geklaut hat, dürfte der schöne Vertrag sowieso hinfällig sein.«

»Wie kommst du da drauf, Jan?«

»Wir haben die Fingerabdrücke von Edda Herbst auf dem Manuskript gefunden. Sie hat es zweifelsfrei in der Hand gehabt.«

»Das sagt gar nichts, Jan. Peters kann es ihr auch vorher gezeigt haben. Sie hat bei ihm gearbeitet.«

»Und das glaubst du wirklich, Silvia?«

»Ehrlich gesagt, nein! Wir können keinen mehr fragen. Es wird schwer sein, das Gegenteil zu beweisen. Es sei denn, jemand hat was gesehen.«

»Ich fürchte du hast recht. Wir sollten uns die Kunden der Videothek vornehmen, es könnte wirklich sein, dass jemand etwas mitgekriegt hat.«

*

Kinderschänder gefasst? Die Schlagzeile schreit am Morgen von allen Titelblättern.

Swensen hatte die Nachricht schon am gestrigen Abend in den Tagesthemen gesehen, die Pressekonferenz nach der Festnahme und das präsentierte Foto vom mutmaßlichen Täter. Endlich hat das Phantom ein Gesicht, hatte er gedacht.

In diesem Moment haben die Tageszeitungen das Foto schon bis in die kleinsten Winkel Deutschlands transportiert. Swensen bleibt stehen. Die schwarzen Blockbuchstaben kann man aus fünf Meter Entfernung lesen. Er geht zum Zeitungsständer, nimmt die ›Husumer‹, bezahlt und setzt seinen Weg fort. Vor dem Kaufhaus lungert eine Schar Jugendlicher herum, einige mit Pommes-Tüten. Etwas abseits dahinter hockt eine ausgemergelte Gestalt in ärmlichen Klamotten auf dem nackten Bordstein, den Blick devot nach unten gerichtet. Swensen wird schon kalt vom Hinsehen. Er kramt ein Markstück aus seinem Portemonnaie und legt es ihm in seine Wollmütze, die vor seinen Füßen liegt.

Die sollte er lieber aufsetzen, denkt er im Weitergehen.

Der Mann stammt eindeutig aus einem der Ostländer, Polen vielleicht oder Litauen. Das gibt es in Husum erst, seit dem der Warschauer Pakt zusammengebrochen ist. Verrückt! Die kurven über hunderte von Kilometern hier her um sich ein paar Groschen zusammenzubetteln.

Heike Malek, eine der Sekretärinnen aus der Storm-Gesellschaft hatte ihm gestern die Handynummer von Ruppert Wraage gegeben und er hatte ihn auf einem Vortrag in Bremen erreicht. Der war sehr erstaunt gewesen, dass die Polizei ein Gespräch mit ihm wünschte. Er bestand auf einem Termin außerhalb seiner Wohnung. Swensen schlug das Café Tine vor, doch Wraage wollte lieber ein Treffen im Wintergarten des ›Theodor-Storm-Hotels‹, 10:30 Uhr.

Swensen guckt zur Uhr der Marienkirche. 10:03 Uhr. Noch etwas früh, denkt er. Es ist diesig und feuchtkalt. Er beschließt sich schon zum Treffpunkt zu begeben. Hinter dem Fotoladen biegt er nach rechts und geht die ›Neustadt‹ hinauf. Schon wieder hat sich das Gesicht der Straße verändert. Die kleinen Läden wechseln stetig. Die Pullover in einer Auslage sind verschwunden und durch ein Meer von Stoffblumen mit künstlichen Wassertropfen ersetzt worden. Kitsch hoch drei. Dafür sind andere Geschäfte unverwüstlich. Der Modellbauladen existiert bereits ewig, genauso wie der antiquarische Buchladen etwas weiter oben, in dem er in seiner freien Zeit gerne rumstöbert und schon manches Schnäppchen entdeckt hat. Als Swensen die Apotheke erreicht, kommt Ruppert Wraage dort gerade heraus.

»Herr Wraage?«, spricht er ihn an. Der wendet seinen Kopf, ruckartig wie ein Käuzchen und seine Augen prüfen ihn irritiert.

»Kennen wir uns?«

»Jan Swensen, Kripo Husum, wir sind in zehn Minuten verabredet.«

Wraages Augen nehmen etwas Erstauntes an: »Sie kennen mich?«

»Nur flüchtig, Herr Wraage! Ich war auf dem letzten Storm-Symposium.«

Wraages Gesicht hellt sich auf.

»Oh, es freut mich, Sie kennen zu lernen, Herr Swensen.«

Er streift seinen rechten Lederhandschuh ab und reicht Swensen die Hand. Der findet seine Stimme übertrieben freundlich.

»Gehen wir rüber!«, sagt Wraage und geht quer über die Straße auf das Hotel zu. Swensen folgt ihm. Der Mann hinter der Rezeption grüßt höflich zu Wraage hinüber, hebt den Arm und schnippt mit dem Finger. Ein Bediensteter stürzt an seine Seite, nimmt den beiden Männern die Mäntel ab und führt sie auf Wraages Wunsch zu einem Tisch im Wintergarten.

»Sie waren also auf dem letzten Storm-Symposium«, beginnt Wraage, während sie sich setzen. »Heißt das Storm interessiert Sie?«

»Leider nur beruflich, Herr Wraage! Es ist eher ...« Swensen zögert einen Moment, »... meine Bekannte, die ›storminteressiert‹ ist. Ich hab sie damals nur mit aufs Symposium begleitet.«

Er ist mit seiner Formulierung nicht gerade glücklich, aber für das Wort Freundin fühlt er sich plötzlich zu alt und Frau stimmt eben nicht.

»Und jetzt sind Sie bestimmt wegen Herrn Peters hier?«

»Sie haben es erraten, Herr Wraage.«

»Ein schrecklicher Vorfall. Ich hab das gestern aus der Zeitung erfahren und bin immer noch völlig fassungslos.«

»Wir haben einen Beratervertrag bei Herrn Peters gefunden. Sie waren sein Geschäftspartner?«

»Ja, Herr Peters rief mich damals an, kurz nachdem er diesen sensationellen Fund gemacht hatte. Wir trafen uns dann persönlich und er bat mich ihm bei der Vermarktung zur Seite zu stehen.«

»Dazu habe ich ein paar Fragen, Herr Wraage.«

»Bitte, fragen Sie!«

»In dem Vertrag gibt es einen Passus, dass im Falle des Todes eines Vertragspartners dem anderen das gesamte erwirtschaftete Geld zufällt. Was sagen Sie dazu?«

»Was soll ich dazu sagen?«

»Nun, Sie machen einen Vertrag, und kurz darauf erschießt sich Ihr Vertragspartner oder ist sogar ermordet worden. Da könnte man doch nachdenklich werden, oder?«

Wraage zieht seine buschigen Augenbrauen hoch. Über der Nasenwurzel entstehen zwei Furchen.

»Herr Peters hat keinen Suizid begangen?«, fragt er, indem er seinen Blick in Swensens Augen bohrt. Doch der hält ihn aus.

»Das können wir zu diesem Zeitpunkt nicht sicher sagen.«

»Dann versteh ich die Frage nicht. Warum soll dieser Passus in dem Vertrag ungewöhnlich sein? Wenn ich jetzt tot wäre, würde Peters alles bekommen.«

»Mich macht der Passus stutzig! Wie stand Peters denn dazu?«

»Herr Swensen, darf ich fragen, worauf Sie hinaus wollen?«

»Beantworten Sie einfach meine Frage.«

»Na ja, Herr Peters war nicht gerade der hellste Kopf, Herr Swensen. Die Gunst der Stunde zu nutzen ist ja nicht strafbar, oder?«

»Was würden Sie sagen, wenn dieser Vertrag keine rechtliche Grundlage besitzt?«

»Wie soll ich das verstehen?«

»Herr Wraage, wir haben den Verdacht, dass Hajo Peters den entdeckten Storm-Roman gestohlen hat.«

»Gestohlen?«, wiederholte sein Gegenüber gelassen.

»Irgendwie hab ich mir so was Ähnliches schon gedacht«, murmelt er dann.

Swensen schaut Wraage verwundert an.

»Herr Swensen, seit Jahren fahnde ich nach diesem verschollenen Manuskript. Ich habe immer wieder unter größten Mühen Personen ausfindig gemacht, die irgendwie mit Theodor Storm in Verbindung stehen könnten, habe Hunderte von Kellern und Dachböden inspiziert. Trotzdem blieb die Suche erfolglos. Der Name Peters ist mir in diesem Zusammenhang nie untergekommen. Dass nun ausgerechnet er diesen Roman fand, ist mir die ganze Zeit schon suspekt vorgekommen.«

»Kennen Sie eine gewisse Edda Herbst?«

»Sie meinen die ermordete Frau?«

»Ja, kennen Sie sie?«

»Nein, aber ich weiß worauf Sie hinaus wollen. Herr Bonsteed erzählte mir von der Dame, wann weiß ich nicht mehr genau. Sie soll um mehrere Ecken mit Storm verwandt gewesen sein. Er hatte sie zu Hause besucht, aber nichts bei ihr entdeckt. Frau Herbst stand auch auf meiner Liste. Danach habe ich sie aber gestrichen.«

»Für wie glaubwürdig halten Sie die Auskunft von Herrn Bonsteed?«

»Das möchte ich nicht beurteilen, Herr Swensen. Aber ich bin da auch etwas voreingenommen. Ich habe so das Gefühl, dass Herr Bonsteed mich nicht besonders mag. Reines Konkurrenzdenken! Ich fürchte, ihn stört meine fachliche Kompetenz in Sachen Storm, auch wenn er vor anderen seine Abneigung kaum zugeben würde.«

Wraage schüttelt sich wie ein gespreizter Pfau. Swensen macht eine Pause und blättert demonstrativ in seinem Block.

»Wenn herauskommt, dass Peters den Roman wirklich bei Edda Herbst gestohlen hat, ist Ihr Vertrag mit Herrn Peters schlagartig Makulatur. Da würden Sie eine Menge Geld verlieren?«

»Was ist schon Geld, Herr Swensen?«

»Nun, es ist die Triebkraft fast aller Verbrechen!«

»Ich bitte Sie, Herr Swensen«, sagt Wraage mit strahlender Miene und lehnt sich genussvoll zurück. »Wenn Sie da auf meine Person anspielen, muss ich Sie enttäuschen. Ich bin Forscher und Experte. Ob der Roman gestohlen wurde oder nicht, ist mir ehrlich gesagt völlig egal. Ich stehe im Zenit meiner Karriere, so oder so. Wichtig für mich ist, dass es den von mir prophezeiten Storm-Roman wirklich gibt. Meine These wird endlich von allen Experten anerkannt werden müssen. Was glauben Sie, kümmert mich da der Verlust von ein paar Groschen aus dem Beratervertrag mit Peters. Ich werde in Zukunft die Kapazität in Sachen Storm sein. Mein Wort wird gehört werden, weit über Husum hinaus.«

Seine Augen blitzen vor Leidenschaft.

Ich könnte mir vorstellen, dass auch Wraage Bonsteed unterschwellig nicht ausstehen kann, denkt Swensen. In puncto Überheblichkeit geben sich beide jedenfalls nichts. Nur Wraage ist rhetorisch noch weniger zu packen. Was wollte ich eigentlich von ihm hören?

Swensen merkt, dass er seinen Faden verloren hat. Wraage scheint seinen Schwachpunkt zu spüren.

»War das alles, Herr Swensen?«, fragt er mit süffisantem Unterton.

»Wie war Ihr Verhältnis zum ermordeten Dr. Kargel?«, fragt der Kommissar aus lauter Verlegenheit.

»Kargel? Kargel war ein borniertes alter Mann, der seiner verlorenen Zeit hinterherhinkte.«

»Nicht gut, wie ich aus Ihren Worten entnehme?«

»Es ist schließlich kein Geheimnis. Dr. Kargel war in zigfacher Weise schlimmer als Bonsteed. Kargel hasste mich und ich war auch nicht besonders angetan von ihm. Damit war ich allerdings auch nicht allein.«

»Denken Sie an jemand Bestimmtes?«

»Schätze mal, die gesamte Storm-Gesellschaft, die Sekretärinnen mit eingeschlossen. Man wartete nur darauf, ihn einigermaßen human in den Ruhestand zu schicken. Fragen Sie mal einige der Mitglieder.«

»Spekulieren Sie nicht auch auf den Posten als Vorsitzender der Stormgesellschaft?«

»Wer hat ihnen das gesteckt?«, Wraage verliert für einen Augenblick die Fassung, fängt sich aber sofort wieder. »Das können Sie nur von Bigdowski haben, stimmt's?«

»Ich stelle hier die Fragen, Herr Wraage.«

»Auf den Posten haben es viele abgesehen, Bonsteed zum Beispiel. Niemand weiß, welches Spielchen Bigdowski in dem Zusammenhang betreibt. Vielleicht ist er selber interessiert?«

»Und Sie sind es auch?«

»Jein, Herr Swensen, ich komme genauso gut ohne den Posten aus. Meine Kompetenz als Storm-Experte wird mich nicht brotlos werden lassen, wie Sie sich denken können.«

Hochmut kommt vor dem Fall. Die Worte, die seine Mutter öfter gebrauchte, fallen Swensen ein.

»Wann haben Sie Hajo Peters das letzte Mal gesehen?«

»Als der Storm-Roman der Presse vorgestellt wurde, bei dem Empfang der ›Husumer Rundschau‹.«

»Gab es bei Herrn Peters Anzeichen die darauf schließen lassen, dass er aus dem Leben scheiden wollte?«

Ruppert Wraage wiegt seinen Kopf hin und her. Dann schaut er nach oben.

»Niemand weiß, was im Kopf eines anderen vorgeht. Aber ehrlich gesagt, kannte ich ihn zu wenig. Mit Sicherheit war er nicht gerade ein heller Kopf. Mein Eindruck war manchmal, dass er das Gefühl hatte ich würde ihn über den Tisch ziehen. Das war natürlich Blödsinn. Gerade ohne mich wäre ihm das passiert. Schon der erste Vertreter der ›Husumer Rundschau‹ wollte ihn gewaltig übers Ohr hauen.«

»Sie meinen den ermordeten Rüdiger Poth?«

»Genau, den meine ich! Meine Verhandlungen haben Peters da rausgerissen.«

»Hatten Sie jemals Streit mit Herrn Peters?«

»Ich habe mit niemandem Streit, Herr Swensen!«

»Auch nicht auf dem Empfang der Husumer Rundschau?«

Ruppert Wraage sieht Swensen verblüfft an: »Woher wissen Sie das denn?«

»Beantworten Sie einfach die Frage!«

»Das war kein Streit! Herr Peters fühlte sich bei der Präsentation zu wenig eingebunden. Dafür konnte ich aber nichts. Der Empfang wurde allein vom Chefredakteur Bigdowski organisiert. Peters hatte seinen eigenen Stellenwert mächtig überschätzt.«

»Immerhin hat er den Roman entdeckt.«

»Sie sagten doch, er hat ihn gestohlen.«

»Das ist ein Verdacht, Herr Wraage. Warum spielt jemand, der eine solche Sensation findet, keine Rolle?«

»Das liegt an Herrn Peters persönlich. Er ist auf dem öffentlichen Parkett nicht gerade gewandt. Herr Peters konnte der Presse nicht mal ein anständiges Interview geben. Die Presseleute haben das schnell spitz gekriegt.«

»Glauben Sie, dass Peters darüber sehr wütend war? Vielleicht besonders auf den Kollegen Poth?«

»Keine Ahnung! Wie gesagt, seit dem Empfang hatten wir keinen Kontakt mehr.«

»Könnten Sie sich Peters als Mörder vorstellen?«

»Als Mörder? Mein Gott, ich kann mir niemanden als Mörder vorstellen. Glauben Sie wirklich, dass er der Mörder ist?«

»Nicht der Mörder, aber ein Mörder!«

Swensen erhebt sich, zieht eine Karte aus der Innentasche seines Jacketts und legt sie Wraage vor die Hände.

»Wenn Ihnen noch etwas einfällt, Herr Wraage!«

*

Feine Rauchstreifen treiben auf halber Zimmerhöhe durch das Badezimmer. Es riecht nach süßem Sandelholz. Mehrere Kerzen lassen ein warmes Flackerlicht über die Wände gleiten. Swensen liegt mit geschlossenen Augen bis zum Hals im Wasser. Etwas in ihm wehrt sich dagegen, alle Mordfälle als aufgeklärt zu betrachten.

Die Indizien gegen Peters sind natürlich erdrückend, denkt er. Immerhin wurden die Kupferstiche in seiner Garage gefunden. Es spricht einiges dafür, dass er sie entwendet hat. 50.000 DM hätte er bei seiner finanziellen Misere schon gebrauchen können. Es gab aber keinen ersichtlichen Grund Kargel zu erschießen. Der Mann arbeitete an einem Gutachten, das für Peters so gut wie bares Geld war. Mit welchem Motiv sollte er den Mann umbringen? Oder Poth? Im Fall Edda Herbst gibt es allerdings keinen Zweifel mehr, aber Peters und alle drei Morde? Nein!

Heute, am späten Mittwochnachmittag des 13. Dezember, erreichten die Ermittlungen ihren erstmal dramatischsten Höhepunkt. Es war 16:20 Uhr, als Püchel die Truppe zur Besprechung zusammenrief und begeistert verkündete, dass die Stofffasern, die Hollmann in dem Jeep von Peters sichergestellt hatte, von der Kleidung stammen, mit der Edda Herbst aus dem Wasser gezogen worden war.

»Damit kann der Mordfall Edda Herbst zu den Akten gelegt werden«, posaunte er feldherrenmäßig in die Runde. Das vage Motiv ließ ihn kalt. Die folgende Diskussion würgte er kurzerhand ab. Wo er recht hat, hat er recht, hatte Swensen bereits da gedacht. An der Schuld von Peters gibt es wirklich nichts mehr zu rütteln.

Eine halbe Stunde später kam der nächste Hammer. Waffenexperte Gerd Schrott aus dem LKA Kiel rief an und gab Swensen die ballistischen Untersuchungsergebnisse von Peters' Walther durch.

»Die übliche Untersuchungsmethode, Herr Swensen«, erklärte er kurz. »Ich hab mehrere Schüsse in einen Wassertank abgegeben, und dann die Probeprojektile mit den Projektilen verglichen, die von den verschiedenen Tatorten stammen. Die Zugprofile aller Patronen sind eindeutig identisch. Die Waffe, mit der Herbert Kargel und Rüdiger Poth erschossen wurden, ist dieselbe Waffe, mit der sich auch Hajo Peters erschossen hat.«

Swensen blieb für einen kurzen Moment richtig die Luft weg. Mit so einem klaren Ergebnis hatte er nicht gerechnet.

»Herr Swensen, sind Sie noch da?«, hörte er Schrotts Stimme unwirklich aus der Ferne.

»Ja, ich bin noch da«, antwortete er, nachdem er vorher tief durchgeatmet hatte. »Sie sind natürlich völlig sicher, oder?«

»Welche Frage, Herr Swensen!«

»Danke, Herr Schrott«

Swensen stand wie angewurzelt mit dem Hörer in der Hand. Das Freizeichen piepte. Da stimmt etwas nicht, war sein erster Gedanke. Auf der anderen Seite, wer war er, dass er an dem Untersuchungsergebnis aus Kiel zweifeln konnte. Swensen trat ans Fenster und sah in den Hinterhof. Die beiden alten Eichen standen, scharfkantigen Scherenschnitten gleich, vor dem tiefgrauen Abendhimmel, unumstößlich wie das Gutachten des Ballistikexperten Schrott.

Wahrscheinlich möchte ich nur nicht, dass Püchel einfach recht hat, dachte er, als er sich zu dessen Büro aufmachte. Es kam, wie es kommen musste, sein Chef rastete vor Begeisterung schier aus.

»Was hab ich dir die ganze Zeit gesagt, Jan«, jubelte er lauthals. »Jetzt ist es unumstößlich raus, Hajo Peters ist für den ganzen Kram verantwortlich. Der konnte die Schuld einfach nicht mehr ertragen. Unsere Mordfälle sind mit einem Schlag vom Tisch und das ist hauptsächlich dein Verdienst, Jan. Was meinst du, sollten wir nicht so schnell wie möglich eine Pressekonferenz anberaumen?«

»Ich finde wir sollten noch abwarten, Heinz. Es liegen nicht alle Untersuchungsergebnisse vor!«

»Ich finde, jetzt wirst du pingeliger als der Papst.«

Swensen merkt, dass ihm kalt wird. Außerdem ist die Haut seiner Hände schon schrumpelig. Er steigt aus der Wanne, trocknet sich ab, zieht seinen Bademantel an und pustet die Kerzen aus. Im Wohnzimmer macht er es sich auf dem Sofa bequem. Trotz Bad keine Spur von Entspannung. Das Gehirn arbeitet unentwegt. Er sieht Peters verstörten Gesichtsausdruck, sieht ihn im schummrigen Licht seiner Videothek stehen, damals bei seinem Verhör.

Er vermied krampfhaft jeden Augenkontakt. Man konnte das schlechte Gewissen förmlich spüren und bei Swensen wuchs das Misstrauen.

»Wann haben Sie Edda Herbst das letzte Mal gesehen?«, hatte er Peters gefragt und ihn dabei unauffällig gemustert. Der bullige Mann wirkte kraftlos wie ein schlaffer Mehlsack, die breiten Schultern hingen herunter. Es bildeten sich dicke Schweißperlen auf seiner Stirn. Die Finger seiner klobigen Hände wischten beim Sprechen immer wieder nervös über die Holzoberfläche des Tresens.

»Letzten Montag! Frau Herbst wollte am nächsten Tag für drei Wochen in den Urlaub gehen.«

Kinderschänder gefasst? Auf dem Wohnzimmertisch liegt noch die alte Tageszeitung von gestern. Swensen war nicht dazu gekommen den Artikel zu lesen. Heute war die Leiche der zwölfjährigen Janina Eggers im Wald gefunden worden. Der Täter hatte in der Zwischenzeit gestanden und den Beamten den Tatort verraten. Swensen schlägt die Zeitung auf und sieht sich das Foto des Täters an, unter dem ›der mutmaßlicher Täter‹ steht.

Wahrscheinlich ticken wir Kriminalkommissare einfach nicht richtig, denkt er. Ich glaube, wir sind schon eine merkwürdige Spezies. Es gibt wohl keinen Beruf, der sich so sehr gegen das eigene, natürliche Wesen eines Menschen richtet, wie der bei der Kripo. Wir sehen Opfer, bestialisch zugerichtet, und im nächsten Moment reichen uns die Täter ihre Hand, mit der sie das Schreckliche getan haben und wir schlagen sie nicht aus. Wir müssen ein Vertrauensverhältnis zu jemandem aufbauen, den wir für einen Unmenschen halten, damit er auspackt oder sein Geständnis nicht widerruft, oder, oder.

Mein buddhistisches Weltbild gerät da fast immer ins Wanken. Liebe und Mitleid mit deinem Nächsten sollte mit Weisheit und Wissen gepaart sein, war eine Weisheit von Meister Rinpoche. Über den Umgang mit einem Mörder hatte er nichts gesagt. Manchmal kann ich meine Abscheu kaum verbergen. Mit so einem Gefühl im Bauch muss man dann auch noch einen Täter vor aufgebrachten Anwohnern beschützen und gleichzeitig beruhigend auf ihn einreden.

Swensen starrt noch immer auf das Zeitungsfoto. Irgendwie irre, dass die Flensburger ihren Fall zur selben Zeit lösen konnten, denkt er. Doch ist der Fall Hajo Peters für mich wirklich gelöst?

Swensen sieht Peters wieder tot hinter dem Tresen liegen. So wie ich den kennengelernt habe, war der kein klassischer Selbstmordkandidat, denkt er und merkt, wie sich seine Gedanken im Kreis drehen. Er schaut auf die Uhr. Die Tagesthemen beginnen in wenigen Minuten. Er nimmt die Fernbedienung und schaltet den Fernseher an, als das Telefon klingelt.

Das kann nur Anna sein, denkt er, stellt den Ton mit der Fernbedienung leiser, nimmt den Hörer ab und meldet sich.

»Anna hier, hallo! Du, ich hab gerade mit meiner Mutter telefoniert und sie hat uns beide am Heiligabend zu sich eingeladen. Was hältst du davon, Jan?«

»Heiligabend? Mein Gott, Weihnachten! Das ist ja bald.«

»Noch elf Tage, mein Lieber!«

»Du Schreck, und ich hab noch kein Geschenk. Na, immerhin sieht es so aus, als ob es arbeitsmäßig langsam ruhiger wird bei uns. Also, sag einfach zu bei deiner Mutter.«

Anna Diete war allein mit ihrer Mutter in Garding aufgewachsen. Ihr Vater hatte sich gleich nach ihrer Geburt aus dem Staub gemacht und die Mutter mit dem Kind sitzen gelassen. Anna sah ihn am Anfang nur alle paar Jahre. Später brach sie den Kontakt ab.

»Prima!«, sagt sie mit freudiger Stimme zu Swensens spontaner Zusage. Erstaunlich, ohne ein Hintertürchen offenzulassen, denkt sie gleichzeitig und fährt fort: »Ich freue mich, dass wir alle zusammen feiern.«

»Aber vorher will Püchel sich noch feiern lassen. Der will den Erfolg der Polizeiinspektion Husum gerne der Presse zum Dinner servieren.«

»Sei froh, dann belastet dich dieser schreckliche Fall endlich nicht mehr.«

»Ich bin aber nicht froh darüber. Ich glaube irgendwie nicht an einen Fall, sondern eher an Fälle.«

»Jan, wer keine Arbeit hat, schafft sich welche.«

»Ich hab übrigens gestern mit Ruppert Wraage gesprochen.«

»Mensch, das ist ja toll, los erzähl.«

»Du weißt doch, Dienstgeheimnis!«

»Das ist unfair. Erst machst du mich heiß und dann machst du einen auf cool. Ist Ruppert Wraage denn irgendwie verdächtig?«

»Siehst du, da geht es schon los. Du darfst nicht mal wissen, dass ich mit ihm gesprochen hab.«

»Ich bin eben ein unverbesserlicher Storm-Fan und Wraage ist ein brillanter Storm-Experte …!«

»… dem nichts Besseres passieren konnte, als dass jemand das findet, was seine These bestätigt. Er ist der eindeutige Gewinner in dieser ganzen Sache.«

»Der Mann vertritt seine These schon über Jahre. Was ist daran verdächtig?«

»Nichts, nur dass jeder verdächtig ist. Im Gespräch stellte er sich so dar, als wenn er über den Dingen steht. Man merkte deutlich, wie sehr er sich schon in seinem künftigen Ruhm sonnt. Außerdem weiß ich aus meinen Ermittlungsgesprächen mit anderen, dass er ziemlich geldgierig auftritt.«

»Willst du jeden verhaften, der das tut?«

»Quatsch! Ich denke nur laut«, sagt Swensen. Weisheit im Umgang mit Tätern, schießt ihm plötzlich ein Gedanke durch den Kopf. »Mein Lehrer erklärte uns einmal«, wechselt er abrupt die Richtung des Gesprächs, »dass wir es sind, die unsere Wirklichkeit erschaffen. Im Moment bin ich da seiner Meinung. Ich glaube, ich will nur den Fall nicht abschließen. Meine Wirklichkeit soll unbedingt wahr sein. Ja, so ist er, unser Verstand. Er schmeichelt unserem Ego, indem er permanent Worte, Bezeichnungen, Konzepte, Wertungen und Urteile produziert. Er zieht und zerrt unaufhaltsam an einer scheinbaren Illusion, der Illusion, dass wir von allem getrennt sind.«

»Ruppert Wraage ist aber nichts dergleichen.«

»Auf meiner Ebene als Kriminalbeamter ist er natürlich real! Aber auf einer Ebene, die tiefer liegt als unsere körperliche Erscheinung und alle separaten Formen, sind wir mit allem eins. Auf der Ebene ist der Mörder, nach dem ich fahnde, eine Illusion! Mein Trick als Buddhist ist dabei, mich auf beiden Ebenen gleichzeitig zu bewegen, achtsam meinen Verstand zu benutzen und nicht von diesem benutzt zu werden. Sozusagen durch die Illusion hindurch den Zugang zur Wahrheit zu finden.«

»Langsam! Der Mörder ist eine Illusion. Aber in der Illusion steckt der Mörder?«

»Ich könnte es nicht besser ausdrücken, Anna. Ich versuche sozusagen um jeden alltäglichen Mordfall einen Tempel zu bauen.«

»Und was sagt Heinz Püchel zu deinen Bauarbeiten?«, fragt Anna schelmisch.

»Ich meditiere noch nicht vor seinem Büro«, entgegnet Swensen. Aus dem Augenwinkel sieht er neben der Nachrichtensprecherin das Phantombild des Kindermörders. Darunter der Text: Selbstmord in der Zelle.

»Moment mal Anna, da ist etwas im Fernsehen!«, sagt er und fährt den Ton hoch.

»Dierk Schröder, der Mörder der zwölfjährigen Janina Eggers aus Wees, hat sich heute Abend in der Flensburger Strafvollzugsanstalt in seiner Zelle erhängt. Die Kriminalpolizei hat eine Untersuchung angeordnet.«

»Hast du gehört?«, sagt Swensen ins Telefon.

»Hab ich schon in den Zwanzig-Uhr-Nachrichten gehört!«

»Ich glaub es nicht. Da lösen die Flensburger den Fall nicht nur am selben Tag wie wir, jetzt begeht auch ihr Täter noch Selbstmord!«

*

Es ist Samstag, der 16. Dezember. In der Nacht hat es geschneit. Feiner Pulverschnee überzieht Bürgersteig und Straße vor seiner Wohnungstür. Er glitzert im Licht der Straßenlampen.

Swensen war um fünf Uhr aufgewacht, hatte geduscht, meditiert und sich gleich angezogen.

Jetzt drückt er die ersten Fußspuren in die Schneedecke. Der Himmel ist pechschwarz, ohne Sterne.

Vorgestern war er in ein schwarzes Loch gefallen, hatte den Donnerstag und Freitag in der Inspektion mehr schlecht als recht mit Routinearbeit überstanden.

In der klaren Luft sind die vergangenen Tage wie weggeblasen. Er fühlt sich wieder voller Energie. Nach langer Zeit hat er wieder ein freies Wochenende.

Die Frontscheibe seines Polos ist bis obenhin zugefroren. Swensen holt den Kratzer heraus und versucht in die Eisschicht ein Loch zu schaben. Schnell werden ihm die Finger klamm und er gibt auf. Er setzt sich hinters Steuer, startet den Motor und wartet, bis die warme Luft das Eis in Wasser verwandelt hat. Dann macht er einen kurzen Umweg zum Bäcker, kauft eine Tüte voll mit ofenfrischen ›Goldjungen‹ und fährt weiter in Richtung Witzwort. Als er an der Stadtgrenze die Bundesstraße erreicht, ist sie schon geräumt. Er fährt trotzdem nicht schneller, genießt es allein unterwegs zu sein. Ich sollte endlich den Kotflügel ausbeulen lassen, denkt er und schaltet auf Fernlicht um, das eine diffuse Lichtschneise zwischen die Chausseebäume schlägt. Die Nacht rast hinterher, hüllt seine Seitenscheiben in Schwarz und gibt seiner Fahrt etwas Unwirkliches. Es ist wie das Schweben durch einen Horrorfilm, in dem man in jedem Moment damit rechnen kann, dass sich der Fuß eines Riesen von oben mitten auf die Fahrbahn senkt. Beinahe überfährt Swensen die Abzweigung nach Witzwort. Als er vor Annas Haus anhält, sind noch alle Fenster dunkel. Er zögert einen Moment, steigt dann aber doch aus. Als er nach dem Klingeln zurückblickt, kann er seine Fußspuren bis zu seinem Auto verfolgen. Ein Blick auf die Uhr sagt ihm, dass es 8:13 Uhr ist. Wohl etwas früh, denkt er. Plötzlich ist ihm, als ob jemand hinter der Tür steht und ihn durch den Spion mustert. Anna ist zu Hause, denkt er, während gleichzeitig ihr verschlafenes Gesicht durch den Türspalt lugt.

»Guten Morgen, Lust auf Frühstück?«

»Jan, was machst du hier, mitten in der Nacht?«

»Der Tag ist bald um, Geliebte!«, scherzt Swensen mit schmachtender Stimme. Lächelnd schiebt er sich an ihr vorbei in den Hausflur. Sie folgt ihm und schlingt ihre Arme von hinten um seinen Hals. Er dreht sich in ihrer Umklammerung. Aus einem Zimmer fällt Licht, wirft Annas langen Schatten an die Wand. Der Gürtel ihres Bademantels ist aufgegangen und ihre Brüste liegen frei. Er küsst ihren Hals, spürt die Adern ihrer Kehle klopfen. Sie packt seinen Mantel am Kragen, zerrt in über die Schulter, so dass er die Brötchentüte fallen lassen muss. Mit heftigen Küssen drängt sie Swensen langsam rückwärts in Richtung Schlafzimmer, öffnet dabei die Knöpfe seines Hemdes. An der Tür fallen Hose und Unterhose. Im Bett beugt er sich über Anna und drückt sie sanft auf den Rücken. Sie versinken im Rhythmus ihrer Körper. Ihr offener Mund erregt ihn. Er glüht, stößt mit dem Becken, sucht ihren Mund, ihre Zunge, den Druck ihrer Zähne. Dann ist er allein, ein Blitz zuckt von der

Scham hinauf zum Kopf. Er sieht Annas Augen, die graublaue Sonne. Die Welt steht still.

Als er erwacht, hört er wie der Song ›Overdose of you‹ von Slim Man spielt, unterlegt mit Annas Gesang, die bei ihrer Begleitstimme nicht immer den richtigen Ton findet. Geschirr klappert. Es riecht nach Kaffee und aufgebackenen Brötchen. Swensen steht auf und duscht ein zweites Mal. Durch das Küchenfenster flimmern warme Sonnenstreifen schräg auf den Esstisch, die von der weißen Tischdecke strahlend reflektiert werden. Sie frühstücken. Swensen denkt an Janina Eggers, an den Selbstmord ihres Peinigers und natürlich an Hajo Peters.

Es ist schon nach Mittag, als er mit Anna in seinem Polo kurz vor dem Eidersperrwerk nach links abbiegt. Hier beginnt das Naturschutzgebiet Katinger Watt. Diese verwunschene Kooglandschaft, die Swensen über alles liebt, wurde der Nordsee abgerungen und entstand 1973 nach der Fertigstellung des Eidersperrwerks. Heute ist sie Heimat tausender Seevögel, wie den Säbelschnäblern und den Austernfischern. Nach zirka zwei Kilometern fährt er an einer Straßenabzweigung nach links in Richtung Kating. Links liegt der Waldrand, rechts die flachen Felder, die ans Katinger Watt grenzen. Der Schnee strahlt in der Sonne wie das Tischtuch beim Frühstück. Die Straße macht einen Bogen nach rechts, es geht über eine Holzbrücke geradeaus auf Kating zu. Swensen steuert den Polo über den Außendeich und parkt ihn gleich am Anfang des Dorfes vor der alten Scheune eines stillgelegten Firmengeländes. Ab da gehen sie zu Fuß weiter. Der Atem dampft, während sie auf der Deichkuppe entlang spazieren. Auf der Koppel steht verstreut eine Herde Schafe. Den meisten hat man mit einer Spraydose einen roten Strich auf den Hintern gezogen.

Damit kennzeichnen die Bauern die Tiere, die schon gedeckt sind, denkt Swensen, muss sich aber eingestehen, dass er es nicht wirklich weiß. Er glaubt aber, es mal irgendwo gehört zu haben. Sein Blick schweift von oben über die verschneiten Wiesen, auf denen verstreut Heuballen verteilt wurden. Um diese scharren sich die Schafe und fressen. Swensen bemerkt plötzlich, wie die Augen aller Tiere aufmerksam an ihren Schritten kleben. Eine aberwitzige Situationskomik. Unmengen Schafe bilden ein Spalier, drehen, bis in alle Ewigkeit Heu kauend, ihre Köpfe von rechts nach links, während Anna und er im Vorbeigehen diese tierische Parade abschreiten. Jetzt einen kurzen Moment Schaf sein, denkt Swensen und grinst. Anna guckt ihn erstaunt an.

»Guck' mal, wie die uns angucken. Man könnte annehmen, wir sind die Zoomenschen und sie die Besucher«, sagt Swensen.

Anne nickt kichernd. Ihre Nase ist von der Kälte gerötet. Ein quietschendes Geräusch lässt sie beide gleichzeitig herumfahren. Eine Formation Brandgänse fliegt aus Richtung Katinger Kirchturm über ihre Köpfe hinweg und landet schnatternd auf einem Acker.

Ich denke, die fliegen über Winter in den Süden?«, fragt Anna.

Swensen zuckt mit der Schulter: »Dachte ich auch immer. Aber die sind ja offensichtlich hier geblieben. Ich hätte mir das bei der Kälte sicher anders überlegt.«

»Mir ist auch kalt«, sagt Anna. »Ich finde wir sollten uns ein wenig beeilen. Um zwei Uhr macht Wilhelm auf und ich brauch' unbedingt einen ...«

»... Eiergrog?«

»Klar!«, nickt Anna und reibt die Handschuhe aneinander. In der Ferne können sie bereits die ›Schankwirtschaft Andresen‹ liegen sehen. Wilhelm Andresen, von seinen Gästen nur Wilhelm genannt, gehört zu den Eiderstedter Originalen und ist ein Zampano, der alle verbalen Taschenspielertricks perfekt beherrscht. Sein Motto: Fix oder nix, ist unter den Gästen ein geflügeltes Wort, und wer seine Jacke nicht vorschriftsmäßig an der Garderobe aufhängt, bevor er die Räume der Wirtschaft betritt, lernt die verschmitzte Quasselstrippe von seiner rigorosen Seite kennen. In seiner Gaststube ist er der Dompteur, der die täglich einfallende Löwenmeute problemlos auf die Sitze verteilt und ihr nebenbei beibringt, wie man auf Handzeichen Männchen macht. Und die Meute ist groß, die sich hier am Wochenende einfindet. Erst dann ist Wilhelm wirklich in seinem Element, ist Wahrzeichen und Werbesäule in einem, dirigiert die eine Gruppe aufs Plüschsofa, setzt das Pärchen um in die andere Ecke, schleppt neue Stühle heran, bis mehr Leute einen Platz haben, als Sitzgelegenheiten da sind. Swensen ist jedes Mal wieder fasziniert vom Trubel und den Gesprächen, die dadurch unter Wildfremden entstehen.

Heute sind sie jedoch zu früh dran. Es sind noch zehn Minuten vor zwei Uhr. Einige ungeduldige Gäste warten bereits vor der Tür des alten Reetdachhauses, das geduckt dicht hinter dem Deich liegt. Swensen und Anna stellen sich etwas abseits von den Wartenden.

»Sag' mal, hast du Hajo Peters jemals für einen Selbstmordkandidaten gehalten?«, unterbricht Swensen nach längerem Schweigen die Stille.

»Wie kommst du denn jetzt darauf?«, gibt Anna die Frage zurück.

»Ich denk' schon mehrere Tage darüber nach. Du hast Peters doch auf dem Empfang der ›Husumer Rundschau‹ gesehen.«

»Eben, ich hab ihn gesehen, und zwar aus einiger Entfernung.«

»Du bist Psychologin, oder?«

»Aber keine Hellseherin. Meinst du einem Selbstmörder sieht man seine Gedanken von außen an?«

»Ich dachte, es gibt vielleicht Anhaltspunkte oder Verhaltensweisen, die darauf schließen lassen?«

»Gibt es auch!«

»Und?«

»Zum Beispiel erzählen Selbstmörder ihren Mitmenschen häufig von der Absicht, sich das Leben zu nehmen. Sie sprechen in solchen Fällen nicht selten davon, sich erdrückt und überwältigt zu fühlen oder sie erleben ihre Person als klein und nichtig, ohnmächtig, hilflos. Aber du siehst, das sind sehr allgemeine Feststellungen. Bei Hajo Peters liegen immerhin triftige Gründe vor. Er hat Menschen ermordet.«

»Bis jetzt wissen wir nur, dass er Edda Herbst ermordet hat.«

»Das reicht doch! Der Mord kann bei ihm schwere Schuldgefühle ausgelöst haben.«

»Deswegen frage ich dich ja. Auf dem Empfang musste er sich doch schon mit der Ermordung von Edda Herbst herumgeschlagen haben.«

»Stimmt! Aber mir ist trotzdem nichts an ihm aufgefallen.«

»Püchel meint, es könnte eine Impulshandlung gewesen sein. Peters hat seinen Suizid ganz spontan entschieden. Er geht sozusagen normal zur Arbeit, macht Feierabend, zieht sich an und erschießt sich.«

»Nun, alles ist möglich. Wer weiß schon genau, wer was warum entscheidet. Ich glaube aber eher nicht an eine Impulshandlung. Die allermeisten Selbstmörder entscheiden sich nicht eindeutig oder endgültig. Bis zu 80 % der Suizidanten, die man noch lebend in eine Klinik schaffen kann, korrigieren ihre Tötungsabsicht in weniger als zwei Tagen. In weniger als zehn Tagen sogar fast alle. Wer sich mit einer Waffe erschießt, muss sich ziemlich sicher sein, dass er sich tatsächlich töten will.«

»Ich hab nach wie vor ein ungutes Gefühl. Die Untersuchungsergebnisse von Peters' Kleidung stehen noch aus. Vielleicht kommt da noch was bei raus.«

»Jan, du hast dienstfrei! Du solltest einfach mal zwei Tage an nichts denken.«

»Da hast du recht«, bestätigt Swensen und grinst Anna an, »das sagte schließlich Buddha auch immer!«

Mittlerweile hat sich schon eine größere Menschentraube vor Wilhelms Eingangstür gebildet. 14:04 Uhr. Die Tür wird aufgeschlossen, die Leute schieben sich ins Innere.

»Sag' mal Anna, ich hab noch eine Frage«, sagt Swensen als er in den Flur tritt. »Warum haben die Schafe rote Streifen auf dem Hintern?«

Anna sieht ihn entgeistert an. Da kommt Wilhelm von der Seite.

»Na, wo kommt ihr denn her?«

»Aus Husum!«, sagt Swensen.

»Und was machst du?«

»Ich bin bei der Kripo!«

»Und dann weißt du nicht, warum Schafe rote Hintern haben?«

»Nein!«

»Ja, ja, so sind sie, die Kriminaler aus der Großstadt. Rote Hintern bedeuten: wir sind geimpft. Bitte nicht noch einmal piksen.«

»Leuchte, alter Mond, leuchte!« schrie der kleine Häwelmann; aber der Mond war nirgends zu sehen und auch die Sterne nicht; sie waren schon alle zu Bett gegangen. Da fürchtete der kleine Häwelmann sich sehr, dass er so allein im Himmel sei. Er nahm seine Hemdzipfelchen in die Hände und blies die Backen auf; aber er wusste weder aus noch ein, er fuhr hin und her, kreuz und quer, und niemand sah ihn fahren, weder die Menschen noch die Tiere, noch auch die Sterne. Da guckte endlich unten, ganz unten am Himmelsrande ein rundes rotes Gesicht zu ihm herauf. Da meinte der kleine Häwelmann, der Mond sei wieder aufgegangen. »Leuchte, alter Mond, leuchte!« rief er, und dann blies er wieder die Backen auf, und fuhr quer durch den ganzen Himmel und grade darauf los. Es war aber die Sonne, die eben aus dem Meere herauf kam. »Junge«, rief sie und sah ihm mit ihren glühenden Augen ins Gesicht, »was machst du hier in meinem Himmel!« Und eins, zwei, drei! nahm sie den kleinen Häwelmann und warf ihn mitten in das große Wasser.

Theodor Storm: Der kleine Häwelmann

12

Swensen fühlt sich unglaublich leicht und klar. Der Druck auf den Schläfen verschwindet. Seine Verspannung im Nacken ist plötzlich wie weggeblasen. Er sitzt zentriert in seinem Körper. Der Atem kommt und geht, kühle Luft streift über den Nasenflügel, strömt durch die Nasenhöhle ein und angewärmt wieder aus. Vor seinem inneren Auge öffnet sich ein tiefer Raum voll feiner Lichtpunkte, die einem Sternenhimmel gleichen.

»Was willst du?«, sagte eine Stimme. »Sei ruhig, alles ist so wie es ist. Du bist vollkommen, die Welt ist vollkommen. Du brauchst dich nicht anzustrengen, es gibt nichts zu verbessern.«

Eine Welle von Freude wogt vom Kopf hinab zu den Zehenspitzen. Der alltägliche Kampf scheint beendet. Die Gedanken schweben vorbei wie fernes Gebabbel, er muss sie nicht festhalten. Er kann unbeweglich dasitzen, mühelos Stunde um Stunde so, geborgen in einem unendlichen Universum.

Als er die Augen aufschlägt, ist er etwas benommen. Er mag sich nicht bewegen und bleibt einfach sitzen. Erst langsam kehrt er in die Wirklichkeit zurück. Ein Blick auf die Uhr sagt ihm, dass er über vierzig Minuten dagesessen hat ohne auch nur mit dem Finger zu zucken. Mit einer Kraftanstrengung erhebt er sich aus dem Lotussitz, die Knochen scheinen verkantet zu sein. Er schiebt das Meditationskissen, das er extra für Annas Wohnung angeschafft hat, mit dem

Fuß in die Zimmerecke. Beim Gang in die Küche schaut er kurz ins Schlafzimmer. Anna schläft noch. Er schließt vorsichtig die Küchentür, stellt einen Topf mit Wasser auf den Herd, nimmt zwei Eier aus dem Kühlschrank, piekst sie an. Swensen führt jede Bewegung konzentriert und bewusst aus. Beim Anreißen des Streichholzes bricht dieses ab. Er bleibt gelassen, sucht lächelnd ein zweites, stärkeres heraus. Das entflammt auf Anhieb. Er öffnet den Gashahn, zündet den Brenner, stellt den Topf darauf und wartet bis das Wasser Blasen wirft. Dann lässt er die Eier auf einem Esslöffel in den Topf gleiten. Ein wacher Blick auf die Uhr. In der Speisekammer findet er eine Packung Kaffee. Mit leichtem Schütteln rutschen die Bohnen über den Tütenrand in die Kaffeemühle. Ein Druck auf den Knopf und die Maschine heult ratternd auf. Er bleibt gelassen. Der Lärm prallt an ihm ab. Seine Handgriffe kommen ihm mit einem Mal nicht mehr so trivial vor, sondern er sieht sie im Einklang mit dem Sein.

Das ist er, der heilige Alltag, denkt er, als ihn von hinten eine Hand an der Schulter berührt. Ein Schreck durchzuckt seinen Körper mitten in der Bewegung und fegt seinen gerade erworbenen Gleichmut beiseite. Er schnellt intuitiv herum. Die Kaffeemühle fällt aus seiner Hand, schlägt auf der Arbeitsplatte auf. Der Deckel springt ab. Die Kaffeebohnen zischen wie Geschosse quer durch die Küche. Vor ihm steht Anna, nackt. Er weiß nicht, wo er zuerst hingucken soll. Auf ihre entblößten Formen, die weiße Haut mit dem buschigen Dreieck oder auf das Chaos rings um ihn herum. Die Welt ist vollkommen, denkt er, jäh aus der Mitte katapultiert, nach Luft schnappend.

»Du hast dein Handy im Schlafzimmer liegengelassen«, sagt Anna mit müden Augen. »Ruppert Wraage möchte dich unbedingt sprechen.« Sie drückt ihm träge das Handy in die Hand, zuckt grinsend mit der Schulter, dreht sich um und verschwindet mit wippendem Hintern durch die Tür. Er hält das Handy einen kurzen Moment wie einen Fremdkörper, bevor er es ans Ohr nimmt.

»Swensen«, meldet er sich mit etwas abwesender Stimme.

»Ruppert Wraage. Entschuldigen Sie den Anruf so früh am Sonntagmorgen. Ich hoffe ich störe Sie nicht zu sehr.«

»Nein, Sie stören überhaupt nicht«, sagt er mit verkniffenem Gesicht. »Was kann ich für Sie tun, Herr Wraage?«

»Sie gaben mir bei unserem letzten Gespräch ihre Telefonnummer und sagten, wenn mir noch etwas einfällt, könne ich Sie jederzeit anrufen. Haben Sie zufällig die gestrige Ausgabe der ›Husumer Rundschau‹ gelesen?«

»Nein!«

»Schade, denn dort war die letzte Folge des entdeckten Storm-Romans abgedruckt.«

»Ja, und?«

»Mir ist beim Durchlesen etwas Bemerkenswertes aufgefallen. Es gibt da einen Abschnitt, wo die zentrale Figur des Romans seinen Schreibtisch beschreibt, den er bei einem Handwerker in Auftrag gab.«

»Ich verstehe nicht worauf Sie hinauswollen, Herr Wraage!«

»Zu dem Schreibtisch gehören auch vier geschnitzte Eulen, die von dem berühmten Künstler Emil Nolde stammen. Und das kann nicht sein!«

»Die Eulen sind nicht von Emil Nolde?«

»Doch, die sind von Nolde!«

»Was denn nun?«

»In dem Roman wird wortwörtlich der Name Emil Nolde genannt. Fällt Ihnen da nichts auf?«, fragt Wraage und macht eine demonstrative Pause.

Swensen wartet darauf, dass Wraage fortfährt. Als das ausbleibt, wird er ungehalten: »Ich eigne mich überhaupt nicht für Rätsel. Sagen Sie einfach, was Sie sagen wollen.«

»Der Künstlername Emil Nolde existiert erst seit 1902, bis dahin lebte Nolde unter seinem Geburtsnamen Emil Hansen. Theodor Storm starb aber schon am vierten Juli 1888. Er konnte diesen Namen gar nicht kennen. Verstehen Sie jetzt?«

»Sie meinen der Roman ist falsch?«

»Wenn es kein Druckfehler ist und es so im Original steht, mit Sicherheit. Irgendetwas stimmt nicht, davon bin ich überzeugt. Ich frage mich nämlich, warum Dr. Kargel diesen eindeutigen Fehler nicht bemerkt haben sollte. Sie wissen ja, dass ich ihn nicht besonders mochte. Kargel mag auch in mancher Hinsicht ziemlich kurzsichtig gewesen sein, aber er war immer ein exquisiter Storm-Experte, der so was nicht übersehen hätte. Mit dem Fehler wäre der Roman in seinem Gutachten nie für echt erklärt worden.«

Swensen steht wie angewurzelt da. Seine Hand krallt sich am Handy fest. Er spürt, dass gerade etwas Dramatisches passiert. In seinem Hirn rattern die Gedanken. Das Gutachten von Kargel ist der Schlüssel, denkt er. Der Roman ist gefälscht. Warum hat Kargel ihn als echt bezeichnet? Wer kann solch einen Roman überhaupt gefälscht haben? Edda Herbst wird es bestimmt nicht gewesen sein. Hajo Peters erst recht nicht. Ein unbekannter Dritter? Wer kann das sein?

»Sind Sie noch dran?«, drängt sich die Stimme von Ruppert Wraage in seine Überlegungen.

»Natürlich, Herr Wraage. Vielen Dank für Ihre Information. Ich werde der Sache so schnell wie möglich nachgehen.«

Swensens innere Gelassenheit ist wie weggeblasen. Es gelingt ihm nicht, sich erneut zu sammeln. Erst mal den Dreck wegmachen, denkt er mit Blick auf das verstreute Kaffeepulver und die unzähligen Kaffeebohnen. Aus dem Schrank unter der Spüle nimmt er einen Handfeger und kehrt alles zusammen. Dann rattert die Kaffeemühle erneut.

Zwanzig Minuten später tritt er mit zwei dampfenden Tassen ins Schlafzimmer und stellt sie auf dem Nachtschrank ab. Anna schlägt die Augen auf. Sie zieht den Duft genussvoll in die Nase.

»Hast du gestern die neue Folge des Storm-Romans gelesen?«

»Wann denn, wir waren den ganzen Tag zusammen.«

»Wo ist denn die Zeitung?«

»Die liegt bestimmt noch immer auf der Flurgarderobe.«

»Danke, meine Liebe!«

Swensen legt seine rechte Hand auf den Bauch, macht eine knappe Verbeugung, eilt aus dem Raum, kommt mit der ›Husumer Rundschau‹ zurück und breitet sie auf der Bettdecke vor Anna aus. Die sieht ihn fragend an. Swensen nimmt einen Schluck Kaffee und blättert die Zeitung durch, bis er den Abdruck des Storm-Romans gefunden hat. Er überfliegt hastig den Text. Dann setzt er sich in Pose.

»Pass auf, Anna. Die Hauptfigur ...«

»... der Dichter Dintefaß!«, ergänzt Anna.

»Dintefaß?«

»Ja, übersetzt Tintenfass.«

»Keine Ahnung wie der heißt. Ist ja auch egal. Also, dieser Dichter hat sich einen Schreibtisch anfertigen lassen und dann steht hier wörtlich: Er hatte das wahrhaft fürstliche Möbel seinerzeit beim Holzbildhauer Heinrich Sauermann in Auftrag gegeben. Die Eulen aber ließ nur ein zufälliges Geschick auf seinen Schreibtisch kommen. Beim Besuch des Meisters fiel ihm nämlich ein pfiffig junger Lehrling auf, mit Namen Emil Nolde, der konnte das Schnitzmesser führen, dass es sein Gemüt erquickte.«

»Das weiß doch jeder, dass Nolde diese Eulen für Storms Schreibtisch geschnitzt hat. Den Schreibtisch kann sich schließlich jeder im Storm-Museum ansehen.«

»Es geht nicht um die Tatsache, dass Nolde die Eulen geschnitzt hat, sondern dass dieser Name im Roman auftaucht. Nolde ist nämlich sein Künstlername und diesen Namen hat er sich erst nach Storms Tod gegeben.«

»Das ist ja ein Ding!! Und was heißt das?«

»Ein Druckfehler oder der Roman ist eine Fälschung. Wenn das mit Nolde wirklich im Original steht, muss das Gutachten von Kargel schlicht falsch sein.«

»Meinst du, Peters hat ihn deswegen ermordet?«

»Das wäre zumindest ein einleuchtendes Motiv! Die Sache hat nur einen Haken.«

»Und der wäre?«

»Wenn es einen falschen Roman gibt, gibt es auch jemanden der ihn gefälscht hat.«

»Stimmt!«, sagt Anna nachdenklich. »Hajo Peters traue ich so was wirklich nicht zu.«

»Ich auch nicht! Spinnen wir die Sache doch mal durch. Wenn Hajo Peters den Roman tatsächlich von Edda Herbst geraubt haben sollte und wir gehen davon aus, dass auch Edda den Roman nicht gefälscht hat, dann bleiben zwei Fragen offen. Erstens: Wer hat das Manuskript geschrieben? Zweitens: Wie kam es zu Edda Herbst?«

Swensen spürt deutlich, dass die Mordfälle alles andere als abgeschlossen sind. Er schließt die Augen, geht im Geist noch einmal durch Eddas Wohnung. Plötzlich sieht er sich eine Schublade aufziehen, die Schublade in Eddas Küche. Er wühlt darin herum. Ein Zettel. Genau, das Flugblatt, dieses gelbe Flugblatt von einer Wohnungsauflösungsfirma. Die Nummer hab ich mir doch damals in mein Notizbuch geschrieben, denkt er, und das steckt in meiner Manteltasche.

»Was ist?«, fragt Anna, als er wie abwesend aus dem Raum eilt.

»Bin gleich zurück!«, ruft er ihr aus dem Flur zu, kommt mit seinem aufgeschlagenen Block zurück, greift zum Handy und tippt eine Nummer ein. Nach einigen Klingelzeichen meldet sich eine monotone Frauenstimme: »Guten Tag. Sie sind verbunden mit der Mail-Box der Nummer 0 1 7 2 4 2 6 6 8 5. Bitte sprechen Sie ihre Nachricht nach dem Signalton.«

»Jan Swensen, Kripo Husum, rufen Sie mich bitte unter der Nummer 0179676113 zurück.«

Anna sitzt mit der Kaffeetasse im Bett und sieht Swensen fragend an, als der sein Handy in die Tasche steckt.

»Nichts Wichtiges. Nur eine Telefonnummer, die ich bei der Ermittlung gefunden hatte. Meldet sich leider nur die Mail-Box.«

»Vielleicht sollten wir erst mal in Ruhe frühstücken. Dein Gesichtsausdruck hat schon wieder was von einem Kripobeamten, der nicht mehr zu bremsen ist.«

»In Ordnung. Ich muss nur noch einen kleinen Anruf machen.«

»Okay, du setzt hier die Prioritäten!«, sagt Anna angesäuert. »Du telefonierst und ich geh' duschen!« Sie schlägt die Bettdecke zurück, zeigt provozierend ihren nackten Körper, bevor sie aus dem Bett springt und aus dem Zimmer schreitet. Swensen verspürt einen kurzen Impuls ihr zu folgen, entscheidet aber erst seinen Anruf zu machen. Er sucht die Nummer in seinem Notizblock und tippt die Zahlen ein.

»Maike!«, meldet sich eine Kinderstimme.

»Kannst du bitte deinen Papa ans Telefon holen, Maike?«

Der Hörer wird unsanft abgelegt. Swensen hört wie die Kinderstimme mehrmals laut »Papa« ruft. Er trommelt nervös gegen den Türrahmen der Schlafzimmertür. Dann hört er Schritte und der Hörer wird hochgenommen.

»Bulemann!«

»Robert, hier ist Jan, Jan Swensen, Kripo Husum!«

»Jan! Nanu, was gibt es denn so Wichtiges am Sonntagmorgen?«

»Entschuldige, ich hab einfach keine Ruhe zu warten. Ist es möglich, dass du mir heute noch eine bestimmte Passage aus dem Originalmanuskript des Storm-Romans raussuchen kannst?«

»Ich hab zwar dienstfrei, aber wenn es unbedingt sein muss.«

Swensen erzählt die Geschichte von Emil Nolde, dem Schreibtisch und dem vorher gestorbenen Theodor Storm. Bulemann kommentiert seinen Vortrag mit erstaunten Lauten.

*

Maria Teske schaut widerwillig auf die leere Seite ihres Notizblocks. Tief in der Magengegend wehrt sich etwas in ihr, auch nur ein lausiges Wort aufs Papier zu bringen. Sie empfindet ihren Auftrag als eine Zumutung. Nur mit innerlichem Protest hatte sie ihn angenommen. Die Wirklichkeit war noch ernüchternder gewesen.

Der Weihnachtsbasar der nordfriesischen Landfrauen ist nun mal kein kulturelles Highlight in Husum, denkt sie. Wenn ich ehrlich bin, hab ich nicht die geringste Lust etwas über selbstgebastelte Strohsterne und Kerzenleuchter zu schreiben. Der Ärger über ›Think Big‹ kriecht ihr langsam den Nacken hinauf.

»Ich glaub' ich nehme dich für 'ne Weile aus der Schusslinie«, hatte er ihr gesagt. »Wenigstens so lange bis Gras über die Konfrontation mit der Kripo gewachsen ist.«

Als sie nach Luft schnappte um zur Gegenwehr anzusetzen, hatte er ihr mit »behalte dein Genörgel bloß für dich und übernimm derweil eine Veranstaltung für die Lokalseite« den Wind aus den Segeln genommen. Beim Rausgehen war ihr dann die Tür nicht ganz unabsichtlich aus der Hand gefallen und mit einem Riesenknall zugefallen.

Feigling, denkt sie, von wegen ›freie Presse‹. Für ihren Kollegen Meyer hatte sich die miese Sache mit dem Foto vom toten Poth zumindest ausgezahlt. Gleich zwei Hamburger Zeitungen waren danach hinter ihm her. Ja, wer aufsteigen will, muss im wahrsten Sinne des Wortes über Leichen gehen.

Ja, es weihnachtet sehr. Spätestens wenn der Einzelhandel in der Innenstadt die Stromkosten in heilige Höhen treibt, fließt es ihr in einem spontanen Schub aus der Feder, trifft sich auch alle Jahre wieder das seltsame Forum der friesisch frustrierten Landfrauen …

Vergiß es Maria Teske, denkt sie. Du schreibst für den Lokalteil und nicht für ein Satiremagazin.

»Einmal Nudel-Tomatenauflauf und ein Weizen!«

Dankbar schiebt sie die Schreibutensilien beiseite, lehnt sich in der Sitzbank zurück und nimmt einen kräftigen Schluck von dem Bier. Als sie zum Besteck greift, hört sie ganz in der Nähe eine bekannte Stimme. Das ist doch Heike, denkt sie. Unverkennbar die Stimme ihrer alten Schulfreundin, die im Sekretariat der Storm-Gesellschaft arbeitet. Die andere Stimme, mit der sie sich unterhält, ist von einem Mann. Auch diese meint sie zu kennen.

Maria Teske schneidet ein Stück überbackene Nudeln aus dem Auflauf, spießt es mit der Gabel auf und führt es zum Mund. Sie sitzt auf ihrem gemütlichen Stammplatz im ›Historischen Braukeller‹. Ihre Freundin muss gleich hinter dem Wandvorsprung sitzen. Wenn sie sich konzentriert, kann sie dem Gespräch mühelos folgen. Der kurze Impuls aufzustehen und Heike zu begrüßen, wird durch den ersten Satz beiseite gefegt.

»Also, Heike«, sagt die klebrige Stimme des Mannes, »wir haben zwar die letzten Jahre immer gut zusammengearbeitet, aber besonders Dr. Kargel schätzte deine kompetente Kraft immer über alle Maßen, so hat er es mir jedenfalls des Öfteren vermittelt.«

»Karsten, jetzt übertreibst du aber wirklich«, hört Maria Teske ihre Schulfreundin säuseln und gleichzeitig fällt es ihr wie Schuppen von den Augen. Der Kerl ist Karsten Bonsteed, der stellvertretende Vorsitzende der Storm-Gesellschaft.

Diese falsche Schlange, denkt sie aufgebracht. In unserem letzten Gespräch hat sie den Mann noch einen Protzsack genannt, der angibt wie zehn nackte Neger. Und jetzt! Was ist da in der Zwischenzeit passiert?

Maria Teske duckt sich unwillkürlich hinter dem Mauervorsprung.

»Wir brauchen hier ja nicht um den heißen Brei herumzureden, Heike. Es gibt schon seit langem das Gerücht, ich hätte ein Verhältnis mit Kargels Frau gehabt. Das ist natürlich nur eine dieser bösartigen Verleumdungen.«

»Ehrenwort?«

»Aber Heike, du solltest mir schon etwas mehr vertrauen. Nach dem Tod von Dr. Kargel ist ein ziemliches Vakuum entstanden. Die Stelle des Vorsitzenden muss neu besetzt werden. Jetzt werden hinter den Kulissen bereits die Fäden gesponnen. Du verstehst, politische Seilschaften und so!«

»Und weshalb hast du mich um diese Unterredung gebeten?«

»Nun, ich denke dabei natürlich auch an deine Zukunft, Heike. Dieser neu entdeckte Storm-Roman wird hier in Husum einiges verändern. Die Storm-Gesellschaft wird expandieren. Es muss mehr Personal eingestellt werden. Dann werden die Karten neu gemischt. Höchste Zeit sich in eine gute Ausgangsposition zu bringen. Wahrscheinlich wird bald eine Chefsekretärin gebraucht. Da heißt es zugreifen.«

»Und wie soll ich das anstellen?«

»Das will ich dir ja gerade erklären, meine Liebe!« Bonsteeds Stimme wird eine Idee leiser und suggestiver. Maria Teske muss sich anstrengen um weiterhin folgen zu können.

»Ein wichtiger Angelpunkt bei den ausstehenden Entscheidungen, die in nächster Zeit getroffen werden, ist der Chefredakteur Theodor Bigdowski von der ›Husumer Rundschau‹. Der sitzt mit im Stadtrat, in den wichtigsten Gremien, der Mann hat beste Kontakte zum Verleger der Zeitung, einem anerkannten Kulturmäzen. ›Think Big‹, so wird er ja verspottet, ist derjenige, der in dieser Stadt alle Hebel in der Hand hat.«

»Weswegen erzählst du mir das alles?«

»Damit du siehst, dass ich dir vertraue. Außerdem ist es gut, dass dich jemand in die Pfade dieser Stadt einweiht, nach dem Motto: Wissen wie alles läuft! Und jetzt pass' genau auf.«

Bonsteeds Stimme wird so leise, dass nichts mehr zu verstehen ist.

»Frederike Kargel hat sich mit Bigdowski getroffen?«, antwortet ihre Schulfreundin darauf übertrieben laut. Bonsteed gibt ihr zischend zu verstehen etwas leiser zu sprechen.

»Was will denn Kargels Frau von Bigdowski?«, fragt sie darauf vernehmbar leiser.

»Das weiß ich eben auch nicht!« behauptet Bonsteed. »Wahrscheinlich versucht sie mich schlecht zu machen, wegen dieser unsäglichen Gerüchte. Gekränkte Eitelkeit vielleicht, weil ich auf ihre eindeutigen Avancen nicht reagiert habe. Wenn Frederike Kargel zu so einem Zeitpunkt plötzlich bei Bigdowski auftaucht, hat das auf alle Fälle etwas zu bedeuten. Der Mann ist eine Krake mit Einfluss, der bei Kargels Nachfolge seine Fangarme überall reinsteckt. Ich muss unter allen Umständen wissen, was sich da zusammenbraut und was die da bekakelt haben.«

»Und?«

»Du sagtest mir, dass deine Schulfreundin als Journalistin für Bigdowski arbeitet.«

»Nein, Karsten! Das schlag' dir gleich wieder aus dem Kopf. Für so was bin ich überhaupt nicht geeignet.«

»Denk' doch erst mal in Ruhe darüber nach, bevor du das gleich abschmetterst. Du weißt, eine Hand wäscht die andere.«

Maria Teske spürt eine plötzliche Übelkeit. Ihr wird es auf ihrer Horchstation zunehmend unangenehm. Heike, meine Liebe, wenn du mich je in dieser Sache ansprechen wirst, bist du für mich gestorben, denkt sie, lässt Essen Essen sein, rutscht vorsichtig von der Sitzbank und schleicht in einem großen Bogen aus dem Restaurant. Sie ist bereits auf der Treppe zum Ausgang, als sie bemerkt, dass sie vor lauter Aufregung vergessen hat zu bezahlen. Fahrig stürzt sie zurück, drückt der Bedienung 30 DM in Hand und verschwindet ohne ein Wort. Erst in der kalten Abendluft fühlt sie sich wieder besser.

Was war das nun wieder, kreist es durch ihren Kopf, während sie durch den Torbogen neben dem ›Alten Rathaus‹ über die Straße auf den Tine-Brunnen zusteuert. Sie setzt sich auf den Brunnenrand. Im Sommer spritzt aus den steinernen Fischköpfen am oberen Sockelrand Wasser in das runde Becken. Jetzt starrt ihr von unten nur der nackte Granit entgegen und selbst die vier Ochsenköpfe, die bei Betrieb des Brunnens das überschüssige Wasser aufsaugen, glotzen trübe ins Leere. Sie nimmt ihre Zigarettenschachtel aus der Manteltasche, zieht eine Zigarette heraus, steckt sie zwischen die Lippen und durchwühlt ihre Taschen. Ihr Feuerzeug ist nirgends zu finden und wie immer in so einer Situation ist rundherum kein Mensch zu sehen. Maria Teske steckt die Zigarette ärgerlich in die Schachtel zurück. Mit einem Mal hat sie das Gefühl, dass die Statue der jungen Fischersfrau von oben ihren Gedanken lauscht. Sie schaut über die Schulter in das angelaufene Bronzegesicht. Doch die Halligfriesin verzieht keine Miene, lauert unbeweglich in Holzpantinen auf ihrem Beobachtungsposten, das Paddel mit der rechten Hand wie eine Ritterlanze umkrallend.

Das ist nur mein schlechtes Gewissen, denkt sie schmunzelnd, obwohl ihr das belauschte Gespräch von eben jetzt schon völlig unwirklich vorkommt. Maria Teske fällt der letzte Freitagabend ein. Vor ihrem Auge sieht sie Frederike Kargel, aufgedonnert bis zum Stehkragen, in einem naturschwarzen Swakara-Mantel mit Nerzkragen in die Redaktionsräume schweben, die schon so gut wie leer waren, nur ein Kollege und sie arbeiteten noch an ihrem Arbeitsplatz. Frau Kargel stelzte wie ein Model auf dem Laufsteg an ihnen vorbei, direkt ins Büro von ›Think Big‹. Es dauerte nicht lange und ihr Chef und seine Besucherin gestikulierten lebhaft hinter der Glasscheibe. Maria Teske merkte wie sie förmlich vor Neugier platzte. Sie trat unauffällig an den Kopierer neben Bigdowskis Büro und hantierte belanglos an den Knöpfen. Ihr Ohr wuchs unaufhaltsam durch den Spalt der offenen Bürotür.

»… jetzt diplomatisch vorgehen«, hörte sie noch den letzten Fetzen von Frederike Kargels Satz.

»Das machen wir immer, gnädige Frau. Das ist eine Spezialität im Husumer Stadtrat. Machen Sie sich keine Sorgen, Ihre Wünsche sind bei mir gut aufgehoben.«

»Ich verlasse mich darauf. Aber Sie müssen unbedingt diskret vorgehen.«

»Das versteht sich!«

»Wir sollten ihn vorab in dem Glauben lassen, dass alles beim Alten bleibt …«

»Moment, Frau Kargel. Behalten Sie ihren Gedanken kurz für sich«, unterbrach er sie.

Theodor Bigdowski hatte Maria Teske neben seinem Büro entdeckt, machte einen Schritt zur Seite und schloss die Tür. Ende. Ab jetzt drang kein Wort mehr heraus.

Selbst wenn ich mitbekommen hätte, was da lief, könnte ich damit nichts anfangen, denkt die Journalistin. Ich müsste schon einen Knüller auftun, der sich nicht gegen ›Think Big‹ richtet. Mit Sicherheit werde ich mit solchen Artikeln wie über den Weihnachtsbasar der Landfrauen keine Karriere machen.

Von der Marienkirche kommt ein Mann über den Marktplatz geschlendert. Sie eilt ihm entgegen.

»Haben Sie Feuer«, ruft sie ihm zu.

»Nichtraucher«, tönt es zurück.

Bevor sie wütend mit dem Fuß aufstampfen kann, klingelt ihr Handy. Sie fingert es möglichst schnell aus der Innentasche ihres Mantels.

»Teske«, meldet sie sich.

»Jan Swensen!«, hört sie die Stimme, die sie jetzt am wenigsten erwartet hätte.

»Oh«, stöhnt sie auf, »Herr Swensen? Ich dachte schon, Sie würden in absehbarer Zeit kein Wort mehr mit mir wechseln?«

»Wer alle Wesen im Selbst sieht, hat keinen Grund zu hassen.«

»Sie machen mich sprachlos, Herr Swensen. Sie rufen mich aber sicher nicht an um fromme Sprüche loszuwerden?«

»Sie können mir vielleicht weiterhelfen.«

»Ich? Sind Sie sicher?«

»Ziemlich sicher, Frau Teske! In der Samstagausgabe Ihrer Zeitung gab es einen schwerwiegenden Fehler.«

»Einen Fehler? Und deswegen rufen Sie mich an?«

»Ja, vielleicht ist es nur ein schnöder Druckfehler, vielleicht auch mehr. Also, es handelt sich um die letzte Veröffentlichung des Storm-Romans. Dort wird an einer Stelle der Name Emil Nolde genannt. Den Namen Emil Nolde konnte Storm aber nicht kennen, denn den gibt es erst ab 1902.«

»Heeh! Das bedeutet ja …, ich meine das könnte ja bedeuten, dass der Roman eine Fälschung ist. Wahnsinn! Sind Sie sicher? Das wäre der Knüller, wenn auch nicht gerade für unsere Zeitung!«

»Wenn es so wäre, Frau Teske. Es gibt da nämlich ein Problem. Im Original ist dieser Fehler nicht vorhanden. Da steht nicht der Satz: beim Besuch des Meisters fiel ihm nämlich ein pfiffig junger Lehrling auf, mit Namen Emil Nolde, wie in der Zeitung abgedruckt, sondern dort steht der Name Emil Hansen, der wirkliche Geburtsname von Nolde.«

»Hab ich das richtig verstanden? In unserer Zeitung ist es falsch abgedruckt, obwohl es im Original richtig steht?«

»Genau! Und ich würde jetzt gerne wissen, wie das passieren konnte.«

»Woher soll ich das wissen, Herr Swensen!«

»Wer hat denn den Roman vom Original in die Druckvorlage übertragen.«

»Das hat seinerzeit Rüdiger Poth gemacht, noch vor seinem Tod. Ich kann mich noch daran erinnern, dass er das unbedingt selbst in die Hand nehmen wollte. Seine Abschrift ist die Vorlage für den Abdruck gewesen.«

»Gibt es diese erste Abschrift noch?«

»Es hat damals einige Zeit gedauert, bis wir sein Passwort rausbekommen haben und seine gesamten Dateien auf Disketten abspeichern konnten. Das müsste sich also finden lassen.«

»Würden Sie diese Disketten für mich so schnell wie möglich nach diesem Fehler durchsuchen?«

»Da müsste ich erst den Chefredakteur informieren!«

»Ich möchte unter keinen Umständen die Pferde scheu machen. Es würde mir extrem weiterhelfen, wenn das unter uns bleiben könnte.«

»Wenn ich das mache, betrachte ich die alten Geschichten zwischen uns als beigelegt, Herr Swensen! Dann sind wir quitt!«

»Der Mensch ist das, was er will, Frau Teske!«

*

Gleich nach der Kurve Norderstraße, Herzog-Adolf-Straße latscht ein Fußgänger mitten über die Fahrbahn. Swensen tritt intuitiv auf die Bremse und kommt mit quietschenden Reifen zum Stehen.

Glücklicherweise hab ich g'rade die Bremsen richten lassen, denkt er, während der ältere Herr bleich vor Schreck vor seinem Kühler wild mit den Armen herumfuchtelt. Swensen, wo bist du nur mit deinen Gedanken. Der Typ ist zwar ohne zu gucken drauflos gelaufen, aber du warst auch nicht gerade voll bei der Sache.

Ihn hatte das Telefonat mit Frau Teske beschäftigt. Seitdem wusste er, dass der Romanabdruck den Fehler mit Emil Nolde schon in der ersten Abschrift von Rüdiger Poth enthielt.

»Kein Wunder, dass das so in Druck gegangen ist«, hatte Maria Teske gesagt, »die Zeitung konnte ja zum Vergleich nicht auf das Original zurückgreifen. Zudem bestätigte Kargels Gutachten die Echtheit. Da war hier niemand wirklich misstrauisch.«

Der Mann räumt pöbelnd die Straße. Swensen entschuldigt sich noch mal mit einer Handgeste. Die Wirkung ist gleich null. Der Mann droht ihm mit der Faust Schläge an.

Was nun Buddha, denkt Swensen, drückt genervt auf das Gaspedal und fährt davon.

An der nächsten Ecke hat er den Vorfall schon vergessen. Er kommt zu dem Schluss, dass nur Rüdiger Poth den Namen umgeändert haben kann. Aber warum sollte er das tun? Ein Flüchtigkeitsfehler? Nein! Dazu sind die Namen zu verschieden! Vielleicht bloß aus rein populistischen Gründen, weil der Name Emil Hansen für die breite Leserschaft einfach kein Begriff ist?

Er verwirft seinen Gedanken gleich wieder. Er hätte in dem Fall bestimmt in einer Fußnote darauf hingewiesen, dass Emil Hansen und Emil Nolde identische Personen sind. Da ist wieder das Gefühl, dass irgendetwas faul ist. Aber was? Das Original enthält keinen Fehler. Möglicherweise ist der Roman doch eine Fälschung und der Fehler war vor dem Gutachten von Kargel tatsächlich im Original. Dann hat ihn jemand nach dem Mord verbessert!

Swensen wird es heiß. Er steuert seinen Wagen wie in Trance auf den Hinterhof der Inspektion. Nachdem er den Motor abgestellt hat, bleibt er in Gedanken versunken im Auto sitzen.

Das könnte das entscheidende Motiv sein! Swensen spürt, wie er sich der Wahrheit annähert. Es ist, als wenn sich der Bodennebel endlich über der richtigen Fährte auflöst. Kargel entdeckt den Fehler und hat den unumstößlichen Beweis für eine Fälschung. Nach dem, was ich über seinen Charakter weiß, muss das ein Triumph für ihn gewesen sein. Er will das Ergebnis mit jemandem aus seinem nahen Umfeld teilen? Und das war sein Fehler. Er informiert aus Versehen entweder den Fälscher höchstpersönlich oder jemanden, der mit dem unter einer Decke steckt. Das ist sein Todesurteil!

Ein hartes Klopfen gegen die Seitenscheibe reißt Swensen aus seinen Überlegungen.

»Jan, bist du eingefroren?«, hört er die dunkle Stimme von Silvia Haman.

Verlegen grinsend steigt er aus dem Wagen, drückt ihr die Hand und betritt mit ihr durch den Hintereingang die Inspektion.

»Wie war das Wochenende?«, fragt sie, als sie über den leeren Flur marschieren.

»Wunderschön!«, antwortet Swensen. »Ich war am Samstag im Katinger Watt spazieren, mit meiner Bekannten. Herrliches Wetter, einfach phantastisch. Und du?«

»Ich hab die meiste Zeit geschlafen. Die letzten Wochen haben ganz schön Kraft gekostet.«

Silvia Haman macht ein gequältes Gesicht. Ihre maskuline Erscheinung hat plötzlich etwas Zerbrechliches. Swensen glaubt eine gewisse Einsamkeit dahinter zu spüren, traut sich aber nicht das anzusprechen. Es gibt das unausgesprochene Gesetz untereinander, die Privatsphäre nicht anzukratzen. Ich frage nicht und du lässt es auch sein. Irgendwie fatal. In unserem Job sind wir nicht so zurückhaltend. Wenn es darum geht, in das Privatleben eines Verdächtigen einzudringen, kennen wir kein Tabu. Da verlieren wir ohne Skrupel den letzten Funken Anstand. Wie oft bin ich mit meinen Fragen weit über das Ziel hinausgeschossen. Ein heimlicher Machtwille? Ja, mit Sicherheit! Wer ist schon frei davon. Und wenn ich einer Person meinen Polizeiausweis unter die Nase halte, steckt da bestimmt ein Quäntchen Genuss dahinter.

Mit einem »Bis gleich« trennen sie sich. Swensen betritt sein Büro, schließt die Tür und sinkt auf seinen Stuhl. Er hat sich bereits daran gewöhnt, dass, wenn etwas Widersprüchliches in ihm rumort, die Gestalt seines Meisters auftaucht, das milde Gesicht, die offenen Augen, in die jeder ohne Mühe bis in die Tiefen des Seins blicken konnte. Er hat sich oft gefragt, ob er ihn in so einem Moment wirklich sieht oder ob seine Erinnerung ihm nur ein Bild aus vergangener Zeit vorgaukelt. Zumindest sind die Worte, die er im Moment hört, damals wirklich so gefallen und folglich nur eine reproduzierte Realität aus der Vergangenheit. Bloß warum kommen sie ihm genau in dieser Situation in seinen Kopf? Gibt es doch eine Verbindung im Jetzt?

Egal, denkt er, zumindest gibt es eine Möglichkeit für mich auf Fragen Antworten zu bekommen. Er sieht den Meister vor sich, der seinen Arm zu einer Geste der Lehrverkündung hebt.

»Macht und Schwäche sind für den Kampf und Fortschritt deiner Seele geschaffen; nur die Ergebnisse gehören nicht dir, sie gehören dem Buddha, der sich jenseits von Macht und Schwäche erfüllt.«

Er nimmt die Worte wahr, versteht ihren Inhalt aber nicht. Sie fühlen sich wie eine Mahnung an, die ihn vor unüberlegten Schritten warnen will. Swensens Körper steht unter einer eigentümlichen Spannung. Es ist die Konzentration am Beginn der Jagd, als wittere er eine Beute, die in steter Bewegung flüchtet. Seine Gedanken jagen ihr hinterher, umkreisen sie heimlich. Aber er findet keinen Ort sie zu belauern. Die Beute ist immer auf dem Sprung, das ist ihre Bestimmung und ihre Schwäche. Sie weiß, dass sie gejagt wird, auch wenn sie den Jäger nicht sieht. Sie versucht dem Sein zu entkommen, läuft ihrem Karma aber instinktiv entgegen, bis sie endgültig ergriffen wird, sich verhaften lässt.

Ich suche einen Fälscher. Der klare Satz verdrängt seinen inneren Wirrwarr, erobert sich einen Platz in seinen Gedanken. Swensen ist wieder der normale Kriminalpolizist.

Sollte es ihn wirklich geben, denkt er, dann ist er der Mörder! Oder hat Hajo Peters alle Morde begangen und arbeitete mit dem Fälscher nur zusammen? Aber warum wurde dann Edda Herbst ermordet? Wie man es dreht und wendet, es wird kein Schuh daraus. Scheiße, eine einzige Frage wirft hundert neue auf.

Ich sollte Stephan daransetzen, mal den Bereich Fälschung in Schleswig-Holstein durchzuforsten, denkt er, als sein Handy klingelt. Swensen meldet sich.

»Reifenbaum, Ex-und-hopp-Service«, meldet sich eine seltsam quäkende Stimme. »Sie baten um einen Rückruf.«

Swensen ist im ersten Moment völlig baff, muss erst überlegen, bis bei ihm der Groschen fällt.

»Ach ja«, antwortet er dann, »Sie sind der Nachlass-Entrümpler. Eine kurze Frage hätte ich. Können Sie sich erinnern, ob eine gewisse Edda Herbst aus der Deichstraße in

Husum vor kurzem Ihre Dienste in Anspruch genommen hat?«

»Nein! Mit Sicherheit nicht!«, kommt die Antwort wie aus der Pistole geschossen. Dann entsteht eine Pause.

»Danke, damit hat sich das Ganze schon erledigt«, beendet Swensen das Gespräch und registriert den rasanten Ablauf. Etwas kommt ihm merkwürdig daran vor und außerdem glaubt er, die Stimme schon mal gehört zu haben. Er kann sie aber selbst nach längerem Nachdenken nicht einordnen.

Du musst nicht immer aus jedem Fliegenschiss 'ne große Sachen machen, denkt er und schiebt die Sache beiseite.

Swensen beschließt, vor der Morgenbesprechung bei Stephan vorbeizugehen. Da fällt ihm ein, dass noch immer kein Ergebnis der Untersuchung von Peters Kleidung vorliegt. Er ruft kurzerhand bei Riemschneider in Kiel an. Der ist, als er ihn endlich ans Telefon bekommt, hörbar verlegen.

»Ich war dummerweise längere Zeit erkrankt und hab, wenn ich ehrlich bin, die Sache danach verschwitzt. Die Plastiksäcke liegen hier noch rum. Ich verspreche dir, dass ich mich sofort darum kümmere, Jan. Die Kleidung wird noch heute ins Labor geschickt. Es tut mir außerordentlich leid!«

Als Swensen mit seiner Kanne grünem Tee in die Frühbesprechung kommt, warten alle bereits auf ihn. Püchel ist, wie schon seit Tagen, blendender Laune und besteht auf einer abschließenden Pressekonferenz.

»Die Journalisten hängen mir förmlich im Genick. Ihr glaubt gar nicht, wer da alles den lieben langen Tag anruft, stimmt's Frau Biehl?«

»Dem ist nicht zu widersprechen, Herr Püchel«, antwortet die in ihrer unnachahmlichen Weise.

»Es gibt neue Gründe, den Fall nicht voreilig als abgeschlossen einzustufen«, meldet sich Swensen zu Wort. »Es gibt den erhärteten Verdacht, dass der entdeckte Storm-Roman eine Fälschung sein könnte.«

Mit einem Mal könnte man eine Stecknadel fallen hören. Alle Augenpaare sind gebannt auf ihn gerichtet.

»Eine Fälschung?« Püchels Stimme überschlägt sich regelrecht.

»Genau!«, fährt Swensen in aller Ruhe fort. »Und wenn das stimmt, haben wir endlich das fehlende Motiv für unsere Mordfälle. Der oder die Mörder wollten verhindern, dass die Fälschung entdeckt wird.«

»Hajo Peters ist der Mörder!!«, donnert Püchel dazwischen. »Wir haben die Tatwaffe, Jan! Hast du das vergessen! Peters hatte sie bei seinem Selbstmord in der Hand, mein Lieber! In seiner Garage lagerten die Kupferstiche aus dem Storm-Museum! Was willst du noch? Und jetzt kommst du daher und faselst von mehreren Mördern! Das ist entweder aberwitzig oder du hast jeglichen Sinn für die Realität verloren!«

»Die Fälschung ist auch eine Realität, Heinz! Wie willst du diesen Umstand in deine Erklärung von der alleinigen Täterschaft Peters integrieren?«

Swensen erzählt von dem Artikel in der ›Husumer Rundschau‹, von Storms Schreibtisch, von Nolde, der nur Hansen sein kann und seinen persönlichen Schlussfolgerungen.

»Das kann so sein«, entgegnet Rudolf Jacobsen, »muss aber nicht. Im Original ist alles richtig. Was ist, wenn die Zeitung den Fehler verzapft hat und ihn jetzt nur vertuschen will?«

»Auch das kann natürlich sein«, räumt Swensen ein. »Dann haben wir wieder drei geklärte Morde, aber kein einleuchtendes Motiv.«

»Übrigens hattest du recht mit deiner Vermutung, dass sich keine Fingerabdrücke auf den Kupferstichen in Peters Garage finden würden«, bekräftigt Peter Hollmann Swensens Resümee.

»Das sagt gar nichts«, knurrt Jacobsen sofort dagegen.

»Nehmen wir an, deine Vermutungen sind richtig, Jan«, meldet sich Silvia Haman. »Das würde bedeuten, der Fehler war bereits im Originalmanuskript und wurde erst später berichtigt und zwar bevor wir es am Tatort bei Poth sichergestellt haben.«

»Richtig, Silvia, so sehe ich das auch. Und was schließen wir daraus? Der Mord an Hajo Peters ist nur der Endpunkt aller Morde. Das Neue an unserer Erkenntnis ist: In diesem Fall muss es einen Fälscher geben, und zwar einen, der in der Lage ist, einen Storm-Roman zu fälschen. Spielen wir den Fall einfach mal unter diesem Gesichtspunkt durch. Also, Hajo Peters ermordet Edda Herbst in ihrem Haus. Eddas Fingerabdrücke finden sich auf dem Storm-Manuskript. Das spricht dafür, dass es in ihrem Besitz war und dass Peters es ihr geraubt hat. Wir wissen jetzt, das Manuskript ist gefälscht. Woher diese Fälschung kommt, bleibt eine offene Frage. Also weiter. Kargel entdeckt beim Erstellen des Gutachtens die Fälschung und wird ermordet, entweder vom Fälscher persönlich oder von jemandem, der um die Fälschung weiß. Dann wird Poth ermordet. Er hat das Original für die Zeitung aufbereitet. Bei der Abschrift überträgt er den Fehler. Als wir das Original bei ihm sicherstellen, ist dieser Fehler auf magische Weise verschwunden.«

»Bleibt die Tatsache, dass Kargel und Poth mit Peters Waffe ermordet wurden«, wirft Stephan Mielke ein. »Wir haben die gesamte Kundenliste aus seinem Videoladen abgearbeitet. Einige haben geschworen, dass Peters ihnen die Waffe mal gezeigt hat. Sie soll immer in einer Schublade des Verkaufstresens gelegen haben.«

»Vielleicht wusste Peters von der Fälschung!«, sagt Silvia Haman.

»Ich glaube nicht, dass er zu einer fachgerechten Beurteilung in der Lage war«, antwortet Swensen.

»Schnödes Vorurteil!«, erwidert Silvia Haman.

»Oder gesunder Menschenverstand«, entgegnet Swensen.

»Und mit welchem Motiv wurde Peters am Ende ermordet?«

Silvia Haman sieht Swensen fragend an. Er steht stumm da, man sieht wie das Räderwerk in seinem Hirn arbeitet. Doch es läuft leer.

»Du hast kein Motiv, mein Lieber!«, sagt Silvia Haman triumphierend.

»Stimmt«, gibt Swensen nach einer Pause zu. »Aber ich bin fest davon überzeugt, dass alles irgendwie zusammenhängt. Wir sollten uns zuerst verstärkt um den Fälscher kümmern. Kannst du dich schlau machen, Stephan? Wieviel richtig gute Fälscher hat es in den letzten Jahrzehnten in Deutschland gegeben und wie viele kommen davon aus Schleswig-Holstein? Bei der Fälschung geht es immerhin um Theodor Storm. Welcher Bayer würde schon Storm fälschen.«

*

Swensen rangiert seinen Polo rückwärts in die Parklücke. Wenige Meter hinter dem Parkplatz zieht sich eine massive Ziegelmauer, deren oberes Ende mit Stacheldrahtrollen gesichert ist, zu beiden Seiten der Straße entlang. Einen Steinwurf nach rechts liegt das Eingangsgebäude der Justizvollzugsanstalt Kiel. Schon der Anblick reicht und Swensen wird es flau im Magen. Genau genommen reicht dafür bereits der Gedanke den Knast betreten zu müssen.

Diese Enge und Abgeschlossenheit ist einfach erdrückend, denkt er, dazu diese stickige Luft, die man bis hier draußen riechen kann.

Er klingelt an der Eingangstür.

Mielke hatte gestern den ganzen Nachmittag die Datenbank nach einschlägigen Fälschern durchforscht. Neben einer Großzahl der obligatorischen Scheckbetrüger, Pass- und Kunstfälscher gibt es nur eine handvoll wirklich namhafter Dokumentenfälscher, unter anderem den allgemein bekannten Fälscher der Hitler-Tagebücher Konrad Kujau. Der hatte mit selbst gemischter Tinte und einem Vorrat alter DDR-Schulkladden lauter Banalitäten aus seinem eigenen Leben aufgeschrieben und sie als Hitlers Erlebnisse und Gedanken ausgegeben. Trotz der dilettantischen Ausführung kam es dazu, dass ein Reporter im Auftrag einer namhaften Illustrierten eine Riesensumme dafür bot und der Kram zu guter Letzt sogar noch veröffentlicht wurde, bevor der Schwindel aufflog.

In Schleswig-Holstein hatte Mielke nur einen außergewöhnlichen Geldfälscher gefunden, einen gewissen Ludwig Rohde, der in den 70er-Jahren unter dem Spitznamen der ›Falsche Fünfziger‹ kurze Zeit traurige Berühmtheit in den Medien erlangt hatte. Dieser Mann hatte hier in der Kieler JVA eingesessen oder wie es so schön in der Knastsprache heißt: er war in die Faeschstraße eingeflogen und hatte dort über zehn Jahre abgerissen.

Nach Mielkes Bericht rief Swensen kurzerhand den Direktor Bertold Eisenhauer an. Der konnte sich zwar nur vage an Rohde erinnern. Trotzdem vereinbarte Swensen einen Termin mit ihm.

Das Licht der Morgensonne flutet gerade über das flache Dach des lang gezogenen Zellentrakts, blendet Swensen genau in dem Moment, als die Stahltür nach einem Summton aufspringt. Halb blind, mit roten Kreisen vor Augen tappt er ins Innere. Als die Sehkraft zurückkehrt, steht er in einem schmalen Durchgangsraum, einer Art Schleuse, vor ihm eine Gittertür, im Rücken die wieder geschlossene Stahltür. Rechts, hinter einer großen Trennscheibe, mustert ihn ein Vollzugsbeamter von oben herab. Swensen drückt seinen Ausweis in Augenhöhe ans Glas.

»Sie werden sofort abgeholt! Warten Sie bitte einen Augenblick!«, quäkt es daraufhin aus einem Lautsprecher.

Zehn Minuten später, nach einem strammen Fußmarsch über die Flure im Windschatten einer grauen Uniform, öffnet diese die Tür zu einem Büro.

»Herr Swensen von der Kripo aus Husum«, nuschelt die Uniform in Richtung Sekretärin, die mit einem Griff ans Ohr und Achselzucken andeutet, dass sie nichts verstanden hat.

»Jan Swensen«, springt Swensen seinem grauen Begleiter zur Seite. »Kripo Husum. Direktor Eisenhauer erwartet mich.«

Die magere, junge Frau mit spindeldürren Armen und platinblonder Kurzhaarfrisur öffnet die Tür neben ihrem Schreibtisch. Aus ihrem grellrot geschminkten Mund kommt mit piepsiger Stimme ein »Herr Swensen ist da.«

»Soll reinkommen«, ruft es zurück.

Mit einer Handbewegung winkt sie Swensen zu sich und tritt im letzten Moment zu Seite.

»Nehmen Sie Platz, Herr Swensen! Wie geht es Ihnen?«

Ein betagter, bestimmt knapp vor der Pensionierung stehender Mann mit mittelgroßer Statur sitzt wie angeklebt in seinem Drehstuhl. Sein Körper macht einen schwammigen Eindruck. Er trägt keine Uniform, sein ziviles Outfit gleicht trotzdem der Uniformierung seiner Vollzugsbeamten, grauer Glenscheck-Anzug, grauer Rollkragenpullover, graue Lloyd-Socken und -schuhe.

»Gut!« erwidert Swensen kurz und bündig. »Und selbst?«

»Ach, nach dem zweiten Herzinfarkt geht's mir wieder hervorragend!«

Swensen verspürt ein leichtes Unbehagen, weiß nicht, was er darauf antworten soll. Doch Bertold Eisenhauer plaudert völlig sorglos weiter.

»Nachdem die reichlich Rohre verlegt haben, fließt das alles wieder so gut wie früher. Aber wegen meiner Krankengeschichten sind Sie ja nicht hier, Herr Swensen. Ich hab mir gestern gleich die Akte von Ludwig Rohde kommen lassen und sie ein wenig durchgestöbert. Das war schon ein verdammt harter Hund, wie wir hier zu sagen pflegen. Der hatte eine ausgesprochen starke kriminelle Energie.«

Bertold Eisenhauer reicht ihm eine Karteikarte. Darauf befinden sich die drei üblichen Fotos, Seitenansicht links, Gesicht von vorn und Seitenansicht rechts, die bei jeder erkennungsdienstlichen Behandlung erstellt werden.

Swensen guckt enttäuscht auf die kleinen Fotos, die ein vollbärtiges, mit scharfen Linien gezeichnetes Gesicht mit mächtiger Nase und glatten, schulterlangen Haaren zeigen.

Das typische 68er-Face, denkt Swensen, so sahen wir in der Zeit doch fast alle aus.

»Ist das Ihr Mann?«, fragt Eisenhauer.

»Weiß nicht!«, sagt Swensen schulterzuckend. »Die Bilder sind nicht gerade jüngeren Datums, oder?«

»'74 wurde er geschnappt. Bald dreißig Jahre her.«

»Kann ich mir das ausleihen? Vielleicht können wir sie im Computer auf den neuesten Stand bringen lassen.«

»Wenn wir sie unversehrt zurückbekommen, bitte.«

»Was können Sie mir über Rohde sagen?«

»Nicht viel. Bei seiner Verhaftung hatte es einigen Wirbel gegeben, daran kann ich mich noch erinnern. Die Zeitungen waren voll mit Berichten über den Fall. Dann wurde es schnell ruhiger. Rohde fiel nicht mehr besonders auf. Einige Jahre später rückte noch irgendein Journalist an und führte ein Interview mit ihm. Das war's dann aber auch, bis auf eine Kleinigkeit. Seine Strafe musste er, trotz guter Führung, bis zum letzten Tag absitzen. Die Polizei nahm nämlich an, dass er mit dem Falschgeld eine beträchtliche Summe echtes Wechselgeld zusammenbekommen hatte, was jedoch nie bei ihm gefunden wurde. Rohde sagte dazu kein Wort. Nach der Entlassung beschattete die Polizei ihn mehrere Monate. Dann war er eines Tages von der Bildfläche verschwunden und ist nie mehr aufgetaucht.«

»Moment mal«, unterbricht Swensen, »wollen Sie damit sagen, niemand weiß wo er sich heute aufhält?«

»Genau! Der Kerl ist wie vom Erdboden verschluckt. Wenn Sie mich fragen, hat der die Polizei am Nasenring vorgeführt. Die Kohle war sicherlich versteckt. Der hat sich bestimmt ins Ausland abgesetzt.«

»Wenn das wahr wäre, kann er nicht unser Mann sein. Aber davon bin ich noch nicht 100% überzeugt.«

»Sie meinen, die Hoffnung stirbt zuletzt oder wie es so schön heißt?«

»Nein, eher: es gibt keine Hoffnung, also nutze sie!«, verbessert Swensen mit einem Grinsen.

»Wieso suchen Sie überhaupt einen Geldfälscher? Haben Sie Blüten sichergestellt?«

»Ich suche eigentlich gar keinen Geldfälscher. Nur einen exquisiten Könner, dem man eine außergewöhnliche Fälschung zutrauen könnte.«

»Keinen Geldfälscher?«

»Nein, einen Romanfälscher. Vielleicht ist dieser Rohde ein verkanntes Allroundtalent? Gibt es von den Vollzugsbeamten oder Inhaftierten noch jemanden, der Rohde persönlich kennen könnte?«

»Ich glaube schon, wenn mir von den Beamten auch kein Name auf der Zunge liegt. Lassen Sie mich nachdenken ..., ja, Ludwig Ogorzow müsste Rohde mit Sicherheit noch kennen. Ogorzow ist ein mehrfach Lebenslanger, hat seine gesamte Familie massakriert und verwaltet die Gefängnisbibliothek, ich glaube auch schon zu Rohdes Zeiten. Rohde soll viel gelesen haben, steht in seiner Akte. Also Ogorzow müsste ihn ganz gut kennen.«

»Kann ich mit dem Mann sprechen?«

»Ich lasse Sie hinbringen!«

Wenig später schreitet Swensen wieder einer grauen Uniform hinterher. Es geht ohne Worte über lange Flure, vorbei an unzähligen Zellentüren, durch eine Gittertür, die aufgeschlossen werden muss, durch einen kurzen Flur und weiter bis vor eine Tür mit einem abgeblätterten Emailleschild, auf dem in altdeutscher Schrift Bibliothek steht. Der Raum dahinter steht voll mit Bücherregalen. An einem Schreibtisch liest das Urbild eines Ganoven Zeitung. Swensen fühlt sich bei seinem Anblick an die Panzerknackerbande aus Entenhausen erinnert. Der eckige Glatzkopf dreht seinen muskulösen Boxerkörper auf dem Hocker in Richtung des unangemeldeten Besuchs und blickt ihn erstaunt an.

»Hey, Ogorzow! Hier möchte dich ein Kommissar aus Husum sprechen!«, sagt die Uniform und zieht sich in die äußerste Ecke des Raumes zurück.

Swensen schnappt einen zweiten Hocker, stellt ihn gegenüber von Ogorzow auf und setzt sich.

»Ludwig Rohde«, sagt er und wartet ab.

Der Glatzkopf schaut ihn feindselig an, sagt aber kein Wort. Swensen hält das aus, ohne ungeduldig zu werden.

»Wer soll das sein?«, keift Ogorzow ihn plötzlich an.

Swensen zieht die Fotos des Direktors aus der Innentasche seines Mantels.

»Dieser Mann hier!«, sagt er und hält sie seinem Gegenüber unter die Nase.

»Ach, der ›Falsche Fünfziger‹? Mensch, das ist doch schon ewig her!«, muffelt der Glatzkopf und schaut ins Leere, als wenn er nach einer Erinnerung Ausschau hält.

»Ludwig Rohde!«, wiederholt Swensen.

»Keine Ahnung mehr, wie der hieß! Hier sagte jeder nur ›Falscher Fünfziger‹ zu ihm.«

»Wie war der denn so?« hakt Swensen nach einer Pause nach.

»Ein kluger Mensch war der«, schwärmt Ogorzow bedächtig. »Ein richtig kluger Mensch und ein Künstler dazu. Zeichnen konnte der, das glauben Sie nicht. Und geschrieben hat der auch immer, wenn man ihn gesehen hat.«

»Hat er viele Bücher ausgeliehen?«

»Das kann man wohl sagen! Der war richtig süchtig danach! So was Verrücktes vergisst man nicht. Solange ich hier den Laden schmeiße, hat der ›Falsche Fünfziger‹ mehr Bücher ausgeliehen, als ein anderer Knacki vor und nach ihm. Nachdem er weg war, ist das hier richtig ruhig geworden.«

»Wissen Sie noch, was er so alles gelesen hat? Fachbücher, Krimis, Romane, klassische Literatur?«

»Nee Herr Kommissar, das weiß ich beim besten Willen nicht mehr. Alles Mögliche, quer Beet. Da müsste ich nachsehen.«

»Geht das noch?«

»Ich hab die Ausleihkarten der Entlassenen immer in eine Schublade gelegt. Man kann ja nie wissen, ob man die noch mal braucht. Die meisten kommen wieder!«

»Können Sie mir die raussuchen?«

»Wenn's sein muss!«, grummelt der Glatzkopf, tappt zu einem alten Holzschrank, zieht mehrere Schubladen auf und beginnt in einer herumzuwühlen. Er blättert in Unmengen von Pappkarten. Ab und zu stößt er einen Fluch aus. Dann wird Ogorzow fündig.

»Das ist alles so'n altmodisches Zeug, was der ausgeliehen hat«, murmelt er, indem er Swensen die Karte reicht. »Das meiste ist von einem Theodor Storm, steht auf der Rückseite. Jetzt fällt mir das auch wieder ein. Der hat doch 'n Buch über so ein Gespenst auf'm weißen Gaul geschrieben, davon war der ›Falsche Fünfziger‹ völlig aus dem Häuschen.«

»Der Schimmelreiter?«

»Kann sein. Ja doch, so hieß das Buch, glaube ich. Hatte davon vorher noch nie was gehört, ehrlich. Hab auch nichts von dem Zeug gelesen. Nur dem ›Falschen Fünfziger‹ zum Gefallen hab ich mal reingeschaut. Aber das war so'n altdeutsches Geschwafel, das versteht doch kein normaler Mensch. Wenn ich jetzt drüber nachdenke, musste ich ihm damals sogar Bücher von draußen besorgen, die wir hier nicht hatten. Ich glaube, der hat alles von diesem Storm gelesen, selbst Bücher, die andere Typen über den Kerl geschrieben haben. Der war wie besessen von dem Zeug.«

»Wo stehen die Bücher von Storm denn. Kann ich mir die mal ansehen?«

»Unter ›S‹, viertes Regal von hier, links. Gucken Sie sich einfach um.«

Swensen erhebt sich und geht zum beschriebenen Regal.

»Ja, genau dort«, ruft Ogorzow ihm hinterher. »Und jetzt links!«

Swensens Augen wandern über die Buchrücken, bis er auf eine Reihe Storm-Bände stößt. Sie stehen gerade in einem Lichtstrahl der Sonne, der durch ein kleines Dachfenster fällt. Einige der Bücher sind in altes, schon brüchiges Leder eingebunden. Die Goldschrift auf dem Buchdeckel glänzt. Er liest ›Pole Poppenspäler‹, nimmt es aus dem Regal und blättert es langsam durch. Es ist eine Braunschweiger Ausgabe von 1968. Auf mehreren Seiten sind am Rand mit Bleistift Notizen gemacht worden. Er liest wahllos hinein, bleibt dann an einer Passage hängen.

Du kennst unseren Schützenhof in der Süderstraße; auf der Haustür sah man damals noch einen schön gemalten Schützen, in Lebensgröße, mit Federhut und Büchse; im Übrigen war aber der alte Kasten damals noch baufälliger, als er heute ist.

Zwischen den Zeilen sieht er die Tür vom Schützenhof, dann sich selbst. Er steht neben vier Männern. Sie packen den Eisenklotz und lassen ihn mit voller Wucht gegen das Türschloss knallen. Die Tür fliegt auf. Drinnen liegt Hajo Peters ausgestreckt auf dem Rücken. Blutüberströmt hält er eine Walther 7,65 in der rechten Hand.

Ludwig Rohde steckt da mit drin, denkt Swensen.

Er stellt das Buch zurück und greift das nächste daneben. ›Schriften der Theodor-Storm-Gesellschaft aus dem Jahr 1968.‹ Im Inhaltsverzeichnis findet er: Zur Druckgeschichte der »Ersten Gesamtausgabe«. Eine Intuition lässt ihn das Kapitel aufschlagen. Beim Durchblättern wird er stutzig. Volltreffer! Neben dem Abdruck einer Handschrift von Storm, hat jemand mit Bleistift dessen Schriftzug nachgeahmt. ›Pole Poppenspäler‹ steht da, exakt kopiert, mehrfach untereinander geschrieben.

Verblüffend, denkt Swensen. Kein Zweifel, unser Fälscher hat sich selbst überführt. Und er liefert uns sogar noch den Beweis frei Haus.

Die Fährte ist heiß, sehr heiß, denkt er und klemmt sich das Buch unter den Arm. Doch wo steckt Ludwig Rohde? Fällt bei ihm auch gerade das Sonnenlicht durchs Fenster? Genießt er vielleicht ›Mehlbüttel‹ mit Kassler zu Mittag oder hört ›Monteverdi‹? Denkt er darüber nach, ob ihm als einzigem ein perfekter Mord gelungen ist? Oder ist dieser Ludwig Rohde gar nicht der Mörder von Hajo Peters? Tja, Swensen, du weißt, dass du nichts weißt.

»Das ist die Weisheit des Nichtwissens«, hört er in sich die Stimme seines Meisters Rinpoche. »Wer auf diese Weise leer ist, hat zur Fülle des Nichts gefunden.«

13

Als Swensen die Tür öffnet, fällt sein erster Blick auf Elisabeth Karls Oberweite, die ihm entgegenwippt, als sie sich im Drehstuhl herumfahren lässt. Er glaubt, dass ihre Augen kurz aufgeleuchtet haben.

»Herr Swensen?«, fragt sie mit der bekannt rauen Stimme. »Was machen Sie denn schon wieder bei uns?«

»Ich habe an Sie gedacht, Frau Karl. Sie können mir bestimmt weiterhelfen. Ich komm nämlich gerade von einer Ermittlung aus der JVA, und von der Faeschstraße bis hierher ist es ja nur ein Katzensprung.«

»Oh schade! Ich dachte schon, Sie wollten Ihre damalige Einladung zum Essen wiederholen. Heute wäre ich dabei gewesen.«

Elisabeth Karl fährt sich mit der Hand durch ihre rote Strähne. Hallo, denkt Swensen, für einen Flirt ist das jetzt schon fast etwas zu dick. Nun bilde dir nichts ein alter Knabe, rückt er seinen Gedanken gleich wieder zurecht, du könntest ihr Vater sein.

»Die Einladung steht selbstverständlich noch. Meinetwegen auch sofort. Ich hab allerdings einen kleinen Hintergedanken.«

»Nicht jetzt, Herr Swensen, später! Ich habe einen Mordshunger!«

»Also auf zu Ihrem Geheimtipp vom letzten Mal, oder?«

»Sie meinen den Inder?«

Swensen nickt. Elisabeth Karl grinst und schnappt ihren Mantel, der an der Garderobe gleich neben der Tür hängt. Wenige Minuten später steuern beide auf die weithin sichtbare, orangegetönte Außenfassade zu. Über der Eingangstür steht mit einem rotgemalten Schriftzug das Wort ›Ganesh‹.

»Ganesh ist ein Elefantengott«, sagt Elisabeth Karl, als sie eintreten. Swensen amüsiert sich jedes Mal wieder über die Diskrepanz zwischen ihrer Reibeisenstimme und dem jugendlichen Aussehen.

»Der Gott des Wohlstands und der Weisheit«, ergänzt Swensen beiläufig. »Eine interessante Mischung. Die Inder wissen was zusammengehört, finden Sie nicht?«

»Klar! Leider nur keine Kombination für Kripobeamte, oder? Bei Ihnen fehlt es doch sicher auch am Wohlstand?«

Elisabeth Karl sieht ihn neckisch von der Seite an. Swensen grinst zurück und klopft in Portemonnaiehöhe auf seinen Mantel.

»Für eine Einladung reicht es schon noch. Suchen Sie sich alles aus, was Sie möchten!«

Der gutgelaunte Sikh mit dem blauen Turban, der Swensen schon bei seinem ersten Besuch bedient hatte, zeigt wieder seine unverschämt weißen Zähne. Swensen bestellt gleich zwei Portionen Samosas. Elisabeth Karl ordert Currylamm in Spinat.

»Sie wollen einen kleinen Gefallen von mir?«

»Stimmt«, sagt Swensen, indem er Elisabeth Karl direkt in die Augen blickt, »es kann aber auch ein etwas größerer sein, Frau Karl.«

Sie schlägt mehrmals auffällig mit ihren Augenlidern und schaut ihn mit einem magischen Blick aus ihren blauen Augen an.

Was machst du hier eigentlich, denkt Swensen. Dir bringt es wohl keinen Spaß allein zu essen, mein Lieber. So ist die Theorie vom Spiel des Lebens bestimmt nicht gemeint.

»Kennen Sie sich mit computersimulierten Alterungen einer Person aus, Frau Karl?«, versucht er der Situation eine sachlichere Richtung zu geben. Elisabeth Karl nimmt seine veränderte Haltung nicht zur Kenntnis, ob nun bewusst oder unbewusst.

»Wollen Sie jetzt schon wissen, wie Sie als weiser alter Mann aussehen, Herr Swensen?«

»Meinen Sie, dass Sie so was hinkriegen würden?«

»Na ja, das weise Potenzial ist meiner Meinung nach schon vorhanden!«

Bevor er antworteten kann, unterbricht der quirlige Sikh die Unterhaltung, indem er ihnen das Essen hinstellt. Mit Erleichterung registriert Swensen, dass das Spiel mit dem Feuer dadurch unterbrochen wurde.

Was hat mich da nur geritten, denkt er und beißt in die Teigtasche. Musst du dich jetzt schon an jungen Frauen aufbauen? Das ist mal wieder dein Komplex, besser erscheinen zu wollen, als unbedingt notwendig.

Ihm fällt Annas Vorwurf ein, er sei überheblich.

Sie hat mit dem Flirten angefangen, kontern seine Gedanken.

»Ich hab ein Foto von einer Person, das vor fast dreißig Jahren gemacht wurde. Mich interessiert, wie sie heute aussehen könnte«, unterbricht Swensen die entstandene Gesprächspause, noch bevor er sein Essen beendet hat.

»Das ist gar nicht so einfach«, steigt Elisabeth Karl auf seine Bitte ein. Der flirtende Unterton ist wie weggeblasen – oder war er überhaupt nicht dagewesen?

»Es genügt nicht, dem Porträt einer Person ein paar Runzeln und Falten hinzuzufügen«, fährt sie fort. »Um einem möglichen Alterungsprozess auf die Schliche zu kommen, muss man etwas über das Wesen und den Charakter der betreffenden Person wissen. Es ist notwendig, sich in ihn hineinzufühlen. Welche Ereignisse im Leben könnten welche Gesichtszüge verstärken, welche abschwächen? Wie gesagt, nicht einfach. Aber Sie engagieren schließlich eine Spezialistin.«

»Alles was ich über meinen Mann weiß ist, dass er ein genialer Geldfälscher war. Er wurde 1974 mit 26 Jahren gefasst und hat eine 12-jährige Haftstrafe abgesessen. Nach seiner Entlassung ist er untergetaucht. Das bedeutet, er lebt seit 14 Jahren mit einer falschen Identität, wahrscheinlich in ständiger Angst entdeckt zu werden. Können Sie da was mit anfangen?«

»Besser als gar nichts. Unmögliches erledige ich sofort, Wunder dauern etwas länger. Immerhin ist unser heutiges ›I.S.I.S. Phantom‹, das wir in den Landeskriminalämtern einsetzen, eine ziemlich raffinierte Computersoftware mit ausgefeilten Retuschier-, Kontrast- und Brushfunktionen. Es gibt Bilddatenbanken mit vorgefertigten Gesichtern aus allen ethnischen Gruppen, nach Segmenten für Augen, Nase, Mund, Ohren, Haare, Augenbrauen und Gesichtsformen getrennt. Dazu können alle Segmente vergrößert, verkleinert, verlängert und verkürzt oder dunkler und heller gemacht werden.«

»Ich wusste, dass ich bei Ihnen richtig bin«, versucht Swensen ihr zu schmeicheln. Diesmal erweist sie sich als resistent. Die restliche Zeit verläuft dann unerwartet wortkarg.

Zwanzig Minuten später betreten beide den Arbeitsraum von Elisabeth Karl und setzen sich an ihren Arbeitsplatz. Swensen zieht das Foto von Ludwig Rohde heraus.

»Das ist das typische Outfit der damaligen Hippiezeit. Heute läuft niemand mehr so 'rum. Ich glaube, ohne die langen Haare und den Bart wären wir schon ein ganzes Stückchen weiter.«

Elisabeth Karl grinst nur, nimmt das Bild ohne ein Wort, scannt es ein und beginnt routiniert ihre Arbeit mit Maus und Tastatur. Swensen registriert, dass ihr Kontakt gestört bleibt.

Sie hat genau gemerkt, dass du den Flirt abgebrochen hast, denkt er. Jetzt ist sie gekränkt, hält dich für einen Feigling. Oder sie glaubt, du interessierst dich nur für deine Arbeit. Das meinst du nicht wirklich, oder? Ihr Flirten hat dich angetörnt, und anstatt sich zu freuen, dass es vorbei ist trauert dein Ego dem Verlust gleich hinterher.

Er zieht sich ein Stück in den Raum zurück und lässt sie in Ruhe machen. Die Zeit läuft im Schneckentempo. Er versucht gelassen zu bleiben, wahrzunehmen, wie sich Untätigkeit anfühlt. Doch der Computerbildschirm wird immer präsenter, zieht seine Blicke förmlich an. Er sieht, wie das Bild seines Fälschers sich langsam verändert. Die Haarmähne und der Vollbart sind bereits verschwunden. Die Augen wirken dadurch wesentlich eindringlicher, vielleicht sogar stechend. Der Cursor fliegt zum Mundwinkel, fügt ein Grübchen ein und verfeinert es dann. Jetzt springen Linien auf die Stirn, werden zu ausgeprägten Falten. Die Nase schrumpft etwas zusammen.

Etwa eine dreiviertel Stunde später schnellt ihr Drehstuhl herum. Während der Drucker zu rattern beginnt, strahlen ihre blauen Augen Swensen an, als wenn sie damit seine ganzen Überlegungen ad absurdum führen wollte.

»Die Augen verändern sich selbst über Jahre überhaupt nicht. Ich habe sie als Ausgangspunkt genommen, sozusagen als ruhenden Pol, und drumherum drei Entwicklungsszenarien entworfen«, erklärt ihre raue Stimme.

»Drei Entwicklungsszenarien?«, fragt Swensen. »Deswegen hat es so lange gedauert.«

»Ich sagte doch, dass es nicht mal eben so nebenbei geht. Jeder Mensch kann sich in unendlich viele Richtungen verändern. Wir schränken sie auf drei Möglichkeiten ein. Erstens: der Mann hatte wenig Stress, hat sich die gesamte Zeit eher gut ernährt und sich körperlich überproportional gepflegt. Er liegt dadurch vielleicht einige Pfund über dem Normalgewicht. Zweitens, die normale Entwicklung: mehr Stress, normale Ernährung, weniger Aufwand für Körperpflege, das Standardgewicht. Drittens, und das trifft vielleicht am ehesten auf jemanden zu, der über lange Zeit mit einer falschen Identität lebt: Dauerstress, schlechte oder unregelmäßige Ernährung. Raucht und trinkt vielleicht, was sich bei älteren Männern auf die glatte Haut verheerend auswirken kann.«

Swensen bemerkt den kleinen Stich zwar, lässt ihn aber wie eine Wolke durch seine Gedanken ziehen.

»So ein Mensch wird natürlich eher schlanker daherkommen«, beendet Elisabeth Karl ihre Aufzählung und greift nach den drei DIN-A4-Bögen, die mittlerweile auf der Druckerablage liegen. Sie legt sie nebeneinander auf den Tisch. Swensen tritt davor, bleibt gebannt stehen, den Blick starr auf die Bilder gerichtet.

»Ist das Ihr Mann?« fragt Elisabeth Karl.

Swensen gibt keine Antwort, steht da und rührt sich nicht. Seine Augen schauen durch die computerveränderten Gesichter hindurch, als würde er versuchen in einem Buch dreidimensionale Bilder mit einem verschwimmenden Blick zu erkennen.

»Können Sie das zweite und dritte Bild miteinander verschmelzen? Die Nase nicht ganz so gerade. Machen Sie bitte an dieser Stelle einen kleinen Knick hinein«, sagt Swensen und zeigt mit dem Finger auf die obere Nasenpartie. Er hört sich an, als wenn er aus einer anderen Welt spricht. Elisabeth Karl merkt, dass gerade etwas Dramatisches passiert. Der Mann vor ihr ist hellwach, angespannt wie jemand, der kurz vor einer entscheidenden Erkenntnis steht.

Elisabeth Karl zieht sich an ihren Computer zurück. Mit der Maus steuert sie den Cursor über den Bildschirm, legt einzelne Partien der beiden Bilder übereinander, lässt sie verschmelzen und präsentiert ihr Ergebnis. Das neue Bild lässt keinen Zweifel mehr zu.

»Er ist es wirklich! Kein Zweifel mehr! Nicht zu glauben, aber er ist es!«, sagt Swensen leise zu sich. Gleichzeitig erinnert er sich an eine Stimme, die zu dem Bild passt: »Reifenbaum, Ex-und-hopp-Service.« Jetzt weiß er, warum ihm diese Quäk-Stimme so bekannt vorkam.

*

Swensen hat plötzlich die Assoziation eines Raubvogels, der mit ruckelnden Flügelschlägen hoch über seinem Kopf steht und auf ihn hinabspäht, so wie er gerade auf den Stadtplan von Husum guckt um über die beste Vorgehensweise für den Einsatz nachzudenken. Aus der Vogelperspektive müssten die Straßenlinien genauso aussehen, nur viel realistischer, denn auf dem echten Stadtplan bewegen sich jetzt winzige Stecknadelköpfe, die gerade auf die Ecke Gurlittstraße, Totengang, zustreben.

Es ist erst wenige Minuten her, dass er seinen Sicherheitsgurt öffnete und Silvia Haman unter der Straßenlampe stehen sah. Er hatte kurz mit der Lichthupe geblinkt, war ausgestiegen und hatte zu ihr hinüber gewinkt, woraufhin sie sofort auf ihn zu geeilt war.

»Hat alles geklappt?«, hatte er schon von weitem gerufen.

Sie hatte genickt und ein Schriftstück aus der Manteltasche gezogen, mit dem sie in der Luft hin und her gewedelt hatte.

»War ein hartes Stück Arbeit«, war es aus ihr herausgebrochen, als sie bei Swensen angekommen war. »Es brauchte ziemlich lange, bis Püchel überzeugt war. Deine Geschichte erschien ihm zu abenteuerlich. Er wolle erstmal die Beweise sehen, sagte er immer wieder. Wenn du mit deiner Anschuldigung falsch liegen würdest, käme die gesamte Inspektion in Teufelsküche. Als ich ihn endlich weich gekocht hatte, musste ich noch ganz schön rumrödeln, bis unser lieber Staatsanwalt beim Richter einen Haftbefehl beantragen wollte.«

Swensen hatte das Papier genommen, es überflogen und eingesteckt.

Menschenskinder, hatte er gedacht. Warum kann der Kram nicht einfach mal ohne das obligatorische Genöhle über die Bühne gehen.

Noch bevor er seinen Ärger kundtun konnte, nahmen die Ereignisse bereits ihren Lauf. Stephan Mielke war aus einem Hinterhof auf sie zu getrabt. Gleichzeitig stoppte ein Mercedes-Transporter hinter ihnen und die Männer der mobilen Einsatztruppe sprangen heraus. Swensen erkannte den Einsatzleiter wieder, der schon in der Nacht, als sie Peters verhaften wollten, dabei gewesen war.

Jetzt stehen sie gemeinsam über den Stadtplan gebeugt.

Gruppenbild mit Dame, denkt Swensen, Silvia Haman neben sich. Hoffentlich finden wir nicht wieder den Täter erschossen in seiner Wohnung liegen. Der Einsatzleiter ist nicht gerade ein gutes Omen.

»Ich hab gerade die Wohnung von außen gecheckt«, sagt Mielke, während Hollmann seinen Wagen auf der anderen Straßenseite parkt und sich die Männer von der Spurensicherung, die bereits warten, um ihn scharen.

»Da ist niemand daheim, glaube ich«, fährt Mielke fort. »Alles stockdunkel.«

Er schaut erst zu Swensen und dann zum Einsatzleiter.

»Eine Parterrewohnung in einem Vorbau. Gleich wenn man in den Hinterhof kommt, rechts. Durch die große Wohnzimmerscheibe kann man direkt reinsehen. Da gibt's keine Gardinen. Außerdem konnte ich in mehrere der anderen Zimmer gucken. Was machen wir?«

»Das, wozu wir hier sind«, zischt der Einsatzleiter mit einer Stimme, die nicht die kleinste Interpretation zulässt. »Wir gucken nach, ob Ihr Eindruck stimmt.«

»Okay«, sagt Swensen. »Machen Sie ihren Job. Aber lassen Sie alles heil, damit wir unseren auch noch machen können.«

Der Einsatzleiter wirft ihm einen kurzen, geringschätzenden Blick zu, dann prescht ein Teil der Truppe auf sein Kommando durch die Häuserlücke davon, während zwei Männer in den vorderen Hauseingang stürmen. Mielke, Haman und Swensen folgen der Truppe in den Hinterhof. Das Klirren einer Fensterscheibe ist zu hören. Als sie den Vorbau erreichen, kommt ihnen der Einsatzleiter mit seinen Männern im Schlepptau schon wieder entgegen.

»Die Wohnung ist leer«, sagt er im Vorbeigehen. »Wir ziehen ab.«

»Sag' bitte Hollmann und den Leuten von der Spurensicherung Bescheid«, wendet sich Swensen an Stephan Mielke. »Und sorg' dafür, dass die Streifenbeamten sich platzieren.«

Gleich darauf betritt er mit Silvia Haman das Wohnzimmer durch die aufgebrochene Terrassentür. Das Licht brennt noch. Swensen streift Fußschutz und Latexhandschuhe über, spürt sein pochendes Herz und merkt, wie ihm die Aufregung fast die Luft abwürgt. Ob er geahnt hat, dass wir kommen, denkt er und verwirft seinen Gedanken sofort wieder. Im gesamten Raum herrscht eine pedantische Ordnung. Neben einem modernen Wohnzimmerschrank gibt es ringsherum Regale, voll gepackt mit Büchern. Alle Buchrücken bilden eine penibel ausgerichtete, gerade Linie, kein Buch lugt auch nur einen Hauch hervor. Swensen lässt seinen Blick über die Titel streifen. Bildbände über Norddeutschland, das Wattenmeer gleich neben der grandiosen Bergwelt des Himalajas und einem Lexikon der

Extremsportarten. Dann hat sein Blick die Stormabteilung aufgespürt. Unzählige Biografien über Theodor Storm, drei verschiedene Gesamtausgaben, eine Reihe Einzelromane, dazu reichlich Sekundärliteratur, zum Beispiel ›Volksglaube und paranormales Geschehen im Schimmelreiter‹, ›Spuk, Ahnung und Gesichte bei Theodor Storm‹, ›Theodor Storms Chroniknovellen‹. Swensen stutzt einen Moment als er das Buch ›Filmmaske und Make-up, Tipps und Tricks‹ zwischen der Storm-Literatur stehen sieht und verbucht es unter Zufall. Die historischen Werke daneben fügen sich alle nahtlos in das Zeitalter des Dichters ein. Er registriert: ›Fischers Weltgeschichte über das bürgerliche Zeitalter‹ und ›das Zeitalter der europäischen Revolution‹.

Gute Voraussetzungen um einen Storm-Roman zu fälschen, denkt er und wundert sich darüber, dass er keinen Fernseher entdecken kann. In der Mitte des Raumes steht eine braunlederne Sitzgruppe, direkt vor der Fensterfront ein antiker Eichenschreibtisch, daneben ein Personalcomputer. Bildschirm und Tastatur bilden einen krassen Gegensatz zu einer Unzahl von Tintenfässern und Federhaltern mit verschiedenen Schreibfedern, die auf der Schreibplatte herumliegen.

Als Swensen sich erneut umschaut, sind die Männer von der Spurensicherung, ohne dass er es mitbekommen hat, bereits an der Arbeit. Er geht zu Hollmann hinüber, der gerade die Schrankschubladen durchstöbert und deutet auf den Schreibtisch.

»Die Tinte sollten wir von einem Chemiker unter die Lupe nehmen lassen. Vielleicht ist das ja die, mit der unser Mann das Storm-Manuskript gefälscht hat.«

»Eins nach dem anderen«, erwidert Hollmann in seiner abwesenden Art.

»Habt ihr schon Fingerabdrücke aus dem Bad?«

Hollmann nickt ohne sich bei seiner Tätigkeit im Geringsten stören zu lassen.

»Die sollten wir sofort abchecken lassen, Peter. Das hat höchste Priorität. Wir brauchen unbedingt den Beweis, dass Ludwig Rohde und unser Mann ein und dieselbe Person sind.«

Hollmann winkt einen seiner Männer zu sich und gibt ihm kurze Anweisungen, die Swensen aber nicht mehr versteht, weil Hollmann sich wieder seiner Untersuchung zuwendet. Kurz darauf ruft er Swensen, der gerade eine Schreibtischschublade aufzieht.

»Schau dir das hier an, Jan«, sagt Hollmann und legt ihm einen aufgeklappten Aktenordner hin. Swensen will seinen Augen nicht trauen. Du bist es, jubelt er innerlich. Vor ihm liegen auf Pappe geklebte Zeitungsartikel, die schon einige Jahre auf dem Buckel haben dürften. Aus den Schlagzeilen geht hervor, dass sie über den Geldfälscher Ludwig Rohde berichten. Er nimmt den Ordner und drückt ihn Silvia Haman in die Hand.

»Er ist es, Silvia! Jetzt kann Püchel beruhigt sein.«

»Jetzt müssen wir ihn nur noch kriegen«, sagt Silvia.

»Genau«, bestätigt Swensen.

Plötzlich fühlt er ein Kribbeln in der Magengegend. Etwas will losstürzen, doch er bleibt unschlüssig neben Silvia Haman stehen. Die Lösung scheint so nah, als ob er sie bereits mit den Händen fassen kann. Ihm fehlt die Idee, wohin er sich wenden soll.

»Begib dich ins Zentrum deines Wissens«, hört er seinen Meister sagen und gleichzeitig taucht vor seinem Auge ein schwarzes Büchlein auf, ein Terminkalender, den er gerade noch in einer aufgezogenen Schublade gesehen hatte. Er eilt an den Schreibtisch zurück, nimmt ihn heraus und schlägt hastig das heutige Datum auf. Unter ›Dienstag, dem 19. Dezember‹ steht mit einem Kugelschreiber hingekritzelt: Vortrag 20:30 Uhr, Rittersaal Husumer Schloss.

Swensen atmet tief durch. Ihm fällt ein Stein vom Herzen, der Mann befindet sich nicht auf der Flucht.

Er hat keine Ahnung, wie dicht wir an ihm dran sind, denkt er.

Die Angst, er könnte entwischt sein, weicht aus seinem Körper. Swensen fühlt sich hellwach, Energie kehrt zurück.

Jetzt heißt es dranbleiben, denkt er, winkt Silvia Haman zu sich und zeigt ihr die Eintragung in dem Terminkalender.

»Ist das nicht verrückt? Wir wühlen seine Wohnung durch und unser Mann hält in wenigen Minuten 300 Meter von uns entfernt einen Vortrag. Gehen wir 'rüber und schnappen uns den Kerl!«

»Willst du die Veranstaltung sprengen?«

»Nein, wir setzen uns rein und warten in Ruhe, bis sie zu Ende ist. Dann verhaften wir ihn ohne viel Aufsehen.«

»Hältst du das wirklich für eine gute Idee? Er könnte eine Waffe dabei haben und in Panik um sich ballern?«

»Du liest zu viele Kriminalromane, meine Liebe. Der hat keine Ahnung, was wir wollen. Die Überraschung ist auf unserer Seite. Wir überrumpeln ihn, ehe er überhaupt nachdenken kann.«

»Ich finde, wir sollten keinen Alleingang machen, Jan!«

»Los, wir ziehen das Ding jetzt durch!«

»Hast du da ein persönliches Ding mit dem Mann laufen?«

»Quatsch!«, erwidert Swensen trotzig, obwohl er sofort weiß, dass Silvia nicht ganz unrecht hat.

Da meldet sich die alte Rechnung mit Püchel, denkt er. Ich will mal wieder mit dem Kopf durch die Wand, beweisen, dass ich ein Mordskerl bin. Ich, Swensen, der Held, der

Gerechtigkeit schafft, der die Gewalt in der Welt im Handumdrehen eindämmt. Doch hier geht es nicht um dich, Jan Swensen. Da draußen ist ein Täter, jemand der vielleicht mehrmals gemordet hat. Der hat nichts mit meinem Ego zu tun. Er hat für sich gemordet und nicht für mich. Meine Aufgabe ist nur ihn zu fangen, nicht mehr und nicht weniger. Das ist mein Karma. Ich sollte mir keinen Namen auf seine Kosten machen wollen.

Silvia Haman sieht Swensen die ganze Zeit eindringlich an, sagt aber nichts. Das Schweigen breitet sich aus, rückt Swensen auf die Pelle.

»Okay«, sagt er plötzlich, »bevor wir im Schloss die Veranstaltung besuchen, informieren wir Mielke, damit er uns zwei Streifenwagen zur Hilfe kommen lässt.«

*

Die Nachricht von Kommissar Swensen auf der Mail-Box seines Handys traf ihn völlig unerwartet. Er hatte sofort geahnt, dass es ein dummer Fehler gewesen war, den Mobilfunkvertrag unter seinem Namen abzuschließen. Andererseits, wer hatte damals schon im Voraus ahnen können, wie sich die Situation im Laufe der Zeit zuspitzen würde. Die dreimonatige Mindestlaufzeit, die ihn beim Abschluss genervt hatte, empfand er im Nachhinein sogar als Segen, denn wenn es keinen Anschluss mehr gegeben hätte, wären bestimmt Nachforschungen von der Polizei angestellt worden.

Der eiskalte Rückruf mit verstellter Stimme war allerdings ein gekonnter Schachzug von mir, versucht er sich aufzubauen, als er durch eine Seitentür den Raum betritt, der von einem großen barocken Prachtkamin dominiert wird. Ein kurzer Beifall wallt auf und verebbt in vereinzeltem Gehuste. Er stoppt genau zwischen den Figuren des ›Perseus‹ und der

›Andromache‹, die sich neben der Feuerstelle des Kamins befinden und verbeugt sich leicht. Dann tritt er hinter das Rednerpult, rückt seine Zettel zu Recht, nimmt einen Schluck Wasser und beginnt: »Guten Abend meine Damen und Herren! Das Thema des heutigen Abends ist: Theodor Storm und die bürgerlich-patriarchale Ordnung.«

Er hebt seinen Kopf, macht eine kalkulierte Pause und blickt demonstrativ in den Saal. Der ist voll, fast ausverkauft. Er lässt die erwartungsvollen Augen befriedigt auf sich einwirken. Manchmal kann er es gar nicht glauben, dass er es ist, der hier steht, dem man zuhört.

Nichts kommt von nichts, denkt er. Swensens Anruf kommt ihm wieder in den Kopf und plötzlich verliert er sich in Bildern, die schon sehr lange zurückliegen. Die ersten Tage im Knast ziehen an seinem inneren Auge vorbei, wie Sturmwolken, die bei Vollmond über den Nachthimmel getrieben werden. Er sieht sich auf der unteren Bettkante eines Etagenbettes sitzen. Selbst den penetranten Linoleumgestank, das Zuschlagen der Eisentür, das Rasseln der Schlüssel kann er abrufen, als wenn es gestern gewesen wäre. Der erste Schock war, Jahre in einem Raum von höchstens acht Quadratmetern verbringen zu müssen. Von heute auf morgen führte er ein komplett anderes Leben. Dann hatte er den Katzenjammer erstaunlich schnell in den Griff bekommen. Er musste seinen Raum nur mit einer Person teilen, damit konnte nicht jeder rechnen. Aber schließlich war er nicht so ein hergelaufener Krimineller gewesen, wie die meisten, die völlig zu recht hier einsaßen. Die meisten Typen waren drogenabhängig und lungerten in der Freizeit und sogar in den Werkstätten nur rum. Ihre Hauptbeschäftigung: wie komm ich an Stoff oder Zigaretten.

Er muss sich räuspern, will die unangenehmen Gedanken loswerden. Sie bleiben hartnäckig. Er versucht sie zu unterdrücken und beginnt seinen Vortrag.

»Am Ende des 19. Jahrhunderts hat ein Großteil Europas das Stadium des Industriekapitalismus noch nicht erreicht. Die Länder wurden in der Hauptsache von Bauern bevölkert.«

Er merkt, wie unkonzentriert er ist, dass seine Stimme unangenehm monoton klingt. Es bereitet ihm Mühe sich zu sammeln, die Sätze mit mehr Modulation vorzutragen, denn parallel bedrängen ihn seine Erinnerungen, penetrant und verselbständigt, während er seinen Vortrag wie in einem Vakuum abliest.

»Europa war zwar real noch ziemlich bäuerlich, aber ideologisch schon bürgerlich. Die Gesellschaft war geprägt von bürgerlichen Tugenden wie Ehrenhaftigkeit, Nationalismus, strenger Familiensinn und Pflichtgefühl«, hört er seine Stimme. Der Gedankenfilm läuft weiter.

Er wusste damals schon genau, was er wollte. Nach zwei Monaten war es ihm gelungen, seinen Zellengenossen davon zu überzeugen das Bett zu tauschen. Er belegte das obere, Klemens Moses, so hieß der andere, bekam das untere. Klemens war evangelisch und streng gläubig. Am Anfang ging ihm das christliche Gehabe ganz schön auf den Zeiger. Dein großer Lenker da oben hat nichts getan um dir das hier zu ersparen, versuchte er Klemens zu missionieren. Der saß wegen Unterschlagung. Er selbst war nur hier, weil die Bullen Sauglück gehabt hatten. Trotz der kleinen Panne würde er sein Leben auch weiter selbst in die Hand nehmen. Bald bestimmte er, was in der Zelle lief und was nicht. Es gab zum Beispiel nur einen kleinen Tisch unter dem Gitterfenster. Den riss er sich unter den Nagel, so dass er hauptsächlich ihm zu Verfügung stand und auch das Regal daneben belegte er zu dreiviertel mit seinen Sachen. Wenn er las, und das tat er die meiste Zeit, traute Klemens sich nicht ihn anzusprechen. Da genügte ein scharfer Blick. Auch als er später anfing an der Romanfassung zu schreiben, blieb er immer ungestört. Es war fast so, als sei Klemens nicht im Raum gewesen.

»Und auch der Dichter Theodor Storm vertrat als ein Sohn dieser Zeit diese strengen Tugenden von Familiensinn, Ehre und Pflichtgefühl. Sein Gesellschaftskreis setzte sich aus dem kleinstädtischen Mittelbürgertum zusammen. Hier fühlte er sich unter Kaufleuten, Ärzten, Beamten und Handwerkern sicher. Die Menschen der Großstadt waren ihm eher fremd.«

Für Klemens war er bald zum großen Vorbild avanciert, jemand der ›den Coup‹ gelandet hatte, der Grips und es ›voll drauf‹ hatte. Am Ende glaubte er fest daran mit ihm befreundet zu sein. So ging seine Rechnung auf. Bald konnte er Klemens manipulieren, wie er wollte und das sogar über dessen Haftzeit hinaus. Als seine eigene Entlassung bevorstand konnte er sich auf ihn verlassen, obwohl der bereits seit Jahren wieder frei war. Mit Hilfe des Sozialamtes wurde ihm bereits im Knast eine neue Wohnung besorgt. So hatte er erst mal ein Zuhause, als er wieder draußen war. Es brauchte eine längere Zeit sich an die Freiheit zu gewöhnen. Morgens, wenn er erwachte, blieb er oft im Bett liegen und wartete darauf, dass jemand die Zellentür aufschließen würde. Selbst die Geräusche des Alltags waren wieder gewöhnungsbedürftig, das Klingeln des Telefons, das Hupen der Autos. Er war schreckhaft, fühlte sich häufig unwohl. Ihn plagten Kopfschmerzen. Er wusste genau, die Bullen waren noch immer hinter ihm her und natürlich bemerkte er, dass sie ihn observierten. Eines Nachts war er spontan getürmt, hatte sein Geld und eine Handvoll Aktien geholt, die sicher in einem Wäldchen vergraben lagen. Und Pässe für eine neue Identität, die er noch vor den ersten falschen Geldscheinen angefertigt hatte. Ein ultimativer Geniestreich. Per Anhalter floh er nach Hamburg und nistete sich bei Klemens ein. Hier hatte er genügend Zeit sein Untertauchen vorzubereiten.

»Viele Kritiker haben Theodor Storm immer wieder seine eng begrenzte, bürgerliche Sichtweise vorgeworfen. Viele sehen in seinem Werk nur puren Provinzialismus. Man bespöttelte ihn der »Husumerei«. Solche Gemeinheiten wurden noch dadurch unterstützt, dass man dem Dichter seine Beliebtheit in den konservativen Kreisen der deutschen Bourgeoisie übel nahm. Doch die meisten dieser Kritiker lasen in seinem Werk nur das, was sie auch zu lesen wünschten. Theodor Storm war kein Dichter der bürgerlichen Idylle, sondern im Gegenteil gestaltete er eher ihren Untergang.«

Als er sein Gesicht nach der Operation zum ersten Mal im Spiegel gesehen hatte, war er noch erschrocken zusammengezuckt. Die kleine Gipsschiene, die über dem Nasenrücken angebracht war, gab ihm das Aussehen eines Boxers, dem der Gegner das Nasenbein eingeschlagen hatte. Man hatte ihn vorgewarnt, eine Nasenkorrektur sei eine blutige Angelegenheit, die nicht ohne Schmerzen zu haben war. Doch er wollte sich endlich sicher fühlen. Nachdem die Schwellungen der OP abgeklungen waren, fühlte er sich wie ein neuer Mensch. Die Sache hatte zwar eine schöne Stange Geld gekostet, aber das war es ihm wert gewesen. Nachdem er realisiert hatte, dass die vergrabenen Aktien während der Knastjahre ein kleines Vermögen erzielt hatten, spielte Geld für ihn keine Rolle mehr. Er hatte den überteuerten Preis anstandslos akzeptiert. Der Arzt stellte daraufhin keine dummen Fragen. Mit Sicherheit wusste er, worum es ging. Mit dem neuen Gesicht verließ er Hamburg in einer Nacht-und-Nebel-Aktion. Klemens hatte ihn nach der OP nicht mehr zu Gesicht bekommen und wusste bis heute nicht, wie er aussah und wo er steckte.

Er zog nach Husum. Hier wollte er endlich das Theodor-Storm-Projekt angehen, das er sich über Jahre im Knast ausgedacht hatte. Seine Mutter war in der Zwischenzeit gestorben, aber in ihm lebte er noch, der kleine Häwelmann. Die Zeit war gekommen um triumphal über den Himmel zu fahren. Einmal sollten ihm alle Sterne zujubeln. Er hatte nicht genug, er wollte mehr. Und hier in Husum, direkt vor Ort, sollte es ihm auch gelingen, dafür war sein Plan einfach zu genial. Er vertraute seinem goldenen Händchen. Er wusste, was er anpackte, würde zu Gold werden. Mit kleinen Deals an der Börse lebte er mittlerweile nicht schlecht. Das hielt ihm den Rücken frei, er konnte sich Zeit lassen, so viel er wollte.

»Es ist zwar richtig: Storms Zuneigung zu seiner schleswig-holsteinischen Heimat war zugleich die Idealisierung einer kleinen Welt, das Abbild idyllisch-patriarchaler Zuständigkeit am Rande des großen Zeitgeschehens. Doch, obwohl er dazu neigte seine Anschauung für die Norm und das Maß aller Dinge zu halten, ist er nie zum bloßen Heimatdichter verkommen. Er bewahrte sich stets einen wachen Sinn für die realen Dinge des Lebens.«

Mit Menschen konnte er umgehen, er wusste genau wie man ankam, war redegewandt, setzte seinen Charme gezielt ein. Deshalb war es auch kein Problem gewesen, in den engeren Kreis der Storm-Gesellschaft einzudringen. Nebenbei arbeitete er sich in sein Projekt ein. Er fand heraus, wie man aus einer normalen Tinte mit Kaminruß und Eisenstaub alte Tinte machte, so dass sie beim Schreiben gelblich auf das Papier abfärbte. Altes Papier hatte er schon während seiner Zeit in Hamburg auf einer Auktion ersteigert. Jetzt übertrug er sein Roman-Manuskript, das er sich im Knast ausgedacht hatte, mit seiner trainierten Storm-Handschrift auf die alten Blätter, Seite für Seite. Seine Idee war verwegen, aber genial. Einerseits vertrat er in der Öffentlichkeit immer mehr seine Meinung, dass er bei seinen Nachforschungen auf die Existenz eines verschollenen Romans von Storm gestoßen war, anderseits arbeitete er daran, dass dieser Roman auch wirklich entdeckt werden konnte. Und dann übertraf er sich selbst. Eines Nachts wachte er auf und hatte die Lösung. In einem Gespräch hatte er von einer gewissen Edda Herbst gehört, die entfernt mit Storm verwandt sein sollte. Eine ideale Ausgangsbasis. Er richtete sich ein zweites Handy ein, entwarf das Flugblatt einer Entrümpelungsfirma und warf den Zettel in Edda Herbsts Briefkasten. Eine Woche später klingelte er mit blonder Perücke, angeklebtem Schnauzer und getönter Brille persönlich bei ihr. Ihr erstes Misstrauen verflog, als er wie zufällig einen Stapel Geldscheine lüftete. Er durfte ihren Keller durchsuchen. Und es klappte alles wie geplant. Er entdeckte eine von ihm selbst platzierte Sensation, den verschollenen Storm-Roman. Er beglückwünschte Edda Herbst. Sie könne sich glücklich schätzen, sagte er ihr, dass er nicht so hinterlistig wäre, ihr den wertvollen Fund heimlich abzuluchsen. Sie solle das aber niemandem weitererzählen, sonst würde ihm sein Chef das Leben schwer machen. Jetzt brauchte er sich nur noch zurückzulehnen. Eine neutrale Person, die sogar eine Verwandte von Storm war, würde den Roman der Öffentlichkeit präsentieren. Jetzt würde er bald mit seiner Theorie bei den spottenden Experten im Mittelpunkt stehen. Er würde endlich die langersehnte Anerkennung finden. Doch dann war irgendetwas schief gelaufen.

»Am Ende bekam Storm dann doch noch Anerkennung von niemand Geringerem als Thomas Mann, der Storms Sprache ›die absolute Weltwürde‹ zugestand. Zitat: Was von Storm kam, ist nicht Storm; er setzt sich durch Anspruch, Kraft, Feinheit, Präzision gegen alles schlaff bürgerliche ab. Er ist ein Meister, er bleibt.«

Das Knarren der Saaltür lässt seine Erinnerungen abreißen. Filmriss, denkt er und sieht beunruhigt, wie sich ein Mann und eine Frau nacheinander durch den engen Türspalt zwängen. Er stockt kurz. Während sich die Frau in die rechte Ecke des Raums drückt, schreitet der Mann an den Stuhlreihen entlang nach vorn. Als er ihn erkennt, merkt er einen kurzen Stich in seinem Herzen. Es ist Hauptkommissar Jan Swensen.

*

Obwohl Swensen bewusst vorsichtig auftritt, verursachen seine Ledersohlen ein feines quietschendes Geräusch auf dem Parkettfußboden, als er links neben den Stuhlreihen dicht an der Wand entlang schleicht. Er spürt die missbilligenden Blicke in seinem Rücken. In der Mitte des Saals streift sein Blick flüchtig über ein altes Ölbild, das den jungen Narziss zeigt, der seine Schönheit im Wasserspiegel betrachtet. Greulich gemalt, denkt er und entdeckt gleichzeitig einen leeren Stuhl in der ersten Reihe, steuert zielstrebig darauf zu und setzt sich. Er fixiert den Redner, kann sich aber nicht auf dessen Worte konzentrieren. Die gleichen einem Singsang, einem Ton wie das Säuseln eines Teekessels.

Das ist der Wahnsinn der Normalität, denkt Swensen. Da vorn, hinter dem Rednerpult steht sie, deine Realität, nur der hast du dich zu widmen, mein Lieber. Du weißt, die Ehre der Gerechtigkeit steht auf dem Spiel.

»Was ist das eigentlich, Gerechtigkeit?«, hatte er Meister Rinpoche gefragt, als er ihn nach Jahren auf einem Retreat wiedertraf. Er hatte in der Zwischenzeit die Ausbildung bei der Polizei angefangen.

»Gerechtigkeit ist nur ein Begriff«, antwortete der und runzelte die Stirn. »Ein Begriff, der mir sehr begrenzt und allzu menschlich erscheint. Die Natur kennt keine moralischen Vorstellungen und deshalb ist es auch unmöglich, unsere ethischen Begriffe auf die natürliche Welt zu übertragen. Naturkräfte haben ihre eigenen Gesetze. Diese Gesetze sind weder gut noch böse, weder gerecht noch ungerecht.«

Damals, als Meister Rinpoche ihm das sagte, war er davon überzeugt gewesen, seine Worte begriffen zu haben. Ihm fiel Melvilles Geschichte vom Kapitän Ahab ein, der das Böse in sich auf einen weißen Wal projiziert hatte, auf diese gewaltige Naturkraft Moby Dick, die jenseits jeglicher Moral das Meer durchpflügte.

Verstehen ist so eine Sache, denkt Swensen. Wie lange versuche ich schon in der Meditation die nicht vorhandene Trennung zwischen innen und außen zu erfahren. Doch im Alltag zerrinnt einem die Welt allzu häufig zwischen den Fingern. Zurück bleiben immer zwei Haufen, säuberlich getrennt in Gut und Böse. Ich hab mich jahrelang bemüht, das Böse nicht zu dämonisieren, es als menschlich anzuerkennen. Liebe deine Feinde. Deshalb bin ich wahrscheinlich Polizist geworden, weil es das Böse da draußen wirklich gibt. Wenn man es mal wieder aufgespürt hat, sieht man selbst, dass es eine Gestalt annimmt, wie der Mann dort, der jetzt vor einem Publikum steht und wie selbstverständlich seine Taten ignoriert.

Jetzt gibt es keine Ausrede mehr, denkt Swensen. Du musst handeln, so gut du eben kannst. Und wenn ich ganz ehrlich bin, liebe ich diesen Moment sogar, diesen hellwachen Zustand kurz vor dem Zugriff.

Schon als er mit Silvia über das Kopfsteinpflaster in den Schlossinnenhof geeilt war, hatte ihn dieses Gefühl gepackt. Er war sich vorgekommen, als wenn sie beide unverhofft in eine historische Theateraufführung geraten waren. Der angestrahlte Vierflügelkomplex, der im niederländisch geprägten Renaissancestil mit den vielen kupferverkleideten Türmchen und verspielten Schweifwerkgiebeln errichtet worden war, lieferte die imposante Kulisse dazu. Nur die zwei Streifenwagen, die direkt vor dem Hauptportal standen, hatten dieses Bühnenbild verfälscht. Sie waren leer gewesen und das Blaulicht hatte einsam seine Kreise gedreht.

Gedankenlos, hatte Swensen noch gedacht, als er mit Silvia Haman durch die geöffnete Eingangstür getreten war, die sind doch hoffentlich nicht mit Sirene angerückt.

Gleich rechts hinter der Glasfront mit einer Durchgangstür hatten vor der geschwungenen Holztreppe vier Beamte gestanden. Wenig später bekamen sie knappe Anweisungen von ihm.

»Zwei nach oben vor den Haupteingang, zwei nach rechts den Flur entlang und von der anderen Seite des Gebäudes zum Hintereingang des Rittersaals. Wenn der Mann dort rauskommen sollte, sofortiger Zugriff. Keine Experimente, verstanden!«

Die vier Männer hatten genickt, zwei waren nach rechts verschwunden, während die anderen zwei mit Silvia und Swensen gemeinsam die Treppe hinaufgestiegen waren. Neben dem Ölschinken der Schlacht um Troja hatte die letzte kurze Besprechung stattgefunden, die zwei Beamten hatten ihren Posten links und rechts der Saaltür eingenommen, während Swensen die Klinke heruntergedrückt und sie nach innen aufgeschoben hatte. Das knarrende Geräusch hatte ihn geärgert.

Aus dem Augenwinkel sieht er, wie Silvia Haman sich an der rechten Seite behutsam durch den Saal nach vorn bewegt und sich von der Seite dem Podium nähert. Der Redner scheint gerade zum Ende zu kommen.

»Und so kann Theodor Storm in gewisser Weise als eine Symbolfigur betrachtet werden, eine Symbolfigur, die den Untergang des Bürgertums vorwegnahm, das um 1880 noch mit gutem Gewissen lebte und sich am liebsten außerhalb der Geschichte stehend einordnete. Bürgerlich zu sein hieß damals, stolz zu sein, seinen ehrlich erworbenen Besitz zu zeigen. Ein grausamer Trugschluss. Der bürgerliche Mensch, der sich einer natürlichen Ordnung angehörig wähnte, erwachte erst in den blutigen Schützengräbenschlachten des

Ersten Weltkrieges. Hier wurden seine Ideale im Trommelfeuer der Maschinengewehre zerfetzt. Hier vollendete sich in jeder Hinsicht der ›Tod der bürgerlichen Moral‹.«

Nach einer kurzen Pause setzt Beifall ein. Swensen gerät in eine eigentümliche Spannung. Er sitzt auf seinem Stuhl wie eine aufgedrehte Sprungfeder. Da passiert etwas völlig Unerwartetes. Noch bevor das Publikum sich erhebt, eilt der Mann vom Rednerpult direkt auf ihn zu.

»Herr Swensen, damit habe ich überhaupt nicht gerechnet. Wenn ich gewusst hätte, dass Sie mein Vortrag interessiert, hätten Sie selbstverständlich eine Einladung bekommen.«

Swensen erhebt sich verblüfft, während allgemeines Geraune im Saal einsetzt und sich eine Menschentraube vor dem Saalausgang bildet.

»Sie täuschen sich, Herr Rohde, ich bin nicht wegen Ihres Vortrags hier. Sie sind doch Ludwig Rohde, oder?«

Der Mann wird kreidebleich, steht einen Moment wie angewurzelt. Dann geht alles blitzschnell. Silvia hat sich in seinem Rücken angeschlichen, doch er muss sie bemerkt haben. Noch bevor sie zupacken kann, dreht er sich ruckartig zur Seite. Ihre Hände greifen ins Leere. Swensen bekommt gleichzeitig einen mächtigen Schlag vor die Brust, taumelt nach hinten und stürzt in die vordere Stuhlreihe. Einige danebenstehende ältere Damen kreischen auf, als der Mann sie zur Seite stößt und auf die Seitentür zustürmt. Swensen will sich an einer Stuhllehne hochziehen und stöhnt auf. Sein rechter Fußknöchel schmerzt höllisch. Silvia hat trotz Schrecksekunde die Verfolgung aufgenommen, erreicht die Tür aber erst, als der Mann schon draußen ist. Es folgen eindeutige Geräusche eines Kampfes. Mit zusammengekniffenen Zähnen humpelt Swensen hinterher. Im Nebenraum streckt Silvia ihm den aufgerichteten Daumen als Siegeszeichen entgegen. Einer der Streifenbeamten lässt seine Pistole ins Halfter zurückgleiten, der andere ordnet seine Uniformjacke. Der Mann liegt auf dem Bauch vor ihnen, beide Arme auf den Rücken gedreht und an den Handgelenken mit Handschellen fixiert. Swensen kniet sich direkt neben seinen Kopf. Fast kumpelhaft legt er ihm die Hand auf die Schulter, eine sanfte Berührung.

Der Arm des Gesetzes, denkt er erschrocken und zieht seine Hand sofort wieder zurück. Das ist Macht in höchster Konzentration. Jeder sollte das Recht darauf haben, dass man ihm nicht zu nahe kommt.

»Stellen Sie ihn auf die Beine«, sagt er zu den Beamten.

Die packen den Mann an der Hüfte und ziehen ihn in die Senkrechte. Swensen tritt vor ihn und schaut ihm in die Augen, ein gering schätzender Blick kommt zurück.

»Ludwig Rohde, alias Ruppert Wraage, ich verhafte Sie wegen dringenden Mordverdachts. Sie haben das Recht zu schweigen. Es könnte für Ihre Verteidigung von Nachteil sein, wenn Sie uns Dinge verschweigen, auf die Sie sich später vor Gericht berufen wollen. Alles, was Sie jetzt sagen kann gegen Sie verwendet werden. Sie haben das Recht auf einen Anwalt.«

Ruppert Wraage schließt die Augen.

»Haben Sie mich verstanden? Möchten Sie einen Anwalt?«

Ruppert Wraage schüttelt verneinend den Kopf.

»Möchten Sie reden?«

Keine Antwort.

14

Er öffnet die Augen. Sein Blick fällt auf die schmutzig vergilbte Decke. Die Decke starrt zurück. Einen kurzen Moment versagen seine Sinne. Es gelingt ihm nicht einzuordnen, wo er sich gerade befindet. Dann packen ihn die gestrigen Ereignisse umso heftiger. Er fühlt eine zügellose Wut oder eher Hass, Hass auf die Polizei und besonders auf dieses blonde Monstrum, das ihn von hinten angegriffen hatte. Sein Kopf schmerzt. Er dreht ihn langsam zur Seite. Der Blick gleitet die Wand hinunter und trifft auf das vergitterte Fenster. Er sieht die Silhouette eines Baumes. Der Himmel dahinter ist stockdunkel. Nur von einer Straßenlampe, irgendwo da draußen, dringt diffuses Licht in den Raum und wirft den Schatten der Gitterstäbe schräg über den Boden und auf einen Teil der Wand. Die Pritsche quietscht, als er sich aufrichten will.

Was ist nur passiert, martern ihn seine Gedanken. Was ist da verkehrt gelaufen? Wieso haben die gewusst, wer er mal war? Und wer ist er jetzt? Ludwig Rohde? Seit Jahren hat ihn niemand mehr so angesprochen. Herr Rohde.

Der Name ist ihm fremd geworden. Rohde, ein überflüssiger Kropf, der anscheinend noch an ihm hängt.

Existiert dieser Rohde überhaupt noch? Nein, das ist nicht mehr er. Er ist eine Persönlichkeit, die in der Zeitung steht. Man kennt ihn. Wie viel Zeit hatte er gebraucht um sich das aufzubauen. Und jetzt will man ihm alles wieder nehmen. Das muss er verhindern. Niemand von diesen eingebildeten

Storm-Experten wird ihm je nachweisen können, dass der Roman gefälscht ist. Dieser Roman ist perfekt, ein Meisterwerk, da ist er sich sicher. Wenn jemand etwas über Storm weiß, dann ist er das. Der Stil stimmt, die Sprache, die Schrift, Tinte, Papier, einfach alles stimmt.

Das Knurren seines Magens erinnert ihn daran, dass er Hunger hat. Er hatte gestern Mittag das letzte Mal etwas gegessen. Beim Verhör wurde ihm zwar Essen angeboten, aber er wollte sich vor dieser Polizei-Tussi nicht so weit erniedrigen es anzunehmen. Er hatte nichts getrunken, nichts gegessen und kein Wort gesagt. Und er würde sich weiterhin zusammenreißen und auch heute Morgen nichts essen. Einen Kaffee vielleicht, aber mehr nicht. So schnell würden sie ihn nicht kleinkriegen. Sollen sie doch kommen. Sie wollen schließlich ihm was beweisen ...

Viel Vergnügen wünsch' ich euch dabei, denkt er, reibt sich die brennenden Augen, steht auf und tritt ans Fenster. Um hinaus zu schauen, muss er auf einen Stuhl steigen. Durch die Gitterstäbe kann er die Straßenlampe sehen, die ihr Licht in seine Zelle wirft, eine der üblichen Bogenlampen. Ein Mensch eilt auf der Straße vorbei. Er steigt wieder vom Stuhl, geht zu dem kleinen Handwaschbecken, lässt sich Wasser in die hohle Hand laufen und nimmt einen Schluck. Dann setzt er sich auf die Pritsche zurück. Er blickt durch den Gitterschatten an der Wand ins Nichts. Sein Kopf schmerzt leicht und er wiegt ihn unbewusst vor und zurück.

Du hast alles richtig gemacht, denkt er und versucht seinen aufkeimenden Zweifel zu besänftigen.

Ich hab alles viel zu genau durchdacht. Das war alles 100%ig geplant und ausgeführt. Bis auf den Kurzschluss bei diesem Kargel. Der Scheißkerl hat es auch nicht anders verdient. Bestellt mich zu sich nur um mich zu provozieren und zwar absichtlich, gezielt und heimtückisch. Nun, da sind mir halt die Nerven durchgegangen. Was hätte ich tun sollen. Das Malheur mit Nolde musste sofort ausgemerzt werden, da gab es nichts zu überlegen. Und ich hatte glücklicherweise die Waffe von Peters dabei, die ich aus der Schublade seiner Videothek genommen hatte.

Da ist es wieder, das schreckliche Bild, welches ihn schon so oft verfolgt hat. Kargel kippt in Zeitlupe mit dem Stuhl nach hinten. Blut sprudelt aus einem Loch in der rechten Brust, versickert im blauen Anzugsstoff. Der Kopf schlägt auf dem Boden auf. Er hört das Röcheln, sieht die Blutblasen aus dem Mund blubbern, die wie Seifenblasen zerspringen.

An das, was danach passierte, kann er sich nicht mehr erinnern. Das erste Mal in seinem Leben hatte er so etwas wie ein ›Black-out‹ erlebt. Selbst bei seiner ersten Verhaftung war ihm das nicht passiert. Ein Mord war eben schon etwas Gewaltiges, nicht zu vergleichen mit seiner Fälschertätigkeit. Natürlich hatte der Verlust seiner Selbstbeherrschung nicht lange gedauert. Eine veränderte Lage richtig einzuschätzen und sofort wieder handlungsfähig zu sein, war sein Markenzeichen. Im Moment ist diese Fähigkeit allerdings wie weggeblasen. Er fühlt sich mies. Die Panik, die er nach dem ersten Mord gefühlt hatte, ist plötzlich wieder real. Sein ganzer Körper steht unter Strom. Er möchte sich schütteln, am liebsten laut schreien, gegen die Tür schlagen. Aber er weiß genau, dass er dann endgültig verloren ist. Jetzt heißt es Nerven bewahren. Die Sache war nun mal passiert. Er war schließlich unfreiwillig da hineingeraten. Schicksal, könnte man sagen.

Ebenso wie Rauch und Staub vergehen, so vergehen auch die Menschenkinder, fällt ihm der Spruch aus Storms ›Aquis submersus‹ ein.

Das ist genau der Blickwinkel, aus dem man auf die Welt schauen muss, denkt er. Nur von weit oben ist diese unwürdige Kreatur Mensch einigermaßen zu ertragen. Man kann nur auf sie herabblicken um ihre Erbärmlichkeit zu begreifen. Das galt auch für Kargel. Er stand meiner größeren Sache im Weg. Es gab keinen anderen Ausweg. Er konnte kein Risiko eingehen, musste voraus denken. Spuren verwischen, einen Einbruch vortäuschen, Peters die Kupferstiche unterjubeln … Sich nach so einer brenzligen Situation zusammenzureißen und dann das Blatt zum eigenen Nutzen zu wenden, das sollte ihm erstmal einer nachmachen.

Er hatte das Manuskript mitgenommen und die Nolde-Seite während der Nacht ausgebessert. Nach dem Missgeschick mit Kargel war jetzt Rüdiger Poths Wohnung der einzige Ort, wo er das korrigierte Original noch hinbringen konnte. Außerdem konnte er davon ausgehen, dass Poth schon lange die Kopie des Romans mit diesem Flüchtigkeitsfehler in seinen Redaktions-Computer eingetippt hatte. So oder so, er war ein unkalkulierbarer Mitwisser. Er hätte seine Berichtigung bestimmt bemerkt. Ihn am Leben zu lassen, wäre ein zu großes Risiko gewesen. Dumm gelaufen, aber so war das nun mal. Kargel war schon tot. Die daraus folgende Logik war also unumstößlich, sozusagen bereits vorgegeben. Wer ›A‹ gesagt hat, muss auch ›B‹ sagen. Glücklicherweise war Poth wenigstens ahnungslos gewesen, hatte sich nur gewundert, dass er so früh am Morgen vor seiner Tür stand. Aber dann hatte er ihn völlig arglos reingebeten. Sobald Poth sich gesetzt hatte, zögerte er keinen Moment und schoss.

Dass die Aktion in der Redaktion danach schief lief, war einfach Pech gewesen. Wer konnte auch ahnen, dass sich irgend so eine Zeitungstante da mitten in der Nacht rumtreiben würde. Immerhin war er cool geblieben, hatte sich einen schweren Ordner gegriffen und zugeschlagen. Die Frau ging gleich zu Boden. Dummerweise war es ihm vorher nicht gelungen, die Dateien von Poth zu öffnen. So konnte der fehlerhafte Abdruck in der Zeitung nicht mehr verhindert werden. Er war dann rigoros in die Offensive gegangen, hatte Kommissar Swensen nach dem Erscheinen sofort auf den Fehler hingewiesen und konnte so die Zeitung unterschwellig für den Bockmist verantwortlich machen. Hauptsache am Ende würden alle glauben, dass der tote Poth die Sache mit Nolde verpatzt haben musste. Obendrein hatte er Angst gehabt, dass bei der Nachforschung ›war es ein Druckfehler oder keiner‹ er selbst in die Schusslinie der Polizei geraten könnte. Man wusste ja nie. Ein blöder Zufall und schon ist man verdächtig.

Auf dem Flur sind Schritte zu hören. Ein Schlüssel klirrt und dreht sich im Schloss. Dann geht die Tür auf. Eine große muskulöse Gestalt mit kurzgeschorenem Haar tritt ein.

»Die Hände nach vorn«, schnauzt ihn der Beamte an.

Ein ungehobelter Kerl, denkt er. Typisch, nach unten treten, aber wenn sich ein Vorgesetzter blicken lässt, wird sofort gebuckelt.

»Mitkommen!«

Eine kräftige Hand packt ihn am Oberarm, zieht ihn über den Flur und schiebt ihn durch eine Tür. Der kleine Raum wird von einem grellen Neonlicht erleuchtet. Durch die beiden Fenster sieht er die Morgendämmerung. Ein leerer Tisch steht quer im Raum. Dahinter sitzt diese blonde Hünin. Der Mann, der hinten links auf einem Stuhl sitzt, ist Kommissar Jan Swensen.

»Nehmen Sie ihm bitte die Handschellen ab!«, sagt die Frau.

Der Beamte schließt sie auf, nimmt sie und verlässt den Raum. Er setzt sich auf den leeren Stuhl vor dem Tisch.

»Möchten Sie einen Kaffee, Herr Rohde?«, fragt die Frau.

Er nickt kurz. Sie steht auf, geht zur Tür, öffnet sie und bittet den Beamten, der sich davor platziert hat, drei Kaffee zu bringen. Sie geht wieder an ihren Platz und setzt sich. Eine Pause entsteht. Sie drückt ihre Zunge von innen gegen die Lippen und fährt damit hin und her.

»Herr Rohde, haben Sie sich …«

»… Könnten sie mich bitte mit Wraage anreden!«

»Warum?«

»Ich fühle mich dann mehr angesprochen!«

»Also gut! Wie sie wünschen. Herr Wraage, haben Sie sich in der Zwischenzeit überlegt, ob sie aussagen möchten?«

Jetzt bloß nicht zucken, denkt er und versucht keine Regung zu zeigen. Ich sage nichts. Abwarten und zappeln lassen. Warum wohl nur die Frau das Verhör führt? Die meinen wohl, sie holt mehr aus mir raus. Denkste, Puppe!! Frau Kommissarin wirkt auf alle Fälle ziemlich nervös. Also, ruhig bleiben, sie einfach durch Stillhalten reizen, bis sie einen Fehler macht. Wenn ich nichts mache, wird sie schon ihre Karten auf den Tisch legen. Die kann mir doch nicht das Wasser reichen. Die haben nichts gegen mich in der Hand.

Die Tür öffnet sich, der Beamte stellt ein Tablett mit drei Plastikbechern auf den Tisch und verlässt den Raum. Swensen kommt aus seiner Ecke, nimmt sich einen Kaffee und verzieht sich ohne ein Wort wieder auf seinen Platz. Silvia Haman sieht Wraage lange an. Als der sich nicht rührt, stellt sie ihm einen Becher direkt vor die Hände. Dann greift sie sich den letzten Kaffee, steht auf und tritt ans Fenster.

»Herr Wraage«, fragt sie mit scharfer Stimme, während sie Ruppert Wraage den Rücken zudreht, »wo waren Sie am 9. Dezember zwischen 22:00 Uhr und Mitternacht?«

Er sitzt weiterhin wie versteinert da.

»Herr Wraage, haben Sie mich verstanden?«

Silvia Haman dreht sich abrupt um, tritt an die Kopfseite des Tisches und stellt sich direkt neben ihn.

»Herr Wraage, haben Sie am Abend des 9. Dezembers Hajo Peters mit seiner eigenen Waffe erschossen um einen Selbstmord vorzutäuschen?«

Aufgepaßt, die blufft doch, denkt er. Die können unmöglich wissen, dass es kein Selbstmord war. Das kann nicht sein. Nein! Nein! Nein! Lass dich nicht verrückt machen. Diese frustrierte Tussi will dich nur aus der Reserve locken. Aber nicht mit mir, da muss sie schon eher aufstehen. Ich hab mit Sicherheit mehr über forensische Wissenschaft gelesen, als dieses Pistolenweib je in ihre Birne bekommen würde.

Er dreht seinen Kopf übertrieben langsam zu Silvia Haman herum, sucht ihren Blick und schaut ihr stechend in die Augen. Die Kommissarin hält dagegen, dreht ihren Kopf aber nach weniger als einer Minute zur Seite. Er triumphiert innerlich, zeigt sich nach außen aber völlig ungerührt. Er nimmt einen Schluck Kaffee und bleibt weiterhin regungslos.

Genau genommen gab es in dieser unglücklichen Verstrickung nur einen Schuldigen, Hajo Peters. Der hatte sich in etwas eingemischt, von dem er keine Ahnung hatte, das eindeutig eine Nummer zu groß für ihn gewesen war. Eigentlich müsste der jetzt hier sitzen, dieser primitive Verbrecher. Der hat mir in seiner Dummheit einen über Jahre bis ins Kleinste ausgetüftelten Plan vermasselt, aus purer Habgier, nur das schnöde Geld im Kopf gehabt und sonst nichts.

Er kann sich noch erinnern, wie fassungslos er im ersten Moment war, als Peters ihn anrief und von einem entdeckten Storm-Roman erzählte, den er auf dem Boden gefunden hatte. Er saß damals wie auf Kohlen, wartete darauf, dass Edda Herbst endlich mit seinem eingeschleusten Roman an die Öffentlichkeit gehen würde. Aber nichts geschah.

Dann las er in der Zeitung, dass sie tot aus der Nordsee gefischt worden war. Er hatte es nicht glauben können und war sofort zu ihrem Haus gegangen, aber da wimmelte es schon von Polizisten. Da dachte er schon, seine monatelange Arbeit an der Fälschung wäre für die Katz gewesen. Sein Storm-Roman würde irgendwo in ihrem Haus vermodern oder in den Müll geworfen werden. Dass so etwas Unwahrscheinliches passieren würde, hatte niemand im Voraus ahnen können. Natürlich war ihm bewusst gewesen, dass er ein gewisses Risiko eingegangen war, diese einmalige Arbeit dieser Frau in die Hände zu spielen. Aber er selber hätte den Roman schlecht entdecken können. Das wäre ihm nicht abgenommen worden. Er hatte in der Öffentlichkeit schon viel zu häufig von diesem Manuskript gesprochen. Wenn er das Teil auch noch selbst präsentiert hätte, wären alle misstrauisch geworden, besonders die Experten. Und dann hieß es in der Presse, die Herbst wäre ermordet worden und kurz darauf kam der Anruf von diesem Peters. Da konnte er sich natürlich seinen Teil denken. Der Typ hatte Edda Herbst beseitigt und ihr den Roman abgenommen. Peters war ein Mörder. Doch welch eine Ironie des Schicksals. Er musste Peters Anruf erst einmal sacken lassen, bevor er realisierte, was diese Wendung für ihn bedeutete. Dieser Volltrottel hatte gerade den einzigen Menschen angerufen, der genau wusste, dass er ein Mörder war. Wenn ihm jemand eine so irre Geschichte erzählt hätte, er hätte sie nicht geglaubt. Sein Plan wollte lediglich erreichen, dass er als genialer Storm-Experte in der Öffentlichkeit gehandelt werden würde, der immer gewusst hatte, dass der Dichter einen Roman geschrieben hatte. Nur darauf hatte er hingearbeitet, für diesen endgültigen Triumph. Er wäre zu ›dem Experten‹ aufgestiegen, hätte sich endlich einen Namen gemacht, der nicht so schnell wieder vergessen worden wäre. Und dann war die Situation völlig auf den Kopf gestellt gewesen. Beim ersten Treffen mit Peters hatte er dessen Pistole in der Schublade gesehen. Da kam ihm die verwegene Idee ihn aus dem Weg zu schaffen. Ein Mörder, der seine Schuld nicht mehr ertragen konnte.

Es war alles so einfach gewesen. Peters fraß ihm aus der Hand.

»Wir gehen davon aus, dass Hajo Peters ermordet wurde. Wann haben Sie Herrn Peters zuletzt gesehen?«

Dann geht man davon aus! Aber wo sind eure Beweise? Die Sache mit Peters ist von mir, ich würde sagen, erstklassig eingefädelt worden, daran ist nicht zu rütteln. Die Spuren sind da, wo sie sein sollen. Peters hat sich selbst erschossen.

Er hatte sich Latexhandschuhe übergestreift, dann die Lederhandschuhe darüber gezogen, damit er im Inneren der Lederhandschuhe keine Fingerabdrücke hinterlassen würde. So gerüstet war er kurz vor 22:00 Uhr in Peters Videothek gegangen und hatte ein wenig mit ihm geplaudert. Nach Geschäftsschluss bat er ihn die Tür zu verschließen, weil er ihm unbedingt etwas zeigen müsste. Dann hatte er Peters einen Abschiedsbrief mit seiner eigenen, von ihm gefälschten Handschrift auf den Tresen gelegt. Als der sich erstaunt über das Papier gebeugt hatte, war er dicht neben ihn getreten, hatte die Waffe blitzschnell auf sein rechtes Ohr gepresst und abgedrückt. Er war wie ein Sack zu Boden gesunken, war sofort tot gewesen. Auf dem Lederhandschuh waren jetzt die nötigen Schmauchspuren, die einen Selbstmord beweisen würden. Die Handschuhe nun noch über Peters Hände gezogen und fertig war der perfekte Mord.

»Wenn Sie nicht reden wollen, brechen wir ab und schicken Sie zurück in ihre Zelle. Dann haben Sie erstmal wieder genügend Zeit, über Ihre Situation nachzudenken.«

Er sitzt regungslos auf seinem Stuhl. Swensen steht auf und verlässt den Raum. Silvia Haman folgt ihm.

»Bringen Sie den Mann in seine Zelle zurück!«, sagt sie im Vorbeigehen zu dem Beamten.

*

Vom Himmel hoch, da komm ich her. Die voluminösen Töne der Orgel dröhnen durch das Steingewölbe des Kirchenschiffs, das von zwei mit Blattranken verzierten Pfeilern in der Mitte geteilt wird. Der Gottesdienst geht bereits dem Ende entgegen, als Swensen in den Raum tritt. Die Kirche ist bis auf den letzten Platz gefüllt. Er lehnt sich rechts unter der Orgel an die Wand, lässt seinen Blick über die Hinterköpfe schweifen und entdeckt weit vorn Anna und ihre Mutter sitzend in einer der lindgrünen Holzbänke.

Obwohl er Anna versprochen hatte pünktlich zu sein, war mal wieder alles schiefgelaufen. Die letzten vier Tage hatten er und Silvia Haman vergeblich versucht, Ruppert Wraage zum Sprechen zu bringen. Bei den morgendlichen Besprechungen hatte Püchel schon wieder zu nörgeln und zu drängeln angefangen, endlich etwas Brauchbares aus dem Untersuchungshäftling herauszuleiern.

»Macht mehr Druck«, hatte er gemeint. »Ihr wisst doch, wie ein effektives Verhör geführt wird, Leute! Der Mann muss endlich das Geständnis ausspucken!«

»Was meinst du damit, doch nicht dieses ausgelutschte Klischee vom guten und vom bösen Bullen?«

»Das hat sich noch immer bewährt!«

»Heinz!«, hatte Swensen gesagt. »Kannst du nicht einmal abwarten und deine Leute in Ruhe arbeiten lassen? Wir tun, was wir können. Die Spurensicherung hat Wraages Wohnung von oben bis unten durchgekämmt. Hollmann wird alles vom Labor untersuchen lassen. Alles braucht seine Zeit.«

Swensen war selbst nicht zufrieden gewesen, aber das ewige Gedrängel von Püchel war ihm auf die Nerven gegangen. Täglich hatten sie Wraage in den Verhörraum bringen lassen, doch der hatte weiterhin hartnäckig geschwiegen. Heute, am Morgen des Heiligabends, hatte er Silvia für das Verhör noch mal gründlich präpariert. Wraage hatte wie immer stoisch auf seinem Stuhl gesessen. Swensen hatte ihn unauffällig aus der hinteren Ecke beobachtet, während die Kollegin versucht hatte, ihre Fragen besonders sachlich zu stellen ohne sich nur einen Hauch von Emotion anmerken zu lassen.

»Ein Zeuge hat Sie am neunten Dezember gegen 24:00 Uhr nach Hause kommen sehen. Wo waren Sie an diesem Samstagabend?«

Wraage hatte den Blick gesenkt gehalten und sich nicht gerührt. Eine bleierne Schwere hatte sich im Raum ausgebreitet, nur vom gleichmäßigen Atmen der Anwesenden unterbrochen.

Wraage hatte den Kopf gehoben. Swensen waren sofort die unruhigen, stechenden Augen aufgefallen.

Das typische Bilderbuchklischee eines Ganoven, hatte er gedacht, unscheinbar und gepflegt nach außen, dahinter schimmert aber etwas merkwürdig Unheimliches durch.

Der Dracula-Darsteller Christopher Lee war ihm in den Sinn gekommen und er erinnerte sich an ein Buch über Mythen und Märchen, das er vor Jahren einmal gelesen hatte. Der Dämon wurde dort als eine unbeschreibbare Kraft gedeutet, die der Mensch nur in Erscheinungen sieht, die er nicht versteht. Weiter hieß es dort, dass Dämonisches und Göttliches selbst in unserem Kulturkreis sich ursprünglich nicht unterschieden. Erst im Christentum wurde der Begriff Dämon zu etwas Negativem.

Immer, wenn uns etwas Übermächtiges entgegentritt, werden wir unsicher und ängstlich, hatte Swensen gedacht. Vielleicht ist unsere Annahme einfach falsch, dass Wraage bei einer Frau eher reden würde. Er musste einen anderen, menschlichen Zugang zu diesem Mann finden.

Das Geräusch der Menschen, die sich von den Bänken erheben, holt Swensens Aufmerksamkeit in den Raum zurück. Hunderte Stimmen beginnen das ›Vaterunser‹ zu murmeln. Sein Blick fällt auf den gekreuzigten Holzchristus, der vor dem Chorbogen hängt. Darunter steht der Pastor und hebt seine Hände.

»Euch allen eine geheiligte Nacht und Frieden auf Erden!«

Swensen verlässt als erster die Kirche und stellt sich rechts an die Treppe, die zur Straße hinabführt. Wenig später strömen die Menschen an ihm vorbei. Er heftet seinen Blick auf die Gesichter, bis er Anna und ihre Mutter entdeckt. Anna schüttelt sichtlich verärgert den Kopf, als Swensen ihr seine Hand auf die Schulter legt.

»Tut mir leid ...«, sagt er.

»... aber der Dienst kennt keinen heiligen Feierabend«, ergänzt sie.

Er nickt heftig und begrüßt Annas Mutter übertrieben herzlich. Die alte Dame lächelt freundlich, greift nach Swensens Händen und schüttelt sie.

»Sie müssen aber auch immer arbeiten, Sie Armer!«

Anna blickt genervt zum Himmel. Die angespannte Stimmung nimmt ihren Lauf. Swensen stößt beim Zurücksetzen mit seinem Wagen gegen einen Begrenzungspfahl. Die Gans, die schon länger im Backofen brutzelt, will und will nicht knusprig werden. Danach gibt der verspätete Weihnachtsbraten Annas Mutter den Rest. Noch vor der angesetzten Bescherung sitzt sie mit kurzen Schnarchattacken dösend auf dem Sofa. Anna hat große Mühe sie ins Bett zu bugsieren. Sie entscheiden, beide den Rest des Abends bei Anna in Witzwort zu verbringen. Draußen ist der Himmel sternenklar. Sie fahren getrennt. Swensen kommt zuerst an und wartet auf Anna vor ihrer Haustür, obwohl er einen Schlüssel hat. Er will das Zerwürfnis nicht noch weiter auf die Spitze treiben. Eine richtige Entscheidung. Als Anna ein paar Minuten später durch das Gartentor tritt, hat sich ihr Gesicht nicht aufgeklärt.

»Ich hätte schon erwartet, dass du die Einladung meiner Mutter etwas ernster genommen hättest«, sagt sie, öffnet die Haustür, drückt den Lichtschalter im Flur und geht direkt ins Wohnzimmer durch. Noch im Mantel zündet sie die Kerzen an ihrem kleinen Weihnachtsbäumchen an. »Du musst schon entschuldigen, aber wir haben Ruppert Wraage verhaftet.«

»Ich weiß! Habs in der Zeitung gelesen«, kommentiert sie knapp.

»Wir vernehmen ihn täglich, auch heute Morgen.«

»Natürlich deine vermaledeite Arbeit, hätte ich wissen müssen, oder?«

»Anna, es geht um ein schnelles Geständnis. Püchel sitzt mir im Nacken, weil es alles andere als gut läuft. Wraage ist eine besonders harte Nuss. Die gesamte Beweislage ist ziemlich wacklig und unser arroganter Täter sagt einfach kein Wort.«

»Sie sind anscheinend noch immer im Dienst, Herr Kommissar«, sagt Anna bissig.

»Nur ein paar kleine Fragen an die Expertin«, sagt Swensen, indem er bewusst ihren Unterton ignoriert. »Du hast Ruppert Wraage schließlich live erlebt. Wie würdest du ihn persönlich einschätzen? Was für ein Typ Mensch ist der?«

Anna löscht das Licht im Flur, zieht Swensen hinter sich her ins Wohnzimmer und drückt ihn aufs Sofa. Er streckt sich bereitwillig lang aus. Dann stellt sie demonstrativ einen Stuhl an das Kopfende und nimmt mit aufmerksamer Pose darauf Platz.

»Möchten Sie über Ihr Problem sprechen, Herr Swensen?«

»Meine Therapeutin liebt mich nicht mehr!«

Die brennenden Kerzen am Baum tauchen den Raum in ein warmes Licht. Schatten tanzen über die Wände.

»Was kann die Therapeutin in diesem schwerwiegenden Fall denn machen?«

»Mir sagen, was für ein Mensch Ruppert Wraage ist!«

»Mensch Jan«, antwortet Anna, indem ihr Tonfall sich wieder ernst anhört, »ich hab Ruppert Wraage nur zweimal gesehen. Einmal bei dem Vortrag in der Storm-Gesellschaft und dann beim Empfang der ›Husumer Rundschau‹.«

»Ja und? Welchen Eindruck hattest du von ihm?«

»Also, in gewisser Weise hat der Wraage etwas von dir!«

»Was! Das meinst du jetzt nicht im Ernst?«

»Doch, ich finde du hast schon so einen kleinen narzisstischen Hang. Bei Wraage ist dieser Narzissmus allerdings etwas ausgeprägter. Sein Bestreben, von anderen Bestätigung zu erhalten, ist besonders auffällig …«

»… und du findest also, dass ich nach Bestätigung strebe?«

»Wenn du eine ehrliche Anwort willst, ja! Aber ich gebe zu, der Vergleich hinkt ein wenig. Von einem Ruppert Wraage bist du noch meilenweit entfernt. Also, wenn ich an den Vortrag in der Storm-Gesellschaft denke, da war seine aufgeblähte Egozentrik wirklich nicht zu übersehen. Sein Narzissmus hat höchstwahrscheinlich pathologische Züge, besonders wenn er wirklich gemordet hat.«

»Und was können wir machen? Wie gelingt es, einen stummen Fisch zum Sprechen zu bringen?«

»Eine narzisstische Persönlichkeit entwickelt so eine Art ausbeuterischen Charakter. Zu einer zwischenmenschlichen Beziehung ist so ein Mensch kaum in der Lage. Ihm fehlen zum Beispiel echte Gefühle wie Trauer oder Bedauern. Er versucht seinen Sinn nur durch Bestätigung von außen zu bekommen. Wenn er diese aber nicht erhält, wird er schnell ratlos. Und da könnte eine Chance liegen.«

»Wie meinst du das?«

»Erinnerst du dich an meinen Vortrag über den ›kleinen Häwelmann und die narzisstische Persönlichkeit‹.«

»Vage, muss ich gestehen.«

»Nun, da gibt es eine Passage, wo der kleine Häwelmann nach Bestätigung sucht, indem er den Mond manipuliert. Er muss alles tun, was Häwelmann möchte. Doch als er ihm über das Gesicht fährt, ist die Bestätigung vorbei. Der Mond verschwindet, lässt ihn im Dunkeln zurück. Häwelmann irrt ratlos über den Himmel. Dann kommt die Sonne. Häwelmann will mit ihr das gleiche Spiel fortsetzen. Doch sie wirft ihn kurzerhand von oben hinab ins Meer.«

»Ich verstehe nicht ganz.«

»Eine narzisstische Persönlichkeit hat in ihrer Kindheit mit einer dominierenden Mutter zu tun, die an ihr Kind übertriebene Erwartungen stellt. Werden die nicht erfüllt, drohen dem Kind Liebesentzug oder Wutausbrüche. Das Kind erlebt sich als wertlos und gedemütigt, ein Gefühl, dass es unter allen Umständen von sich fernhalten möchte. Bei dem Versuch nicht zu fühlen, entwickelt es ein falsches Selbst, flüchtet sich in Vollkommenheit, Grandiosität oder Größenwahn. Genau da müsst ihr Wraage packen. Ihr schmeichelt ihm, bestätigt ihn in seiner Hybris, sagt wie toll er ist, gebt ihm erst einmal das Gefühl, dass er alles im Griff hat und sich wirklich sicher fühlen kann. Dann braucht ihr das Blatt nur schlagartig zu wenden. Ihr müsst ihn spüren lassen, dass ihr über ihm steht, dass er nur ein kleines Licht ist. Könnte sein, dass dann sein altes Kindheitsgefühl von Wertlosigkeit wieder zum Vorschein kommt. Ihr würdet ihn sozusagen wie den kleinen Häwelmann aus dem Himmel stürzen.«

Swensen hat sich aufgesetzt, er guckt Anna mit großen Augen an. Dann springt er unvermittelt auf und rennt aus dem Zimmer. Anna hört die Haustür klappen. Kurz darauf wieder. Dann steht Swensen vor ihr.

»Frohe Weihnachten! Ein kleines Präsent für meine psychologische Profilerin«, sagt er und reicht ihr feierlich ein Päckchen in braunem Packpapier.

Er hatte es vorgestern noch im Bücherantiquariat in Husum gekauft, ein limitierter Kunstband von ›Pole Poppenspäler‹ mit Original Holzschnitten. Obwohl er nicht dazu gekommen war das Buch richtig zu verpacken, verfehlt es seine Wirkung nicht. Anna ist völlig aus dem Häuschen, blättert die prachtvollen Seiten immer wieder um. Es kommt sogar noch so etwas wie Festtagsstimmung auf. Das Geschenk von Anna ist liebevoll in grünes Glitzerpapier gewickelt und mit einer silbernen Schleife zusammengebunden. Als Swensen es aufmacht, kann er sich vor Lachen kaum noch halten. Das riesige Foto, das in einem kitschig-verzierten Goldrahmen steckt, zeigt seine Kleidungsstücke, die verstreut auf dem Boden vor Annas Schlafzimmer liegen. Es musste bei seinem letzten Besuch geschossen worden sein.

»Hey, wann ist denn dieses ›nicht jugendfreie‹ Foto gemacht worden?«

»Während du noch fix und fertig in meinem Bett lagst«, grinst sie verschmitzt.

»Ich und fix und fertig?«

»Jawohl, mein Lieber!«

»Das glaubst du doch selber nicht!«, sagt er und zieht sie am Arm in Richtung Schlafzimmer.

*

Swensen ist am Mittwochmorgen, den 27.12., schon um sechs Uhr in seinem Büro. Er will, bevor der Trubel hier losgeht, in Ruhe mit Silvia Haman reden, die Bereitschaftsdienst hat. Ihre Bürotür steht offen. Silvia hängt dösend in ihrem Bürostuhl. Er klopft kurz, sieht wie sie aufschreckt und tritt mit einer beschwichtigenden Handbewegung ein.

»Tut mir leid, aber ich wollte mit dir darüber reden, wie wir mit dem Verhör von Wraage weitermachen.«

»Was gibt es da zu reden? Der Typ sieht nicht so aus, als wenn er in absehbarer Zeit auch nur ein Wort sagt.«

»Nun, ich denke wir sollten unsere Verhörstrategie ändern.«

»Du meinst, ich mach' da was falsch?«

»Nein, Silvia, das ist Quatsch! Es geht hier nicht um dich! Ich finde, wir sollten uns ein wenig auf die narzisstische Charakterstruktur unseres Gegenübers einstellen.«

»Auf was?«

»Diese krasse Ichbezogenheit von Wraage. Ich hatte über Weihnachten das Glück mit einer Psychologin zu reden, die hat mir das erklärt.«

»Und was sollen wir ändern?«

»So eine Charakterstruktur soll in der Kindheit entstehen, wenn das Kind es mit einer dominierenden Mutter und einem eher schwachen Vater zu tun hat. Ich denke daher, ich sollte das Verhör führen. Als der männliche Part wird Wraage mich vielleicht nicht als so bedrohlich empfinden.«

»Hört sich für mich ziemlich verworren an, aber ein Versuch kann ja nicht schaden.«

»Wir sehen uns nachher«, sagt Swensen, geht in sein Büro zurück, setzt sich an den Schreibtisch und denkt nach.

Wahrscheinlich hat Wraage seine Verhaftung wie einen Schock erlebt. Es schien zumindest so, als wenn er überhaupt nicht damit gerechnet hatte. Das Ganze könnte zu einer Art emotionaler Lähmung geführt haben. Er empfindet jede Frage als Provokation und blockt sie ab. Ein Teufelskreis.

Das Telefon klingelt. Automatisch guckt Swensen auf die Uhr. Es ist bereits 9:15 Uhr. In der Leitung meldet sich ein gewisser Lischka vom LKA Kiel, um Laborergebnisse durchzugeben. Hollmanns Team hatte in Wraages Wohnung neben der Tinte ein Blatt altes Papier gefunden. Der Vergleich mit dem Papier des Storm-Manuskripts bestätigt eine Übereinstimmung. Auch die Tinte ist auf alt getrimmt.

Endlich mal eine gute Nachricht denkt Swensen, als er den Hörer auflegt. Das ist der Beweis, dass Wraage eindeutig den Storm-Roman gefälscht hat. Ein Beweis für den Mord wird sich noch finden.

Er merkt plötzlich, dass er nicht mehr warten möchte. Er will den Fall abschließen. Annas Worte kommen ihm in den Sinn.

»Du solltest das Verhör selbst in die Hand nehmen und dabei die Rolle des schwachen Vaters mimen. Appelliere aus einer unterwürfigen Haltung heraus an Wraages Gewissen, sei dabei ruhig ein wenig jammernd. Sage ihm, dass die Situation so einfach nicht weitergehen kann.«

Swensen steht auf und tritt auf den Flur. Als er die Tür schließt, hört er gerade noch wie sein Faxgerät zu rattern beginnt.

Nicht jetzt, denkt er und macht sich in Richtung Verhörraum auf. Ein intuitives Gefühl lässt ihn stoppen. Er eilt zurück in sein Büro, nimmt das Fax aus der Ablage und liest: LKA Kiel Laborbericht, Untersuchungsergebnisse von Hajo Peters Kleidung. Swensen überfliegt die Blätter. Seine Hände werden feucht. Das ist der Durchbruch!

Eine Viertelstunde später reicht er Silvia vor der Tür des Verhörraums den Bericht. Nachdem sie ihn gelesen hat, leuchten ihre Augen.

»Wir haben ihn!«, sagt sie euphorisch.

»Jetzt müssen wir ihn nur noch zum Reden bringen!«

Sie betreten gemeinsam den kahlen Raum. Swensen stellt den Kassettenrecorder auf den Tisch um das Gespräch aufzuzeichnen. Silvia setzt sich hinten links auf seinen alten Platz. Schon nach einer Minute Warten quält Swensen eine unangenehme Spannung. Er hat das Gefühl, dass die Zeit sein Überlegenheitsgefühl filtert, dass es ihm immer mehr entgleitet, je länger er warten muss. Das Spiel hat noch gar nicht begonnen, aber seine Strategie ist bereits vor der Zeit vom Platz gestellt worden.

Endlich hört er Schritte auf dem Flur. Die Tür öffnet sich. Ein Beamter führt Wraage zum Stuhl, nimmt ihm die Handschellen ab und verlässt den Raum. Dann sitzen sie sich gegenüber. Wraages Blick bohrt sich in Swensens Augen. Der beschließt aus strategischen Gründen so zu tun, als wenn er dem Blick nicht standhalten kann.

Ich spiele die Rolle des schwachen Vaters, denkt er. Erst mal an seinen guten Willen appellieren, möglichst devot.

»Herr Wraage, wie ich sehe, ziehen Sie es leider weiterhin vor zu schweigen. Können Sie sich nicht einen Ruck geben, damit das hier nicht endlos dauert? Wir lassen Sie jeden Tag hierher holen, und Sie sitzen einfach nur da«, sagt Swensen anklagend, wobei er den Blick weiterhin gesenkt hält. »Das ist doch für uns alle keine gute Situation!«

Der hält nicht mal meinem Blick stand, denkt Wraage. Was will der Typ eigentlich von mir? Der kann mir doch sowieso nichts beweisen. Alles ist hieb und stichfest, perfekt abgewickelt. Der kann nicht wirklich glauben, dass er mit diesem lächerlichen Appell irgendetwas bei mit erreichen wird.

»Was wollen Sie denn eigentlich von mir hören, Herr Swensen?«, sagt er mit weicher Stimme, indem er sich lässig zurücklehnt.

Er redet, registriert Swensen erleichtert ohne eine Regung zu zeigen.

»Sie wissen, was wir Ihnen vorwerfen«, sagt er ruhig. »Ich würde gerne hören, was Sie uns dazu sagen möchten.«

Was ich sagen möchte, wiederholt Wraage in Gedanken. Das klingt ja sehr höflich. Höflich sein kann ich auch.

»Mein lieber Herr Swensen, mir ist völlig schleierhaft, wie Sie auf die Idee kommen, ich könnte Herrn Peters ermordet haben.«

Na endlich, denkt Swensen mit zunehmender Spannung. Die Sache kommt in Fluss. Jetzt bloß weiter so. Er muss glauben, wir hätten nichts in der Hand.

»Sie sind doch ein überdurchschnittlich intelligenter Mensch. Sie waren früher ein brillanter Geldfälscher und sind jetzt ein erstklassiger Romanfälscher. Aber wir können auch eins und eins zusammenzählen. Hajo Peters hat Edda Herbst ermordet, das wissen wir genau. Und Sie wussten das! Ich habe ihre Stimme erkannt, als mich die angebliche Entrümpelungsfirma anrief – auch wenn Sie sie noch so verstellt haben. Und ich habe Ihr Flugblatt in der Wohnung von Edda Herbst gefunden. Ein wenig zu viele Zufälle, oder?«

Alles unausgegorene Ahnungen. Der fischt im Trüben. Der probiert einfach völlig dilettantisch herum.

Wraage sucht in Swensens Gesicht eine Bestätigung seiner Überlegungen. Doch da gibt es nichts zu sehen.

Da müssen die schon jemanden mit einem anderen Kaliber aufbieten.

»Lieber Herr Kommissar«, sagt er mit herablassender Stimme, »finden Sie nicht, dass das eine sehr merkwürdige Rechenaufgabe ist, die Sie da erstellen?«

Swensen beißt die Zähne zusammen.

»Lassen Sie einfach die Spielchen! Das ist doch unter Ihrem Niveau«, entgegnet er. Das war zu scharf, denkt er sofort. Du musst jetzt unter allen Umständen freundlich bleiben. Weiter schmeicheln.

»Ich verstehe gar nicht, warum Sie nicht stolz auf ihre Leistung sind. Das ist eine begnadete Arbeit, die Sie da geschaffen haben. Ich bin zwar nur Laie, aber ich hab mich ein wenig im Internet umgesehen. Die Fälschung des Storm-

Romans ist in ihrer Machart mindestens mit den Fälschungen von William David Ireland vergleichbar.«

Mit einem großen Unterschied, Sie Unwissender. Ireland, dieser grüne Jüngling, ist völlig ohne Plan vorgegangen. Hat einfach nur gemacht. Deshalb hat er sich auch vergaloppiert. Mit 19 Jahren ein Shakespeare-Theaterstück zu fälschen, das musste auffliegen! Und da war er natürlich weg vom Fenster. Am Ende blieb nur ein tristes Leben als verkannter Schriftsteller.

»Zu gütig, dass Sie mich nicht mit Herrn Kujau vergleichen, diesem Stümper. Der Shakespeare-Fälscher Ireland war in seiner Art schon ein Genie. Am Anfang hat er hervorragend gearbeitet, erstklassige Fälschungen erstellt, die von Experten anstandslos beglaubigt wurden. Doch er kannte seine Grenzen nicht! So was könnte mir nie passieren! Ich war ›der Geldfälscher‹ überhaupt. Übrigens nur Geldfälscher, Herr Swensen, kein Romanfälscher.«

Jetzt ist das Eis gebrochen, denkt Swensen, bestätigen, bestätigen, bestätigen.

»Sie sind nicht nur ›der Geldfälscher‹, Sie sind auch ein Mensch mit ungewöhnlichem kriminellem Scharfsinn. Und Sie sind sogar damit durchgekommen. Hut ab! Sie haben Ihre Strafe abgesessen, sind der Polizei entkommen und danach unter falscher Identität wieder aufgetaucht. Alle Achtung! Auf Ihren Konten befindet sich die stattliche Summe von 250.000 DM. Verbrechen lohnt sich doch, oder?«

Das magst du wohl sagen, es hat sich gelohnt. Und es lohnt sich weiterhin. Wer hat schon so viel Anerkennung bekommen, wer hat einen vergleichbaren Namen als Storm-Experte – niemand!

»Sie haben sich ja richtig ausführlich mit mir beschäftigt – oder mit dem, der ich mal war. Ja, so viele gibt es nicht, die in ihrer Planung so gekonnt vorgehen, da gebe ich Ihnen recht. Und das Gute daran, mein lieber Herr Swensen, all das ist mitnichten strafbar! Mir ist es wie jedem Bürger erlaubt, meinen Wohnsitz zu bestimmen und einen anderen Namen anzunehmen. Das fällt höchstens in den Bereich der Ordnungswidrigkeiten.«

»Völlig richtig! Bis auf einen falschen Pass. Das ist leider kein Kavaliersdelikt mehr. Geldstrafe oder Gefängnis bis zu fünf Jahren. Aber wir wollen uns hier nicht mit Lappalien aufhalten. Hier geht es um Größeres. Der Shakespeare-Fälscher lebte vor 200 Jahren. Sie sind also der Erste seit 200 Jahren, der Ireland das Wasser reichen kann. Aber richtig, Sie wollen es ja nicht gewesen sein! Bleibt die Frage, wer dann in der Lage war, so eine Fälschung zu begehen. In unserem Kriminalarchiv haben wir keinen Vergleichbaren gefunden. Ich denke, entweder Sie waren es oder da draußen läuft jemand herum, der besser ist als Sie!«

Wraages Gesicht nimmt einen abwesenden Ausdruck an.

»Nehmen wir mal an, ich würde zugeben, den Storm-Roman gefälscht zu haben. Was würde das schon aussagen? Meine Genialität wäre erneut unter Beweis gestellt, ich würde als populärer Fälscher herumgereicht werden, alle Zeitungen würden von mir berichten, ganze Fernsehserien würden entstehen. Ich habe bereits einen ganz eigenen Namen als Fälscher erhalten, dem würde ein zweiter hinzugefügt werden! Das hat vor mir keiner erreicht. Noch nie gab es den überragenden Geldfälscher und den überragenden Romanfälscher in einer Person!«

Wraage ist außer Atem gekommen und sitzt kerzengerade auf seinem Stuhl. Swensen fühlt sich auf der Siegerstraße und überlegt, wie er sein Gegenüber noch tiefer in seinen Größenwahn treiben kann.

»Ich nehme mal an, Sie sind wirklich der Romanfälscher. Da fällt mir nur noch Leonardo da Vinci ein, das genialste Multitalent aller Zeiten. Ein etwas übertriebener Vergleich,

ich weiß. Aber ich denke, Sie gehören mit zu den ganz Großen, Herr Wraage!«

Auf dessen Gesicht erscheint ein verklärtes Lächeln.

Damit hast du vollkommen recht, denkt er.

»Ich will ja nicht überheblich klingen, aber ich glaube, dass es nur sehr wenige Menschen bis in den Olymp schaffen. Ich war unter den widrigsten Umständen in der Lage, ein Werk der Meisterklasse zu schaffen, das selbst Storm zu Ehren gereicht hätte.«

Und jetzt der Absturz, denkt Swensen.

»Bleibt die Frage, wie Ihnen nur so viele kleine Fehler unterlaufen konnten?«, fragt er milde.

Für Wraage fühlt sich jedes Wort Swensens an wie ein Nadelstich.

Fehler, denkt er, wieso Fehler. Es gibt keine Fehler.

»Fehler, was für Fehler?«

»Ich sage nur Nolde!« Swensens Stimme ist glasklar.

Nolde, ja Scheiße, Nolde. Das war eine Unachtsamkeit, die ich aber gleich wieder ausgebügelt hab. Wieso kommt der jetzt mit Nolde? Irgendwie läuft das hier jetzt …

»Nolde, ja Nolde. Also ich weiß jetzt nicht, worauf …«

»… Nehmen wir einfach mal an, dass nicht Rüdiger Poth das mit Nolde in dem Roman platziert hat, sondern dass Ihnen dieser Fehler unterlaufen ist. Dann hat Kargel den Fehler entdeckt. Wem hätte er das wohl zuerst mitteilen wollen? Natürlich dem Mann, der schon immer von der Existenz dieses Romans überzeugt gewesen ist. Dafür musste er sterben. Dann haben Sie das Original an sich genommen, um den Fehler auszubessern. Das dauerte seine Zeit. Kargels Leiche wurde entdeckt. Wohin also mit dem ausgebesserten Original? Zu Poth! Der hätte das Original ja schon wieder haben können. Aber Poth wusste vom Fehler und als Mitwisser musste er zum Schweigen gebracht werden. Jetzt fragen Sie sich natürlich, wieso weiß dieser Swensen das alles! Ganz einfach, weil Sie einen zweiten Fehler gemacht haben.«

»Einen zweiten Fehler, nein, wieso, das verstehe ich überhaupt nicht, ich verstehe überhaupt nichts mehr.«

»Sie haben dummerweise einen Bogen des Papiers, das Sie für Ihre Fälschung benutzt haben, in ihrer Wohnung liegen lassen«, setzt Swensen nach. »Unser Labor konnte die Übereinstimmung mit dem Papier des Original-Manuskripts nachweisen. Das zur Romanfälschung, Herr Wraage, und jetzt zur Selbstmordfälschung. Hier ist Ihnen der schwerwiegendste Fehler unterlaufen.«

Wraage sitzt zusammengesunken im Stuhl. Seine Augen irren im Raum umher, können aber keinen Halt finden.

Was passiert hier? Ich versteh' gar nichts mehr! Ich muss denken, klar denken! Fehler! Wie kann das nur angehen?

»Aber, aber das kann gar nicht sein«, stammelt er, »ich habe an alles gedacht. Ich weiß doch Bescheid – was denn für einen Fehler, um Gottes willen?«

»Nun, die Idee mit den Handschuhen war erstmal gar nicht schlecht. Aber leider nicht zu Ende gedacht. Das Labor hat winzige Magnesiumspuren im Innenfutter der Handschuhe gefunden. Wie kommen die da hinein? Ich verrate es ihnen, Herr Wraage. Sie stammen von Gummihandschuhen, die Sie übergezogen haben um keine Fingerabdrücke im Handschuh zu hinterlassen. Sie haben den Handschuh getragen und Peters erschossen, damit sich Blutspritzer und Schmauchspuren darauf befinden. Blutspritzer haben allerdings die Eigenschaft sich über eine große Entfernung zu verbreiten. Bei Peters enden Sie allerdings nach den Handschuhen. Auf dem Ärmel seiner Jacke wurden keine Blutspuren gefunden. Einzige Erklärung: Peters wurden die Handschuhe erst nach dem tödlichen Schuss übergestreift. Und jetzt hören Sie gut zu, Herr Rohde, alias Wraage. Die Spurensicherung hat Ihre gesamte Kleidung ins Labor geschafft. Dort werden wir selbst feinste Blutspritzer finden, auch wenn Sie ihre Kleidung vorher in der Reinigung hatten!«

»Ich kann das nicht glauben, wie konnte das passieren, ich war mir so sicher, habe mich so gut informiert, habe alles getan um alles richtig zu machen! Das müssen Sie doch zugeben, die Idee ist hervorragend, der Plan genial, nicht wahr? Die Fingerabdrücke durch Plastikhandschuhe in den Handschuhen zu vermeiden – geben Sie zu, da kommt doch wirklich keiner drauf! Und sich die Dinger selber anzuziehen, wegen der Blutspritzer – eine gute, wirklich eine sehr gute Idee, das müssen Sie doch anerkennen. Aber, aber irgendwie …«

*

»Kaum zu glauben, aber dieser Bonsteed hat schon ein verdammtes Sauglück!«

Maria Teske zuckt erschreckt zusammen. ›Think Big‹ steht mit hochrotem Kopf hinter ihr. Das Maß seiner Wut steht ihm förmlich ins Gesicht geschrieben.

Kurz vor dem Kollaps, denkt Maria Teske, als sie den Färbungsgrad registriert.

»Was ist passiert«, fragt sie katzenfreundlich.

»Bonsteed ist der neue Vorsitzende der Stormgesellschaft«, schnaubt ›Think Big‹ empört, »dabei war er schon so gut wie abgeschossen. Na ja, scheißegal! Wir müssen das Beste daraus machen. Bonsteeds Wahl ist die News des Tages. Um 19:00 Uhr ist ein Empfang im Storm-Haus. Du klemmst dich dahinter, Maria. Ich möchte das schon morgen als Aufmacher im Lokalteil.«

Ehe Maria Teske ein Wort sagen kann, ist der Chef wieder in seinem Büro verschwunden.

Geschieht dir recht, mein Lieber, denkt sie und grinst in sich hinein. Die Intrigen mit Frederike Kargel haben wohl nicht geklappt. Es gibt eben doch so etwas wie höhere Vorsehung. Und der ist auch meine Schulfreundin Heike zum Opfer gefallen, als sie doch glatt versuchte mich nach den beiden auszuhorchen. Das ist ihrem Ohr allerdings nicht so gut bekommen.

»Ach so, du spionierst jetzt schon für die Storm-Mafia«, hab ich ihr gesagt. »Hat Bonsteed dich um den kleinen Finger gewickelt. Erstaunlich, wo er nach deinen Aussagen doch so ein mieser Knochen sein soll.«

Und dann habe ich ihr noch gesagt, dass sie sich unsere Freundschaft in den Allerwertesten stecken kann. Damit war das Thema vom Tisch.

Sie lässt ihren Computer herunterfahren, packt ihre Handtasche und geht zur Garderobe. Da klingelt das Telefon an ihrem Platz. Sie eilt zurück und nimmt den Hörer ab.

»Swensen hier!«, meldet sich eine Stimme. Maria Teske hatte mit jedem Anrufer gerechnet, nur nicht mit diesem. Sie gerät etwas aus der Fassung.

»Oh, Herr Swensen!«, stammelt sie. »Was verschafft mir die Ehre?«

»Nun, eine Hand wäscht die andere. Sie haben mir damals bei der Ermittlung in Sachen Fälschung geholfen und ich habe Ihnen Revanche versprochen.«

»Ich bin ganz Ohr. Richtig schlechte Nachrichten interessieren mich selbstverständlich immer.«

»Und wie steht es mit guten?«

»Kommt darauf an. Was haben Sie zu bieten?«

»Nun, morgen gibt die Husumer Polizei die neuesten Ergebnisse zu den Mordfällen bekannt. Ruppert Wraage, alias Ludwig Rohde hat nicht nur gestanden, Kargel, Poth und Peters ermordet zu haben, wir haben auch eindeutige Indizien für den Mord an Peters sichergestellt. Auf Wraages Mantel, der in seiner Wohnung gefunden wurde, konnten Blutspritzer nachgewiesen werden, die mit der DNS von

Peters übereinstimmen. Wenn Sie sich beeilen, haben Sie die Schlagzeile exklusiv, schon vor der offiziellen Pressemitteilung.«

»Ich bin sprachlos, Herr Swensen!«

»Nichts zu danken. Auf weiterhin gute Zusammenarbeit, Frau Teske!«

*

Swensen legt den Hörer auf. Er empfindet es ein wenig wie eine letzte Amtshandlung. Die Ermittlungen sind abgehakt. Er wird wieder in die zweite Reihe zurücktreten, endlich keine Sonderstellung mehr im Team einnehmen. Die morgige Pressekonferenz wird ohne Zweifel von Püchel dominiert werden.

Die Gelegenheit wird er sich nicht entgehen lassen, denkt er. Irgendwie sind wir doch alle kleine Narzissten.

Es klopft kurz und Peter Hollmanns rundliche Gestalt schiebt sich durch die Tür.

»Schön dass du noch da bist«, sagt er bedeutungsvoll, streicht sich über den gestutzten Schnauzer und legt ihm eine aufgeschlagene Zeitung auf den Tisch. »Du solltest dir mal diese Feuilletonseite ansehen.«

Swensen schaut auf die Schlagzeile und glaubt seinen Augen nicht zu trauen. Über einem Foto von Edda Herbst's Leiche im Watt steht die Überschrift: Der extreme Wandel eines Fotokünstlers.

Swensen nimmt die Zeitung in die Hand und liest den Artikel.

Für großes Aufsehen sorgt zurzeit die Ausstellung des Hamburgers Sylvester von Wiggenheim. Seine Schaffensperiode der Mode- und Landschaftsaufnahmen scheint er weit hinter sich gelassen zu haben. Mehrere Wochen besuchte er mit der Polizei in Hamburg, London und New York die Tatorte der Metropolen. Mit den dort entstandenen Bildern von Verbrechensopfern begibt sich von Wiggenheim in die Niederung menschlicher Abgründe. Mit stiller Nüchternheit lässt er sein Kameraauge auf Schrecken und Gewalt verharren, verzichtet bewusst auf Ästhetisierung. Das beunruhigt. Hier spricht das ernsthafte Bemühen den Tod zu verstehen und zu akzeptieren. Die Leiche als Symbol, die den Verlust des menschlichen Status beschreibt. Das gewaltsame Ende des Lebens als Bedrohung der lebendigen Gesellschaft, das, obwohl schon abwesend, noch immer beklemmende Anwesenheit verströmt. Wer den Tod verdrängt, verdrängt auch das Leben, sagt der Künstler zu seiner Ausstellung.

Swensen kann sich ein Lachen kaum verkneifen. Er gibt Hollmann grinsend die Zeitung zurück, lässt seinen Computer herunterfahren, nimmt seinen Mantel, löscht das Licht und geht zusammen mit ihm aus dem Raum. Während der mit seiner Zeitung nach rechts in Richtung seines Büros abzieht, geht er gemächlich nach links zum Ausgang. Er winkt im Vorbeigehen Susan Biehl zu, die mit ihrer Säuselstimme hinter der Rezeption telefoniert. Draußen ist es wärmer als erwartet.

Wenn die Welt schon keinen Storm-Roman bekommen hat, denkt Swensen, während er die Treppe der Inspektion hinuntersteigt, so hat sie jetzt wenigstens eine künstlerische Annäherung an das ewige Rätsel des Verbrechens.

ENDE

*Weitere Krimis finden Sie auf den
folgenden Seiten und im Internet:
www.gmeiner-verlag.de*

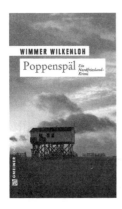

WIMMER WILKENLOH
Poppenspäl
....

469 Seiten, Paperback.
ISBN 978-3-89977-800-7.

POLE POPPENSPÄLER Ein Montag, im September. Im Husumer Schlosspark werden drei Frauen erschossen. Sie gehören alle zum Organisationsteam des Pole-Poppenspäler-Festivals, dem großen alljährlichen Kulturereignis in der Region.

Der grausame Dreifach-Mord schockiert die gesamte Stadt. Selbst Kommissar Jan Swensen, dem bereits eine mysteriöse Einbruchsserie Kopfzerbrechen bereitet, verliert fast seine buddhistische Gelassenheit. Das Ermittlungsteam steht unter Hochdruck, es gibt zu viele Verdächtige und es scheint, als könnte jeder der Mörder sein ...

WIMMER WILKENLOH
Eidernebel
....

424 Seiten, Paperback.
ISBN 978-3-8392-1115-1.

KALTES HERZ In der Kirche des kleinen Dorfes Witzwort bei Husum liegt eine grausam zugerichtete weibliche Leiche. Kommissar Jan Swensen gerät schon bald unter Druck: Im Laufe der Ermittlungen werden in verschiedenen Kirchen der Region weitere ermordete Frauen aufgefunden – mehrere von ihnen waren Mitarbeiterinnen eines großen Lebensmittel-Discounters.

Das Werk eines Serienmörders? Und welche Verbindung gibt es zu der Frau, die seit einer Herztransplantation von seltsamen Träumen geplagt wird?

Wir machen's spannend

WIMMER WILKENLOH
Feuermal

421 Seiten, Paperback.
ISBN 978-3-89977-682-9.

DER TERROR IST MIT EINEM MAL ZUM GREIFEN NAH ...
7. September 2001: Der Tunesier Habib Hafside wird an seinem Arbeitsplatz in einer Kieler U-Boot-Werft von seinen Kollegen beleidigt. Bisher waren die Anfeindungen eher unterschwelliger Art, jetzt wird er als Fremder in Deutschland öffentlich beschimpft und belästigt. Kurz darauf wird Hafside auf offener Straße von mehreren Männern überwältigt, in ein Auto gezerrt und verschleppt.

Als wenig später eine abgehackte Hand in das türkische Kulturzentrum in Husum geworfen wird, beginnt für Kommissar Jan Swensen ein Wettlauf gegen die Zeit, denn der Terror ist mit einem Mal zum Greifen nah ...

V. JOSWIG / H. V. MELLE
Stahlhart

269 Seiten, Paperback.
ISBN 978-3-8392-1194-6.

ALLES AUS LIEBE Der Bremer Gerichtsreporter Rainer West wird durch seine Scheidung in eine emotionale und finanzielle Krise gestürzt. Alles ändert sich, als er Britta Kern kennenlernt. Die neue Beziehung gibt ihm Kraft und auch beruflich geht es wieder aufwärts. Doch plötzlich wird er verdächtigt, an einer Serie brutaler Banküberfälle beteiligt zu sein und auch Brittas Bruder gerät in das Visier der Ermittler. Rainer West macht sich auf die Suche nach der Wahrheit – und bringt damit nicht nur sich selbst in größte Gefahr ...

Wir machen's spannend

Unsere Lesermagazine
2 x jährlich das Neueste aus der Gmeiner-Bibliothek

DIN A6, 20 S., farbig *10 x 18 cm, 16 S., farbig* *24 x 35 cm, 20 S., farbig*

GmeinerNewsletter
Neues aus der Welt der Gmeiner-Romane

Haben Sie schon unsere GmeinerNewsletter abonniert?
Monatlich erhalten Sie per E-Mail aktuelle Informationen aus der Welt der Krimis, der historischen Romane und der Frauenromane: Buchtipps, Berichte über Autoren und ihre Arbeit, Veranstaltungshinweise, neue Literaturseiten im Internet und interessante Neuigkeiten.

Die Anmeldung zu den GmeinerNewslettern ist ganz einfach. Direkt auf der Homepage des Gmeiner-Verlags (www.gmeiner-verlag.de) finden Sie das entsprechende Anmeldeformular.

Ihre Meinung ist gefragt!
Mitmachen und gewinnen

Wir möchten Ihnen mit unseren Romanen immer beste Unterhaltung bieten. Sie können uns dabei unterstützen, indem Sie uns Ihre Meinung zu den Gmeiner-Romanen sagen! Senden Sie eine E-Mail an gewinnspiel@gmeiner-verlag.de und teilen Sie uns mit, welches Buch Sie gelesen haben und wie es Ihnen gefallen hat. Alle Einsendungen nehmen automatisch am großen Jahresgewinnspiel mit attraktiven Buchpreisen teil.

Wir machen's spannend

Alle Gmeiner-Autoren und ihre Romane auf einen Blick

ANTHOLOGIEN: Tod am Tegernsee • Drei Tagesritte vom Bodensee • Nichts ist so fein gesponnen • Zürich: Ausfahrt Mord • Mörderischer Erfindergeist • Secret Service 2011 • Tod am Starnberger See • Mords-Sachsen 4 • Sterbenslust • Tödliche Wasser • Gefährliche Nachbarn • Mords-Sachsen 3 • Tatort Ammersee • Campusmord • Mords-Sachsen 2 • Tod am Bodensee • Mords-Sachsen 1 • Grenzfälle • Spekulatius **ABE, REBECCA:** Im Labyrinth der Fugger **ARTMEIER, HILDEGUNDE:** Feuerross • Drachenfrau **BAUER, HERMANN:** Philosophenpunsch • Verschwörungsmelange • Karambolage • Fernwehträume **BAUM, BEATE:** Weltverloren • Ruchlos • Häuserkampf **BAUMANN, MANFRED:** Wasserspiele • Jedermanntod **BECK, SINJE:** Totenklang • Duftspur • Einzelkämpfer **BECKER, OLIVER:** Das Geheimnis der Krähentochter **BECKMANN, HERBERT:** Die Nacht von Berlin • Mark Twain unter den Linden • Die indiskreten Briefe des Giacomo Casanova **BEINSSEN, JAN:** Todesfrauen • Goldfrauen • Feuerfrauen **BLANKENBURG, ELKE MASCHA** Tastenfieber und Liebeslust **BLATTER, ULRIKE:** Vogelfrau **BODE-HOFFMANN, GRIT/HOFFMANN, MATTHIAS:** Infantizid **BODENMANN, MONA:** Mondmilchgubel **BÖCKER, BÄRBEL:** Mit 50 hat man noch Träume • Henkersmahl **BOENKE, MICHAEL:** Riedripp • Gott'sacker **BOMM, MANFRED:** Blutsauger • Kurzschluss • Glasklar • Notbremse • Schattennetz • Beweislast • Schusslinie • Mordloch • Trugschluss • Irrflug • Himmelsfelsen **BONN, SUSANNE:** Die Schule der Spielleute • Der Jahrmarkt zu Jakobi **BOSETZKY, HORST [-KY]:** Promijagd • Unterm Kirschbaum **BRÖMME, BETTINA:** Weißwurst für Elfen **BUEHRIG, DIETER:** Der Klang der Erde • Schattengold **BÜRKL, ANNI:** Ausgetanzt • Schwarztee **BUTTLER, MONIKA:** Dunkelzeit • Abendfrieden • Herzraub **CLAUSEN, ANKE:** Dinnerparty • Ostseegrab **CRÖNERT, CLAUDIUS:** Das Kreuz der Hugenotten **DANZ, ELLA:** Ballaststoff • Schatz, schmeckt's dir nicht? • Rosenwahn • Kochwut • Nebelschleier • Steilufer • Osterfeuer **DETERING, MONIKA:** Puppenmann • Herzfrauen **DIECHLER, GABRIELE:** Glutnester • Glaub mir, es muss Liebe sein • Engpass **DÜNSCHEDE, SANDRA:** Todeswatt • Friesenrache • Solomord • Nordmord • Deichgrab **EMME, PIERRE:** Zwanzig/11 • Diamantenschmaus • Pizza Letale • Pasta Mortale • Schneenockerleklat • Florentinerpakt • Ballsaison • Tortenkomplott • Killerspiele • Würstelmassaker • Heurigenpassion • Schnitzelfarce • Pastetenlust **ENDERLE, MANFRED:** Nachtwanderer **ERFMEYER, KLAUS:** Irrliebe • Endstadium • Tribunal • Geldmarie • Todeserklärung • Karrieresprung **ERWIN, BIRGIT / BUCHHORN, ULRICH:** Die Reliquie von Buchhorn • Die Gauklerin von Buchhorn • Die Herren von Buchhorn **FINK, SABINE:** Kainszeichen **FOHL, DAGMAR:** Der Duft von Bittermandel • Die Insel der Witwen • Das Mädchen und sein Henker **FRANZINGER, BERND:** Familiengrab • Zehnkampf • Leidenstour • Kindspech • Jammerhalde • Bombenstimmung • Wolfsfalle • Dinotod • Ohnmacht • Goldrausch • Pilzsaison **GARDEIN, UWE:** Das Mysterium des Himmels • Die Stunde des Königs

Wir machen's spannend

Alle Gmeiner-Autoren und ihre Romane auf einen Blick

GARDENER, EVA B.: Lebenshunger **GEISLER, KURT**: Friesenschnee • Bädersterben **GERWIEN, MICHAEL**: Alpengrollen **GIBERT, MATTHIAS P.**: Zeitbombe • Rechtsdruck • Schmuddelkinder • Bullenhitze • Eiszeit • Zirkusluft • Kammerflimmern • Nervenflattern **GORA, AXEL**: Das Duell der Astronomen **GRAF, EDI**: Bombenspiel • Leopardenjagd • Elefantengold • Löwenriss • Nashornfieber **GUDE, CHRISTIAN**: Kontrollverlust • Homunculus • Binärcode • Mosquito **HAENNI, STEFAN**: Scherbenhaufen • Brahmsrösi • Narrentod **HAUG, GUNTER**: Gössenjagd • Hüttenzauber • Tauberschwarz • Höllenfahrt • Sturmwarnung • Riffhaie • Tiefenrausch **HEIM, UTA-MARIA**: Feierabend • Totenkuss • Wespennest • Das Rattenprinzip • Totschweigen • Dreckskind **HENSCHEL, REGINE C.**: Fünf sind keiner zu viel **HERELD, PETER**: Das Geheimnis des Goldmachers **HOHLFELD, KERSTIN**: Glückskekssommer **HUNOLD-REIME, SIGRID**: Janssenhaus • Schattenmorellen • Frühstückspension **IMBSWEILER, MARCUS**: Die Erstürmung des Himmels • Butenschön • Altstadtfest • Schlussakt • Bergfriedhof **JOSWIG, VOLKMAR / MELLE, HENNING VON**: Stahlhart **KARNANI, FRITJOF**: Notlandung • Turnaround • Takeover **KAST-RIEDLINGER, ANNETTE**: Liebling, ich kann auch anders **KEISER, GABRIELE**: Engelskraut • Gartenschläfer • Apollofalter **KEISER, GABRIELE / POLIFKA, WOLFGANG**: Puppenjäger **KELLER, STEFAN**: Totenkarneval • Kölner Kreuzigung **KINSKOFER, LOTTE / BAHR, ANKE**: Hermann für Frau Mann **KLAUSNER, UWE**: Kennedy-Syndrom • Bernstein-Connection • Die Bräute des Satans • Odessa-Komplott • Pilger des Zorns • Walhalla-Code • Die Kiliansverschwörung • Die Pforten der Hölle **KLEWE, SABINE**: Die schwarzseidene Dame • Blutsonne • Wintermärchen • Kinderspiel • Schattenriss **KLÖSEL, MATTHIAS**: Tourneekoller **KLUGMANN, NORBERT**: Die Adler von Lübeck • Die Nacht des Narren • Die Tochter des Salzhändlers • Kabinettstück • Schlüsselgewalt • Rebenblut **KÖHLER, MANFRED**: Tiefpunkt • Schreckensgletscher **KÖSTERING, BERND**: Goetheglut • Goetheruh **KOHL, ERWIN**: Flatline • Grabtanz • Zugzwang **KOPPITZ, RAINER C.**: Machtrausch **KRAMER, VERONIKA**: Todesgeheimnis • Rachesommer **KRONENBERG, SUSANNE**: Kunstgriff • Rheingrund • Weinrache • Kultopfer • Flammenpferd **KRUG, MICHAEL**: Bahnhofsmission **KRUSE, MARGIT**: Eisaugen **KURELLA, FRANK**: Der Kodex des Bösen • Das Pergament des Todes **LASCAUX, PAUL**: Mordswein • Gnadenbrot • Feuerwasser • Wursthimmel • Salztränen **LEBEK, HANS**: Karteileichen • Todesschläger **LEHMKUHL, KURT**: Dreiländermord • Nürburghölle • Raffgier **LEIMBACH, ALIDA**: Wintergruft **LEIX, BERND**: Fächergrün • Fächertraum • Waldstadt • Hackschnitzel • Zuckerblut • Bucheckern **LETSCHE, JULIAN**: Auf der Walz **LICHT, EMILIA**: Hotel Blaues Wunder **LIEBSCH, SONJA / MESTROVIC, NIVES**: Muttertier @n Rabenmutter **LIFKA, RICHARD**: Sonnenkönig **LOIBELSBERGER, GERHARD**: Mord und Brand • Reigen des Todes • Die Naschmarkt-Morde **MADER, RAIMUND A.**: Schindlerjüdin • Glasberg

Wir machen's spannend

Alle Gmeiner-Autoren und ihre Romane auf einen Blick

MAINKA, MARTINA: Satanszeichen **MISKO, MONA:** Winzertochter • Kindsblut **MORF, ISABEL:** Satzfetzen • Schrottreif **MOTHWURF, ONO:** Werbevoodoo • Taubendreck **MUCHA, MARTIN:** Seelenschacher • Papierkrieg **NAUMANN, STEPHAN:** Das Werk der Bücher **NEEB, URSULA:** Madame empfängt **ÖHRI, ARMIN / TSCHIRKY, VANESSA:** Sinfonie des Todes **OSWALD, SUSANNE:** Liebe wie gemalt **OTT, PAUL:** Bodensee-Blues **PARADEISER, PETER:** Himmelreich und Höllental **PARK, KAROLIN:** Stilettoholic **PELTE, REINHARD:** Inselbeichte • Kielwasser • Inselkoller **PFLUG, HARALD:** Tschoklet **PITTLER, ANDREAS:** Mischpoche **PORATH, SILKE / BRAUN, ANDREAS:** Klostergeist **PORATH, SILKE:** Nicht ohne meinen Mops **PUHLFÜRST, CLAUDIA:** Dunkelhaft • Eiseskälte • Leichenstarre **PUNDT, HARDY:** Friesenwut • Deichbruch **PUSCHMANN, DOROTHEA:** Zwickmühle **ROSSBACHER, CLAUDIA:** Steirerblut **RUSCH, HANS-JÜRGEN:** Neptunopfer • Gegenwende **SCHAEWEN, OLIVER VON:** Räuberblut • Schillerhöhe **SCHMID, CLAUDIA:** Die brennenden Lettern **SCHMITZ, INGRID:** Mordsdeal • Sündenfälle **SCHMÖE, FRIEDERIKE:** Lasst uns froh und grausig sein • Wasdunkelbleibt • Wernievergibt • Wieweitdugehst • Bisduvergisst • Fliehganzleis • Schweigfeinstill • Spinnefeind • Pfeilgift • Januskopf • Schockstarre • Käfersterben • Fratzenmond • Kirchweihmord • Maskenspiel **SCHNEIDER, BERNWARD:** Flammenteufel • Spittelmarkt **SCHNEIDER, HARALD:** Räuberbier • Wassergeld • Erfindergeist • Schwarzkittel • Ernteopfer **SCHNYDER, MARIJKE:** Matrjoschka-Jagd **SCHÖTTLE, RUPERT:** Damenschneider **SCHRÖDER, ANGELIKA:** Mordsgier • Mordswut • Mordsliebe **SCHÜTZ, ERICH:** Doktormacher-Mafia • Bombenbrut • Judengold **SCHUKER, KLAUS:** Brudernacht **SCHULZE, GINA:** Sintflut **SCHWAB, ELKE:** Angstfalle • Großeinsatz **SCHWARZ, MAREN:** Zwiespalt • Maienfrost • Dämonenspiel • Grabeskälte **SENF, JOCHEN:** Kindswut • Knochenspiel • Nichtwisser **SPATZ, WILLIBALD:** Alpenkasper • Alpenlust • Alpendöner **STAMMKÖTTER, ANDREAS:** Messewalzer **STEINHAUER, FRANZISKA:** Sturm über Branitz • Spielwiese • Gurkensaat • Wortlos • Menschenfänger • Narrenspiel • Seelenqual • Racheakt **STRENG, WILDIS:** Ohrenzeugen **SYLVESTER, CHRISTINE:** Sachsen-Sushi **SZRAMA, BETTINA:** Die Hure und der Meisterdieb • Die Konkubine des Mörders • Die Giftmischerin **THIEL, SEBASTIAN:** Die Hexe vom Niederrhein **THADEWALDT, ASTRID / BAUER, CARSTEN:** Blutblume • Kreuzkönig **THÖMMES, GÜNTHER:** Malz und Totschlag • Der Fluch des Bierzauberers • Das Erbe des Bierzauberers • Der Bierzauberer **TRAMITZ, CHRISTIANE:** Himmelsspitz **ULLRICH, SONJA:** Fummelbunker • Teppichporsche **VALDORF, LEO:** Großstadtsumpf **VERTACNIK, HANS-PETER:** Ultimo • Abfangjäger **WARK, PETER:** Epizentrum • Ballonglühen • Albtraum **WERNLI, TAMARA:** Blind Date mit Folgen **WICKENHÄUSER, RUBEN PHILLIP:** Die Magie des Falken • Die Seele des Wolfes **WILKENLOH, WIMMER:** Eidernebel • Poppenspäl • Feuermal • Hätschelkind **WÖLM, DIETER:** Mainfall **WYSS, VERENA:** Blutrunen • Todesformel **ZANDER, WOLFGANG:** Hundeleben

Wir machen's spannend